献给中国原生文明的光荣与梦想

——题记

点评本

第四部 阳谋春秋 下卷

孙皓晖 著

谢有顺 胡传吉 点评

河南文艺出版社

目　录

第八章　风雨如晦

第九章　吕氏新政

第十章　合纵回光

第十一章　仲父当国

第十二章　三辕各辙

第十三章　雍城之乱

第八章　风雨如晦

一　天人乱象　三策应对

秦昭王五十六年五月，一场老霖雨将秦川没进了茫茫阴霾之中。

老霖雨者，绵绵长雨也。《左传》云："凡雨，三日以往为霖。"自古以来，秦川之地多有风调雨顺，然春夏之交与秋冬之交每每总有几日霖雨。若是时节得当，这老霖雨可成天赐佳雨。譬如三月八月的末旬霖，恰逢春耕秋收方罢麦谷播种已了，几日霖雨自是妙极。然若时节不当，老霖雨又是大大的灾异。今岁一进五月，天便燠①得出奇。风不吹树不摇，四野山川寂静呆滞得石雕陶俑一般，唯有烘烘热浪裹着渭水

霖雨，即久下不停之雨。《左传·隐公九年》："凡雨自三日以往为霖。"《三国志·魏书·毛玠》："急当阴霖，何以反旱。""霖雨"前面加一个"老"字，乃作者应和所谓"老秦人"。霖雨若是时雨，则是甘露，若违时久下，则成天灾。

---

① 燠，热或暖。今音读 yù，古音读 òu。秦地古方言将闷热叫作"燠"（òu）。《诗·唐风·无衣》："不如子之衣，安且燠兮！"

的蒸腾湿气漫将过来，田间耕夫，坊间工匠，官署宫殿的大臣吏员，终日皆是一身黏糊糊汗水动辄气喘如牛，闷得一颗心总在胸口突突跳。老秦人将这种怪诞天候叫作"天魇"，说是上天被噩梦镇魇得没了气息。在老秦人惴惴不安心惊肉跳的当口，初旬末夜的三更时分，天际乌云密布哗啦啦雨幕笼罩秦川。从此一发不可收拾，停停下下下下停停日日夜夜地直扯到六月初才收住了淅淅沥沥的雨声。云开日出之际，渭水变成了滔滔巨川，关中变成了一片汪洋，遍野金黄的麦浪在白茫茫的水雾中变成了绿森森野荒荒的草苗，村社房倒屋塌，场院千疮百孔，极目四野，无边萧疏。冷冰冰的六月，关中老秦人纷纷将秋冬时节的皮袍绵袍布夹袍胡乱上身，一边从破损的粮囤中挖出残存的豆芽一般的陈年五谷填充辘辘饥肠，一边默默聚向村社祠堂或里中最大的场院，勒紧鞶带期盼着从泥水中趟回来的亭长里正带回官府的应灾政令，尽快带领他们离村救荒。

秦法治灾不赈灾。这是老秦人都知道的法程规矩。但有天灾，王室官府从来不会打开官仓发放五谷救济饥民，也不会开放王室园林准许饥民狩猎采摘。其法理是：无偿发粮即国家赏赐，而灾民无功获赏，为国家立功之士会被人看轻，民人事功之心会轻淡。自秦孝公商鞅变法之后，秦国历经惠王、武王、昭王三君，都牢牢恪守了这一法令。

虽则如此，却绝不意味着秦国对异常灾害无动于衷。对于灾害，秦法的主旨是"治"。所谓"治"，是在灾害发生之时，官府立即颁发应对政令，而后由灾区的亭长里正们带领民众族人到未曾受灾的山林中狩猎自救，或到官府指定的生地垦荒自救，使民经过辛苦劳作而度过饥荒灾难，避免民因不劳获食而成惰性。治灾之要义，是民人不得私相逃荒而致民力流失，须在官府政令之下由乡官率领实施。否则，连坐

天有异象，可能应在秦昭王身上。治灾不赈灾，看上去似乎不人道，但此法可乘机治一治懒人。奖勤罚懒，堪称明智之举——残忍的明智之举。《韩非子·外储说右下》："秦大饥，应侯请曰：'五苑之草著：蔬菜、橡果、枣、栗，足以活民，请发之。'昭襄王曰：'吾秦法，使民有功而受赏，有罪而受诛。今发五苑之蔬果者，使民有功与无功俱赏也。夫使民有功与无功俱赏者，此乱之道也。夫发五苑而乱，不如弃枣蔬而治。'一曰：'令发五苑之蓏、蔬、枣、栗，足以活民，是用民有功与无功争取也。夫生而乱，不如死而治，大夫其释之'。"在秦昭王看来，有功才能受赏，无功不能受赏，救灾就相当于把无功者与有功者一视同仁，此为"乱之道"也。与其活民而乱法，倒不如失救而"治"，秦昭王因而劝应侯收回发"五苑之草著"。

501

是不敢有怨言吧。

秦昭王对法家的奉守,还有一事可证。《韩非子·外储说右下》:"秦昭王有病,百姓里买牛而家为王祷。公孙述出见之,入贺王曰:'百姓乃皆里买牛为王祷。'王使人问之,果有之。王曰:'訾之人二甲。夫非令而擅祷,是爱寡人也。夫爱寡人,寡人亦且改法而心与之相循者,是法不立;法不立,乱亡之道也。不如人罚二甲而复与为治。'"百姓买牛为秦昭王祝祷,本出于一片爱心,但秦昭王认为这些不依法而行的事,会影响法的执行,是乱亡之道,于是买牛的百姓反受惩罚。韩非子所载这个场景,《大秦帝国》第一部已"挪用"。商鞅变法之后,法家之法成为秦国的立国之本。

法令会使邻里族人一体同罪。法度虽然严厉,老秦人却是凛然遵守毫无怨言。此中根基在于两条:其一是秦法公平,法不阿贵,老百姓乐见贵胄官吏与他们一体同法;其二是官府敬事,政令快捷,对天灾人祸之应对历来都是全力以赴。当世秦川谚云:"治灾苦,食果腹。赈灾诮,受活散①。"说的正是这治灾比赈灾长人志气,使人精气神奋发不散,如同治病之苦口良药。

依着商鞅变法后百余年的法度规矩,每遇灾异,官署吏员会立即捧着书令驰进村社星夜部署治灾生计,根本无须乡官们来回奔波。然则,今岁如此涝灾,吏员非但不见踪迹,亭长里正们泥水奔波郡县官署,掌事官员们也是手足无措,只愁眉苦脸一句话:"诸位父老但等两日,官府书令只在迟早也。"

出事了!

老秦人终于不约而同地生出了一种不祥预感,尽管秦法不许妄议国事,各种传闻还是在市井巷闾山乡村社悄悄流传开来。人们当头想起的,是老霖雨中流传的一支童谣:"东南风止,鹑首天哭,太白失舍,缩三盈一。"这支童谣的后两句隐秘晦涩得谁也不解其意,然仅是显然已经应验的前两句,已经足以听得老秦人心惊肉跳了。这头两句说的是五月初那阵子天魇无风,最终引来了一个月的老霖雨。按照星象分野,"鹑首"是雍州秦地,"鹑首天哭"自然是秦国老霖成灾。后两句虽然难解其意,老秦人却确信不疑地知道说的是秦国之事,而且十之八九不是好事。太白星是接近太阳的大星,属西方,主肃杀之秋。太白星出现之后(即进入某地视

① 诮,秦地古方言,流传至今,意为舒坦。受活,秦地及北方古方言,流传至今,为古语"受用"之转,意为享受、得益。《周礼·天官·大府》:"颁其货于受藏之府,颁其贿于受用之府。"

野），运行二百四十日隐没，其间经过在二十八宿中的十八宿（舍）的停留；若该当出某舍而不出，该当入某舍而不入，谓之"失舍"，是运行失常。太白失舍，所主方向有极大忧患。有通晓星象的士子说，老霖雨前太白曾经隐没三日又短暂出现一夜，而后至今不见太白出入，这是失舍。至于"缩三盈一"，却是众说纷纭。有人说这是指秦孝公以来的国运盈缩。有人说这是日后的事情，天机岂能预泄？有人说童谣无欺，只怕恰恰要应在眼前。说者听者各执一词，谁也说不透，谁也不服谁，却都不约而同地以为不是好事，秦国要熬煎了。在人们压着嗓门为童谣天象争辩不休的时候，一个更为惊人的消息在立秋这日传遍了朝野：陇西天崩地裂，山陵倒溃，死人无算！天崩者，陨石雨也。地裂者，大地震也。山陵倒溃者，高山洪水与泥石流也。陇西原是老秦人立国之前的根基之地，而关中则是老秦人立国后的腹心之地，如今根本与腹心同时突遭毁灭性大灾异，老秦人委实震惊了，市井村社顿时一片沉寂。大劫难结结实实地发生在眼前，任谁也不用揣摩吉凶预兆了，人们再也无心争辩甚个童谣天象，只铁青着脸默默等待着那个谁也无法预料而谁都有着隐隐预感的更大噩梦。

谜底终于揭晓。

六月初三黎明，洒扫庭除的市人最先看见一辆辆麻衣绍车急如星火般驶出王城，飞出咸阳四门。接着，王城城垣立起了三丈多高的巨大白幡。到得卯时太阳挂上东方山巅，一队队斧钺甲兵护卫着一个个宣令吏开到了咸阳四大城门，张挂起盖着咸阳内史鲜红大印的白布书令——

老秦王薨了！

令人诧异的是，咸阳大都反倒是异常的平静了。国人非但没有大放悲声，反是长长地出了一口气活泛了过来。灾异

人心惶惶。

《史记·秦本纪》："五十三年，天下来宾。魏后，秦使摎伐魏，取吴城。韩王入朝，魏委国听令。五十四年，王郊见上帝于雍。五十六年秋，昭襄王卒，子孝文王立。尊唐八子为唐太后，而合其葬于先王。韩王衰绖入吊祠，诸侯皆使其将相来吊祠，视丧事。"小说写秦昭王晚年风瘫养病，无太大作为，实际上，秦昭王晚年攻韩、攻赵，顺手清掉了西周君，"周初亡"，终其一生，秦国扩张之势不减。马非百称，"吾读《秦本纪》，至昭王用范雎，废太后，逐穰侯、华阳、泾阳、高陵于关外。而叹其君臣之间，虑患之深，操心之危，实远在清德宗、康有为等之上也"。范雎进见秦王，"左右多窃听者"，秦昭王将范雎闲置，"使舍食草具"，去穰侯等人的疑心，岁余乃见范雎，隐忍多年之后，"乃始由外及内，夺太后之权，削四贵之势"。举数十年根深蒂固之恶势力，一扫而清之。使清德宗、康有为等有见及此，则戊戌维新运动，必不至失败如此之惨也。吾尝言昭襄王、范雎为二千年前成功之清德宗、康有为，而宣太后则为二千年前失败之慈禧后"。秦昭王的雄才大略，不输于秦孝公，其人其事尚有很大的写作空间。

通透！

应验了，事情明白了，人们反而不慌了。蜗居噤声的国人出门了，歇业三月的民市店铺悄悄开张了，乡野农夫也匆匆进城了，咸阳四门的进出人群昼夜川流不息。一时间粟谷布帛盐巴的价格悄然大涨，三五日间出现了亘古罕见的大闹市。噩梦终于揭晓了。被灾异饥荒流言折磨得几近窒息的庶民们的心却踏实了。老秦王的崩逝固然事大，然辘辘饥肠总要填充，倒塌的房屋总要修葺，淤泥封死的土地总要翻开，来年的生计总要着手操持，荒了夏不能再荒了秋，庶民百姓总要过日子才是。官府要行国丧大礼，显然是顾不得治灾救荒了，老百姓若再闷声扛去，岂非饿着肚子等死？人同此心，心同此理，素来厚重守法的老秦人第一次不再等待官府政令，我行我素地自救了。

大闹市一开，山东六国商贾聚集的尚商坊当即热闹起来。

依着战国邦交惯例，外国商贾不受所在国国丧大礼的束缚，原本可以径自开市。然秦为天下第一强国，动辄寻衅攻打山东，在秦的六国商人们历来分外谨慎，生怕给本国招来兵灾大祸。唯其如此，在秦国灾异频仍的几个月里，尚商坊的六国商贾们都淡漠以对，不收市也不张市，只坐等上门者交易。如今谜底揭晓，六国视同天煞星一般的老秦王死了，秦国百姓不顾国丧大礼而竞相涌市，出现了天下罕见的大闹市，六国商人如何不大喜过望。各国商社根本无须商议，立即打出"救灾义卖"的幌旗，不约而同地压低物价大贱卖，并破例开了早已消亡的以物易物的老市，将潮水般涌进咸阳的老秦饥民从秦商民市一举吸引了过来，卷起了更大声势的抢购互易大闹市。

新老交替，总有一乱。这一次，是乱在商道。有商乱，吕不韦就有机会大显身手。故事的铺排自有其用意。

消息传入王城，正在服丧的老太子嬴柱大为惊愕。

一番思忖，嬴柱当即召来咸阳内史①并大田令、太仓令、大内丞、少内丞、邦司空、廷尉、官市丞等一班相关大臣紧急商议应对之策，同时从太子府召来嬴异人听议。谁知议得三个时辰，却是莫衷一是。内史嬴腾主张，立即捕拿乱民交廷尉依法问罪。冷面老廷尉直摇白头，说此次饥民闹市实属异常，不背法不悖理，若大举捕拿只怕后果难料，只宜交各经济官署合力处置为上。一班经济大臣议论两分，大田太仓大内少内四位大臣认定，官仓钱粮物法定不赈灾，只能移民进南山垦荒自救。邦司空与官市却认为此举远水不解近渴，目下不妨以静制动，听任秦人疯购于尚商坊，权且当作六国代秦赈灾，以度一时艰危。此论一出，内史嬴腾立即愤然高声："甚个味道！听任秦人疯购，大秦颜面何在！宁可大开官市，低价抛出官仓货物，也不能教六国坏了我民心！"执掌仓储的太仓令冷冷笑道："内史说得何其轻松？且不说国仓无法承受，纵是有如山存货，低价抛出实与违法赈灾无异，乱法之罪谁来担承？"

眼看纷争不休，老长史桓砾走过来在嬴柱耳边轻声说了几句。嬴柱恍然拍案："懵懂也！如何忘了这两位？诸位且回各司其职，异人留宫听议。"转身对老内侍一招手，"立即召纲成君与先生入宫，我在东书房等候。"

片刻之后，正在忙碌操持国丧的蔡泽匆匆赶到了王宫。接吕不韦的辎车却空着回来了。老内侍回报说，先生三月以来很少到太子府当值，今日倒是来了，点过卯即出门一直未归，他已留言太子府，一俟先生回府立即送进王宫。

"既然如此，先请纲成君对策了。"嬴柱回身对蔡泽肃然拱手。

"目下之乱象，老臣深以为忧！"蔡泽铁青着脸色愤激慷慨，公鸭嗓嘎嘎嘎回荡，"自古以来，不许赈灾之国法未尝闻也！我计然派虽精研经邦济世之学，然对大灾之救，亦不能做无米之炊！老臣之见，目下国人板荡，唯以亘古王道解之：其一，即刻颁行特急王书，开秦川与南山二百里王室禁苑，许民狩猎采摘自救。其二，即刻打开秦川与陇西三座国仓，依郡县料民之数②，定量发放粟谷：男丁百斤、女子八十斤、十六岁以下少年五十斤。如此数量之五谷辅以狩猎采摘，当可撑持到来年夏熟。其三，立即开镐仓发放麦种，令郡县吏员急入村社部署：庶民一半狩猎采摘以自救，一半开田秋播，决然不能荒了

---

① 内史，周官称谓，战国秦沿袭名称，执掌京师军政。
② 料民之数：料民，西周开始的登记人口制度；料民之数即官府登记查核的人口数量。

大田！其四，当即修法，立国府赈灾法颁行朝野，以安民心。如此四条，太子若能决而行之，秦国可安也！"

嬴柱长叹一声，良久默然。

蔡泽看看嬴柱踌躇沉吟的愁苦相，不禁一腔酸楚，无可奈何地长嘘一声："太子已是事实秦王也！如此举棋不定，忍看国丧民乱乎！"嬴柱陡然浑身一震，正要拍案，一直凝神倾听的嬴异人突然开口道："子楚以为此事委实太大，君父该当持重为是。纲成君之策与方才之议大同小异。其间难处依旧在三：一是太仓令说国仓粮货不足以支撑赈灾，不知纲成君对国仓存储量是否心中有数？二是公然赈灾违背百年秦法，若无妥善处置，只怕是饮鸩止渴，后患更大。三是仓促修法是否妥当？秦法稳定百余年，秦人对治灾不赈灾并无怨言。目下之乱，始于官府因大父弥留之际全力戒备，而未能及时治灾，并非不赈灾引起乱象。此间难处如何权衡，尚请纲成君三思才是。"

如果救灾，则违背了有功者赏的法则。看似小事，实则挑战秦法的根本，即有功者赏，有罪者诛，无功者与有功者不得同样对待。灾乱是新君面临的第一道考题，嬴柱六神无主，最后还是要靠吕不韦等来决断。

"公子之论大谬也！"蔡泽慨然拍案，"民乱始因，固为未全力治灾，然目下事实已耽延变化，陷于不赈灾便不能治灾之两难境地。公子做名家词义之辩，实在非其时也！"

"且慢且慢。"嬴柱苦笑着摇摇手，"纲成君，秦国各仓究竟有几多粮货？"

蔡泽不禁愤然红脸："主君明察：老臣不掌相权，如何查勘！"

一言落点，嬴柱顿时尴尬。蔡泽的相权早在几年前太子府立嫡时被父王下书交由他这个太子统摄。蔡泽居高爵而无实事，本来就愤懑不已牢骚不断。父王新丧威慑不在，蔡泽倚老卖老自然要找机会"提醒"，自己竟生生撞将上去，问出一个本该由自己回答的难题，实在是自讨无趣。然当此危局，嬴柱也自知不能斤斤计较，歉然苦笑道："无心之言，纲成君莫得上心。子楚，即刻召回太仓令问对。"

正在此时，老内侍走过来道："禀报主君：先生书房外候
见。"

"我迎先生！"子楚陡然振作，霍然起身大步出了书房。

吕不韦匆匆走进，风尘仆仆汗水津津，一身厚重的国丧
麻袍也是皱巴巴沾满了泥水脏污。蔡泽不禁大皱眉头："先
生素来整肃，纵是无爵吏员，何当如此有失检点？"口吻之揶
揄显然带有几分刻薄。吕不韦浑不在意，只接过子楚递过来
的温茶大饮几口，坐进了蔡泽左下丈余的末位案前。嬴柱一
指与蔡泽座案平行的子楚座案道："先生莫拘常礼，这厢入
座。子楚另案。"吕不韦正要辞谢，却被子楚不由分说扶了
过去。待吕不韦坐定，嬴柱关切问道："先生莫非来路翻车？
要否太医诊治？"吕不韦拱手作礼道："谢过主君。三个月
来，不韦走了秦川二十六县，又连日去尚商坊挤抢，些许脏汗
而已，身子并无关碍。"嬴柱不禁悚然动容，拍案慨然一叹：
"举国惶惶，先生独能入乡查勘，难矣哉！若有应对良策，先
生但说无妨，勿得任何禁忌。"

"国难当头，不韦自当言无不尽。"吕不韦回头对着蔡泽一
拱手，"纲成君经济大家，愿先请教君之长策，不韦斟酌襄助补
充可也。"虽然因国丧而没了脸上那一团春风的微笑，吕不韦
的口吻却是柔和谦恭的，显然是要蔡泽明确地知道：吕不韦清
楚自己尚是吏身，对纲成君这般高爵大臣是敬重的。

"老夫有甚长策，一番老论罢了。你若愿听，老夫再说
一遍何妨。"蔡泽原本对吕不韦接受太子府丞这样的吏职大
有不屑，此刻见吕不韦对他的敬重比白身商旅时还进了几
分，心下颇觉受用，不禁也大度豪爽了起来，大咧咧一摆手，
将自己的王道赈灾对策又说一遍，末了敲着长案加重语气
道："三代无定法，国难当变通。若墨守成法而不开赈灾之

凡为秦相，必奔走"基层"
一段时间，卫鞅、张仪、范睢等
莫不如此。左手"基层"，右手
"商君书"，此为秦相两大法
宝。"理论与实践相结合"，是
作者偏爱的写法。

例,秦国危矣!"

"难处在这修法赈灾,先生以为如何?"

"纲成君,恕不韦直言:目下最不能做的一件事,正是这修法赈灾。"吕不韦从嬴柱的殷切目光中看出了这位被灾异国丧折腾得疲惫不堪的新主的期盼所在,但他却没有回应这位新主,而是直截了当地面对蔡泽开了口。

"岂有此理!因由何在?"蔡泽顿时红了脸。

"不韦初入秦国,想多多揣摩秦人法令风习。适逢太子府事务井然有序而无须过问,不韦从四月游历秦川,直到老霖止息方回。"吕不韦平静得讲述故事一般,"据实而论,秦国灾情大体三等:关中西部之雍城、虢县、陈仓多山塬,涝灾稍轻,民失囤粮当在三四成上下;自郿县以东至栎阳以西,关中腹地平野受灾最重,民失囤粮当在七八成上下;关中东部之平舒、下邽、频阳并洛水诸县,受灾稍重,民失囤粮当在半数上下。陇西上邽地裂,死人两万余,然草场牲畜却无伤损,存活人口之生计已经由郡县大体安置妥当,并非大患。目下之危,唯在关中。关中之危,七八成在人心浮动,三两成在生计之忧。"

摸清楚实情,才能对症下药。

"笑谈!"蔡泽冷冰冰插断,"久雨久水,房倒屋塌,囤粮随波逐流,此乃常情!足下几成几成之算,何见得不是故弄玄虚?"

吕不韦依旧平静如常:"纲成君所言之常情不差,然秦人却有非常处。秦自孝公商君变法百余年,关中庶民尚耕尚战勤奋辛劳,纵是小户,存粮亦过三年。秦人之非常处,是经年备战之下生出的囤粮之法。秦人囤粮不在家居庭院,不在草席之囤,而在山洞石窖;山塬之民囤粮于石洞,平野之民囤粮于石窖;家中所囤者,半年粮也。此等藏粮风习,若非雨涝大灾时不韦跟随民人入山排水护粮,只怕也不知实情。"

"对也！"嬴柱恍然拍案，"如何这茬也忘了？洞窟藏粮，那是老秦人久战陇西，未进中原立国时的老规矩。没错！"

"既有此等牢靠囤粮，民心何以浮动？国人抢市岂非刁民寻衅？"

"不。人心惶惶，乱象在即，是为不争事实。"吕不韦叩着书案，"然根本因由不在所余口粮几多，而在官府治灾滞后，庶民眼见秋播无望而大起惶惶！唯将根由分清，处置之法方能妥当。"

"足下是说，民非饥荒，唯地饥荒，不救民而救地？"

"民要救，地要救，国更要救。然救法须得对症，否则事与愿违。"

"好也好也。"嬴柱皱着眉头摇摇手，"纲成君对策已明，该先生倡明谋划了。"

"但凭主君，老臣洗耳恭听。"蔡泽冷冷一句捧起了茶盅。

"在下之见：今岁民乱乃多方纠葛而成，非纯然救灾可了，须一体治之方能见效。"吕不韦始终以吏身自称，平静的口吻中却蕴涵着坦然自信，"不韦谋划只有三句话：新主即位称王，官府治灾救地，商战救民安国。但做好三事，秦国可安也。"

"且一句句说来。"嬴柱大是困惑，"父王尚未安葬，如何能即位称王？"

"即位称王之要义，在于振奋朝野示强六国，不能以迂礼自缚。"

"称王，老夫却是赞同！"蔡泽陡然"啪"地一拍案。

嬴柱惊得心头一颤，皱着眉头挖了蔡泽一眼，片刻默然，叹息一声道："非常之时也，非常之法也。即位便即位，此事交纲成君筹划。"

"父亲明断！"嬴异人大为振奋，霍然起身走到吕不韦座前，"先生说不能修法赈灾，却要商战救民，定有甚个奥妙，盼能赐教。"

"公子谬奖也，说不得奥妙。"吕不韦一拱手道，"秦人之乱起于抢市，抢市之因在于山东商贾贱价抛物。贱价成市，并非六国商贾发兼爱之心代秦赈灾，而在图谋大榨秦人之市力。更要紧者，六国商贾随时可能陡然抬价。一旦贱市变贵市，愤愤秦人可能立时民变，杀戮外商，捣毁尚商坊，如此必激怒山东六国愤然合纵，趁我国丧攻秦。"

"先生大是！"嬴柱不禁悚然动容，"索性关闭尚商坊！"

"商战商决。目下秦人需要六国商贾，强行关闭尚商坊，无赈饥民若逃国避荒，则更伤秦国长远大计。"吕不韦起身肃然一躬，"不韦请于半年之内暂领官市丞一职，与六国商贾一决商战之道。"

吕不韦商道打滚多年,常临危不乱,善出奇制胜。六国商家趁火打劫,局面虽凶险,但吕不韦仍有能力转败为胜。

孝文王乃秦国史上在位时间最短的君王。"孝文王元年,赦罪人,修先王功臣,褒厚亲戚,弛苑囿。孝文王除丧,十月己亥即位,三日辛丑卒,子庄襄王立。"(《史记·秦本纪》)按杨宽的说法,至此,秦国大势基本已定。"秦国在秦昭王时,实际已开始进行统一战争,既取得了东方各国的大块土地,又大量杀伤了各国的人力。……其他较小规模的战争不计,只就这四次白起指挥的大战而言,秦所杀死三晋和楚的士兵已在一百万以上。这就严重削弱了这些国家的战斗力,奠定了此后秦国取得统一战争胜利的基础。只是由于秦采用残暴的杀降办法,激起了赵国广大人民的义愤,因而秦国攻邯郸不能取胜,再加上秦相范睢用人不当,魏、楚两国又联合救赵,秦兵反而遭到反包围,结果失败了。……秦国在稍事整顿后,就继续进行统一战争,攻取得韩二城,取得赵二十多县,并迫使西周君献出城邑。……到秦孝文王、秦庄襄王时,秦的完成统一已经是大势所趋,到了'水到渠成'的境地。"(杨宽:《战国史》,上海人民出版社,1955年,364~365页。)秦昭王之后,孝文王、庄襄王

"好!先生出马,商战无忧!"嬴异人抢先一句,一瞄父亲却突然噤声了。嬴柱肃然起身整衣深深一躬:"先生救民安国,请受嬴柱一拜。"回身命一直在旁肃立的桓砾,"长史下书:一年之内,举凡秦国经济官署悉听先生密行号令,钱财物之调遣不受限数,违者视同上抗王命之罪!"吕不韦肃然一躬道:"主君信得不韦,不韦不胜感念。然太过彰显未必成事,不韦一不调遣国库钱财,二不掌诸多官署,只一个官市丞便可。"旁边蔡泽却嘎着公鸭嗓长长一叹:"天公昏聩也!阴差阳错也!"嬴柱脸色不禁一沉:"纲成君以为不妥么?"蔡泽兀自摇头晃脑地嗟叹:"老夫终生欲操经济实权,总是脱不得徒有虚名之风光!某生分明志在政事,却总是脱不开个钱粮支付。谋事者不得事,谋政者不得政,奇哉怪哉!敢问我君,上天公道么?"嘎嘎公鸭嗓尚在回荡,偌大厅堂哄然爆出一声大笑,又一齐捂着嘴噤声。

走出门厅,吕不韦压着笑意低声道:"若非国丧,得灌君几坛!"蔡泽哼哼一声冷笑:"你心舒坦,老夫却是憋闷,恕不奉陪!"转身摇到自家车边去了。吕不韦顾不得理会,径自匆匆走出宫门上马去了。

二 咸阳大市爆发了惊心动魄的商战

三日之后,咸阳举行了隆重的新君即位大典,太子嬴柱即位称王,史称秦孝文王。

特急王书星夜颁行郡县山乡,晓谕国人"新王当承先王之志,力行秦法强国之道,凡我大秦臣民,皆当戮力同心勤奋治灾奉法耕战,勿得懈怠!"王书的最后一行是"邦国灾异,先王国葬延迟于秋种之后,大酺免行,民耕不服丧,国人体察

之"。随着王书，非但郡县官吏匆匆赶赴关中受灾村社，便是咸阳国府的一班经济大臣，也在纲成君蔡泽统领下悉数赶赴郡县官署督导治灾。

王书官吏接踵而至，关中老秦人精神顿时一振。

谁都知道，天下万事国丧为大，更不说老秦王这般战国在位最长的明君英主薨去，理当更为隆其葬礼了。魏国那个魏惠王在位年数比老秦王还少着几年，丧葬大铺排惊动天下。其时魏国暴雪异灾，大雪深及牛眼，大梁不少城墙也被压垮，根本无法出葬。魏国新王（魏襄王）非但不思救灾，反而征发民众修筑栈道，要数万精锐的"魏武卒"轮流抬惠王灵柩进山。若非惠施冒险智谏，说天降大雪是先王思念大梁魂灵盘桓不去，该当留住先王灵柩待来春安葬，魏国庶民便要大大受苦了。两厢比较，秦国新王奋然即位行政，将国葬延迟到救田秋播之后，且将服丧官员大半差遣到山乡村社治灾，原本已经是开旷古之先例了。然更令老秦人暖心的是，民耕不服丧与大酺免行这两条。"民耕不服丧"，是秋播耕作期间百姓不用穿戴累赘的麻衣丧服。"大酺免行"，是免去了举国痛饮大咥以庆贺新王即位的大礼。大酺，原本是春秋之前的古礼。其时酒肉稀缺，寻常时日不得饮酒食肉，国有大喜之事，天子方才下书赏赐朝野臣民大吃大喝一顿，是为大酺。就实说，大酺之日天子只象征性地赏赐些许酒肉给诸侯。到得村社乡野，一片肉一碗酒也不会有了。然大酺既为国之大礼，庶民百姓又不能不行。于是，痛饮之酒与粮肉菜蔬便得村社自筹，实际是老百姓自家吃自家而已。战国之世大酺虽不再拘泥，然在新王即位这等大事上，各国大体上还是要国人大酺庆贺的，形式也依然与古礼无异，仍然是老百姓自家吃自家。如此一来，大灾之年若行大酺，百姓自是苦不堪言了。如今新王将这虽属虚应故事然却是即位大礼

享位皆短，嬴政即位时尚年幼，经两代短命君王、一代幼主，秦国无大乱，说明秦昭王打下的"江山"非常稳固，嬴政成年后所向无敌，全赖秦昭王及其前王所打下的牢固基础。

孝文王实际在位仅三天——除丧三日后薨。小说借守丧与即位的时间差，将孝文王实际当政的时间稍稍拉长。孝文王服丧期间，大赦罪人，善待亲戚，优待先王功臣，拆除王室囿圃，行的其实是仁政。可惜享位太短。

不可或缺的"赏赐"也给免了,分明是体恤村社灾后乏粮乏货,庶民岂能不思之念之。感奋之下,秦川庶民闻书即动,连夜举着火把下田开泥松土。次日清晨,各村社的牛车队便拉着凑集起来的各色土产拥向咸阳大市,要换回农具食盐与最要紧的麦粟菽①种子。

谁料这一夜之间,咸阳的尚商坊大市陡生波澜,粮价物价一夜飞涨,种子价更是惊人! 昨日还是一皮一石粮,一钱一只铧,依着今日行情,一里凑集的百十张熟牛皮才能换回一石种子,五十枚秦半两钱才能买来一只铁铧头。

老秦人怒不可遏! 叫骂奸商的喧嚣的声浪淹没了整个尚商坊。不知谁个一声喊打,愤怒的人群潮水般爆发,飓风般卷进店铺货棚砸了起来。六国商社的东主与大执事们却一个也不闪面,只有小执事领着仆役们拼命关门收货,一时之间,十里尚商坊前所未有的大乱。

正在此时,一阵低沉犀利的牛角号响彻大市,一队护市铁骑簇拥着一辆轺车直冲尚商坊的市令台下。立即有人高喊起来:"官市巡市了! 举发六国奸商!"声声传开,愤怒的老秦人们轰隆隆卷了过来,高喊着:"奸商抬价! 依律腰斩!"将市令台围得水泄不通。

号角又起,一个精瘦黝黑的中年人利落登上高台。人海一片惊天动地的声浪:"官市行我秦法! 没收奸商! 腰斩奸商!!"接连三声静军长号,人海才渐渐平息下来。精瘦黝黑的官市丞洪亮苍劲的声音回荡开来:"老秦人听了:没货腰斩,是秦法对秦商。六国商贾乃客商,不能以秦法治罪! 这是商君老法,行之百年,我秦人不能乱法哄抢,更不能砸店伤人,但有违犯,依法严惩!"人海一片死寂,显然的愤怒化成了清晰可闻的粗重喘息,猛然有人高喊:"奸商坑秦! 天理不容! 法不行理行!"立即有人接喊:"甚个官市! 新王救灾,容得你袒护六国奸商!"眼见人海骚动,精瘦官市丞连忙插断高喊:"商事商治! 本官市得报:咸阳百家秦商联手,南市大开! 种子农具六畜应有尽有,国人只到南市买货,莫误了抢种大事!"人群静得片刻,骤然山呼海啸般呐喊一声"万岁",隆隆拥出尚商坊,拥向毗邻的咸阳南市。

这咸阳南市,实际是秦市中最大的农市。

"南市"之名,是老都城栎阳时便有的。秦人感念商鞅变法时在栎阳南市徙木立信而开新法,在迁都咸阳之后,仍将这片坐落城南的大市叫作南市。南市与商街不同,紧

---

① 麦粟菽,麦,小麦与大麦;粟,谷子,脱壳后为小米;菽,黄豆。战国时都是关中主要的秋播作物。

邻城墙,占地方五里,没有店铺而只有连绵不断的各种货棚,雨天可拆,晴天可撑,牛羊马匹等六畜可直然轰赶到市内货棚下交易。虽是粗放,却最是适合农家交易,渐渐变成了与城内长街商家不同的农市。尚商坊在东南,南市在正南,中间隔着一片两百多亩地的树林。这片树林原本是南市的六畜交易地,六国大商们不耐其膻臭弥漫,屡次与秦国官市交涉。张仪为相时要连横破合纵,为了吸引六国商贾,下令将六畜交易地内移,原地种起了一大片苍苍林木,将南市与尚商坊隔开。秦法虽从来没有过不许六国商人进入南市的禁令,但六国商贾却因鄙视南市粗俗村臭,从来不入南市设棚。于是,这南市成了秦国农事商人与南下的林胡匈奴商人的集中地,以物易物的交易方式在这里大行其道大得其乐,活生生一幅远古交易图。老霖雨以来,胡地商人南下受阻,关中秦人陷于泥泞,南市货棚收敛,行市大为萧条,才将老秦农人逼进了平日极少涉足的尚商坊。如今听说南市大开,当真是大喜过望,丢下六国商贾潮水般涌进了南市。

今日南市大非寻常。人潮一近市门,便有官市吏员沿着人群来路飞步高喊:"粮货天天有! 鱼贯进市! 勿得挤撞!"老秦人奉公守法已成习俗,见官府吏员如此敬事宣法,更听说粮货天天有,蜂拥漫来的人海没了慌乱渐渐整肃起来,放慢脚步礼让老幼,缓缓有序地鱼贯进入了南市高大的石坊。石坊口又有吏员轮流高喊:"进市者依次买货,而后由南三门径直出城! 给后来者腾地,勿得逛市逗留!"进得市内,各色货棚连绵回旋,一应农家物事如山堆积,铁铧头粗海盐便宜得与六国商贾大贱卖时一般价。更有两样令人心跳,那露天六畜市的胡地牛羊驮马一眼望不到尽头,斗大红字标明各色种子的粮柜满当当金灿灿晃人眼目。但凡农人,一搭眼便看出这等饱满干燥的颗粒决然是上好的种子。

市内每座货棚外都站着两个官市吏。一个吏员向不断进棚者每人发放一只盖着火漆印记的白色竹牌,一个吏员反复高声叮嘱:"官市有令:以白竹牌烙印为凭据,每人可进市三日! 粮货足量,无须惊慌。"货棚内更是不同寻常,种子与粗盐两种人人必买者都是打好的粗麻包,种子百斤一包,粗盐五斤一包;犁铧末锹锨等农具,则一律拴着一根便于携带的粗麻绳;进市者自己带来货换货的物事,则商家一律不还价,只按老秦人一口开价为准;以钱交易者,则无论钱之国别种类一律照收,若有家藏祖传之古钱,则以主人一口价以秦半两折算。如此等等,道道关口有疏导有法程,买卖流水般快捷顺当。暮色降临之时,南市人海已经消散,空荡荡的货棚只剩下了瘫软在地大喘气的官市吏员与商家执事。

"呜——"的一声牛角号,南市中央的市令台传来精瘦官市丞熟悉的洪亮号令:"白

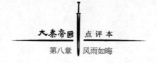
日当值者撤出！夜来当值者进市，清棚上货——"随着号令，白日吏员执事们拖着疲惫的双腿蹒跚挪出了各个货棚，聚集到南城墙根下几座冒着炊烟的帐篷去了。另有一队队精神抖擞的吏员执事从帐篷中拥出，提着风灯大步匆匆地散进各个货棚，清理白日狼藉，收拾修葺破损，叮叮当当一片忙碌。一弯新月刚刚挂上北阪林梢，队队牛车连绵不断地川流进市，火把风灯伴着隆隆车声，直是大战前的军营一般。

朦胧月色下，一辆垂帘辎车轻盈地飞进了南城墙下的帐篷区。

辎车在一座灯火通明的大帐前吭当刹住，车帘刚刚掀开，精瘦的官市丞匆匆大步到了车前一拱手道："吕公来得及时，在下正欲就教。"一身本色麻布长袍的吕不韦推开了官市丞要扶他下车的手，搭着车厢一步跳下笑道："足下倒是精明，我想暗自踏勘一番也不行了。"官市丞嘿嘿笑道："在下军辎营出身，车马声瞒不过我。吕公请！"

进得大帐，吕不韦见中间一张大案上两名吏员正在埋头拨着算柱清账，笑问一句："今日进账如何？亏了盈了？"官市丞顿时没了笑意，挺身拱手道："禀报吕公：今日亏十万钱上下。在下以为，当调出官市库金支撑，否则进货难以支付。"吕不韦从容坐进另案悠然一笑："开市首日亏十万，足下不能承受么？"官市丞连忙道："进货付钱是硬理，与在下能否承受无干。"吕不韦道："官市库金是国财，非山穷水尽不能动用。自今夜起，大宗进货暂不付钱。小宗进货，皆由西门老总事支付。"官市丞吭哧片刻红着脸道："恕在下直言：两法皆不可为。大宗不付钱不可，小宗私易更不可。此等经商，秦国官市未尝闻也。"吕不韦淡淡道："商事如战，足下如将，只依照将令行事，无须论是否。"官市丞将士般"嗨"的一声，又直刚刚拱手道："敢请吕公示下：明日物价几何？"吕不韦目光一闪笑道："足下也是老官商，以为该当几何？"官市丞昂昂挺胸道："今日已亏，明日当盈！在下以为明市当提价三成！老秦人与国府一心，断无怨言！"吕不韦一声叹息："可惜也！有足下这般官市，难怪秦国百年无大商。官商如此拘泥，能做得邦交大商战么？"官市丞一脸坦然道："商事非国本，能周流财货使民度日足矣！做恁大甚用？"吕不韦冷冷一笑："甚用？秦国若有大商，抑或官商能事，岂有尚商坊乱秦之事？若你等者，几时明白商战可救国，便是出息也。"官市丞顿时红了脸道："商贾奸诈，坑民为本。果能救国，耕战何用！"吕不韦不禁又气又笑拍案："呜呼哀哉！商海有鲲鹏，何足与一个小店东道哉！"官市丞终于不耐，一拱手道："吕公只说市价，在下不想争辩商道。"

"好！"吕不韦断然拍案，"明日落价三成，与尚商坊平齐！"

"岂有此理！"官市丞大急，"尚商坊今日猛涨，明日如何能猛跌？"

"只怕还要跌。你只记住：他跌我跌，始终低他一成价！"

"啊！"官市丞愣怔得大张着嘴巴说不出话来。

吕不韦走了。官市丞立即飞身上马急奔王城。嬴柱立即在前殿召见了擂鼓紧急求见的官市丞，然听得几句便沉下脸插断道："秦国市易，悉听先生决断，不得越过先生奏事。"说罢不待官市丞回话径自走了。官市丞沮丧至极，怏怏回到南市的临时官帐打起精神赶紧巡查接货情形，生怕明日过不得大关。大棚接货吏员兴冲冲回报说，今夜的大宗货主特意申明货金不收，两月之后一并结算，进货天天不断。小棚吏员也是满脸堆笑，说西门老总事当场兑钱六十万，言明借给官市，两月后要讨一分利。官市丞又惊又喜，虽一时说不清其中奥秘，却顿时对吕不韦心生敬佩，一挥手高声道："吕公有令：明日跌价三成！他跌我跌，始终低他一成！牛他一程！上货——"

南市的风灯火把彻夜未息，嗨哟嗨哟的号子声直到东方微明才平息下来。

次日清晨开市，果然情势大变。尚商坊六国大市一口气猛跌到南市物价的四成，各国商社的大小店铺纷纷张挂出"楚国上等稻种"、"齐国上等海盐"、"韩国精铁铧"、"魏国上等麦种"、"赵国上佳菽谷"、"燕国大麦黄粱"等等不一而足，旁边斗大红字的长幡显赫标明："平价六成，大跌四贱卖！"老秦人纵然厚道，却也不禁对这些寻常大名赫赫无法企及的粮货佳品以如此贱价出售怦然心动。毕竟，买便宜物事不犯法，且当此艰难救灾之时，何乐而不为？人同此心，心

以本伤人，看谁能扛到最后。

同此理,尚商坊开市一个时辰,南市的人潮便哗啦啦涌到了尚商坊。

却说六国商贾昨日被秦国官市大闪一跌,人人懊恼,家家愤然。他们无论如何想不到,最不善经商的秦国官市竟敢以低价抢市,竟敢与山东大商群较量商战。六国战力不如秦,也是无可奈何,然六国商人是骄傲的,能进入秦国咸阳的六国商人更是骄傲的。他们非但家家都是累代经商实力雄厚的大商,且入秦掌事者个个都是应变能才,人人都有国事意识。秦国官市一搭手,尚商坊立即觉察出一个大好商战机会到了面前,若能趁此机会一举搅乱秦国或使秦国大大衰弱,岂非为饱受欺凌的山东六国除了虎狼之害?楚国大商猗顿氏的第六代公子立即出面邀集六国大商聚会商讨对策,大商们备细分析了情势,一致以为秦国之势两难:秦法不赈灾,不能无限度低价出货;秦国要救灾,得靠六国商旅周流粮货;目下秦国大开所有关隘通道,免去了关隘税金便是明证;只要全力运粮,在粮战上给秦国当头一击,必能在商战中为六国复仇。

"诸位同道,目下秦国朝无大才,野无大商,正是商战良机!"英气勃勃的猗顿公子奋然高声,"在下之谋划是:我等勠力同心,但能保得旬日粮货饱满,一俟秦国官市粮货不济,尚商坊当即猛涨,打他一个软肋闭气!其时秦人鼓噪,无能之新秦王与迂阔之蔡泽束手无策,六国趁势出兵,纵是不能灭秦,也当迫其城下立盟,安我六国,复我国恨家仇!"

"万岁!商战复仇!"六国大商们虽然谁也没想到一场原本寻常的买卖交易能骤然变为六国商战复仇,然经猗顿公子一番慷慨说辞,皆觉果真如此。山东六国哪国与秦国没有血战之仇?哪族没有战死者?血气鼓勇之下,自然是奋然同声地赞同了。

尚商坊一跌价,秦官市立即接到吕不韦密令:一应官市吏员悉数脱去冠带,换作商人常服当值;货棚挂起各小国商社与胡商的招牌望旗,物价再跌一成半!片刻之间南市景象大变,黑衣吏员踪迹皆无,货棚尽皆张挂起卫陈薛曹邹等小国商社的望旗,各色服饰的商家执事们纷纷冲出石坊追着离去的人群高喊:"秦人听了,秦国官商退市,货棚悉数盘给了新主!我等跌价四成半,足色粮货了——"

如此一喊,老秦人们先是惊愕,继而大觉坦然。直娘贼!有你等杀价济秦,秦国落得省点儿钱财粮货,官市退市好!爷爷只是两头跑,看你狗日的谁个先趴下!秦川庶民不少人原本尚有歉疚之心,不忍丢下本国官市去凑尚商坊,如今心结大开,奔走相告,两市奔跑,专找那半成落价的便宜。消息风一般传开,关中老秦人大为兴奋,除了精壮男

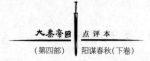
丁整田秋播,老幼女子络绎不绝地赶着牛车奔赴咸阳抢市。一时间秦川八百里牛马载道笑语喧哗日夜不绝,老秦人不亦乐乎。

商战大势一成,两市欲罢不能,索性开了夜市鏖战。三日三夜,粮货价格半成半成地跌到了平价的两成,直如赔本送货。在这个商家心头滴血的价口,双方整整咬住了一日一夜未动,谁也不跌不提地耗着。这当口撑的是存货,谁在此时因无货而收市,谁就会血本无归! 毕竟,商家跌价的真正图谋是撑到谷底猛然提价,而后十倍百倍地捞回,谁肯甘心在赔出血本之后不等回收而呜呼哀哉!

吕不韦敢打这场大商战,除了自身尚有些许本钱,更在于两座坚实的背后靠山:齐国田氏与赵国卓氏。早在老霖雨初起之时,吕不韦未雨绸缪,派出西门老总事奔赴临淄,派出莫胡奔赴邯郸,分别与田氏家族与卓氏家族立好了协约:入秦货金暂欠,结市后利金两成。此时田单已逝,其爵位由长子一支承袭,其商事由田单的一个颇有才气的庶子承袭,与吕不韦素来交好。赵国卓氏则是老卓原的次子执掌商事。两方接信都是哈哈大笑,二话不说应承下来。商战一开,非但齐赵粮货络绎入秦,两方还分别联络了许多素有来往的胡商入秦,一并连牛羊六畜市也解决了。然齐赵毕竟路途遥远,尚商坊纵有自家商社也不能公然调货,撑到第四日眼看有些乏力不济了。按照嬴柱的书令,原本可以调动府库财货撑持。然则如此一来,这场商战在秦国朝野的地位便会大大降低,吕不韦的分量也会大减,更会引来日后无穷尽的吕氏是否假手国库变相赈灾以成私名的争辩,朝野信任何在? 唯其如此,不到万不得已,吕不韦绝不会使秦国府库卷入这场商战。

这日夜半,坐镇南市的吕不韦一番思谋,突然问得一句:"咸阳新庄存钱几多?"西门老总事张口便答:"饼金五万,秦半两六十万,列国钱三十万。"吕不韦目光大亮,一拳砸到案上:"全押上去! 赌了!"西门老总事大惊:"开赌? 先生失心疯了!"吕不韦一阵大笑,低声耳语一阵,西门老总事不禁猛然拍掌:"好谋略! 老朽也赌了。"

吕不韦立即召来官市丞秘密部署,连夜分头行事。天色拂晓时分,万千年轻力壮的老百姓拥进了尚商坊大市,清一色现金现钱买货,动辄一车半车,似乎人人都是大户人家子弟。其时商家买卖,买主但有个住处,赊账便是常事,虽然最终绝大部分都能收回,老秦人更是一有钱主动了账;但商家还是最喜欢现金现钱现了账,如此自然有了对现钱交易的种种让利规矩。如今现钱买货者如潮涌来,纵不让利,想当场提价却是万万不

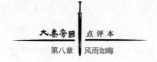

能。依着古风,买主来时价若想当场猛提,便是"盗商",买主非但可立时砸店杀商,同行还要指斥该商为害群之马。因了如此,六国大商们没高兴得顿饭时光,便觉察出了异味,那接踵而来的买主黑压压堵在门前,关门不能,提价不能,现时转移粮货更不能,万般无奈只有硬撑。可眼见全部搬上店面的压仓存货流水般装车,谁个不汗流浃背心惊胆战。到得午后时光,偌大尚商坊的存货被哗啦叮当的金钱一扫而光,六国商人们尽皆铁青着脸色愣怔在当街,直觉天旋地转……

"公子公子,秦人有诈!"一个黄衣执事冲进尚商坊大嚷。

"快说!"软瘫在地的猗顿公子有如神助般跳了起来。

"秦人现金买货,都运进南市入了各家货棚!"

"晓得了!"猗顿公子长长地嘘出一口粗气不禁咬牙切齿,"非秦人有诈,南市商人有诈! 分明是小国商贾联手,雇了秦人现金清我! 诸位说,是毋是!"

"有理! 俺看还有秦国官市在后插手!"

"鸟! 一群蚂蚁商也敢跟我等抗市,不中!"

"左右血本无归,公子只说如何整法!"

"中! 俺等也来他个六国合纵,听盟主号令,掠他个空市!"

"听盟主号令!"尚商坊一声齐吼。

"好! 蒙诸位信得猗顿氏,我做了这只头鸟!"猗顿公子慨然拱手环礼一圈,"我之主张:不管秦国官市插毋插手,终究不会上到台面。只要秦国官府不疯,商战终归是商战,我等便以商战方略对之。目下第一回合,我等输了。然则还有第二、第三回合,我等定然要赢! 南市之法叫'吞吐市战',当年李悝在魏国施展过,使列国粮货洪水般流入魏市。此法根本,在于财力是毋是雄厚。我等尽天下大商,粮货没了,钱财依然如山! 诸位说,如何战法?"

"买空南市! 回头提价! 整!"

"彩——"一声轰然喝彩,尚商坊顿时活了过来。

不说六国大商一夜忙碌,只说次日清晨,连绵牛车马队从咸阳四门涌进了南市,却惊愕地发现南市的所有货棚都张挂出"上品上价 高平价一倍"的大布幡旗,一夜之间从平价的两成猛涨到平价以上两成,整整涨了二十成的高价,也是秦法许可的粮价最高点。石坊外的牛车马队不禁愕然,徘徊相互观望举步不前。终于,一队牛车吭当吭当起步,义无反顾地驶进了高大的石坊。后面的牛车马队一阵彷徨,终于相继跟了上来,络

绎不绝地进了南市。

正当秋高气爽之时，和煦明净宛如阳春的蓝天下，前所未有的零宗大买卖在咸阳南市喧嚣开来。各色买主接踵而至，各国金钱应有尽有，也是清一色的钱货两清车载马驮。因了南市终究是秦国官市直辖的治灾市，自这次开市便有入市者每次限量买粮货的法令。此后秦国官市虽则隐退，南市名义上成了小国商贾的货棚区，但其市易治灾的法度却始终未变。此法之下，买主不能一次性大宗买货，而只能一车半车的小宗。饶是如此，南市货棚也架不住这牛车马队连绵无尽的买粮装货，堪堪撑到夕阳将落，南市大小货棚与六畜大市除了满柜金钱，尽皆空荡荡了无一物。

秋月朦胧，南城墙下的官市大帐灯火通明。

官市丞汇总了账目，两手捧着简册瑟瑟颤抖着禀报：粮货全部售尽，一日得金二十三万八千，列国钱两百三十六万五千三百二十一枚，扣除粮货本金，获利足足六倍！官市吏员们正要应声欢呼，却见吕不韦脸色阴沉得秋霜一般，不约而同地没了声气。

"诸位但说，南市该当如何应对？"吕不韦沉声问了一句。

"在下之见，经商获大利，买卖好做！"官市丞昂昂挺胸高声道，"目下无非两路：其一，不与六国鸟商纠缠，用获利金钱出函谷关大进粮货，气死那班贼商；其二，再吞他一次，饿死那班贼商。这是秦国！他尚商坊还敢疯涨不成！"

"足下差矣！"西门老总事大摇白头，"六国商旅同气连枝，关外各市早已防秦，纵然出关也是一个价，第一策不可行。再吞么，力有不及。谁说六国商贾不敢在秦国涨价？你涨在先，人家涨在后，国府安能一事两理？金钱不济，第二策也不可行。"

"索性不理他。"一个老吏站了起来，"两市低价拉锯多日，左右秦人秋播也快完了，口粮冬货也差强够了。官市不理他，尚商坊要疯开高价，秦人只不买他粮货，他能奈何？挨到明年五月夏熟，他那陈粮敢不跌价！"

"不成不成。"西门老总事又是摇头，"自古粮货怕垄断①。此次商战之货，尽皆百姓日用之物，哪一日没有交易？农夫纵然有了种子与一两月口粮，咸阳市人如何度日？秦市没了粮货，咸阳国人只能听任尚商坊宰割，立时危局。"

---

① 垄断，战国语词，语出《列子·汤问》《孟子·公孙丑下》，原意为商人登高探望行情，以求获得大利。后引申为独占把持。

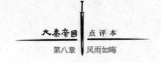

吕不韦面无表情地转了两圈一挥手道:"诸位散了,容我思谋一番。"

官市丞却没有走,过来低声问:"吕公,要么进宫,请发府库。"

"足下少安毋躁,五更进帐便是。"吕不韦一挥手径自去了。

进得后帐,吕不韦默默啜茶思忖,突然问:"尚商坊粮货几多?"

西门老总事一直捧着算柱肃立在旁,闻声即答:"两市周流之总量,减去连日卖出总量,目下流入尚商坊粮谷三百万斛①上下,各色农具六畜货物六十余万件;若以平价猛涨两倍计算,大体要饼金百万之数。"一口气所报数字直抵最终行动,这便是久经商海磨炼的西门老总事。

"连同家财,缺额几多?"

"缺额……"西门老总事第一次沉吟片刻开口,"五十万金上下。"

良久默然,吕不韦长嘘一声一拳砸到案上,茶盅咣当落地。五十万金,莫说任何一个商人,便是任何一个国家府库,如何能仓促筹集得起来? 若是十年之前,但有旬日之期,吕不韦倒是不畏惧如此巨额运筹,然如今家财破尽,所余金钱昨日也一举投进了第一大吞,再有活钱便是真正的买米钱了,对如此巨额买卖无异杯水车薪耳。要做,唯一的出路是动用秦国府库。天意也! 吕不韦当真要成于商败于商了……

"禀报先生,有人求见!"当值吏员似乎有些惊慌。

吕不韦顿时不耐:"甚叫有人求见,没个姓名么?"

"他,他蒙着面,不肯说,还不走。"

吕不韦目光一闪。西门老总事立即说声老朽去看,抱着算柱到了外帐,片刻之间,领着一个细瘦高挑青色斗篷青色毡帽青色面罩者矗在了灯下。

"在下吕不韦。敢问足下何事?"

青斗篷者一点头不说话,只两手递过一支细亮的泥封铜管。吕不韦也双手接过。西门老总事立即递过开封窄刀。吕不韦划开泥封拧开铜管抽出一卷羊皮纸展开,却是两行古籀文:"有金六十万入足下秦市,其利几何?"左下空白处一方流水般阳文烙印! 吕不韦目光一亮心头猛然一颤,一拱手道:"足下是信主还是信使? 可愿在此地说话?"青斗篷者纹丝不动只轻声两字:"无妨。"吕不韦一点头道:"我需先听信主一句:何以要

---

① 斛,战国容量单位,一斛十斗,各国大小不一,一斛大体在一百斤至三百斤上下。

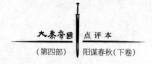
入秦国险市?"青色斗篷道:"商道牟利,岂有他哉!"吕不韦道:"官市法度,信主投金当有来路。"青色斗篷道:"井盐之利取于秦,还于秦。算得来路么?"吕不韦恍然长嘘一声:"清夫人①善莫大焉!"青色斗篷淡淡道:"足下既知清夫人,是成交了。"吕不韦点头道:"利金但凭吩咐。清夫人有无他求?"青色斗篷轻声冷笑:"足下果真明于商道。然信主偏偏无他图,信得信不得?"吕不韦淡淡一笑:"取于秦还于秦,信哉斯言!"青色斗篷者一点头道:"利金一成。三更首刻,沣京谷口等候交割。告辞。"转身出帐钻入一辆两匹大青马驾拉的青色辎车,风一般去了。

"这是……"西门老总事惊愕得说不出话来。

"回头再说。"吕不韦压低声音叮嘱,"西门老爹立即回庄,唤莫胡一起轻舟去沣京谷口等候。我带牛车队随后从山麓赶来。"西门老总事连忙道:"老朽之见,当带官市马队前往,以防万一!"吕不韦一摆手道:"突兀之事防不胜防,但凭天意。"西门老总事"嗨"的一声匆匆去了。

明月挂上中天,沣京谷口的茫茫碧水横出一道黝黑蜿蜒的山林剪影。一只轻舟划过,点点桨声更显得天地幽幽。咸阳城楼隐隐传来三更刁斗时,一支几乎没有响动的牛车队沿着山麓驶进了谷口,对面山道一盏风灯悠悠飘来。风灯飘近牛车,领着一队黑衣人又飘进了山谷。黑衣人群在月光下忙碌穿梭大约顿饭时光,牛车队隆隆东去,泊在谷口码头的白帆轻舟也飞一般漂出了幽幽谷口,漂进了滔滔渭水。

次日清晨,尚商坊还带着昨日的喜庆醉意沉睡在朦胧霜雾之中,便被黑压压的人群牛车围了个水泄不通。依着秦国法度,尚商坊市门专由咸阳内史派出的一个百人甲士队护持市易;百人队驻扎于市门外两座大帐昼夜当值,除非尚商坊内发生盗劫或争执事端,甲士不得进入坊内大市;每日清晨卯时开市,卯时之前,买主不得进入石坊之内。今日卯时未到,各色人等牵马赶车络绎不绝地兴冲冲赶来,在秋霜晨雾中漫无边际。石坊口甲士反复呼喊今日歇市,汪洋人群大起喧嚣,呼喊着:"治灾不开市,触犯秦法!""六国奸商不开市! 报官市马队冲开!"鼓噪起来,声浪越来越大。

终于,一个早起的山东商人发现了不妙,立即飞跑着沿街大喊起来:"不好了! 秦人围市了! 店铺开门! 醒市了——"一阵大嚷,尚商坊骤然惊醒,立即手忙脚乱起来。随

---

① 清夫人,战国时巴蜀巨商寡妇清。见《史记·货殖列传》。

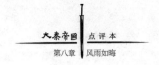

着喊声,石坊口甲士百夫长也飞步赶到尚商坊市令台前要找总事们说话,见各商社总事纷纷跑向楚国商社,也飞步赶了过来。

昨日大吞南市,尚商坊人心大快,依着山东六国的商道传统,夜来聚酒庆贺直到四更。六国商家一致认为,经此一口大吞,自家钱财虽填进大半,然将南市粮货一举清空更是大胜。粮货尽屯尚商坊,秦人灾后越冬只能指望尚商坊,其时涨价几何皆由我说。南市棚商要反吞翻市,至少须得百万巨金!不说此等小商财力原本薄弱,纵是加上秦国府库,仓促间也难以一次凑得如此巨额金钱,更不说冬期将至商贾冻账,能拿得出巨额金钱的六国大商皆在此地,小小南市却到哪里凑钱?如此揣摩之下,六国大商们众口一词:纵有吞货之潮,也在明年夏熟之后,今冬明春,秦人只能任我天价宰割!说到涨价几何,却是众口纷纭,最后还是猗顿公子的"台阶涨法"得众人一口声赞同。所谓台阶涨法,是每日限货,每日一涨,低价少出货,春荒饥馑涨到十数倍价时最大量出货。末了猗顿公子呵呵笑道:"我等要做仁义商贾!晓得无?明朝起先歇市一日,若有零星市人小宗零买,只平价即可。后日开市限货提价一成,一日一成,十日一倍,明春饥荒时涨到十余二十倍!晓得无?"

"晓得!"众人一口声喊了一句楚国话。

"公子神妙!老夫给老秦人来个慢火炖虎狼,中不中?"

"彩——"众人一声喝彩又跟声喊出魏国话,"中!慢火炖虎狼!"

四更散饮,大商们人人扯着沉重的鼾声进了梦乡,骤闻秦人围市,一时懵懂没了主见。前后忙乱的执事们见到主家张口只两问:"开不开门?货价几何?"商贾们一时没了主张,又怕自家开市自家定价闪了同道,纷纷奔到楚国商社。猗顿公子刚刚被侍女从梦中唤醒,披散着长发裹着皮裘兀自愣怔,见商贾们纷纷拥来门厅,思忖片刻咬牙跺脚道:"秦人正在灾中,不开市要惹得秦国官府出来。六倍价开市!拼了!"

"不中不中!秦法粮价不得高过平价一倍!六倍犯法也!"

"如何不中!昨夜还说明春涨到二百成!"

"天爷爷!那是台阶涨加春荒!今日何说?秦法无情也!"

"诸位少安毋躁。"猗顿公子冷冷道,"今日说辞,是与小国商贾轮番商战,与秦国无涉,不受秦法约束!诸位畏惧秦国,我猗顿氏不怕!"回身断然挥手,"执事听令:知会坊口甲士队开市!楚国商社打出望旗,六倍价!"说罢一裹皮裘噔噔去了。

"六倍便六倍!中!谁怕秦国虎狼了!"魏商陡然回转,嚷嚷着大步去了。

"同道护持！六倍何妨！俺不怕！谁怕了？"

"不怕！"众人一口声呼应了齐国商人的问话，匆匆回到了各自商社。

霜雾方散，日上三竿。官市丞带着马队隆隆赶来时，尚商坊已经开市了。眼见人马牛车潮水般涌进了近二十丈宽的石坊口，官市丞又带着马队隆隆卷了回去。尚商坊内顿时鼎沸起来，纵六横三的九条大街分隔出的十个坊区，人群川流，人头攒动，与苏秦描述当年临淄大市的"车毂①击，人肩摩，连衽成帷，举袂成幕，挥汗成雨"直是有过之而无不及。各色秦人今日闻所未闻的阔绰，将店口价牌瞄得一眼咕哝一句黑得狠，指点喊出粗粮一石青盐十斤铁犁头三个等等名目，而后摇着钱袋抖出金钱眼也不眨。商贾们原想限货，卖到午后关市，可昨日吞回的粮货匆忙间都堆在店铺尚未库藏，汹汹人海岂容你中途收市？无奈只有硬撑，眼看着黄灿灿沉甸甸的各式金钱流水般进柜，心头直疼得大汗淋漓。

黄昏收市，尚商坊又吐得空空如也。秋风鼓着落叶飘过长街，乱市后的寂静如幽谷一般。六国商贾们大为沮丧，顾不得聚集商讨，纷纷先缩进店堂盘账。一番忙碌结算，一吞三吐，大多商家都亏了三四成本钱，谁家生意越大，谁便亏得越多。

"鸟！老夫不服！终不成蛇吞象了！"终于有人吼喝起来。

当商贾们又渐渐聚拢到楚国商社门前时，却见尚商坊独一无二的显赫铁门已经关闭，猗顿氏商社的铜字也从门额消失了。商贾们立时觉得一股寒气渗透了脊梁——猗顿氏亏倒灶了？惊讶之余，神色各异的商贾们进了庭院绕过影壁，

残酷的商战，斗到最后，不是智力之斗，而是财力之斗，财大气粗者胜。

---

① 车毂，车轮中心用以插轴的圆木，亦做车轮代称。苏秦此语后演化为成语"毂击肩摩"。

却见正房前一排高车,仆役们正进进出出忙碌着装车,猗顿公子铁青着脸站在廊下,满庭院沉闷得没有一个人出声。商贾们这番算是真正看明白猗顿氏倒灶了要关张出秦了,一时大泄了底气,不禁瘫软在院中。

"中!赫赫猗顿氏原本也是泥熊一个,不经亏也!"

"魏兄好风凉。"猗顿公子提着一支金镶玉的马鞭沉着脸走下台阶冷冷一笑,"就实说,我猗顿氏这次商战亏了入秦六成本金,于猗顿氏总社本金只是三成而已,撑持得住。念得诸位曾经拥戴我为盟主,猗顿实言相告。此乃家父密书,请魏兄念给诸位。"说罢从皮袋中抽出一支铜管抬手抛了过来。

"中!"魏商接住铜管抽出一张羊皮纸,高声念诵起来,"斥候执事业已探明:密领咸阳官市者,吕不韦也!此人多经商战风浪,未尝一次败北,若非方起之时数年全力援齐抗燕,早成天下第一巨商。此人执秦市欲彰显功劳,必置六国商贾于死地,儿当关张离秦移商大梁,以避其锋芒……这,公子何不早说!"

"诸位不来,猗顿还当真不想说。"

"老夫不信邪!一个吕不韦能整死尚商坊?"燕商愤愤然站了起来。

"俺倒是听说过吕不韦。"齐国商社总事苦笑一声,"也是神,此人专能绝处逢生。当年田单将军眼看要困死孤城,派鲁仲连寻着了这吕不韦。嗨!从此一海船一海船的粮货兵器源源不断。否则啊,那即墨能在乐毅大军下撑得六年?此等人领市,我等没辙。"

"鸟!这老杀才如此能耐,奔秦国做个小官市?不信!"

"人各有志。"猗顿公子冷着脸道,"无论吕不韦图谋何在,只这商战与我等相关,无关其余,晓得无?实在说,猗顿倒是钦佩这个吕不韦。君子复仇,十年不晚。诸位若有心志,十年后再进咸阳与吕不韦一见高下。谁受不得这场屈辱,谁留下,猗顿恕不奉陪。"

商贾们谁也不作声了。但为大商,都是世代累积的资财,谁敢眼睁睁将祖宗基业拼个精光?连猗顿氏这等天下巨商都要避开吕不韦锋芒,谁还当真有心撑持下去?一时人人沮丧,满庭院默然。

"禀报公子!"一个执事气喘吁吁跑来,"有,有人求见!"

"求见?"猗顿公子皱起了眉头,"秦国官市吏?"

"不像。一个白头老人,不说名讳来路,只说要见公子!"

"也好。请他进来。"

片刻之间,一个须发雪白的老人从容进了庭院,对着众人周遭一拱:"在下吕氏商社总事老西门,见过公子,见过诸位总事。"不卑不亢不笑不怒却又是一团和气满面春风,一看便是老辣商士。

"吕氏商社自是吕不韦了。"猗顿公子顿时脸色铁青,"他还要如何?"

"公子明察。"老西门一拱手,"老朽奉命前来,是要知会诸位:吕公欲待与诸位聚饮言和,退回诸位本金,并奉送利金一成,了结这场突兀商战。"

"不中!输便输!吕不韦要羞辱我等么?"魏商总事愤然喊了起来。

"此公差矣!"老西门坦诚拱手道,"吕公所念:秦人突遭天灾,官府突逢国丧,朝野措手不及,迟于治灾以致生发乱象。吕公念及商道大义,恐秦人因商家囤积粮货而难以度灾秋种,故而督导南市与尚商坊周旋。如今秦人度灾有望,这场突兀商战亦该平息。吕公念及六国商贾入秦百年,周流财货有大功,请准秦王退还诸位亏损本金并送利一成,所求处在诸位莫得离秦,如常留秦经商可也。吕公有言:商道无国,唯与百姓生计相连,若囿于邦国成见,失了商家本色也。吕公愿以东道之身大宴诸位,以了此次恩怨,实无他意,愿诸公明察。"

一席话了,庭院中所有人都瞪大了眼睛不说话。若说开始六国商贾还有愤愤然戒备之心,此刻倒当真难辨真假了。这位白头老者说得入情入理,神态口吻丝毫没有战胜者颐指气使的骄横,显然不会是吕不韦乘胜羞辱尚商坊了。然则战胜者退还本金又奉利一成,这等事匪夷所思,谁又敢贸然相信?一时人皆狐疑,目光又齐刷刷瞄向了猗顿公子。

和气生财。吕不韦施小惩大诚之法,一进一退,欢喜收场。

赶走商贾或士人,皆是死路一条,秦国不可能不明白这个道理。

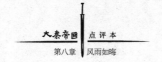

"老总事好说辞。吕不韦好器量。"猗顿公子拊掌大笑,"我猗顿氏认了!利金不要,本金收了,留在咸阳继续商道。诸位认不认?自家说!"

"俺看使得!"齐商总事高声道,"我等要离开秦国,原本便是怕吕公将俺等作仇敌待之。如今吕公折节屈就,要结交俺等,俺等岂能不识人敬?"

"中!只是咸阳尚商坊要大宴吕公才是!"

"不消说得!人各有份,一起做东!"

"如此谢过诸位!"西门老总事团团一拱手,"老朽便去回复吕公,明日定聚宴日期。老朽告辞。"说罢从容而去。六国商贾们又是感慨又是迷惘,你看我我看你如噩梦醒来一般。黄昏时还在痛失河山,两个时辰月亮升起却又是失而复得,若非天意,岂有如此人生变幻?

夜半时分,吕不韦得到西门老总事回报,不禁长嘘一声,心中大石顿时落地。无论商战何等获胜,若百年尚商坊的六国商贾愤然离秦,咸阳的庶民生计便会大为艰涩。毕竟,秦人不善商事,粗放的南市远远不足以周流咸阳大都与数百万关中老秦人,一旦尚商坊散,今冬明春的度灾立时急难。其时无论做何说辞,朝野国人都会不期然将罪责归在吕不韦身上;纵然新秦王护持得一时无事,吕不韦在秦国朝野刚刚生成的些许声望一定是荡然无存,谈何后业?这种结局及应对,是吕不韦领着牛车队去沣京谷的路上想透的。那个神秘青衣人一露面,他便相信这场商战必胜无疑。下一个难题不是神秘青衣人,而是安定六国商人。他能料定的是,只要冬春度灾的大局稳定,朝野任何人都不会计较这场商战的利金多少。唯其如此,他便能放开手脚处置这个难题。毕竟,商家是以牟利为根本的。与西门老总事一番精打细算,吕不韦将全部利金做十成分为四块:秦国官市一成,神秘的清夫人两成,田氏卓氏各两成,尚商坊两成;剩余一成依西门老总事说法,该当留给自己以补空虚,因为吕氏商社的余金这次也全部填进了商战。可吕不韦却断然摇头,最后利金全部留着安抚尚商坊。吕氏累万金钱已去,何在此时小钱?

"六国商贾如此通达,老朽倒是没有料到。"西门老总事分外感慨。

"通达是通达。"吕不韦脸上浮现出熟悉的微笑,"目下想来,此间根本是秦国人口众多市力雄厚。我等处置之法倒是次要了。"

"老朽倒以为,先生处置才是根本,换作官市丞定然面目全非。"

"谢过老爹奖掖。"吕不韦大笑,"说到底,天意也!"

次日过午，西门老总事领着满载大箱的牛车队隆隆进了尚商坊。按照商社逐一退还本金并奉利金一成。六国商贾们感慨唏嘘坚执谢绝利金，西门老总事则反复拜请，商贾们无奈，最终只得收了。

立冬这日，乱市后的尚商坊修葺一新重新开市。各商社总事与资深商贾百余人齐聚尚商坊最大酒寓洞香春，大宴吕不韦与秦国官市一班吏员。席间六国商贾对吕不韦大是敬服，异口同声申明：他日吕公但有吩咐，万金不吝！吕不韦也是感慨万端，举爵逐席敬酒痛饮，不待散席就醺醺大醉了……令吕不韦无法预料的是，数十年后他被贬黜洛阳闲居，六国大商名士感念他当年义举，竞相赶赴洛阳抚慰探视，车马塞道，门庭若市，为自己召来了杀身大祸。这是后话。

吕不韦功高震主，不知收敛，惹祸上身，最终惧祸自杀。

秋日临窗，吕不韦方才酒醒，沐浴更衣后喝了一陶盆陈渲亲手炖的鱼羊汤，发了一通热汗，浑身顿时舒坦振作，蓦然想起一事，正要对陈渲说起，西门老总事却匆匆来报说，秦王召他紧急入宫。

三 新王朝会波澜迭起

这是新秦王嬴柱的第一次朝会，整肃列座的大臣们充满了感奋与期待。

向例：新王即位当有图新大举，一则在赏赐朝臣中推出新一代权贵，二则提出振奋朝野的新国策。上代老国君在位期间愈长，朝野对继任新君的期望就愈大。若秦昭王这般老国君在位五十六年，长平大战后的几年坚执守成，风瘫后更是蛰伏深宫，对外偃旗息鼓，对内了无新政，朝野诸多事端纠葛渐渐已成积重难返之势，听之任之。无论有识之士入秦抑或在朝能臣将士,近十年皆无功业可言,辄怀扼腕叹息之心。若在衰颓之势的山东六国,此等风平浪静也许正好是朝野期盼的太平日月。然则这是秦国,朝野容不得这种长期无所事事的蛰伏。自秦孝公商君大变法之后,老秦人的耕战事功精神骤然勃发,百年之中已成深植朝野人心的风习。庶民唯恐无战功,朝臣唯恐无事做,但有大战新政,举国生机勃发。家有战死烈士则荣显,村族多耕战爵位人家则扬名,民虽多有牺牲而无怨无悔。正是因了此等风习精神,秦昭王才敢于诛杀抗命不出战的白起,秦军将士也才能最终体谅秦昭王而义无反顾地出关血战。此后三战大败,老秦子弟血流成河死伤三十余万,河东新地尽失,朝野却了无怨声,只咬牙将息以待再战复仇。这便是秦国。这便是秦人。如今老秦王死了,新王即位了,朝野瞩目所在与其说是赏赐臣民推出新贵,毋宁说是新政大举。

吕不韦第一次参与朝会,也是第一次进入冠带济济一堂的咸阳正殿。

当老内侍长呼一声"太子府丞吕不韦入殿——"时,幽深大殿中一片齐刷刷目光骤然射来,其中蕴涵的种种意味使尚未跨进门槛的吕不韦倏忽之间如芒刺在背。就在这片刻之间,一顶六寸玉冠一领绣金斗篷的嬴异人迎到了殿口,肃然一躬,将吕不韦领到了东首文臣区的首座,自己则稳步登阶,肃立在王案的东侧下手。一路踩着厚厚的红毡走来,吕不韦已经完全坦然了。吏身而入君臣大朝,大臣们的惊讶猜忌是可以想见的,但无论如何,自己的为政生涯要开始了,此等枝节日后不难化解。

"新王临朝——"当值司礼大臣的老长史桓砾一声长宣,嬴柱从黑鹰大屏后走了出来,须发灰白的头上一顶黑锦天平冠,身着黑丝绣金大袍,腰间一条六寸宽的锦带上挎着一口铜锈斑驳的穆公剑,远远看去高大壮硕巍然如一尊铁塔,比做太子时的慵懒松散大有气象。

"恭贺新君! 秦王万岁——"满座大臣一齐在座案前拜倒。

"君臣同贺,朝野日新。诸位大臣就座。"嬴柱依着最简礼仪答得一句,到长九尺宽六尺的王案前就座,喘息之声清晰可闻。

"新王宣政——"

嬴柱轻轻一叩王案道:"诸位大臣,纲成君动议朝会,虑及朝野国人思变之心,本王从之。然则大灾方平,国葬未行,内政头绪尚多。本王欲先立定朝班诸事,而后再言经外可也。"喘息片刻一摆手,"长史宣书。"

老桓砾从王案右后前出两步，哗啦展开一卷竹简高声念诵："秦王嬴柱元年王书：先王遗命，华阳夫人芈氏贤能明慧，堪为王后。本王即位，秉承先王遗命，立芈氏为王后，赐号华阳后，统摄后宫，母仪秦国朝野——"

"恭贺华阳后新立！万岁！"殿中大臣依礼齐诵了一声，浑然没将此等题中应有之意放在心上。华阳夫人原本是秦王做太子时的正妻，不立王后倒是不可思议了。然则如此一件顺理成章的册封，新秦王还要抬出老秦王遗命，实在有蛇足之嫌，反倒使不少朝臣大觉蹊跷。

"秦王嬴柱元年王书："老桓砾又打开了一卷竹简，"王子嬴异人才德兼备心志坚韧，曾得先王迭次首肯，亲定为本王嫡子，又王命为嬴异人补加冠大礼。今本王已过天命之年，立嬴异人为太子，书告朝野——"

又是题中应有之意。大臣们又是同声齐贺，只是对新王书言必提先王遗命大感不适，许多人皱起了眉头。自来新王即位是事实上的改朝换代，若事事照搬先王遗命，秦国岂不还要沉闷下去？新锐之士岂非没了功业之路？

眼见老桓砾又打开了一卷竹简，大臣们不禁目光一齐瞄准了纲成君蔡泽。依着新王朝会常例，册封王后太子之后必是立定丞相。蔡泽入秦做了一年丞相，便成了君爵清要，丞相府一直由老太子嬴柱署理；而今老太子成了新秦王，且素来是多病之身，丞相确实是要当即拜定的，否则国事无法大举，而丞相人选，自然是非计然派名家蔡泽莫属。拜相之后则是议政，议政首在丞相举纲，才思敏捷者已经在思谋蔡泽将抬出何等新政举措了。

老桓砾的声音回荡了起来："秦王嬴柱元年王书：数年以来，义商名士吕不韦对秦国屡有大功：先拔太子于险难困境，再救太子于赵军追击之下，结交义士牺牲净尽，累积巨

水到渠成。

以不变应万变。

财悉数谋国。方入秦国，坚辞先王高官赐封，执意以吏起步，以功业立身，志节风骨大得先王激赏。灾异国乱之时，先生妥谋应对三策，临危受命与六国商战，建治灾大功，朝野感念矣！唯念先生德才堪为人师，今拜吕不韦为太子左傅，晋爵左庶长——"

随着铿锵激昂的宣诵，吕不韦实在大出意料。他对今日被召入朝的因由只有一想，是嬴异人要他列席朝会熟悉秦国政务，请准父王召他入宫。进殿被嬴异人亲自导引到首座，他料定这是要他对朝会禀报商战经过，之后再参与朝会议政，首座仅仅表示对他以吏身入朝的特殊礼遇而已。唯其如此想，吕不韦心下一直在斟酌自己的对策说辞，及至老桓砥念出"吕不韦"三字才恍然醒悟。心念连番闪烁，吕不韦终于静下了心神——秦王父子不与自己商议而在隆重朝会突兀封官，又在王书中大肆彰显自己功劳，显然是非要自己拜领官爵不可，若再推辞，不合论功行赏的法度。看着王阶上嬴异人热切的眼神，吕不韦终于站起身来肃然拜倒，行了称臣谢王的大礼。

"恭贺太子傅！万岁！"一声道贺整齐响亮，反倒比立王后太子大有劲道。朝臣们对于吕不韦的功劳才具早已经多有耳闻，尤其对国人交口传扬的咸阳商战更是感慨良多；经济臣子们更是实在，直言不讳地说秦国有了这场商战大胜，才算真正比六国强大了！今日又经王书实匝匝宣示一番，纵是些许大臣对商贾入政不以为然，对吕不韦入秦传闻多有疑惑，也是无话可说。

"臣请朝议大政！"例贺声犹在绕梁，有一人从前座霍然起身，极为特异的嗓音嘎嘎回荡在殿堂，"新王朝会，首在议政。朝会向例，不行丞相以下之官爵封赏。我王即位初始，当以国政为先，官爵封赏但以常例可也，勿得破例荣显某官

强势君主秦昭王一崩，吕不韦不再有无名的压力，此时受封，也是水到渠成。

某爵，开朝会之恶例。"

纲成君蔡泽？举殿大臣不禁愕然失色。

三道王书一下，蔡泽如坐针毡。无论如何，这第三道王书该当是确定相权的，而目下相权又无论如何该当是他蔡泽的。没有相权，计然派治国术岂非又要流于空谈？今日朝会若在立王后立太子之后不封任何官爵，蔡泽尚可些许心安，毕竟相权依然未定。然第三道王书却是封吕不韦为太子左傅，他立时觉察到了一种隐隐逼近的威胁。实在说，蔡泽对吕不韦是赞赏的，也是乐于交往的，事实上吕不韦第一次进入太子府也是他举荐的，吕不韦建功立业而得高官他也以为是迟早之事；若是自己业已实实在在做了十年丞相而吕不韦出现在面前，他倒是真想举荐吕不韦做丞相，如同范雎当年毅然辞官而举荐他做丞相一般。然则此时吕不韦突兀跳出，且一举是朝会封定的太子傅，他无法坦然了。历来朝会只封丞相上将军，其余官爵都是下王书封赏，而今丞相未定却先封太子傅，岂不是意味着他重掌相权渺茫至极？心绪烦乱之下，蔡泽忍不住当殿愤然发作，直然指斥秦王开了恶例。

蔡泽全然没有想到，自己这种发作本身更是匪夷所思的恶例。无论朝会有几多成例，毕竟都是传统与规矩的程式而已，既非法令又不牵涉实际的贬黜升迁，新秦王纵然作为特例抬高了吕不韦的赏封礼遇，也不是全然不能为之，赏罚毕竟出于君王，何能如此声色俱厉地指斥新君？一时间莫说大臣们惊愕，新太子嬴异人尤感难堪，顿时红了脸便要说话。

"诸位少安毋躁。"嬴柱似乎不经意地叩了叩王案，平静如常地笑了，"忧国谋政，坦陈己见，纲成君诚可嘉也！"又对身后一招手淡淡道："长史宣书。"

一听还有王书，举殿大出意外。寻常传闻都说这老太子孱弱少断，如何一朝做了秦王判若两人？看今日朝会各方无不出乎意料之情势，分明是有备而来，又分明是没有与任何一位大臣事前商讨，却能连出四道王书，岂非大有成算？尤其难能可贵者，面对蔡泽声色俱厉的指斥，新王一笑一赞了之，如此君王能是孱弱平庸之辈么？如此寻思，第四道王书必定大有文章，殿中静得幽谷一般。

"秦王嬴柱元年王书——"老桓砾的声音又回荡开来，"本王即位于多事之秋，国政繁剧，朝野思变。为锤炼储君治国之才，丞相府由太子异人兼领统摄，纲成君蔡泽居府常署政事，太子傅吕不韦襄助——"

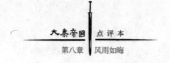

话音落点，新太子嬴异人肃然一躬："儿臣恭领王书！谢过父王！"

惊喜交加的蔡泽连忙跟上深深一躬："臣蔡泽奉书！谢过我王信臣之恩！"

吕不韦这时才暗自长嘘一声，跟在蔡泽后面一躬谢王。大臣们都在瞩目于当日立为太子又当日统摄相权的赫赫异人与前倨后恭判若两人的纲成君蔡泽，没有人注意平静拜谢且没有任何特异说辞的吕不韦。朝会至此再无神秘蹊跷处，举殿大臣顿时轻松，同声齐诵一句："恭贺我王朝会定国，开秦新政！"

依着朝会规矩，权力格局一旦确定，议政便成为可有可无可长可短的程式。毕竟邦国大政都是枢要大臣事先议定的，纵上朝会也是书告朝野的程式而已，百余人的朝会从来都不是真正议政的场合。更要紧之处在于，新王体弱多病且正在服丧之期是谁都知道的，朝会不能太长，纵有大事也不能都挤在朝会提出。唯其如此，大臣们才齐诵一声，算作默认朝会可以了结。新王只须说得一声"但有新政之议，诸臣上书言事"，朝会便可宣告结束。

正襟危坐半日，嬴柱本来已经疲惫，扫视大殿一眼正要开口，却见西区首座一人霍然站起跨前两步赳赳拱手："老臣蒙骜，请言大政！"

"上将军言政，但说。"嬴柱勉力一笑，心头不禁一动。

"我王明察！"白发苍苍的老蒙骜慷慨激昂，"秦国自长平大战之后连败于六国三次，国土萎缩，闭关蜗居十有三年。今新王即位，一元复始，当思重振雄风！为开秦国新局，老臣以为我军当大举东出，纵不能次第灭国，亦当夺回河东、河内两郡。今日老臣请朝会议决：冬日即行国葬，来春许臣统兵三十万东出，大战六国，雪我国耻！"

蔡泽的小家子气表露无遗。

举殿大臣顿时被老蒙骜苍劲雄迈的声音激荡起来，感奋与期待骤然勃发出雷鸣般的呼应："大战六国！雪我国耻！"蒙骜身后的将军们齐刷刷立起，铁甲斗篷犹如一片黑松林矗立殿堂。整个大殿除了蔡泽与吕不韦以及王阶上的新太子嬴异人与老长史桓砾四人，悉数大臣无不奋然高呼，其情势分明是只等新王拍案一决。疲惫的嬴柱心头陡然一紧，欲待开口，一时无所适从。朝会之前，唯一预闻朝会议题的大臣便是这老蒙骜。嬴柱与蒙氏交谊笃厚，与蒙骜素来言不藏心，事前召见为的正是叮嘱他切莫在第一次朝会上提起兴兵之议，兹事体大，需得国葬之后从长计议。老蒙骜则慷慨激昂地陈说了大军东出的方略谋划与种种胜机，力主以大军战胜之威振作朝野，为新王新政开创大局。对嬴柱的叮嘱，蒙骜没有异议，嬴柱也理所当然地以为老将军接受了。不想今日蒙骜在朝会末了突兀提出大战六国，鼓荡朝臣同声呼应，大有借朝堂公议声势迫使新王当殿决断之势。嬴柱纵然心下不快，也不能漠然置之，叩着王案一时沉吟不决。

"老臣不敢苟同上将军之议。"正在此时，蔡泽的公鸭嗓呷呷回荡起来，"我王明察：大战须得举国而动，备细筹划。何能但得动议，便仓促兴兵？秦军固得东出，国耻固得洗雪，朝野固然求战，然大灾未过国葬未行，大臣若以复仇开元之辞鼓荡朝议不谋而动，邦国何利，庶民何益？老臣之见：上将军动议不宜立决，当于国葬后再行商讨。"

"纲成君岂有此理！"老蒙骜怒火中烧，"甚叫仓促兴兵？甚叫鼓荡朝议？老夫为秦军东出谋划何止三五年！谋国不协力，专一无事生非，焉能居相摄国……"

"父王——"突兀一声尖叫打断了蒙骜的愤激虎吼，哄嗡争执的大殿顿时寂然无声。大臣们这才发现新王颓然倒案，新太子嬴异人抱着秦王哭喊不止。面色铁青的老桓砾与

嬴柱到底是因病而死还是其他原因而死，民间说法不一。若因病，享位三日，在殿台上晕倒，也不奇怪。

几个内侍乱作一团,匆匆赶来的两名老太医竟挨不到王案之前。蒙骜蔡泽大惊失色,率先向王座抢来。朝臣们也哄然一声惊呼围了上来,眼看着偌大正殿便要乱了方寸……

"两位止步!"吕不韦一个箭步跃上王阶,当头沉声一喝。蔡泽当即恍然,一把拉住蒙骜衣袖,同时回身喊了一声诸位止步。吕不韦转身跨上王台,扶住正在哭喊的嬴异人低声正色道:"太子莫乱方寸,救治秦王要紧!"两手一用力便将嬴异人扶开了新秦王,同时对挤挤挨挨乱作一团的内侍太医挥手厉声下令:"让开屏道!请王后上前!"众人哗啦从大屏前闪开,这才看见冠带散乱的华阳后紧锁眉头倚着大屏气喘吁吁,分明是匆匆赶来却被乱人挡在了圈外。清醒过来的老桓砾心头猛然一沉连忙一躬:"王后请!"华阳后没好气地一甩长袖到了王案前,一边伏身偎住嬴柱,一边从怀中摸出了两个晶莹陶瓶,右手捏着一个向嬴柱齿缝连连抖动,左手一个举到自己嘴边猛啜一口,而后低头将小嘴凑上嬴柱嘴唇猛然一鼓。只见嬴柱喉头一动,脸色渐渐和缓了过来。华阳后这才抬头扫视了一眼大汗淋漓的朝臣内侍,只对吕不韦轻轻颔首一下,蹲身将嬴柱揽在肩头背了起来。手足无措的老内侍一见王后劳力,向几名少年内侍一挥手,内侍们要抢步上前效力。

"且慢!"吕不韦一步跨出低声喝住,"王后救治之法,勿得搅扰。"

眼见华阳后袅娜摇去,殿堂一片粗重的喘息,大臣们不约而同地瘫在了厚厚的红毡上,木着脸你看我我看你,谁也没心思说话了。老蒙骜指指蔡泽,蔡泽点点老蒙骜,相对无声地摇头苦笑着,泪水不期然涌上了沟壑纵横的老脸。

掌灯时分,吕不韦被一辆辎车秘密召入了王城。

嬴柱在东书房密室接见了吕不韦,华阳后在旁煮茶,室中连侍女也没有一个。灯下看去,嬴柱气色竟比日间朝会时还要好些,吕不韦当头一躬:"王体痊愈,臣心安也。"嬴柱招手示意吕不韦坐到身边案前,指指已经摆就的茶盅,叹息一声摇头苦笑道:"无奈出此下策也。我若不发病,这朝会如何了结?"华阳后娇嗔道:"你倒有心弄险!晓得无?若不是先生派人急报于我,只怕今日当真出事了。"吕不韦道:"然则倒是神效。否则上将军与纲成君当真失和,国事大大艰难。"嬴柱又是一声叹息:"国无良相,终是乱局矣!"默默啜茶不再说话了。华阳后起身笑道:"晓得你有法度,我去也。先生放心说话,我在外室。"说罢飘然出了密室,身后厚重的木门悄无声息地闭合了。

"先生且看。"嬴柱从案下暗箱中拿出了一只铜匣推了过来。吕不韦接过一看，铜匣锁已打开，匣面赫然两个红字：密件！掀开匣盖拿出一卷展开，一瞄题头精神一振。

> 蜀郡守李冰启：老臣奉命料商①业已完毕。巴蜀两郡共计商贾一万三千六百余，蜀郡十居其八。巴商多营木材兽皮鱼类与各色珍禽山货，殊无大利。蜀商经营繁多，几比关中，然大商巨贾极少，唯一商财货难以计量。此人号清夫人，民人呼之寡妇清，以遗孀之身掌持家事，始开商贾，以大船通商楚国，着力经营井盐丹砂象牙珠宝三十余年，人皆云累财无数。清夫人从无违法经商之事，于官府关税市税按期如数缴纳，然却从不与官府私相来往，亦不在蜀地常居。是故，仓促间无从知其财货虚实大数，容臣后查。 臣李冰
> 秦王元年立冬顿首。

暗表蜀地日渐平安富强。

"蜀郡有如此奇商，臣始料未及也。"吕不韦不禁慨然一叹。

"若非先生预料确当，我如何想到下书蜀郡料商？"嬴柱微微一笑，"先生但说，如何赏赐这清夫人商战之功？"

"此事容臣思谋几日。"吕不韦沉吟着字斟句酌，"臣观其行踪心志，清夫人多有蹊跷处，绝非寻常商贾疏离官府之象。其利金臣已如数交付，赏赐不妨暂缓。容臣探清其虚实真相，而后定夺如何？"

"然也。"嬴柱一拍案，"第二事，将相之争如何处置？"

吕不韦思忖道："上将军之议，纲成君之说，皆有道理。

---

① 料商，官府对商贾的经营范围、资金数目等的统计。

以秦国情势论,臣倒是赞同纲成君主张,秦军不宜仓促东出。然朝议汹汹,国人思战,亦不可漠然置之。臣意:冬日先行国葬,其间我王与臣等可与上将军并纲成君从容商讨,悉数查勘府库军辎;若能有备而出自是最好,若府库军辎一时难以足量,则宁可推后。"

"先生愿领何事?"

"臣熟悉财货,可查勘府库军辎。"

"好! 无论何说,总以府库军辎储量为准。"

"老将军耿介执拗,纲成君多有乖戾,臣无以助力,多有惭愧。"

"我知先生难矣!"嬴柱啜着热腾腾的酽茶慨然叹息了一声,"先生初入秦国,与将军无交,与老臣生疏,初任大臣难以周旋也。然则秦国只一样好处:任谁没有凭空得来的声望根基。我这老太子做了三十余年,多次岌岌可危,说到底还是嬴柱没有功业。若非先王选无可选,嬴柱焉得今日王位? 太子尚且如此,臣子可想而知。先生尽管放手做事,但有功业,虽天地难以埋没。"

"谢过我王体察!"吕不韦一声哽咽骤然伏地拜倒。

"先生哪里话来!"嬴柱一把扶住,与吕不韦四目相对喟然一叹,"天意也! 我与异人虽骨肉父子,然几二十年天各一方,虽立其为太子,却无从督导。天赐先生于异人,嬴柱期先生远矣!"殷殷道来红了眼眶。

吕不韦不禁肃然一拱:"终臣一生,无敢有负秦国!"

霜雾之中隐隐传来一声雄鸡长鸣。嬴柱如释重负地长嘘一气颓然伏在了案上。华阳后悄无声息地飘了进来,对吕不韦笑着一点头,娴熟地背起嬴柱走了。吕不韦有些木然,站了起来默默跟着守候在门口的侍女走了。冬初的霜雾夹着渭水的湿气漫天落下,吕不韦的身影随着一盏摇曳的风

时日不多矣。

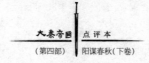
灯飘忽起来，没进了咸阳的茫茫拂晓。

四　繁难国葬　学问腾挪

冬至这日，秦昭王的葬礼在寒冷的晚霞中收号了。

朝会次日，纲成君蔡泽奉特书总领国葬事务，兼署太史令、太庙令、驷车庶长、内史、太祝、行人①等相关六府。王书只字未提举兵东出事，只说"妥行国葬，以安朝野，为目下国政之要"。依次推去，举兵东出自然不是要务了。自己的主张能取代朝野汹汹拥戴的上将军蒙骜的动议，使蔡泽大为振奋，立即下令六府合署专司葬礼事务，当下大忙起来。

秦昭王薨去前后天崩地裂灾异不息，灵柩在太庙停了整整三个月有余。依着古老的风习，这是"异葬"。异葬者，非常之葬也，不吉之兆也。秦昭王死于六月炎夏，正应了一句古老的咒语："恶死六月无可葬。"寻常人等若死六月，即或殷实之家富贵大族，连尸体至少停放三日的老礼都无从讲究，便得匆忙下葬。其间因由，在于炎夏酷热而民无冰室，尸体若居家过得三日三夜便会腐臭溃烂，死者难以全尸入殓。死不得全尸，是古人的最大忌讳，即或战场殒命的烈士遗体运回故乡安葬，族人家人也会千方百计地将残缺尸体续得浑全方才下葬。唯其如此，为顾全尸，酷暑之死无法讲究礼仪。然则这是赫赫一代雄主的秦昭王，灵柩深藏冰窖，又恰逢连月老霖酷暑变作悲秋，尸身自然无事。然异葬终成事实，葬礼便处处得上应天数下合物议，方能破解不吉之兆，否则会引来列国嘲笑，且对朝野公议无法交代。如此异葬，便大大

> 写这繁文缛节，乃作者拖延之法。秦孝文王仅享位三日，估计是实在想不出其他办法写出更多的事情。

---

① 太祝，战国秦官，掌祈祷礼仪。行人，战国秦官，掌邦交事务。

有了讲究。

这第一件大事，议定老秦王之号。

号者，名称也。常人之号，姓名外加表字。对于国君，这个"号"却不是姓名，而是谥号与庙号。谥号，是在国君死后依其生前行迹评定的称号，或褒或贬，以示盖棺论定。谥号制行于整个贵族层，国君谥号由朝会议定，大臣谥号由国君赐下。"谥者，行之迹也。号者，功之表也。是以大行受大名，细行受细名，行出于己，名生于人。"①这是周礼大系中谥法的原本规矩。庙号，则是国君死后其灵位专室在太庙的序列称号，与行迹功业关涉不大，所依据者主要是辈分与灵位专室的位置。庙号制始于殷商，太甲庙号为太宗，太戊庙号为中宗，武丁庙号为高宗。无论是谥号还是庙号，都是国君死后的定位名称，人但呼其号，便是已逝国君。历经春秋数百年的礼崩乐坏，战国之世的礼法已经大大简化，对国君之号的确定，看重朝野公议对国君业绩的褒贬，而轻忽国君在庙堂的辈次排列。风习之下，王号大多只有一个且很少拘泥形式，实际而论，大多是只有谥号而无庙号，如秦孝公齐威王魏惠王赵武灵王，等等。到了秦国统一天下，秦始皇索性连谥号庙号一齐废止，只按国君代次从始皇帝而二世三世地排列下去。西汉立朝，重新恢复了谥号庙号制。流传到后来，谥号制愈来愈变形，以二三十字为"长谥"而专一颂扬帝王的丑剧迭出不穷，使原本体现天下公心而由公议褒贬国君的谥法不期然变成了匪夷所思的恶制。这是后话。

谥号对于葬礼之重要，在于时时处处须得提及，否则成无名之葬。

蔡泽知道，停丧治灾期间，老秦王的谥号已经由太史令会同六府提出，拟定一个"襄"字。襄者，高也，成也，辅助也。但还有一个更重要的字意，是驾车的上等辕马。"襄"与"骧"通，襄者骧也。《诗·郑风·大叔于田》云："两服上襄，两骖雁行。"两服，中央驾辕两马。两骖，两边拉套马。上襄，则是上等好马。也就是说，襄为驾辕之良马。应该说，这个襄字与老秦王一生行迹尚算切合。老秦王前半生事实是与宣太后共同主政，虽处辅助之位，亦算得两马共辕；后半生亲政大战六国摧枯拉朽功业大成，驾辕之良马当之无愧。然细加揣摩，蔡泽总觉得这个"襄"字有缺。缺之一，无得彰显老秦王秉性功业之威烈；缺之二，无以破解"恶死"之凶兆，无以顺应异葬之异数。后一点最是要紧。

---

① 见《逸周书·谥法解》。

在书房将自己关了一夜，次日清晨蔡泽匆匆进宫。

"老臣之意，先王谥号可加一字。"蔡泽开门见山。

"纲成君欲加何字?"

"昭! 一个'昭'字。"

"昭? 昭?"嬴柱一时有些困惑，"其意何在?"

"昭字四意!"蔡泽精神大作一口气说了下去："其一，昭从日，大明之光威烈赫赫。其二，昭为彰明显扬，昭著天下。其三，昭为明辨事理，孟子云'贤者以其昭昭，使人昭昭'，此之谓也。最后一处尤为切合，先王宗庙之室排序在左，正是'昭'位!"

"噫——"嬴柱惊叹一声恍然拍案，"好! 昭襄王! 一个昭字大出神韵也!"

"老臣还拟了八字号辞，以合异葬之数。"

"说!"

"威烈昭彰，天下为襄!"

嬴柱双目大明，慨然一躬到底："纲成君奇才也，异葬郁结，自此解矣!"

谥号交付公议，朝臣们异口同声地拍案赞叹不绝，了无异议，蔡泽才名一朝鹊起。太庙令太史令两位老臣直是嗟叹："宗庙之说竟出杂学之士，未尝闻也! 我等荒谬颟顸，愧执学问公器矣!"原来，以太庙灵室排序，始祖居中，其后分"昭穆"之位两列：二四六诸代父室在左（东），曰"昭"；三五七诸代子室在右（西），曰"穆"；秦王嬴稷为嬴氏嫡系传承第二十八代，其宗庙奉祀之灵室正居左昭位，自然切合一个昭字。此等讲究若由太庙令太史令等一班算国之臣提出，便是题中应有之意，任谁不会意外惊叹。然则由蔡泽这等经济杂学之臣提出，大大出乎朝野意料，谁却能不赞叹?

谥号王书颁行朝野，昭襄王名号立即响彻秦国朝野。"威烈昭彰 天下为襄"的巨幅白幛一夜之间挂上了各郡县城池与咸阳城头，唤起了国人对这位威烈之王的种种思念。

第二件大事，是要在国葬王书中对秦昭襄王异葬有个圆满解说。

秦昭王恶死六月，在山东六国早已经是流言汹汹，哄哄然占据主流的是赵国说法：老嬴稷杀戮山东庶民两百余万，血腥太重，天罚恶死，秦国大衰! 大梁人则咬着牙根幸灾乐祸地嘲讽：当年我魏惠王死逢亘古大雪，秦人骂老魏王异葬天罚! 哼哼，今日如何? 老秦王才是真正的异葬天罚! 仅仅是六国笑骂还则罢了，偏偏关中老秦人也暗地里流传一说：老秦王冤杀武安君白起，三战大败于六国合纵，秦军惨死三十余万，六月之死岂非报应？曾有驷车庶长愤然上书，请治关中流言者死罪。嬴柱却是苦笑连连："老王叔也，防民之口甚于防川，此时治流言，秦国要不要了？"说罢看也不看将一卷竹简烧了。这次特命蔡泽，新秦王专一叮嘱了一句："纲成君，此次本王书特意申明你兼署六府，非为蛇足，君自细加斟酌。"蔡泽当时便明白回复："老臣受命坐掌丞相府总摄百官，原不需申明兼署。我王之意，无非恐葬礼错失而已，是故令臣兼署六府一统葬礼。老臣无他，唯能调得天下众口也！"

谥号一定，蔡泽立即连夜召见六位大员，商讨国葬王书如何措辞。不想六人入座却只异口同声一句话："素闻纲成君学兼百家，我等但凭吩咐。"蔡泽淡淡一笑："诸位要掂量老夫学问，也好，尚书笔录。"待尚书备好笔墨肃然就座，蔡泽已经晃着鸭步呷呷念诵了起来：

> 秦王嬴柱书告朝野：呜呼哀哉！先王故去，山河失色！号为昭襄，功业荡荡。薨于炎夏，威布阴阳！大秦居雍，上应太白，下为水德，太白主战，水德肃杀。王主秦政，威烈皇皇，大摧强赵，屡败六国，攻城略地，震慑四方，执法如山，水德决决！炎夏风雷，王之天车，魂住三月，譬若文王，念我国人，魂萦故邦。生而伏暑，薨而大阳，昭襄天命，唯秦永昌！呜呼哀哉！恒念昭襄！

盖棺论定。

"好！"呷呷之声刚一收刹，六位大员不约而同地一声喊好。太史令摇着白头大是感叹："天也！老夫此来原也备得一篇，听纲成君书文，愧杀人矣！"太庙令拍案高声道："此文堪为昭襄王祭文。当勒石太庙，永为传诵！"驷车庶长当即接道："此事好说，老夫奏请秦王！"蔡泽啜着茶，听几个素称

铁面的老臣连番赞叹，心下大是舒畅，不禁呵呵笑道："诸位既无异议，我等分头行事：老庶长持此文底进宫，呈秦王斟酌；秦王得准，立即颁行郡县，并交内史白蟑誊抄，张挂咸阳四门；太祝与太史太庙，我等立即勘定陵墓并国葬之期；行人署将一应文告尽发六国，预闻葬礼。"

六位大臣一声应命，立即分头匆匆去了。次日清晨，特急王书飞骑颁行秦国郡县并张挂咸阳四门，国人争相围观诵读，学问士子纷纷慷慨解说，老秦人顿时恍然，心中疑云阴影烟消云散，不禁感慨万分。这秦昭襄王生也盛夏，死也盛夏，岂非明明白白一个大阳之王！死六月而逢老霖，天冷得要穿皮袍子，尸体竟安然无恙，这不是上天眷顾之意么？功业行迹生死应数，这是雄主天命，也是大秦国运。甚个恶死异葬，全然山东六国诅咒老秦，何其可恶也！

国人心结化开，蔡泽却皱起了眉头，为的是最大一件难事，确定墓葬地。

秦自立为诸侯，从陇西迁入关中，历代国君都葬在春秋老都城雍城一带，后世称为秦公大陵。战国之世，秦国的献公、悼武王两代国君也都回葬了雍城陵区。孝公、惠文王两君始葬咸阳郊野，却都是葬礼简朴，陵园狭小，且祭祀正宗皆在雍城。咸阳虽然也有宗庙，然却只有供奉先祖与历代国君的灵室，离陵墓甚远。老都雍城的陵墓区及其宗庙在王族与朝野国人心目中，自然比咸阳太庙要完整神圣许多。如此格局颇多不便，用老秦人话说，是"隔涩"。隔涩者，不顺畅也。首先的隔涩处是祭祀地以何为正宗？战国之世多骤发战事，而祭祀告祖又是大战之前之后不可或缺的仪式，加之时令节气灾异大政等诸般重大国事，国君大臣的祭祀几乎月月都会发生，若以雍城陵墓区宗庙为祭祀正宗，每遇祭祀驰驱数百里，自是大大不便。而若以咸阳宗庙为正宗，国君却只两代葬在咸阳，礼仪之隆自然比不上雍城。此等尴尬虽非兴亡大事，却也实实在在是个难题。秦自迁都咸阳，孝公惠王两代都曾想在咸阳城外的渭水南岸山塬建立宗庙，国君从此安葬咸阳渭南，以免不期祭祀之艰难。然终因战事多发，秦国尚未强大到滋生出天下终归秦土的普遍心志，老秦人终是以雍城为根基，国君葬于关中渭南的谋划难以成为定制，做到的只是将有此心志的孝公惠王安葬在了渭南。

秦昭王一代雄主，长期在位能从容行事，一心要为秦国一统天下奠定根基。除了力战山东摧毁六国实力，秦昭王晚年只思谋两件大事：一是稳定秦法做万世国本，二是消解老秦人素来以西土部族自居的马背之心。第一谋划之下，有了太庙勒石护法。第二谋划,秦昭王便想从国君东葬成为定制开始。此事看似虚笔,实际却是要为秦人树立一个精神界石,使秦人以天下为秦,而绝不仅仅以西部为秦。然此事终归要后人去做,自己无法强为。为此,秦昭王专一给太子嬴柱留下了一条遗书:"父死之时,若情势安定,或可葬于渭南,开陵墓东移之定制。"新君嬴柱将这一遗书郑重交给了蔡泽。蔡泽当即慨然应命,定要设法达成先王遗愿。

蔡泽却没有想到,今日一开口便遇到了"三太"的一致反对。

"纲成君轻言也!"太史令翘着山羊胡须当先开口,"先王虽有遗书,然根本处却在这情势如何。朝议所趋,人心所向,列国之势,都是改葬须得斟酌的情势。先王骤去,涝灾方息,秦国第一要务是安定,动不如静。昭襄王宗庙或可立于渭南,改葬之事万不可行!"

"宗庙东迁亦不可行!"太庙令立即赳赳接上,"亘古至今,墓庙两立未尝闻也!独我秦国竟能西墓而东庙,原本咄咄怪事!孝公惠王两代特例,不能做定制待之,昭襄王之葬岂能效法?老太祝,你做何说?"

满头霜雪的太祝从来寡言,沟壑纵横的古铜色老脸恰似他与之对话的神灵那般静穆,见太庙令敦促,方才字斟句酌道:"太祝掌邦国祭祀祈祷,献公东迁栎阳之后,宗庙祭祀一直东西两分。太祝府亦随之分为东西两署吏员,每逢祭祀诸多不便。据实而论,宗庙陵墓归一最佳也。然老夫以为:自古宗庙循祖地,秦国宗庙陵墓当归一于雍城为上策。若迁关中,或利于事功,然却损于国运矣!"

"有损国运一说,可有依凭?"蔡泽立即追了一句。

"卜师钻龟而卦,其象不明,无可奉告。"

蔡泽默然思忖片刻道:"三位老太皆以为宗庙陵墓不宜东迁,我自当谨慎从事。然昭襄王遗愿也是凿凿在目,终归不能作过耳轻风。蔡泽敢问三太:若得何等情势出现,方可东葬昭襄王?"

三太一时语塞。蔡泽之言也有道理,作为奉命大臣,先王遗命不能置之不理。更有自古以来的习俗:葬地首从死者遗愿,死者但有遗言,后人若无非常理由皆应遵从。寻常庶民尚且如此,况乎一国之王?方才三人所说都是情势之理,而没有涉及死者遗愿。而如果改变死者遗愿,自然得有非同寻常的理由。反对理由三人方才已经说完,一时如何想得出非同寻常的理由?蔡泽问话显然已经想到了这一点,所以问话是相反一个方

向：此事有无回旋余地？要得怎样才能使昭襄王东葬？如果回答，事实上只有顺着完成死者遗愿的方向说话，若不作回答，显然有不敬先王遗命之嫌，三位老太一时沉吟起来。

"三位老太，此事尚可商榷。"蔡泽见三人无话，和缓笑道，"老太史之说，在国事情势不许。老太庙之说，在礼法成例不许。老太祝之说却是三分，一认东迁利于事功，二认当循祖地，三认卦象不明。蔡泽总而言之：国事情势大体尚安，不足弃置先王遗愿。礼法成例祖地之说，于变法之世不足以服人。唯卦象一说尚可斟酌。蔡泽之意，若得卦象有他说可以禳解，先王东葬当无大碍，三位老太以为如何？"

"此法可行。"老太祝先点头认可。

"也好，先解了卦象再说。"太史令与太庙令也跟着点了头。

蔡泽顿时轻松，与三太约定好次日会聚太庙参酌卦象，匆匆进宫去了。

嬴柱听完蔡泽禀报，心中喜忧参半，喜的是在丧葬大礼上的三个要害大臣还有转圜的余地，忧的是这莫名卦象究竟何意？战国之世虽不像春秋那般逢国事必得占卜，却也是大事必得求兆。所谓求兆，一是天象民谚童谣等天人变异，二是山川风云等各种征候变异，三便是占卜。前两种征兆可遇不可求，许多大事便要靠占卜预闻吉凶。先王丧葬为邦国礼仪之首，诸多环节都要占卜确定。太祝府的卜人署专司占卜，如今得出一个不明卦象，传之朝野岂非徒生不安？思忖再三，嬴柱提出要亲赴太庙听卜人解说卦象，蔡泽欣然赞同。

次日清晨，三太在太庙石坊口迎到新君与蔡泽车驾，辚辚进了太庙。

君臣在正殿拜祭之后，太庙令对太祝肃然一躬交出东道之职。老太祝肃然还礼，复从容前行，领着君臣几人徒步进了松柏林中的卜室。战国之世，各国王室占卜的职司程式大体都是三太共事：直接占卜的卜人隶属太祝府，国事占卜的地点却在太庙正殿，太史令则必须在场笔录入史；占卜之后的卦象，须得永久保存在由卜人掌管的太庙的卜室，供君主与相关大臣随时参酌。也就是说，太祝府职司占卜并卦象保存，太庙府职司占卜场所，太史府职司笔录监督。一事而三司，可见其时占卜之尊崇。

朝阳已在半天，卜室正厅却一片幽暗。装满各种卜材的高大木柜环绕墙壁，正中一口六尺高的青铜大鼎香火终日不熄。绕过正厅大屏，再穿过头顶一片蓝天的幽深天井，进了一座静穆宽绰但却更为幽暗的石室，这便是寻常臣子根本不能涉足的卦象藏室。

室内三面石墙三面帷幕,中央一张香案,两列四盏铜人高灯、六张宽大书案,静谧得山谷一般。

嬴柱君臣拜罢香案堪堪坐定,一个须发霜雪布衣竹冠的老人从深处过来肃然一躬,回身走到东墙下向胸前石壁一摁,一面可墙大的帷幕无声地滑开,整齐镶嵌在青石板上的一排排卦象赫然眼前。老人对着石板高墙又是肃然一躬,双手捧下头顶石板格中的一面龟甲,仔细卡进了一张与人等高的带底座的大木板。老人方得回身,已经有两名年轻吏员将木板抬到了大厅正中。

"卜人禀报秦王:此乃十月正日所得钻龟卦象。"老人用一根苍黄细亮的蓍草在三尺之外指点着裂纹奇特的龟板,"龟纹九条,间有交错,指向方位全然不明,无从判定吉凶也。卦象推前,秦王细加参酌。"随着卜人吩咐,两张大板同时推到了嬴柱案前。

嬴柱睁大了眼睛仔细端详,也看不出龟甲裂纹与曾经见过的龟卜卦象有何异同?不禁皱起了眉头:"三位老太学识渊博,可能看出此卦奥秘?"三颗白头一齐摇动,异口同声一句:"臣等多次揣摩,无从窥其堂奥。"

"纲成君以为如何?"

蔡泽端详已久,饶是杂学渊博且自认对易学揣摩甚深,然却对眼前这令人目眩的纹线看不出些许头绪来。大凡龟卜甲板,纹线最多三五条,大部分都只有一两条,其长短、曲直、指向及附带裂口,大体都有数千年传承的卜辞作为破解凭据,多识驳杂者往往都能看出几分究竟来。然则目下之龟板裂纹多达九条,长短不一且偶有交错与裂口,闻所未闻。蔡泽正在沉吟无话,却见老卜人盯着卦象嘴角抽搐了几次,心下猛然一亮,趋前深深一躬:"老卜人乃徒父①之后,累世掌卜,敢问可曾见过此等卦象?"蔡泽的谋划是,若老卜人也回说不知,便动议此卦作"乱卦不解",如同"乱梦不占"一般。

"老朽遍查国藏卦象,此卦恰与春秋晋献公伐骊戎②之卦象无二。"

老卜人一开口语出惊人,三太听得大皱眉头。蔡泽也是心下一沉,不想再问下去了。晋献公乃春秋多事之君,此等异卦现于他身焉能有吉兆? 然素来只读医书而生疏于史迹的嬴柱却陡然振作拍案:"好! 参卦也是一法。那副卦象可在卜室?"

---

① 徒父,秦穆公时职任秦国卜师,以龟卜闻名诸侯。
② 骊戎,戎狄侵入中原后居住在关中骊山一带的部族,一云其地在山西晋城西南。

　　老卜人一点头，两个年轻吏员从卜室深处推来了一方木板，中间卡着一片已经发黄的硕大龟甲。大板立定案前，君臣几人一齐注目，新老两片龟甲的裂纹确实一般无二。

　　"晋献公龟甲有解？"蔡泽立即追问了一句。

　　"其时史苏为晋国卜史①，学问玄远，实非我辈能及也！"老卜人慨然一叹旋即漠然，淡淡的语调回荡在幽暗的厅堂，说起了一个遥远的故事："晋献公五年，晋欲出兵伐骊戎。史苏大夫龟卜得此卦象，解为'胜而不吉'。献公问，何谓胜而不吉？史苏对曰，'挟以衔骨，齿牙为猾，主纹交捽，兆为主客交胜，是谓胜而不吉也。'秦王且看，此处是'骨猾'卦象。"

　　顺着老卜人枯瘦的手指与细亮的蓍草，嬴柱君臣对龟甲板上的纹路终于看出了些许眉目：两条稍显粗大的纹线扶摇向上，中间突然横生出一个短而粗的裂口，裂口两端各有一块裂纹恍若人齿；两齿间又穿进一条短粗纹线，恍若人口衔骨；两条粗大纹线越过"人口"相交合，挽成了一个奇特的圆圈。

　　"后来应验否？"嬴柱不禁倒吸了一口凉气。

　　老卜人道："晋献公不信，斥其以子矛攻子盾，遂发兵，攻陷骊戎，得骊姬姐弟还国。骊姬妖冶，献公立为夫人，生子奚齐，骊姬弟生子卓子。骊姬姐弟谋晋国大政，结奸佞离间公室，自此晋国内乱频生：太子申生为骊姬陷害，被迫自戕；诸公子尽遭横祸，唯公子重耳与夷吾出逃；献公在位二十六年死，奚齐继位遭朝野物议，权臣里克杀奚齐，卓子再继位，复被里克所杀；公子夷吾在齐秦两国护送下回晋即位，剿灭里克一党，然终为大乱之局；夷吾死后若非文公重耳复国，晋国灭矣！"

　　"这便是，交相胜，胜而不吉？"蔡泽铁青着脸。

　　"晋胜一时，而国乱数十年杀戮不断，胜而吉乎？"

　　"卜人之意，本次龟卜也是胜而不吉？"嬴柱忐忑不安地追问一句。

　　"卦象同，老朽不敢欺瞒也。"

　　"果真胜而不吉，与国葬何意？"老太祝显然是要卜人说个明白。

　　"昭襄王改葬，或能国运勃兴，然于后不吉。"老卜人淡淡一句。

　　蔡泽一瞄，见太史令太庙令一副打定主意不开口的模样，走过来对嬴柱耳语了几

---

①　卜史，春秋晋国占卜官。史苏，春秋晋国之卜史大夫，以此卦闻名诸侯。

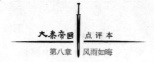
句。嬴柱站了起来说声今日到此,大袖一甩径自去了。出得太庙,嬴柱辒车直奔驷车庶长府。蔡泽随后赶到时,嬴柱与驷车庶长已经在相对啜茶了。

"敢问老庶长,两年前可是陪同昭襄王最后西巡?"蔡泽就座便问。

"录之国史,纲成君明知故问也。"

"国史载:其时昭襄王郊见上帝。不知可曾留有遗书?"

"纲成君何有此问?"老庶长不置可否。

"蔡泽推测当有遗书,无得有他。"

"主葬大臣既然过问,老夫实言相告:先王确曾留下金匮密书。"

"王叔何不早说?"皱着眉头的嬴柱有些不悦。

"先王遗命:葬时不问,此书不出,只听天意也。"

"金匮密书典藏何处?"

"依法典藏太史令府。"

"走!"嬴柱一拍案起身便走,君臣三驾高车辚辚驶向了太史令府邸。

老太史令刚刚从太庙回到府邸,听说秦王车驾已到府门,不禁大是惊愕,匆忙迎到中门。嬴柱直接一句:"老太史,本王要当即拜查金匮密书。"老太史令这才回过神来,肃然一躬道:"金匮密书为历代秦王密典,我王拜查,须得占卜吉日方可。"蔡泽接道:"孟冬之月,盛德在水,府库启藏皆宜,何有不吉之日也。"老太史令点头道:"纲成君说的也是。如此我王随老臣前来。"领着嬴柱君臣三人走过了一片水池又进了一片松林,眼前一片肃穆的高墙庭院,厚重笨拙的石门前矗立着一座丈余高的大碑,赫然四个大字——国史典库。

绕过影壁,一片可着庭院的大水池,石条砌就池岸,池中蓝汪汪清水盈岸却没有任何花草,池边整齐排列着成百只大木桶;大水池的北东西三面全是石墙高房,整个庭院没有一棵树木,却弥漫着一股浓郁的异香。嬴柱皱着眉头道:"甚个味道?老太史,此乃王室典籍库,不能修葺得雅致些个?"老太史令顿时肃然:"秦王差矣!藏典须坚,防火防盗防虫蛀,是为第一要务。异香杀虫,池水防火,坚壁防盗,最不宜雅致也。"嬴柱有些脸红,不再说话,只默默跟着老太史令过了水池向北面六级高台上的大屋而来。

四名吏员合力拉开了城门一般厚重高大的铜包木门,跨过坚实粗大的门槛,便见屋顶高得足有寻常房屋的两倍,室内干燥温暖分外舒适,一座座四方"木屋"均匀分布在中央一片座案区前,寻常人实在看不出这里与典藏有甚瓜葛。

与在太庙一般,嬴柱君臣拜过香鼎,坐在案前肃然等候。老太史令带着两名吏员打开了最深处的一座"木屋",搬出一只三尺高的铜匣抬了过来。铜匣盖缝处全部泥封,匣鼻吊着一把硕大的铜锁,钥匙眼也是赫然泥封;封泥上皆有清晰字迹:秦王嬴稷五十四年九月十三封典,匣面上却是四个拳头大的黑字——金匮密书!

金匮密书者,藏于金匮之绝密典籍也。此制开于西周的周公旦,流传于春秋战国。西周灭商后,周武王大病不起,周公秘密祷告天地,自请身死以代武王;祷告之后将祷书藏于金匮密封存库,下令后世非王不得开启,以示诚不昭之于人;后来周成王听信流言,疑周公有异心,遂亲自开启金匮密书始知真相。金匮密书藏于重地,防范之要不在被人盗开,特异处在于寻常大臣不得擅开,所以无须使用机关器物,而是国王的泥封,但有新君查看,开启却是不难。

嬴柱起身,对着铜匣肃然三拜。老太史令用一把专用铜刀割开泥封,打开匣盖后退了三步。嬴柱颤抖着双手从匣中捧出了一方折叠的白绫,方一展开,几行大字赫然入目:

> 秋分出雍郊游,卧渭水之阳,梦见天帝。帝曰:嬴稷累矣,当眠秦中腹地而后安,雍城非汝寝地也!醒,白日皇皇,帝言犹在耳。若开此书,天意葬我于咸阳也!

"纲成君……"嬴柱一言未了颓然软倒在案前。

"诸位莫慌。"蔡泽摇摇手,从怀中掏出一只瓷瓶倒出一粒酱色药丸喂入嬴柱口中,又接过吏员递过来的温开水喂得一口,嬴柱喉头咕咚一响片刻间鼾声大起。"纲成君有如此医道?"驷车庶长不禁大为惊讶。蔡泽喘着粗气连连摇手:

这身子!

"非也非也,这是吕不韦提醒我,华阳后给的药。这几日秦王劳累,不得不防。"说话间过得大约半个时辰,嬴柱打个哈欠醒了过来,指着案上白绫道:"先王郊见上帝,密书被我君臣开启,天意分明要昭襄王葬于秦中也!纲成君立召六府会商处置。"

"嗨!"蔡泽将军一般赳赳应命。

送嬴柱回宫后,蔡泽当即召六位大臣到丞相府议决。驷车庶长、咸阳内史与行人异口同声无异议。太史令也不再坚持情势说,申明只要朝野信服便可行。太庙令无可无不可,终归是点头赞同了。唯独老太祝咬定胜而不吉的卦象,坚执认为只有龟卜才是预知天命国运的"信法",余皆不足为国运断。老驷车庶长三人当即愤然指斥太祝疑昭襄王郊见上帝,荒谬过甚,当交廷尉府论罪。老太祝却是冷冷一笑:"天命不足为人道也。老夫言尽于此,论罪下狱何足惧矣!"板着脸不再说话。太史令与太庙令却只看着蔡泽一言不发。蔡泽本欲论说一番,然虑及一旦扯开越说越深反倒不妙,断然拍案道:"先王密书不期而发,秦王之意已决,我等只议如何实施,余皆搁置。天道幽微难测,一人孤见亦是常情,容当后议。"

这一决断既顾全了事务,又避免了难以争辩清楚的纠葛,六臣异口同声赞同。蔡泽立即作了部署:驷车庶长与咸阳内史筹划征发民力修建新陵,蔡泽领太史令草拟颁行金匮密书的国府说帖,并筹划葬礼议程;太祝太庙勘定墓葬地,并卜定国葬日期;行人向山东列国发出国葬文告,并派斥候探察六国动静。部署完毕分头行事,蔡泽七人大忙起来。

次日,随着金匮密书与国府说帖的颁行,秦昭襄王雍城郊见上帝的故事便在朝野秦人中流传开来,各种疑云与反对改葬的议论顿时烟消云散。老秦人终是相信了上帝,相信威烈老秦王东葬定然是秦国大出的吉兆。

却说老太祝奉命勘定墓地,大大为难起来。

华夏传统,自古有墓地择阴阳的礼法。《诗·大雅·公刘》便是一篇记载周人先祖公刘以阴阳法测定豳地为周人定居地的故事。有云:"笃公刘,既溥既长,既景迺冈,相其阴阳,观其流泉。其军三单,度其隰原,彻田为粮。度其夕阳,豳居允荒。"商周时期,阴阳堪地法已经流播天下,举凡建造都邑城郭民居,抑或部族迁徙死者安葬,都要卜地卜宅,更讲究者还要卜邻——以阴阳法选择邻居。《左传·昭公三年》记载:"非宅是卜,唯邻是卜。二三子,先卜邻矣!"春秋战国之世,阴阳法发展为诸子百家中的一个独立学派——阴阳家。所谓阴阳，原本是相地中的说法，阴为不向阳的暗面，水之南，山之北也；阳为日照之光明面，水之北，山之南也。及至《周易》出现，阴阳一词由单纯的明暗之喻扩展为万物之性，进而演化为"道"论基石，此所谓"一阴一阳之谓道"，"阴阳不测之谓神"，从而成为所有神秘学派的根基学说，自然也是相地的根基学说。如此流播，后世便将堪舆者称为"阴阳先生"。

　　然则，战国之世学术蓬勃兴旺，治学与实际操持已经有了区别，专一治学的名士往往未必是世俗践行的各种师家。譬如慎到是法家治学大师，却始终没有实际参与任何一国的变法实践；邹衍为战国阴阳家的治学大师，却不是真正操持相地的地理师或堪舆师。其时，相地的学问根基是"地理"说。《管子·形势解》云："上逆天道，下绝地理，故天不予时，地不生财。"《礼记·月令》云："毋变天之道，毋绝地之理，毋乱人之纪。"所谓地理，后世东汉的王充在《论衡·自纪篇》先给了解说："天有日月星辰谓之文，地有山川陵谷谓之理。"后有唐代孔颖达注文再解："地有山川原隰，各有条理，故称地理。"由此可见，地理者，地势之结构条理也。地理说虽可视为操作之学，毕竟其立足点尚是治学，而不是专一的世俗操作。于是，战国中后期有了专一的相地操作家，这便是堪舆师。堪者，高也；舆者，下也。所谓堪舆，以地势之高下断吉凶也。

　　战国最有名的堪舆师，恰恰是一个秦人。

　　此人号称青乌子[1]，一部《青乌经》被天下堪舆师奉为相地经典，一旦得之便视为不传之密。举凡天子诸侯豪士贵

秦王崩，身后事是大事，仪式、时辰、选址等，样样都要考虑周到，不得有失。因此，太史令、阴阳家等各种"专业"人士，就要给出相应的对策。对身后事的隆重安排，既出于对逝者的敬畏，也出于对死亡的恐惧。慎重处理，趋吉避凶。若说葬术，必离不开青乌子。

青乌子善葬术，此人究竟是哪个年代的人，说法不一。一说为汉代之人。总之，这类人一出场，将他们整得神神秘秘就对了。

---

　　① 青乌子被后世堪舆家奉为祖师，其所生时期有黄帝时、商周时、秦时三说。

胄,但能得青乌子相地而葬,则是莫大慰藉。秦人风传,青乌子隐居南山,皓首青衣深居简出,无弟子亦无家室,更无人知其年岁,直是半神之人。然则,更令人啧啧称奇的是,这位半神半人的大师从来没有人能请动其出山,准确地说,是根本无从寻觅。多少大国之王生前都想请这青乌子相地造墓,偏偏都是无法探察其踪迹。魏惠王笃信阴阳之学,曾经封阴阳家邹衍为丞相,晚年更是殷殷不忘寻觅青乌子为其相地定墓,派出三百名精干斥候秘密进入秦国,将南山与毗邻的崤山、陕原、桃林高地搜寻三年,也终归没能如愿。有时,这青乌子却又不请自到,但来只说一句:"天意当出,不得不出也!"当年齐桓公田午死,几名堪舆师为三处墓地争执不下,一个皓首青衣者倏然现身,只一句"齐公葬阳龙,后必勃兴焉"!倏忽离去。堪舆师们恍然惊叹,再无一句争执。后来齐威王铁腕变法,齐国果然富强而称雄天下。齐人万般感慨,从此笃信阴阳,方士之风大盛,齐国成了战国方士的渊薮。

说到底,青乌子之奇,在于他自己不来则任你踏破铁鞋也难觅踪迹。这便是老太祝的难处。秦有青乌子,太祝府的堪舆师便微不足道,不得青乌子相地,非但秦国朝野疑云重重,更要惹得列国一番嘲笑,然则要请得此人出山,却是谈何容易。

思忖间心念倏然一闪,老太祝立即吩咐卜人占卦,以确定青乌子方位。老卜人踌躇一阵,终是进了太庙卜室起卦钻龟。不想烧红的竹锥刚一触及龟甲,龟甲便"嘎"的一声裂为无数碎片。老卜人倏然变色,老太祝也是惊愕万分,对着卜室大鼎扑拜祈祷良久,心头兀自突突乱跳。然职司所在,相地大事总是不能耽延。老太祝与几个精干吏员再三商议,决意派府中主书与六名堪舆师带一班熟悉南山的吏员进山寻觅青乌子。正在行将上路之际,门吏匆匆来报说纲成君蔡泽到了。

老太祝立即赶到府门迎接,脸上一副无奈的苦笑。

"老太祝知道了青乌子所在?"蔡泽皱着眉头揶揄地笑着。

"唯尽人事也,岂有他哉!"

"可遇不可求者,听其自然便是上上章法。"蔡泽悠然一笑,"收回人马,但听老夫部署。"说罢径自进了厅堂。

"纲成君有应对之法,本祝谨受教。"老太祝肃然一躬。

"老太祝治学有术,人事却失之古板也。"蔡泽不失时机地嘲笑了这个高傲的老人一句,叩着书案问,"府下几名堪舆师?"

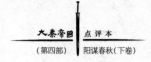
"九名。"

"秦中可相之地几何？"

"王者之葬，大体五六处。"

"将九名堪舆师并全部吏员分作六队，大张旗鼓相地，争执愈多愈好。"

"这……期限在即，工匠三万朝夕等候，自起纷争如何收场？"

"你只如此去做，有事老夫担承。"

"嗨！"老太祝顿时踏实，精神陡然振作，当即召来所有吏员一番部署。一个时辰后，九队人马各自打着三丈高的白色大纛旗出了咸阳南门，匆匆赶赴渭水沿岸的山水胜地。老太祝敬事，也亲自带领一队进了渭水之南的山塬。

如是三日，这九队相地人马将整个关中搅得沸沸扬扬。时当冬闲，"为王相地"的白色大纛旗招来了四野三乡的万千人众终日围观。堪舆师们也不避讳，但有歧见径自高声嚷嚷，经好事者一番解说，围观人众自然也跟着七嘴八舌地争论不休。各种消息不断流淌，旬日之间，"国府相地大有争执"成了朝野皆知的明事。

终于，九队堪舆人马齐聚渭水南岸的阴乡樗里①，开始了会商议决。

一旦说开，九名堪舆师还当真是歧见百出争辩不休。整个秦川中东部的形胜之地被一一罗列，最后还是各有所长难分轩轾。有人说，东部桃林高地的潼山被山带河，为虎踞龙盘之象，昭襄王葬此秦必大兴。有人说，华山为飞龙之势，雁腾鹰举双翼飞张，其北麓为最佳王陵。有人说，骊山背依南山群峰，形势高远如仰天大壶吞吐大河，为腾龙四海之象，其势最佳。跟随老太祝的两个堪舆师却说，渭水之南，南山之北的麓口形势磅礴，脉理隐延如浮排铺毡，王葬最宜。然此说却遭到其余堪舆师的纷纷指斥，说渭南之地铺排无序，平野难聚天地之气，充其量是回龙之势，实在是下下之选。一时各执己见，争执得不可开交。

老太祝不禁大皱眉头。他原本看好这阴乡樗里的山塬形胜，此地紧邻章台，非但山清水秀，且更有未来"帝运"。惠文王时的上卿樗里疾通晓阴阳之学，生前将自己的墓地选在了这里，死时曾对家人言及："我死后百年，当有天子之宫夹我墓。"百年后为天子宫

---

① 阴乡，乡名，渭水之南为阴，即渭水南岸的一个乡。樗里，里名，战国秦制对村的称谓，"樗"为里名；即一个叫作"樗"的里，后演化为姓，秦有樗里疾，时称樗里子，其故事见第二部《国命纵横》。

室,岂非秦国帝运? 当然,此时的老太祝不可能知道,百年之后的"夹墓天子宫室"已经是西汉长安的长乐宫与未央宫了。这是后话。老太祝召堪舆师们到这里会商,实则是想提醒堪舆师们关注此地。不想这几个堪舆师争得面红耳赤,却没有一个人提及面前这方山水。反复思忖,老太祝终究还是没有开口明说。自己毕竟不是堪舆家,这些"专学"之师高傲非常,个个自视通灵知天,相互尚且全然不服,如何能赞同他这等术非专攻的俗见? 对于相地这等术有专攻之学,纵然自己是权力上司,也无法使这些"属吏"听命。说到底,这既是"专学"之特异使然,亦是战国自由争鸣的奔放风习使然。譬如那个专司占卜的老卜人,你若要在钻龟解卦中提出与他不同的见解,除非你当真是占卜大家且说得确实有理有据,否则纵是君王也难以使他改口。老太祝属下"专学"吏员甚多,很是熟悉此等吏员的秉性,所以从来不在"专学"们面前抒发己见,如此方统领得这些能才异士,若自己事事都有高明见识,只怕太祝府早已经乱成了一锅藿菜羹。然今日这等争执却教老太祝颇烦。历来相地最多半月之期,眼看已是十三日,相地声势铺排得惊天动地,非但没有引来青乌子,自己一班人马也是莫衷一是拿不出定见,此事如何收场?

时当日暮,帐中嚷嚷不休。老太祝心下烦乱挥手陡然一喝:"散议造饭!"

堪舆师们正在愣怔,却闻帐外吏员连声惊呼:"山口!山口!"

众人闻声出帐,只见一人遥遥站在山口峰头,皓首青衣大袖飘飘,身披七彩晚霞隐隐然仙人一般。老太祝与堪舆师们顿时警悟,当即一齐拜倒高呼:"恳请青乌子赐教解惑!"

峰头传来沙哑苍劲的声音:"堪舆之术,顺天成人而已。若以汝等之心,天命国运尽在堪舆,天下何有正道也!"

完全是"菩萨显灵"的写法。

老太祝额头汗水涔涔而下，遥遥一拜高声道："我等愚鲁，容当自省。恳请青乌子指点秦王墓地，以解朝野疑惑，以安国人之心。"

"天意也！老夫只有了了这桩繁难。"峰头老人大袖擎着一支竹杖遥遥向天一画，"秦地多形胜，非一人能独占，因人因时因地耳。昭襄王背祖制而东迁，几为孤葬也。孤葬者，非于大山之下，必于广川之上。秦之南山乃昆仑东来，为中国三大干龙①之首。秦之渭水，注河入海，吞吐天地，向为天下广川。如此看去，南山之北渭水之南，大形胜也。然两处皆阴，须得阳势补之。"老人竹杖陡然直指东北，在晚霞中画出了一个大弧，"泾水渭水交汇处有芷塬盘踞，芷阳②之地照大山而过广川，塬势光肥圆润势雄力足，平野铺展厚重万绿为盖，实是气脉灌注之佳穴也。泾水之南，渭水之北，芷塬之南，南山之北，两阴两阳，相济相生，合秦国之阴平水德，承干龙之大阳充盈，正当王者孤葬之地也。"

"敢问青乌子，既为孤葬，于后如何？"

"孤葬得势者，勃兴焉！"一语方罢，山口峰头的老人倏忽不见了踪迹。晚霞弥散，沉沉暮霭笼罩了苍黄的原野，众人痴痴站在旷野寒风之中，无一人说话。

次日清晨，老太祝将一卷刻写整齐的《青乌子相地辞》呈到了新君嬴柱的案头，并附上对国葬日期的占卜结果，又特意说明这是青乌子相地的最长说辞，实乃秦国之幸也。嬴柱看得兴致勃勃，特意在"孤葬得势者勃兴焉"一句旁画了一道粗大的红杠，并当即下书蔡泽"依青乌子所相，于芷阳

秦昭襄王葬于芷阳，合唐太后"葬于先王"（《史记·秦本纪》）。俗称天子要葬高山，小说为秦昭襄王墓址大费周章，实暗示秦国并天下乃承祖荫顺天意，用心良苦。

---

① 干龙，古代地理学将横贯中国的三大山系定为中国地脉三大干龙，意为三条主干龙脉，昆仑秦岭一线为第一干龙。

② 芷阳，史载秦昭王葬芷陵，芷，芷阳也，大约在今西安市北，具体位置已不可考。

修建墓室,依占卜吉日大行国葬"。

蔡泽接书,立即会同驷车庶长与咸阳内史,率领三万余徭役民众赶修墓地。其时君王墓葬远非后世皇帝那般宏大奢侈,只是规模较大的一座墓室外加地面一座陵园而已。祭祀宗庙则可葬后补建,无须同时动工。以战国风习,秦昭王陵墓成"中"字形,中央墓室合"九五"之数:长九百步,宽五十步;东墓道长三百步,宽六十步;西墓道长百步,宽二十步;墓深十丈,中央墓室分三级台阶达于正室;东墓道陈列殉葬臣僚与军阵陶俑,西墓道与南北两墓道陈列各种大型殉葬品;葬后地面起一座土山,是"陵";陵外筑砌一圈石墙,石坊为门,便成一座陵园。与后世相比,如此工程远非浩大,但在战国之世却也是一等一的宏大陵墓了。秦人感念昭襄王大功,无分是否徭役之期,凡是田间无农活者一律拥来帮工,一座大墓陵园竟在月余之间建得停当。行人署依据老卜人卜定的葬期,向山东大小三十二个邦国一齐发出了国葬文告。秦王的国葬王书也同时颁行朝野,都城咸阳与各郡县当即大肆举哀。未及三日,秦国朝野淹没在一片白色汪洋之中。

冬至这日清晨,三万白甲铁骑隆隆开道,举国朝臣与王族男女护卫着秦昭襄王的灵柩缓缓地出了咸阳东门。东门外的沿途原野挤满了秦国民众,人们在清晨的寒风中肃然伫立,默默护送着这位大长秦人志气的威烈之王走向命运的尽头。从咸阳到芷阳的数十里大道原野上,白茫茫黑压压人群连绵不绝,各种香案祭品摆成了无边无际的长廊,老秦人捶胸顿足号啕长哭,伴着在风中断续呜咽的无数陶埙秦筝,弥漫出一种撼天动地的悲怆。

秦国灵柩大阵之后,是山东六国、周王室以及二十余诸侯国的各色与葬方阵逶迤尾随,连绵旌旗白幡长达三十余里。这次,山东六国都派出了极为隆重的与葬使团,或太子或丞相做特使,一色的"百乘"车队,一色的万骑马队。百乘战车拉着"贡"给秦昭襄王的殉葬礼品,万骑马队则意味着与葬国对死者灵魂的隆重尊崇。在列国与葬使团中,韩国最为显赫。韩桓惠王亲自带领一班大臣入秦,下葬之前全副衰绖[1],专程到秦昭王的宗庙灵位前隆重祭祀,今日自然也紧紧跟着秦昭王的灵车,引得列国特使人人侧目。

这是春秋战国之世最为讲究的邦交礼仪——会葬。

---

[1] 衰绖,丧服。胸前六寸宽四寸长的麻布片为"衰",结在头顶的麻绳为"首绖",腰间麻绳为"腰绖";丧服以麻布(衰)麻绳(绖)为主要标志,是故合称"衰绖"。

无论如何征战攻伐，但凡一国君主国葬，各国都要派出特使会葬，然隆重繁简程度却是因人因国大有不同。战国初期，赵武灵王为其父赵肃侯国葬，中原大小诸侯悉数会葬，秦楚燕齐魏五大国各出百车万骑，其余小国车骑不等。葬仪之日，邯郸郊野旌旗蔽日白幡如林人马萧萧，号为战国最大葬礼。此后百年不乏雄主谢世，如齐威王、秦惠王、楚威王、燕昭王、齐宣王、赵武灵王、赵惠文王，然此等会葬大礼却是未曾再现。

说到底，时也势也。

秦昭王之前，七大战国尚在最后一波变法强国浪潮之中，攻杀征战互有胜负，内政功业各见短长，天下远未形成强弱定势。其时秦国与山东六国的合纵连横缠绕攻击势成水火，七国敌友倏忽无定，各国忙于实打实大争，邦交来往与征战恩怨盘根错节，谁也没精力应酬邦交虚礼，会葬礼仪自然也成虚文。然则经秦昭襄王五十六年，秦国横扫六国如卷席，一世奠定了一强对六弱的天下定势：先大败六国联军于河内；再将土地最广袤潜力最大的楚国一举击垮，夺取夷陵、攻占郢都、设置南郡，逼楚国仓皇北迁，最有回旋余地的一个大国终于成了二流战国；然后强攻老底子最雄厚的魏国，捎带侵消已经软成了一摊烂泥的韩国，一举夺取河东河内三十余城，设河东河内两郡，迫使魏国龟缩河南之地，终于也成了二流战国；其间燕齐两国六年兴亡大战，最终两败俱伤，一齐成了二流战国；最后，秦结举国之力与新崛起的最强大对手赵国大决，长平一战三年，摧毁赵军全部主力五十余万，牢牢占据上党天险，若非秦国君臣歧见致白起愤然罢兵，秦军完全可能一战灭了赵国。原本已经孱弱的韩国，经长平大战丢上党、失宜阳与野王，更是滑入了三流战国；至此，作为山东屏障的最强大赵国虽然依旧是山东最强，然却与秦国再也无法对等抗衡了。秦国虽然也在长平大战后三败于山东联军，但实力元气却远未损伤，经秦昭襄王晚年励精图治，巴蜀变成了秦国又一个"陆海"，财货民众已经更为殷实。天下有识之士都看得明白：若非秦国大军暂无一流名将担纲，秦昭王也痛感后继者乏力从而主动采取守势，山东六国当真岌岌可危了。

这便是秦昭襄王的一世沧桑，在位五十六年使天下混战局势剧烈倾斜——秦成超强大国，山东六国全部成为二三流战国。当此大势分明之际，山东六国一派颓然疲惫，隐隐然认了这个令人窝心的事实。然见秦国十余年不再攻伐，后继新君与新太子子楚也并非雄主气象，渐渐不约而同地认为秦国王霸之气已去，只要撑持得十数二十年，战国必将重回群雄并立的老格局。人同此心，心同此理，山东六国不期然生出了与秦结好之心。毕竟，与秦国之所以纠缠恶战百年，起因还是六国不接纳秦国为战国一员，蔑视秦国要瓜分秦国，如今秦国已经无可阻挡地成了最强战国，也无可阻挡地融入了中原文明，明是不敌，又何须死死为敌？此等想头虽未明确形成国策，然六国已经在邦交之道中对秦国有了异乎寻常的敬重。明白了这番根底，六国隆重会葬秦昭襄王，便成题中应有之意了。

旬日之后，葬礼与一应周旋俱已完毕，六国特使们各各上路归国。行至函谷关外分道处，赵国特使司空马见楚国车马停在道边，锦绣斗篷苍苍白发的春申君正在笑吟吟向他招手，不禁大是惊喜，利落下车趋前一躬："在下见过春申君！"

"老夫等候多时，假相①无须多礼了。"

"若君有暇，敢请露营共酒一醉！"

"噢呀，出关便饮却是不妥，日后再说了。"春申君摇摇手一声叹息，"楚国多事之秋，老夫多年不曾涉足中原也！今见足下敦诚厚重，欲问两事，盼能实言相告了。"

"但凡不涉决策，在下知无不言。"

"平原君气象如何？"

"门庭若市，嘉宾周流不绝昼夜。"

"信陵君如何？"

"深居简出，饮酒论学，优游无状。"

春申君脸上没了一丝笑意，默然良久，从腰间佩袋中拿出了一支泥封铜管："老夫想托假相带给信陵君一书，不知方便否？"

司空马双手接过铜管突然低声道："秦国葬礼气象大非

———————————————————

① 假相，代理丞相。

寻常,前辈可有觉察?"

"噢呀! 老夫倒要请教了。"春申君老眼骤然一亮。

"如此国葬,秦军大将却只有上将军蒙骜一人与礼,王
龁王陵桓龁嬴豹张唐蒙武等一班战将,还有国尉司马梗,竟
然均未与葬。更令人不解者,连那个从赵国脱逃的新太子傅
吕不韦也没与葬。春申君但说,如此之多的文武高爵不与王
葬,岂非咄咄怪事!"

不露锋芒。韩王及诸侯将相往吊,一则重视,二则打探虚实,秦国底牌不能全部亮出。

"吾辈老矣!"原本漫不经心姑且听之的微笑一扫而去,
春申君不觉紧紧皱起了眉头,喟然一叹忧心忡忡,"如此看
去,六国纵是揖让,强秦却未必放手了。一旦刀兵再起,天下
何以了结?"

司空马惊讶地盯着春申君,眼中期待的光焰倏忽熄灭,
嘴角抽出一丝轻蔑的笑意:"前辈果然老矣! 战国累世大
争,刀兵如影随形,一时胜负何以灭了志气? 秦国纵是再度
东出,夫复何惧! 败而再战,英雄也! 一败涂地而成惊弓之
鸟,何以立足战国!"

"后生可畏了。"春申君淡淡地赞叹了一句,对司空马的
慷慨激昂以及对自己的讥讽不置可否,只一拱手道:"假相
好自为之,后会有期。"说罢登上华贵的青铜轺车径自辚辚
去了。年轻的司空马怔怔地望着黄色的车马远去,久久回不
过神来。

五 箭方离弦 横摧长弓

春日踏青之时,蓝田大营骤然沸腾起来。

虽然在朝会遇到意料不到的反对,蒙骜却始终没有放弃
来春起兵的谋划。武安君白起时的秦军战无不胜攻无不克,

他们一班老将自然也成了六国闻之变色的赫赫名将。然则白起死后，秦军却是连续三次大败，不得不缩回函谷关采取守势。此等奇耻大辱，非但一班老将怒火中烧，蒙骜更是耿耿于怀。毕竟蒙骜是上将军，无论按照秦国传统，还是按照秦国法度，连续三次大败的将军都是不赦之罪。虽说那三次大战都是王命强令出兵，兵败后没有问罪于任何一员大将，而是秦昭王向朝野颁行罪己书承担了全部战败之责，然败仗终究是将军们自己打的，心下却是何安？蒙骜记得很清楚，在武安君与秦昭王发生歧见之时，他们一班大将都是站在武安君一边的。但就心底里说，当时一班久经战阵的盛年老将都以为武安君是过分谨慎了。为此，他与王龁还私回咸阳专门劝了武安君一次，主张不要与王命对抗，只奉命出兵，以当时六国的涣散惊慌，获胜当毫无疑义。武安君却冷冰冰回道："战机在时不在势。战机一过，纵有强势亦无胜机。赵国已成哀兵，举国同心唯求玉石俱焚，为将者岂能不察？"两人当时都没有说话。出得咸阳，王龁嘟哝了几句："甚说法？论兵还是论道？疏离战阵太久了。"蒙骜素以稳健缜密著称，与这位秦军头号猛将却是至交，当时虽没有呼应王龁，心下却并不以为王龁有错。蒙骜尚且如此，况乎一班驰骋征杀所向无敌的悍将？真正疏离战阵的秦昭王，更是以为秦军任何时候都可以对山东六国予取予夺。

　　正是因了庙堂君王与阵前大将的这种挥之不去的骄兵躁心，在武安君几次拒绝统兵出战时，秦昭王听从范雎举荐，派出了夸夸大言的郑安平将兵攻赵，结果是秦军三万锐士战死，郑安平率余部两万降赵。消息传来，举国哗然！秦军将士怒斥郑安平狗贼窝了秦军，发誓报仇雪耻。此前，王陵慨然"被迫"出战猛攻赵国，结果是兵亡五校①，几乎无法回师。大败之后，将军们非但没有清醒，反倒是求战复仇之心更烈。王龁又"被迫"代王陵为将，率大军二十万再次攻赵，结果遭遇信陵君统领的五国救赵联军，导致秦军前所未有的惨重败绩。至此，一班老将羞愤难当，嗷嗷吼叫着要作最后血战。还得说秦昭王有过人处，三战败北顿时清醒，严令秦军只取守势再不许出战。渐渐平静下来的一班大将们痛定思痛，这才对武安君把握战机的洞察力与冷静明彻的秉性佩服得五体投地，再没有了轻躁之心。

①　校，战国军职，将之下，尉之上。

虽则如此，秦军将士的复仇之心刻刻萦怀。

秦昭襄王虽卒，好战之势不能止。

蒙骜与一班大将们对山东兵势开始了认真揣摩，默默地厉兵秣马，等待着复仇大战的时机。三年后，也就是秦昭王风瘫的前一年，蒙骜秘密上书请求对山东作试探性攻伐。旬日之后秦昭王秘密召见蒙骜，一言不发地听蒙骜将用兵方略陈述了整整一个时辰。秦昭王最后只说了三句话："久不用兵，灭国人将士志气也。然目下不宜大战，只轻兵奔袭周与三晋可也。若擅动大军，休说老夫再度杀将。"蒙骜慨然应诺，秦昭王才颁发了出战王书。

连续五年之中，试探性攻伐大获成功。为了防止大将们轻躁冒进，蒙骜一律采取了奔袭战法：每战最多出兵五万，随军携带半月粮草，不配置辎重大营，一战即回函谷关。第一战，大将嬴摎统五万铁骑奔袭韩国，攻取阳城、负黍①两座城池，全歼韩军步骑四万。第二战蒙骜亲自将兵，以王龁王陵两部精锐铁骑为主力长途奔袭赵国，旬日攻下二十三座县城，击杀赵军九万后迅速回师。恰在此时，周王室分封的西周公②不自量力，秘密联络残存的二十多个小诸侯国，要会兵伊阙，切断函谷关与新得阳城③之间的通道。蒙骜得报抢先出动，派嬴摎再次统兵五万突然进攻西周。兵临城下万弩齐发，这个西周公大为惊慌，立即出城顿首投降，献出三十六座小城邑与三万周人。这是第三战，异乎寻常的顺利。唯一的憾事，是散漫成性的三万老周人入秦后不堪耕战劳苦，竟

---

① 负黍，古地名，又名黄城，在今河南登封西南。

② 西周公，春秋周考王将其弟封于河南，史称西周公；西周两代后（惠公）又将其子封于巩地，史称东周或成周，后占据洛阳；战国中期东西两周分治周室王畿，周赧王"迁天子都"于西周地。此时西周国君为武公。

③ 伊阙，周室洛阳北方的要塞；阳城，战国韩县，今河南登封东南之告成镇，后陈胜生地。

于第二年大批东逃回东周,若非秦昭王严令不得阻拦追赶,这个东周焉能存到今日?第四战,老将桓龁奔袭魏国,一举攻占吴城①,旋即回兵。

如此四战虽战战皆胜,大大震慑了三晋,韩魏两国向秦国称臣纳贡,天下第一次出现了罕见的"战国臣服",可是蒙骜与一班老将心中都非常清楚,此等小战纵是再胜一百次,也抵不得武安君白起平生任何一战。若不大举东出,这一代老将就将永远没有了大报仇的机会。如今秦昭襄王方死,新君刚刚即位,秦国正需要一场大战重新立威。从实力说,秦军主力也已经再度饱满,将达六十万之数,此时不出,更待何时?

然则,以纲成君蔡泽为首的一班主政大臣是反对的。

蒙骜素来关注朝局,深知主政大臣们的反对有着纷繁复杂的因由。首要之点,在新君无雄才,大臣们深恐大战一开新君不能激发举国之力,反而会生出无法预料的变局。其次,是大臣们对包括蒙骜在内的一班老将的用兵才能的疑虑。虽则谁也不会公然说开,但这种疑虑却是人人心知肚明的。唯其如此,大臣们彰明的理由是秦国需要充实国力,目下大军不宜轻动。就实说,秦川一场老霖雨,再加上陇西地震、秦王薨去,弄得秦国也确实有些狼狈。然则在蒙骜看来,这根本无损秦国元气,所谓乱象完全是主政大臣们应变无方造成的。设若商君、张仪、樗里疾、魏冄、范雎等任何一人主政,焉得在老秦王垂危之际措手不及?你蔡泽虽然没有实际摄相,但终归还是最高爵位的领政大臣,分明是计较自己丢失相权,耿耿于怀而不做国事预谋,到头来却要以"大灾未过,国葬未行"为理由反对出兵,当真岂有此理!老夫明明说的是来春出兵,与大灾与国葬却有何涉?难道老秦王要搁置一年不下葬么?难道一年之中你等一班主政大臣连一场老霖雨灾害都理不顺么?咄咄怪事!正因了如此等等想法,老蒙骜才在新君朝会上愤然指斥蔡泽。若不是新君突然发病,老蒙骜定然要与蔡泽将相失和了。

事情的转机,是在吕不韦奉王书查勘府库军辎之后。

吕不韦没有参与操持显赫的国葬大礼,朝会次日专程来拜会上将军府。蒙骜正要前往蓝田大营向诸将通报朝会情形,连说不见不见。正在此时蒙武回府,拦住了父亲低声道:"这位新太子傅不俗,父亲不该冷落。"蒙骜冷冷道:"俗不俗与我何干?老夫不耐这班文臣!"蒙武连忙将父亲拉到一边急迫道:"查勘府库势在必行,大臣们没一个敢来

---

① 吴城,亦名吴山,战国魏地,今山西平陆县北。

好么？吕不韦不去凑国葬风光，专来做这棘手差使，父亲若率性而去，岂非又添出兵阻力？"蒙骜恍然点头，立即吩咐军务司马推迟蓝田之行，转身到府门将吕不韦迎进了正厅。

"例行公事，不耽搁上将军行程。"吕不韦没有入座，准备说了事便走。

"哪里话来？太子傅请入座。上茶！"蒙骜一旦通达，分外豪爽。

"吕不韦奉命查勘府库军辎，一则知会，二则特来向上将军讨一支令箭。"

"公务好说！来，先饮了老夫这盅蜀茶。"

"好茶。"吕不韦捧起粗大的茶盅轻啜一口，不禁惊讶赞叹，"酽汁不失清醇，色香直追吴茶。蜀地有如此佳品，吕不韦未尝闻也！"

"吴茶算甚来，"素来鄙视楚物的蒙骜当地一敲大案，"轻得一阵风，上炉煮一遭便没了味道。蜀茶入炉，三五遍力道照旧。"

"噢？却是何故？"

"山水不同也，岂有他哉！"蒙骜慨然拍案，"蜀山雄秀，云雾郁结，蜀水汹涌，激荡地气。更根本者，蜀地归秦，李冰治水，茶树焉得不坚！"

吕不韦不禁莞尔："茶树因归秦而坚，上将军妙论也。"

"你不觉得？"蒙骜大是惊讶，"吴国未灭时，震泽茶力道多猛？吴国一灭，震泽归楚，哼哼，震泽茶那个绵软轻，塞满茶炉煮也不克食！"

"原来如此。"吕不韦一阵大笑，"上将军说的震泽猛茶，是粗老茶梗，自然经煮。绵软轻，那才是震泽春茶上品，须得开炉、文火、轻煮，其神韵在清在香，如何能克得猛士一肚子牛羊肉也。"

"着！有克食之力才是好茶，要那轻飘飘神韵做甚？"

"上将军喜欢经煮猛茶，不韦每年供你一车如何？"

"君子一言！"

"驷马难追！"

两人一阵大笑。蒙骜一挥手，大屏旁肃立的军务司马捧过了一支青铜令箭。蒙骜笑道："秦国十六座军营辎重库，任太子傅查勘。"吕不韦接过沉甸甸的令箭肃然一拱手道："国库军库共计三十三处，查勘非一日之功，上将军以为先查何方为好？"蒙骜笑道："这是太子傅与国尉公务，老夫只保军库不作梗。""如此在下告辞。"吕不韦正要离案起身,蒙骜一摆手道:"先生且慢。"见吕不韦愣怔困惑,蒙骜低声道:"秦军东出与否,纲成君一班政臣之因由果真在老霖灾害,在财货实力?"吕不韦释然点头:"上将军以为不在灾害与实力?"蒙骜喟然一叹:"为将不能取信于大臣,惭愧也!"吕不韦默然片刻淡淡笑了:"若吕不韦揣摩不差,上将军是以为纲成君等怀疑一班大将战场才能了。果真如此,恕不韦直言,上将军错也。"见蒙骜环眼圆睁,吕不韦坦然恳切道:"不韦无须隐瞒,朝会之前纲成君已经上书,主张秦军稍缓东出,理由也是秦国元气尚未充盈;一俟国力强大,'蔡泽愿为上将军督运粮草辎重,殷殷此心,望王允准!'"

"这番上书老夫知道,缓兵而已,岂有他哉!"

"不然。纲成君不以容人见长,若疑虑上将军之才,能自请军前效力?"

默然片刻,蒙骜淡淡一笑:"来日方长,是非自现,不争。"

"上将军无须疑虑,军辎但许出兵,终归无可阻拦。"吕不韦慨然一句告辞去了。

此后整整一个冬天,蒙骜几乎每隔三两日总能接到远近军报,说吕不韦逐一查勘驻军辎重营,于兵器粮秣比会同查勘的国尉府丞还要娴熟,连续查出六座辎重营兵器失修粮秣衣甲保管不当。蒙骜顿时不安,火速派出几名精干军吏奔赴各关隘军营督导修茸,结果还是被吕不韦屡屡查出纰漏。蒙骜大是沮丧,觉得新秦王派出如此一个执意要放三把火的棘手新官,分明是要挑理缓兵了。及至吕不韦腊月末冒雪赶赴蓝田大营作最后查勘时,蒙骜与大将们再也无心应酬这个新贵,只派出一个军务司马陪同吕不韦了事。一个正月,这个吕不韦也不过年,一鼓作气查勘完了关中的十多座官库,仍然是库库有纰漏。蒙骜哭笑不得,一气之下索性住到蓝田大营不回咸阳了。

二月末河冰化开,一卷紧急王书将蒙骜星夜召回咸阳。

蒙骜万万没有想到,新秦王当场下了王书——大军整备,三个月内相机发兵。秦王靠着大枕气喘吁吁将一卷竹简推到了他面前:"老将军,若非翔实查勘,我还当真不知道秦国府库如此殷实。不打仗,也是白白糟蹋了物事。然则,各军库储物纰漏太多,折损太大,教人心痛也!这是清册,老将军务必在发兵之前整肃好军营府库。"蒙骜的心怦怦猛跳,接过清册慷慨激昂:"我王勿忧!老臣定当整出一个好军库来!"

回到府邸翻开简册,蒙骜看得心惊肉跳。粟谷糜烂十三万斛、军械弓弩失修六万余件、帐篷霉变一万六千顶、车辆断轴三千余、车厢破损六千余、军船漏水者十三条、战马鞍辔皮条断裂者三万余具……统共开列十三项,项项有数目有府库地点有辎重将军印,最后是太子傅吕不韦与国尉司马梗的两方阳文大印。

不用核实，蒙骜便相信了清册的真实。

秦国法度：府库仓储分为三类，一类为王室府库，只存储王城王室器物粮货；一类为邦国府库，分为国库与郡县府库两级，存储各种民用财货；一类为军库，专门储存军用器物粮秣。仅以军用器物说，又分为"尉库"与"营库"。尉库者，筹划掌管存储全部军用物资的国尉府专库也；营库者，隶属带兵将领的军营仓库也。每年岁末，所有营库须得向国尉府上报总消耗与来年需求；再由国尉府上报国府太仓令，太仓令最终依据国君王书，与国尉府核定来年全部军用器物总数量，而后分期拨付。战国之世大战多发突发，为免缓不济急，国尉府向大军营库拨付的器物钱财历来都多出三个月，若遇长平大战那般的长期鏖兵，事实上便是尉库与营库直接合一。即便在寻常情势下，军营府库也至少多出一个月的仓储。如此一来，军营府库多为满仓，而尉库倒往往是半仓或空仓。也就是说，军用器物的储藏事实上多在常在军营府库，而不在国尉府库。然则，大军府库一律由辎重粮草营掌管，辎重营总管无一例外都是稳健又不失勇猛的将军，其军务重心首先在保障粮道畅通，而不是保障仓储完好。即使营库有少数通晓仓储的军吏，也无法使营库大将将仓储完好当作大事来做。大多时候，营库的粮草军械都是露天堆放，除了雨雪天气用麦草或帐篷稍作苫盖，几乎再没有任何法程。蒙骜也曾经做过几个月辎重将军，清楚记得国尉府军吏每次来核查粮秣器物时都要皱着眉头长吁短叹，而最终又都是摇着头默默走了。如今想来，当年还真是熟视无睹。这个吕不韦也是不可思议，短短三个月竟将举国府库查勘得如此巨细无遗，尤其对大军营库，几乎是仔细梳篦了一遍，令人不得不服。

吕不韦要主持大局，必须全面摸清军情、政情、民情。

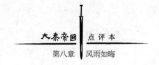
蒙骜二话不说,飞马直奔国尉府,当头便要六十名仓储军吏。

"老兄弟胡话也!"同样白发苍苍的司马梗呵呵笑了。

"你老哥哥只说有没有?给不给?"

"莫说六十,只怕六个也没有。"

"堂堂国尉府,六十个仓储吏都没有?"

"老兄弟,仓储吏不是工匠,是巡查节制号令指挥,你说有几多?"

蒙骜恍然大笑:"老哥哥是说,一个仓储吏可管多个库场?"

"还没老糊涂。"司马梗嘟哝了一句。

"好好好,给三个!"

"三个?我一总才两个。"

"好好好,一家一个。"

"老兄弟也!"司马梗哭笑不得,"我这二十多座府库星星一般散在各郡县,一个跑得过来么?缓急还要被太仓、大内拉去帮库。再走一个,老夫还做不做大军后盾了?"

"鸟!"蒙骜不禁大皱眉头,"如此说,这吕不韦是拿捏老夫了?"

"吕不韦?"司马梗恍然笑了,"老兄弟只去找他,断无差错也!"

"老哥哥都没有,一个太子傅倒有了?亏你好章法!"

"你知道甚来?吕不韦的兵器仓储,只怕我得拜他为师了。"

见素来慎言的老司马如此推崇吕不韦,蒙骜心头又是猛然一跳,一拱手大步出门上马出城,过了渭水白石桥向吕庄而来。蒙骜听蒙武说过,这个吕不韦虽然做了太子傅,却超然于朝局之外,除非奉命,寻常总住在城南自家的庄园,城中府邸反倒十有八九都是空荡荡的。到得庄门拴好战马,蒙骜也不报号提着马鞭径自登门。门厅仆人想拦又不敢,飞步跑过蒙骜进庄通报去了。

"老朽见礼了。敢问可是上将军?"一个白发老人在正厅廊下当头一躬。

"足下识得老夫?"蒙骜有些惊讶。

"老朽见过蒙武将军。我家先生去太子府未归。上将军请。"

蒙骜原本便要告辞,忽然心中一动竟不觉走了进去。四开间的厅堂宽敞简朴,脚底一色大方砖,几张大案前也都是草席一张,没有地毯,没有青铜大鼎一类的名贵礼器,连正中那张大屏也是极寻常的木色。蒙骜打量一番不禁笑道:"人言吕氏富可敌国,不想却如此简朴也。"肃立一旁的西门老总事回道："义不聚财。我家先生又素来厌恶奢华，财力雄厚时也是如此。"蒙骜点头一声好，站了起来笑道："相烦家老知会先生：他给老夫一道难题，老夫要向他讨一个通晓仓储者。茶水没工夫消受了，告辞。"说罢一拱手赳赳大步去了。

蒙骜没想到的是，当夜二更，那个家老带着吕不韦的一封书简与三个中年人到了上将军府邸。吕不韦书简只有两句话："遵上将军嘱托，派来三名仓储执事，上将军但以军吏待之可也。彼等若立得寸功，也是立身之途，不韦安矣！"西门老总事说，这三个执事都是当年吕氏商社的干员，专一地经管陈城大仓，十多年没出过任何差错。蒙骜问得几句，见这三人个个精干，心下大是宽慰，立即下令中军司马给三人入策定职，先留中军大营听用。

次日黎明，蒙骜带着战时全套军吏风驰电掣般出了咸阳。

一月之间，蓝田大营始终没有停止过忙碌，夜间军灯通明，白日号角频频，除了没有喊杀声任何声音都有。修葺兵器辎重、处置霉烂衣甲、裁汰伤病老幼、整饬辎重将士、整顿大型器械、关塞步骑调整、确定进军方略等，久未大战的秦军在一个月的紧张折腾之后，三十万精锐大军终于在蓝田大营与函谷关集结就绪。

四月十六日清晨卯时，蒙骜升帐发令。第一支令箭方举，忽闻帐外马蹄声疾雨而来。满帐大将正在疑惑，白发苍苍的司马梗已经跌跌撞撞冲进大帐，对着蒙骜一摇手颓然倒在了两排将墩之间。蒙骜一步冲下帅案抱住了老国尉，右手掐上了人中穴。

"密书……快……"司马梗气若游丝，软在了蒙骜怀中。

"抬入后帐救治！快！"蒙骜一边卸司马梗腰袋一边大喊。

眼见为实，蒙骜这时候才放下对吕不韦的戒心。

王书哗啦展开,蒙骜刚瞄得一眼,一声闷哼,一口鲜血骤然喷出,全副甲胄的壮硕身躯山一般轰隆倒在了帅案上。前排蒙武一个箭步冲上前,抱住父亲便进了后帐。老将王龁大是惊愕,愤然上前捡起王书,刚一搭眼也轰然跌倒在地,王书哗啦跌落展开,两行大字锥子般刺人眼目——秦王骤逝!东出止兵!王陵蒙武留镇蓝田,蒙骜王龁即行还都!

大帐静如幽谷,一片喘息犹如猝然受伤的狼群。骤然之间电光一闪雷声炸起,大雨瓢泼倾泻,无边雨幕笼罩了天地山川。中军大帐前缓缓升起了一幅巨大的白幡,广袤三十余里的蓝田军营没进了茫茫汪洋。

秦国又有新丧。

第九章 吕氏新政

一 变起仓促 吕不韦终于被推到了前台

　　夏姬实在想不到，一盅冰茶竟要了秦王性命。

　　记不清何日开始，门可罗雀的小庭院有人出入了。先是趁着夜色有侍女悄悄来说她的亲生儿子回到了咸阳，后来是自称当年小内侍的老内侍送来了久违的锦衣礼器，再后来又多了两个奉命侍奉的小侍女。独门幽居的夏姬，终于相信了这个梦幻般的消息，但却始终没有走出这座幽居了近二十年的小庭院。直到那个精灵般的小侍女将一方有着酱红色字迹的白绢神秘兮兮地给了她，她才从漫长的噩梦中醒了过来。白绢上那两行酱红色大字犹如春雷轰鸣甘霖大作，在她干涸的心田鼓荡起一片新绿。"我母生身，子恒不忘，幽幽之室，终有天光。"除了自己的亲生子，谁能对她如此信誓旦旦？是的，只有亲子，绝不会有别人！夏姬渐渐活泛了，走出了

秦孝文王享位仅三日，要交代其死因。

终日蜗居的三开间寝室,与两个可人的侍女对弈练剑读书论诗谈天说地甚至一起洗衣一起下厨,瘦削的身躯渐渐丰满了,苍白的面容渐渐红润了,琴声也变得娴雅舒展了。可是,她始终没有走出过后苑的那道石门。她坚信,即或儿子平安归秦,太子府正厅也永远不是她的天地,太子嬴柱也永远不会成为她真正的夫君。一个亡国公主,命运注定是没有根基的云,随时可能被无可预料的飓风裹挟到天边撕扯成碎片。争不争都一样,争又何益?年来情势纷纭,老秦王死了,嬴柱做了秦王,儿子做了太子。侍女内侍们都暗暗向她道贺,可夏姬却平静得一如既往地淡漠。老太子府的女眷公子们都搬进了王城,晋升了爵位。她却上书秦王,不进王宫,不受女爵,只请继续留居太子府后苑。昔日夫君今日秦王并没有复书给她,老内侍总管却准许她留下了。后来,还是那个精灵般的侍女悄悄对她说,这座老太子府已经是她的了,她是没有王后名分的王后。从此,她成了梦寐以求的闲人,与几名侍女内侍终日优游在这座空旷的府邸,品尝着一种前所未有的散淡。

可是,一次突如其来的秘密宣召却改变了这一切。

一辆寻常的垂帘辎车将夏姬拉出了咸阳,拉进了一片幽静的园林宫室。驾车内侍不说,她也不问,只默默跟着老内侍走进了幽深的甬道,曲曲折折到了一间阳光明媚却又悄无声息的所在。林木茂盛葱茏,房子很高很大,地毡很厚很软,茶香很清很醇,案前一方香鼎,案上一张古琴。打量之间,她心头怦然一动——没错!这正是当年第一次进太子府弹奏的那张古琴!泪水乍然滑落,她对着香鼎肃然一躬,坐到案前轻轻地抚动了琴弦,沉睡在心底的古老歌儿流水般徜徉而出:"自古在昔,先民有作。洪水茫茫,田舍汤汤。导川去海,禹敷土方。成我井田,安我茅舍。生民咸服,幅陨既

子楚的生母夏姬,安国君不爱。想必独守空房多年。

长。"

"一支《夏风》，韵味犹存矣！"拊掌声陡然从背后响起。

琴声戛然而止。"你？你是……"夏姬打量着这个不知从何处走出来的老人，惊愕得声音都颤抖了。虽说已经二十年没有见过当年的太子夫君，她心下也觉得他必是老了，可无论如何，她还是不能想象变化会是如此巨大。面前这个臃肿苍白满头灰发的老人，能是当年那个虽则多病却也不失英风的年轻太子？

"夏姬，嬴柱老矣！"

"参、参见秦王。"夏姬终于回过神来，终于拜了下去。

"起来起来。"嬴柱连忙扶住夏姬，不由分说将她推到座中，自己也喘着粗气靠到了对面那张宽大的坐榻上。见夏姬懵懂困惑的模样，嬴柱不禁一声叹息，对她说起了这些年的人事沧桑，末了道："目下异人已是太子，来日便是秦国新君。你乃异人生母，异人来日必认你贵你。虽说天命使然，终归是你纯良所致，他人亦无可厚非也。然则，君无私事，宫闱亦干政道。异人既以礼法认华阳后为嫡母，此事当有个妥善处置。"嬴柱粗重地喘息了一阵，打住话头殷殷地望了过来。

"不需秦王费心。夏姬有今日，此生足矣！"

嬴柱顿时沉下脸："若要你死，商议个甚？"

"……"夏姬愣怔了，"秦王只说如何，我听凭处置。"

"你若轻生而去，异人何能心安？华阳后何能逃脱朝野物议？我这秦王岂非也做得惭愧？从此万莫生出此心。"嬴柱叮嘱一番思忖道："你幽居自隐，不失为上策。我看只一条：今日不争王后，他日不争太后，长居老府，散淡于宫闱之外。若得如此，各方皆安也。"

"王言正得我心。"夏姬第一次现出了灿烂的笑，对着香鼎拜倒立下了誓言，"此生但有一争，后当天诛地灭！"记得嬴柱当时有些伤感起来，"夏姬呵，子长幽居，我长惶愧，两心同苦矣！然既入王室，夫复何言？若有来生，唯愿你我生于庶民之家，淡泊桑麻，尽享生趣也。"

"夫君！"夏姬一阵眩晕，额头重重撞到案角昏了过去……一阵几乎已经被遗忘的感觉冲击得她醒了过来，一睁眼又惊又羞。她赤身裸体地横陈在那张宽大的坐榻上，嬴柱正拥着她丰腴雪白的身子奋力耕耘着啧啧赞叹着，雨点般的汗水洒满了她的胸脯，热辣辣的气息笼罩了她的身心,久旷的她终于忍不住大叫一声,紧紧抱住了那湿淋淋的庞大身躯……当嬴柱粗重地喘息着颓然瘫在坐榻时,她不期然看见了榻后的铜壶滴漏正指在午后申时——入宫已经整整四个时辰了。

记得很清楚,她亲手将案头自己未动的那盅凉茶捧给了嬴柱。嬴柱咕咚两口吞了下去,又张开两臂猛然圈住了她。她惊喜地叫了一声扑在他身上,忘情地自己吞吐起来。谁知就在两人魂销骨蚀忘形呓语的时刻,身下的嬴柱骤然冷汗淋漓喉头咕地一响昏厥了过去。老内侍随着她惊慌的呼叫赶来,撬开嬴柱牙关灌下了一盅药汁。嬴柱睁开了眼睛却没有看她,只对老内侍低声嘟哝了一句,夏姬立即被两个小内侍送进密封的辒车匆匆拉走了。

当晚三更,那个精灵般的侍女悄悄来说,秦王薨了!华阳后要杀她!

侍女说她要带她逃出咸阳。她问她是何人,侍女却只催她快走,说令箭只有一夜功效,天亮走不得了。夏姬淡淡地摇摇头,默默地拒绝了她。嬴柱将一生的最后辰光给了她,便是她真正的夫君,她如何能抛下夫君尸身苟活于世?夏姬一夜枯坐,次日清晨上书驷车庶长府,自请以王族法度处置,准许自己为先王殉葬。也不管驷车庶长府如何回复,夏姬便在老府正厅堂而皇之搭起了秦王灵堂,衰绖上身,放声痛哭。

夜半时分,吕庄被一阵急促的打门声惊动了。

当吕不韦被从睡梦中叫醒时,西门老总事紧张得话也说不清楚了。吕不韦从老人的惊惧眼神已经料到几分,二话不说大步出门跟着内侍飞马去了。到得步骑林立戒备森严

秦孝文王死因不明。小说写其"马上风"而卒,迎合俗趣。《东周列国志》第一百零一回"秦王灭周迁九鼎,廉颇败燕杀二将"称吕不韦有毒杀孝文王之嫌疑,"孝文王除丧之三日,大宴群臣,席散回宫而死。国人皆疑客卿吕不韦欲子楚速立为王,乃重赂左右,置毒药于酒中,秦王中毒而死,然心惮不韦,无敢言者。于是不韦同群臣奉子楚嗣位,是为庄襄王,奉华阳夫人为太后,立赵姬为王后,子赵政为太子,去赵字单名政。蔡泽知庄襄王深德吕不韦,欲以为相,乃托病以相印让之,不韦遂为丞相,封文信侯,食河南雒阳十万户。不韦慕孟尝、信陵、平原、春申之名,耻其不如,亦设馆招致宾客,凡三千余人。"秦孝文在位仅三日,令人震惊,难怪世人揣测其死因。"马上风"而死,令人难以启齿——此说事实上可能性不大,孝文王卒后,夏姬母凭子贵,被封为夏太后,不似有过失者。不韦毒杀,"无敢言者"。说法不一。此为疑案。

的章台宫,四更刁斗堪堪打响。老长史桓砾正在宫门等候,一句话没说将吕不韦曲曲折折领进了城堡深处的秘密书房。跨进那道厚实的铁门,吕不韦立即感受到一种扑面而来的紧张窒息。太子嬴异人跪在坐榻前浑身瑟瑟发抖。华阳后沉着脸立在榻侧,冷冰冰空荡荡的目光只盯着嬴异人。两名老太医与老内侍围着坐榻,惶恐得手足无措。坐榻上一方大被覆盖着白发散乱的一个老人,两手作势指点,喉头嘎嘎作响,却一句话也说不出来……

心下猛然一沉,吕不韦迅即觉察到最为不幸的事情已经发生,整个宫廷正在一片混乱茫然之中。当此之时,冷静为要。右手猛然一掐左手虎口穴,吕不韦顿时神志清明,大步进了令人窒息的厅堂。

手足无措的老内侍一眼看见吕不韦进来,立即匆匆迎来凑着吕不韦耳边低声一句:"秦王弥留! 只等太子傅。"将吕不韦领到了坐榻前。跪伏的嬴异人蓦然觉察吕不韦到了,噌地站了起来偎到父王身边,陡然将华阳后挡在了身后。华阳后眉头倏地立起,却又迅速收敛,眼神示意太医退下,匆匆过去站到了坐榻里侧。

"臣吕不韦参见我王。"吕不韦拜倒在地,声音沉稳清朗不显丝毫慌乱。

坐榻大被下艰难地伸出一只苍白的大手,作势来拉吕不韦。吕不韦立即顺势站起,俯身坐榻高声道:"我王有话但说,不韦与王后太子共担遗命!"

嬴柱迷离的目光倏忽亮了,喉头嘎嘎响着将吕不韦的一只手拉了过来,又将华阳后与嬴异人的手拉了过来叠在一起,目光只殷殷望着吕不韦,喉头艰难地响着嘴唇艰难地嗫动着,一个字也吐不出来。

"我王是说:要王后与太子同心共济,臣一力襄助。"

雪白的头颅微微一点,喉头嘎的一声大响,嬴柱双手撒开,两眼僵直地望着吕不韦,顿时没了气息! 华阳后惊叫一声,颓然昏倒在坐榻之下。嬴异人愣怔片刻,陡然号啕大哭。太医内侍们顿时忙乱起来。

吕不韦凝神肃立坐榻之前,伸手抹下了秦王嬴柱的眼帘,理顺了散乱虬结的雪白长发,又拉开大被覆盖了骤然萎缩的尸身,对着坐榻深深三躬,这才转身走到已经被太医救醒的华阳后面前一拱手低声道:"王后对秦王之死心有疑窦,臣自明白。然目下急务在安定大局,余事皆可缓图。王后与秦王厮守终生,深知王心,必能从大处着眼也。"华阳后深重地叹息了一声,陡然起身道:"你勿逼我孤身未亡人。你也晓事之人,我这王后

尚终日清心不敢放纵,竟有贱人竭泽而渔,当如何治罪了?不治杀王之罪,何以面对朝野!急务先于大局,晓得无?不将淫贱者剐刑处死,万事休说!"语势凌厉神色冰冷,与寻常那个清纯娇媚的纤纤楚女判若两人。

华阳后一开口,嬴异人的号啕哭声戛然而止,人虽依然跪在榻前,目光却剑一般直刺过来。夏姬是他的生母,华阳后非但当众辱骂生母还要立杀生母,何其险恶。嬴异人母子一生何苦,子为人质,母囚冷宫,还当如何折辱?嬴异人宁可不做太子秦王,也要顶住这个蛇蝎楚女!一腔愤怨,嬴异人的脸色立时铁青,一扶坐榻便要挺身站起怒斥华阳后。恰逢吕不韦的目光直逼过来,冷静体贴威严却又透出一丝无可奈何的绝望。那目光分明在说,你只要一开口,秦国便无可收拾,一切便付诸东流。嬴异人读懂了那熟悉而又陌生的目光,终是低头哽咽一声,猛然扑到父王尸身放声痛哭。

"王后之见,臣不敢苟同。"

吕不韦转身对华阳后一躬,语气平和而又坚定,"王后明察:先王久病缠身朝野皆知。纵有他事诱发,终归痼疾不治为根本因由。再则,夏姬为先王名正言顺之妾,得配先王尚早于王后一年。夏姬正因先王为太子时多病孱弱,而洁身幽居二十年,此心何良?此情何堪?先王纵密召夏姬入宫,于情,于理,于法,无一不通。若得治罪,敢问依凭何律?秦法有定:背夫他交谓之淫,卖身操业谓之贱。今夏姬以王妾之身会先王,夫妇敦伦,何罪之有?"

"吕不韦!你、你、你岂有此理!"

"王后明察:当此危难之际,吕不韦既受先王顾命①,便当维护大局。无论何人,背大局而泄私愤,吕不韦一身当之,纵死不负顾命之托。"

大厅一片寂静,大臣吏员都肃然望着平和而又锋棱闪闪的吕不韦。陡然之间,老长史桓砾拜倒在地高声一呼:"老臣恳请王后顾全大局!"

"臣等恳请王后!"史官太医内侍们也一齐拜倒。

华阳后嘴唇咬得青紫,终是长嘘一声抹抹泪水抬头哽咽道:"先王死不瞑目,你等谁没得见?便不能体察我心?也好!此事容当后议。你只说,目下要我如何?"

---

① 顾命,临终之命曰顾命。语出《尚书·顾命》,孔颖达疏:"言临将死去,回顾而为语也。"

吕不韦道:"王后明察:国不可一日无君。"

"天负我也!"华阳后咬着嘴唇幽幽一叹,对着始终背向自己跪在坐榻前的嬴异人狠狠挖了一眼,走到大厅中央冷冰冰道:"老长史听命:秦王乍薨,国不可一日无君。本后与顾命大臣吕不韦,即行拥立太子子楚即位。"

"特命录毕,顾命用印。"长史桓砾捧着一张铜盘大步过来。

华阳后冷冷看了一眼吕不韦,打开裙带皮盒,拿出一方铜印,在印泥匣中一蘸,盖上了铜盘中的羊皮纸。老桓砾低声道:"拥立新君,顾命大臣亦得用印。"吕不韦慨然点头,打开腰间皮带的皮盒拿出一方两寸铜印盖了,低声吩咐一句:"立即刻简,颁行朝野。"转身向嬴异人拜倒:"臣吕不韦参见秦王!"

"臣等参见秦王!"桓砾等所有在场官吏也一齐拜倒。

嬴异人正在愤怨难平兀自哀哀痛哭,骤然听得参见声大起,不禁一阵惊愕,手足无措地站了起来连忙先扶起吕不韦,又吩咐众人起身,神色略定,回身陡然一躬:"子楚谢过母后。"此举原是突兀,吕不韦与在场人众都不约而同地点头赞许。

华阳后冷笑道:"谢我何来?该你做事了。"

嬴异人略一思忖,又凑在华阳后耳边低语了几句,见华阳后神色缓和地点了头,回身哽咽着道:"父王新丧,我心苦不堪言,料理国事力不从心。今命太子傅吕不韦以顾命大臣之身,与纲成君蔡泽共领相权,处置一应国事,急难处报母后定夺可也。其余非当务之急者,父王丧葬后朝会议决。"

"臣吕不韦奉命。"吕不韦肃然一躬,回身径直走到老长史桓砾面前一拱手,"敢问老长史:今夜发出几卷王书? 秦王病情知会了几位大臣?"

"回禀顾命,"老长史桓砾肃然拱手,"夜来发出国事王书六卷,皆是各郡县夏忙督农事;秦王病情除太子傅外,尚未知会任何大臣。下官禀明太子,加厚了章台守护。"

吕不韦一点头高声道:"在场吏员人等:今夜秦王不期而薨,秦国正在危难之期! 首要急务,在宫廷稳定。吕不韦受秦王顾命与新君特命,临机发令如下:长史桓砾总领王宫事务,给事中与老内侍总管襄助;谒者即行飞车回都,密召内史胜来章台,护持王驾一行回咸阳;目下先行妥善冰藏先王尸身,一应发丧事宜,待回咸阳定夺;当此非常之时,任何人擅自走漏消息,立斩无赦!"

"赳赳老秦,共赴国难!"那句古老的誓言骤然回荡在深夜的城堡。

吕不韦发令完毕,各方立即开始分头忙碌起来。吕不韦对桓砾低声耳语两句,过去将华阳后与新君嬴异人请到了章台的秘密书房。华阳后一脸不悦道:"你已是顾命大臣连连发令,如此神秘兮兮,勿晓得多此一举了。"吕不韦浑然无觉,只一拱手道:"臣启太后秦王:目下有急务须得秦王王书方能处置,非臣不敢担承。"嬴异人目光一闪抹着泪水道:"我方才已经言明,服丧期间不问国事。先生与太后商议,我去守护先王。"说罢举步便走。"秦王且慢!"吕不韦肃然一躬,"王执公器,服丧不拘常礼,自古皆然。丧期之中,王虽不亲理国事,然大事不可不预闻也。当年宣太后主政之时,非但每事邀昭襄王共议,且必要昭襄王先出决断。太后母仪朝野,其心原不在摄政,而在锤炼昭襄王也。臣以为华阳后德非寻常,必不会以服丧之由拒秦王预闻重大国事。"华阳后被吕不韦点破心事,亦清楚听出吕不韦劝诫中隐含的强硬,一心不悦却不得不做大度,对嬴异人一挥手道:"晓得你只与母亲生分,要你走了么? 回来回来,听了还要说,晓得了?"回头道,"先生便说,甚事要王书?"吕不韦正色道:"蒙骜三十万大军即将出关,须得立即止兵。""呀! 这件大事如何忘了?"嬴异人不禁恍然惊叹,眼角一瞄华阳后却没了声息。华阳后冷冷笑道:"先生已宣明了宣太后规矩,秦王自当先说了。"嬴异人略一思忖道:"先生之见甚是,非常之时当立即止兵。"华阳后一点头淡淡道:"只是先生想好,那班老将军为了出兵,只差要出人命,骤然止兵非同小可。此事须得那班老将军们信得过的老人去办,晓得无?"吕不韦欣然一拱手:"太后大是! 臣当妥为谋划。"

六国虎视眈眈,何况东周君未灭,外敌随时可能以"文武之孙"的名义合纵攻秦。此时休兵,乃上策。

小说淡化吕不韦借重华阳夫人之事,吕不韦熟知前车之鉴,处处提防太后专政。

"止兵王书成，太后秦王过目。"老桓砾匆匆捧来了铜盘。

嬴异人抢先捧起王书，展开在华阳后面前。华阳后点头说声好，嬴异人便将王书放入铜盘道："长史用王印便了。"老桓砾道："此书为特书，须三印成书，敢请太后新君用印。"嬴异人生平第一次用印，心头猛然一跳却摸着腰间道："惭愧惭愧，我素来不带爵印，只盖母后印便了。"已经盖好王后印的华阳后非但没有责难，反而漾出一丝笑来："晓得你长不大。老长史，立即派人到咸阳太子府用印，晓得无？"吕不韦急迫道："臣正要先回咸阳物色赴军特使，秦王写一手书，臣带王书去太子府用印。"

王书妥当，古老的章台在晨曦中已经渐渐现出了城堡轮廓。

吕不韦大步出了书房，向城堡车马场走来，方进幽暗的永巷甬道，一个身影却蓦地闪了出来低声道："先生慢行！"吕不韦止步端详，不禁大是惊讶："方为新君，王何如此行径？"嬴异人喘吁吁道："我印随带在身，快来用了。"吕不韦不禁大皱眉头道："王做如此小技，臣不以为然。"嬴异人目光亮晶晶闪烁："此女心机百出，哄得父王晕乎终生，左右得防她滋事。"吕不韦道："执得公器便是王道。女子纵然难与，也当以正去邪，如此行径，王当慎之戒之。"说话间已经用了印，嬴异人收起铜印点头道："不敢辜负先生所期，我只小心周旋罢了。"吕不韦叹息一声道："服丧之期，王好自为之也。"一拱手匆匆去了。

进入咸阳，吕不韦的驷马快车径直驶向国尉府。

国尉司马梗是紧急止兵的唯一人选，这是吕不韦一开始便瞅准了的。司马梗非但是秦惠王时的名将司马错之后，而

终归不是生身母，不得不防。

慎之慎之。

且是武安君白起时的老国尉,论军旅资历,比蒙骜一班老将还高着半辈。然则仅仅凭资历,战国之世也未必斡旋得开,在耕战尚功的秦国更是如此。这个司马梗却是资历与声望兼具,在秦军中可谓举足轻重。声望之根,是其人始终以"率军之才平平"为由,当年力主白起为将,自任国尉为秦军筹划后备粮草;白起死后,又力主昭襄王接受白起遗嘱以蒙骜为将,自己仍然甘当国尉。名将之后,知兵而不争将,谋国之大德。更难得者,司马梗数十年身居国尉不骄不躁,将秦军后备谋划运筹得滴水不漏,尤其是长平大战的三年,兢兢业业,保得秦国五十余万大军全无后顾之忧,到头来却总是将功劳推给当时的两任丞相——魏冄与范雎。秦昭王感念有加,几次要封司马梗为上卿,与丞相上将军同爵,都被司马梗固执地辞谢了,理由只一句话:"老臣无大才,若不欲老臣做国尉,老臣唯告退归隐也!"非但如此,每遇朝堂计议军国大事,甚或大将们商讨战法,司马梗都是坦率建言,绝不以明哲保身之道沉默避事。如此一个国尉,一班老将人人敬重,只他持书前去,断不致生出差错。

司马梗晨功方罢,正在厅堂翻检文书,忽见素无来往的吕不韦匆匆进来,虽颇感意外,却也郑重其事地请客人入座。吕不韦开门见山,入座一拱手便将夜来突然变故和盘托出。司马梗听得脸色铁青,不待吕不韦说出来意,陡然拍案插断:"连番国丧,新君未安,用兵大忌也! 老夫愿请王书,立赴蓝田大营止兵!"骤然之间吕不韦热泪盈眶,深深一躬捧出了王书:"这是三印特书,敢劳老国尉兼程驰驱。"司马梗慨然接书,回身一声高喝:"堂下备马! 六骑轮换!"吕不韦连忙道:"战马颠簸,前辈还是乘车为好。"已经在快速披挂软甲的司马梗连头也没回:"闲话休说! 忙你的大事去,老夫掂不得轻重么!"吕不韦肃然拱手要告辞间,厅外战马一片长

紧急休兵、召回大将,乃坦荡之举。新君骤崩,此举可避免日后将相互生猜疑。

嘶，三名轻装骑士人各两马已在赳赳待命。司马梗提着马鞭大步出厅，飞身跃上当头一匹火焰般的雄骏战马，喝一声"走"，两腿一夹暴风骤雨般去了。

吕不韦快步出门，立即驱车纲成君府邸。

"好个太子傅！老夫正要找人消磨，来得好！"蔡泽的公鸭嗓呷呷直乐。

蔡泽毕竟在秦国浸淫多年，虽无大才，但也有一定的人脉，稳住蔡泽，以防生变。

"棋有得下，且先进书房说话。"

"书房闷得慌也，茅亭正好。"

吕不韦凑近低声一句："秦王四更薨去，老丞相好兴致？"

"胡说！此等事岂得笑谈？不想下棋，走！"蔡泽脸色骤然涨红了。

吕不韦哭笑不得，拉起蔡泽大步走到茅亭下，倏地从皮袋扯出一卷竹简丢到石案上："老丞相且看这是否王书？"蔡泽哗啦打开竹简一瞄，愣怔得一脸青紫大张着嘴，喉头咯咯直响硬是说不出话来。吕不韦连忙一手扶住一手在蔡泽背上轻轻捶打，"老丞相莫急莫急，若非你逼我，不韦岂能从山墙下来？"

蔡泽呼哧呼哧大喘一阵，方才费力出声："吕不韦，你、你休得糊弄老夫！秦王纵去，弥留时岂能不召老夫？"吕不韦边捶打边道："老丞相盖世聪明，当知此中道理：秦王刚刚移驾章台，只有太子与华阳后及老长史随行，骤然发病，何能知会得诸多重臣？"

"岂有此理！"蔡泽一把推开吕不韦愤愤然嚷了起来，"莫非你也是方才知晓么？你太子傅能连夜奉书，老夫领国丞相竟是不能？秦王做了三十年太子，于公于私素来笃信于老夫，弥留时必召老夫无疑！果然未召老夫，其间必然有诈。

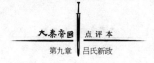

你吕不韦是否矫书①亦未可知!"

虽是愤激之辞难免偏颇,蔡泽这番话却委实说得肃杀至极,直将吕不韦打一个"谋君矫书"的灭族罪嫌疑。吕不韦心下纵然清楚这个老人心病何在,却也不能不先刹住蔡泽这股疯焰,当下冷冷道:"纲成君固是丞相,然却不是开府独领,而是与太子嬴异人共领相权。秦王弥留,召君亦可,不召君亦可,何来必然之说?吕不韦虽非丞相,却是太子左傅。秦王弥留,托后为大。纲成君扪心自问:吕不韦与君,谁与太子更为相得?"

"……"蔡泽呼哧呼哧喘息着无话了。

吕不韦和缓语气道:"况且不韦也是三更被人唤起,蒙眬仓促不知所以,四更赶到章台,未到五更秦王撒手。华阳后多有微妙。太子无以措手足。吕不韦仓促安定章台乱局,纵想知会纲成君,哪里却来片刻时机?"

"秦国绝情,老夫只有挂冠去矣!"蔡泽一叹,愤然沮丧尽在其中。

"恕我直言,纲成君有失偏颇也!"

吕不韦慨然正色,决意要在这关节点上将话说开说透,"名士但入仕途,权力功业之大小,既在其人之才,亦在其时诸般遇合。譬如商君张仪范雎者,才堪砥柱又逢雄主,更在国势扩张之时,方得风云际会而成赫赫功业。所谓时也势也,此之谓也!君以计然名士之身入秦,却正当秦国收势,修养民力,对外止兵,对内息工,举国唯奉公守法生聚国力而已。当此之时,既无统筹军政对外争霸之可能,又无整治关中大修水利从而一展计然大才之机遇。君所能为者,皆清要政事也。君怀壮志入秦,二十年无赫赫建树而耿耿于怀,不韦诚能体察也!然则,此乃时势使然,非两代秦王不委君重任也。君自思量:自昭襄王任君为相,可有一宗军国大事避君而行?纵是不韦在邯郸秘密襄助嬴异人之举,君亦奉昭襄王密书遥遥运筹。凡此等等,若非功业,足下何以在尚功之秦国封为最高爵位?昭襄王一生铁面护法,不曾空赏一人,莫非足下偏能以'人未尽才'而得封君乎?究其竟,君虽无壮举,然却有非常时期应急之功。当此之时,君本当以老臣谋国之风垂范朝野,以封君相职做纷纭乱局之中流砥柱。偏君耿耿于首相之权,孜孜于宏大功业,偏颇有加,事事求预闻机密,件件做权力计较,不若刻舟求剑乎?秦王痼疾骤发而死,朝野正在紊乱之时,君纵不效司马梗之风,亦当尽此首相职责也。然君皆不为,开口不问朝

---

① 矫书,假托君命发布君书。语出《公羊传·僖公三十三年》:"矫以郑伯之命而犒师焉。"

局安危,只在先王顾命之名分与吕不韦锱铢必较。较则较矣,亦当有节。平心而论,君若有骨鲠孤臣之风,以为吕不韦不堪顾命,尽可堂皇上书弹劾之!君若有名士大争之风,亦尽可行使相权与吕不韦较量政才!然正道君皆不为,偏以狱讼之辞欲置吕不韦于死地,不亦悲乎?"吕不韦戛然打住,从来都是一团春风的笑脸满面寒霜。

"嘿嘿,得理不让人了。"蔡泽听得脸色红一阵白一阵心中如五味翻搅,终归却撑出了一片艰难的笑。素称敦情厚义的吕不韦对他从来都是敬重有加,今日却有如此一番凌厉指斥,难堪是难堪到了尽头,想作更猛烈的反驳却是张口无言。根本处在于吕不韦说得句句在理,将自己入秦以来的心事赤裸裸剖白在光天化日之下,若再无理强三分死撑硬嚷,却是成何体统?"刻舟求剑,点得好!"思忖一阵蔡泽喟然一叹,"老夫今日始知,政道见识,吾不如子也!也罢,足下既为顾命,只说要老夫做甚!"

"纲成君,新王有书:你我同领相职。不韦何能指派于你?"

"甚、甚、甚!新王书命,你我同相?"蔡泽大是惊讶。

"老相若觉我不堪,不韦决意退相。"

"呜呼哀哉!蔡泽至于如此蠢么!"蔡泽陡然呷呷大笑,"老夫最怕无事可做,你若早说老夫有相位,至于枉自互骂一通么?"

"总是老相圣明。"吕不韦不无揶揄地笑了,"在这茅亭嚷嚷么?"

"走走走,书房!"蔡泽一拉吕不韦晃着鸭步出了茅亭。

两人在书房直说了整整一个时辰,眼看天色过午,吕不韦草草吞了两张蔡泽最喜欢的燕山麦饼匆匆告辞。蔡泽精神大振,立即跟出来呼喝车马赶到驷车庶长府,邀集"三太"忙乎国葬去了。

此处写蔡泽,是败笔。"范睢免相,昭王新说蔡泽计画,遂拜为秦相,东收周室。蔡泽相秦数月,人或恶之,惧诛,乃谢病归相印,号为纲成君。居秦十余年,事昭王、孝文王、庄襄王。卒事始皇帝,为秦使于燕,三年而燕使太子丹入质于秦。"(《史记·范睢蔡泽列传》)蔡泽乃博学菩辩之辩士,如写其夸夸其谈,倒更真实。写其喜怒形于色,表情夸张,心理脆弱,作者太想当然。以蔡泽之老奸巨猾,在虎狼秦国能历事四代君主并全身而退,怎么可能喜怒形于色?怎么可能说话都不利落?

却说蒙骜王龁兼程回到咸阳,没有回府立即进了王城。

给事中将两人领进了东偏殿,吩咐侍女上茶,碎步疾走去了。片刻间老长史桓砾匆匆进殿,说新君连日疲惫昏睡未醒,只怕今日不能召见上将军两人。蒙骜脸色顿时阴沉下来:"老夫奉三印急书赶回,新君何能不见? 老长史可是如实禀报?"桓砾摊着双手连连苦笑摇头:"上将军毋得笑谈,在下万万承受不起。"王龁霍然起身长剑咚咚点地:"老长史兜甚圈子! 君不见将,秦国几曾有过! 老夫偏是不信!"老桓砾正在无可辩解,蓦然却见吕不韦大步进殿,连忙一圈拱手道:"顾命大臣来也! 两将军尽可与假相①议事,在下实在分不开身。"说罢一溜碎步走了。

吕不韦正要与蒙骜见礼说话,王龁赳赳大步过来道:"敢问太子傅:上将军奉命紧急还都,新君不见,莫非章台之变不可告人!"如此强硬无理已经大非常态,蒙骜却铁板着脸无动于衷。吕不韦心下不禁一沉,思忖间肃然拱手道:"少上造②若以为章台之夜有不可告人处,自可公诸朝野诉诸律法。若无凭据,还当慎言为是。"王龁怒冲冲道:"老夫不知慎言! 老夫唯知国不可一日无君! 既为国君,何能召臣不见臣? 老夫明言:若有人胁迫国君隐朝,数十万秦军绝不坐视! 先王弥留之际,太子傅乃唯一顾命,对国君行止该当有个说法!"王龁为秦军资深猛将,战功卓著禀性刚烈,其少上造爵位比上将军蒙骜的大上造只低一级,若只从爵位说,比目下吕不韦的爵位还高出几级,情急之下大有威压之势。

"少上造之意,章台之夜是一场宫变了?"吕不韦冷冷一笑。

"你只说,新君反常,是否受制于人?"

"胁迫君王者,自古唯重兵悍将可为,他人岂非白日大梦?"

王龁正待发作,旁边蒙骜却重重一个眼神止住,随即一拱手道:"先生自可斟酌:朝局之变若告得我等将士便说,若涉密无可告知,老夫即行告辞。"

吕不韦肃然道:"上将军乃国家柱石,何密不可预闻? 上将军长子蒙武,更是新君总角至交。新君信不过上将军,却信得何人?"

"唯其如此,新君不见老夫,令人生疑。"

---

① 吕不韦此时正职为太子傅,丞相为特命兼领,朝臣依例视作假相。
② 少上造,秦军功爵位第十五级(共二十级)高爵。

"上将军若一味心存疑虑步步紧逼，恕不韦无可奉告。"

"大胆卫商！敢对上将军无理！"王龁须发戟张长剑出鞘，一个大步逼了上来。

吕不韦傲然伫立："护法安国，死何足惜？王龁恃功乱国，枉为秦人！"

"老将军且慢。"蒙骜一步上前摁下了王龁长剑，转身冷笑道："自承护法安国，先生当对目下朝局作个通说。隐而不说，难免人疑。"

"两位老将军如此武断①，我何曾有说话余地也！"吕不韦慨然叹息一声，"在下不期然临危顾命，与太后新王议定的第一道王书便是临难止兵，急召两位老将军还都。此应急首谋也，安得有不告之密？方才吕不韦从纲成君处匆匆赶来，亦是要迎候上将军先告章台之情。不想一步来迟，新王未曾立见上将军。此中因由，仓促间何能立时分辩？少上造不容分说先诛人心，竟指吕不韦宫变！如此威压，谈何国事法度？谈何共赴国难？"

王龁冷冰冰道："你若信得我等，一班老军何消说得？"

"要说不信，只怕促成大军东出在外才是上策，何须急命止兵又召两将军入朝？"

"好了好了，来回倒腾个甚！"蒙骜拍掌长嘘一声，"朝局倏忽无定，一班将士疑云重重，老夫也是忧心如焚，失言处尚望先生见谅。"

> 这才放下疑虑。

吕不韦原无计较之心，只是面对这班自恃根基深厚动辄便疑外邦人背秦的老秦大将，不得不立定法度尊严，是以对两将军的武断气势丝毫不做退让。如今蒙骜已经致歉，吕不

---

① 武断，语出《史记·平准书》，原指乡间豪富只以武势主断曲直。后世引申为主观臆断。

韦释然一笑,将两位老将军请到了东偏殿内室,备细将夜来章台之事说了一遍,末了叩着书案道:"如今诸事三大块:一为国丧大礼与新君即位大典,一为备敌袭秦,一为安定朝野。上将军以为然否?"蒙骜思忖点头道:"三大事不差。愿闻假相谋划。"吕不韦道:"两大国礼,已经有纲成君一力担承。其余两事如何摆布,不韦尚无成算,愿闻上将军之见。"蒙骜慨然拍案:"老夫职司三军,自当御敌于国门之外!安定朝野,却看假相运筹也。"吕不韦一拱手坦诚道:"上将军信我,不韦先行谢过。然则目下情势多有微妙,以安定朝野最为繁难。不韦根基尚浅,自认斡旋乏力,尚要借重上将军之力。"蒙骜目光炯炯道:"要老夫如何?但说无妨!"吕不韦直截了当问:"若是上将军不赴军前,不知可有担纲御敌之大将?"蒙骜微微一笑:"假相何有此问?秦军大将堪比老夫者不下五六人。面前老将王龁,是当年武安君时秦军第一大将,若非攻赵一败,王老将军当是上将军也。"吕不韦不禁肃然拱手:"老将军国家长城,不韦敬佩有加!"王龁不禁满面通红慨然一拱手:"王龁赳赳武夫多有鲁莽,国难在即,我等老军无不从命!"

武将的心思到底简单些。

"权衡朝局,上将军须亲留咸阳,并得调回蒙武将军。"

"蒙武职司前军大将,回朝甚用?"王龁陡然插断。

蒙骜略一沉吟断然拍案:"老将军统兵布防,前将军改任王陵,蒙武回朝。"

蒙武回朝,另有重用。

"嗨!"王龁慨然领命。

"敢问老将军如何布防?"吕不韦特意一问。

"步骑十万进驻崤山腹地,策应函谷关;步军五万前出丹水谷地,策应武关;铁骑五万进驻河西,策应九原上郡;老夫亲将十万精锐驻守蓝田,驰援策应各方!"王龁毫无拖泥带水,显是成算在胸。

蒙骜对吕不韦点头道："防守不出，我军断无差错。"

"好！"吕不韦霍然起身，"敢请上将军王老将军去见太后。"

三人匆匆大步来到王城东部的王后寝宫，遥遥便见宫门已经挂起了一片白幡，进出的内侍侍女也都是一身衰绖满面冰霜，绕过影壁已闻哀哀哭声不断。吕不韦不禁一怔。蒙骜的一双白眉也拧成一团。王龁黑着脸一句嘟哝："未曾发丧先举哀，咄咄怪事也！"自来国丧法度：国府官文正式发布国君薨去的消息，谓之"发丧"；发丧之前事属机密，纵是知情者亦不得举哀；此谓先发丧而后可举哀。如今国丧未发而后宫举哀，显然有违法度，三人如何不大感意外？吕不韦立刻唤过一名领班侍女前去禀报，片刻间侍女出来，将三人领进了已经成为灵堂的厅堂。

"敢问太后：未曾发丧而先行举哀，法度何在？"吕不韦径直一问。

华阳后正自哭得梨花带雨，闻言倏地站起："假相既说法度，老太子府举哀在前，便当先治！晓得无？你容她而责我，其心何偏！"

吕不韦淡淡道："目下太后暂摄公器政事，非比寻常女子，若执意与名分卑微的夏姬锱铢必较，臣唯有诉诸王族族法，请驷车庶长府会同王族元老议决。"

华阳后顿时脸色铁青。自秦孝公始，秦国王族的族法也因应变法作了大修，较之国法更为严厉，执王族族法的驷车庶长府历来不参与朝政，只受命于国君监督不法王族。王族法的特异处在于：不经国家执法机构——廷尉府的审讯，驷车庶长邀集的元老会可径自审问处置被诉王族；凡涉及王族隐秘的妻妾与嫡庶公子等诸般丑闻争执，在难以清楚是非的情势下往往一体贬黜；对身居高位搅闹朝局而不便公然贬黜

廉颇之法，只防不出，可保三五年格局不变。

者,则几乎无一例外地密刑处决!唯其如此,秦国王族百余年来极少发生宫变式的内争,一旦发生也总能迅即平息,于战国之世堪称奇迹。若果真按此族法议决,华阳后在危难关头与先王一个"弃妇"作如此这般计较,其摄政德行会首先受到王族元老的质疑指斥,其摄政权力也必然会视种种情势而被以某种方式剥夺。总归是决无不了了之蒙混过关之可能。

"好呵,晓得你狠!"华阳后冷冷一笑吩咐左右,"撤去灵堂,各去衰绖。"一边说一边已经利落脱去了粗糙的缀麻孝服,现出了一身嫩黄色的丝裙与雪白脖颈间的一幅大红汗巾,艳丽窈窕,风姿绰约,方才哀伤在倏忽间荡然无存。华阳后转身悠然一笑:"三位入座,有事尽说,晓得无?"

"上将军请。"吕不韦对蒙骜肃然一躬。

蒙骜径直对笑吟吟的华阳后一拱手冷冷道:"老臣无心坐而论道,只请太后速定将事,老臣立待可也。"毕竟华阳后心思机敏,浑然无觉般淡淡笑道:"军事缓亦急。这句老话我还晓得。上将军便说,要定何事?"蒙骜道:"请任少上造王龁为将,统兵布防御敌。"华阳后惊讶道:"王龁为将,上将军闲置么?"吕不韦一拱手道:"王后明察:上将军年来腰疾复发,急需治疗,臣请王后允准上将军所请。"华阳后眼波流动道:"晓得了,我等优哉游哉还落病,何况戎马生涯?上将军只管回咸阳疗病,王龁老将军统兵。"转身对吕不韦道:"你教老长史起书,拿来用印便是了。"

"老臣告辞。"蒙骜王龁一拱手径自去了。

"假相还有事么?入座说了。"华阳后不无妩媚地笑了。

"臣有几事禀报。"吕不韦从容入座,将与蔡泽桓砾议及的国葬大礼与各官署急务等诸多国事说了一遍,末了恭敬地请华阳后作可否训示。华阳后叹息一声道:"你却为难人也！我入秦国三十余年，几曾问过国事了？纵是先王说及国政，我也是听风过耳，何曾上心了？同是芈氏楚女，我远无宣太后之能，也不以摄政为乐事。我只两宗事在心：夏姬色祸先王，罪不容赦！子楚即位秦王，毋得忘我恩义！你若主持得公道，我自会一心报之……”隐隐一声哽咽，一串泪水滚落在晶莹面颊。

“王后之心，臣能体察。”吕不韦辞色端严，“臣为顾命，唯有一虑：目下先王未葬，新君亦未正位，国事决于王后，王后若孤行私意，秦国必乱也。臣请王后明心正性，顾大局而去私怨，如此朝野可安也。”

“我掌事权，尚不能决。朝野安定之日，只怕没有芈氏了。”

“以公器谋一己恩怨，虽王者亦败。此战国之道也，王后明察。”

“如此说来，你是不能指靠了？”

“臣不负先王所托，愿太后与新君同心。”

“可新君与我不同心，晓得无！”

“臣保新君不负太后。然若太后孤行一意，虽天地无保。”

“好了，我只记你一句话。”华阳后淡淡一笑飘然去了。

二　醇醇本色　殷殷同心

夜半时分，蒙骜刚刚与王龁议定了改变兵力部署的诸多紧要关节，家老急匆匆来报，说老长史桓砾捧王书到了。蒙骜对这个日间与他虚与周旋的老臣子很是不屑，只淡淡一句教那老吏进来，不去依礼迎接王书。桓砾却是一副万事不上

吕不韦的意思是，华阳后若不干政，地位可保。《战国策》与《史记》皆载吕不韦施计借力华阳夫人，倾力破家，扶助子楚即位，二人实际上是同谋者，不可能一开始撕破脸皮。华阳太后与吕不韦之离心，最多是个小插曲。

心的淡漠神色,跟着家老进来,照着规矩宣读完了对王龁的任将王书,从腰间皮袋拿出一支铜管递了过来。蒙骜信手接过铜管打开,不禁大是惊讶。一方羊皮纸只有光秃秃八个大字——蒙武还都,务使密行!

"假相手笔?"蒙骜眯缝起老眼端详着这生疏的笔迹。

"此乃密书。"桓砾苍老的声音显得木然。

蒙骜哗啦一摇羊皮纸:"如此秃皮密书,老夫未尝闻也!"

"此等羊皮纸乃国君专用,入水可见暗印编号,天下没有第二张。"

"假相面君了?"蒙骜第一个闪念是吕不韦将蒙武事禀报了新君。

"假相暮时入宫,完书即被纲成君接走,前后不到半个时辰。"

稍一沉吟,蒙骜将秃皮王书递给了王龁。王龁端详片刻一点头:"没错!当年我代武安君为将进驻上党,昭襄王发来的也是这等王书,纵被敌方所获也难辨真假。只是,此时非战时,如此神秘兮兮做甚?"

"老长史可知密书所言何事?"蒙骜突兀一问。

"不想知道。"桓砾不置可否。

"新君处境艰危?"

"无所觉察。"

"也好!老夫奉命。"蒙骜正色拍案,"老夫却要言明:锐士入宫之前,新君但有差错,老夫唯你是问!"

"天也!"桓砾一摊双手哭笑不得,"王城护卫素非长史统领,我只管得文案政事,何能如影随形盯着国君也。"

"新君信你!"蒙骜大手一挥,"自古宫变出左右,老夫不认别个!"

蒙氏一族,开始成为重臣。

"好好好，老朽告辞。"桓砾也不辩驳，只摇头拱手地佝偻着腰身去了。

蒙骜将桓砾送到廊下，回来关上厚重木门，与王龁又是一阵计议。四更时分王龁起身告辞，到廊下飞身上马连夜赶赴蓝田大营去了。马蹄声渐去渐远，咸阳箭楼的刁斗声在夏夜的风中隐隐传来，恍惚无垠山塬连绵军营如在眼前。蒙骜心绪难平，不觉向后园的胡杨林信步转悠过来。入得军旅四十余年，大战小战百余次，蒙骜从来没有过今日这般茫然。

赢柱做太子时便与他敦厚交好，几乎是无话不可说无事不可托。二十多年前，赢柱将孤独羞涩的少子赢异人送到了他家读书。三年前，赢柱又将立嫡无望的庶公子赢傒亲自送到了他的帐下从军。但凡疑难危局，赢柱都是第一个说给他听，不管他有没有上佳谋划。为免无端物议，两人过从并不甚密，然则紧要关头那份笃厚的信托却是不言自明的。在蒙骜看来，赢柱并非政道雄才，更兼孱弱多病，全然不是一个强势靠山。然则，赢柱在大处从来不懵懂，对人对事既谨慎又坦诚，心有主见而无逼人锋芒，思虑周密而不失旷达。唯其如此，赢柱做了数十年老太子，无功无过无敌无友，平淡得朝臣们竟往往忘记了还有这个老太子，寻常见礼直呼安国君者居多，鲜有对即将成为国君的成年太子的那种敬畏。不管是随时可能崩塌的病体所致，还是平庸寡淡的禀性所致，赢柱总归是少了一种强势君主必然具有的威慑品格。然则，赢柱毕竟在一个不世出的强势君王的五十余年的炫目光环下平安走了过来，你能说他是真正的平庸无能么？从心底说，蒙骜喜欢这样的赢柱，甚至不乏赞赏。根本处，在于蒙骜觉得赢柱与自己禀性有几分暗合，政道命运与自己的军旅命运更有几分相像。蒙骜也不止一次地觉察到，这个老太子同样赞赏自己，几是惺惺相惜。蒙骜始终相信，只要赢柱能撑持到

对赢柱的分析很到位。

做秦王的那一天,他便能放开手脚与山东六国开打,为武安君之后的秦军重新争回战无不胜的荣耀与尊严!

人算不如天算,即位不到一年的嬴柱不可思议地去了,突兀得令人不敢相信。去则去矣,顾命之臣又偏偏是他最为陌生隔涩的新贵吕不韦。要说将在外不及召回受临终顾命,也是情有可原。然则,嬴柱给他这个最是堪托的通家"老友"竟连只言片语的叮嘱也没有留下,却使蒙骜老大不解,茫然之外不期然生出些许寒心——人但为君自无情,果真如此,世道何堪?

再说新君嬴异人,蒙骜虽略有所知,也都是那些已经变得很模糊的早年琐事了。如今的嬴异人已经年近不惑,从邯郸归来一直深居简出,除了在朝会上见过一次,蒙骜几乎连他的相貌都说不清楚了,谈何知底?此人一夜之间成了新君,举措却总是透着一股难以揣摩的诡秘,实在教人不知所云。揣情度理,但凡邦国危难朝局不明,国君第一个要"结交"的便是重兵大将,自古皆然。可这新君嬴异人非但不见他这个上将军,且连任将之权都交到了那个处处透着三分妖媚的太后手中,当真教人不可思议!若说未受挟制而甘愿如此,蒙骜无论如何不肯相信。然则若受挟制,又如何传得出密书?可若未受胁迫,又何须要蒙武密行还都?莫非新君在防范某种势力?防范谁?吕不韦还是华阳后?抑或还有别个?甚至包括他这个老军头?不,不会,新君绝不是防范他!若得防他,岂会召蒙武密行还都?如此说来,新君防范者不是吕不韦便是华阳后?虽说吕不韦于新君恩同再造又是顾命之臣,然则,往往正是此等人方使君王不安,当年商君之于新君秦惠王不正是如此?至于那个三分妖媚的华阳后,原本便该戒备提防。然则仔细参酌,似乎又都不可能。那么是提防纲成君蔡泽?也不会……自问自答,自设自驳,老蒙

秦昭襄王(前281年~前247年),三十四岁左右崩,即位时刚三十岁出头,"年近不惑"(四十岁)之辞,夸大了。

根基未稳,以静观变。

骜终归是云山雾罩莫衷一是。素称缜密的蒙骜第一次感到
了智穷力竭洞察乏力政道之才实在平庸，章台之夜有三个关
键人物，自己竟是个个没底处处疑云，想信信不过，想疑疑不
定，何以提大军做中流砥柱？

……

夜幕消散，天倏忽亮了，夏日的朝霞匆匆挂上了树梢，幽
暗沉郁的胡杨林顿时亮堂燥热起来。蓦然之间一阵童声在
林间荡开：“菲菲林下，酣梦忽忽，何人于斯，原是大父！”

“大胆小子！”蒙眬之中，蒙骜嘴角连番抽搐，尚未睁眼
一声大喝。

一个气喘吁吁满头汗水的总角小儿正顽皮地揪弄着蒙
骜灰白的连鬓大胡须，陡闻大喝，小儿一骨碌翻倒却又立即
爬开跳起拔出了插在旁边的短剑，一串连滚带爬既狼狈又利
落煞是滑稽，坐起来的蒙骜不禁捧腹大笑。

“吾乃大将蒙恬是也！不是小子！”总角小儿挺着短剑
奶声趔趄。

“呵呵，大酱倒是不差。忽而练筝，忽而练剑，甚个大将？”

“晨剑晚筝，大将正形！不是大酱！”

“好好好，是大将不是大酱。小子能找爷爷，记一功！”

“大父夜不归营，该当军法！”

“甚等军法？末将领受！”老蒙骜当即站起煞有介事地
一拱手。

“罚修鹿寨三丈！”

“错也！”蒙骜板着脸大摇白头，“是拘禁三日不得与操。
狗记性。”

“旧制不合军道！此乃蒙恬新法。”

“小子翻天也！甚处不合军道？说不出子丑寅卯看
打！”

蒙恬小朋友“登台”表演。
蒙恬家世显赫，小说写其有神
童之相。蒙恬确有奇才，不仅
军事上有奇谋，器物上也有奇
巧，据说蒙恬曾用兔毛造笔，
又曾造筝，真文武全才也。
《史记·蒙恬列传》述其家世，
“蒙恬者，其先齐人也。恬大
父蒙骜（《战国策》作蒙傲），
自齐事秦昭王，官到上卿。秦
庄襄王元年，蒙骜为秦将，伐
韩，取成皋、荥阳，作置三川
郡。二年，蒙骜攻赵，取三十
七城。始皇三年，蒙骜攻韩，
取十三城。五年，蒙骜攻魏，
取二十城，作置东郡。始皇七
年，蒙骜卒。骜子曰武，武子
曰恬。恬尝书狱典文学。始
皇二十三年，蒙武为秦裨将
军，与王翦攻楚，大破之，杀项
燕。二十四年，蒙武攻楚，虏
楚王。蒙恬弟毅”。司马贞所
谓“书狱典文学”，《史记·蒙
恬列传·索隐》称，“谓恬尝学
狱法，遂作狱官，典文学”。蒙
氏家世显赫，庄襄王及始皇帝
皆十分看重。

"大父懵懂!"总角小儿赳赳拱手奶声尖亮,"丁壮拘禁,不操不演,肥哐海睡,空耗军粮,算甚惩罚! 罚修鹿寨,既利战事又明军法,还不误军粮功效,此乃军制正道!"

"噫嗨——"蒙骜长长地惊叹了一声,拍打着赳赳小儿显然凸出的大额头,"小子头大沟道多,倒是有鼻子有眼也。小子再说,既不合军道,武安君做甚要立这等军法?"

"想不来。"小儿沮丧地摇摇头陡然红脸,"容我揣摩几日,自有说法!"

"好好好,小大将尽管揣摩,老大将却要咥饭了。走!"

"不能咥!"小儿一步蹦前张开两臂挡住又神秘兮兮地摇摇手,"大父附耳来。"蒙骜板着脸弯腰凑下,小儿搂住他脖颈低声说有人守在厅堂,大父不能去。蒙骜皱着眉头笑道,那教老大将饿肚皮么? 小儿连连摇头,那人车中有一大箱酒,定然是想灌醉大父,大父一夜游荡未睡,沾酒便醉,不能去。蒙骜皱起了眉头,那人甚模样? 知道是谁么? 小儿大眼珠忽悠一转,该是吕不韦,没错! 蒙骜大是惊奇,你小子如何知道吕不韦? 小儿得意地笑了,父亲书房有张画像,写着吕不韦名字,与此人一模一样。蒙骜又是惊奇,噫! 你父甚时有得吕不韦画像? 小儿忽悠着眼珠咕哝,想想,我想想,三年前? 对! 三年前。蒙骜不禁哈哈大笑,吹牛号也! 三年前你小子几岁? 小儿陡然红脸赳赳,不管几岁,我记得清楚,说不准甘愿受罚! 蒙骜连连点头,好好好,大将无错,走,去看个准头。大父该大睡一觉,再会客不迟。小儿很不以为然地嚷嚷着。知道甚! 蒙骜拉起小儿便走,老大将一日只要有个盹儿,打熬得十天半月,一宿不睡算甚? 走!

小小的情节,写出小蒙恬的不一般。

等候在正厅的果然是吕不韦。

吕不韦要思对策。

吕不韦也是一夜未眠。华阳后的明压暗示使他隐隐不安,从寝宫出来立即找到桓砾,说要即刻面见新君。桓砾沉吟片刻,找来了老给事中。老给事中又找来了总管老内侍。老内侍虽然一直皱着一双白眉不说话,最终还是将吕不韦从密道曲曲折折领进了重重殿阁中一处最是隐秘的书房。新君嬴异人正在灯下翻检一只大铜箱中的竹简卷宗,对黉夜前来的吕不韦似乎很觉惊讶又很是木然,愣怔迷蒙得好似梦中一般。吕不韦见礼之后直截了当地禀报了华阳后与他的全部对话,申明目下朝局之要害首先在于新君与华阳后如何相处,该当未雨绸缪有个明确谋划。吕不韦话未落点,嬴异人焦躁得来回彷徨,直说太后要杀他,他已经几次看见了黑衣剑士的影子在王城飞来飞去,他先要藏匿起来躲过此劫,否则万事皆休!

“太后是否起动了黑冰台?”吕不韦思忖一问。

“对对对! 正是黑冰台! 先生如何知道?”嬴异人惊恐万状。

“敢问君上:第一次知道黑冰台,可是在邯郸之时?”

“是……是在邯郸。”嬴异人眼珠飞转,终于点了点头。

“敢请君上出舌一望。”

嬴异人稍一犹豫,还是走到了吕不韦案前的侍女铜灯下席地而坐伸出了舌头。吕不韦打量一眼又淡淡一问:“君上梦中凶险追杀可多?”“对对对!”嬴异人连连点头不胜惊恐,“万千绳索捆缚! 野狼虎豹吞噬! 刀剑逼喉、烈火灼身、暗夜深潭、丛林蟒蛇,森森白骨,甚都有! 邯郸归来尤多噩梦,白日卧榻也是不得安生……”大喘着粗气说不下去了。

“君上已患心疾。此疾不祛,君上危矣!”

“甚甚甚? 心疾? 未尝闻也!”嬴异人陡然一笑,尖涩得如同夜半枭鸣。

吕不韦又心中一抖,脸上却悠然一笑:“君上且安坐片

黑冰台,实相当于今日之特工部门。直属于某某某之类的,非常神秘。不到非常时期,不动用。不受常规法令约束,权限非常大。

刻,闭目从容调息,想想春夜茅亭你我与毛公饮酒趣谈,信陵君府邸的兵法论战,邯郸郊野的胡杨林,还有那长夜不息的秦筝……岂非其乐融融,叹我人生苦短矣!"

缓慢散淡而又闲适的语调如春风掠过,嬴异人竟情不自禁地闭上了眼睛,脸上也渐渐有了平和的笑意。良久,嬴异人蓦然睁开眼睛瞅着铜人灯惊讶道:"噫! 我似蒙眬睡去,何以没有做梦? 怪哉!"

"其心入斋,怪亦不怪也。"吕不韦轻松地笑了。

"先生通晓方士法术!"嬴异人神色惊讶地陡然站起。

"便是方士之术,又何须一惊一乍?"吕不韦微微一笑轻叩书案,"君上且静神安坐,只想那胡杨林春夜秦筝,臣之说叨,权且当作清风掠过原野耳。"见嬴异人果然闭上了双目,吕不韦的缓缓侃侃如悠悠春水散漫流淌,"臣杂学尚可,亦算通得医道。心疾者,古来有之,鲜为人知也。然既为疾,自能医之,无须惊恐也。医谚云:舌为心之苗,心开窍于舌。君上舌晕混沌,若疮若糜,足见心乱神迷也。何谓心乱神迷? 心主两功,一运血脉,一藏神志。此所谓'心藏脉,脉舍神'。心乱,则神不守舍。神不守舍,则心术不正矣。何谓心术? 《管子·七法》有说,'实也,诚也,厚也,施也,度也,恕也,谓之心术。'凡此六者俱备,则能使心无为而治百窍,故谓心术。心术正,人能以常情揣度事理,不致偏执,不致昏乱。反之则神出心舍,恍惚失察,疑窦丛生,惊惧无度也。此等心疾诚不足畏,唯人心斋而已。"

"何谓心斋?"嬴异人闭目发问,呓语一般。

"心斋者,虚明之心境也。"吕不韦舒缓如吟诵,"庄子作《人间世》有说:唯道集虚,虚者,心斋也。何谓虚? 明也,空也,气也,一志之心境也。虚而待物,心斋成矣。心斋成则有容纳万物之心,对人对事无听之以耳,而听之以心,无听之以

异人血气太盛,心神不定。这一段,为异人之崩设下伏笔。

心,而听之以气;听之以气,则无感其名,无受物累,是谓形坐而神驰,万物化于我心也……"①

蓦然,嬴异人有了时断时续的呼噜声……吕不韦疲惫地笑了笑,打了个长长的哈欠,揉了揉干涩的眼睛,提起书案上的木翎笔拉过一张羊皮纸写了起来。写罢招手唤过悄悄守在大屏旁边的老内侍低声叮嘱几句,径自去了。

雄鸡长鸣的黎明时分,吕不韦的辎车辚辚出了王城,直接到了城内那座四进庭院的官邸。原来,陈渲与西门老总事见吕不韦前日深夜被急召章台,心知定有变局,立即派莫胡带着几个仆役侍女进了城内府邸收拾,又派一个精干武执事专门跟踪吕不韦车马行止,叮嘱务必在"歇朝"时刻将吕不韦接回府邸打尖歇息。谁知一日一夜之间吕不韦毫无消息,已经赶到城内府邸守候日夜的西门老总事坐立不安,索性守在门厅死等,若天亮依然没有主人消息,便要亲自出马探听了。正在此时,吕不韦辎车在朦胧曙色中辚辚回府,西门老总事匆匆迎过来,一声先生未叫出口,已软在了门厅之下。

吕不韦连忙下车吩咐两个年轻仆人扶老总事去歇息,又回身对闻讯赶来的莫胡一班人叮嘱日后要一如往常不许这般铺排等候,国有法度,朝有规矩,我能泥牛入海了? 莫胡连忙与几个仆役侍女熄灭灯火关闭大门,而后吩咐仆役侍女各去安歇,才领着吕不韦进了后院水池边的一座小庭院。吕不韦记得城内府邸的寝室是在第三进与书房相连。这座小庭院却似乎是一处客寓,便问如何要到这里来? 莫胡说这是西门老总事谋划,她也不晓得缘由。吕不韦不再多问,进得前厅刚靠上坐榻,软过去扯起了鼾声。

蒙眬之中吕不韦觉得有异,费力睁眼,莫胡捧着他的双脚在热水中轻轻揉搓,一个激灵清醒过来道:"不能耽搁,卯时还有要事,浴房有凉水么?"莫胡叹息一声说有,你去冲凉,我去备膳,放开吕不韦双脚起身飘了出去。吕不韦进了浴房一摁机关,板壁高处两桶凉水涌泉般连续浇下,浑身一阵沁脾清凉,及至穿好衣裳,顿时觉得清爽了许多。回到前厅,长案上一鼎一盘一爵已经摆置停当,莫胡正跪坐案前开启酒坛。吕不韦眼前一亮摇手道:"莫胡且慢! 可是那几桶兰陵酒?"莫胡回头一笑:"是也,夫人吩咐搬过来的,说先生最喜好了。"吕不韦点头笑道:"没错没错,只不过此酒有用,快都搬到车上去。"莫胡说声好,推着那辆小酒车出厅去了,须臾回来见吕不韦正在厅中四处打量,不禁笑道:

---

① 心斋说源于庄子,原本是中国原生文化中独有的内省哲学,宋代之后仅仅被看作一种修养境界。

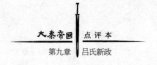

"先生不用饭转悠甚来?"吕不韦陡然一个响亮的饱嗝高声道:"已经用过,官衣搁在何处了?"莫胡走过食案一看,鼎盘已空,汤汁狼藉一片,不禁大是惊讶。在她的记忆中,主人历来都是从容不迫的,纵然一个人用饭也是整洁如仪,如何今日这般狼吞虎咽? 心念一闪道:"先生稍待,我去拿官衣。"飘了出去倏忽回来,一套折叠整齐的簇新官衣捧在手上。吕不韦眉头一皱道:"新官衣硬邦邦太过板正,还是方才那套好。"莫胡惊讶笑道:"方才那身汗津津湿透不知几番了,坐处揉得没了形,我已交浆洗坊了。"吕不韦依然皱着眉头:"再没软旧衣裳了?"莫胡撅着小嘴嘟哝道:"新官不到一年,哪里来的旧官衣? 此等衣裳又不许自制,人有甚办法? 要说也是,尚坊制得官衣总浆洗得硬邦邦,哪有自家丝麻衣裳随身了?"

"对也! 拿一身自家常衣。"吕不韦陡然拊掌笑了。

"先生,莫胡无心之语……"

"岔了岔了。"吕不韦见莫胡委屈得泪水盈眶,连连摇头,过来轻轻揽住她肩头凑在耳边轻声说得一阵。莫胡娇媚地一笑一溜碎步飘了去,片刻捧来一身轻软的细麻布衣裳,利落地侍奉吕不韦换下浴房大衫,再用一支长大的玉簪穿好吕不韦梳理整齐的发髻,一个大袖无冠的布衣士子一团春风地活现在了眼前。

"昔日先生又回来也。"莫胡不禁喃喃感慨。

"好! 我去了。"吕不韦拍拍莫胡肩头匆匆便走,又蓦然回身叮嘱,"你回报夫人,说这几日不能回庄,索性她也过来算了。"说罢大步出了庭院。

清晨的咸阳城是忙碌的,店铺开张官署启门,长街大道处处都在洒扫庭除,到处都是行人匆匆。谚云:农忙百业忙。目下正当夏熟大收时节,抢收抢种抢碾打抢储藏抢完粮,整

吕不韦也有方寸大乱之时。

个秦川都火爆爆地忙碌着。当此之时，无论国事朝局发生了多么突兀的隐秘的值得人们关注的变化，国人都不得不在紧张繁剧的劳作中淡漠置之。毕竟，实实在在的日子是要永远地辘辘转动下去的，任何陡然泛起的波澜都无法改变这亘古生计的河道。

吕不韦的垂帘辎车避开了熙熙攘攘的长街大道，只在僻静的小街巷穿行，原本可径直到达的短短路程，曲曲折折绕了近半个时辰。在国人匆匆的农忙时刻，吕不韦实在不堪华车招摇过市所招来的异样目光。曾经是三十余年的老商旅，吕不韦很是清楚整个五月对农人对工商对国人乃至对整个邦国意味着什么。去岁夏熟秦川遭老霖雨大灾，今岁夏熟便显得尤为不同寻常。作为顾命假相，他此时本该巡视乡野督导农忙减赋免税。可是，他却实在是须臾不能离开咸阳，只能在王城与大臣府邸间走马灯般周旋。目下要去造访的上将军蒙骜，正是急需与之周旋的一个人物。

蒙骜对吕不韦的清晨上门确实感到意外。

小孙子蒙恬说是吕不韦，蒙骜根本不信。一个六七岁的小孩童说厅堂有个他三几岁时见过的客人，纵是分外认真，谁个又能放在心上？依蒙骜所想，来者必是蔡泽无疑。无论如何，这个老封君目下爵位最高又兼领相职，是动荡朝局中的强势大臣之一。若从常态权力看去，丞相与上将军从来都是最重要的两根支柱，与国君一起构成了一个支撑国家的权力框架，在邦国危难之时，这个框架的稳定更显得赫赫然无可替代。然则，此次朝局仓促生变，一相一将都没能临终顾命，而恰恰教一个爵位中等又无甚事权的太子傅成了顾命大臣，在秦国竟成了史无前例的"怪局"。尽管局势怪诞，然朝野瞩目者依旧是军政两大臣。蒙骜相信，只要这农忙五月一

意外是因为蒙骜小视吕不韦。蒙骜乃秦国重臣，吕不韦要权倾朝野，必谋蒙氏家族的支持。

过,朝野议论必然蜂起,力促将相合力稳定朝局。在老秦人眼里,这个相不会是吕不韦这个"假相",而是蔡泽这个老相。狡黠的蔡泽不会想不到此,能想到此则不会不与他通气。从心底说,蒙骜对蔡泽很不服膺。这个计然派名士除了农事沟洫一班经济事务,其余才能实在平平,机敏有余气度不足,总是敞着嗓子呷呷议论,无论是昭襄王暮政还是嬴柱即位的新政,蔡泽都没有展示出总揽全局的开府领国气象。蒙骜也知道,蔡泽对两代秦王总派他处置无关痛痒的风光大典很是牢骚。但蒙骜更清楚,你这个纲成君也就如此摆置最适合,真要你担纲大局,只凭你那见人呷呷乱嚷却总是切不准要害,你便做不得开府丞相。就实说,你也做过一年,有了甚名堂?说昭襄王雄主守势压了你才,纯然胡话!秦孝公不强么?秦惠王不强么?那商君张仪为何有声有色权倾朝野?没大才便没大才,偏偏地要嚷嚷时势耽搁了你,哼哼,只凭此点,老夫也看你不入眼也。那个吕不韦虽是商人底子,然处事之沉稳言语之精当,紧要处之果决严厉,当真还比你这个老相强得几分……然则无论如何,时也势也,这个吕不韦不知根底,目下能齐心协力者还只有指靠这个蔡泽,否则国事千头万绪,没个众望所归的丞相如何理得顺了?这个蔡泽也当真懵懂,老夫仓促还都无法脱身,你究竟有何等要务缠身,一日一夜竟不来找找老夫,今日才想得起来也,哼哼,好你个记性……

"上将军,我已等候多时也。"吕不韦笑吟吟迎了出来。

"……"

骤然之间蒙骜心下一片空白,使劲揉了揉老眼才回过神来笑着一拱手:"啊,太子傅到了,老夫眼拙,见谅见谅。"吕不韦打量一眼笑道:"老将军这是夜宿林下了?"蒙骜不禁惊讶:"噫!你却知道?"吕不韦道:"商旅三十年,我也是山

蒙骜对蔡泽不是特别满意,但一时之间又找不到更合适的丞相人选。

吕不韦反应迅速,先蔡泽一步拜访蒙骜。

林野宿常客。老将军甲胄上落叶片片，脸膛一片干涩，不是晨功了。""不差不差。"蒙骜呵呵笑了，"老夫夜来只说胡杨林转悠一番，不想蒙眬了过去，毕竟老也。"吕不韦不禁喟然一叹："老将军如此操劳，不韦惭愧也！"蒙骜目光一闪突然哈哈大笑："风马牛不相及，八竿子打不着，你太子傅惭愧个甚来？来来来，入座说话。"

吕不韦方得入座，蒙骜突然揉揉眼不无揶揄地惊讶道："噫！太子傅一身布衣，不做官了？"吕不韦坦然一笑："官衣浆洗得梆硬，天热不吸汗。左右老将军是前辈，不韦卖小自在一回，老将军只管笑骂。"蒙骜啪地一拍掌："前辈不敢当，话却说得是！老夫最不喜那新官衣，又轻又硬又不贴身，上身活似一桶水，还不如这一身沉甸甸铁甲，不穿好不穿好。"吕不韦一拱手笑道："人说军旅多实话，果不其然也。"蒙骜边脱甲胄边道："人只本色便好，关军旅甚事？"

"小公子进来。"吕不韦突然笑对门外一招手，"偷觑个甚？进来也。"

门外不断伸头的红衣小儿大步赳赳进来，陡然站定一拱手："我乃蒙恬是也！我大父十八个时辰没有用饭，该当如何？"挂好衣甲的蒙骜回身一挥麻布大袖板着脸道："小子又来鼓捣！去去去，罚练二百大字，午后交出！"吕不韦连连摇手道："且慢且慢，我倒以为小公子说得有理。老将军昼夜无吃无睡岂能熬得，该当先用饭再歇息，不韦改日再来拜访。"蒙骜哈哈大笑："此儿老夫长孙，小子说叨多，听他摆布忙活死人。"转头厉声吩咐，"小子去传军令：给老爷爷上饭上酒！"小蒙恬对吕不韦赳赳一拱手道："先生通达，蒙恬得罪！"提着短剑昂昂去了。

"此儿不可限量也！"吕不韦喟然一叹。

"足下通得相术？"蒙骜淡淡一笑。

人小心大。

所谓"三岁定八十",俗语有道理。

"何须通晓相术?"吕不韦轻轻叩着书案,"谚云三岁看老。此儿发蒙之期有勃勃雄心,根兼文武,天赋神异,来日定是一代英杰。"

"那是你说也。"蒙骜轻轻叹息了一声,"此子太过聪明,时常教人无言以对。唯其如此,老夫每见此儿,总是不由自主地想到一个人,心下总是一揪一揪……"

"若不韦没有猜错,老将军心头之人是赵括。"

"正是也!"蒙骜啪地拍案,"赵括五岁称神童,十二岁与赵国诸将论书谈兵,难倒其父马服君赵奢。可后来如何?葬送了赵国六十万大军啊!老夫当年亲临长平战场,那赵括实在是可惜,英风烈烈天赋过人,却死得教人心疼……"

"老将军多虑了。"吕不韦悠然一笑,"我对赵国尚算熟悉,蒙恬之于赵括,至少两处不同:其一,禀性根基不同。赵括飞扬活脱,少时辄有大言,轻慢天下名将,与人论兵论战,攻其一点不及其余,纵有所短也不知服输,过后亦从无内省之心。小蒙恬不同,极有主张却认事理。以方才而论,本心分明是担心大父辛劳,想要客官告辞;然老将军执意留客,小蒙恬便向我致歉谢罪。五七岁能知事理,分辨得何为通达何为执拗何为自失,且知过而能改,此等心气禀性,赵括几曾有过?其二,门第之教不同。马服君赵奢一战伤残,教子缺乏心力,更兼盛年病逝,致使赵括少年失教,弱冠之年承袭高爵,一发张扬无可顿挫,心底便没了沉实根基。小蒙恬则既有大父之慈教,又有父亲之严教,及至加冠,亦决然不会失教而流于无形。有此两不同,老将军大可放心。"

这一番话,对了老将军的胃口。

"先生此说,大是新鲜。"蒙骜朗朗一笑,"然揣摩之下,还当真有几分道理①!"

---

① 道理,语出《庄子·天下》:"是故慎到弃知去己,而缘不得已,泠汰于物,以为道理。"

正在此时，家老领着四名女仆提着饭篮抬着食盒逶迤进
门。家老笑说不知大宾到府，未及备下客宴，便依着上将军
平日吃法上了，先生包涵。说话间四名女仆已经将食案摆
好。吕不韦面前是两盆两碗一盘：一大盆热腾腾肥羊拆骨
肉，一大盆绿莹莹鲜汤，一大碗白光光小蒜葱段，一小碗灰乎
乎秦椒盐面儿，一大盘外焦内白的切片厚饼。再看蒙骜面前
大案，吕不韦不禁咋舌。一张硕大的食案，整整半只酱红油
亮的烤肥羊雄踞一方大铜盘，两侧各是大盆大碗的绿汤厚饼
小蒜小葱摞起，堆得满当当小山也似。

"上将军如此食量，直追老廉颇矣！"

"老夫常量而已！"见吕不韦惊讶神色，蒙骜不禁哈哈大
笑，"秦将有三猛，王龁、王陵、桓龁，每咥必是一只五六十斤
整肥羊。老夫才半只，实在算不得甚。"

"一只羊！五六十斤……"吕不韦第一次目瞪口呆了。

"也不稀奇！"蒙骜笑道，"你只想想，战场之上不是驰驱
搏杀，便是兼程疾进，片刻歇息也只能啃块干肉干饼罢了。
但能扎营造饭，谁个不是饥肠辘辘腹如空谷，能咥半只羊者
比比皆是，不稀奇不稀奇。先生知道不知道？武安君当年定
下的招兵法度第一条，便是看咥饭多少！后生一顿咥不下五
斤干肉两斤干饼，不能入军。长平大战时武安君白起已经年
逾六旬，每咥还是大半只羊。至于老廉颇，与老夫相差无几，
军中常量而已！"

"大秦猛士，真虎狼也！"吕不韦脱口而出，却忽然觉得
不妥，心念一闪正不知要不要圆场，却见蒙骜拍案大笑："秦
有虎狼之师，天下之大幸也！这是谁说的？张仪？同是老秦
人，孝公商君之前如何一盘散沙私斗成风？孝公商君之后何
以立地成了虎狼？变法之威也！六国欲抗秦，唯师秦而抗
秦。不欲师秦变法，却求灭秦之国，南辕北辙也！唯其如此，

不合常识，过于夸大。五
六十斤羊肉，大概有一个壮汉
的三分之一体积了，试问，人
的肚子有多大？想那武松打
虎，也不过吃四斤熟牛肉，十
五碗"透瓶香"（又名"出门
倒"）。参见《水浒传》第二十
三回"横海郡柴进留宾，景阳
冈武松打虎"。皆是英雄，差
异不应该太大。

秦有虎狼之师，天下之大幸也！……呵呵，惜乎老夫笨拙，只能说个大意也。"

"天下第一利口，张仪无愧！"吕不韦不胜感慨，"纵横无私，大道无术，将变法强国之道明明白白倡给敌手，公然'资敌'，偏偏却成天下第一王霸之法，神乎其智也。"

蒙骜一边点头一边道："来来来，不说虎狼了，开咥！"捋起衣袖正要上手撕扯烤胡羊，却恍然笑道："老夫糊涂也，还得给先生说说这几样粗食来历……"

"大父但咥，我对先生说！"小蒙恬突然连跑带走蹿进来，对吕不韦一拱手又做个鬼脸低声笑道："大父这老三吃说法，我早背熟了。"又突然昂昂高声，"先生请看，这是胡羊烤，匈奴战俘传来。这小碗是秦椒①搅的盐面儿，手抓肉块蘸这咸辣物事吞下，最是上口！此物顶饥耐战，如今是秦军大将主食。这是大秦锅盔，长平大战秦军创下的硬面大烙饼，一拃厚②，大砖头也似。坚实耐嚼又顶饥，好揣好带不易坏，如今是秦军常食，老夫每顿必咥！这是苜蓿炖羊汤，苜蓿说是苏秦之父从西域带回流传开来的马草，开春头茬，麦熟时二茬，最是肥嫩鲜香，入得任何肉汤。老苜蓿喂马最好。老夫引进军中，人吃马也吃，目下是军营主汤。蒙恬代大父禀报完毕，先生开咥，告辞！"红影蹿动一阵风去了。

"生子若蒙恬，夫复何憾也！"吕不韦大笑着拍案一叹。

正在大嚼大吞的蒙骜挥着一只羊腿也不看吕不韦只兀自咕哝道："这小子，甚事都是听一遍便自己经过一般，老夫无意絮叨些许琐事，嗨！他偏偏都装了进去，还能再说出来。

蒙骜虽忧心忡忡，实对蒙恬又寄予厚望，内心矛盾。关心则乱，世之通理。

---

① 秦椒，调味物，并非后世传入中国的红辣椒。春秋战国时至少有三种椒：蜀椒、秦椒、胡椒。《齐民要术》录《范子计然》云："蜀椒出武都，秦椒出天水。"然天水地名自西汉始（秦时为上邦），《范子计然》为春秋著述，疑地名有误，推测当在秦地无疑。

② 一拃，秦地流传至今的古方言，拇指与食指最大限度张开的长度。

老夫素来不喜欢太灵光之人,嗨!偏偏有了如此这般一个孙子,没办法没办法……"奖掖中又实实在在地透着几分隐忧与无可奈何。

"天生其才,自有遇合,老将军何须杞人忧天也。"

"也是!莫斯文,上手咥,筷子不给劲!"

"好!上手!"吕不韦平生第一次捋起衣袖伸手抓起大块羊肉猛一蘸秦椒盐面儿吞咬起来,一时满嘴流油,手脸一片黏滑,心下大是快意。蒙骜素闻吕不韦衣食整肃,府中颇多讲究,如今却欣然与他一般本色吃相,顿时对这个商人名士生出好感,不觉挥着一只羊腿呵呵笑着连声喊好。

"噫!老将军咥肉不饮酒么?"吕不韦恍然抬头。

"酒?"蒙骜举着羊腿一愣随即恍然大笑,"糊涂糊涂!老夫是军中不饮酒,心思竟没转得过来。来人,上酒!"

"老将军喜好甚酒?"

"临淄酒。"

"正好!不韦带来四桶百年兰陵酒。"

"楚酒没劲道!老夫素来只饮赵酒秦酒临淄酒,左右只要粮食酒!"

"老将军有所不知也。"吕不韦也晃悠着一块拆骨肉笑道,"这兰陵①恰在齐楚交界,沂水桐水正从齐国来,与齐酒无异也。兰陵酒坊在苍山②东麓,沂水之阳桐水之阴,加之苍山多清泉,辄取沂水桐水苍山水,三水以百果酿之,酒汁透亮而呈琥珀色,其味醇厚悠长,百年窖藏者更称稀世珍品也。当世大家荀子其所以应春申君之请,屈就兰陵县令,与这兰陵酒不无干系也!"

"当年孟尝君喜好此酒么?"

"正是!战国四大公子以春申君最好此酒,苏秦亦然!"

"只怕还得再加先生一个。"

"老将军圣明也!"吕不韦哈哈大笑。

"好!先生推崇此酒,老夫今日破例。来人,搬酒。"

---

① 兰陵,战国楚县,今山东苍山县兰陵镇。
② 苍山,在今山东省南部,与江苏省相接。

片刻之间，一口勒着两条铜带的精致大木箱抬到了厅中。两个女仆左右端详，却是无处开启。吕不韦笑道："我来我来，这百年兰陵是专酿专藏专送，酒箱有专制钥匙。"蒙骜丢下光溜溜的羊腿骨不无揶揄地笑道："光看这口红木大箱便值得几金，好张致！"吕不韦不禁笑道："老将军对货殖一道，却如吕不韦之对军旅。这一箱四桶，要约期十年才能到手，猜猜价值几何？"蒙骜两手一拍："百金天价！如何？"吕不韦大摇其头张开一手："五百金！若是今日，只怕我也买它不起了。""天也天也！"蒙骜不禁连连惊叹，"只怕老夫要喝金水了也！"

吕不韦一时大笑，打开嵌在箱体的暗锁，逐一取出了四只酒桶。蒙骜过来啧啧转悠着打量，只见这四只酒桶一式的本色红木，三道铜带箍身，桶底桶盖全是铜板镶嵌，桶盖刻一副似山似水山水缠绕的徽记，桶身刻着三行小字，分别是采果师酿造师储藏师的名字。蒙骜不禁喟然一叹："向笑买椟还珠者愚不可及，今日始知可能也！"吕不韦笑道："人云世有精工，唯楚为胜。如今吴越两地也归了楚国，这句商谚倒是不虚了。"

"好！并案！开酒！"蒙骜大手一挥，几名女仆在两张满当当的食案间又摆了两张只有酒具的酒案。四案相连，饮者座案相对利于对饮畅谈，谓之"并案"。酒案并好，一名小女仆便要打酒，蒙骜却道："莫忙莫忙，这物事金贵，是否还有讲究，听先生吩咐了。"

"今日不讲究。"吕不韦爽朗笑道，"原是还有荆山玉爵两尊、长柄镶珠酒勺一支，今日全免，只用这大碗木勺，否则如何与猛士咥法匹配！"

"好！便是这般。先生入座，打酒！"

桶盖叮当开启，一股浓郁醇厚而又不失凛冽的奇特酒香顿时弥漫整个大厅。蒙骜情不自禁地深深一个吐纳，兀自

又"软倒"！

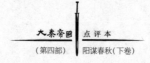

闭目喃喃惬意至极。蓦然睁眼，却见吕不韦也是默默闭目吐纳，打酒侍女已是满脸红潮气息急促，长柄木勺正要伸出，嘤咛一声软软倒地。当真好酒也！蒙骜不禁拍案，家老快来，换人打酒！

白发苍苍的家老闻声赶来，却在厅门"噫"的一声惊叹止步。蒙骜闻声出门，却见小蒙恬蜷卧在门厅大柱下满脸通红晕乎乎睡了过去，不禁大乐，好小子！偷觑却成醉鬼，该当！及至吕不韦醒神出来，小蒙恬已经被一名侍女抱走，蒙骜依旧在廊下兀自呵呵长笑。吕不韦笑道，没料到这百年兰陵如此厚力，竟能闻醉侍女小公子也。蒙骜一拍掌，老夫何尝不是头一遭闻酒则喜，走！开饮！

酒入陶碗，荡开一汪琥珀色澄澈透亮，长柄酒勺上点点滴滴细丝飘摇，旁边家老直是啧啧惊叹："世间何有此酒？分明蜂蜜①也！"蒙骜大笑道："好！便做蜂蜜饮它一回！"慨然举起陶碗，"老夫初尝此酒，权且做个东道，干！"吕不韦举碗笑道："我好兰陵，却也是头一遭饮这老百年，便借此酒为老将军添几分军威！干！"两只陶碗当地一碰，两人咕咚咚一气饮干，及至哈出一口长气，两人脸色竟同时一片殷红。

蒙骜不禁拍案赞叹："醇和厚力，贯顶沁脾，绝世美酒也！"吕不韦笑道："委实好酒！只我这腹中火热，须得边哇边来！"说罢连忙转身在自己的食案上抓起一大块拆骨肉吞了下去，"来，再干！"蒙骜哈哈大笑："好好好！许你边哇边来。此等美酒，不胜酒力者少饮也罢！"吕不韦笑不可遏连连摇头："东道主劝客少饮，未尝闻也！不行不行再干！"一碗饮下，吕不韦又连忙抓肉，额头已经泛起了豆大汗珠。蒙骜也兀自惊讶道："噫！两碗酒便浑身发热？来，脱了大衫再干！"说罢扯下麻布长袍，抓开束发玉簪，一身粗布短衣，一头灰白散发，一脸殷殷红光，活脱脱一个威猛豪侠。吕不韦大是心痒，二话不说也扯去大袍散了长发，顿时英风飞扬，与平日的醇和持重判若两人。

再连干三碗，两人都是满面红光大汗淋漓，一脸一身热气蒸腾。蒙骜连连惊叹，人如蒸饼竟是不醉，奇哉快哉！鸟！精身子②干！一把扯去粗布短衣，赤膊打坐当厅。吕不韦身子轻快得要飘将起来，一股大力在体内升腾不息，直觉自己无坚不摧，也一把扯去贴身短丝衣与蒙骜赤膊相对。蓦然赤膊对面，两人你看我我看你，不禁同时纵声大

---

① 蜂蜜，中国养蜂至迟始于西周。《诗经·周颂·小毖》："莫予荓蜂，自求辛螫。"春秋战国时蜂蜜已经是上层普及之物，用以浸渍食物果品或做单饮或入药治病。

② 精身子，秦地流传至今的古方言，即光膀子。

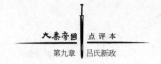

笑——蒙骜是油汪汪汗渍渍疤痕累累,粗壮结实的身躯如嵯峨古岩凛凛铜柱;吕不韦却是红光光白生生水淋淋,胸口唯一的钱大伤疤反倒衬得一身肌肉分外晶莹,直是一条出水红鱼。

"昨日今日,物是人非也!"一阵大笑,蒙骜眼中骤然溢出了滚烫的泪水。

"赤膊吃酒,老将军还有过一回?"吕不韦兴味盎然。

"生死酒,老夫岂敢忘也!"蒙骜喟然一叹,"那是长平血战的生死关头,我军与赵军在上党相持三年未决胜负。赵军以赵括换廉颇为将,对我军转取攻势,要一战灭秦主力大军。武安君秘密赶赴军前统帅大决,也要一战摧毁赵国主力大军。当此之时,两军浴血大战势不可免。部署就绪之后,武安君下了一道异乎寻常的军令:各营一夜痛饮,将士各留家书,从此不灭赵军不许饮酒!此令一下,上党的沟沟峁峁都沸腾了起来!谁都知道,这是大战前的生死酒,是老秦人的安魂酒……各个营寨都悉数搬出了藏酒,燃起篝火,开怀痛饮!夜半时分,人人都打赤膊精身子举着粗陶碗搂着抱着唱着那支军歌,代写家书的军吏挨个问将士们最后的心事,竟然没有一个人理睬,手之舞之足之蹈之,漫山遍野只有笑声歌声吼叫声……刁斗打到四更,武安君派出的中军司马分路奔赴各营收集家书,各营交上来却都是一面面'秦'字军旗,旗上全是密密麻麻的血指印。那一夜,老夫生平第一次精身子,生平第一次喝下了整整两坛烈酒,吼唱得喉咙都哑了……"

"不吼不唱不过劲,该当如此!"

"你可知道秦军的'无衣歌'?"

"知道!"

"来!一起唱他一回!"说罢,蒙骜操起插在烤胡羊身上的那支青铜短剑拍打着大案唱了起来,沙哑激越的嗓音直荡开去:"岂曰无衣,与子同袍! 王于兴师,修我戈矛,与子同仇! 岂曰无衣,与子同泽! 王于兴师,修我矛戟,与子偕作! 岂曰无衣,与子同裳! 王于兴师,修我甲兵,与子偕行——"

长歌方落,吕不韦感慨万端:"重弦急管,慷慨悲歌,秦风也!"

"噫! 你如何没唱?"蒙骜甩着汗水气喘吁吁。

"素闻同唱此歌皆兄弟。不韦,只怕当不得也。"

"岂有此理!"蒙骜趄趄拍案,"精身子相对,蒙骜当不得你老哥哥么?"

"好!"蓦然之间吕不韦大是感奋,慨然拍案一拱手,"老哥哥!且听兄弟唱他一回!"

抡起案上铜柄汤勺敲打着长案放声唱了起来，一时荡气回
肠，比蒙骜还多了几分浑厚与悠长……两句方过，厅外突然
秦筝之声大作，叮咚轰鸣，其势如风掠万木秋色萧萧，将这壮
士同心的慷慨豪迈烘托得分外悲壮苍凉。吕不韦精神大振，
一口气唱罢歌声尚在回荡便对着蒙骜肃然一拱："老哥哥府
下高人何在？敢请当面赐教！"

家老却匆匆进来作礼："禀报先生：小公子只说感念先
生情怀，故而伴筝，容日后讨教，便去了。"吕不韦惊愕万分：
"如何如何？弹筝者是小蒙恬？老哥哥，当真么？"蒙骜却皱
起了一双雪白的长眉连连摇手："莫提这小子，天生是个兵
痴加乐痴！三岁操筝，去岁又将秦筝加了三弦，变成了十二
弦，叮咚轰鸣聒噪得人坐卧不宁。改便改矣，老夫又不是乐
正，也懒得操那闲心去管他。只是这小子但弹秦筝，便莫名
透出三分悲伤，听得老夫揪心也！谚云，乐由心生。小小孩
童出悲音，你说这这这……"

"关心则乱，老哥哥又做忧天者矣！"吕不韦哈哈大笑，
"回头我找小公子，给他引见一个秦筝大家，陶陶他性子，保
他亦师亦友亦知音！"

"好！老兄弟给劲！来，再干！"

"干便干！来，为那支'无衣'！"

一碗饮干，蒙骜一抹汗水突然神秘地一笑："老兄弟，若
是你做了开府丞相，这秦国的力道该往何处使？"

"老哥哥笑谈，然兄弟也不妨直说。"吕不韦边吞咽着拆
骨羊肉边用汗巾擦着手，"自孝公以来，秦国已历四代五君，
终昭襄王之世强势已成。然目下秦国正在低谷，对山东取守
势已经十年。其中根由，不在国力，而在朝局。朝局者何？
雄主也，强臣也，名将也！三者缺一，朝局无以整肃，国力不
能凝聚。孝公有商君车英，惠王有张仪司马错，昭襄王有太

汉代应劭所撰《风俗通
义》之"筝"篇载："谨按《礼·
乐记》：'筝，五弦，筑身也。'今
并、凉二州筝形如瑟，不知谁
所改作也。或曰秦蒙恬所
造。"蒙恬造筝，没有确证。若
蒙恬造筝，小说中所写蒙武与
异人、卓昭与异人之琴瑟友
好，便说不通。含糊处理，较
为妥当。

后魏㧑白起！然目下两代新君朝局如何？将强而相弱,军整肃而政紊乱。恕老兄弟直言,幸亏天意止兵,若是大军已经东出,只怕秦国隐患多多也！"

"都对！只是还没说正题。"

"正题原本明了:一整国政,二振军威,只往这两处着力便是正道。一整国政,是廓清朝局凝聚国力,为大军造就坚实根基,确保秦军纵然战败几次,亦可立即恢复元气。若无此等根基保障,大军东出经不起长年折腾！"

"也对,武安君举兵之道也！其二如何？"

"二振军威,是要一举打掉山东六国十余年的锁秦之势,也给其间背秦的小诸侯一番颜色,重新确立君临天下之强势！至于如何打,老哥哥比我明白。"

"好！"蒙骜拊掌大笑,"有此正道,老兄弟当得开府领国丞相也！"

"早了早了,老哥哥慎言！"吕不韦连连摆手。

"老兄弟差矣！"蒙骜拍案喟然一叹,"国无良相,纲不举目不张。老哥哥纵然一介武夫,也掂量出了昭襄王给蔡泽的那个封号,纲成君,纲成君哪！可这个蔡泽担纲了么？张个老鸭嗓到处呷呷,呷呷出个甚名堂？但为国家计,得有公心！老哥哥也知道纲成君好人一个,可……不说了不说了,来！再干！今日醉了,老哥哥背你！"

"干！不定谁背谁也！"吕不韦呵呵笑得一脸灿烂,刚刚举起陶碗便软软伏案鼾声大作。蒙骜看得哈哈大笑,呀呀呀！可惜一碗百年兰陵酒也！连忙凑过来接流下大案的酒汁,接得些许酒碗方举到嘴边,兀自喃喃两声倒在了吕不韦身上……

酒逢知己千杯少,话不投机半句多。蒙骜与吕不韦相见恨晚。

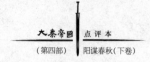
三　新朝人事　几多风雨

秋高气爽的八月，又一次隆重国葬终于疲惫地结束了。

纲成君蔡泽与老三太的一班人马刚刚办完昭襄王葬礼，一切驾轻就熟，既往疑难，也因有了先例而不再争执，诸事都算顺利。唯一的难处是嬴柱的谥号。嬴柱五十四岁骤然薨去，做了近三十年的太子，只做了堪堪一年的国君，太子时多病无为，国君一年也未见宏图大举，从功业看去实在是难以褒扬。老三太主张定一个"文"字。蔡泽虽觉"文"字太过褒扬，然也想不出更妥当的号词。毕竟是国君谥号，其人只要不是恶政之主，寻常总是要从褒扬处着眼的。一番斟酌，蔡泽将老三太上书加署了自己的封爵名号并丞相官印，算作"朝议"呈报新君。

三更上书，吕不韦清晨来丞相府会事，拿的正是那卷竹简。

"纲成君，一个'文'字似有不当，再参酌一番如何？"

"一朝做假相，足下学问见长也！"蔡泽不无揶揄地笑着，心下老大不快。作为总理国葬的丞相，新君纵对谥号有另见，亦当亲自对他言明，纵是下书驳回亦属常情，如何一个排在自己之后的假相能捧着自己的上书来重新参酌？吕不韦纵是顾命大臣，毕竟商旅根基，莫非连礼制学问也要指手画脚不成？更根本处，在于蔡泽深信新君没有理由不赞同这个谥号，哪有儿子对褒扬君父不首肯的？目下无批驳王书而只是吕不韦捧上书前来，分明是吕不韦自己认为不妥，或说服了新君，或直接在长史署截下了上书，没有呈报新君径直来找自己。若是前者，蔡泽便大有疑惑，吕不韦能以甚理由说得新君言听计从？若是后者，吕不韦便是仗恃顾命之身蔑视他这个封君丞相了，蔡泽如何受得？

"你只说何字妥当，老夫认可便是。"蔡泽呵呵一笑。

"纲成君，此书尚未呈报新君。"吕不韦坦然从容，"我是在老长史案前见到此书拿来参酌。老长史说我是假相，此书既有丞相府官印，理当两相共识，便许我拿了。不韦之见若不能成立，则可立呈此书。不韦若侥幸说得有理而蒙纲成君纳之，仍以此式上书，与我不相关。"

吕不韦当先便说来由，蔡泽自然晓得这是吕不韦看准了自己的心事。吕不韦说的确实也是一理,依着此说,倒是自己轻慢这个假相了。然吕不韦显然是只解释不计较,还特意申明若说得有理与自己无关,全然不争功劳,蔡泽心下稍稍生出了三分歉意,一拱手笑道:"如此说来,假相倒是为老夫着想也。"

"那得看纲成君是否纳我之说,不纳,自是我居心叵测了。"

蔡泽呷呷大笑:"岂有此理! 好好好,你说!"

"不韦以为,单一个'文'字太得褒崇,徒招天下物议。自古以来,非大德昭彰奠定国本者不得谥文。一个周文王,何人可与之比肩? 战国之世,一个秦王谥文,一个赵王谥文,都是两字,惠文! 纲成君自思,先王即位一年即薨,何德何功堪称一个'文'字?"

蔡泽微微点头一笑:"老夫何尝不知此理? 偏是思谋不出一个令人拍案的字来。你只说何字何辞,老夫也省却揣摩。"

"依着先例,也加一字,修限'文'字。"

"加何字?"

"孝。孝文。"

"孝?"蔡泽目光一闪眼珠连转,突然呷呷长笑拍案,"妙也! 一个'孝'字当先,从先王德行上做了文章,'文'字做了辅从,褒德以隐功,合乎嬴柱!"

"如此说,纲成君纳言了?"

"纳……哎,我说你个吕不韦,这个主意是你想的么?"

吕不韦大笑:"唯君纳言,管他何人主意也。"转而思忖道,"朝议在即,纲成君是否还当与老三太事先通说一番? 否则任谁当殿争执起来,反倒显得纲成君一意孤行也。"蔡泽还想说话终是不无酸涩地笑了笑:"好好好,也只有这般处置了。"

孝、文,皆为上谥。谥号一般应在葬礼之前确定。小说议秦昭王及孝文王之谥号,皆没有注意议谥号的时间"程序"。

　　三日后朝议，所有大臣都异口同声地赞同"孝文"谥号，华阳太后与新君嬴异人也没有任何异议。蔡泽获得了举殿君臣的一致赞赏，大大地风光了一回。回府细细思忖，蔡泽愈想愈觉得吕不韦琢磨出的这一个字有着不可思议的微妙。

　　先得说说这个"孝"字。在远古文明中，"孝"本来是一种广博的德行。《书·尧典》有云："克谐以孝。"克者，胜任也，完成也。便是说，能做到和谐四方人众者为孝，何等远大的一种境界。春秋战国之世，"孝"渐渐具体化血缘化。儒家以养亲尊亲、善事父母为孝。孔子有云："今之孝者，是为能养。至于犬马，皆能有养。不敬，何以别乎？"孟子有云："孝子之至，莫大乎尊亲。"墨家反儒，以"兼爱"为"孝"之根基，将"孝"扩大为所有亲人而不仅仅是父母。是故，墨子有云："孝，利亲也。"孝之内涵如此这般明确后，便有了"孝子"。顺从而尊敬父母者，孝子也。《诗·大雅·既醉》有云："威仪孔时，君子有孝子。孝子不匮，永锡尔类。"

　　然则，作为概括贵胄层人生业绩言行的一种传统礼法，谥法对字意的讲究，依然是以原本的广博性为准则。尤其是单字，谥法几乎从来都是以本意古意为准。从谥法看去，"孝"是德的最高境界，不仅包容了对父母的孝行，更意味着以大德治国的操守与功业。作为秦国圣君的秦孝公，谥号只一个"孝"字，着眼处自然是大德之至，而决不仅仅是孝顺父母。若从此看去，只做了一年国君的嬴柱显然是难以企及的。

　　奥妙处便在谥法，两字组合相辅相成，从而产生出第三种内涵。

　　谥法之"文"，重奠基，重融会和谐，重文明开创，重守成养息。《易·系辞下》有云："物相杂，故曰文。"儒家则将"文"定义为一种与"质"与"野"相对的修养气度。孔子说："质胜文则野，文胜质则史。文质彬彬，然后君子。"然则对谥法而言，"文"如同"孝"一样，既包含了气度修养，却也决不仅仅是气度修养。

　　谥法传统：单字取古义，多字取合义。合义者，组合之意也，现世之意也。依照谥法讲究，嬴柱这般国君无论单用"文"字或单用"孝"字，都是不堪其名的。然若两字组合，内涵便发生了微妙的变化。变化之要，是单字之义向春秋战国以来的世俗化具体化靠近。一个"孝"，更多的指向孝子的孝行之德，至高大德的含义淡化了；一个"文"，更多的指向个人修养气度，文明开创与功业之意淡化了。如此一来，"孝文"两字尽落实处，与嬴柱对秦昭襄王的忠顺孝行及温文而不失睿智的禀性很是切合。没有这个"孝"字，或者换作其他任何一个字来配，都有显然失当处，自然会招来朝议论争。作为主持国葬首

《逸周书·谥法解》:"维周公旦、太公望开嗣王业,建功于牧之野,终将葬,乃制谥,遂叙谥法。谥者行之迹也,号者功之表也,车服者位之章也。是以大行受大名,细行受细名,行出于己,名生于人","经纬天地曰文,道德博厚曰文,慈惠爱民曰文,愍民惠礼曰文,锡民爵位曰文","五宗安之曰孝,慈惠爱亲曰孝,协时肇享曰孝,秉德不回曰孝,大虑行节曰考(孝)"。(据贯二强校点本)孝、文皆为上谥,嬴柱虽在位仅三日,其子嗣及群臣对他的评价并不低。

席大臣的蔡泽,必然第一个难堪。

但是,蔡泽却毫无庆幸之意。

他心下难解的疙瘩是,自己身为天下治学名家,如何竟没揣摩出嬴柱谥号的微妙处?也没琢磨出这个字来配?吕不韦一介商旅,如何便有此等见识?究竟是政道洞察力比自己强,还是学问才华在自己之上?第一次,蔡泽隐隐感到了吕不韦的威胁,心下不禁猛然一沉。新君即位,第一次朝会的首要大事定是拜相。新君嬴异人不是雄主气象,太后华阳也不是宣太后那种既明于政事又热衷权力的女主。当此之时,领政丞相异乎寻常的重要,几乎必然的是开府丞相。蔡泽入秦,梦寐以求者便是此等开府丞相。唯有成为开府丞相,才能施展计然派的治国主张,也才能建立商鞅那般千古功业。然事有乖戾命有蹉跎,蔡泽入秦近二十年,却只做了一年开府丞相,从此虚之高阁,戴着一顶封君高冠,开始了有爵无职或有爵游职的权力漂泊。游职者,一事一任也,无确定权力职守也。在秦国,只有声望甚大然未获信任从而被拜为上卿的入秦名士,才会落到这般有名无实的地步,秦惠王时的那个犀首正是如此。蔡泽之所以没有像犀首那般扬长而去,说到底,心中存了一个不可动摇的想头——秦昭王之后秦国必然恢复开府丞相,而开府丞相非蔡泽莫属。事实也在一步步证实着蔡泽的想法:秦昭襄王的最后几年,以他与老太子嬴柱共领相职;孝文王即位,他又与新太子嬴异人共领相职,除了开府,已经成为事实上的丞相;历数秦国大臣,论资望论才干论学问,无一人堪与蔡泽一争相位;便是放眼天下,山东六国也从来没有听说有大家名士希图入秦。如此看去,蔡泽显然是秦国开府丞相的唯一人选,自然也是最佳人选。除了天塌地陷秦国崩溃,没有任何意外。

然则不可思议的是,商人吕不韦偏偏在此时悄悄进入

了秦国。

自与吕不韦相识，蔡泽从来没有认真想过这个商人。毋宁说，蔡泽从来都没将此人看在眼里放在心上。作为酒友棋友，蔡泽喜欢吕不韦。对吕不韦不时显露的曾经有利于自己的那些谋划才情，蔡泽则认定只是"阅世明智"而已，与政道大谋岂能同日而语？至于学问，吕不韦在他面前从来都是虚心求教之态，蔡泽更不会去想了。十余年来，吕不韦唯有一长获得了蔡泽的认可，这便是重义结人。且不说那教人惊心动魄的百人马队死士，更有田单、鲁仲连、范雎、平原君、信陵君，包括他蔡泽在内的一班名动天下的英杰，或是毛公薛公等风尘奇才，只要与吕不韦相交，总能神奇地迅速成为至交，实在令人不可思议。服则服矣，揣摩之下，蔡泽却将吕不韦的这一长处或多或少归结于商旅之能——但为牟利，轻财交人而致义名。也就是说，在蔡泽心底里，吕不韦的重义只是商人的一种交人方式，与其人是否真正重义是不相干的，至少是有别的。唯其如此，蔡泽对吕不韦保护嬴异人从赵国逃回这一震动秦国朝野的壮举，根本就没有往深处去想。在他看来，一个商人为国家立了大功，自然可以步入仕途做官。蔡泽相信，丞相统辖的任何一个经济官署吕不韦都可胜任，然而吕不韦也仅仅如此而已。

回想起来，这吕不韦入秦后步步出人意料，先是不做上卿宁做太子府丞，惹得蔡泽大为蔑视，后来又突然秘密承手官市，与六国商人好一场商战。蔡泽这次却是赞同，以为吕不韦操了本行便是正途。谁知便在人人都看准此人充其量在"吏班"做个"大吏"时，吕不韦却突然成了名副其实的高官——太子傅！蔡泽大不以为然。太子傅历来都是王师，虽无实权却是人人景仰的高位大臣，最是要学问道德之臣掌持，教一个商人做太子傅直是滑天下之大稽也！然则如何？非但做了，吕不韦还做得有声有色。蔡泽不禁又是大大地出乎意料。然则即使如此，蔡泽还是没有想到吕不韦会对自己这个丞相构成威胁。直到吕不韦不意做了顾命大臣——至少在蔡泽看来是偶然的——几乎同时又做了假相，除了最初的那种被排除在关键时刻之外的愤懑，蔡泽依然不认为吕不韦会对自己构成威胁。其所以如此认定，蔡泽的根本因由，是吕不韦的才具不堪领政大任，假相只是一个暂时职掌，即或破例成为常职，充其量也只是自己这个开府丞相的副手而已，而假相副手与真正的丞相之间可是天壤之别。

然则，这次的谥号事件却使蔡泽蓦然惊醒了。依吕不韦目下的势头，只要才具被一班大臣认可，加上新君嬴异人对他的信赖，完全可能成为开府丞相的另一人选。果真如

此,蔡泽的功业大梦岂非将永远化为泡影?

这一夜,蔡泽通宵辗转未眠,天刚一亮便驱车进了王城。

华阳后刚刚从沣京谷扫墓回来,很有些伤感。

阿姐华月夫人是被刑杀的,不能入夫君墓园合葬,也不能独起陵寝安葬,只能草葬在她生前钟爱的这片山水废墟。若非嬴柱对阿姐有着一份说不清的情愫与癖好,亲自出面向老父王求情,阿姐当真要落个死无葬身之地了。毕竟这沣京谷是老周王城,也是老秦人凭吊祖先勤王立国之功的地方,而并非真正的荒山野谷。自这个阿姐一死,华阳后顿时没了心劲,连对老夫君也失去了抚慰逢迎的兴致。若是这个老夫君再活得三几年,只怕她眼见便要失去这个体弱而心骚的秦王夫君的专宠了。那个久居冷宫的夏姬之所以能被秘密召入章台,还能与老夫君死灰复燃,能说不是自己懒于逢迎抚慰的苦果么?阿姐在世时的华阳夫人,在王城是个完美无瑕的女子,超然于一切纷争之外,只倾心关注自己体弱多病的夫君;在夫君嬴柱的眼里,则更是个须臾不能离开的可人儿,非但聪慧柔情善解人意,更有两样长处是嬴柱身边的所有女人都无法比拟的:一是奇绝如方士一般的救生护理之法,一是可意无比的卧榻风情。虽然如此,从来没有生儿育女的她之所以始终是老太子嬴柱的正妻且始终专宠于一身,实在是有着老阿姐的一半功劳。

当年,华月夫人一从宣太后口中晓得了要将妹妹嫁于嬴柱,便早早敦促她反复练习家传救护术,并千里迢迢地从楚国老族中寻觅到了早已失传的救心药秘方,说这是她的立身术,定然要反复揣摩娴熟。后来,阿姐不幸寡居,便成了太子府的常客。平心而论,起初她对阿姐与太子夫君的不拘礼仪的种种谈笑是心有芥蒂的。有一次，这位阿姐借着不期而至的大雨与她同宿了一夜，喁喁细语了一个通宵，她才真正从心底接纳了阿姐。毕竟，阿姐有历练有见识，给她将宫中秘闻与牢牢笼住嬴柱的利害说了个透亮。最使她惊心动魄的，是阿姐搂着她几乎贴在她耳边说的那番话。阿姐说，宣太后为她物色夫君时曾经对她有过秘密叮嘱：魏冉霸气太重，迟早要出大事；入秦芈氏后继无人，唯一的指望，是以她两姊妹与嬴氏王室联姻，只要一人能成气候，芈氏一族便有了根基……

从那一日起，她与阿姐越来越亲昵了。终于，热辣辣的阿姐俘虏了她，也俘虏了年过不惑的嬴柱，三个人变成了一个人……有了智计百出的阿姐，她非但真正巩固了夫人爵的妻位，且在立嫡周旋中使芈氏一族在秦国宫廷成就了举足轻重的夫人势。然则，她与阿姐被廷尉骤然关进大牢的那个晚上，她却绝望了。阿姐搂着她反复叮嘱，一切有阿姐，小妹一定会无罪，要忍着心痛走下去，芈氏不能没得你！阿姐在她耳边哈着热气说，晓得无？你非但要做王后，还要做太后！只一样记得了，没了阿姐，你只毋做多情女！

……

"禀报太后：纲成君请见。"

"教他到这厢来了。"华阳后思绪扯断蓦然醒悟过来。

蔡泽被侍女曲曲折折地领进了大池边那片胡杨林。秋阳透过树叶洒满了古朴的茅亭，一个高挑妖媚的背影沐浴着一片金红立在亭下，绚烂得耀人眼目。倏忽之间蔡泽有些后悔，愣怔着不知该不该向前走了。

"晓得是纲成君了。"亭下曼妙的楚音飘了过来。

"老臣蔡泽，见过太后！"

"进山喊林么？叫得好响。"绚烂金红的背影转过身来咯咯笑了。

"老臣有事禀报，敢请太后移步政事房。"

"哟！不会小声说话么？"见蔡泽一头汗水满面通红，华阳后笑不可遏，"与丞相说话便得到政事房，是礼还是法？老夫子林下不会说话了？"

"老臣……"

"行了行了，进来坐了，亭下与政事房一样了。"华阳后笑吟吟将蔡泽让进茅亭，转身一拍掌，"上茶，震泽新绿了。"隐隐地听得一声答应，片刻间一名侍女飘进亭来在靠柱石案上支好茶炉，一片木炭火特有的轻烟淡淡地飘了起来。

"老臣不善饮,白水即可。"

"哟!你是茶痴,谁不晓得了?我的震泽茶不好么?"

"老臣是想说……"咫尺之内裙裾飘飘异香弥漫,蔡泽皱着眉头大是局促,分明站在石礅旁却硬是坐不下去。华阳后蓦然醒悟,退后两步径自坐在了大石案对面的另一方石礅上笑道:"入座慢慢说了,何事?"

"老臣两事。"蔡泽坐进石案前,稍显从容地一拱手道:"其一,先王国葬已罢,太后对新君亲政之事将如何处置?其二,比照先例,先王遗孀当由新君尊奉名号,目下太后沿袭王后之号,尚未有太后名号,不知太后作何想法?如此两事,老臣欲先听太后之意。"

"是奉命而来?"华阳后冷冷一笑。

"非也。老臣自主请见太后。"

"晓得了,你是关照本后了。"华阳后的微笑中不无揶揄。

"不敢。"蔡泽侃侃说出了自己早已经揣摩好的腹稿,"老臣暂署相权,身处国事中枢而承上启下,若不明太后权力,便无以处置太后书令;若不明太后名号,所行官文涉及太后亦难以措辞。念及先王与太后对老臣素有信托情谊,故而自行请见,此中苦心,尚望太后明察。"

华阳后眼波流动闪烁,倏忽一脸忧戚关切:"毋晓得你说的暂署相权何意了?先王顾命之时,本后与新君还有太子傅都听得清楚,如何暂署了?"

"敢问太后,先王顾命时如何说法?"蔡泽精神骤然一振。

"是说,纲成君做丞相,秦国无忧也。"华阳后一字一顿,很是认真。

"史官可有录写?"

"你不晓得了?痛不欲生之时,我顾得关照左右么?"

良久默然,蔡泽粗重地一声叹息:"如此说来,此事疑案也!"

"疑个甚了?我分明听见了,子楚吕不韦听不见么?都听见了,史官写不写何用了!"华阳后愤激地嚷嚷几句又突然一转话头,"我那两事该如何处置?你只谋划个法子了。"

蔡泽正要说话,一个侍女从亭外匆匆进来在华阳后耳边低语了两句。华阳后笑着说声他也来得真巧,站起来指着侍女对蔡泽嫣然一笑:"纲成君且先回去,有事,她便来见

你了。"蔡泽一时大觉尴尬，站起身一拱手便走。那名侍女却拦住他一笑："纲成君请随我来。"将他从茅亭后的另一条林间小道领了出去。

华阳后与蔡泽结盟。

嬴异人来见华阳后，实在有些不得已。

自从吕不韦那次"心说"之后，嬴异人倒是当真做起了"心斋"。秘密入宫的蒙武亲率二十名铁鹰剑士昼夜守护，蔡泽一班老臣全力以赴处置国丧，老桓砾与给事中当着宫廷事务，守丧的嬴异人当真清净了好几个月。深居简出，他屏息心神深自吐纳，平心静气地仔细琢磨那些不堪回首的往昔岁月，即便是独守父王灵柩之前，也没有停止过"心斋"漫游。疲惫卧榻之时，饮下一盅老太医配置的安神汤，浑然忘我地睡去。几个月下来，原先那种莫名其妙的焦躁心悸与时不时突然袭来的莫名恐惧渐渐消失了，无休止的噩梦也没有了。及至秋天父王安葬，嬴异人的神色已经大为恢复，面色红润步履稳健谈吐清晰，与那个恍惚终日一惊一乍的嬴异人实在不可同日而语了。依着古老的服丧传统，孝子服丧期间是要憔悴失形才能显示哀思孝道的，若有孝子服丧而容光焕发，便是大大地不可思议了；对于君王之身，则几乎必然要引起朝野非议，甚或公然质询王者德行也未可知。然则，嬴异人的不可思议的恢复却截然相反，非但没有引起朝野非议，反倒使朝野泛起一片庆幸贺声。

秦国再也不能弱君当政了！老秦人异口同声。

当嬴异人很为自己的容光焕发惭愧的时候，各郡县官署与大族里社的贺王康复书纷纷飞到了案头，为太医令请功的呼声更是不绝于耳。嬴异人忐忑不安地请教吕不韦该当如何处置，吕不韦淡淡笑道："执公器者无私身，王者强弱系于天下，故天下人贺之。我王只需贵公去私力行正道，坦坦然定国理政,何虑之有也?"

然则一旦直面国事,当真是谈何容易。

嬴异人仔细阅读了老长史桓砾专门为他梳理的"国事
要目",这才惊讶地发现,自长平大战后秦国累积的待决难
题当真是一团乱麻。大父昭襄王的晚年暮政原则是万事一
拖,除了后继立嫡与当下急务,几乎一切国事都留给了后人。
老长史理出来的批有"待后缓处"四字的各种上书竟有四百
六十余件之多。父王当政一年,可能是自知不久人世,竟然
也是效法大父,批下了一百三十余件"待后缓处"的上书。
这将近六百件的官文涉及了秦国朝野大大小小不知多少人
多少事,饥荒赈灾、沟洫水利、官市赋税、郡县分界、朝局人
事、王族事务、狱讼曲直、邦交疑难、战功遗赏、流民迁徙,等
等,等等,看得嬴异人头昏眼花心惊肉跳。

君王也不好当。

"国事之难,竟至于斯!"拍案之下,嬴异人的心又乱了。

此时,老长史桓砾又默默捧来了一只铜匣。嬴异人终于
不耐了:"你拿来再多,我看了又有甚用!"桓砾却一拱手道:
"此乃先王密书。先王薨前一月留给老臣,叮嘱非到新君理
政之时,不能出也。"嬴异人惊讶了,抚摩着铜匣仔细打开,
三层隔板之下的一卷羊皮纸展开在案头,只有寥寥数语:

> 国有积难,非强臣当政不足以理之。汝非雄主,
> 领政之臣须与上将军同心方能聚合国力,补君之弱。
> 蒙氏有公心,人事之要,可问蒙骜。

蓦然,嬴异人眼前现出父王在自己认祖归宗后的那次
长谈,一时泪眼蒙眬。知子莫若父,诚所谓也! 父亲自知不
是雄主,也深知儿子不是雄主,那次已经推心置腹地说了,日
后要做好两件大事:一是要寻觅强臣辅佐,一是要留下一个

堪为雄主的嫡子。"君弱三代，秦国便要衰微了！"父亲的那句话对他的震撼是无法说得清楚的。然则，冥冥之中有天意，儿子的事他能做得主么？倒是目下的强臣领政最要紧，否则连个守成之君也做不好了。

依着嬴异人，这个领政丞相自然该是吕不韦。他信服吕不韦的德行才干，更敬佩吕不韦的韧性与勇气。可是，他只是一个漂泊归来的无根之君，他没有径自封任领国丞相的那种威权。蒙氏一族能支持吕不韦么？太后能支持吕不韦么？老蔡泽能认同吕不韦么？蒙氏是举足轻重的大军将领势力，太后是宫廷连带王族外戚势力，老蔡泽是朝臣与郡县官吏势力，哪一方面掣肘都是要命的。吕不韦一介商旅孤身入秦，能有甚根基？说起来可能还不如自己，纵是凭着才干功劳有了一些人望，可要执掌这开府丞相的大权，些许人望算得了甚？除了他与吕不韦的相互支撑，两人几乎都没有与之呼应的势力，当真奈何？

异人毫无根基，大事都做不了主，只能以退为进。

反复思忖，嬴异人还是决意先来见太后。只要太后认可吕不韦，蒙骜纵有阻力也容易周旋一些。在嬴异人看来，父王与太后在当初立嫡时都对吕不韦很是激赏，直到吕不韦做了太子傅，父王太后还是十分倚重吕不韦。至少，嬴异人从来没有从太后处听到过对吕不韦的任何微词。唯其如此，嬴异人决意抛开对这个纠缠着要将生母治罪的太后的私怨，来了却这桩最大的朝局人事，先将国政推动起来再说。嬴异人自信对女子颇有洞察，如华阳后这般柔媚女子，只要有些许让步与场面礼仪的亲情尊奉，该当不会有甚差池。强悍精明通晓政事如大母①宣太后者，天下能有几人？

"哟！毋晓得子楚会来看我，坐了。"华阳后站在亭廊下

---

① 大母，春秋战国时对祖母的称谓，与大父（祖父）相对。

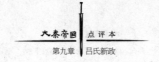
淡淡地笑着。

"子楚拜见母亲……"嬴异人哽咽着拜倒在了满地黄叶之上。

华阳后拭着泪水一副不忍卒睹的悲伤:"快莫多礼了,曾几何时,天晓得竟成孤儿寡母了……来,这厢坐了说话。"

亭下坐定,嬴异人拱手痛心道:"章台还都之后,子楚守丧,心神迷乱,未能在母亲膝下多行孝道,今日特来请罪。"华阳后眼波流转不禁噗地笑道:"晓得了晓得了,子楚还当真了? 有事直说了。"嬴异人颇是尴尬,却也红着脸道:"无甚大事。只是几位老臣动议立冬之日大行朝会,不知母亲意下如何?"华阳后道:"只晓得历来朝会都在开春,今次却要在立冬,不觉怪诞了?"嬴异人歉然一笑道:"老臣之心,无非急于立新而已,大约没有虑及时节是否适当?"华阳后道:"急匆匆朝会,毋晓得何事等不得了?"嬴异人道:"素来新朝会,都是以拜相为大。子楚之见,大约也脱不得这老法程。"华阳后惊讶道:"哟! 你毋晓得父王顾命当晚你说的,蔡泽做丞相了?"嬴异人笑道:"子楚还说了吕不韦共领相职。母后明察:当时乃国丧期权宜之计,依着法度,丞相只能一个。"华阳后笑道:"哟!毋晓得丞相只能一个了。你只说,一个是谁个了?"嬴异人一拱手道:"子楚敢请母亲示下。"

"要我说么,王无戏言,原本说谁便是谁了。"

"那,那次说了两人。"

"一个首相,一个假相。孰前孰后记不得了?"

"母后之意,蔡泽为开府丞相?"

"君命既出,好朝令夕改了?"

嬴异人顿时默然。他已经清楚地明白,这个太后是认准要蔡泽做丞相了。既然如此,目下也只能不置可否,回头揣摩一番再作计较了。华阳后见嬴异人默然不言,淡淡一笑道:"还有么? 只一件事了?"嬴异人道:"再有,就是定母后尊号了。"

"哟! 你盘算如何处置母后了?"

"敢请母后示下。"嬴异人硬生生憋住了他原本打算做出的退让:只要华阳后赞同吕不韦做丞相,他便许太后"并国"临朝,至少顶半个宣太后。如今这位太后硬是揣着明白装糊涂,竟以维护君命为由头与自己为难,自然要给她个软钉子,看她如何开价了。

"还要说了?"华阳后咯咯一笑,"毋晓得先王顾命,拉着谁三人手了?"

"父王要母后与吕不韦同心襄助子楚,子楚心感父王……"

华阳后一双柔媚的大眼蓦然冷冰冰盯住了嬴异人,一阵默然,长袖一甩冷笑着径自出了茅亭。嬴异人对着华阳后背影深深一躬:"秋日转凉,母后善自珍重,子楚告退。"

话不投机。"合作"尚需磨合。

出得胡杨林在太后寝宫区漫步良久,嬴异人无可奈何地长叹了一声。

咸阳王城很大,总格局是六个区域:中央大殿与殿前广场为朝会区,其后正北靠近北阪的松林地带为太庙区,西部为王室官署区,东部为国君理政区,此三区之后的西北地带是王室作坊与仓储区,东北地带有一大片占地三百余亩的园林为寝宫区,朝野俗称后宫。后宫又分为两大区域:西部为国君与王后以及各等级王妃的寝宫区,东部为太后寝宫区。前者小,后者大。其间缘由在于:战国之世的国君的全部后妃至多二十余人,连带侍女内侍,总数也只在两三百人。太后寝宫区却是积世而居,人数远远超过了王后寝宫区,占地自然就大了。也就是说,依着王室法度,太后寝宫区并非一个正位太后(先王正妻)的专有居住区,而是所有已逝国君的所有后妃的居住区。嬴柱为国君,华阳后自然便是王后寝宫的主人。嬴异人做了国君,华阳后成了太后,自然得搬进太后寝宫区。王者多有不测风云,盛年骤然去世者比比皆是。然国君去世,大多数后妃却都正在盛年,自然都要搬入太后寝宫区居住。如此累积,这太后寝宫区要容纳所有没有随着先王过世而曾被先王拥上卧榻的后妃,其庞大与复杂也远远超过了王后寝宫区。

来见华阳后之前,嬴异人特意召来掌管宫廷的老给事中,要他在太后寝宫区遴选一座最是幽静的居处。谁知老给事中皱着一双白眉直摇头,君上有所不知,太后寝宫最是庞杂,难矣哉!嬴异人很是不耐,偌大寝宫三百余亩园林,连一处幽静居所也没有么?甚个事体!连连苦笑的老给事中抱来了一箱简册,一卷卷翻开说叨了半个时辰,听得嬴异人目瞪口呆了。老给事中说,太后寝宫共住先君后妃五十三人,最年长者是秦惠王当年一个十六岁的宠幸少使[①],至今年已八十余岁;秦武王妃子尚有六人,均已是耄耋之年;昭襄王遗孀最多,二十三人,除了没有“后”,其余爵妃都有;孝文王嬴柱遗孀虽少,却是后妃齐全,整整二十六人。依着王室法度,先王遗孀一律加爵两级孝敬尊奉。如此几乎是人人一座独立庭院;全部太后寝宫的庭院只有四十二处,外加三片侍女内侍大庭院,幽静宽敞所在早已被占,却到何处去挤腾得出一座?

嬴异人终是半信半疑,借着进太后寝宫之机索性亲自查看一番,若能给喜好幽静的生母选择一处可心庭院,一片孝心也有个着落处了。然则转悠一个时辰,走遍了这片庭院层叠相连的园林,他最终还是失望了。整个太后寝宫除了这片胡杨林与一片大池,实在是找不出空闲之地了。尽孝难矣!莫非清心一世的可怜生母当真没有登堂入室进太后寝宫的命么……

要安置好生母,否则,将为天下笑。

“君上,长史大人请速回东殿。”

方出胡杨林道口,隐身随行的铁鹰剑士骤然从一棵大树上飘了下来急促禀报。嬴异人本欲出王城到吕不韦府上商议今日之事,一听老长史传言立即登车回了王城前区。等候在东偏殿书房的老桓砾见嬴异人进来,立即打开了王案上的铜匣:“禀报君上:上将军蒙骜紧急上书。”嬴异人心下

---

① 少使,秦国君主后妃中的第七级(最低)爵位。

顿时一紧,老蒙骜要做甚? 不及入座从铜匣中拿出一卷竹简
哗啦展开,瞄得几行,心头怦怦大跳起来。

    老臣蒙骜顿首:秦国政事荒疏久矣! 流弊丛生,
吏治松弛,朝野散漫,奋发惕厉之心已流于无形也!
昭襄王着意守成,先王未及着力。新君即位,任重而
道远。当此之时,整饬朝局刷新吏治理顺政事为当务
之急,否则东出中原将遥遥无期矣! 唯其如此,老臣
请以吕不韦为开府丞相,总领国事,力行新政。老臣
遍观国中大臣,德才兼备而能总揽全局者,非吕不韦
莫属也! 老臣之心,唯王明察,当于朝会立决之,趑趄
蹉跎,大道之忌也! 上将军蒙骜秦王元年秋。

“上书报太后了么?”愣怔之间嬴异人蓦然问了一句。　　正中下怀。
“太后摄政未成定制,是故未曾报太后宫。”
“备车。上将军府。”
“君上要见上将军,宣召入宫较为妥当。”
嬴异人摇摇手,回身从案下拿出一件物事塞进腰间皮袋　　物事——身家性命!
回身便走。

    突然造访的新君显然使上将军府大感意外,阖府上下莫
不脚步匆匆神色惴惴。老太子先王嬴柱当年是府上常客,一
应仆从无不识得。这新君少时也在府上修学五六年,从赵国
归来也曾密住府上些许时日,却是谁也没见过。一朝为君,
岂能与少时小公子等闲视之? 更要紧的是,以上将军与先王
的笃厚之交,先王弥留时竟然未召上将军顾命,此中玄机谁
能说得清楚? 新君突然驾临是祸是福谁又能说得清楚?
    嬴异人制止了要去通报的家老,一边打量着尚有朦胧记

忆的路径庭院池水林木,一边咀嚼着那些遥远的往事。令他惊讶的是,这座与武安君白起府邸同样厚重古朴而又宏阔简约的府邸,除了砖石屋瓦在岁月风雨中已经变黑,当年与他等高的小胡杨树已经长成了金灿灿的参天巨木,覆盖一片大池的绿蓬蓬荷叶也做了片片残荷外,几乎没有丝毫变化。过了这片胡杨林,便是当年与蒙武同窗共读的小庭院了。晨功午课暮秦筝,他一生中最快乐的时光都点点滴滴地刻在了这片庭院,洒在了这片胡杨林,以至三十多年的王子生涯中,只有这寄身篱下的上将军府对他处处透着亲切,透着温暖。不知不觉地,嬴异人痴痴地走进了暮色中金红的胡杨林,耳畔弥漫着叮咚筝声,当年那稚嫩滚烫的歌声那般真切:萧萧雁羽,诉我衷肠,子兮子兮,道阻且长!呵,胡杨林,异人回来也……

"老臣蒙骜,参见君上!"

嬴异人蓦然转身,暮色之中泪眼蒙眬,蒙骜一时惊讶得无以应对了。

"老将军,异人本该早来也……"

"君上国事繁剧,老臣心下明白。"

"往事如昨也!"嬴异人粗重地叹息一声,"只可惜蒙武没有一起回来。"

"君上感怀旧事,老臣何忍卒睹也!"蒙骜揉了揉已经溢出泪水的老眼,昂昂一拱手道,"君上若因老臣上书而来,敢请书房容臣禀报。若着意怀旧,老臣唤来当年书童领道。"

嬴异人不禁笑道:"着意怀旧,有那工夫么? 好! 书房说话。"

两人来到书房,蒙骜吩咐已经掌好灯火煮好茶的侍女退了出去,又叮嘱家老守在府门,任何人来访一律谢绝,随即肃然就座,一副即将大论的模样。嬴异人摇摇手道:"老将军莫急开说,且先看看这件物事。"说罢将一支铜管递了过来。蒙骜接过打开方看得一眼,双手瑟瑟发抖,及至看完,号啕一声"先王也"便扑倒在了案上。嬴异人不胜唏嘘,拭着泪眼起身肃然一躬道:"目下朝局,尚望老将军鼎力相助。"蒙骜止住哭声,霍然站起扶住了嬴异人:"先王有此遗命,蒙骜死何足惜! 君上但说,何事为难?"嬴异人道:"老将军力保吕不韦拜相,然太后却不赞同,此事最难。"

"太后欲以何人为相?"

"纲成君蔡泽。"

"君上之心,属意何人?"

"首选吕不韦。若是无可奈何，也……"

"老臣既蒙君上信托，自当尽忠竭力。君上但回，老臣自有主见。"

"老将军之意……"

"黑脸事体，君上只做不知便了。"

嬴异人又是肃然一躬，道声老将军酌情为之莫得为难，匆匆去了。

思忖片刻，蒙骜立即启动，先唤来主书司马与军令司马，吩咐主书司马将呈送秦王的上书再誊刻一卷，清晨卯时不管自己是否回来，上书立送太后寝宫；军令司马连夜赶赴蓝田大营，将自己的上书副本交于王龁，请与五大夫爵以上的老将会商呼应。吩咐一罢，蒙骜登上一辆垂帘轺车辚辚出府去了。

暮黑一掌灯，老驷车庶长嬴贲便生出了倦意。侍女正要扶他就寝，家老却匆匆来报，说上将军蒙骜请见。这老蒙骜也是，不知道老夫规矩么？老嬴贲嘟哝一句，打着哈欠又是揉眼又是挥手，掌高灯煮酽茶，这老东西能折腾人也。两名侍女窃窃笑着连忙收拾，已闻沉重急促的脚步声腾腾腾砸了进来。

"老哥哥也，叨扰叨扰！"

"也就你了，谁个敢坏老夫这见灯睡？"老嬴贲竹杖顿得噔噔响。

"老弟兄一起啃了十三年血锅盔，还怕老哥哥生咥了我！"

"呵呵，你顽头大，我却咥得动么？"老嬴贲竹杖敲打着长案板着脸，"尝尝我这太白秋茶如何？先说好，只许吃不许拿。"

蒙骜哈哈大笑："拿多拿少说话了，几时有个不许拿。"说着捧起大陶盅吱地长啜一口，不禁啧啧赞叹，"给劲给劲！正克得硬面锅盔！家老，备一罐，我带了！"廊下家老笑吟吟嗨的一声，一溜碎步去了。

老嬴贲无可奈何地摇头笑笑："老兄弟说，甚事忙活得不教人睡觉了？"

"不是大事能搬你这尊睡神？"蒙骜半是神秘半是正色地压低了声音，凑到了老嬴贲案头，"国丧已罢，新君朝会在即，你这王族掌事倒做了没事人也！"

"王族掌事算个鸟！枯木一株罢了。"

"甚甚甚？整日忙活算个鸟！精铁打在刀口！"

"聒噪聒噪！只说甚事？"

吕不韦

"新君新朝,何者当先?"

"将相当先,自古皆然,用问么?"

"有将无相,车失一轮,立马要滚沟也!"

"老夫吃你吓么?纲成君为相朝野皆知,孰能无相?"

"老哥哥仔细思量:自应侯范雎辞秦,昭襄王暮政期的丞相从未开府,相职也总是太子与蔡泽共领。打实处说,从来没有名正言顺的开府丞相。权宜之计或可将就一时,然秦国要大兴,一直没有开府丞相岂非贻笑天下。然则新朝要定开府丞相,自然便有新旧两选。老哥哥说,这蔡泽行么?"

老嬴贲呵呵一笑:"老兄弟与蔡泽交厚,要老夫举他开府领政?"

"错错错也!你我老军,几曾有过闪烁试探之辞?"

"那明说,究竟要老夫做其?"

"吕不韦堪为丞相!"

"你是说,那个保异人逃赵回秦的吕不韦?"

"正是!"

默然片刻,老嬴贲微微点头:"此人也算得商政两通,然蔡泽亦是计然名家,又无大错,较比之下,倒是难分伯仲。"

"错也错也!"蒙骜连连拍案,"甚个难分伯仲?天壤之别!吕不韦长处有三:其一,博学广才,多有阅历;其二,心志强毅,临难有节,重义贵公,具首相之德行;其三,有气度有心胸,不狗苟蝇营,不斤斤计较,坦荡无私,行事磊落。只说饮酒,举碗便干,赤膊大醉,坦荡率真,与我等老军有异曲同工之妙。此等人物,可遇不可求也!"

"呵呵,说了半晌,原是教人家给喝服了。"

"岂有此理!"蒙骜脸色涨红高声大嚷,"你老哥哥尚败我三碗,吕不韦何曾喝过我也!"转而嘿嘿一笑,"老哥哥别说,我还真服吕不韦饮酒,不是服他酒量,是服那赤膊痛饮,虽大醉而不猥琐下作的本色气度。老哥哥也当知道,当年之商君、张仪、范雎,但凡名相器局者,哪个不是本色雄杰,哪个不是醇醇率真!唯其能酒而本色直道,真英雄也!"

"呵呵,虽是歪理,老夫也认了。还有甚事?"

"没了,该说说当年了……哎哎,别忙睡也!"

蒙骜言未落点，老嬴贲白头猛然一点，已扯起了悠长的鼾声。蒙骜愣怔站起哭笑不得地一招手，两名黝黑肥壮的侍女抬着一张军榻从大屏后出来，将军榻在案前摆好，一名侍女跪身偎住了老庶长，只轻轻一扶，老庶长嬴贲身子一歪便顺势可可地躺在了军榻，粗重的鼾声丝毫没有间断。两侍女相互一点头，轻柔无声地抬走了鼾声大作的军榻。蒙骜在旁直看得"噫噫"惊叹不绝，及至鼾声远去，情不自禁地大笑着吼了一声："老哥哥！睡便睡，莫忘事也！"

蒙骜出面，此事不难办。

立冬时节，秦国的朝会大典终于要举行了。

谚云：十会九春。说的是朝会历来都在开春。其时若无大战，郡县主官便要齐聚都城，在国王主持下与朝官一起议决诸般大事，启耕大典、祭祀天地宗庙、拜谒年高退隐功臣等等礼仪盛典也都要借着百官云集接踵举行。士农工商诸般国人庶民，一边议论着庙堂风云，一边郊野聚合踏青放歌、祭扫祖先坟茔、疏浚沟洫忙活春耕等等不亦乐乎。朝堂钟鼎声声，原野耕牛点点，窝冬之后的一切都在开春之时苏醒了萌动了。春行朝会，那是天道有常，国人从来以为是题中应有之意。

唯其如此，立冬朝会显得极是突兀。仿佛寒天要割麦子，国人硬是懵懂着回不过神来。便是国中官吏，也是窃窃以为不可思议。冬令肃杀，万物闭藏，此时岂能大行彰显新朝的朝会大典？然则无论如何不同寻常，秦国朝野还是默默认同了。毕竟，秦国目下正在连丧两君的非常之期，不借着冬令时光从容琢磨筹划，开春大忙之际岂能容得终日论争？当此之时，通会王书一下，郡守县令们匆匆动身了，朝官们也各自忙碌谋划起本署在朝会的待决大事。官道车声辚辚，官署昼夜灯火，市井街谈巷议，宫廷雨雪霏霏，秦国朝野第一次

在窝冬之期骚动了。

较劲的关口只在一个，今朝丞相究是何人？

华阳后看到蒙骜上书，原本竭力压抑的一腔愤懑骤然发作，当即秘密召来蔡泽将事说开，要蔡泽明白说话，想做丞相便同心较力，自甘沉沦便等着罢黜治罪。蔡泽原本尚以为蒙骜等一班老将拥戴自己无疑，乍见蒙骜上书，如一桶冷水当头浇下，愣怔片刻突然怒火中烧。你老蒙骜与我蔡泽素来交好，不赞同老夫也罢，何须如此阿谀鼓噪一个商人吕不韦！若无不可告人之密，岂非咄咄怪事？然蔡泽毕竟是蔡泽，虽则气得脸色铁青，硬是隐忍未发，只对华阳后深深一躬，兹事体大，容老臣告退思虑而后作答。回到府中蔡泽再三权衡，深觉蒙骜此举大非寻常深浅莫测，不能正面计较。蒙骜之忠直秉性有口皆碑，上将军举荐领政大臣也是职责所在，自己若以事中人之身公然回击，一定是引火烧身无疑。事之要害依然是也只能是吕不韦，吕不韦之要害，则是究竟适合不适合做秦国丞相？若吕不韦不堪为相，自是釜底抽薪，谁也无可奈何。然则，要说出一番吕不韦"不堪为相"的凭据却是谈何容易。要将这"不堪"之理再变成公议，更是谈何容易。思谋竟夜，蔡泽心头终于一亮，立即伏案挥笔写了起来。清晨霜雾正浓之时，蔡泽从一条隐蔽小巷秘密进了太后寝宫，与华阳后整整密议了一日，方才趁着暮色出宫。

次日卯时，华阳后风风火火到了王宫书房，将蒙骜上书气冲冲摔在了嬴异人案头，指斥蒙骜举荐失察，竟担保一个心怀叵测不堪为相的商人执掌秦国相印，是可忍孰不可忍！嬴异人大为惊讶，思忖间赔着笑脸道："母后自是明察知人。然这'心怀叵测，不堪为相'八字断语若无凭据，你我母子如何面对朝野公议？"

嬴异人没有料到，华阳后竟一口气款款说出了六条凭据：

一个"摔"字，有失王后身份。

其一，吕不韦早年周旋齐燕两军之间，既卖燕军兵器又做齐军后援，左右逢源而暴富，实为见利忘义之奸商。其二，吕不韦野心勃勃，当年在邯郸援助嬴异人，有"此子奇货可居也"之语，入秦居心不良。其三，吕不韦多言秦法弊端，赞同墨家义政，若为丞相，必坏秦国百年法度，大行王道儒政。其四，吕不韦曾为文非议商君"趋利无义"，若主秦政，必与商君之法背道而驰，其时秦国必乱。其五，吕不韦曾作"吏本"一文，以官吏为国本，藐视王权庶民，一朝为相，必与民争利，与王室分权，使权臣坐大而行三家分晋之故事。其六，吕不韦有"荡兵"之说，自诩疏通兵道，实则主张"义兵"，指斥秦国出兵山东攻城略地为不义之道，若主国政必与山东六国罢兵息战，使秦国大业毁于一旦。

"敢问母后，如此六则，譬如为文，从何说起？"

"晓得你不信，自己看了！"华阳后一招手，身后侍女捧来一只红木匣恭敬地搁置王案中间，又熟练地打开了匣盖取出几卷竹简依次摊开。

嬴异人惊讶得眼睛都瞪直了。面前这些竹简韦编精细刻工讲究，正是吕不韦"器不厌精"的往昔做派，竹简上的刻字也分明是吕不韦的手迹。吕不韦偶尔为文，他也知道，当年毛公薛公也说过，可三人谁也没见过吕不韦的文章。嬴异人记得有次酒后请求吕不韦展示大作，吕不韦大笑连连摇手："游思断想也！岂登大雅之堂？毛公薛公腹中藏书万卷，尽可教授公子。"今日华阳后竟能有吕不韦如此多的书简，岂非咄咄怪事也。

"子楚，愣怔甚来，看了。"

嬴异人皱着眉头瞄了过去，一卷卷确实扎眼——

安危荣辱之本在于主，主之本在于宗庙，宗庙之

华阳后与蔡泽联手，必生波澜。

本在于民，民之治乱在于有司。三王之佐，其名无不荣者，其实无不安者，功大也！

义者百事之始也，万利之本也，中智之所不及也。不及则不知，不知则趋利。趋利固不知其可也！公孙鞅、郑安平是矣！公孙鞅之于秦，欲埋其责，非攻无以，于是为秦将而攻魏，终阴杀公子卬而为无道也，行方可贱可羞！

为天下及国，莫如以德，莫如行义。今世之言治，多以严刑厚赏，此世之苦害也！以德以义，则四海之大，江河之水，不能亢矣！

世当荡兵以息战。古圣王有义兵而无暴兵。义兵为天下之良药，暴兵为天下之恶药。用兵若用药，得良药则活人，得恶药则杀人！……

吕不韦的"罪证"。

"母后之意，如何处置？"嬴异人推开了竹简。

"一则下书问责蒙骜。二则公议拜相事了。"华阳后从未有过的利落。

"公议？行朝会么？"

"朝会之先，当先召王族元老与在朝大臣议决了。"

"王族元老向不参政，妥当么？"

"毋晓得王族议政祖制了？不参政不议政，王族不是摆设么？"

"子楚遵母后命。"

"这便是了。"华阳后灿烂地笑了，"只我母子一心，才有个安稳，晓得了？"说罢一摆手唤过身后妙龄侍女亲昵指点

道:"娘晓得子楚冷清,我给你物色了一个侍榻女,震泽吴娃,医护之术青出于蓝了。你且试试如何?不可心,娘再物色了。晓得无?"

"子楚谢过母后。"

"好了,母后去了。"华阳后笑吟吟走了。

嬴异人皱着眉头唤来老给事中低声吩咐两句,老给事中领着那个美艳的少女走了。嬴异人粗重地叹息一声,不禁焦躁地转悠起来,转悠得一阵自觉心头突然一亮,召来老长史桓砾密议一阵,立即分头登车出了王城。

老长史桓砾从密道出宫直驱上将军府,将书简木匣交给了蒙骜便马不停蹄地回宫去了。蒙骜思忖片刻,吩咐家老立派精干仆人去城中太子傅府送信邀约吕不韦,自己登上辎车出了咸阳南门直奔吕庄。到得吕庄堂上未曾饮得两盅酽茶,吕不韦辎车便辚辚回庄了。

"茶不行。上酒上酒,老赵酒!"吕不韦进门便嚷了起来。蒙骜浑不理睬,板着脸将案上木匣中的竹简哗啦反倒出来:"过来瞅瞅,谁个的物事?""甚宝贝也?"吕不韦走过来不经意一瞄,不禁大是惊讶,蹲身连翻几卷,凝神片刻恍然笑道,"呵呵,如此半拉子物事竟蒙老将军收藏,惭愧惭愧!"蒙骜冷冰冰道:"明白说话,这些书简可是你的手笔?若是,如何能流传出去?谁个讨要的?还是你自己送出的?"

"神鬼难料,天意也!"吕不韦心知蒙骜秉性刚严缜密,如此神情绝非笑谈,不禁一声长嘘,"年轻时,我很是钟爱自己时不时写下的这些片段文字。商旅天涯,也总是打在车身的一个暗箱里,客寓歇息时翻出来揣摩揣摩。田单抗燕的第四年夏,鲁仲连邀我一起北上即墨商议援齐海船航道事宜。我心下明白,鲁仲连是要我实地体察即墨军民的苦战,铁定海路援齐的心志。我自不能拒绝。心知此行多有风险,上船时我只在皮袋中背了五六卷正在揣摩修改的竹简,除此一无长物。此时正逢乐毅彰显燕军'仁政安齐'方略,准许商旅自由出入齐燕两国。即墨事完后,我乘一只小船沿齐国海岸北上河口,再从河口北上燕国,想托可靠胡商买得大宗皮革南运陈城,为齐军制作皮甲。在齐燕边境,恰恰遇到了一支燕军骑队截杀齐国流民。我愤而指斥燕将与乐毅仁政背道而驰,却被燕将呵斥为齐军乔装斥候,喝令士卒大搜我身。见我身与马具一无重金珠宝,也无斥候凭据,燕将恼羞成怒,将几卷竹简撕扯成片哈哈大笑着四处抛掷猛力踩踏一番,才将我押到了军营拘押……三日后,我被乐毅的巡军特使无罪开释,还马归钱许我自便。然则,当我去找那些竹简时,早已经没有了……从此,我很少作文,偶尔写得几篇,也都烧了……"

"如此说来,你文流出,只此一次?"

吕不韦点头笑道:"如此陋文有谁讨要,又何能送人现世?"

"这些竹简是你原本手迹么?"

"不错。"吕不韦翻弄抚摩着竹简,"也是才情平庸使然。我作文无论长短,都多有修改,是以喜好竹简,而不用携带方便的羊皮纸。竹简刻写,不妥处可以刮掉重刻,上好竹简刮得三次也不打紧。羊皮纸不然,一旦想改,就得涂抹,若是刮,便破损了。老将军手来摸摸,这每支竹简都有凹凸处,不说字迹,只是这凹凸简便非我此等庸才莫属。能是别个?"

"这些文字都是完整的么?二十年后还是你的主张么?"

"老将军把得好细也。"吕不韦悠然一笑,"飞散书简,何能完整?然则收藏者能将这些残简拼得成句成文,显是费了工夫,非行家里手不能为也!要说书文本身,因多拼凑,处处似是而非,不说与不韦今日之想大相径庭,便是与原本文字,也是相去甚远。譬如这'义兵'一文,原本是'有义兵而无偃兵',这竹简却将'偃兵'变成了'暴兵'!我何曾有过'暴兵'一说……"吕不韦突然打住,摸着竹简的右手食指猛然一抖,哗啦将手中一卷举到了眼前打量,"噫!怪也!这'暴'字是人改刻!没错!我再看这几卷!"一时哗啦起落,接连指出了二十余处改刻,倏忽之间额头涔涔冷汗,"虽则鬼斧神工,终究难藏蛛丝马迹也!"

"如何能证有人后改?"蒙骜精神大振。

"凭据有二。"吕不韦举起竹简对着阳光,"老将军且看,这竹简韦编粗细不一,简孔有紫红痕迹,韦绳却是黑皮条。

欲加之罪,岂能不做手脚。

我当年韦编用的皮条是越商精制的水牛皮条，紫红发亮，磨得简孔边缘如红晕泛起。这黑皮条却是燕国黑羊皮，细柔过之，顽韧却是不足。此足以证实，这竹简成卷并非原先之连接次序，而是重新组合，文理不通处便改刻得！"

"牛皮羊皮之韦编，你能分得清楚？"蒙骜很是惊讶。

"愧为老商，辨器识物尚算成家入流矣！"吕不韦笑叹一句。

"其二？"

"其二是这用墨。"吕不韦将竹简在大案摊开，又起身匆匆到文案捧来一只铜匣一方白石，坐定打开铜匣拿出一个极为考究的乳白广口陶罐，从罐中哗啦倒出一堆黑亮亮的墨块，指点道，"这是我用的北楚烟墨，几十年没变过。这方白石是我的私砚，也从来没变过。"说着搬过那方中央凹陷的白石，滴入一汪清水，指夹一块扁平的墨块到石砚中，从石砚边拿起一片同样扁平却显稍大的石片压在墨块上旋转研磨了起来，一边道，"天下墨块以北楚陈城墨最是精纯，一方磨得十砚浓墨。[1] 一个老墨工教我用白石做砚，研磨得墨汁柔和黏滑无杂质，墨迹干后油亮平整，刻刀上简极是顺畅，刻出字来周边绝无裂纹。然时人以瓦为砚，所磨之墨粗粝许多，字迹干后辄有瓦粉屑粒，刻刀着力处难免小有抖动，刻字边缘便常见细纹密布。老将军且看，这个'暴'字正是如此。"

"不错！是有细纹！"蒙骜举着竹简大是惊叹。

吕不韦不再说话，只看着一片散开的竹简出神。蒙骜也

商人之精明本色，验过即知真假。借金圣叹君的口头禅——妙妙！

---

① 中国墨发明极早。商周时已有烟炱墨，即用火烟凝成的黑灰入泥而成黑色泥块，墨色稍差；春秋战国时已有较纯烟墨，普遍形制为小圆块，上压石片研磨，石片称研石；东汉始制圆柱状墨锭，可直接手拿研磨，研石方渐绝迹。砚，唐代以前以瓦为砚，故称砚瓦，唐以后始有石砚。《说文》："砚，石滑也。"

不再多问，站起来收拾好竹简一拱手道："只此一事，老夫去也。"吕不韦惊讶道："噫！老将军这残简不是送我的么？"蒙骜拍打着木匣揶揄地一笑："你以为老夫是拿着散失孤本讨赏来么？明说了，此物有主，惜乎老夫也不知其人来路也。"吕不韦目光一阵急速闪烁，随即恍然大笑："得人揣摩者，必奇货也，拙文有此殊荣，幸何如之！"慨然一拱手，"老将军走好，恕不远送。"蒙骜连连摇手"不送不送"，抱着木匣匆匆去了。

蒙骜出得吕庄，驱车进城直奔驷车庶长府。刚刚入睡的老嬴贲被家老唤醒，来到厅中哭笑不得地顿着竹杖骂骂咧咧，然听蒙骜将事由说得一遍，当即瞪着老眼嚷嚷起来："直娘贼！秦国选相历来只看真才实学，几曾有过如此蹊跷之事？阴人！阴谋！老夫去见新君说话，请王族之法废了这不安分女人！鸟！是太后便要干政，还有国法么？啊！"

"且慢且慢，老哥哥息怒也。"蒙骜连连摇手，"此事还得依着规矩来，你且听听老兄弟谋划如何？"老嬴贲猛然一点竹杖："说呀！"蒙骜席上几步膝行，两颗雪白的头颅凑到了一起，良久唔唔低语，一阵苍老洪亮的笑声。

蒙骜这才心里踏实。

权谋大事，华阳后还是太嫩了。

华阳后很是不解，王宫竟没有任何动静。

那个派在嬴异人身边的侍榻侍女通过一个楚人老内侍传了话来：近日秦王没有召见任何大臣，也没有出过王城，与老长史桓砾也没有说过与选相有关的话。如此说来，嬴异人是服软了？不像。当真服软肯定要来面见太后，至少要召见蔡泽才是。有甚新谋划么？也不像。不见大臣不亲自周旋，能有甚谋划？反复思忖，华阳后终是认定嬴异人是心有不甘却又无可奈何，索性撒手不管。心有不甘者，嬴异人身为秦

王要报吕不韦之恩，却遭自己与蔡泽之强势阻断，能适意了？无可奈何者，毕竟蔡泽也是大有名望的才士，领相治国顺理成章，加上太后一力支持，嬴异人又能如何反对？更要紧的是，几卷老旧书简铁定证明了吕不韦政道不合秦国，纵是昭襄王那般雄主在世也无可扭转，没有根基更无功业的嬴异人纵是一万个不满又能如何？毕竟，秦国百年以来形成的政道新传统稳稳占据了朝野人心，吕不韦非议老秦人视为神圣的商君，非议秦法秦战，崇尚老秦人最是厌恶的儒家政道，谁敢为他说话？

"纲成君之谋，乾坤之功了。"

华阳后见过嬴异人之后大赞蔡泽，自老阿姐死后心中第一次踏实了。虽则如此，华阳后还是觉得该当再推这个新君一把，最好使他在朝会之前明白表态，方可万无一失。思谋一定，华阳后立即秘密知会蔡泽，敦请他进王城面见新君陈述为政主张，软逼新君就选相说话；她自己则去周旋那些王族外戚元老，请他们出面主持选相。

对于说服这些"法定不干政"的贵胄元老，华阳后有一个最动人的理由：纲成君是昭襄王着意留给新君的良相，后来之所以虚其相权，为的便是新君实其相权时能给蔡泽以知遇之恩，而终得才士死心效力；说到底，昭襄王不曾大用蔡泽，恰恰是为了后来新君大用蔡泽；今朝不用蔡泽，是违背昭襄王遗愿，是贻害秦国。

每一个元老贵胄都肃然听完了华阳后罕见的雄辞，都对太后陡然表现出的才干大加赞赏。几个承袭封君爵位的芈氏外戚都是宣太后当年的老根底，对华阳后更是一力拥戴，异口同声地说："华阳太后摄政，'秦芈'中兴有望也！"

然则，蔡泽带来的消息却依然暧昧不明。新君认真听完了他整整一个时辰的为政大略，其间点头无数次，末了却说他服丧期间劳神伤心，听过人说话便忘，待他仔细看完上书定会登门拜访请蔡泽赐教。说罢连打哈欠，蔡泽只有告辞了。

"晓得了。"华阳后浑没在意，只淡淡一笑，"终究是朝会议决，其时纲成君只管陈说为政大略，余事毋上心了。"蔡泽嘴角抽搐了一下，想说话却终未开口，晃着鸭步踽踽去了。华阳后立即来到王城前区东偏殿，对嬴异人申明：此次大朝，当许王族外戚之元老勋臣与会，与当国朝臣共议国政。

"母后之命，子楚无异议。"新君答应一句又嗫嚅道，"只是，依着法度，此事须得领相权之纲成君、上将军蒙骜、老驷车庶长三头赞同，母后以为如何处置？"

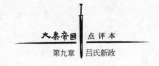

"纲成君、老庶长定然赞同了,剩一个蒙骜有甚打紧?年逾花甲,也该有新锐大将当军了。你自思忖,知会他是了。"华阳后不屑多说,咯咯笑着径自走了。

立冬这日,盛大的新朝朝会终于在咸阳王城举行了。

王城正殿座无虚席,中央王座与太后座之下的大厅分为五个座席区:最靠近王阶的中央区是君侯席。其时秦国君侯都有虚领的封地,君侯等级相若,高下之别只在位次排列,但都是最高爵位。昭襄王时先后有六君四侯:武安君白起、华阳君芈戎、泾阳君公子市(嬴市)、高陵君公子悝(嬴悝)、安国君公子柱(嬴柱)、纲成君蔡泽,穰侯魏冄、应侯范雎、蜀侯公子辉、蜀侯公孙绾。孝文王嬴柱在位一年,将华阳后族弟芈宸封了一个阳泉君。此时已经只剩下了两君,纲成君蔡泽与阳泉君芈宸,所以与三位高职大臣上将军蒙骜、假相太子傅吕不韦、驷车庶长嬴贲合为首区五席,依着惯例仍然呼作君侯席。其次四大块座席区依着职掌划分分别是:东北大令区,便是后世说的九卿正职,此时有大田令、太仓令、太史令、太庙令、司寇、司空、廷尉、国正监、国尉、长史等十席;东南郡守县令八十余座席,战国时郡守县令同爵,有些大县县令比郡守爵位还高,是以同等座席;西北高爵将军区,五大夫爵以上的大将二十余人;西南为大吏席,也就是各官署副职、属官与特许列席的内侍臣工,譬如内侍高官给事中、中车府令等。此等官员均是各官署实际执事的实权者,俗称"官尾吏头",故朝仪中一体呼为"大吏",人数最多,一百余座席。唯其务实,寻常朝会大吏独议朝政者极少,非常朝会也常有不召大吏参与的时候,然在诸如决策立制这般重大国事中,大吏的群议之力却很是显赫,最能彰显朝议之力,故每逢新君大朝必有大吏与会。朝臣人各一席,每席一案,每案一茶一纸(皮)一笔。二百余席满当当排开,各区以红毡甬道分隔,一眼望去分外整肃。

"新朝朝会始!太后训辞①——"

华阳后从来没有参与过朝会,更没有面对满朝大臣说过话,乍听司礼大臣的礼程宣示大感意外,顿时满面通红,不禁狠狠地挖了嬴异人一眼,厉声道:"晓得我要说话了?"正襟危坐的嬴异人一脸惊惧之色连忙起身一躬,飘荡的声音弥漫着惶恐:"子楚恭请母

---

① 训辞,教导之言。语出《左传·僖七年》:"君若绥之以德,加之以训辞而率诸侯……"

后训政。"说罢小心翼翼地垂手低头站在王案旁。

子楚以退为进，让群臣议
太后"训政"。

"子楚真吾儿了！"华阳后大感欣慰，不禁笑吟吟夸了一句，原先的拘谨也顷刻消散，朝堂也不过如此，还不是谁权大听谁了？于是点头，端起一副庄容道："母晓得今日朝会我要说话了。子楚要我这嫡母娘亲说话，我说得几句了。自来朝政两柱石，一相一将。昭襄王晚年与先王在世，都是有将无相，在人便是有脚无手了。如今新君即位如何？还是有将无相。自然，领职相是有了，假相是有了。可领相不是相，假相也不是相了。新朝丞相要得像老相那般，是开府丞相，统领国政了。这一相一将么，诸位都说说谁个堪当？今日来个当殿议决了。自然了，事多了一次也说不过来，将职可先缓得一缓。毕竟了，蒙骜将军虽老了些个，也打过几次败仗了，可总归还算忠于王室了。再说目下也不打仗，缓缓再说也该当了。至于今日议政么，纲成君、阳泉君是两个封君大臣，要主持朝议公平了。晓得无？我说这些，诸位尽可知无不言了。"

司礼大臣的声音又回荡起来："秦王口命——"

嬴异人抬头扫视着大殿只是一句："太后业已训政①，诸臣议决便是。"

举殿默然，将军们粗重的喘息声清晰可闻，郡守县令们惶惑四顾，在国大臣们脸色铁青，总归是谁也没有开口。战国之世言论奔放，秦人更有牛性直言之风。战国中期以后，秦国政事吏治最为清明，大臣敢言蔚为风气，逢朝必有争，慷慨论国事，已大大超过了暮气沉沉的山东六国。当此之时，大朝无言，极为反常。

---

① 训政，原意为国君训导政事。后世定制，太上皇传位后仍裁决大政或太后垂帘帝预政，称训政。

"久无大朝,诸位生分了。"阳泉君芈宸霍然起身一脸笑意高声道,"老夫先开这口子了。太后训导,新君口命,已然昌明今日大朝宗旨,这便是议政拜相。老夫之见,纲成君才德兼备,朝野服膺,又多年领相,职任新朝开府丞相正当其时了。"

"老臣不以为然!"随着一声苍老的驳斥,卿臣席颤巍巍站起了一个白发苍苍的高冠老臣,却是"老三太"之一的老太史令。老人看也不看阳泉君,只对着王座昂昂然一拱手,"不以为然者,今日朝制也。举朝皆知,先王顾命之时执太后、太子傅与新君三手相握,其意在叮嘱三方同心,而并未有太后摄政之命也。长史清理典藏,亦无先王命太后新朝摄政之遗命也。如此,则太后临朝训政于法度不合……"

"岂有此理!"阳泉君怒斥一声插断,"太后摄政有先王顾命,有新君下书成制,史官录入国史,你太史令岂能不知了!明知而非议,居心何在!"

"阳泉君差矣!"老太史令冷冷一笑,"唯录入国史,而老夫能言。且听老夫背得一遍新君下书,朝会共鉴之。国史所载新君口书原话为:'父王新丧,我心苦不堪言,料理国事力不从心。今命太子傅吕不韦以顾命大臣之身,与纲成君蔡泽共领相权,处置一应国事,急难处报母后定夺可也。其余非当务之急者,父王丧葬后朝会议决。'史官若错录一字,老夫若错背一字,甘当国法!"

举殿大臣哄嗡一声议论蜂起。

绝大多数朝臣只知孝文王弥留时三人顾命,新君有书太后摄政,虽然从来没有接到过太后摄政的定制王书,但依然相信这是真实的。一则太后摄政有先例,二则国丧期间太后预政也是事实,若是无中生有,新君与吕不韦岂能容得如此荒诞之事?今日一见朝会议程,更相信了太后摄政已成定局,纵对这位华阳后有所不满,一时也无可奈何。不想这素来在朝会不说话的老太史令却挺身而出,竟先对朝会议程提出非议,且言之凿凿,将新君口书背得一字不差,大有铁笔史官的凛然风骨,朝臣们如何不恍然悚然愤愤然纷纷然? 阳泉君一时愕然无对,心知此时非顾命三人说话方可,然目光扫去,吕不韦无动于衷,姐姐华阳后满面通红地盯着嬴异人,嬴异人却只低着头死死盯着脚下的红毡。

阳泉君忍无可忍,大步跨上王阶直逼王案:"臣敢请新君明示!"

"阳泉君大胆!"将军席上一声大喝,一员白发老将霍然起身戟指,"朝议国政,法有定制,汝仗何势敢威逼大王!"话未落点,满席大将唰的一声全部站起一声怒喝,"王陵之见,我等赞同! 阳泉君退下!"

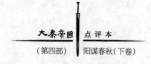

"阳泉君确乎有违朝议法度。"铁面老廷尉冷冷补了一句。

站在王座区空阔处的司礼大臣正是那位三代老给事中，见状面无表情地尖着嗓子一声宣呼："阳泉君退回原座议事——"

一直难堪默然的华阳后突然一笑："本后事小，说说议议有何不可了？阳泉君何须孩童般较真，下去下去，听大家说了。摄政不摄政，都是为了国事了。依着我看，拜相比议论我这老太后要紧得多了。子楚，你说如何？"

嬴异人抖抖瑟瑟应道："母后大是。子楚也以为是。"

华阳后突然恼羞成怒，拍案高声："毋晓得你抖甚？你几时怕过我了！"

"母后说、说、说得是……"嬴异人倏地站起垂首变色，更见惊惧。

"嬴异人！！"华阳后猛地拍案尖叫一声，面色铁青地站了起来，突然之间却咯咯长笑手舞足蹈，"国事了！国事了！毋晓得这般国事了！啊哈哈哈哈哈哈哈……"大笑一阵，猛然推开围过来的侍女径自大袖飘飘地去了。

凡女子进出，皆"飘"进"飘"出，容易"昏倒""软倒"等，可见修饰词贫乏。

举殿死一般的沉寂。阳泉君芈宸嘴角一阵猛烈地抽搐，却终是坐着没动。司礼大臣正在无所措手足之时，新君嬴异人回头一声吩咐："太医令立即看护母后，不得有误。"转身进入王座坐定，镇静如常道，"朝臣聚国，殊是不易。新朝新政，刻不容缓。国事不因人而废，诸位但依法度议事可也。"

子楚不出一言，"击"退华阳后。华阳后碰了个软钉子。

举殿不约而同地长嘘一声，恍如一阵轻风掠过。大臣们蓦然明白，这位新君并非真正的孱弱，方才故事只不过是"示弱以归众心"的一个古老权谋而已。看来，这个新君尚有强韧底色，比萎靡不振的孝文王实在是有主见多了。秦国收势多年，朝野渴盼雄主强君如大旱之望云霓，唯其雄强，些

许有违正道的权谋又有何妨？人同此心，朝臣们压抑沉闷的心绪一时淡去了许多。

"老臣有说。"郡守席站起一位白发瘦黑的老人，竟是巴蜀两郡太守李冰。

此时的李冰已是天下治水理民之名臣，爵同上卿，是秦国地方大员中爵位最高的大臣，也是秦国资望最深权力最大的地方大臣。蜀道艰难，蜀地多乱，蜀地政务多由王室派驻蜀地的蜀侯与咸阳通连传递，李冰父子只专心水患治理与庶民生计，极少入朝，也极少涉足国政事务。然则三任蜀侯生变，尤其是第三任蜀侯公孙绾乃承袭其父嬴煇爵而继任，是昭襄王的嫡孙，竟然也图谋自立。昭襄王杀了公孙绾之后，终于晚年决意将巴蜀两地交李冰统领。孝文王嬴柱与李冰笃厚，死前正好下书李冰回咸阳养息议政。辗转三月，李冰抵达咸阳时嬴柱已经薨去了，蔡泽与吕不韦同时主张李冰留国参与朝会，嬴异人自然允准了。此时李冰要说话，朝臣们一片肃然。

"老臣以为，理国之要，首在朝制。朝制不明，万事紊乱也。"李冰声音低沉，然却中气十足，整个大殿清晰可闻，"何谓朝制？首在君权。君权之要在一，一则安，二则乱。凡二，做应急之策可也，立为定制则不可也！譬如当年宣太后摄政，根源在昭襄王少年回秦，主少国疑，乃形势使然，不得已而为之也。故朝野无异议。目下秦国已经大不相同，新君年逾三旬，历经磨难，堪当公器大任，何能再做一政多头之朝制？今日朝会，太后训政首当其冲，似乎太后摄政已是定制，太史令提出非议，自是在所难免。谚云：大邦上国，不以一人之好恶立制。太后喜与不喜，自当以邦国兴亡为本，而不当以一己之好恶为本。故此，老臣请朝会先行议决：明君权，废摄政，纲举目张！"一言落点，戛然打住。

"好！老臣赞同！"驷车庶长老嬴贲嗵嗵点着竹杖，"老

太守洞若观火,合乎法度,合乎祖制! 秦国王族向不干政,太后乃国君妻室,王族嫡系,自当遵从王族法度,安居太后尊荣可也。"

"臣等赞同!"所有郡守县令异口同声。

"臣等赞同!"卿臣席十位大员也是异口同声。

"臣等赞同!"将军席一声齐呼。

大吏席区却是别有气象,此起彼伏地一片片报名呼应。先是一声"廷尉府属官赞同",接着一声"太子傅属官赞同",此后各署一声声连绵不断,大殿嗡嗡震荡不绝。呼应之声落定,殿中却是一片异样的沉默,大臣们的目光不期然一齐聚向了蔡泽。

席次最多的丞相府属官竟没有一人说话!

战国通制,朝政以开府丞相为枢纽,属官以丞相府为轴心。所谓开府,便是丞相府依法设置若干直属官署统一处置日常政务。这些直属官署与各大臣的属官不同处在于:各大臣属官是本司(专业)之划分,譬如廷尉府有狱丞、讼丞、宪盗等属官;太庙令府有祭祀、卜人、庙正等属官;丞相府属官则是综合性的领域划分,譬如行人(职司邦交事务)、属邦(职司附庸部族与属国事务)、甬(职司徭役事务)、工室丞(职司工匠)、关市(职司市易税收)、司御(职司官道车政)、府(职司府藏),等等,等等。战国后期之秦国疆土不断扩张,丞相府直属官署已经增至二十余个,实在是"大吏"中最最要害的力量。秦昭襄王后期的丞相府多有模糊处,从法度说依然是开府丞相制,但由于蔡泽封君后事实上脱离相权,时不时与太子嬴柱"兼领"相权,实则丞相府已经被"虚处",只处置一些具体事务,重大政务一律由秦昭王直下书令。然在秦孝文王嬴柱即位的一年里,蔡泽以唯一相职之身重新实际执掌了丞相府。为了给施展新政打好班底,蔡泽将实权属官作了一次改朝换代式的整肃,除了从燕国来投靠自己的得力亲信身居要职,其余要害属官便是华阳后与阳泉君举荐过来的"秦芈"。其时华阳后正得新君嬴柱宠爱,其族弟以"佐王立嫡有功"一举封了阳泉君。蔡泽思量要施展政才自然要结好华阳后姐弟,此所谓"人和者政通"。如此一来,丞相府属官中的老秦人全部迁职,直属官署几乎全部成了"秦燕人"与"秦楚人",咸阳国人一时有了"相府大吏,秦蔡秦芈"的巷谚。如此一来,丞相府属官自然以蔡泽阳泉君马首是瞻。今日朝会阳泉君业已铩羽,"秦芈"如何能落井下石? 蔡泽始终缄口不言,"秦蔡"又如何能附会群议?

"敢问纲成君,相府属官是非俱无么?"这次是老蒙骜冷冰冰开口。

"上将军何其无理也!"蔡泽正在为今日朝会的陡然变故惶惑烦躁不已,见蒙骜竟对

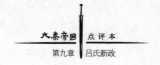

自己无端发难,顿时怒火上冲,拍案呷呷厉声,"朝会议政非官署理事,人各自主对朝对君,属官之说,当真匪夷所思!"

"匪夷所思么? 老夫却以为路人皆知。"

"嘿嘿! 老将军做个路人,老夫掂掂也!"

"也好,老夫来作一番路人之评。"蒙骜拍案起身扫视大殿高声道:"举朝皆知,老蒙骜与纲成君交谊匪浅。然大臣面国无私交,今日老夫却要公然非议纲成君,宁负私情,不负公器。自纲成君重掌相权,其用人之道老夫大大不以为然! 何也? 畛域之见未除,私恩之心太重,而致相府重器溺于朋党也。国人流布巷谚:'相府大吏,秦蔡秦芈。'举朝大臣谁人未尝闻也。秦自孝公以来,任用山东六国之士偏见日消,昭襄王之世可说已是毫无芥蒂之心。六国人言,秦用外士,为相不为将,终有戒惧山东之心。非也! 蒙氏一族老齐人也,老蒙骜居上将军,子蒙武职前将军,可证此言大谬也! 老夫慨然喟然者,倒是山东名士入秦掌权之后,时有六国官场恶习发作,畛域恩怨之心或生,任用私人,终致误国误己。应侯范雎才功俱高,唯一己恩怨过重,睚眦必报,明知郑安平、王稽才不堪用,偏是力荐郑安平为将,王稽为郡守大臣。结局如何? 郑安平战场降敌,葬送秦军锐士三万余人! 王稽受贿卖国,擅自将南郡八县私让楚国! 范雎一世英名,终成不伦不类之辈也! 纲成君所任相府属官,非故国来投之亲信,即私谊举荐之裙带,虽不能说无一能者,然铁定是没有公忠事国之节操! 否则,何能人皆有断,唯丞相府举府无一人开言? 所为者何? 还不是等待主君定点而后群起呼应之? 此等属官,究竟是秦国臣子,还是两君门客? 如此用人气度,所用之人如此节操,尚能说'人各自主对朝对君',能不令人齿冷? 老夫该不该问纲成君一句?"

齐人语音原本咬字极重,加之蒙骜粗哑铿锵的声音,一字字如叮当铁锤连绵砸来,举殿无不震撼非常。以蒙骜之缜密稳健,寻常时除了与军旅征伐相关之事,不说朝会,便是重臣议政也很少说话,对朝中大臣更是礼敬相处毫无跋扈之气,今日却能在如此大朝之时以如此凌厉言辞抨击一个封君丞相,直是不可思议。一将一相国之柱石,如今将相对峙,朝臣们更大的担心则是将相失和而生出乱局。

"老将军所言不无道理也。"

蔡泽似乎并无难堪,语气惊人的平和,"然老夫之心上天可鉴:整肃相府非为他图,唯期新政雷电风行也。相府原来属官多是年迈老吏,虽公忠能事,惜乎力不从心,孰能奈何? 老夫用人,成事为先。唯其能事,外举不避仇,内举不避亲,何忌楚乎燕乎? 若无开辟新政之心，老夫何须多此一举耳！虽则如此，蔡泽以邦国为重，若有失察而任用不当者，老将军指名，老夫当即迁职另任也。"

"呵呵，车轴倒是转得快也。"驷车庶长老嬴贲点着竹杖揶揄地笑了，"既然说到了丞相一事，老臣也不想再绕弯子，索性明话直说：纲成君于气度，于总揽全局之能，皆不堪为相；老臣建言，推太子傅吕不韦做开府丞相。呵呵，诸位斟酌了。"

"此言大谬也！"相府大吏席有人突兀锐声一喊，一个中年属官趔趔挺身，"纲成君大有相德！外举不避仇，内举不避亲，大公之至！何错之有？上将军、老驷车不问所以，唯做诛心之论，大非君子之道也！我等之见：秦国丞相，非纲成君莫属！"

"赞同！秦国丞相非纲成君莫属！"相府大吏齐声一呼。

"且慢。"老太史令摇着一颗霜雪白头冷冷一笑，"诸位既以春秋祁黄羊之论①辩护于纲成君，责难于两大臣，老夫便来评点一二。'外举不避仇，内举不避亲，祁黄羊可谓公矣！'此话乃孔子对祁黄羊之赞语也。囫囵论之，的是无差。然田有界垄，事有定则。若不就实论事，唯以此话做任用私人之盾牌，却是戏弄史书也！祁黄羊之公，首在公心，次在公身。祁黄羊其时致仕居家，置身国事之外，举人唯以才干论之，与自己却是无涉，此谓公身也。公心于内，公身于外，始能真公也！若重臣在任，举人用人关乎己身，唯以私人裙带任用部属，却要说'内举不避亲，外举不避仇'，诚所谓假其公而济其私，何有真公也！"戛然打住，却没有涉及丞相人选，大臣们不禁又是一阵惊愕。

"议事非论史！只吕不韦不能拜相！"相府大吏中一人操着楚语愤然高声，"吕不韦素来非议秦法秦政，贬斥商君，主张罢兵息战！此人为相，亡秦之祸便在眼前了！"

此言一出，举殿骇然！大臣们对吕不韦毕竟生疏，谁也不知道吕不韦平素有何政道主张，今日有人能在此等隆重朝会公然举发，一口气列出三桩秦国朝野最厌恶的政见，何能是空穴来风？一时人人不安，只想看吕不韦如何辩驳。

"此说何证？"卿臣席老廷尉突然冷冷插问了一句。

相府长史高声道："吕氏书简多有流传，在下有物证！"

老廷尉淡淡一句："老夫能否一观？"

---

①　祁奚，字黄羊。春秋时晋国大夫，任中军尉。告老时举其仇解狐以代，解狐死，又举其子午以代。时人称为"外举不避仇，内举不避亲"。见《左传·襄王三年》。

但为秦国朝臣,谁都知道这位冷面廷尉勘验物证的老到功夫,当即有人纷纷呼应:"是当请老廷尉一观。""过得老廷尉法眼,我等信服!""好!信得老廷尉!"众口纷纭之际,相府长史正要从腰间文袋取物,却有一吏突兀高叫:"谁个朝会带书简了,我等又没事先预谋了!要得物证,散朝后我等自会上呈了!"另一吏立即接道:"没有物证敢有说辞么?列位大人要听,我当殿背将出来!""我也能背!""背!公议有公道!"大吏们纷纷呼应,昂昂然嚷成了一片。

"反了!!"老驷车庶长一声怒喝,竹杖直指相府吏座席,"这是大朝!胡乱聒噪个甚!没带物证便去取,岂容得你等雌黄信口!"这老嬴贲原本王族猛将,秉性暴烈深沉,怒喝之下震慑得愤愤嚷叫的大吏们一时愣怔无措,大殿顿时一片肃然。

蒙骜冷冷一笑,将一卷竹简哗啦摔在案上:"老夫有预谋!收藏有吕不韦散简原件百余条,你等拿来两厢比对,权将吕简作古本,请老廷尉当殿鉴识真伪!"

"愣怔个甚!快去拿来!"驷车庶长又是一声怒喝。

"拿便拿!"相府领书一咬牙便走。

"回来!"蔡泽突然站起厉声一喝,转而不无尴尬地淡淡一笑,"此事无须纠缠也。老夫入秦,与吕不韦相交已久,今日更是同殿为臣。为一相位破颜绝交,诚可笑也。老夫决意退出争相之局,退隐林下,以全国政之和,望君上与朝会诸公明察。"长嘘一声落座,毫无计较之意。殿中顿时愕然惶然纷纷然,长嘘声议论声喘息声哄哄嗡嗡交织一片。冷若冰霜的蒙骜与怒火中烧的老驷车庶长突然打滑,一时竟也有些无所适从。

正在此时,一直默然端坐的吕不韦站了起来,拱手向王座向大殿一周环礼,从容悠然地笑道:"纲成君既有此言,吕不韦不得不说几句。承蒙天意,吕不韦当年得遇公子而始入秦国。纲成君不弃我商旅之身而慷慨垂交,吕不韦始得入秦国效力也。论私谊,不韦自认与纲成君甚是相得,诗书酒棋盘桓不舍昼夜。论公事,不韦与纲成君虽不相统属,然各尽其责互通声气,亦算鼎力同心。今日朝局涉及纲成君与吕不韦,人或谓之'争相',不韦不敢苟同也。朝会议相乃国事议程,人人皆在被议之列,人人皆应坦荡面对。人为臣工,犹如林中万木,唯待国家量材而用。用此用彼,臣议之,君决之,如是而已。被议之人相互视为争位,若非是非不明,便是偏执自许。若说相位有争,也是才德功业之争,而非一己私欲之争也。前者为公争,唯以朝议与上意决之。后者为私争,难免凭借诸般权谋而图胜。今纲成君无争,吕不韦无争,唯朝议纷争之,是为公争,非权谋私争

也。既无私争，何来争相之局？"稍一喘息，吕不韦转身对着
上座蔡泽慨然一拱，"纲成君无须虑及破颜绝交。自今而
后，无论何人为相，无论在朝在野，不韦仍与君盘桓如故！"

"嘿嘿，嘿嘿，自当如此也。"蔡泽不得不勉力地笑着点
头呼应着。

这一番侃侃娓娓，朝臣们始则大感意外，继而又是肃然
起敬。

寻常揣度，孜孜相权的蔡泽突兀放弃对质物证，又更加
突兀地宣布退出"争相"归隐林下，其间必有权谋考量。最
大的可能，是物证蹊跷经不得勘验、重臣反对、朝议不利等情
势而生出的自保谋划。退隐林下云云，则不无以清高姿态倍
显吕不韦争权夺利之心机。以吕不韦之才智，自当看出蔡泽
这并非高明更非真诚的权谋，自当被迫严词反击，以在朝会
澄清真相，以利拜相之争。如果吕不韦如此说如此做，谁都
不会以为反常，相反会以为该当如此。然则谁都没有想到，
吕不韦既没有提及最引争执的书简物证，也没有严词斥责蔡
泽及相府大吏，反倒是一腔真诚地评估了与蔡泽的交谊，且
慨然昌明无论在朝在野仍当与纲成君盘桓如故，若有权谋计
较之心，如此气度是决然装不出来的。若将吕不韦换作睚眦
必报的范雎，换作孜孜求权而不得的蔡泽，说得出来么？唯
其如此，人们自然钦佩。然则真正令朝臣们折服者，还在于
吕不韦对"争相"说的批驳。分明是在批驳蔡泽，吕不韦却
冠之以"人或谓之"，硬是给蔡泽留了面子；对争相本身，吕
不韦却丝毫没有作清高虚无的回避，而是坦然面对，以林中
万木之身待国家遴选，其意不言自明：选中我，我便坦然为
相；选不中我，我亦坦然效力国家。如此姿态，与蔡泽的始则
孜孜以求求之不得便要愤世归隐相比，直是霄壤之别，如何
不令人大是钦佩？

蔡泽以"退"明哲保身。
当年公开声称要取而代范雎
之勇气，荡然无存。

　　"书简之事，可是空穴来风？"正在举殿肃然之时，老廷尉冷冷一问。

　　"实有其事也。"吕不韦坦然应承，"不韦少年修学，喜好为文，确曾写下若干片段文字。后入商旅，亦常带身边揣摩修改。二十年前，这些书简不意失散于商旅，不韦从此不再执笔。大吏所得，或正是当年失散之书简。"

　　"如此说来，阁下对秦法秦政确实是不以为然了！"阳泉君突然插进。

　　"有不以为然处。"吕不韦依旧是坦然从容，"自秦变法强国，至今已过百年，山东六国无日不在非议咒骂，不在抨击挑剔。不韦山东小邦人氏，少年为文，难免附会世俗，时有非议秦法秦政处。后来，吕不韦以商旅之身走遍天下，遂深感山东六国之论多为荒诞不经之恶意诅咒，自当弃之如敝屣也。然以今日为政目光看去，其间亦不乏真知灼见之论。譬如当年墨子大师之兼爱说、孟子大师之仁政说、今世荀子大师之王道说，均对秦法秦政有非议处。非议之要，便在责备秦政失之于'苛'，若以'宽政'济之，则秦法无量，秦政无量也！平心而论，吕不韦敬重秦法秦政之根基，然亦认为，秦法秦政并非万世不移之金科玉律也！何谓法家？求变图强者谓之法家！治国如同治学，唯求'真知'，可达大道也。何谓真知？庄子云，得道之知谓'真知'。何谓治国之真知？能聚民，能肃吏，能强国，治国之大道也！去秦法秦政之瑕疵，使秦法秦政合乎大争潮流，而更具大争实力，有何不可也？若因山东六国咒骂之辞而摒弃当改之错，无异于背弃孝公商君变法之初衷也，不亦悲乎？"吕不韦粗重地喘息了一声，眼中有些潮湿了，"不韦言尽于此，阳泉君与朝议诸公若以此为非秦之说，夫复何言？"

　　随着回荡的余音，举殿大臣良久默然……是啊，夫复何言？阳泉君们最想坐实的罪名，吕不韦竟一口应承了。非但

书简一节，表面上看是蔡泽与华阳后罗织吕不韦罪状的"阴谋"，但实际上，作者是要借题发挥，质疑秦法的固守不变，为后面的故事作铺排。

如此，还给秦国提出了一个前所未有的大难题：秦法秦政敢不敢、要不要应时而进？实在说，这确实才是一个开府丞相要思虑的治国大方略。然则对于秦国而言，这个难题太大了，也太犯忌了……

"散朝。"嬴异人淡淡一句，径自起身离开了大殿。

没有人挺身建言要坚持议个子丑寅卯出来，朝臣们都默默散了。天上纷纷扬扬飘着雪花，脚下的大青砖已经积起了粗糙的雪斑，灰色的厚云直压得王城一片朦胧，分不出到了甚个时辰。然则，谁也没有说一句天气如何，谁也没有为今冬第一场大雪喊一声好。一片茫茫雪雾笼罩着一串串脚步匆匆的黑色身影，辚辚隆隆地弥散进无边无际的混沌之中。

四　岁首突拜相　亲疏尽释怀

朝会之后一个月，是秦国岁首。

自夏有历法，古人对一年十二个月的划分确定了下来。到了战国之世，一年已经被精确到三百六十五又四分之一天。然则，十二个月中究竟哪个月是一年的开端？即被称为正月的岁首，各代各国却是不同。历法史有"三正"之说，说的是夏商周三代的岁首各不相同：夏正（月）为一月，商正（月）为十二月，周正（月）为十一月。春秋战国之世礼崩乐坏，各国背离周制，开始了自选岁首的国别纪年。譬如齐宋两国回复商制，将丑月（十二月）作为正月；而作为周室宗亲的最大诸侯国晋国，则依然采取周制，将十一月奉为正月。三家分晋之后，魏赵韩则各有不同：魏韩为殷商故地，如齐，取商制，十二月为正月；赵国为夏故地，取夏制，一月为正月。秦国虽非周室宗亲诸侯，然作为东周开国诸侯，直接承袭周部族的发祥之地，以至周人秦人皆有"周秦同源"之说，是故自立国春秋之世一直承袭周制历法，十一月为岁首。后来，秦始皇灭六国统一建制，颁行了新创的颛顼历，十月定为岁首。这是后话。

就实而论，"岁首"并无天象推演的历法意义。也就是说，各国岁首不同，并不意味着人们对一年长短的划分不同。无论何月做岁首，一年都是十二个月。岁首之意义，在于各国基于不同的耕耘传统、生活习俗与其他种种原因，而做的一种特异纪年。用今日观念考量,可视为一种人为的国别文明纪年。譬如后世以九月作为"学年"开端,以七月作为"会计年度"开端一样,只有"专业"的意义,而没有历法的意义。

岁首之要,在除旧布新。这个"新",因了"旧"的不同而年年不同。

去岁秦国之旧,在于连葬两王,新君朝会又无功而散,新朝诸事似乎被这个寒冷的冬天冰封了,临近岁首还没有开张之象。唯其如此,朝野都在纷纷议论,都在揣测中等待着那道启岁的王书。其时秦国民议之风虽不如山东六国那般毫无顾忌,却也比后世好过了不知多少倍。新朝会议政的方方面面,早已经通过大臣门客六国商旅郡县吏员城乡亲朋,传遍了咸阳市井,传遍了里社山乡。所有消息中最使人怦然心动的,是顾命大臣吕不韦的"宽政济秦法"说。朝如此,野如此,臣如此,民如此,咸阳王城如此,山东六国亦如此。

在秦人心目中,秦法行之百年,使国强使民富使俗正,且牢固得已经成了一种传统,纵是聚相私议,也绝无一人说秦法不好。但闻山东人士指斥秦法,老秦人从来都是愤愤然异口同声地痛骂六国,毫不掩饰地对秦法大加颂扬,几乎从来没有过例外。这次却是奇也,老秦人听到有大臣在朝会公然主张"宽政济秦法",心下竟不禁怦然大动。第一次对非议秦法者保持了罕见的长久的沉默,莫名其妙地弥漫出一种说不清道不明的惶惶然来。咸阳王城一个月没有动静,这种惶惶然化成了各种流言流淌开来。有人说,太后与阳泉君逼新君拜蔡泽为相,上将军蒙骜与驷车庶长及一班老卿臣极力反对,新君左右为难举棋不定,丞相大印极有可能佩在纲成君腰上。有人说,吕不韦非议秦政是硬伤,能继续做太子傅已经是托天之福了,根本不可能做开府丞相。更有惊人消息说,吕不韦销声匿迹,实则已经被阳泉君指使黑冰台中的

"八卦"似乎是天生的本领,无论通信是否发达,流言都能够满天飞。

芈氏剑士刺杀了。也有人说,想杀吕不韦没那么容易,吕不韦早已经逃离秦国了。然则不管人们交相传播何种新消息,议论罢了总是要纷纷叹息一阵,这个吕不韦呵,还真是可惜了也!

在山东六国,当商旅义报与斥候专使从各个途径印证了消息的真实,并普天下播撒得纷纷扬扬时,六国都城先是幸灾乐祸,继而莫名困惑。幸灾乐祸者,虎狼秦国真暴政也,终于连他们自己人也不能容忍了。秦国自诩变法最为深彻,强国之道堪为天下师,连稷下学宫的荀子等名士们都曾经喊出过"师秦治秦,六国可存",如今呢?嘿嘿,只怕秦国在道义上要大打折扣了。儒家说苛政猛于虎,如今这恶名肯定是坐实秦国了,秦人赖以昂昂蔑视六国的秦法秦政还值得一提么?就实说,山东六国的变法也一直没有终止过。然自秦国商鞅变法后迅速崛起并对山东形成强大威慑,六国始终以"暴政"说攻讦秦国,无论六国如何在曾经的变法中甚至比秦国手段还要酷烈,以及在后来的变法中竭力仿效秦国。前者譬如齐威王大鼎烹煮恶吏以整肃吏治,韩国申不害当殿诛杀旧贵族;后者譬如赵武灵王以胡服骑射之名全面变法,除了保留实封制,几乎无一不效法秦国变法。然则宣示于世,六国则大昌其为仁政爱民之变法,竭力与秦国的暴政拉开距离。也就是说,在六国舆论中,虽同是变法,秦国却是变法异类,是大大违背王道仁政的苛虐暴政,只有六国变法才是天下正道,是天道王道之精义。说则说,真正的天道王道老是较量不过暴政,更兼王道之国官场腐败内乱连连庶民叫苦不迭,暴政之国却是清明稳定朝野无怨声,长此以往,六国也渐渐暗自气馁了。不期此时秦国竟有新贵大臣在朝会公然非议秦政,六国君臣如何不惊喜过望。有此佐证,六国在道义上可以大大地扬眉吐气,对内对外皆可昂昂然说话了。有此开端,反秦声浪会重新卷起,六国合纵何愁不能重立?如此这般一番推演,六国都城自然大大活泛了起来。然则,六国君臣又是莫名困惑,素来不容非议秦法秦政的倔强秦人,如何既没杀这个吕不韦,也不用这个吕不韦?咄咄怪事!

一时议论蜂起,魏国派出特使与赵楚齐三国秘密商议,四大国分别以不同形式到咸阳"秘密"策动吕不韦出关拜相,做苏秦一般的六国丞相。随着各色特使车马在大雪飞扬的窝冬期进入咸阳,尚商坊的六国大商们流传出了一股弥漫天下的议论:秦国不容王道之臣,六国求贤若渴,相位虚席以待大贤。

骤然之间,与吕不韦相关的种种传闻成了天下议论的中心。

此时的吕不韦，静静地蜗居在城南庄园，不入朝，不走动，不见客，只埋首书房，当真窝冬了。各种流言经几位老执事们淙淙流到吕庄，吕不韦也只是听听而已，淡漠得令执事们大是困惑。一日西门老总事来报，近日山东士商多来拜访，均被他挡回。今日来了尚商坊的魏赵齐楚四国大商，说是专程前来要了结那年商战的几件余事，已在门外守候一日，实在难以拒绝。吕不韦淡淡笑道："老总事只去说，吕不韦不识时务铁心事秦，虽罪亦安，说之无益也。"西门老总事颇是惊诧："他等确是原先那班大商，不是六国密使也。"吕不韦笑道："春秋战国之世，几曾有过不与国事的大商？ 老总事只去说，不要受他任何信件。"西门老总事惶惶去了，片时回转，说大商们闻言一阵愕然默然，回去了，猗顿氏要留下一信，他婉辞拒绝了。自此门户清净，山东客再无一人登门。

眼看岁首将临，这日暮色时分，西门老总事又匆匆进了书房，说上将军府的家老求见。"不见。"吕不韦思忖片刻一摆手，"你只去说，吕氏之事与老将军无涉。"西门老总事匆匆出门片刻回来，说蒙氏家老只留下一句话，要先生务须保重，便走了。吕不韦淡淡一笑，又埋首书案去了。入夜，大雪纷飞天地茫茫，吕庄书房的灯光却一直亮着。

"先生，有客夜访。"

"几多时辰了？"吕不韦看看神色紧张的西门老总事，也有几分惊讶。

"子时三刻。"

"没有报名？"

"蒙面不名，多有蹊跷。"

"请他进来。"

"非常之期，容老朽稍作部署。"

"无须了。"吕不韦摇摇手笑了，"若是刺客，便是民心，民要我死，自当该死。"

"先生错也！"随着粗沙生硬的声音，厅门已经无声滑开，一股寒气卷着一个斗篷蒙面的黑色身影突兀伫立在了大屏之前，"安知官府王城不要足下性命？"

"足下差矣！"吕不韦起身离开书案笑了，"我有非秦之嫌，秦王要我死，明正典刑正可安国护法，何用足下弄巧成拙也！"

"先生见识果然不差。"蒙面人双手交叉长剑抱在胸前，"在下敢问：秦王若怕负恩之名，不愿依法杀你，而宁愿先生无名暴病而亡，岂非可能之事？"

"足下之谬，令人喷饭也！"吕不韦朗声大笑，"负恩之说，岂是秦法之论？ 商君有言：

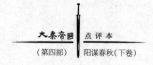
有功于前，有败于后，不为损刑；有善于前，有过于后，不为亏法。此谓功不损刑，善不亏法。① 执法负恩，六国王道之说，儒家仁政之论而已。"

"自己可笑，反笑别人，先生不觉滑稽么？"

"愿闻指教。"

"朝堂之上，先生公然以王道之论非议秦法，非议商君，主张宽政以济秦法。今日之论，却是秉持商君而驳斥王道，驳斥仁政。前持矛而后持盾，不亦可笑乎！"

"足下有心人也！"吕不韦慨然拱手，"雪夜做访客，请入座叙谈。"

"先生有得说便说，毋得说在下要做事了。"蒙面人冷冰冰伫立不动。

"既然如此，且听我答你之说。"吕不韦不温不火侃侃而论，"我非秦法，唯非秦法之缺失，而非非秦法之根本。我非秦政，唯非秦政之弊端，而非非秦政之根基。我非商君，唯非商君之疏漏，而非非商君之大道。朝堂之论，吕不韦非其缺失也。今日之论，吕不韦护其根本也。我持宽政，乃就事论事之宽，譬如有灾当救，譬如有冤必平。唯其如此，秦法秦政方能拾遗补缺日臻完善，使秦终成泱泱大国。而王道儒家之仁政，却是本体仁政，是回复井田礼制之仁政，与吕不韦所持之济秦宽政，何止霄壤之别也。朝堂之论，吕不韦秉持之宽政，正是以秦法为本之宽政。今日之论，吕不韦驳斥王道仁政，却是复辟井田礼制之本体仁政。子说之矛非我矛，子说之盾亦非我盾。我既无子说之矛，亦无子说之盾，何来自相矛盾耳！"

蒙面人冷冷一笑："先生此说，似乎与天下传言大相径庭。"

"足下是说，传言若不认可，吕不韦不是吕不韦了？"

"人言可畏。众口铄金。"

"足下当真滑稽也！"吕不韦明锐的目光盯住了蒙面人，骤然一阵大笑，转而肃然正色，"听群众议论而治国，国危无日矣！军有金鼓而一，国有法令而一。一则治，二则乱。王者不二执一，而万物正焉！赖众口流言而鉴人辨事，未尝闻也，不足论也！"②

---

① 见《商君书·赏刑第十七》。意为：曾经的功劳与善举，不能抵消后来的犯罪与过失，不能减轻应当依法给予的惩罚。此为商鞅的重要立法思想之一。

② 见《吕氏春秋·不二·执一》两篇。"群众"一词，源出于此。曾有名寺佛家人士对作者释"不二法门"之意，说"不二"一词为佛家独创。不敢苟同。春秋战国之时，佛家于域外方始创立，秦始皇时方有僧人第一次进入中国之记载，佛家独创"不二"一说，显是不实。

蒙面人默然良久，突然一拱手大步去了。西门老总事疾步跟出门廊，院中唯有大雪飞扬，黑衣人已是踪迹皆无。披着一身雪花，西门老总事进得书房低声道："此人方才举步出门，身形颇是眼熟！"吕不韦摇头笑道："倒是没看出。"西门老总事道："会不会是蒙武将军？"吕不韦道："似乎不像。蒙武将军敦厚阔达，当无此等谈吐。""怪也怪也！"西门老总事嘟哝着，"如何老朽总觉眼熟，却是想不起来？"吕不韦道："想起来又能如何？最好永远想不起来。""啊啊啊——"西门老总事恍然笑了，"大雪下得茫茫白，老朽也是茫茫然也，想想也想不起来了。"吕不韦笑着一拱手道："天亮便是岁首，不韦先为老总事耳顺之年贺寿了。"西门老总事忙不迭一个还礼："老朽倒是忘了，岁首先生四十整寿，老朽也先行贺了。老朽糊涂，老朽忙家宴去了。"兀自感叹着摇了出去。

再试探吕不韦之心志。

漫天大雪中，秦人迎来了极为少见的开元岁首。

开元岁首者，新君元年之岁首也。此等岁首之可贵，在于可遇不可求。多有国人活了一辈子，也没碰到过一次开元岁首。譬如秦昭襄王在位五十六年，只有即位第一年是开元岁首，其后五十余年几乎是三代国人的戎马岁月，多少人死了，多少人生了，多少人老了，可依然没有遇到过一次开元之年。唯其如此，开元岁首历来被国人视为大吉之岁，愈是年来坎坷不顺，愈是要大大庆贺一番，图的只是四个字——开元大吉！

天交四更，白茫茫的大咸阳热闹了起来。所有官署店铺的灯火都亮了起来，大街小巷一片通明，飞扬的雪花悠悠然落下，街市如梦如幻。隆隆锵锵的金鼓之声四面炸开，大队火把擎着"开元大吉，龙飞九天"的红布大纛旗，引着驱邪镇魔的社火哄哄然拥上了长街。所有的沿街店铺都变成了踊跃接纳国人的酒肆，人们携带着备好的老酒锅盔大块酱牛

羊肉，聚在任意一间店铺痛饮起来呼喝起来，品评着队队社
火喝彩起来；喝得几碗浑身热辣辣地冒汗，拥上长街在漫天
飞扬的大雪中手之舞之足之蹈之地吼唱起来舞动起来，店铺
高楼无数的弦管埙篪伴着响彻全城的钟鼓吹奏起来。须臾
之间，倾城重弦急管，满街慷慨悲歌，弥漫相和，老秦人吼着
悲怆的老歌快乐地癫狂在混沌天地……

　　五更刁斗从四门箭楼镗镗镗连绵敲响时，一队骑吏飞出
咸阳内史官署奔向各条大道，一路举着官府令箭连声高喊：
"国人听了，秦王决意拜吕不韦为开府丞相——新政开元，
振兴大秦——" 当机立断，不能再拖。

　　"新政开元！振兴大秦！"

　　"秦王万岁！丞相万岁！"

　　随着一声声宣呼，莫名癫狂的国人始则一时愣怔，继而
突然悟到了此刻的这道官府宣令意味何在，顿时兴奋狂呼，
万千人众的呐喊此起彼伏声动天地，整个咸阳犹如鼎沸。

　　当太子傅府的吏员冒着大雪赶到城南吕庄贺喜时，吕不
韦还没接到王书。吏员们惊讶得手足无措，正在与家人聚宴
的吕不韦大笑道："开元岁首，群众癫狂，何须当真也。诸位
既来便是嘉宾，正做贺岁一饮，万事莫论。夫人过来，你我共
敬诸位一爵！"一身红裙的陈渲笑盈盈对众人一礼，说声诸
位岁首大吉，双手捧起酒桶亲自给每人案前大爵斟满，方举
起一爵与吕不韦一起道："岁首大吉，干！"一饮而尽。吏员
们你看我看你，饮得一大爵下肚，却是人人缄口。吕不韦
浑然无觉谈笑风生，不断问起吏员们的家人家事，分明一个
慈和的兄长一般。

　　"大人若欲离秦，老吏甘愿终身追随！"主书吏突然扑拜在
地。

　　"我等亦愿追随大人！"一班吏员一齐拜倒。

"哪里话来！起来起来！"吕不韦忙不迭扶起一班吏员，入座却是喟然一叹，"诸位已在我属下任吏年余，尚信不过吕不韦事秦之忠么？"

"大人……"主书吏一声哽咽，"我等秦国老吏，只觉秦国负大人过甚。"

"诸位差矣！"吕不韦粗重地叹息了一声，"朝局纷杂，为君者不亦难乎？吕不韦一介商旅，何功何德竟位同上卿，非秦而得秦人包容，人生若此，秦国何负于吕氏也……"

"秦王特使到——"尖亮的一声长呼突兀飞入厅堂，所有人都是一怔。

"老给事中？大命！"主书吏猛然跳了起来。

吕不韦倏然起身，拦住了纷纷要出门先看个究竟的吏员，对陈渲与西门老总事一招手肃然道："领诸位到后院。记住，谁也没来过。"吏员们原本直觉好事，然见吕不韦神色肃然，却也不能违拗，更兼夫人与老总事殷切催促，也只好纷纷去了后院。及至厅中人空，吕不韦才静静神出了正厅来到门廊，一眼看去，不禁大是惊讶。

朦胧曙色中大雪飞扬，一尺多深的雪地中站着一个貂裘斗篷的黑色身影，两边各站一人，左边老桓砾，右边老给事中，身后丈余处一排重甲武士黑铁塔般矗立。如此森杀气势，莫非秦王亲临问罪？吕不韦心下猛然一跳，却又迅速平静下来，稳稳地走下了六级台阶。

"吕不韦接书——"老给事中的尖亮嗓音飘荡起来。

"臣吕不韦待书。"吕不韦肃然一躬。

老桓砾哗啦打开了一卷竹简高声念诵："大秦王书：顾命大臣吕不韦德才兼备，屡克险难而成大功，朝野咸服。兹经公议，本王顺天应人，拜吕不韦为丞相，开府总领国政！秦王嬴异人元年岁首——"

嬴异人亲迎新相，以示敬重。《战国策·秦策五》："子楚立，以不韦为相，号曰文信侯，食蓝田十二县。王后为华阳太后，诸侯皆致秦邑。"《东周列国志》想尽办法写吕不韦之奸诈。《大秦帝国》则竭力将吕不韦打造为贤明之相。趣味差异大。

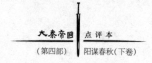
"……"吕不韦想要说话，却软软地偎在了皑皑白雪中。

"先生！"嬴异人一步抢过来抱住了吕不韦，"太医！快！"

重甲武士前一员大将快步过来低声道："君上莫急，我有救急之法。"嬴异人见是蒙武蹲到了身边，便将怀中吕不韦托向蒙武。谁知恰在此时，吕不韦却睁开眼睛呵呵笑了："君上，老臣醉酒失态，惭愧也……"话未落点，猛然挣脱嬴异人臂膊趴到雪地上撑持着双臂呕吐起来，一时酒臭弥漫，熏得平生不沾酒腥的老给事中连连作呕倒退。旁边嬴异人不禁爽朗大笑起来："先生也有狼狈时也，我背先生进去了！"蒙武抢步过来，却被嬴异人一把推开，"不要你替，我自己来！"说罢蹲身雪地揽住醉者身子只一拱，将吕不韦拱到了背上，"一、二、三、四……"数着步子嘎吱嘎吱上了台阶到了廊下，"整整十三步！先生醒了，啊哈哈哈哈！"

匆匆赶来的西门老总事连忙扶稳了从嬴异人背上挣扎下来兀自摇晃着的吕不韦进了厅中，见素来讲究的主人如此不堪，饶是饱经世事应酬，老总事也不禁满脸涨红。

"先生今日贺岁，饮酒几何啊？"嬴异人乐不可支地笑着。

"回君上：先生今日没饮几爵。"老总事大是困惑。

"郁闷之人独自把酒，你却晓得了？"嬴异人笑语中竟带出了一句楚音。

"原是老朽愚昧。"西门老总事肃然一躬，退到一边去了。

已经饮下一碗醒酒汤的吕不韦，半偎半靠着座案只痴痴地笑。嬴异人开心地绕座案转悠着笑道："先生见谅了。异人其所以做不速之客，只是想看看先生于意外惊喜之时如何？不想惹得先生醉卧雪地，实在没有料到也。"吕不韦依旧只痴痴地笑着，仿佛憨了傻了一般。嬴异人又是一阵开心大笑，"若非做了这君王，异人今日也是大醉也！先生好生歇息，酒醒便是新天地。告辞。"一拱手大步去了。

"夫人……"西门老总事看着匆匆赶来的陈渲，不禁哽咽了。

"好好的哭甚也。"吕不韦淡淡一笑。

"先生！"老总事猛然一个激灵。

"没事便好。"陈渲粲然一笑，"肚腹吐空了，先饮些许淡茶了。"

"不。上酒。"吕不韦又是淡淡一笑。

"先生……"西门老总事无所措手足了。

"西门老爹，那年邯郸弃商，几多年也？"

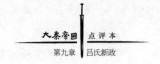

"昭襄王四十八年遇公子,先生弃商,至今整整十二年。"

"十二年,成矣? 败矣?"

"嘿嘿,弃商从政,入秦为相,先生大成也!"

吕不韦哈哈大笑,酣畅淋漓的笑声在清晨的大雪中飞扬激荡。西门老总事却只嘿嘿嘿嘿地笑个不停。拭着泪水的陈渲莞尔一笑,飘然去了。须臾,陈渲带着两个女仆摆置酒菜妥当,吩咐女仆自去,膝行案前亲自打酒。吕不韦呵呵笑着拉西门老总事坐在身边案前:"岁首清晨,只我等三人做十二年饮。西门老爹啊,记得那年我给你重金巨产,让你自去经商,你却甚也不要,只要跟我跋涉前行。十二年啊,老爹老矣,除了无尽风险,却是一无所得……夫人,来! 为老爹一世甘苦,干了这爵!"吕不韦慨然叨叨。西门老总事早已是老泪纵横不成声,点头摇头又哭又笑,干下一爵大喊出一声:"值!"生平第一次哈哈大笑起来。

"夫人也!"吕不韦又举起一爵,忘情地揽住了陈渲的肩膀,"可记得嫁我几多年么?"

陈渲红着脸咯咯笑道:"只怕你记不得,问我来也!"

吕不韦兀自慨然叨叨:"你是谁人? 我自知道。天意也! 当年我不娶你,奈何? 当年你不嫁我,奈何? 人说吕不韦不知女子,不谙帐榻,一个粗鄙商旅而已。夫人啊,难为你也……"

"不!"陈渲紧紧抱住了吕不韦,凑在他耳边红着脸哈着气道:"夫君最好! 最知女子最谙帐榻! 不谙帐榻,能乘人之危救人么?"

吕不韦不禁开怀大笑:"说得好! 乘人之危而救人! 好! 老爹,你我为夫人干一爵!"

西门老总事呵呵笑着干了,一掷爵慨然拍案:"老朽憋闷太久,今日恕我直言:夫人非但国色,更是聪慧良善;先生但能断去昔日残情之根,不使死灰复燃,先生今生无量矣!"

"老爹啊老爹,"吕不韦又是大笑,"你可是杞人忧天也,我吕不韦有昔日残情么? 纵有,又能如何? 时移也,势易也,昔日之人,今日非人也!"

陈渲咯咯笑了:"今日非人算甚来? 越是身贵,越是心空,不晓得了?"

吕不韦越发地乐不可支:"好好好,左右都要打我个残情未了也。便是未了,吕不韦还是吕不韦,夫人还是夫人,老爹还是老爹,谁奈我心何!"

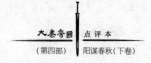
"噫！天晴了？"三人大笑正酣，吕不韦却突然望着窗外愣怔了。

蔡泽正在后园茅亭下抱着一只葫芦饮酒。他实在不堪烘烘燎炉在四面帐帏的厅堂酿出的那种暖热，独自伫立山顶茅亭，冰雪在咫尺之外，凛冽的风夹着冰冷的雪粒打在脸上，还是燥热得一脸汗水，瞀乱得不知所以。

"禀报纲成君：新任丞相吕不韦求见。"

"谁？你说是谁？"

"新任丞相吕不韦。"

"不见！"蔡泽猛然大嚷，"甚个丞相！奸商！"

"不见我，我如何领骂？"山腰小径一阵笑声，一身麻布绵袍的吕不韦双手抱着一只木箱喘吁吁走了上来，老仆连忙过来接手，吕不韦臂膊一推，"别来，有人在气头，当心挨罚。"说着径自将木箱放到茅亭下的大石案上长嘘了一声，"就风下酒，纲成君功夫见长也。"蔡泽板着脸冷冰冰一句："自是没有你那般功夫。"吕不韦也不理睬，只将木箱打开，搬出了一只亮闪闪的铜匣，再搬出了一只红幽幽的酒桶，慨然一笑道："秦人谚云，有理不打上门客。纲成君要骂我便听，只是左右得饮了这桶酒也！"蔡泽没好气道："一桶酒算甚？喝便喝。怕你吕不韦不成！家老摆酒。"吕不韦哈哈大笑，看着老仆将酒肉铺排停当，举起一只大陶碗看也不看蔡泽先咕咚咚饮干，搁下碗喟然一叹："老哥哥心里憋气，就痛痛快快骂一顿何妨？这丞相，吕不韦看得鸟淡！"

良久默然，蔡泽突然呷呷厉声："吕不韦！老夫有无治国之才？"

"计然大才，举世公认。"吕不韦淡淡一笑。

"老夫谋国可有失当？"

破家立国家之主，至今日终有所成。吕不韦因功而为右丞相。吕不韦为相，其实是理所当然，若无他"奇货可居"之眼光，异人还不知身在何处。小说为此大费周章，设置许多小意外、小障碍，实为表现王室权力之争的复杂性。

"所谋皆当,谋无不中。"

"老夫有无荒疏怠惰?"

"孜孜勤政,躬操国事。"

"着啊!"蔡泽猛拍石案慷慨愤激,"为何你能做丞相,老夫不能? 蒙骜与老夫故交,为何死力举荐于你? 连驷车庶长老嬴贲一班老匹夫也跟着鼓噪! 你敢说不是周旋买通? 老夫何错,遭你等如此作践!"

"老哥哥当真大才,骂辞也是耸人听闻也。"

"笑甚! 有理只说!"

吕不韦肃然拱手:"纲成君学究天人,不韦一事请教。"

"嘿嘿,不敢当!"蔡泽一双通红的眼睛亮闪闪盯住了吕不韦。

"计然派鼻祖范蠡,与文仲相比,何者更有才气?"

"自是陶朱公范蠡更有才气!"蔡泽不假思索,其势不容辩驳。

"然则,何以文仲做了丞相,范蠡却终是谋臣之职? 勾践用人不当么?"

"错也!"蔡泽素来争强好胜,虽是负气不及深思,依旧是昂昂不容辩驳,"足下莫要忘记:陶朱公范蠡原无久政之心,明智全身,与丞相之才无甚干系!"

"如此说来,范蠡若有久政之心,则可代文仲为相了?"

"范蠡之志,不在丞相!"蔡泽辞势已见滞涩。

"其志若在丞相,又当如何?"吕不韦却是盯住不放。

蔡泽没好气道:"有话便说! 老夫无得闲心!"

"纲成君有容人之量,不韦直言不讳了。"吕不韦脸上挂着笑容,语气却是端严坦诚,"范蠡文仲者,两式不同大才也。唯其如此,两人既不能相互替代,亦不能相互换位。范蠡之才在谋划,文仲之才在任事。谋划与任事,乃大有区别之两式才能也。谋划之才贵在奇变,料人之不能料,测人之未可测,慧眼卓识而叛逆常规,方得有奇略长策。任事之才则贵在平实,不弃琐细,不厌繁剧,不羡奇诡,不越常理,方能圆通处事,化解纠葛,使上下同心而成事。如此区别,纲成君以为然否?"

"聒噪! 老夫只吃酒!"蔡泽猛然大饮了一碗。

"好! 老哥哥只管干!"吕不韦慨然拍案,"设使那般才华高扬、特立独行、胸罗天地玄机之谋划策士,都去做丞相郡守抑或司职大臣,日理万机而不能神游八荒,琐事扰心而不能催生光华，犖犖大才却做了碌碌之吏，毁人也？成人也？此所以苏秦张仪各任丞相而后有败笔，范蠡孙膑从未任相而光彩烁烁之理也。同理，设使那般任事之才去做谋划策士，以惯常事理揣摩天下，世间岂有奇变谋略哉！若文仲做范蠡，必是捉襟见肘事倍功半也。此所以越王勾践以文仲为相，以范蠡为谋之理也。若说范蠡没有治国之才，计然七策堪称经典！若说范蠡有治国之才，却从未涉足理民治国之事务。譬如纲成君者，任相年余被昭襄王迁相封君，从此始终未能独领开府丞相，其间因由，果是昭襄王、孝文王不善任人乎？纵然两王不善任人，一班老臣也颟顸得无视君之大才么？果真如此，纲成君始终高爵封君而未得贬黜，岂非咄咄怪事也！"

"照你说，老夫倒成混眼狗子也！"

"话虽丑，却也是老哥哥一面镜子。"吕不韦大笑，又是喟然一叹，"纲成君自感步步维艰，老兄弟看来，根由却在不知己。知己若非难事，兵法何以将'知己知彼'并列之？上君下臣以至国人，都将纲成君做谋略之士期之待之，唯其如此，君之偏颇，君之瑕疵，君之不耐琐细，人皆谅之也。然老哥哥却偏偏将自己作丞相之才，便有愤懑，便有偏行，便有奔走，以致几乎失节……"

默然良久，蔡泽长长一叹："事已至此，老夫何言也！"转而呷呷一笑，"你甚都知道，却来聒噪，等不得老夫自己离开秦国么？"

"纲成君差矣！"吕不韦慨然拱手，"不韦知老哥哥定有离秦之心，故而专来挽留，企盼你我精诚携手，互为补正，同理秦政，共图大业！"

"老夫还能做事？"

"能做事！"

解开蔡泽心结，化戾气为和谐。

657

"引咎不去，老夫岂非厚颜？"

"过而能改，善莫大焉！"

"好！"蔡泽一拍石案呷呷大笑，"与老兄弟共事痛快，老夫原也舍不得离开秦国也！"

五　冰河解冻　新政抻着劲儿悠悠然推开

隆冬时节，正阳道中段的丞相府静悄悄开府了。

依新秦王嬴异人与蒙骜等一班老臣之意，丞相开府当行大典，等到孟春月与启耕大典一起举行方显新朝新政之隆重。吕不韦却不以为然，特意上书新君，一力主张"不彰虚势，唯务实事，三冬之月绸缪，孟春之月施政"。嬴异人思忖一番，一班老臣感慨一番，也都赞同了。依照月令，三冬之月是十一月、十二月与一月，十一月为孟冬，十二月为仲冬，一月为季冬，是为三冬。这三冬之月正值大雪岁寒，向为窝冬闭藏之期，朝不行大政，野不举大事，在吕不韦看来，却正是扎实绸缪的好时光。

从岁首中旬开始着手，两个多月中，吕不韦细心地做了两件事：一是逐一查勘了蔡泽留下的属官班底，除了保留两个为人端方又确有才干的大吏，其余全部迁为郡县吏员，不愿赴郡县的楚燕吏员，赐金许还故国。吕不韦特意告知了蔡泽，说此等未经政事的贵胄子弟不宜做实务大吏，该当从郡县吏开始磨炼才是正途，留在相府实则是害了他等。蔡泽大是感激，连说吕不韦将这个烂摊子收拾得太宽厚了，当心引来无端攻讦。吕不韦却只笑笑了事。第二件，吕不韦亲率一班新任大吏清理了典籍库全部政务卷册，理出了自秦惠王以来八十余年悬而未决的遗留事项近千件，其中六百余件竟是各郡县报来的"冤民"请予昭雪的讼书。所有这些遗留待决事项，绝大部分都发生在秦昭襄王的五十余年，尤以宣太后摄政魏冄领国"四贵"显赫的昭襄王前期为多。更有甚者，各级官署的法令原件与副本竟然查出了一百三十多起文字错讹，吕不韦不禁大为惊讶。

及至开春，吕不韦对新政方略已经胸有成算了。

季冬将罢，地气渐暖，吕不韦的一卷上书展开在了嬴异人案头——

臣吕不韦顿首：我王新朝，实施新政当决绝为之。臣反复揣度，以为当持二十四字方略：先理沉疴，再图布新，不厌繁难，不弃琐细，唯求扎实，固我根基。三冬之月，臣领属吏彻查政务，积弊可谓触目惊心。朝野皆敬秦法，是故五代无修，百年无查，以致积重难返，无人敢言纠错修法。长此搁置，大堤溃于蚁穴，山陵崩于暗隙，虽有霸统之图亦徒然空言哉！唯其如此，臣欲先从细务入手：**力纠冤讼，特赦冤犯；明正法令，整肃法吏；昭雪诬词，修先王功臣；开放苑囿，褒厚亲戚，平宫室积怨。** 若得如此，新政可图也！诸事虽小，做之却难。盖秦法严峻，素无宽政，今开先河，我王须秉持恒心不为四面风动，方期有成。其间但有差错，臣愿一力担承，伏法谢罪以无使国乱也。

"备车。丞相府。"嬴异人一声吩咐，抬脚出了暖烘烘的东偏殿。

吕不韦要对秦法进行微调。

吕不韦正与一班新任大吏清点开列首期事项并逐一商讨，简册如山，有人翻查有人录写有人诵读有人争辩，平日倍显宽敞的政事堂热气腾腾哄哄嗡嗡显得狭小了许多。嬴异人独自进来，一时看不见吕不韦身影何在。满堂吏员各自忙碌，也无人觉察有人在门内巡睃。搜寻片刻，嬴异人终于发现，屋角一座简册山前吕不韦正与几个吏员各拿一卷边看边议论，还时不时用大袖沾拭着两鬓的汗水。

这蓦然之间，嬴异人真切地看见了吕不韦两鬓的斑斑白发，两眼不禁骤然潮湿了。从心底说，嬴异人感激吕不韦，但也同样从心底里嫉妒这个永远都是满面春风永远都是一团生气的商人：他既沉稳练达又年轻得永远教人说不准年龄，他活得太洒脱了，想甚有甚，做甚成甚，天下好事都教他占尽了。因了这种嫉妒，嬴异人"抢夺"了他的心上女子才丝毫没感到歉疚,河西要塞看到吕不韦骤然疯心衰老也没有真正地悲伤。是也,唯其如此,上天才是公平的。然而,今日的嬴异人看见吕不韦的斑斑两鬓时,内心却莫名其妙地酸楚了震撼了……

嬴异人默默地走了,一句话也没说。

当晚二更,老长史桓砾到了丞相府,捧出了一卷秦王特书。那是一幅三尺见方的玉白蜀锦,上面八个拳头大的血字——唯君新政,我心如山!吕不韦良久默然,泪水夺眶而出。不想老桓砾一招手,门厅外老内侍又捧来了一口铜锈斑驳的青铜短剑。老桓砾慨然一叹:"此乃穆公镇秦剑也!百年以来,唯商君与公领之为政。公当大任,秦王举国托之,朝野拭目待之,公自珍重矣!"吕不韦肃然拜剑,眼中却没了泪水,及至桓砾走了,尚凝神伫立在空荡荡的厅堂。

二月开春,在红火隆重的启耕大典中,吕不韦的新政静悄悄地启动了。

新政第一步,从最没有争议的纠法开始。

纠法者,纠正法令文本之错讹也。要清楚纠法之重要,先得说说先秦法令颁布、传播的形式演变。远古夏商周之法令,只保存于官府,不对庶民公开法令内容。从保存形式说,无论是王室还是诸侯以及下辖官署,法典都与其他卷册一起保存,没有专门的官吏与专门的府库保存。其时,社会尚在很大程度上依赖传统习俗道德来规范,法令很少,条文也极其简单,官吏容易记忆容易保存;见诸纠纷诉讼或奖赏惩罚,官吏说法令如何便是如何,庶民根本无从知之。如此状况,官吏是否贤明公正,便对执法具有至关重要的意义。从实际上说,官吏完全决定着法令的内容与执法的结果。此所谓"人治"也。远古民众之所以极其推崇王道圣贤,深层原

嬴异人悲凄之心重,难长寿。

因便在于这种人治现实。

春秋之世，庶民涌动风习大变，民求知法成为新潮。一些力图顺天应人的诸侯国便开始了向民众公布法律的尝试。公元前536年，依当时纪年是周景王九年，郑国"执政"（大体相当于后来的丞相）子产首开先河，将郑国法令编成《刑书》，铸刻在大鼎之上，立于都城广场，以为郑国"常法"。其时天下呼之为"铸刑书"。其后三十余年，郑国又出了一个赫赫大名的掌法大夫，叫作邓析。此人与时俱进，对子产公布的法律作了若干修改，刻成大量简册在郑国发放，气势虽不如堂皇大鼎，实效无疑却是快捷了许多。其时天下呼之为"竹刑"。紧接着，最大的诸侯晋国的执政大臣赵鞅，将晋国掌法大夫范宣子整理的《刑书》，全文铸在了一口远远大于郑国刑鼎的大鼎上，立于广场公之于世，天下呼为"铸刑鼎"，是春秋之世公布法令的最大事件。

进入战国，在法家大力倡导与实践之下，公布法律已经成为天下共识。魏国变法作为战国变法的第一高潮，非但李悝的《法经》刻简传世，魏国新法更是被国府着意广为传播，以吸引民众迁徙入魏。其后接踵而起的各国变法，无一不是以"明法"为第一要务，法令非但公然颁布，而且要竭尽所能地使民知法，从而保障新法畅行。也就是说，战国之世不断涌现的变法浪潮，事实上正逐渐摆脱久远的人治传统，逐渐地靠近法治国家。

虽则如此，然由于传播手段、路径阻塞等等诸般限制，要确保法令在辗转传抄流播之后仍能一如原文，实在是一件难而又难的事情。就实说，法令在民间传播中出现讹误并不打紧，毕竟，民众对法令既无解释权又无执行权。这里的要害是，官府的法令文本若出现错讹，无论是官吏不意出错、疏忽忘记还是有意曲解，对民以错纠错，以讹传讹，难保不生出种种弊端，导致执法混乱，法令之效必然大打折扣。正因了这种事实上很难避免的弊端，各国变法中的"明法"成为最繁难琐细的政务。见诸变法实践，各国变法为精准法令想出的办法很多，但都没有制度化，时间一长，好办法也变得漏洞百出形同虚设。譬如，当时几个大国都沿袭了古老的"谤木"之法以为明法手段：在大道两边每隔一二里竖立一根平面刨光的大木，路人若有法令疑难，或遭恶吏错告法令，都可在大木上或刻或写地作质询作举发，此谓古老的"诽谤"制；吏员定期抄录谤木上的诽谤文字，供官府逐一处置。然则，谤木过于依赖官吏的公正贤明，又无制度法令具体规定其操作细则，加之战事频仍耕耘苦累庶民识字者极少等等原因，谤木实际上成了流弊百出而仅仅显示官府明法的象征性物事而已。传之后世，这种谤木越立越高，越立越堂皇，以致成

了玉石雕琢的"华表",历史之万花筒当真令人啼笑皆非。

只有秦国变法,只有商鞅,彻底地解决了这一难题。

商鞅以细致缜密的制度,着重解决了明法过程中的三个关键环节的难题:其一,确保法令源头文本之精准,足以永为校准之范本;其二,各级官署设置专职法官与法吏,并得修建专门藏室,保管核定校准后的法令文本;其三,严厉制裁导致法令文本错讹的法官法吏。这些制度被商鞅的忠实追随者以"商君之文"的名义记载在《商君书》中,堪称中国古代唯一的"法令文本法"。

且让我们来欣赏一番这两千多年前的令人惊叹的法令文本制度①。

其一,设置法官与法吏。中央设三法官三法吏:王室一法官一法吏,丞相府一法官一法吏,国正监②府一法官一法吏;郡署一法官一法吏,县署一法官一法吏。各级法官法吏只听命于王室法官一人,而不受所在官署之管辖,完全是后世说的"垂直领导"。法官法吏有三大职责:保管法令、核对法令、向行政官吏与民众告知并解释法令。

其二,设置专门保存法令文本的"禁室"。无论是王城禁室,还是中央官署与郡县官署的禁室,都由该官署之法官管辖,其他任何官吏不得干预;禁室必须安装秘密机关式的"铤钥",放入法令的箱匣必须贴上盖有王室或官署印鉴的封条;除了制度规定的例行校核,或大臣奉王命查对法律,任何时候任何人不得私入私开。

其三,每年一次法令校准。每年立秋,各级法官开启禁室,校准该辖区所有官署的法令抄件;各级法官禁室的法令副本,也要与王室法官禁室保存的法令正本校准一次。

其四,明确无误的文本查询制度。法官法吏须每日当值,接受行政官吏或庶民对法令文本的查询。无论是行政官吏对自己的法令抄件发生疑问,还是庶民百姓或涉法或因事需要查证法令的准确条文,法官法吏均应如实回答。每件查询均有严格备案:查询人须先行领取一支一尺六寸长的"法符"(木片或竹片,中线有预先刻好的花纹或记号,从中剖开,左片为左券,右片为右券),而后提出查询法令之名目,法官或法吏当场作答;旁边书吏将年月日时、所查法令名目以及法官之回答,同时写在法符之左右两券;经双方认可,将法符剖开,查询者执左券以为凭据,法官执右券以为凭据;法官右券必须专门

---

① 制度,语出《商君书·壹言》:"凡将立国,制度不可不察也。"

② 法官,秦国特殊官职,词出《商君书·定分》,并非后世新创。国正监,战国秦国的监察机构,其官员称为御史。后来的帝国时期将御史升格为御史大夫,爵同丞相。

装匣,用官印封存,即使身死之后,国府仍以符券之准确与否考核法官功过。

其五,法令文本但有错讹,对责任法官严厉治罪。处罚方式如下:

法官擅入禁室启封,对法令文本"损益一字以上,罪死不赦"!

法官当精熟法令,若忘记法令条文而影响执法,则以其所忘记的条文处罚该法官。

吏民查询法令,若法官法吏不肯告知,导致吏民因不知法而犯罪,则以吏民所查询之法令条文治法官之罪。

对于以上制度,商鞅明确陈述了立法理由:"法令者,民之命也,为治之本也,所以备民也……故圣人为法,必使之明白易知。置法官法吏以为天下师,令万民勿陷于险危。故圣人立,天下而无刑死者,非不刑杀也!行法令,明白易知,置法官法吏以导民知,万民皆知所避就,故能自治也。"这里的轴心是,一切制度都是为了使民众知法。法官法吏的最大职责,是将法令明白准确地告知民众。

令吕不韦惊讶的是,彻查官文简册,在商鞅领政变法的二十余年中没有查出一件遗留未决的政事,更没有一件讼案呼冤书。足见商君之世,秦国新法实在是得到了雷厉风行的彻底推行,法令文本之精准,也如同巍然矗立国府的度量衡校准器一般准确无误。

再赞商鞅变法。

然则,制度如此缜密,处罚如此严厉,商鞅之后近百年过去,秦国的法令文本还是渐渐地有了错讹,至今累积一百三十余处,实在令人不可思议。

作为新政第一刀的纠法,吕不韦的实务操持是三大步:第一步,全面校准秦国法令文本;第二步,依法制裁玩忽职守的法官法吏;第三步,整肃法官法吏,处罚有罪、裁汰昏聩、补充缺任,重建上下统属有效的法官法吏制度。吕不韦久经大商经营磨炼,对于纷繁芜杂的多头事务历来处置有方,纠法一事虽涉及整个秦国,却部署得井然有序。

吕不韦第一次以镇秦剑的威权,任命老国正监为纠法特使,配属三十六名精通法令的精干吏员与三百铁甲骑士护卫执法;从王室法官的法令文本开始校准,限期一年,了结整个秦国的纠法。其时秦国已经是天下最大的战国,国土已经达到了五个"方千里"①,以今日公制计,便是一百二十五万平方公里。也就是说,战国后期的秦国,国土面积已经大体是今日中国的六分之一强。如此辽阔的国土,若不借重各方协力而事必躬亲,新政要推开一事无成。吕不韦深知其理,只亲自参与监督了对京师三大法官(王室法官、丞相府法官、国正监府法官)所辖禁室的法令文本的校准,立即抽身出来部署他事。

正刑法,服人心。

纠法特使的车马方离咸阳,吕不韦着手实施另一大政——纠冤赦犯。

这是真正震撼秦人的新政要害。消息传出,朝野心弦立即绷紧,了无声息之中,人人惴惴不安。其所以如此,在于这一新政将直接触及秦国新法的根基——有刑无赦。

商鞅变法的基本主张之一是:"不宥过,不赦刑,故奸无起。"②不宥过,是不宽恕过失,有过必罚。不赦刑,是不赦免刑罚,罪犯永远都是罪犯。也就是说,一个人要犯罪,其最低代价也是永生的罪犯身份,即或应得处罚已经承受,服刑已经期满,罪犯之身份依旧不变;正在承受的刑罚决不会更改,

---

① 见《商君书·徕民》:"今秦之地,方千里者五。"高亨考证,此篇为商鞅之后托名之作,所述之事已是战国后期。五个方千里,一百二十五万平方公里,大体相当于当时中国的三分之一至四分之一。

② 见《商君书·定分》。

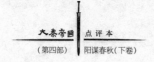
犯人决不会赦免，已经受过的处罚也不会纠正。这是商鞅重刑主张的立足点之一，也素来是秦国执法的基本制度，行之百年，早已经深入人心。吕不韦要纠冤赦犯，却是谈何容易。

举朝大臣之中，最感不安的是铁面老廷尉。

吕不韦专程登门时，廷尉府的书房没有点灯，也没有熏香，黑乎乎的房中蚊蝇嗡嗡，一个苍老的身影动也不动地戳在大案前，朦胧月光之下一段枯木也似。吕不韦敲敲门框，苍老的枯木没有动静。吕不韦咳嗽两声，苍老的枯木还是没有动静。

"沧海跋涉三十年，些许风浪畏惧若此乎？"吕不韦不乏激励。

"风浪无所惧，所惧者，大河改道也。"苍老的枯木淡淡一叹。

"水势使然，当改则改，何惧之有？"

"人固无惧，水工孰能无惧？"

"禹有公心，虽导百川而无惧，公何惧焉？"

"禹导百川，世无成法，是故无惧也。先人修河成道，人不觉淤塞，唯一水工执意疏浚，不亦难哉？"

"如此水工，不堪水工也！"

"愿公教我。"

"庶民各工，官吏各职。河之淤塞，唯水工察之也。国求疏浚，唯水工职司也。公所谓'人'者，庶民官吏之庸常议论也。以此等议论乱己，辄生畏惧之心，犹工匠造车而听渔人之说，不亦滑稽哉？"

"老夫办案，老夫纠冤，不亦滑稽哉？"苍老的枯木终于不耐烦了。

"公之顾虑在此，早说也！"吕不韦一阵大笑。

"你只说出个办法来，老夫便做你这纠法特使，否则不敢受命。"

"老廷尉多虑也。"吕不韦正色道，"若在山东六国，此事委实难上加难。然则这是秦国，此事可无根本阻碍。其中根本，只在如何操持而已。"

"丞相差矣！"老廷尉慨然拍案，"恰恰相反，六国法统根基浅，纠冤无可非议。秦国纠冤赦犯，则是背离法统，无异于铤而走险。"

"老廷尉只知其一，不知其二也。"吕不韦爽朗一笑，"六国法统固浅，然王室特权官场腐败却秉承甚远。六国执法，素来对王族贵胄网开一面，冤讼者十之八九都是庶民。若大平冤狱,则必然导致贵胄封地之刑徒苦役流失,王室官吏第一个便要阻挠,孰能说无可非议?秦国则不然,王族犯法与庶民同罪,冤讼者有贵有贱。吕不韦曾仔细分计:秦国冤案,王族三成,官吏三成,庶民四成。其中因由,在秦法治吏极严,说治官严于治民,实在并不为过。譬如举国法官二百三十余人,历年因法令文本错讹而治罪者六十余起,错案至少在五六起之多。再譬如秦国王族不袭世禄,一律从军从吏凭功劳晋爵,违法者在所难免。百年以来,秦国处罚王族子弟违法案两百余起,错案至少在十起以上。如此等等,老廷尉自可揣摩:秦国纠冤赦犯,阻力究竟何在?王族么?官吏么?百姓么?以攻讦者之说,吕不韦在朝会公然非议秦法,主张宽政济秦,朝野虽则沸沸扬扬,却无一人力主治吕不韦之罪。因由何在?人同此心,心同此理,心底里都在期盼平冤赦犯也。"

良久默然,老廷尉喟然一叹:"吕公明于事理,老夫何说矣!"

"多谢老廷尉受命。"吕不韦肃然一躬,"我见:请出老骖车庶长、阳泉君芈宸、老上卿李冰、老太史令四人以为副使。老廷尉以为如何?"

"吕公用心良苦也!"老廷尉终于笑了,"王族、外戚、方面大吏、在朝清要,全是涉冤大户了。然则,此四人爵位个个在上,若生歧见,老夫该当何处?"

"以事权而论,本当由老廷尉立决。"吕不韦思忖道,"然第一次平冤,当分外慎重。五人有歧见之案一律搁置,最后由朝会公议,秦王决断。"

"如此老夫无忧也!"老廷尉拍案而起,"明日老夫会同四使。"

吕不韦出了廷尉府已是三更,车马一转,到了纲成君府邸。

蔡泽正在后山茅亭下优哉品茶,见吕不韦匆匆上山,不禁大笑:"明月洒径,疾步趔趄,岂非大煞风景也。"

吕不韦道:"你有风景,我却没得风景。"

蔡泽揶揄道:"权高位显奔波多,不亦乐乎!"

吕不韦没好气笑道:"莫风凉太早,偏要你也不亦乐乎!""老夫高枕无忧,自是不亦乐乎。"蔡泽呷呷笑着,"如何,与老夫对杀三局?""没工夫。"吕不韦端起蔡泽面前专供凉茶的大陶碗咕咚咚一口饮干喘息了一声,"纲成君,这件大事只有你来做了。""甚甚甚?我做大事?"蔡泽夸张地大笑,"又有谁个要行大葬了?老夫专擅葬礼也!"吕不韦也大笑了一阵,末了敛去笑容一番说辞,蔡泽愣怔着不说话了。

吕不韦要蔡泽出面的这件大事,是新政之三——明修功臣,褒厚骨肉。

这宗看似只会招人喜欢的善事,做起来却极难把握分寸,结局也往往是难以预料。所谓明修功臣,是对先代遭受不公处罚的功臣重新彰显褒扬。所谓褒厚骨肉,是对王族外戚的遗留积怨做出妥当的抚慰与安置。就内容而言,这两件事实际上是清理最高层的错案疑案,以重新凝聚王族与权臣后裔部族。蔡泽入秦已久且长期预闻机密,加之计然学派历来的自保权谋,非常留心历代国君权臣相处的微妙方略与种种令人感慨的结局,对秦国上层纠葛积怨与种种争议大案了然于胸。最是耿直秉笔的老太史令见了蔡泽也退避三舍,私下则说:"纲成君多有掌故秘闻,终为野史,不足与其道也。"然则,吕不韦力主蔡泽担此重任,除了认同蔡泽的博学强记熟悉国史,更为看重的却是蔡泽的两大长处:极其特殊的秉性,极其特异的才能。

蔡泽秉性的底色特质,是计然派的明哲保身,以在权力官场全身而终为最高境界。唯其如此,做事做人求"执中",以为"过犹不及";见诸权力纷争,蔡泽历来主张"不可不争,不可过争,当止且止"。正因了如此,秦国朝堂多见蔡泽公然争权,更多见蔡泽不期然莫名其妙地偃旗息鼓。若遇同僚纷争,只要蔡泽不是事中人而又恰在当场,蔡泽总会将两造处置得各各满意。自秦昭王晚年开始,凡遇蹊跷繁难之大事,几乎无一次不是蔡泽做王命专使排解,且处置结局大体上从来都是皆大欢喜。两王连葬,蔡泽连续做主葬大臣,诸多难题一一化解,更是有口皆碑。所以能够如此,根基在秉性,办法却在于才华。蔡泽才情在于机变多谋,尤其在事关学问礼仪传统世情疑难诸多事体时,蔡泽每每出奇制胜,每每令人拍案惊奇。

《史记·秦本纪》:"庄襄王元年,大赦罪人,修先王功臣,施德厚骨肉而布惠于民。"两代君主虽享位时间短,但总体的施政策略是倾向于柔和,血腥味不浓,政风大异于后来的嬴政时期。

"纲成君,拜托也。"吕不韦肃然一个长躬。

"吕不韦,撂荒百年,你以为这块地好犁么?"

"若是好耕,岂敢请出精铁犁头?"

"好!算你说得老夫高兴!说,期限几多?"

"事大无期。纲成君自定。"

"既是新政,何能无期?一年,如何?"

"谢过纲成君!"

"别忙!老夫尚有三问。"

"不韦有问必答。"

"其一,老夫案权多大?是否得事事禀你?"

"纲成君为王命专使,每案报秦王书准即可。丞相府只解事务之难,不涉案权。"

"其二,查案上限何在?"

"上溯孝公之期,下迄今日秦王。"

"其三,老夫可有选吏之权?"

"一应属吏任君自选,报王室与国正监府备查便可。"

"嘿嘿,如此说来,你这丞相撒手不管么?"

"若得纲成君屈尊商讨,吕不韦即时奉陪。"

"不告不理。有分寸。痛快!老夫做他一回天案大法官也。"蔡泽呷呷大笑。

河冰消融,吕不韦主持的新政渐渐在广袤的秦国推开。随着一队队特使车马辚辚驶向郡县山乡,宽政理秦终于被朝野渐渐认同,无端非议渐渐消失,莫名戒惧淡淡化出。一宗宗冤狱不断纠平,一个个冤犯陆续还乡,一桩桩积案疑案迭次解决,虽然没有大变法那般轰轰烈烈,朝野国人却实实在在感到了春风化雨般的滋润,对新君新政新丞相也不期然生出了由衷的钦敬。

新政要施恩,才能得人心。如大开杀戒,则会尽失人心。

新政伊始，吕不韦立即开始了另一步大棋——整肃秦国涉军政务。

一番长谈，蒙骜对吕不韦的军政整肃方略大为惊讶。惊讶根由在于这个方略太过宏大，太过细致，以至于蒙骜无法想象其施行后果。秦国军政（涉军政务）历来是国尉府专司，一应招募兵员、要塞修建、兵器打造、衣甲筹划、粮饷辎重统统归国尉府。上将军府只管统兵出战。由于涉军政务事实上是一种特殊政务，所以国尉府历来受丞相府与上将军府双重管辖。由于战国大战多发，事实上却形成了一种不成文的传统：上将军府实际管辖国尉府，丞相府只是按照经上将军府核准的国尉府的"上书"，尽力完成其请求而已。孝公之后，秦国历代上将军都是天下名将，其中白起与司马错更是彪炳史册。如此一来，经常紧随大军的国尉在事实上成了强势上将军的属官，又更加巩固了这一传统。蒙骜虽不如白起司马错那般威赫强势，毕竟也是三朝名将，对国尉府自然也从来没有放手过。更为特殊的是，目下的老国尉司马梗是名将司马错的孙子，非但资望深重，更是蒙骜的笃厚至交，国尉府的事蒙骜纵是不闻不问，两厢也默契得天衣无缝。如此情势，吕不韦的这卷大方略却未曾与老国尉商议便端到了自己面前，不管如何佩服赞赏支持吕不韦，蒙骜都生出了一种无法掩饰的不快。

吕不韦提出的方略是：三年之期，全部重建军政制度，大要为十项：

其一，兵员招募制度化，一年一征，数量根据郡县人口以法令明确之。

其二，要塞城防之兴建修葺，施工归于郡县，将相只合署确定地址规格。

其三，兵器打造统一部件尺寸，使战场兵器之部件可相互置换。

其四，甲胄制作之方式多样化，许民间能工巧匠制作甲胄以支徭役。

其五，军马以买马为主，养马为辅。关中禁开马场，确保秦国腹地农耕。

其六，选择关外稳定郡县兴建外郡仓，便利大战就近取粮。

其七，遣散辎重营常备车马，车马施行征发制，不打仗则车马回归民间耕耘。

其八，所有军辎器物，均可同时向商旅订货，以补国尉作坊之不足。

其九，军功爵之赏赐、烈士遗属之抚慰，一律交郡县官署施行，国尉府只照册查勘。

其十，都城之高爵将军府邸视同官署，一律交咸阳内史府按官产管辖。

密密麻麻写满三大张羊皮纸，每条下各有施行细则，看得蒙骜紧锁眉头良久沉吟终是憋不住愤愤然："相国如此谋划，直是天地翻覆也！莫说三年，只怕十年也整顺不了，反倒误了大事。"吕不韦不禁笑道："上将军久居战阵，只怕对政务有所生疏也。在不韦

看来,此事比料理一家大商社繁难不了几多,只要得一班精干官吏,三年必定大成。""甚甚甚? 你好大口气也!"蒙骜冷冷一笑,"你只说,老国尉赞同没有?"吕不韦摇摇头:"我先来与老将军商榷。"蒙骜没好气道:"却是为何? 老夫好糊弄么?"吕不韦坦诚笑道:"国尉年高体弱,心力不济,先看必有畏难之心,僵持反为不美。先与老将军计议,是想先讨老将军一句实话:如此制度但得实施有成,于秦国大军究竟有利有害?"

"你倒是用心也。"蒙骜脸色稍缓,"然只怕施行不了。"

"那就是说,但能施行,便于秦军有利?"

默然片刻,蒙骜终于明白点头:"平心而论,该当如此。"

"既然如此,老将军只管放心,三年后保你兵精粮足!"

"莫急莫急! 谁来操持此事?"

"国尉府操持。吕不韦一力督察。"

"相国不是说老国尉心力不济么?"

吕不韦稍一沉吟道:"上将军以为老国尉不当高爵致仕了么?"

"你,你要罢黜老司马!"

"并非罢黜,是致仕资政,只不担实务而已。"

"司马梗是老矣!"蒙骜喟然一叹,"但为国事计,老国尉决无怨言,只老夫不忍罢了。但能使老司马入军赞划,此老心愿足矣!"

"上将军何有此说?"

"司马梗名将之后,酷好兵事,一世想做将军而不得,不亦悲乎!"

"记住了。"吕不韦重重点头,"我定然设法,圆老国尉之梦。"

"相国当真仁政也!"蒙骜不禁哈哈大笑,"功臣之梦尚且不忘,况我大军乎!"笑声戛然而止,恍然拍案,"你还没说,谁来做国尉? 此人不称,老国尉不退!"

"蒙武。"吕不韦淡淡一笑。

"……"蒙骜顿时愕然。

吕不韦大笑一阵,起身一躬悠然去了,蒙骜却兀自愣怔着。

旬日之后,蒙武正式就任国尉。揣摩一番吕不韦的整肃方略,蒙武倍感事体重大,立即全副身心忙碌起来。与山东六国相比,秦国的涉军政务应当说是实用有效的,且行之百年已成传统,朝野并未有不变不足以应对大战的紧迫。然与吕不韦提出的方略一比，立即觉出了原有法度的缺陷。譬如兵员，秦国历来是在三种情势下征兵：一则是大战之前，一则是大军减员十万以上，一则是大败丧师之后朝野汹汹复仇之时。如此征兵，因了兵员入营训练的时间较长，不能立即与战阵之师融为一体。为了最迅速地形成战力，有征战传统的老秦部族往往是成年男子全体入军，而偏远山乡的渔猎游牧族群则往往一卒不征。时间一长，关中老秦本土的男丁人口便始终紧缺，形成"田无精壮，家皆老幼，市多妇人，工多弱冠"的腹心虚空。若以吕不韦之法，年年依人口多寡由郡县定制征兵，非但成军人口①大为扩展从而源源不断补充大军，且每一次量不大，使新兵训练可充分利用无战时光从容进行。最大的好处，是使关中老秦部族的人口得以渐渐恢复，本土元气渐渐充盈。再譬如兵器打造，秦国历来是由官府作坊与军营作坊完成的，各种兵器的打造规格则完全以工师传统而定。骑士剑之长短轻重与用料总有种种差异。步卒之长矛盾牌亦各有别，同是木杆，木材遴选各异，长短粗细亦无统一尺度。尤其是大型兵器如弩机塞门刀车大型云梯等，部件虽则大体相同，然因其小小差异，根本不可能通用。其中弩机使用的箭镞箭杆消耗量最大，然打造箭镞的数十家作坊属铁工，制作箭杆的作坊属木工，打造也是各有尺寸，乍看差别不大，然装配为整箭用上弩机便往往不能配套连发。每逢大战，军营必要忙碌甄别仔细挑选，将配套的弩机长箭一一归置，否则会在危急时刻导致战败。以吕不韦之法，将所有兵器部件的规格尺寸及用料标准等等，一律以制度颁行所有作坊，且在兵器部件上镂刻主管官吏与工师姓名，但有尺寸不合，便可立即查处。如此统一尺寸材料的兵器部件制度若得施行，秦军的战力无疑将会有一个巨大的跨越。如此等等，蒙骜一班大将自然理会得清楚，他们所担心者，是此中繁难琐细太多，实在是难以归置得整齐。

蒙骜尤其没有想到的是，吕不韦选择了蒙武做国尉。

蒙武秉承乃父缜密之风，处事周严，为人端方，作为军中大将，胆略勇迈却是稍显不足，做前将军已经是稍显力软，要成大器名将显是差强人意。吕不韦独具慧眼，几次接触便觉蒙武理事之能长于战阵，通军而能理事，不亦国尉乎？更有微妙处在于，蒙武对各方皆宜：与秦王嬴异人有总角之交，与大军统帅及军中大将个个笃厚，与国尉府吏员

---

① 成军人口，中国古代特定用语，并非指军队数量，而是可以成军多少的人口基础。为使明白，此处使用了"成军人口"。史书多有某代某国可成军多少万之说，即指成军人口，也就是精壮男子的数量，并非等同于军队。

素来相熟，与吕不韦本人也很是相得。整肃军政多涉机密忌讳事，虽有法度可循，然若无上下左右各方深信不疑，便会生出诸多难以预料的周折。一个蒙武，便使这宗异乎寻常的繁难新政，变成了一片生机勃勃的活棋。

当年立秋时节，吕不韦的新政已经是初见成效了。纠法与平冤两事进展大体通畅，只有数十例疑难案要在朝会公议。令吕不韦大感意外的是，纲成君蔡泽竟在半年之中大体了结了最棘手的功臣王族案，与各方商议后上书秦王，竟是无人不满。其中最为朝野称道者，有六件事：

其一，重修商於郡之商君府，建商君祠，许民祭祀。

其二，昭雪武安君白起"抗命"之罪，建白起祠，行国祭。

其三，许甘茂遗族回归秦国，特许甘茂之孙甘罗入丞相府为属吏。

其四，王命正式尊奉华阳太后，不预国政，永享太后爵位。

其五，尊奉秦王生母夏姬为太后，改故太子府为太后宫，永为居所。

其六，阳泉君芈宸爵位如故，不拜实职，临机领事。

如此一来，吕不韦自觉紧绷绷的心大是舒缓。目下丞相府官署属吏已经整顺，处置寻常政务几乎不用吕不韦过问，唯一的大事是不时与蒙武商议整肃军政的诸般难题。这一日刚从国尉府回来，西门老总事颇为神秘地匆匆禀报，说国君特命相国与家老立即进宫，说是一饮老酒。吕不韦思忖道："不消说得，定然是邯郸赵酒也。"西门老总事惶惑道："老朽何许人也，如何进得王城？还是不去为好。"吕不韦笑道："王命见召，能不去么？只怕老总事要做一回特使了。"西门老总事恍然醒悟，连忙道："这却如何使得，此事只怕非丞相亲自出马莫属。"吕不韦一叹："老疾在心，难矣哉！进

吕不韦得蒙武，如虎添翼。秦国虽连丧两王，但将相阵营牢不可破，且后继有人。

由此，军政皆安。吕不韦并不只执着于法定，由其《吕氏春秋》可观，吕不韦心胸广阔，可容"杂"家，非李斯之辈所能比。

宫回来再说了。"

果然不出吕不韦所料，两人进宫礼数寒暄方罢，嬴异人
直截了当地说，他要在元年之期接回赵姬母子，想请西门家
老实际操持，征询吕不韦如何接法最好？至于接人本身可行
与否，嬴异人显然不想商议。吕不韦思忖片刻说，接人有两
法：其一通过邦交途径以国礼接之，其二以商旅之名隐秘接
之。以目下情势，若派特使恢复与赵国邦交，赵国很可能欣
然隆重送人回秦。嬴异人并无成算，只要吕不韦谋划接人回
来便是。吕不韦道："秦赵邦交已经断绝十余年。据臣所
知，赵国正在图谋与我复交。容臣谋划妥善之策，若能以王
后母子归秦为契机，与赵平息恩怨，对秦未尝不是好事也。"
嬴异人连连点头，心绪大是舒畅。

一番侃侃，倏忽已是三更。吕不韦正要告辞，蒙骜却风
风火火大步进来，一拱手黑着脸愤愤然道："禀报君上：斥候
密报，小东周联兵诸侯，图谋夺我关外两郡！老臣请兵二十
万，一举灭了这个老朽王室！"吕不韦心下一惊，摇摇手道：
"小东周奄奄一息，如此蠢动必有隐情。我等须议定对策，
不出兵则已，一旦出兵便要根除后患。"嬴异人霍然起身：
"走！立即去东偏殿商议！"

顺手清理。

五更时分，将相两车飞驶出宫，没进了淡淡的初霜薄雾
之中。

第十章　合纵回光

一　古老王朝的最后神迹

周王室几乎已经被天下遗忘了。

自从秦武王嬴荡进军洛阳举鼎暴亡,秦国吞并三川之地的图谋搁置了下来。其后五十余年七大战国鏖兵白热化:秦国先忙于安定朝局,再忙于反击六国合纵,接着北攻魏国河内南攻楚国江汉,接着又是争夺上党的长平大战,一刻也没有腾出手来;山东六国也是一边忙碌着合纵攻秦合纵抗秦,一边盟约变幻自家大战不休,一场持续六年的燕齐大战使东方最强的齐国一举衰落,堪堪崛起的燕国也重陷疲弱;至此,齐魏楚燕山东四强一蹶不振,独余赵国做了山东屏障。唯其如此,长平战后赵国危在旦夕,六国才鼓勇余力奋力合纵救赵,好容易在最后关头击败了秦军,天下才歇兵罢战疲惫地喘息起来。如此天翻地覆大鏖兵,堪堪卡在中原要道的

快了,快亡了。

白起杀降,让天下人义愤,秦攻邯郸而不得。

洛阳王城当真是心胆俱裂。洛阳城外的原野经常是连天蔽日的军营,官道经常是川流不息的兵马车队,站在城头清晰可见的滔滔大河经常是樯橹如林白帆如云。长平大战的三年中,河内河东两郡百余万庶民男女全部野营驻扎洛阳郊野,砌起土灶为大军烙饼煮肉,丛林般的炊烟在洛阳天空聚成了黑压压的热云。战马嘶鸣号角震天喊杀昼夜不绝,洛阳国人夜不能寐日不能作,欲逃无门欲哭无泪,犹如身处汪洋大海的一座孤岛,只有听任狂涛巨浪拍打冲击。虽则如此,洛阳王城却始终平安无事,无论鏖战各方胜负如何,都没有一国兵马试图攻取过洛阳。久而久之,洛阳周人终于想通了。洛阳王城虽早早成了没有骨头的一方肥肉,然毕竟有着天子名号,任你垂涎欲滴,若没有吞灭天下的实力便来夹这方肥肉,只能惹得一身腥臊引来群起而攻之。齐滑王田地何等野心勃勃,敢独吞宋国也不敢来取洛阳。魏国丢了河内河东数十城邑,照样不敢拿近在咫尺的洛阳王城来填补。秦国兵势汹汹,争夺上党时六十余万大军经年以洛阳郊野为大本营,要取洛阳易如反掌,可就是对洛阳王城礼敬有加。因由何在?还不是畏惧周天子名号?还不是怕未得实利招来无端是非?大国如此,小诸侯更奈我何?如此看去,洛阳王城虽如风眼孤灯,却是天命攸归国祚绵长。天不灭周,谁奈我何?

　　如此揣摩一番,洛阳王城的老国人心安理得了。

　　其时的周室早已经分成了一王两诸侯:天子周赧王居洛阳王城,大诸侯的封地在洛阳以西,领三十六城邑三万余国人,故其封号为西周公;小诸侯的封地在洛阳以东,领七城,故其封号为东周君。确信天命不当亡周,一王两诸侯心志陡起,各自打出振兴王室的旗号,重新翻开无数的陈年老账有滋有味地斗了起来——东周欲种稻,西周不放水;西周欲通商,东周卡关隘;天子要整军,两周不纳贡;两周要封号,天子书申饬;西周伐东周,东周连诸侯……争夺无果则权谋纵横,各连诸侯讨伐对方。一时间"三周"骤然热闹得小春秋也似,成为战国中期的一道奇异风景。

　　周赧王五十九年,秦昭王五十一年,公元前256年,终于出事了。

　　先一年,使山东六国闻风丧胆的白起被杀了。秦昭王为证明白起抗命有错,接连派出王陵、王龁、郑安平三支大军攻赵,结局却是接连铩羽。此时天下终于长长地出了一口气,秦国至少十年不会出关了。然而偏在此时,秦昭王断然派出王族大将嬴摎率十万大军第四次东出,攻取韩国的阳城、负黍两地。整个山东为之哗然,大呼老秦王疯了。

　　此时,独有客居邯郸的信陵君沉静异常,对平原君一语道破天机:"老秦王非庸常之君,岂能不识攻守之势也。秦军三败,不守反出,其图谋只在以攻为守,一则巩固函谷关外之残存地盘,再则明白昭示山东六国:即使秦国接连三败,仍有强大反击之力,震慑六国勿生进逼之心,争取秦国喘息之机也。"平原君问何以应对,信陵君答:"六国虽胜,实则力竭,比秦国更需休养生息。除非秦军大举灭国,山东只能背水一战救亡图存!若是一城数城之争,静观其变为上策。""然也!"平原君恍然一笑,"十万大军夺两城,老秦王分明是张势为主,且任他去。"

如此一来,山东五大战国对秦军攻韩作了壁上观。

不可思议的是,洛阳周室却突然跳了出来!

秦军东出。他国壁上观。韩国大为惊慌,深恐秦国一鼓灭韩。新郑君臣一番密谋,议出了一条"肥周退秦"的奇计。韩桓惠王派出特使,兼程赶赴洛阳。

列位看官留意,战国之世铁马相争大战连绵存亡危机迫在眉睫,大国小国全力应对各出绝活。经年累月地面对生死存亡,多有庸君庸臣被折腾得麻木迟钝又手忙脚乱,生出了许多令人啼笑皆非的"政治乌龙"事件,传之青史,每每成为后人无法理解的一种战国式幽默。咀嚼之下,既令人扼腕,又令人捧腹。其中,韩国的"政治乌龙"事件最为赫赫有名。其谋划之奇异,操持之隆重,发作之频繁,后果之惊人,整个战国时代无一国能望其项背。每发"乌龙"之谋,必令天下匪夷所思,必激起天下至大波澜,此乃韩国也。

第一大"乌龙":公元前262年,主动将天下垂涎的最大最险的兵家必争之地——上党,献给赵国。韩国君臣自诩为"移祸大邦,脱我存亡之危也"。结局却是:引发秦赵长平大战三年,韩国身不由己地卷入其中,非但全部丢了上党、野王等大河北岸的要塞险地,且连大河南岸的水陆要道也被秦国全部占领。

文武之孙,振臂高呼,名正言顺。

第二大"乌龙"：便是目下这次"肥周退秦"计。结局是：非但导致八百余年的周王朝正式灭亡，自己也一举丧师十二万，从此疲弱得不堪一击，只有对秦国俯首称臣。

第三次大"乌龙"最是经典，却是若干年后的"疲秦计"。韩国派出了天下最有才华的治水大家郑国入秦，为秦国筹划并主持兴建大型水利工程，图谋大耗秦国资财民力，使其不能征发大军东出灭韩。结局是：秦国因这项长达四百余里的大型灌溉工程的成功而富甲天下，国力大增，为消灭六国奠定了最坚实的根基。其后大军东出，第一个先灭了韩国。

割肉而饲虎，进才以资敌，使敌加速强大而能更加有力地吞噬自己，原本已经令人瞠目结舌了。偏是韩国君臣却能做得煞有介事，每每精心谋划，当作救国奇计隆重推出，实在堪称亘古奇观。其令人咋舌的思维方式，千古之下，足足构成政治哲学独一无二的研究对象。此乃后话。

却说洛阳王城的周赧王已是八十余岁的耄耋老翁，终日卧榻流涎一句囫囵话都说不得，非但无能理事，连王城也早被西周公把持了，自然是云里雾里不知所以。韩国特使清楚王城情势，执诸侯之礼觐见"代王"理国的西周公。西周公大为振奋，立即"赐见"韩使，仅仅半个时辰，心头已是大动。

韩使的说辞是：阳城、负黍两地恰在洛阳东南，为西来秦军必经之路；王师但能出兵截断洛阳要道，迫使秦军知难而退，韩国的阳城、负黍两地便割给天子做贡礼；秦军若责难周室，韩国愿出丰厚粮草，以供天子犒赏秦军，其时秦军必乐于班师。西周公冷冷笑道："秦军十万，王师几何？特使岂非笑谈也！"韩使起起拱手道："公何忧心也！韩国出兵八万，交公统帅，公但凑得些许人马可也。此中之要，唯求王师之名，不在王师之实。"西周公哈哈大笑："韩出八万兵马变作王师，再割让两城于我，又出诸多粮草使天子抚慰秦军，得也？

《史记·韩世家》："桓惠王元年，伐燕。九年，秦拔我陉，城汾旁。十年，秦击我于太行，我上党郡守以上党郡降赵。十四年，秦拔赵上党，杀马服子卒四十余万于长平。十七年，秦拔我阳城、负黍。二十二年，秦昭王卒。二十四年，秦拔我城皋、荥阳。二十六年，秦悉拔我上党。二十九年，秦拔我十三城。三十四年，桓惠王卒，子王安立。王安五年，秦攻韩，韩急，使韩非使秦，秦留非，因杀之。九年，秦虏王安，尽入其地，为颍川郡。韩遂亡。"《史记·秦本纪》："（秦昭王）五十一年，将军摎攻韩，取阳城、负黍，斩首四万。"另据《史记·老子韩非列传》，秦王因见韩非子《孤愤》《五蠹》之书，誓得此人，"秦因急攻韩"，依此说，韩非子似乎加速了韩国的灭亡。后韩非子身死于秦，应了他自己所说的话，"臣闻：'不知而言，不智；知而不言，不忠。'为人臣不忠，当死；言而不当，亦当死。虽然，臣愿悉言所闻，唯大王裁其罪。"（《韩非子·初见秦》）横竖当死，法家之愚忠，甚于儒家。

失也？滑稽也？"韩使却振振有词："公岂不知战国纵横之道也！唯行此策而三方皆大欢喜：西周得功得地，韩国避祸全国，秦国不损粮草。非但三全其美，且一举昌明天子偃兵救韩之大义，公何乐而不为也！"西周公思忖片刻，直觉韩国不像戏弄自己，虽对其真实图谋还是揣摩不透，却也不再多问便有了主张。毕竟，秦忌天子王师，兵势强盛之时尚避我洛阳，何况今日兵败势衰？只要王师一出秦军一退，我西周实利到手且大名赫赫，管他韩国如何匪夷所思，我何乐而不为？

"好！韩国旬日内出兵，老夫发王师救韩！"西周公奋然拍案。

也是命蹇事乖。九万"王师"窝在洛阳山谷之中尚未出动，秦军已风驰电掣地越过了洛阳，攻克了阳城、负黍两城，全歼韩国两地守军四万。此举大出韩国意料，惊慌失措间要撤回"王师"八万兵马守护都城新郑，然却已经来不及了。秦军飓风般回师洛阳，将九万"王师"一举封堵在山谷之中。嬴摎紧急上书咸阳请命定夺，秦昭王回书只冷冰冰两句话："蕞尔老邦，欺我大秦！不灭其国，无以震慑天下！"

嬴摎得书，以重甲步军封住了山谷出口，在两山架起六千具大型弩机，毫不留情地对"王师"发动了狂风暴雨般的弩箭攻势。无论山谷中的周军如何吼叫我乃周人，最终都与八万韩军一起葬身峡谷。这时的西周公还在王城幕府大宴群臣，痛饮王酒观赏乐舞，一边得意至极地接受着劝进颂词，一边与心腹谋划着要在得韩国两城后仿效当年周公摄政。谁知尚未议论出个子丑寅卯，已被黑压压的秦军堵在了大殿。

西周公顿时软瘫在地，生怕虎狼秦军立时割了自己首级报功。嬴摎只一声大喝，尚未开口说话，软瘫昏乱的西周公便乖觉地献上了三十六城邑与三万人众的册籍，期望秦国留下自己性命。嬴摎大感意外，却也明白了再不会遇到原

《史记·秦本纪》："西周君背秦，与诸侯约定纵，将天下锐兵出伊阙攻秦，令秦毋得通阳城。于是秦使将军摎攻西周。西周君走来自归，顿首受罪，尽献其邑三十六城，口三万。秦王受献，归其君于周。（秦昭王）五十二年，周民东亡，其器九鼎入秦。周初亡。"对秦国的攻势，西周君毫无抵抗力。九鼎的去向，说法不一。

本设想的死命守节与强烈抵抗，连夜上书咸阳，请命如何处置周室。秦昭王当即下书："西周谋秦，当示惩戒：其城邑土地全部归入秦国，设郡治理；西周公交天子治罪；东周君未曾同谋，保留其封地；许西周三万人众归于东周，以为周室遗民聚居祭祀之地；洛阳王城专属周王，不许东周君进入；唯九鼎为天下王权神器，着即运回咸阳。"

　　拆搬九鼎那一日，震惊天下的神迹发生了。

　　清晨天气难得的好。嬴摎号令三万秦军步卒开入王城广场，分别围定九鼎准备拆装。却有周室老内侍哀哀来报：天子执意要礼送九鼎离开洛阳。嬴摎答应了。毕竟，九鼎是周室守护了八百多年的王权神器，昔日天子礼送也不为过。片刻之间，两匹老马拉着一辆锈迹斑斑的青铜王车驶进了正殿广场，两名侍女扶着一个大红吉服满头霜雪腰身佝偻的老人下了王车。嬴摎正要上前作参见礼数，不想这耄耋老人看也不看，只盯着巍巍九鼎痴痴出神。突然，老周王甩开两个侍女，步履如飞般扑到了"中原王鼎"前伏地大拜，随即一阵苍老凄厉的哭号："姬延无能！辱及宗庙社稷，辱及九鼎神器，愧对列祖列宗，愧对天地庶民也！"凄厉的哭号兀自回荡间，老周王陡然神奇地跃起，奋身撞向大鼎，只听一声沉闷的轰鸣，九鼎间鲜血飞溅，老周王的尸身直挺挺飞上了中原王鼎仡立不动，雪白的须发飞扬戟张。秦军将士与在场人众无不骇然。

　　此时，天空浓云骤然四合，隆隆沉雷震撼天地，整个王城顿时黑暗如墨。电光蛇舞阴空，巨雷连番炸开，暴雨翻江倒海排天而来，巨大的金铁轰鸣之声连绵不绝，高天翻滚着火红的云团，一柱巨大的红光如天宇长矛从黑沉沉的苍穹直刺

鼎在人在，鼎亡人亡。

又写天有异象。《东周列国志》写得更神乎其神，第一百零一回"秦王灭周迁九鼎，廉颇败燕杀二将"写道，"将迁鼎之前一日，居民闻鼎中有哭泣之声，及运至泗水，一鼎忽从舟中飞沉于水底，嬴樛使人没水求之，不见有鼎，但见苍龙一条，鳞鬣怒张，顷刻波涛顿作，舟人恐惧，不敢触之。嬴樛是夜梦周武王坐于太庙，召樛至，责之曰：'汝何得迁吾重器，毁吾宗庙！'命左右鞭其背三百。嬴樛梦觉，即患背疽，扶病归秦，将八鼎献上秦王，并奏明其状。秦王查阅所失之鼎，正豫州之鼎也，秦王叹曰：'地皆入秦，鼎独不附寡人乎？欲多发卒徒，更往取之。嬴樛谏曰：'此神物有灵，不可复取。'秦王乃止。嬴樛竟以疽死"。对周鼎的去向，王充有一个分析，似较可靠。据王充《论衡·儒增》"传言：'秦灭周，周之九鼎入于秦。'案本事，周赧王之时，秦昭王使将军摎攻王赧，王赧惶惧奔秦，顿首受罪，尽献其邑三十六，口三万。秦受其献，还王赧。王赧卒，秦王取九鼎宝器矣。若此者，九鼎在秦也"，"始皇二十八年，北游至琅邪，还过彭城，齐戒祷祠，欲出周鼎，使千人没泗水之中，求弗能得。案时，昭王之后三世得始皇帝，秦无危乱之祸，鼎宜不亡，亡时殆在周。传言王赧奔秦，秦取九鼎。或时误也。传又言：'宋太丘社亡，鼎没水中彭城下。其后二十九年，秦并天下。'若此者，鼎未入秦也。其亡，从周去矣，未为神也"。九鼎下落不明，成为传说之物，"实实在在"地成为天子象征。

王城，整个九鼎①广场闪烁着炎炎红光，天地混沌得无边无际……

云收雨住，山岳般的九尊大鼎连同周赧王的尸身全部无踪无影。

王城中所有与九鼎相关的职司官吏，都在那场雷电暴雨中无疾而终了。所有在场的周王随从侍女，全部被天火焚身而死了。那个已经麻木无神的西周公死得最惨——一声炸雷当头劈下，只留下了一段木炭也似的枯桩。而同样身临广场的三万余秦军将士，却一个也没有伤亡。嬴摎惊骇莫名，当即下令退出王城扎营，密书飞报咸阳。三日后，老太子嬴柱亲自到了洛阳，带来了秦昭王密书：毋动洛阳王城一草一木，立即班师回秦。

至此，历夏商周三代两千余年，曾经无数次战乱劫难而巍然无损的王权神器——九鼎，神奇地永远地失踪了。此后的史书中再也没有了关于九鼎下落的记载，后世的实物发掘也没有征兆可资寻觅踪迹。九鼎的消失，终于尘封为中国

---

① 关于九鼎的最后归宿，《史记·周本纪》简单得只有一句话："……秦取九鼎宝器……"《秦本纪》中也只有一句话："周民东亡，其器九鼎入秦。"《史记·正义》作了一条注释："器谓宝器也。禹贡金九牧，铸鼎于荆山下，各象九州之物，故言九鼎。历殷至周赧王十九年，秦昭王取九鼎，其一飞入泗水，余八入于秦中。"此条注释似乎交代了九鼎下落，然却经不起考究：其一是纪年有误，将周赧王五十九年错记为十九年；其二是路径可疑，秦若真取九鼎，自洛阳西去路途与东南泗水背道而驰，相距数千里之遥，九鼎之一如何能"飞"到泗水？若是后世在泗水发现一鼎而有此推论，情有可原。然据《正义》语句，显然却是搬鼎途中发生之事，便大是可疑。其三是对"余八"没了交代，能对宝器详述起源而"疏"于最后下落，与情理不合。揣摩之下，有理由认为《正义》之说只是当时传闻之一，并非确切史实。综种种说法可以推测：从秦取九鼎的时刻起，一定发生了超乎常理的非常事件而导致九鼎消失。而无论如何解释九鼎的消失，都对秦国不利，故此秦国不再提及九鼎。后人无可寻迹，也就没有了说法，以至后世有史家怀疑，上古三代究竟有没有过九鼎。

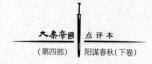
历史上一个永恒的谜，也做了人类文明史上一个不朽的话
题。

周王朝历经三十七王八百六十七年，至此宣告正式灭
亡。

二 化周有长策 大军撼山东

八年后，周室遗民又一次疯狂了。

其时，作为周室遗民封地的小东周尚留有七城，史称七
县，以当时地名分别是：河南、洛阳（王城之外的洛阳县）、榖
城、平阴、偃师、巩、缑氏。已经灭国的周室遗民能保留如此
一片相当于一个中等诸侯国的封地，在战国之世实在是破天
荒了。至少，此时还没有灭亡的两个老诸侯——鲁国、卫国
的地盘已没有小东周大。尽管如此，周室遗民对秦国还是大
为不满。个中原因，是周室遗民的这块足够大的封地不是自
治诸侯。也就是说，周人只能在这方土地耕耘生存，向自己
的东周君交纳赋税，除此而外，须遵守秦国法令。

秦国的选择，来自严酷的前车之鉴。

自夏商周三代有"国"伊始，战胜国对待先朝遗民的治
理方式大体经历了两个过程：最先是封先朝遗族为自治诸
侯，后来则是保留封地而取消治权。这一过程的演变，是血
淋淋的复辟反复辟的结果。三代更替，商灭夏，周灭商，初期
都曾经尊奉先朝遗族，许其在祖先发祥地立国自治，也就是
允许其作为一个有治权的诸侯存在。其时，自治诸侯意味着
几乎是完全意义上的军政治权。只要不反叛，只要向天子纳
贡称臣，中央王室对自治诸侯几乎没有任何干涉。新战胜国
之意图，显然是要通过保留并尊崇先朝王族，使天下庶民信

"周初亡"后，周民未服。

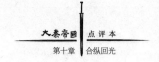

服本朝之王道仁德,从而心悦诚服地臣服于新王朝。

然则,事实却总是与新战胜国的期望相反。先朝遗族一旦作为治权诸侯存在,便千方百计地图谋复辟旧时王制,最终每每酿成颠覆新政权的祸根。最先尝到苦果的,恰恰是力倡王道德化的周室新朝。周人自诩德治天下,灭商后非但准许殷商遗族原居故地做自治诸侯,还分别将神农氏、黄帝、尧、舜、禹等"圣王"的后裔部族,一律封为自治诸侯。然而,仅仅过了两三年,周武王刚刚病逝,殷商遗民首领武庚立即策动了大规模叛乱,非但联结了几乎所有的"圣王"遗族诸侯与东方夷人部族大举叛周,且匪夷所思地鼓动了周室王族中的反叛势力一起反周,其声势之大,只差点儿淹没了这个新王朝。靠着那位雄谋远略的周公的全力运筹,周王朝才终于平定了这场以殷商遗民诸侯为根基的大叛乱。

这是一场极其惨烈的华夏内战,更是一场极其惨痛的治国教训。

它使普天之下都明白了这样一个道理:有着数百年悠久传统的先朝王族,其复辟祖先旧制的愿望几乎是永远难以磨灭的;若不能将先朝王族后裔与其赖以生存的遗民分开治理,有治权的旧王族便随时有能力发动复辟战争。自诩德治的周王室终于醒悟,重新确立了一种新的诸侯制度:以周王族做遗民聚居地的诸侯国君,以周室礼法治理殷商遗民,如此便有了以周武王少弟康叔为诸侯国君,而实际"收殷余民"的卫国;先朝王族后裔的祭祀地虽保留"诸侯"名义,然先朝遗民却最大限度地迁徙到前一诸侯国,如此便有了重新选择的殷商王族后裔微子开的宋国。也就是说,殷商遗民与殷商王族后裔从此脱节,分为两个诸侯国。

自此开始以至战国,形成了另一种传统:大国但亡,其遗民聚居地至多只能做无治权诸侯国;小国灭亡,遗民则直接化入战胜国郡县,不再保留遗民封地。

从名义上说,周王室仍然是战国之世的天子之邦,是最大的先朝。无论哪国灭周,灭后都应当以某种形式保留封地,许遗民聚居并建立宗庙祭祀祖先,以示战胜者抚慰之德。更不说秦人与周人有着同出西土的悠长渊源,不会不明白这一点,也不会不照拂周室遗民。然则,秦昭王一代雄主,毕竟不会不顾及前车之鉴而留下无穷后患。灭周之初,秦昭王定下了"留其封地,秦法治周"的八字方略,将周室遗族封地纳入秦国郡县,只使封地仅仅成为周室遗族事实上的聚居之地而已。

周室遗民的疯狂,源自八年中无数难以忍受的屈辱。

第一件难堪事,是胸前那方"秦周人"身份的标记。

新朝料民,原不意外。然周人心中的"料民",只是各族族长将人丁数目开列上报官府,官府统计登录而已,与寻常国人并无干系。谁知这秦法却是大大不然,料民黑衣吏亲自登门入户,举家无论男女老幼都要被他登录到官册上。仅仅如此还则罢了,最令周人不可忍受的是,所有十六岁以上的成年人丁,都要在特定期限内亲自到县令官署制书"照身"。所谓照身,是一方打磨光洁的竹片或木板,上端事先已经烙好了官印徽记,并已刻就"秦周人"三个大字,最下端则是"某县"与天干地支组合的编号,譬如"平阴甲申号"等等;而后,由黑衣吏当场确认来人与上门登录的官册相符合,在竹片木板上刻下各人姓名,画上各人头像,或径直写上诸如"长大肥黑"之类的本人长相特征。如此一切就绪,黑衣吏宣明:但凡出门,"照身"必得悬于胸前,以便关隘客栈查核。若无"照身",客栈不能投宿,关隘不能放行,总之是寸步难行。

周人拿着这方竹片木板,人人吃了苍蝇般恶心。在周人的久远传统中,只有奴隶与牲畜两样物事上官市交易,才在该物事鲜明处挂上一方竹木或草标,大字标明男女公母岁齿重量,以方便成交。如今胸前挂上如此一方竹牌,岂非与奴隶牲畜一般无二! 甚叫身份标记? 玉佩、剑格、族徽、车徽马具、服饰刺绣图样等等,那才是身份贵贱之标识。如此物事公然于大庭广众之下晃荡胸前,分明秦政羞辱周人也! 愤愤然归愤愤然,面对秦国官吏的一丝不苟,秦军甲士的一片肃杀,老周人打掉牙肚里吞,总算生生忍住了。

第二件难堪事,是民无贵贱皆服徭役。

周人入秦,原本的贵贱身份如过眼云烟,除了东周君与原先的一班老孤臣保留着自己的爵号,其余"国人"一律都

写周民不服的原因。

屈尊之辱。

成了"秦周人"。除非重新立功得秦国爵位,所有的"秦周人"都只是秦国的庶民百姓,没有任何特权。战国多事,国忙民忙。除了该当的耕耘劳作,庶民的经常性义务是两种徭役:其一是开通沟洫疏浚河道修茸城堡要塞等邦国工程,其二是为大军充当辎重营脚夫或各种工匠。大体论之,秦统一六国之前,各国徭役都是后者居多。秦赵长平大战,秦昭襄王亲赴河内,征发所有十五岁以上男子悉数入军,大数在百万上下,便是一场规模最大的战事徭役征发。秦国奖励耕战,这个"战"字包括了战场徭役。也就是说,民服战场徭役有功,与军功同赏。秦国多战,本土老秦人尚不能例外除役,正当中原冲要而临近战场的"秦周人"如何能免却徭役?

然在周人的传统中,国人是没有徭役的。当然,国人没有徭役不等于周王朝没有工程战事征发。所不同者,周人之徭役都由"家臣"(奴隶)充当,国人则只做战车甲士、带剑骑士、重甲步卒等荣耀武士,而奴隶则是没有资格充当此类武士的。唯其如此,但有徭役征发,都是各部族、家族依据国府指定人数派出自家庄园的奴隶承担,无论工程劳役还是军中劳役,皆算作主人的赋额。后来,周人的奴隶渐渐逃亡得所剩无几,周室几乎是无仗可打无工程可开,极少量的修茸城堡宫室类的徭役,便依然由寥落的国府官奴与大家族的奴隶支应,国人依旧没有亲自品尝过徭役劳作的滋味。

如今世事一变,要民无贵贱皆服徭役,对周人不啻一声惊雷。

分明是主人,却要与奴隶一起气喘吁吁地劳作,一起接受黑衣吏的呵斥挑剔,一起被论优论劣赏赐惩罚,颜面何存?秦国郡守第一次征发的徭役是修茸残破的洛阳城垣,郡守令发下:每户出两名成年男丁,期限三个月,三千人一期轮换修茸。秦周人闻讯顿时炸开了锅,有爵位的族老五六百人纷纷从六座小城赶到外洛阳围住了东周君宫殿,痛心疾首地大呼苛政猛于虎,声称不免除徭役宁死不为秦周人。郁闷的东周君大是惊慌,心知劝阻国人必遭唾弃,只好向秦国郡守如实禀报,力请郡守以王道之心体恤民情。谁知这秦国郡守想也没想便是一声冷笑:"违法民情,何由体恤?"立时召来郡法官与执法郡吏赶赴东周君宫殿前车马场。

面对汹汹周人,郡守毫不惊慌,先令郡法官宣读有关徭役的法令,而后郡守亲自申明:在场人众若有法令疑难,法官可一一答疑。然老周国人根本不听法官与郡守解说,只一口声大呼:"废除苛政!复我王道!"郡守勃然变色,当即召来一千铁骑,将请命族老五百余人全数缉拿。次日国人惊魂未定,便有执法吏飞骑七城传下处罚令:族老乱法,先服徭役两期六个月；若不服罪,罚为终身苦役；其余人众若再拒服徭役,死罪无赦!

老周遗民不禁愕然。五百余族老人人都是德高望重的袭爵贵胄,个个都有赫赫大名的家世先祖,几乎便是目下周族的全部有爵国人;若在周室治下,举国族老请命,简直就是天崩地裂般的大事,其威力足以改变任何既定的王命。不想做了秦周人,举国族老的请命竟轻飘飘一钱不值,非但没有改变辱没国人的徭役法令,反倒是最有尊严的族老们先做了徭役,是可忍孰不可忍! 在周人各族密谋暴动反秦时,东周君带着两个"大臣"昼夜兼程地奔波于七城,苦苦劝住了义愤填膺的国人……秦周人又一次生生忍住了。

商君之法打破了旧有的等级,以奖励耕战建立新的等级。旧贵族肯定有不适之感。

徭役事件方罢,不堪之法接踵而来。

最使周人悲愤莫名者,无过于"人无贵贱,同法同罪"了。

五百余族老首服徭役,原本已经使周人难以忍受,不想跟着又出了一件更令人不堪的事体。被周遗民们暗中呼为"太子"的东周君的长子姬桁,春日在洛阳郊野踏青,与一少女在林下篝火旁野合。次日清晨太子醒来,少女已经在春草中剖腹自杀了。太子唏嘘一番,给少女胸前挂上了自己的一副玉佩,要离去唤家臣前来掩埋。恰在此时,一个秦国执法吏不期撞到了面前,绕着少女尸身查勘一圈,不由分说便将太子缉拿了。

消息传开,周人大哗。

在周人的传统世界里,春日踏青时的男女野合,无论身份贵贱,都是不违礼制的情理中事。"窈窕淑女,君子好逑",此之谓也。女子死去,与太子何干? 退一万步说,纵然太子用强而女子死,又能如何? 寻常贵胄犯法尚且无刑,况乎皇皇太子。"刑不上大夫,礼不下庶人",此之谓也。秦人竟因一庶民女子缉拿太子,岂非咄咄怪事?愤愤然之下,周人在三日之内呈送了一幅割指滴血的万民书,一幅三丈六尺的麻布上只有紫黑色的八个大字——请命更法,王道无刑!其余布面便是密密麻麻鲜血斑驳的"冠者"姓名。也就是说,周人遗民中的加冠男子全部割指血书姓名,分明是举国请命。秦国郡守倒也快捷,连夜便将万民书送到了咸阳。

两日之后,秦昭王特书颁下:"王道已去,代有国法。秦法不赦王族,况乎入秦遗民也!着三川郡守查实案情,而后依法论罪,报廷尉府并国正监纠劾。"此王书一出,郡守再不理会包括东周君在内的任何周人的任何请命,第三日便在城门张挂了《决刑书》:

> 查:公子姬桁与家臣女芦枝野合于桃林,芦枝愤而剖腹。先是,芦枝为官奴隶身,因善绣锦服而出入东周宫室。姬桁歆慕其窈窕姿色,多求媾和。芦枝请先除隶籍,姬桁虚与周旋,未果。春来踏青,姬桁追随其女竟日不去。芦枝又请,姬桁首肯,遂野合于桃林之下。事毕,芦枝请姬桁出信物以为除籍凭据,姬桁沉吟不答,径自睡去。芦枝愤然,遂剖腹自裁于树侧草地。次晨姬桁虽有怜惜之态,然终无除籍之举。其后,东周君与其子民多为姬桁请命,终无一人一言提及其女除籍也。秦法无隶身,人皆国人,一体同法。是故:姬桁食言而致女死,以律斩首不赦!芦枝除隶籍,许其族人脱周自去,人若阻拦,依法问罪!

关于"野合",也许只是个传说。

决刑书下,周人呼天抢地号咷不已。行刑那日,七城周人空巷而出,红压压围住刑场却是万众无声。这是周人有生以来第一次目睹与天子同一血统的太子伏法,谁能不惊惧惶愧。周人实在想愤然反秦，然则面对那幅言之凿凿的决刑书，却总觉得少了些底气，终是咬咬牙又生生忍住了。然则，周人的厄运并没有从此结束，几乎是衣食住行每件事情，都与"凡事皆有法式"的秦法生出说不清道不明的无尽纠缠——

村社分界量地，丈地者步伐难免大小有别，此等伸缩周人向不计较。可秦法偏偏有"步过六尺者罚"的法令，直教族老们无人敢于举步丈地。

每日清晨官市交易，斤两稍有出入，周人也是浑然无觉。可秦法偏偏却明定度量衡规格，在官市设有校准度量衡的法定尺斗秤。你纵不去校准，市吏却经常在市间转悠查勘，但有哪家衡器出错，吏员便登录入册报官处罚。素来不善市易的周人胆战心惊，索性不入官市，私相在邻里之间做起了"黑市"买卖；若是几尺布几斗谷之类的小宗互易，官府倒也不问，然若是土地牲畜车辆兵器之类的器物做私相交易，又是大大违法。

最为寻常的道路街市的整洁，秦法也有严厉条文。道边严禁弃灰，街市严禁污秽；但凡路边倒灰、牛马道中拉屎、店铺泼脏水污秽街市者，一律黥刑——在脸上烙记刺字。若是直接对弃灰、赶车、打扫店铺的仆人黥刑还则罢了，毕竟周人的仆役是奴隶。可秦法却是仆役弃灰，主人受刑，五六年中竟有一百多个"国人"的鬓角被烙印刺字。

"疠罪"更教人毛骨悚然！

疠者，医家谓疠子颈，民人谓烂脖子，后世谓颈项间结核。此等病常因体虚气郁而发，常三五枚串生于颈项间，日久蔓延胸腋糜烂溃疡，此收彼起，非但使发病者"恶死"，且可能染及他人，其时根本无法医治。亘古以来，"疠病"视同瘟疫，一旦发作于某地，往往便是人口大祸，历代圣王之治都

一说为麻风。不确。《睡虎地秦墓竹简》"疠"篇有记载。

是无可奈何。周人崇尚王道,对诸般瘟疫恶病都视作天命听之任之。这秦人却是心硬手硬法更硬,法令明定"疠者定杀",瘟疫等同!定杀之法有二:水边疠者溺杀,而后捞出尸身掩埋;远水疠者生埋,后世谓之活埋。那年,洛阳恰恰有五六个国人生疠。东周君与七城官吏根本没有觉察,周人自然也不会去举发。不想却被定期料民的秦国黑衣吏发现,立即请命调来三百甲士,在洛阳王城外将几个有爵国人在光天化日之下当真活埋了……

日积月累,在推行一件迟来的法令时,周人终于发作了。

这件法令,是周人无法想象的什伍连坐法。

连坐法,商鞅变法首创。在秦国行之百年,秦人已经由最初的反对习以为常了。岁月悠悠,连坐的秦人倒生发出一种邻里砥砺、族人互勉、举相奉公守法的新民俗来,违法犯罪者大减,血肉同心者大增。战国中期秦国已有五个"方千里"的广袤土地,占当时整个中国的三四分之一,已经有几近两千万人口,占整个古中国人口的一小半。举国却只有一座云阳国狱,可见犯罪率之低。在后来的扩张中,秦国凡建新郡县,必行连坐法。究其根本,也是因了此法在老秦本土行之有效。尽管如此,秦国对周室遗民还是宽松了些许,终秦昭襄王之世,始终没有在三川郡推行连坐法。直到秦孝文王嬴柱即位,三川郡守上书言事,以为八年过去,当在秦周人中推行连坐法,否则战事但起,只怕周室遗民难以守法。嬴柱觉得并无不妥,下书准许了。

然则,对于老周遗民,这什伍连坐简直就是反叛天理辱没人心!

自后稷成族,周人以农耕立身,刀耕火种致力稼穑,安土重迁敦厚务本。无论治族治国,周人都以王道德治为本。一部《周本纪》,字里行间处处弥漫着世代周人笃厚礼让敬老

秦法严苛,周民不适。

秦法推连坐,非常严厉。以《睡虎地秦墓竹简》之"法律答问"所载为例,"律曰'与盗同法'。有(又)曰'与同罪',此二物其同居、典、伍当坐之。云'与同罪',云'反其罪'者,弗当坐"。伍,即伍人。同居者、里典者、同伍者皆当连坐。秦法严苛,且多肉刑,不敢言者恐怕不少。

慈少礼下贤者的民风。在周人的传统中，不能说完全没有强制性法令，但确实可以说，周人秩序的基本规范是传统习俗与种种礼仪。礼仪渐渐丰富，终成礼制。究其实，礼制可说是一种具有普遍制约作用的软性律法。也就是说，在周人的天地里，夏商王朝的种种硬性王法都化作了无数弥漫着人情气息的礼仪德行，邦国、部族、井田、奴隶、征伐、赏赐，一切的一切，都在一种威严肃穆而又温情脉脉的礼制中运行着。此种治民传统对后世发生了重大而又深远的影响。春秋时期的道家、儒家、墨家，都很是推崇这种不依赖赤裸裸的法令而达到的王道之治，都将这种远古德治描述为最为理想的"大同"世界。其中以孔子最为推崇周王朝的德治礼制，慨然赞叹曰："郁郁乎文哉！吾从周！"①

随着周人势力的壮大，由部族而诸侯，由诸侯而王天下，周人治理天下的礼制也在逐渐发生着变化。德治礼治的成分渐渐减少，法治的成分渐渐增多；王道德化的方式渐渐减少，诉诸武力与官府强制的方式愈来愈多。在不断滋生的士人、地主等新生族群看来，此乃世之相争使然，无可避免也。而在周人看来，这却是礼崩乐坏人心不古，无日不思回复到那恬静悠远的古堡庄园里去，主人踏青放歌，奴隶莘莘劳作，主人为奴隶劳心谋划，奴隶为主人献身效力，讲信修睦，盗贼不作，万事唯以德化，此万古王道也。尽管这种美妙日月在周人自己的王国中也不复存在了，仅有的几万周人子孙已经打得争得不可开交，然周人的族群邻里乃至家庭人口之间的相处准则，却依然是尊奉礼制的，是温情脉脉而井然有序的。

一朝入秦，情势陡变！

这秦法不要人互相礼敬，却要人互相举发，互相告罪，周人当真瞠目结舌。为大人隐，为圣人隐，为贤者隐，总之是为一切身份高于自己的人物隐瞒过失罪责，这是周人笃信力行的德行。然则，这秦法却要小人公然举发大人，卑贱者公然举发尊贵者，天下还有做人礼数么？更有甚者，举发有功，小人竟得爵，大人竟入狱，还有世么？天下大势原已沦落，高岸为谷深谷为陵，王道式微诸侯坐大，以致乾坤之变目不暇接，周人无可奈何地认作天命还则罢了。可如今，却要在自己的卧榻厅堂之内，邻里族人之间，活生生地撕开面皮六亲不认地相互撕咬，小人做瓦釜雷鸣，妇人做乾坤颠倒，直与禽兽一般无二，周人顿时要闭过气也。

---

① 《礼记·礼运》将有关"大同"的描述归于孔子名下，史家说法不一，有道家墨家儒家三说。

理由成熟,周人要哄变。

面对心头扎来的一刀,周人终于鼓噪起来。

七城的县人、里君①并一班族老齐聚东周君宫室,唏嘘哭诉慷慨激昂,声言东周君若不挺身救周,周人便要自行逃散到楚国岭南去也！东周君原本也是六神无主,想顺从秦国守住宗庙,可秦人老是给自己难堪,以致连自己的长子都杀了;想反秦自立,又担心国人一盘散沙;如今见官民同心反秦,精神陡然一振,再无虚言安抚,只是昼夜密谋。君臣民一拍即合,反秦大计在无比亢奋中秘密确定了。

旬日之间,东周君的九路特使接踵上路,除了分赴山东六大战国,其余三使联结剩余的实力诸侯卫国、鲁国与中山国余部。密使兼程出发,周人立即忙碌紧张起来,密组王师、修葺战车、征发兵器、整顿甲胄,一时不亦乐乎。

一月之后各路相继回报:韩魏两国力挺王师反秦,非但同时发兵,且愿为王师提供三万精兵的粮草兵器;楚赵燕齐四国也欣然拥戴王师,承诺在王师举兵反秦时立即出兵攻击秦国后路;鲁国、卫国各向王师纳贡六百金并三千斛军粮,发兵之时运送到军营;中山国余部慨然允诺,联兵匈奴攻击秦国上郡。也就是说,只要王师举兵,天下便成汹汹反秦之势。

"得道多助,失道寡助,诚所谓也！"东周君感慨万端。

又是命舛事乖,极为隐秘的合纵谋划,兵马未举却惊动了秦国。正当立秋举兵之时,秦国的三川郡守前来郑重宣读王书:秦王特命相国吕不韦为特使、上卿司马梗为副使,旬日之后前来抚慰东周,督导疏浚三川沟洫,重建洛阳要塞,使三川郡真正成为秦国坚不可摧的东大门。东周君大是惊慌,立

---

① 县人、里君,县人,周王朝掌一县之政的官员,大体同后世县令。里君,周王朝乡官,大体相当于后来的亭长。

即密召一班昔日在天子殿前"协理阴阳"的高爵老臣前来商议对策，同时命卜师在太庙以最正宗的文王八卦占卜吉凶。

想不到，太庙卜师卜出了一个坎卦！

但凡周人，皆大体通晓八卦，知道这坎卦乃是凶险卦象，兆其所事不宜轻动。周文王的《彖辞》对坎卦的释义是："习坎，重险也。"也就是说，坎卦的总体征兆是重重险难。其"六三"位的阴爻最为凶险，周公写的《爻辞》释义云："六三：来之坎坎，险且枕，入于坎窞，勿用。"春秋孔子写的《象传》对"六三"解释得更直接："来之坎坎，终无功也。"坎坎者，险难重叠也。窞者，深坑也。意谓所卜之事进退皆险，终究不会成功。听卜师一番拆解，东周君不禁惊愕默然。

"我君毋忧，可效太公毁甲故事！"昔日老太师白发飞扬慷慨拍案，"武王伐纣，以龟甲占卜，卦象不吉，武王沉吟。太公闯入太庙，踩碎龟甲，大呼：'吊民伐罪，上合天道，当为则为，何须以朽骨定行止也！'其时雷电骤起，风雨大作，举座无不变色。然武王却肃然一拜太公，决然定策伐纣，始有过孟津、会诸侯、直入朝歌。若听凭卦象，焉有周室八百年王业矣！"

"老太师大是！"昔日在王室掌军的老司马立即呼应，"文王八卦虽我周室大经，然终以事用，不为大道之断。终文王之世，通连诸侯，筹划反商，几曾问过八卦吉凶？我君当断则断，无虑卦象也！"

"当断则断，我君无虑卦象！"举座异口同声。

"上下同欲，夫复何言！"东周君大是感奋，底气十足地拍案而起，"吊民伐罪，兴灭继绝，本君决意大兴王师，反秦复周！"

"万岁大周！"小小殿堂一片呐喊。

大计一定，立即开始兴师筹划。第一件大事，颁行誓词。

每行事必卜卦，周室果然老矣。

《史记·秦本纪》："庄襄王元年，……东周君与诸侯谋秦，秦使相国吕不韦诛之，尽入其国。"

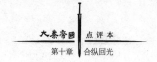

三代之世大兴王师,该王都要在发兵之日亲临军前发布激励将士并晓谕天下的慷慨之辞,谓之"誓"。史官或以演说之地冠名,或以演说之王冠名,记载为《某誓》。夏有《甘誓》,是夏启讨伐有扈氏时,兵临有扈氏国都之外的"甘"地所发布的阵前演说。商代开国之王汤起兵讨伐夏桀,在大军从都城出发前激励王师,而有《汤誓》。周武王发兵讨伐殷纣,兵临牧野之地将与殷军决战,周武王亲临军前,左持黄钺右持雪白旄节,对将士们慷慨誓词,而有《牧誓》。在周室遗民心目中,这次反秦复周,是周人八百多年后又一次联兵诸侯大兴王师,自当隆重肃穆垂范天下,岂能没有一篇传之青史的"名誓"?一番紧张忙碌,"协理阴阳"的老太师与一班老臣终于煞费苦心地为东周君拟出了一篇《河誓》,谋划在兴师之日于大河南岸的孟津渡口会兵明誓,以激励将士激励天下诸侯。

然则,东周君还没来得及将那拗口的誓词念熟,又是秦国郡守前来知会:丞相吕不韦与上卿司马梗的车队已经到了城外郊野六十里之地,请君筹划礼仪,明日出城迎候。

情急之下,东周君连连点头应命。送走秦国郡守,东周君又紧急召来几个老臣密议,而后断然下令:派出密使连夜飞赴新郑,敦请韩国急速发骑兵五万,从河南道秘密包抄吕不韦后路;自己则亲率一万王师将士,以隆重仪仗出城"郊迎",届时合力缉拿吕不韦司马梗,以为反秦第一举。东周君特意叮嘱密使:"务对韩王昌明此理:拿得吕不韦司马梗,便能胁迫秦王归还韩国故地,周室亦可复国。两厢得利,良机万不可失!"

洛阳距新郑不到三百里之遥,密使换马飞驰,两个时辰便到。

这时的韩王,正是那位已经在位二十四年且最善"乌龙"谋划的韩桓惠王。前述战国三大"乌龙",尽皆这位奇谋国王之杰作。此公听东周君密使一番说辞,比东周君还兴奋,连连拍案赞叹:"妙也!大妙也!兵不血刃而复国脱困,堪称亘古奇谋也!"转身紧急召来老将韩朋,下令其立即调齐五万铁骑星夜秘密进入洛阳外河谷埋伏,务必一举擒拿吕不韦以为人质。

韩朋吭哧道:"秦军正谋东出,只恐此中有诈。怕,怕是不中。"

"何诈之有?如何不中?"老韩王顿时黑了颜面,"吕不韦只带三千人马入洛阳,你五万铁骑何惧之有?秦军尚未出关,纵使有诈,能片时之间飞出函谷关?待我拿得吕不韦,他再出关何用?此谋中,大中!"

"我王圣明,说中便中!"韩朋再不犹疑。

东周密使三更离开,韩国五万骑兵随后衔枚上路,清晨时分便绕进了洛阳西北部郊

野的山谷地带。思忖是一场小战，韩朋下令人马立即进入山林埋伏，偃旗息鼓不许埋锅造饭，军士只冷食歇息待战。部署方罢，韩朋登上山顶密林远眺，只见洛阳官道历历在目，骑兵突击顷刻即到，届时借东周君铺排礼仪之时冲出，擒拿吕不韦当易如反掌也。

初秋的太阳爬上了广袤的山塬，古老的洛阳沐浴在混沌的霞光之中。卯时刚过，东周君的王师仪仗宛若一片红云，悠悠然拥出了洛阳西门。肃穆的王乐弥漫在清晨的原野，《周颂·有客》的优雅歌词清晰可闻，当真一片祥和。王师迎出十里，西方官道有一片黑云迎面缓缓飘来。韩朋看得清楚，这支人马除了徒步行进的步卒甲士，便是苫盖得严严实实的连绵牛车，虽则成列，却并不整肃，吭当轰隆之声弥散原野，活似一支商旅车队。

"好事！"韩朋嘿嘿冷笑，"财货全收，教小东周干瞪眼。"

"将军万岁！"山顶几员骑将顿时呼喝起来。

此时，红黑两片大云在悠扬肃穆的乐声中相遇了。破旧却不失雄浑古朴的王亭之外的官道上旌旗开合乐声大作，诸般礼仪铺排了开来，依稀可见红黑两点在一片大红地毡上蠕动着……韩朋知道，东周君开始了冗长郑重的郊迎大礼。依着老规矩，这套礼仪至少也得大半个时辰，若稍增周旋，磨过一个时辰也不为多。

四野空旷山川如常。"啪"的一声，韩朋猛然甩下了红色令旗。

随着尖厉的号角，韩国骑兵分别从三个山口潮水般杀出，弥漫成一个巨大的扇形，向王亭包抄了过去。便在这片刻之间，短促的牛角号连响三声，一字长蛇般排开在王亭外的千余辆牛车突然全部掀开了苫盖的牛皮，各自赫然亮出了一架大型弩机！车下驭手原本已经在停车之时撩下刮木，连车轮也用砖石夯得结实。此刻驭手挽住牛缰一声大喝，车旁三四名甲士飞一般跃上大车合力上箭。说时迟那时快，只听一声奇特的长号，一千多张大型弩机箭雨齐发，正正对着原野上的红色骑兵铺天盖地浇了过去。

韩军将士满心一口吞下秦国丞相这方正肉，既掠大批财货，又大出一口多年被秦军压着打的恶气，心下丝毫没有强兵对阵的准备，乍遇这莫名其妙冒出来的强大弩阵箭雨，顿时阵形大乱，在原野上胡乱冲突起来。当此之际，立功心切又料定秦军没有后援的韩朋正好率领百骑护卫冲出山谷，当即一声大喝："司马！旗号发令：万骑一路，五路包抄冲杀，教秦军首尾难顾！杀——"长剑一挥，率领主力万骑便向王亭正面杀来。其

余四万骑兵飞云般飘开撒在原野,从四面八方向小小王亭压了过来。

东周君正在亭外向吕不韦致洗尘酒,骤闻杀声大起,立刻做出一脸惶恐又愤愤然的模样嚷将起来:"我以大礼恭迎丞相,丞相却发大军攻杀,何其居心不良!"吕不韦一阵哈哈大笑:"东周君好权谋也!好!你来看看这支贼军如何下场!"说罢拉起东周君登上了王亭旁一架不知何时矗立起来的三丈多高的云车。

云车上,白发苍苍的司马梗正在镇静自若地不断对掌旗司马发令,对漫卷原野的韩军全然不屑一顾。见吕不韦拉着东周君上来,司马梗不无揶揄地笑了:"丞相差矣!此君正欲号令王师里应外合,还是放他下去是也。"吕不韦一副恍然模样笑道:"原来如此,老夫何其蠢也!君自下车,号令王师去也。"东周君连连摆手:"岂有此理岂有此理!周室只有郊迎仪仗,何来王师?老夫倒是想观瞻一番,秦军战力究竟如何?""好个观瞻!"司马梗冷冷一笑,"目下东周君所谋,无非是我这千张弓弩能否顶得住韩朋而已。顶得住,亭下便是仪仗;顶不住,亭下便是王师了。"东周君面色顿时涨红,只一串嚷着岂有此理,蒙受了莫大冤屈一般。吕不韦一摆手笑道:"水落石方出,此刻争个甚来,观瞻便是。"司马梗向原野遥遥一指,忧心忡忡道:"东周君请看,韩军五路撒开遍野杀来,我只千张弓弩,分明是无法应对了。"

东周君从来没有登上过如此高的瞭望云车,鸟瞰原野分外苍茫视野分外开阔。遥见红色韩军遍野杀来,秦军一排弩机似乎滔天洪水前的一道短堤,眼看便要被洪水吞噬,东周君不禁开怀大笑:"天意也!秦军也有今日,两公已是老夫阶下囚也!"

吕不韦惊讶地盯着东周君,仿佛打量着一个怪物。司马梗再不理会,转身一声令下,掌旗司马将晴空下的大纛旗猛然画得一大圈。随着黑色的"秦"字大旗在天空翻飞旋转,无数牛角号呜呜吹动,长长的牛车弩机阵迅速合拢,恰似一条黑色长龙突然收缩,一个弩机圆阵顷刻成型。

东周君的万余王师原本环列在王亭之外,秦军的牛车队则一字长蛇地排列在这个巨大的红环之外。秦军开初列阵阻击韩军,王师始则愕然,继则欣欣然地在外围作壁上观,只要看秦军笑话。不想秦军弩机此刻突然飞动收缩,弩机圆阵倏忽之间缩进了王师环形之内,王师仪仗竟成了牛车弩机的外围屏障。眼看外面韩军骑兵潮水般漫来,里面秦军弩机则蓄势待发,王师直要做了石板石磋之间粉身碎骨的物事。扮作司礼大臣的王师老将不禁大骇,血红着脸一声大喝:"鸣金四散!退开三舍——"吼罢跳上东周君的青铜轺车轰隆隆飞驰而去。匆忙拼凑起来的王师原本没经过任何阵仗，见大将先逃，乱纷纷鼓噪呐喊一声，四散落荒而走。

"！"云车上的东周君两眼一瞪喉头猛一呼噜昏厥了过去。

云车之下的原野上，已经乱纷纷铺开了一场奇特的攻杀。

韩国骑兵人多势众，然国力久衰，诸般装备老旧不堪——战马岁齿老幼不齐喂养精料不足蹄铁日久不修马力极是疲弱，马具笨重且破旧失修，兵器铜铁混杂长短不一，每骑士箭壶只有五六支长箭。更有甚者，这五万兵马是韩朋捧着王命金剑从三城紧急凑集而成，各军状况不一，相互又无统属，冲杀起来全然没有章法。唯一能激励将士的，是韩朋事先下的全数夺秦财货的劫掠令，否则，还当真不知能否发动得第二阵多头冲杀。骑兵在平野上散开队形冲杀，原本对步兵阵形具有极大杀伤力。依战国寻常规矩，千张弩机结阵，大体当得两三万骑兵的猛烈冲击。目下韩国骑兵五万，照理秦军无法抵挡。然则，韩国骑兵对秦国步卒的弩机大阵反复冲杀，竟硬是不能突破这个小小的牛车圈子。两军战力之悬殊由此可见。

盖秦国军法极严，一应兵器装备只要入军，除非战场毁损，绝不许因任何保养修葺之疏忽失职而导致兵器装备效力降低。秦军弩机分为大中小三型：大型弩机专对城垣攻坚，每弩配备两百名大力步卒专司上箭发射，箭杆如长矛，箭镞如大斧，其威力堪称惊世骇俗。中型弩机专对骑兵战阵，是步卒列阵对骑兵的最有效兵器，弩机可车载可人扛，两人上箭一人击发，一次连发六到十支，箭杆箭镞比寻常的膂力弓箭粗大几分，对高速奔驰的战马具有极大杀伤力。小型弩机则是山地野战的轻弩，俗称"脚踏弓"，也就是以脚踩之力上箭，而后瞄准击发。此次秦军有备而来，千张弩机全部是中型弩，牛车厢内箭支满装满载，每弩带箭足在六千支上下，配备三卒也尽是技艺娴熟身强力壮的连发弩机手，连番应对韩

写秦军威猛。

军五万弱骑竟是从容不迫。然则，要彻底杀退或歼灭骑兵，弩机阵必须配以骑兵或步军冲杀。毕竟，弩机是结阵防守，射退敌军之后不能避长就短地去冲杀。再说骑兵灵动可躲可闪，若是纠缠不退，弩机阵再强也只能耐心周旋。

几番冲杀，韩朋知道了秦军弩机阵威力。本想退军，韩朋却畏惧韩王惩罚又垂涎吕不韦带来的财货大礼，寻思秦军之箭总有射完的时候，便督着几员大将似冲非冲似杀非杀地围着秦军回旋不去。秦军又气又笑，却也无甚妥善之法，只有与远远作势的韩军对峙。

"此其时也。"云车上的吕不韦笑了。

"丞相所言不差。"司马梗一点头转身下令，"伏兵夹击！"

"嗨！"掌旗司马应命，转动机关，将那杆高竖云车顶端还有三丈余高的"秦"字大纛旗呼啦啦大摆向西再猛然向东。如是者三，便闻隆隆沉雷动地，原先拥出韩军的谷口铺天盖地杀出了黑压压的秦军铁骑。一面"秦"字军旗与一面"蒙"字帅旗当先飞扬，在午后的晴空之下分外夺人眼目。四野韩军尚在惊愕不知所以，黑色铁骑已经风驰电掣般兜了过来，看气势足足在十万之众。韩朋面色煞白一声大吼："东向新郑！突围——"一马飞出，红色韩骑发狂般蜂拥东逃。

然则已经迟了。秦军的牛车弩机阵在云车大旗摆动之时，已经松开刮木刨开夯轮砖石缓缓发动。此时，一条展开的弩机长龙恰恰迎在当面，号角凄厉箭雨齐发，韩军如同潮水陡遇山岩，轰隆隆又卷了回来。背后蒙骜铁骑又排山倒海般压来，三面兜开的扇形远远超过了韩军的驰突之力。片刻之间黑红交错杀声盈野，整个大洛阳都在瑟瑟震颤……仅仅半个时辰，三川原野在秋日暮色中沉寂了下来。

"禀报丞相：上将军已经率军攻韩！"

韩国不堪一击。

"好!"刚刚走下云车的吕不韦对蒙骜的军务司马一挥手,"转告老将军:我与上卿入洛阳,等候韩王特使,不立约不收兵。"

"嗨!"军务司马飞马去了。

司马梗摇摇头道:"韩王会来媾和? 他若求救魏赵,我十万大军只怕少了。"

"上卿知其一,不知其二也。"吕不韦遥望着东方新郑悠然一笑,"自古兵家以政道为本,政道不明,虽孙吴无可施展。这老韩王乃天下第一'奇人'。多疑若老狐,颟顸若草驴,小处锱铢必较,大处浑然无觉。以此公之心,大兵压境而求救强邻,终得受强邻要挟,或割地相报,或财货酬劳;秦军杀来,无非也是图地图财;唯其两方均要土地财货,老韩王必选秦国。"

"却是为何?"

吕不韦扮着韩桓惠王老迈矜持的语调一摆手:"割地与秦,一举两得也。既消弭兵祸,又结好秦国。求救强邻,则一举三失也! 始招兵祸,继折财货,又罪山东。"

"甚甚甚? 匪夷所思!"司马梗的雪白胡子翘得老高。

"若非如此,如何是天下第一奇人?"吕不韦一阵大笑,"以老韩王想来,若求救魏赵,便得先顶住秦军。顶不住,要亡国。顶住了,强邻再来援救,韩国还得割肉犒劳。再说,你只向魏赵求救而不理其余三国,楚燕齐不能分一杯羹,不是得罪人么? 这便是老韩王的一举三失! 如此比较,老上卿说他会不会与我媾和?"

司马梗连连摇头:"如此揣摩,未尝闻也!"

吕不韦笑道:"我料,韩国特使至迟三日内必到。"

"离奇荒谬,只怕未必。"

"好! 我与老上卿赌得一赌。"

"呵呵,老夫不赌海外奇谈。"

"不韦单赌:韩使若来媾和,老上卿领三川郡守三年!"

司马梗目光连连闪烁,终是笑了:"如此赌注,老夫却盼你赢矣!"

"一言为定。"吕不韦转身下令,"军马入洛阳!"

三日之后,韩国特使果然火烧眉毛般赶到洛阳,提出割让两城请秦国退兵。吕不韦问哪两城? 特使说了颍水西岸两座小城的名字。吕不韦只摇头不说话。特使换了两个稍大的城池。吕不韦还是只摇头不说话。特使满面通红,吭哧半日道:"巩城、成皋。

再、再大就只有新郑了。终、终不能秦国割我都、都城也!"吕不韦不禁莞尔:"巩城,算得韩国城池么?"特使高声道:"巩城固非韩国,然韩国救东周,东周已经将巩城割给了韩国!"吕不韦哈哈大笑:"贵使是说,用秦国之城救韩国之急么? 老韩王果真好盘算也!"特使大是难堪,低头嘟哝道:"索性秦国再自选一城。除了新郑不中,其余都中。"吕不韦淡淡道:"成皋、荥阳①。否则与蒙骜上将军说话。"特使默然片刻狠声跺脚:"中! 便是这两城! 秦国何时退兵?"吕不韦悠然一笑:"城池交割完毕,我军不再攻韩便是。退兵不退兵,却与韩国何干?"特使吭哧片刻急迫道:"也中! 丞相立即派员随我割城,一面知会上将军停攻新郑,可中?"

"也中。"吕不韦大笑着学了一句韩语,"只是不能给我空城。"

献城暂保。

"中! 除了撤出守军,民人财货不动。"

"好。书吏立约。"

次日,老上卿司马梗随同韩国特使顺利接收了两座要塞城池。秦军停止了对新郑的围攻,大军驻扎在成皋、荥阳之间的汜水河谷,蒙骜星夜赶来洛阳。

原来,接到小东周联结诸侯谋秦的急报,吕不韦蒙骜嬴异人君臣三人已经商议好连番对策:吕不韦偕新上卿司马梗为特使入东周,以抚慰之名突然擒拿东周君;蒙骜亲率十万铁骑秘密东出,歼灭最有可能援救东周的韩军;若一切顺利,蒙骜大军则立即继续攻韩,压迫韩国献出成皋荥阳两城,与周室的三川王畿合并为三川郡;若皆无意外,则以饱有军政阅历的司马梗为新的三川郡守,着意经营为秦军山东大

---

① 成皋,即第二部中的古虎牢关,今河南荥阳汜水镇西。荥阳,战国时韩国城邑,归秦后改为县。

本营;若攻韩顺利,蒙骜则回军三川郡驻扎绸缪,来年大举进攻山东六国;除了协调各方,吕不韦着重处置周室遗民,使三川郡不留后患。

到目下为止,一切都按照秦国君臣的谋划进行着。

吕不韦与蒙骜司马梗一番计议,立即按照既定方略铺排开来:吕不韦颁布丞相令,宣布正式设立包括成皋荥阳在内的三川郡;秦王王书三日内到达,王命上卿司马梗兼领三川郡守,整饬民政聚集粮草,以为山东根基;蒙骜秘密调集关内秦军陆续东出,屯扎于三川郡内各险要地段休整练兵,准备来年大举东进。

大局部署就绪,吕不韦立即与一班随行吏员清查典籍,讯问被缉拿的周官,草拟各种文告。三日之后,洛阳四门张挂出第一张《秦国丞相令》:东周君反秦作乱,不株连三族,只依法斩首本族满门! 周室封地取缔,全部王畿之地统归秦国三川郡;周室遗民之处置,待秦王诏书颁行后确定。

"丞相全权处置周事,何须请王书也!"司马梗大是不解。

"周室虽小,终究王畿,审慎为是。"

"老夫听着不对。"

"实言相告,"吕不韦见司马梗一副穷追究竟的神色,不禁一笑,"全权者,不变既定方略之谓也。当年灭周时昭襄王已经有明确方略:秦法治周。我欲稍变,焉得无王书?"

"你欲稍变? 要立新法治周?!"司马梗更是惊讶。

"我变不在这个'法'字,却在一个'治'字。"

"变治? 民无治则乱。你却如何变?"

"治变为化。秦法化周,化周入秦。老上卿以为如何?"

"只怕难也!"司马梗连连摇头,"当年周室灭商也是一个'化'字,化出了甚? 化出了武庚之乱! 你要化周,只怕王族老臣们第一个反对。"

"唯其如此,方须上书劳动秦王也。"

"老夫也不赞同!"司马梗慨然拍案,"依法治国,政之正也!"

吕不韦淡淡一笑,转身从靠墙大铜柜中拿出了一卷竹简道:"此乃我草拟的上秦王书,老上卿可先行斟酌一番再说。"司马梗显然没有想到吕不韦已经草拟好了上书,惊讶接过打开,瞄得几行,不禁神色肃然地一气看了下去——

臣吕不韦顿首：周室尽灭，三川郡成，唯周室遗民之处置颇费斟酌。臣领三十余吏备细查勘灭周八年之治情，多有不如意处。一言以蔽之：东周之乱，与我秦法急治不无干系也。盖周人特异，王道久远，望重天下，故能以微弱之势而久存战国矣！我以实力灭之可也，我以强法初治不可也。为彰显秦法之包容天下，臣拟四字方略：化周入秦。何谓化？秦法为本，力行经济，缓法治民，分而治之，磨合入秦。具体言之：留祭祀之地，改其嫡系，另立周君；王族迁秦国腹地，周君领新嫡系留居宗庙之地。此谓夺其势而安其民，缓强法而成我事也。我王当审慎思之也。

人或曰：周室化商而有武庚之乱，我岂能为？臣曰：时移势易也，不可同日而语也。周行诸侯制，王畿之外皆诸侯，自当以法治而不当化之。秦行郡县制，凡我国土皆归我治，行秦法而化新民，无后顾之忧。更为长远计，秦国若不自此彰显秦法包容四海之博大，日后灭得六国，亦难免酿成汹汹祸乱也！是故，化周非但为今日大计，更为日后一统大计，若不从今日化周入手，后终措手不及也。

暗示日后秦之祸乱。

良久默然，司马梗向吕不韦深深一躬："大谋在前，老夫谨受教。"

吕不韦连忙扶住了这位白发苍苍的老功臣，不禁一声深切的叹息："老上卿片刻知我，国之大幸也，不韦之大幸也！"

"言重了。"司马梗呵呵一笑，"秦王与丞相渊源甚深，老夫之言淡如清风，岂敢当大幸两字？"吕不韦摇头道："老上卿过谦了。这化周之策阻力有二：一是王族大臣，二是军中大将。保不准，蒙骜老将军便要在此翻脸也。老上卿在军中资望深重，且说当得当不得大幸两字？"司马梗恍然大笑："老夫又中你心战埋伏也，一通颂词，却要老夫做你说客。"

"莫急莫急，卡住了再说。"吕不韦由衷地笑了。

果然不出吕不韦所料，飞马急报的上书，一个月没有回书。

司马梗自己先急了，只给随从文吏叮嘱两句，兼程赶赴蒙骜军前。及至吕不韦知晓，早已追赶不及。三日后，司马梗又兼程赶赴咸阳。旬日之后，正在吕不韦焦灼不安时，司马梗风尘仆仆地回来了。吕不韦快步迎出时，软倒在车轮下的老司马一扬手只说了"特使"两字，便晕厥了过去。

秦王特使是驷车庶长嬴贲与长史桓砾两位老臣。

桓砾宣读的秦王书大赞吕不韦化周方略思虑深远，末了说："朝议虽有歧见，终以大局长远计而生共识：化周做特例行之。丞相但全权处置，毋生犹疑可也。"驷车庶长宣读的王书却是始料不及：封吕不韦为文信侯，以洛阳十万户为封地。两特使与在场官吏同声庆贺，吕不韦却没有丝毫亢奋之情，洗尘酒宴完毕，安置好两位特使老臣寓所歇息，匆匆来看望司马梗。

昏黄的风灯下，老司马睡得很沉。吕不韦唤过家老询问一番，知道老司马已经随行太医诊断服药而后安歇，方才大觉放心；回头又来王使寓所盘桓，两位老臣闻声即起，与吕不韦煮茶消夜，说起司马梗辛劳一番感慨唏嘘。

老桓砾说，司马梗是带着蒙骜与军中一班大将的上书赶回咸阳的。其时正是三更，东偏殿当值的老桓砾说，秦王已经歇息，请老上卿明日再来面君。老司马却硬邦邦一句："三川民治如水火，当不得秦王一觉么？ 你若不报，老夫正殿钟鼓！"老桓砾二话不说，去寝宫严令老内侍唤醒了沉睡的秦王。迷迷瞪瞪的嬴异人被两名内侍架着来到东偏殿，一见司马梗又气又笑："一丞相一上卿，又是明书全权，何事不得断，要本王夜半滚榻也！"老司马依旧冷冰冰一句："一王滚榻，强如江山滚沟。"嬴异人不好发作，摇摇手道："好好好，老上卿说事。"及至司马梗将来由说完，清醒过来的嬴异人捧着蒙骜等一班大将的上书却良久默然。

老驷车庶长说，当初吕不韦的上书一到咸阳，秦王急召几位资深老臣商议。除了他自己，铁面老廷尉反对最烈，声言化周策便是害秦策，行之天下后患无穷。老太史令更

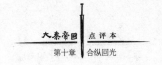

以国命证之:秦为水德,主阴平肃杀,天意该当法治,若无法治,便无秦国。不知何故,连已经不涉政事的阳泉君也进宫面君,指斥化周之策为居心叵测,力主罢黜吕不韦丞相之职。面对汹汹朝议,秦王只有搁置了吕不韦的上书。司马梗带来蒙骜等一班大将的上书后,秦王次日立即举行了在都大臣朝会,公然宣读了吕不韦上书与蒙骜上书,请司马梗与众臣廷争。

驷车庶长说,老司马驳斥太史令的一席话最终震撼了朝堂。说着从腰间皮袋摸出了一张羊皮纸,老夫从史官那里抄录了老司马这番说辞,你且听了。

"以国命之说非议化周之策,大谬也!水德既为秦之国命,何以孝公之前三百余年不行法治也?何以商君变法时,举国老臣皆以穆公王道为天意,而不以法治为天意也?不行法治,王道为天。法治有成,法治为天。究其竟,上天无常乎?朝议无常乎?商君有言:三代不同礼,五霸不同法;故知者作法,不肖者拘焉!今丞相吕不韦审时度势,不改秦法,亦不拘成法,唯以民情而定治者,此乃商君变法之道也!公等拘泥成法,笃信虚妄,不以秦国大业为虑,唯以恪守祖制为计,秦国安得一统天下也!"

"正是这番廷争,举朝非议之声顿消。"老庶长分外感慨。

"也还有蒙骜硬匝匝的撑持。没有司马梗,谁说得动这班虎狼大将?文信侯,天意也!"老桓砾一副深知个中艰难的神色唏嘘感叹着。

"又是天意!"吕不韦淡淡一笑,一丝不易觉察的泪水从细密的鱼尾纹渗了出来。此时一声雄鸡长鸣,吕不韦站起来一拱手告辞去了。时当深秋,霜雾朦胧,吕不韦踽踽独行,心绪复杂得麻木无觉,洛阳王城空旷清冷的长街也虚幻得海市蜃楼一般……若非西门老总事与莫胡带着几个仆役找来,吕不韦还不知道自己已经迷路了。

三日后,吕不韦丞相令颁行洛阳:阳人聚①半县之地留周王族后裔聚居,建庙祭祀祖先;周室王族后裔之嫡系重新确定,立唯一没有参与作乱的一个王族支脉少年为周君,奉周宗庙;其余周室老王族万余户遗民,全数迁入关中周原,置换出同等数量的老秦人填充大洛阳。

周人终于默然,完全没了脾气,心安理得地接受了上天赋予的命运。

新立的不足一百户的王族后裔,留在汝水北岸的阳人聚,开始了建庙耕耘的莘莘劳

---

① 阳人聚,今河南省临汝县西。

作。其余万户之众，在秦军的"护送"下回到了久远的祖先之地，真正开始了由周入秦的痛苦的脱胎换骨。也只是在此时，周人才恍然悟到了目下这位秦国丞相的宽仁——虽执秦法，却没有对东周君行九族之刑，果真以秦法的叛乱罪行刑，周王族只怕便要灭绝。虽迁关中，这些王族后裔的周人实际上却是回到了遥远的根基之地——周原，重操耕稼，尚可遥念祖先。若非如此，这些真正的王族后裔只怕当真便要绝望得投溺渭水了。

人同此心心同此理，周人终于百般艰难地化进了战国新潮。

倏忽之间冬去春来，吕不韦回到了咸阳。

刚入四月，山东便传来捷报：蒙骜率二十万大军渡河北上，一举攻克晋阳①，正挥师南下猛攻赵国腹地。吕不韦立即派出干员出河西接收晋阳，并筹划设立太原郡②。方过三月，又来捷报：蒙骜大军连克赵国榆次、新城、狼孟等大小三十七城，赵军连连败北。吕不韦直觉太过顺当，深恐蒙骜中赵军诱敌之计，连忙赶赴三川郡与司马梗商议。司马梗认为吕不韦顾虑不无道理，提出：为防万一，派老将王龁率五万精锐铁骑猛攻上党以为策应，使赵国不能从侧后袭击秦军。吕不韦欣然赞同，请准秦王嬴异人，当即命王龁率兵北上策应。及至入冬，王龁军传来捷报：上党大小城邑全数攻克，险要隘口全部占领，斩首六万，赵军败兵三万余逃出上党之地！已

《史记·周本纪》："周君、王赧卒。周民遂东亡。秦取九鼎宝器……后七岁，秦庄襄王灭东（西）周。东西周皆入于秦，周既不祀。"裴骃《史记·周本纪·集解》："皇甫谧曰：'周凡三十七王，八百六十七年。'"张守节《史记·周本纪·正义》："王赧卒后，天下无主三十五年，七雄并争。至秦始皇立，天下一统，十五年，海内咸归于汉矣。"另据《史记·秦本纪》，吕不韦破东周后，"秦不绝其祀，以阳人地赐周君，奉其祭祀。"此策明显不同于秦昭王之强硬，有怀柔一面。

① 晋阳，今日太原。战国中期的晋阳一直是秦赵两国拉锯之地，此前秦国已经两次占领。
② 太原郡，太原，古名大原。《诗·小雅》："薄伐玁狁，至于大原。"《传》："高平曰太原。"《疏》："太原，原之大者。"太原为郡，自吕不韦治秦始，治所在晋阳。

经赶回咸阳的吕不韦立即亲赴晋阳,正式设置太原郡,辖晋阳与上党之间全部新得的大小四十余座城池。

在此期间,蒙骜大军东寻赵军主力不遇。本欲猛攻邯郸,又恐激得赵国调遣云中边军回防,遂休整两个月。次年开春挥师南下,一举攻下魏国大河北岸的两大要塞——高都、汲城①,斩首八万。拔城不多,魏军主力却大半覆没,以致逃回大梁还溃不成军。蒙骜接着挥军东进,越过魏齐之间的大野泽直逼齐国边境。

山东六国大为震恐,一场救亡图存的合纵开始了艰难的谋划。

灭东(西)周后,蒙骜发力,秦军连胜。《史记·秦本纪》载:"使蒙骜伐韩,韩献成皋、巩。秦界至大梁,初置三川郡。二年,使蒙骜攻赵,定太原。三年,蒙骜攻魏高都、汲,拔之。攻赵榆次、新城、狼孟,取三十七城。四月日食。(四年)王龁攻上党(上党屡反秦),初置太原郡。"这不败的气势,最后终于逼得信陵君出手。

三　布衣有大义　凛说信陵君

重组合纵,是两位草庐布衣鼓荡起来的。

自河西不辞而别吕不韦,毛公薛公回到了邯郸,将一切与吕不韦嬴异人相关的余事处置妥当,欣然来见信陵君。正在与门客斗酒的信陵君出迎,立即将薛公毛公裹进了酣热的酒阵。毛公与薛公一对眼神,放量痛饮起来。及至月上林梢,几个门客醺醺大醉相继被人抬走,林间亭下只剩下了毛公薛公信陵君三人。一番醒酒汤后,侍女在茅亭外草地上铺排好茶具座案,三人酒意兀自未尽,大碗牛饮着香醇的酽茶,林间月下海阔天空。

"老夫三千门客,此六人号为酒中六雄,六雄!"信陵君脸膛亮红白发飞扬,脚下落叶婆娑,手中大碗飘忽,"老夫不以为然,约好今日与六雄林下鏖酒!结局如何?老夫大胜

---

① 高都,古邑名,在今山西晋城。汲城,古邑名,在今河南新乡市北。

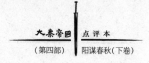
也！两公便说，老夫该当何等名号？啊！"

"该当王号！"毛公猝然一喊，响亮非常。

"毛公多戏言也！"信陵君呵呵酒笑不无谐谑，"薛公庄稳，请赐老夫名号。"

"王号正当其人。"薛公也是清清楚楚一句。

"酒仙也乱矣！"信陵君摇头大笑，"老夫无得名号，今日酒战终无正果也。"

"嘿嘿，差矣！"毛公一笑，"非为无号，乃君无规矩也。"

"老夫无甚规矩？"信陵君顿时板起脸，虽是佯怒，却也逼人。

毛公却是不管不顾道："世间名号，自来有规矩。譬如我等两人，论名号，薛公是酒神，老夫才是酒仙。信陵君以薛公为酒仙，又拒酒王之号，谈何规矩矣！"

"噫！酒仙酒神还有规矩？你且说说。"

"此中规矩在于二。"毛公嘿嘿一笑，"其一，神、仙之别。自来神圣相连，大德大能谓之圣，圣而灭身谓之神。神者，天官也。但有神号，必有职司。譬如后稷升天为周人农神，神农氏升天为荆楚农神，公输般升天为天下工神。其余如风云雷电如名山大川，皆为神号。何也？天界职司之谓也。一言以蔽之，无职司不是神。仙者何？天界散人也。奇才异能谓之名士，名士身死谓之仙也。譬如伯夷叔齐不食周粟、俞伯牙独琴、庄子梦蝶、扁鹊不为医官而只矢志救人，等等等等，方得为仙，此其谓也。一言以蔽之，凡仙，有奇才异能而无权责职司。此乃神、仙之别矣！"

"算得一家之言。其二？"

"其二，饮者酒风之别也。"毛公分外来神，"秉性豪侠，却不苟酒令，每每海饮不醉且能谈政论事者，谓之酒神也！此等人若薛公，若当年之张仪、孟尝君者皆是。散漫不羁，酒量无常，初饮有飘飘然酒意，然却愈醉愈能饮，愈醉愈清醒者，谓之酒仙也！此等人若本老儿，若当年之樗里疾、春申君者皆是。"

"如此说来，老夫算得酒神一个！"信陵君慨然拍案。

"张冠李戴，非也非也。"毛公嘿嘿直笑。

"这却奇也！老夫再饮三斗无妨，如何当不得个酒神之号？"

"经神、仙共议：信陵君非神非仙，当受王号也。"毛公一本正经。

"老夫自来饮酒，唯闻酒神酒仙之号。酒王之号，未尝闻也！"

"非也。酒徒、酒鬼、酒痴、酒雄、酒杰诸般名号，信陵君不闻么？"

"那却与老夫何干?"

薛公猛然插了一句:"酒号如谥号,酒王唯酒号之最,寻常饮者自然不知也。"

信陵君目光一闪:"你说,老夫如何当得酒王之号。"

"好!"毛公却没了惯常的嘿嘿笑声,"王号者,德才位望也……"

"休得再说!这是酒号么?"信陵君拍案打断。

"老夫直言了。"薛公肃然起身对着信陵君深深一躬,"公子身负天下厚望,当了结客居生涯,回大梁即魏王之位,中兴大魏,以为中原抗秦屏障。"

"你……"信陵君不禁愕然,"两公蓄意,陷无忌于不义?"

"公子且坐了。"毛公嘿嘿一笑将信陵君扶到案前就座,"蓄意也罢,临机也罢,一言以蔽之,公子不做魏王,中原文明便将覆灭也。"

"危言耸听。"

醉论天下。

"公子差矣!"薛公大步走了过来,"方今天下,秦国一强独大。反观山东六国,赵国已呈衰微之势,齐国偏安海隅,楚国支离破碎,燕国一团乱麻,韩国自顾不暇,无一国堪为合纵轴心也!唯有魏国,国土虽大销,然终存河外腹心,沃野千里,人口千万。更为根本者,魏国有公子在焉!公子文才武略名动天下,更是王族嫡系,在魏众望所归朝野咸服,若能取当今平庸魏王以代之,何愁魏国不兴山东无救?"

"嘿嘿!小也小也!"毛公竹杖当当打着石板,"公子若做魏王,先退秦,再变法,而后当与秦国一争天下。王天下者,必我大魏也!安山东,何足道哉?"

良久默然,信陵君喟然一叹:"两公之论,犹赵括纸上谈兵也!"

"何以见得?"薛公神色凝重,显然是要说个究竟出来。

"两公坦诚,无忌也照实说了。"信陵君用指节敲着案头,"一则,此举大违人伦之道,无忌不屑为也。方今魏王,乃我同胞,秉命即位,我何能取而代之也? 二则,方今魏王虽则平庸,却无大失。当年,我私盗兵符、擅杀大将而不获罪,足见其宅心仁厚也。当年,魏王欲结秦灭韩,夺回祖先旧地,我力谏,王从之,足见其明断也。无忌客居赵国,自愧有背于魏王也,无得有他。若能回魏,助王可也,何得夺王自立而引天下侧目。"

"公子大谬也!"薛公慨然正色,"但为国君,国弱民疲便是第一罪责,何谓无大失也? 好人未必做得好王。公器之所求,非好人也,乃好王也!"

信陵君正要说话,毛公一阵嘿嘿连笑:"公之迂腐,老夫今日始知也。告辞!"当当点着竹杖走了。薛公一怔一笑一拱手,也飘然去了。

此后两年,毛公薛公竟从世间消失一般,任信陵君派出门客如何在邯郸市井寻觅,也是不见踪迹。信陵君没了直抒胸臆的诤友,顿觉百无聊赖,自是郁郁寡欢,沉溺酒棋色乐,一时大见颓废。

却说蒙骜大军攻魏,魏国君臣大是惊慌。安釐王魏圉与一班心腹连夜密谋,终究一无长策。安釐王脸色阴沉下来。良久沉寂,一老臣低声道:"臣有一策,我王或可斟酌中不中?""有策便说,何须吞吐。"安釐王自己虽无见识,却最烦没担待的臣子。老臣更见惶恐:"请王恕臣死罪,臣方敢言。"安釐王不禁大是烦躁:"病急乱投医,况乎社稷危难? 纵然错谋,何来死罪? 快说!"老臣终是嗫嚅道:"魏有一才,我王记得否?信陵君……"吭哧着打住了。安釐王目光骤然

信陵君归魏,实乃毛公、薛公说服。信陵君留赵十年,生活无忧,门庭热闹,但骨子里还是失意者。据《史记·六国年表》,平原君卒于赵孝成王十五年。平原君一死,连个争斗的对象也无,信陵君更是寂寞。

一亮:"你是说,请信陵君回魏抗秦?"老臣不敢应答,只低着头不看安釐王。另一个将军促声接道:"末将愚见,信陵君不会回魏!"

"却是为何?"安釐王大惑不解。

"不会!"那个将军还没有说话,先前老臣一反惶恐之态断然插话,"信陵君深明大义,若大王诚意释嫌,公子必能回魏!"

"何谓诚意释嫌?"

"公子离国,由兵事生嫌。欲以解之,自当仍以兵事。老臣之见,以举国之兵并上将军之印委公子,可见我王之诚也!"

安釐王一番思忖终于拍案,立即命老臣为秘密特使兼程奔赴邯郸。

形势危急,不得不低头。

老特使没有想到的是,信陵君一听是魏使,竟严词拒绝且不许门吏再报。如是三日,老特使竟连信陵君的面也不能见,焦灼得热锅上的蚂蚁一般。这日正在百思无计兀自后悔自己说下了大话,却有驿馆吏来报,说一个竹杖老酒徒在门口大嚷要见魏使。老特使正在连说不见,已经有苍老的嚷叫声响彻庭院:"蕞尔魏使,不见我仙,你却能见得何人,啊?"老特使心下一动,连忙快步迎出肃然一躬:"敢问足下,可是老魏高士毛公?"老酒徒嘿嘿一笑:"你说是便是,老夫只要瞅瞅魏王王书,余无他事。"老特使惊喜过望,当即将邋遢肮脏的老酒徒请进正厅。老酒徒看罢王书,只说声你老等着,点着竹杖晃晃悠悠去了。

大事简写。

自对信陵君建言无果,毛公薛公愤愤然出游赵北燕南。在老卓原的天卓庄盘桓了半年有余,其间恰逢赵国大礼护送秦国王后归秦,毛公薛公顺便送走了赵姬母子。此后欲去齐国,却在济水东岸正遇蒙骜大军连绵驻扎,大野泽两岸所有的官道都被秦军封锁。薛公说："不妨见见蒙骜，一则可探听秦军意图，二则或可收弦高犒师①之功效。"毛公嘿嘿冷笑："春秋秦军是偷袭之师，今日秦军明火执仗，还怕你知道？只怕去了便回不来也。"薛公问："为何？"毛公连连点着竹杖说："不闻蒙骜吕不韦交谊么？若那蒙骜硬要将你我送到咸阳去见吕不韦，你还指望回来么？"薛公恍然大笑："呀！懵懂也！老兄弟说的是，不去了。"一番商议，两人终于还是赶回了邯郸，一路见山东庶民落荒遍野南逃避战，心下大为不宁，反复思虑，还是决意再见信陵君。正在此时，忽闻魏王特使入邯郸而信陵君不见，毛公机警，便有了驿馆酒徒的故事。

毛公见过魏王王书，回去一学说，薛公二话不说抬脚便走。

这时，平原君正在胡杨林下与信陵君艰难地周旋着。魏王特使入邯郸，赵国君臣大喜过望，以为信陵君必定是应声回魏重组合纵。谁知几日过去，事情竟眼睁睁僵住了。赵孝成王急得火烧火燎，本欲亲自去说信陵君，却又愧于当年对信陵君食言，自觉功效不大，便召平原君密议。自信陵君客居邯郸，平原君也自觉与信陵君之间有了一种微妙的隔膜，政见之争，门客之争，后来直是信望之争，原本笃厚的交谊与亲情在不知不觉间淡漠了。虽说也时不时有酒宴酬酢，可连门客们都是心知肚明，两公子再也不是从前的两公子了。然秦军压境，赵国腹地已经大受威胁，此时只有根基尚存的昔日强国魏国与赵国合力，才有望重立合纵扭转危局，形势使然，一己恩怨也只有丢开了。

时当盛夏正午，信陵君散发布衣正在茅亭下自弈打棋，

《东周列国志》写得传神，第一百零二回"华阴道信陵败蒙骜，胡卢河庞煖斩剧辛"写到，颜恩入赵，见不到信陵君，后巧遇毛公、薛公，"泣诉其事"，二人应承"力劝之"。《史记·魏公子列传》："两人往见公子曰：'公子所以重于赵，名闻诸侯者，徒以有魏也。今秦攻魏，魏急而公子不恤，使秦破大梁而夷先王之宗庙，公子当何面目立天下乎？'语未及卒，公子立变色，告车趣驾归救魏。"

平原君此时实已卒。

---

① 春秋时，秦军奔袭郑国，郑国商人弦高路途得知消息，便赶着自己用以交易的羊群，以郑国特使名义迎上犒劳秦师。秦军统帅见郑国知道了秦军行踪，虑及郑国有备，遂退军。"弦高犒师"遂成典故。

左手拈一枚黑子啪地打下，右手又拈一枚白子啪地打下，摇摇头又点点头，似凝神沉思又似漫不经心。平原君在亭廊外的草地落叶上沙沙走动，时不时说得几句，亭中信陵君也时不时应得几句，有一搭没一搭总是不入辙。良久，平原君终于入亭坐定在信陵君对面的大石案前，突然拍案高声："无忌兄，山东存亡危在旦夕，兄当真作壁上观乎！"

"不作壁上观又能如何？"信陵君依然漫不经心地打着棋子。

"回魏为将，合纵抗秦！"

"回魏？老夫做阶下囚，你舒心么？"

"岂有此理！魏王王书搬你，何来阶下囚之说？"

"你信得君王之言，老夫却信不得也。"

平原君顿时被噎得没了话。天下皆知，赵国食言于信陵君，始作俑者是自己，终无交代者也是自己。此事非但使赵国在山东六国信誉扫地，连秦国也是嗤之以鼻。至于平原君个人的豪侠声望，更是一落千丈，否则，自己能在如此急迫之时窝在邯郸不去奔波合纵么？每每心念及此，平原君愧疚不已。若是当初赵国遵守诺言，在信陵君不能回魏之时如约封给五城之地，只怕信陵君组成的封地护军也是一支抗秦锐师了，如何能教秦军长驱直入连夺三十七城？然则，一切都迟了。一步差池，赵国在丧师失地的危急关头再也没有了山东大旗的呼吁力量，景况比长平大战后的兵临城下还要难堪尴尬。那时信陵君一呼而列国救赵，根由便是山东战国以赵国为抗秦中坚，深信赵国是一个诚信武勇的大国，今日我救赵，明日赵便能救我！曾几何时，一切都面目全非了……信陵君公然如是讥讽，无异对平原君心头一剑。一阵愣怔，平原君猛然举爵大饮，沟壑纵横的脸上泪水漫涌而下。

"胜兄……"信陵君蓦然回头不禁惊愕万分，连忙起身

平原君与信陵君的此番对话，实乃穿越。秦攻魏时，平原君已死。小说为了三公子同聚一堂，再次穿越。

过来一个长躬，"无忌无心之言，绝非重提旧事，兄何须介怀也。"

"失信者言轻，何怨于兄？"平原君起身一拱扬长去了。

信陵君望着平原君已显老态的背影，一时莫名烦躁起来。正在此时，门客总管领来了毛公薛公，信陵君不禁惊喜过望："泥牛入海竟有归，无忌有幸也！家老，上酒！"

"今日非聚酒之时。"薛公肃然拱手，"但为君来进一言也。"

"何来客套，但说无妨。"

"我老兄弟从大野泽仆仆赶回，沿途所见不忍卒睹。凡城皆人心惶惶，凡村皆逃战岭南。中原之地已是生灵涂炭，各国朝野皆如惊弓之鸟，与此前任何一次秦军东出均不可同日而语也。老夫直言，中原大险临头矣！当此时也，公子身负天下重望，独能闲散饮酒悠然打棋乎？"

"以公之见，我当自投罗网？"信陵君揶揄地笑了。

"魏无忌大谬也！"毛公一点竹杖直呼其名。

"何以见得？"信陵君微微一笑。

"国家者，国人之国也，非王者一人之国也！救亡图存，君何计较于一己恩怨？天下重魏，魏有君也！天下重君，君有魏也！魏无君则败亡，君弃魏则失天下之心也！魏王固非明君，然信陵君拒其救国之请，又岂是大才正道？君雄才大略傲视天下，宁与庸常之君恩怨必较而使魏国灭顶哉？"

"君与魏国，一体相依也！"薛公肃然一躬。

林下一片沉寂。信陵君的心被两位布衣老士子的话深深震撼了。大才失国，终为朽木。客居异国原本只说能襄助赵国军政，一展胸中所学，到头来却是处处受制逼得自己沉沦酒色，结局好么？长此以往，纵保一条活命，何异于行尸走肉也。心念电闪间信陵君拍案而起："立备快马，兼程回魏！"

三日后，大梁郊野人山人海。魏安釐王带领文武大臣出大梁北门三十里，隆重迎接别国几近二十年的信陵君。大梁国人几乎是倾城而出，要见识见识这位肩负着魏人图存重望的邦国干城的气象。暮色时分，一团黄云般的烟尘从北方席卷而来。遍野百姓一阵乱纷纷呐喊："马队来也！""信陵君万岁！"马队渐渐清晰，信陵君的大红披风像一团火焰在飞动。伫立亭外高台的安釐王长长地出了一口气，正要举步下台，却软得烂泥也似……待一切整顺之后，安釐王当即在事先筑好的拜将台举行了堪称盛大的拜将大典，当着举国臣民向信陵君郑重拜下,授上将军印,授调遣举国兵马的虎符。当信陵君接过印鉴兵符时,长久郁闷的魏国人终于爆发了,漫山遍野吼声雷鸣,整个大梁都被这壮阔的声浪淹没了。魏国君臣奋激万分,围着信陵君异口同声地高呼了无数遍"振兴大魏"……

四　赵国的最后名将与最后边兵

平原君马队昼夜兼程北上了。

平原君晚年庸常,无甚作为。年纪大了,脾气怪一点,可以理解。

碰壁于信陵君,平原君绝望了,也伤心了。那一刻,他痛楚地咀嚼了自己种下的苦果,也真切地咂摸了命运掌握在别人手里的滋味,眼中是泪,心头是血,却没有半点儿奈何。信陵君在赵国君臣面前的冷漠高傲固然事出有因,身为当年当事人,时常负疚的平原君确实没有责怪信陵君之心。然则,还是在那一刻,平原君对信陵君的景仰荡然无存了,信陵君赖以巍巍然矗立在平原君心田的根基也骤然松动了。这个根基,是信陵君独有的节操与胆略,是那种忍辱负重不计个人得失而全力维护大局的德行魅力。唯其如此,信陵君五十余年领袖战国四大公子,风尘豪侠文武名士争相归附,成为苏秦之后山东六国公认的合纵支柱,虽客居赵国十余年而声威不减。在平原君心目中,赵国固然有负信陵君,然在整个山东六国生死存亡的危急关头,信陵君一定不会计较这些一己恩怨,一定会慨然出山。为了给信陵君一个结结实实的台阶,平原君派出几个得力门客前赴大梁,说动魏国两位王族老臣向魏王提出迎回信陵君合纵抗秦的谋划,使信陵君可以堂而皇之地回魏擎起合纵大旗,届时赵国立即全力响应,何愁合纵不成?发动这个台阶时,平原君心下已生凄凉——同为当年与苏秦一起周旋合纵的战国四大公子，今日危亡之时竟不能公然奔走合纵抗秦，情何以堪也！然魏王王书一发，平原君这丝凄凉便也顷刻消散了。他以为信陵君必能立马回魏，赵国只需谋划如何有力应和。及至信陵君几日不见特使，平原君才觉得事情有些棘手，反复思忖一番，最后还是亲自登门了。虽说多年来与信陵君龃龉不断，平原君还是相信，只要自己真诚说之，信陵君绝不会固执于往昔。平原君万万没有料到，信陵君竟直对着他心头一刀……

平原君愤怒了。

当晚，平原君匆匆进宫对赵孝成王说了大体经过。孝成王顿时皱起了眉头，连连长叹却说不出一句囫囵话。见赵王如此窝囊，平原君雄心陡起慨然拍案："我王毋忧！数十年来赵国独抗秦军，血流成河伏尸如山，山东五国受恩多矣！今彼忘我大德，思我小怨，以为连手合纵仅是赵国抗秦之需，岂非大谬也！若论实力，只怕唯有赵国尚可自救，他国终归还得靠赵军血战。而今，无须看他人脸色，老臣请命北上，调十万边军飞骑南下，先打秦军一个措手不及。其时合纵局面自开，强如畏缩乞求也！"

"好！王叔气壮，赵有救也！"孝成王当即拍案。

平原君马队临行时，门客报来说信陵君已经回大梁去了。平原君却只淡淡一笑，马鞭一挥轰隆隆去了。

两日之后，马队抵达雁门郡。一线河谷穿行于苍莽山塬，山势分外险峻。走马行得一个多时辰，只见远处两座青山遥相对峙，各有孤峰插天而上，雁阵从两峰间向北飞去，雁叫长空山鸣谷应，在辽远的蓝天白云之下，恍若上天为南来北往的大雁在千山万壑中劈开了一道寒暑之门。

"雁门塞！兵家险地也！"一个门客兴奋地喊了起来。

"北出雁门关，人道李牧川！"另一个门客也高声念诵了一句。

《东周列国志》第一百零二回写赵王极为不舍，"（赵王）持其臂而泣曰：'寡人自失平原，倚公子如长城，一朝弃寡人而去，寡人谁与共社稷耶？'……乃以上将军印授公子，使将军庞煖为副，起赵军十万助之"。小说"穿越"，让平原君、信陵君、春申君齐聚一堂，多为迁就故事。若事事依足史实，小说的线索难以聚拢，人物难写得精彩。小说是小说，史实是史实，二者并不能等同。

插入名将李牧之事。李牧，赵国最后一根救命稻草，后被赵王毁废，赵葱及齐将颜聚代之。李牧被废，赵国加速灭亡。

平原君望着险峻天成的雁门要塞，油然而生的豪迈中却夹杂着沉甸甸的思绪。还是在与秦军上党对峙而长平大战尚未成局之时，平原君要北上阴山草原调边兵南下，赵括向他举荐了年轻的李牧。那时候，李牧还只是一个飞骑千夫长。平原君寻思赵括为少年才异之士，连赵国一班老将军都不放在眼里，却推崇一个少年骑士，其中必有原因。一到雁门关大营，平原君便亲自到骑兵大营访到了这位少年骑士。

平原君记得很清楚，他看了李牧的精湛骑射之后哈哈大笑，慨然拍着李牧肩头激励道："小兄弟好身手！老夫举你骑将之职，独军杀敌！"赵军骑将是率领三千飞骑的将军，对于匈奴作战，这是基本的兵力单元，赵军任何一个骑士都以做骑将为莫大荣耀。然李牧似乎并不是特别兴奋，只一拱手："骑将终是可做，谢过平原君举荐。李牧以为：赵军对匈奴，不可如此无休止缠战！"平原君大是惊愕，几乎怀疑自己的耳朵听错了。对匈奴的战法是武灵王胡服骑射之后确定的，简而言之，叫作"骑对骑，射对射，牙还牙，血还血"，赵军将士从此大觉扬眉吐气，这个小李牧竟说这是缠战？在平原君沉着脸不说话时，李牧却又开口了："我军欲胜匈奴，必先固本而后一举痛击！不固本，虽百胜无以根除匈奴，终至陷于世代纠缠。"

平原君惊叹不已，与这位少年骑士在山月下整整说到天色曙光。重新部署大军时，平原君力举李牧做了骑将，便率领大军南下了。此后便是长平大战，赵国边军几乎全数南下本土与秦军血战。还是平原君担保，赵王任命李牧做了云中将军，率领仅有的万骑边军与匈奴周旋。

从此，这李牧开始了他那独特的固本之战，只护卫着赵国云中郡的草原不动。开始时，赵国本土大战连绵，朝野都认为李牧的坚守是明智的。更兼李牧还有一绝：虽只有一万人马，可匈奴大军趁赵军主力南下连忙铺天盖地压来时，却连李牧军的踪迹也找不见。匈奴单于索性挥军南攻雁门关，又被李牧军闪电般从草原深处杀出，雁门关六千守军也强弩疾射鼓噪杀出，匈奴全军溃乱，骑士死伤六万余，无奈悻悻退兵。如是三次，匈奴打消了越过李牧边军而径直南下攻赵的打算，只轮番骚扰赵军营地与牧民草原，引诱李牧追击。李牧却是奇异，只要匈奴骑兵杀来，便早早没了踪影，匈奴骑兵但退，军营里又是人喊马嘶炊烟袅袅，只是绝不追击匈奴的小股轻骑。

天长日久，李牧边军面目全非。

赵王特使的说法是，非商非牧非军非民，四不像！活匈奴！

原本保护牧民交易的四千飞骑，变成了奇特的"军代商"。这支马队收了赵国牧民的牲畜皮革盐巴粮食，摇身变作驮马商旅，深入草原与匈奴小部族做生意，交易完毕立即回程；若遇匈奴轻骑骚扰，便有接应飞骑杀出，驮货马队趁机脱身；回到营地，交易货物立即发还牧民，边军只二十取其一的收税，或钱或物不论。若有匈奴部族欲与赵民交易，边军也同样替代。其时，匈奴游骑遍布草原，赵国边民饱受劫掠，根本无法正常市易。军代商一开，边民大悦，竞相将多余物事交李牧军代为交易。后来各族聚议，说李牧边军苦甚，坚执将边军的收税提到了十取其一。如此数年，李牧军的财货战马皮革兵器宗宗丰厚，装备之精良远超匈奴的贵族骑士：每骑士拥有三匹雄骏战马、六口精铁战刀、三套精制的上等皮革甲胄、三副硬弓配五百支长箭。除此而外，全军还打造了一万张大型连发弩机、五万顶牛皮帐篷，囤积了大量的牛羊干肉与粮草。但扎营军炊，每个百人队日杀两牛，人人放开肚皮猛咥。饱餐之后在空旷的草原驰骋骑射，直到三匹战马都累得一身大汗。边民艳羡李牧边军，精壮纷纷拥来从军。李牧以当年吴起遴选"魏武卒"之法考校，从军者非但要精通骑射，更要体魄雄健，下马可做步战勇士。扩军人数虽则不多，却尽皆精锐无匹。

另有三千飞骑专门看守遍布五百里山头的烽火台，搜集囤积狼粪。

三千通晓匈奴语的骑士组成了间谍[①]营。每个间谍带两只上好的信鹞，装扮成匈奴牧民，撒向广阔的大漠草原。一支万余人的边军，竟有三千间谍，可谓空前绝后。

其余主力飞骑由李牧亲自统领，骑士全部皮装轻甲弯刀硬弓，远观与匈奴骑兵没有丝毫区别。这主力马队的任务只有一个：日夜漂泊草原，与匈奴只作无休止的归去来兮的周旋，却绝对不许交战。李牧的军令是："匈奴但来，急入收保，有敢擅自捕获匈奴者，斩！"

如此三五年周旋，匈奴对李牧无可奈何。而李牧的边军则在国府没有拨付分文的情势下，已经壮大到了五万精锐飞骑，更兼粮草财货丰厚军辎装备精良，其战力非但已经远远超过了疲惫已极的本土赵军，而且远远超过了一味野战的匈奴骑兵。

此时，非议李牧的声浪弥漫了邯郸。一班与秦军血战后仅存的将士更是不满，纷纷

---

① 　间谍，先秦时一般将探事者称为"斥候"。战国后期始有"间谍"一词，见《史记·廉颇蔺相如列传》之李牧附记。间谍代斥候，意味着探事手段与涉探范围的扩大与深化。

《史记·廉颇蔺相如列传》:"李牧者,赵之北边良将也。常居代雁门,备匈奴。以便宜置吏,市租皆输入莫府,为士卒费。日击数牛飨士,习射骑,谨烽火,多间谍,厚遇战士。为约曰:'匈奴即入盗,急入收保,有敢捕虏者斩。'匈奴每入,烽火谨,辄入收保,不敢战。如是数岁,亦不亡失。然匈奴以李牧为怯,虽赵边兵亦以为吾将怯。赵王让李牧,李牧如故。赵王怒,召之,使他人代将。"李牧对匈奴,心知多战无益,以防守为主,市租皆收上来以作军费,厚遇战士,随时监察敌情,求稳而不是求战。好战者不能接受这一策略。李牧的策略实非常有远见——即使出兵胜了匈奴又如何,其无恒产,其民又不能驯服,好战则得不偿失,李牧之策,不是示弱,而是稳妥,保全实力之余,又可休养民生。养精蓄锐,其实志在一击必中。

而今方知李牧乃良将。自给自足,还能保边地安稳,何其不易也。

指斥:"多年一仗未打,边军肥得流油,李牧究竟意欲何为?"赵王派出特使视察李牧边军,回来将"四不像"与"活匈奴"之象一通禀报,赵国朝堂炸开了锅!此时,秦军攻逼赵国的浪潮已经回缩,赵国君臣在合纵胜秦之后又是踌躇满志,忽然醒悟一般,纷纷指斥李牧畏缩不战徒使大赵受辱于胡虏。孝成王大以为是,立即再派特使赶赴阴山军营,敦促李牧立即大战匈奴。年轻的李牧只是冷冰冰一句:"将在外,君命有所不受。"依然如故地与匈奴归去来兮地虚与周旋。

孝成王发怒了,立即召回李牧,改派乐乘为将出战匈奴。

平原君记得,那次自己没有劝阻赵王,李牧做得太过分了。

然则,急于对匈奴作战的结局却迅速证实:李牧没有错。

乐乘是名将乐毅的儿子,赴任之后立即集中李牧散开的兵力对匈奴展开了反击战。一年半时间全军出击十六次,非但没有一次捕捉到匈奴主力决战,反而每次伤亡骑士战马数千,许多精锐骑士竟莫名其妙地失踪了。仅仅如此还则罢了,偏是赵国边民没了"军代商",不堪边军驰突与匈奴的无常骚扰劫掠,纷纷逃亡秦国的九原与燕国的辽东,广袤的阴山云中草原迅速地凋敝,李牧的边军积累也几乎全数耗光。乐乘无奈,紧急上书邯郸,请求立即拨付大批军辎粮草,否则无法续战。

赵国朝堂一片惊愕!赵国君臣这才恍然想起,国府已经近十年没有向边军拨付分文了,这李牧却是如何撑持得不倒还能节节壮大?实在是奇也哉!

平原君力谏赵王重新起用李牧。孝成王终于接受了。可年轻的李牧牛性发作,声称自己得了大病,已经不堪战场之苦。赵王又气又笑,第三次下书"强起"。强起者,不从也得从,违命死罪也!这次李牧没有说病,却对赵王提出了一

个条件："我王若必用臣，许臣战法如前，否则不敢奉命。"

二话不说，赵王立即答应了。

李牧重为云中将军，到任又是一任匈奴骚扰劫掠，只是游骑周旋。边民闻李牧复职，也纷纷回归故土，"军代商"又蓬蓬勃勃地恢复起来。三两年后，李牧的五万精骑全部恢复，万余张大型弓弩需得配备的十万射手兼步军也全部就绪，秘密演练娴熟。这年入秋，李牧下令：八千飞骑扮作牧民，邀集回到阴山草原的牧民们全部赶出囤积的牛羊马匹，一齐作远草放牧。一时之间，畜牧大纵，人民遍野，整个阴山南北的草原都热闹了起来。所谓远草放牧，是牧民在秋草之时先赶牲畜到百里或数百里之外的远处放牧，到天寒之时，再退回到大本营消受基地牧草。这是牧民千百年的放牧规矩，谁也不以为反常。

这三两年里，匈奴虽捕捉不到赵军，却也终于认定：这个李牧终究是个只知开溜的大草包。及至今秋边民远牧，匈奴游骑立即风一般卷来劫掠。赵军护卫牧民的几个千骑队一战即溃，竟被匈奴掠走了数以万计的牲畜。消息传到北海，匈奴单于再不疑虑，发动诸部三十万骑兵呼啸南下，要一举端了赵国云中郡根基。

烽火台狼烟大起！

李牧集中步骑十五万大军连夜开过阴山，在阴山北麓早已选定的河谷地带摆开了大战场。这是一片貌似无奇实则特异的山川之地，东西两道山梁如同阴山北麓张开的两道臂膊，搂住了一片澄澈大湖，撒开了几条淙淙小河。在草木莽莽山峦起伏的绿色大草原，谁也不会以如此一方山水为特异。然而，李牧蓄谋多年，对阴山南北的地形地貌了如指掌，不知多少次踏勘比较，才认定了这方战阵之地，自然深知其中奥妙。

清晨时分，匈奴大军沉雷般从北方大草原压来。进入两道山梁之间，遥见湖水如镜河流如带，已经兼程奔驰了大半夜的匈奴骑士们一阵遍野欢呼鼓噪，纷纷下马奔向水边。大军中央的单于见状，略一思忖传下军令："歇息造饭，半个时辰后一举攻过阴山！"片刻之间，匈奴大军满当当撒在了湖边河边的草地上。

骤然之间，一片牛角号凄厉地覆盖了河谷草原！

匈奴大军尚在愣怔，万千强弩长箭伴着喊杀声暴风雨般三面扑来。不待单于发令，匈奴骑兵飞身上马，洪水般向唯一没有箭雨的北口蜂拥冲杀。刚出两道山梁，又闻草原杀声大起，赵军两支精锐飞骑各从东西红云般压将过来。这五万飞骑乃李牧多年严酷训练的精锐之师，人各三马，战刀弓箭精良无比，较之匈奴贵族骑士的人各两马还胜过一筹。更有一处，李牧在战前已经重赏每个骑士百金安家，人怀必死之心，号称"百金死士"。五万飞骑十五万匹雄骏战马在大草原隆隆展开，气势摄人心魄，第一个浪头便将匈奴骑兵压回了河谷！

反复冲杀之时，赵军战法陡变——三面强弩大阵箭雨骤见稀少，八万步军列成三个方阵，挺着两丈三尺的铁杆长矛，从东西南三面森森压来，隆隆脚步势如沉雷，对蜂拥驰突的匈奴骑兵视若无物。匈奴骑兵向以驰突冲杀见长，大约以为天下只有这一种战法最具威力，否则，何以赵武灵王要胡服骑射？今日乍见中原步军军阵的森煞气势，一时竟是蒙了。

一头目大吼一声，率千余骑展开扑来。尚未入阵，便被森林般的长矛连人带马挑起，甩得血肉横飞，一个千人马队片刻间荡然无存。匈奴老单于大骇，弯刀一挥嘶声大吼："冲杀北口！回我北海！"

那一战，匈奴大军留下了二十余万具尸体，而李牧军死伤不过万余。

一战成名，李牧却辞谢王命，没有回邯郸受赏受贺，而是率领五万飞骑一鼓作气向东北追击。连灭襜褴①、东胡两大胡邦，又迫使林胡邦余部举族降赵。匈奴大为震恐，老单于率余部远遁茫茫西域没了踪迹。此后至今十余年，整个北方胡人无一族敢犯赵国北疆。

……

北出雁门，越过赵长城百余里，是赵国边军的岱海大营。

时当暮色，牧人渐归，炊烟四起，高远的长调掠过草浪随风飘来——

《史记·廉颇蔺相如列传》："岁余，匈奴每来，出战。出战，数不利，失亡多，边不得田畜。复请李牧。牧杜门不出，固称疾。赵王乃复强起使将兵。牧曰：'王必用臣，臣如前，乃敢奉令。'王许之。李牧至，如故约。匈奴数岁无所得。终以为怯。边士日得赏赐而不用，皆愿一战。于是乃具选车得千三百乘，选骑得万三千匹，百金之士五万人，彀者十万人，悉勒习战。大纵畜牧，人民满野。匈奴小入，详北不胜，以数千人委之。单于闻之，大率众来入。李牧多为奇阵，张左右翼击之，大破杀匈奴十余万骑。灭襜褴，破东胡，降林胡，单于奔走。其后十余岁，匈奴不敢近赵边城。"赵王复用之，李牧又守了数年才出手，真是沉得住气。如此大将，生不逢时，跟错"老大"，功成却身死，惜哉！

---

① 襜褴，战国时北方胡族，居地在赵国代郡之北，大约今日内蒙古东南部。

　　牛羊如云李牧川

　　天藏飞骑大草原

　　不怕边军吃

　　不怕边军穿

　　只怕边军不吃不穿不动弹

　　长城自此无战事

　　胡马不得过阴山

　　我有李牧川

　　车马流水富庶年年

　　……

　　"一将之能，竟至于此也！"平原君慨然一叹，一马当先飞过一片片牛羊帐篷，终于进入了赵军营区。夕阳之下，一座城堡般的莫府①突兀矗立，在连绵无际的牛皮大帐海中俨然一座显赫的孤岛。分明莫府前并无军吏，马队未入军营却有大号呜呜长吹，一员黝黑粗壮的将军从莫府飞步出来。

　　"末将李牧，参见平原君！"

　　"李牧啊，今非昔比，你可是大有气象了！"

　　"边军气象，赖平原君之功！"

　　平原君哈哈大笑："老夫当言则言而已，还是将军雄略也。"

　　"聚将号！开洗尘军宴！"李牧令下，牛角号飞向辽远的草原。

　　洗尘军宴设在莫府前的特大型牛皮帐下，当真是闻所未闻的气势。三百多只烤羊、六百多桶老赵酒、小山一般的燕麦饼、饮多少有多少的皮袋装马奶子，大帐外的草原上烤羊的篝火映照得半边天都红了。没有军营常见的冷峻简朴，脚底是厚得人脚软的红地毯，眼前是两排环绕大帐摇曳着粗大羊油烛的六尺银烛台，摆放烤羊的食案是清一色

────────────────

　　① 莫府，亦作幕府。《史记·集解》引如淳云："将军征行无常处，所在为治，故言'莫府'。莫，大也。"又引崔浩云："古者出征为将帅，军还则罢，理无常处，以幕帘（小帐幕）为府署，故曰'莫府'。则'莫'当做'幕'字之讹也。"流传日本做"幕府"。考其流变，大意为"军无定治，以幕为府"之意。

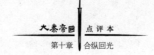

的九尺白玉大案。所有将领全部与宴,个个肥硕壮健慷慨呼喝,腰挂镶金嵌玉的半月战刀,手捧恍若金铸的奇特的青铜大碗,豪阔得教人咋舌。

"如此军宴,虽匈奴单于亦见寒酸也!"平原君无法不感慨了。

李牧哈哈大笑:"边军没得国府一钱,但求无罪可也!"

"但有常心,何罪将军矣!"平原君笑叹一句,"只老夫不明,自来军中戒奢,何边军如此殷实豪阔,将士却能视死如归?"

李牧肃然拱手答道:"厚遇战士,善待人民,将无私蓄,军无掳掠,牧之军法也! 如此虽厚财丰军,亦得将士用命人民拥戴。"①

"禀报平原君!"一将高声插话,"云中边民常大驱牛羊数千入军,我军若是不受,边民便疑虑我军战力,逃亡他乡。近年来,云中牧民举家随军流动者不下三万户。边民有歌,‘不怕边军吃,不怕边军穿,只怕边军不吃不穿不动弹!’你只说,我等有甚法子拿捏!"

"来路之上,老夫也曾闻歌,只是不解其中奥妙也!"平原君重重拍案曼声吟诵,"不怕边军吃,不怕边军穿,只怕边军不吃不穿不动弹……民心也! 战力也! 老夫长见识也!"言罢哈哈大笑,分外畅快。

军宴结束,平原君拉着李牧转悠到了莫府外的草原。一汪醉人的明月压在头顶,无边的草浪飘拂在四野,两人久久无话。

"李牧,可闻秦军东出消息?"平原君终于开口了。

"间谍多报,如何不知?"

"你若南下,云中边军会乱么?"

"不会。然则,李牧不欲南下。"

"却是为何?"

"恕我直言。"李牧慨然拱手,"秦军全部兵力已达五十余万,且无虚师。目下抗击秦军,非赵军一力可当,唯赖合纵联军。李牧资望尚浅,既不能为合纵达成奔走,也无法做联军统帅,即便南下,徒添一将而已。李牧之见:六国联军唯以信陵君为帅方可服众,统兵制胜之才,信陵君不下白起也! 李牧相辅,不增其制胜之力,反添其多头干扰。此其一也。"

---

① 战士、人民等词,皆出战国,《史记》亦有记载。

"还有其二?"平原君有些惊讶,这李牧显然已经清楚了他此行意图。

李牧呵呵一笑:"其二,与信陵君比肩作战,和谐莫如平原君与春申君。若赵魏楚三国合兵,韩燕齐三国助攻,由三位久经磨合的大公子统率,此战必胜无疑。"

"你是说,老夫带赵军与信陵君会合抗秦?"

"李牧以为,这是上上策。"

"可是,军力……"

"平原君毋忧。五万边军精骑全数南下可也!"

"如此你岂不成了空营之师?"

"十万步军尚在,危机时改做飞骑也是使得。"

平原君良久默然,泪水模糊了沟壑纵横的老脸。有李牧这般杰出的大将,赵国可说是边患无忧矣!李牧若得为赵国上将军,赵国安得不重振声威? 可是,一想到邯郸朝堂大臣们对李牧的种种非议,想到越老越是刚愎自用的赵王,平原君心头不禁沉甸甸的。赵胜老矣! 无力左右国政了。然则无论如何,最后这两件事都要做好:一是合纵抗秦,二是力保李牧执掌赵国大军,舍此无他求也。

> 有心无力。保得一时是一时。

三日后,平原君率领五万精锐飞骑南下了。

马蹄如雷,弯刀闪亮,红色飓风掠过了辽阔的云中草原。

五 壮心不已 春申君奔波合纵

信陵君在魏国拜将的消息传来,整个郢都顿时亢奋起来。

楚国已经沉寂多年了。自白起攻克夷陵夺取老郢都,楚国尽失荆江地域东迁淮水南岸,至今已是三十年过去。楚顷

> 信陵君归魏,王与信陵君"相与泣,而以上将军印授公子,公子遂将。魏安釐王三十年,公子使使遍告诸侯。"(《史记·魏公子列传》)

襄王已经死了,继任的考烈王也已经在位十五年了。三十年中,除了顷襄王在东迁之初平定了江南十五城的小叛乱从而巩固了新郢都外,楚国几乎没有过任何一件使天下关注的大事。北上中原争霸的雄心再也不提说了,面对中原惊心动魄的连绵大战,楚国所能做的也只有"小心周旋"四个字。小心周旋者,既要立足山东六国阵营,又不能开罪于秦国也。秦国气势太盛时,楚国除了派太子到咸阳做人质,也时不时割让些许土地安抚秦国。秦国顿挫时,楚国也不再争做抗秦轴心国,而只做得适可而止。合纵救赵,楚国曾坚执拒绝做首倡之国。直到平原君率门客军南下,毛遂挺剑相逼,考烈王才适可而止地答应加入合纵。入则入矣,也绝不做联军主力,只出得三五万兵马罢了。如此三十余年周旋下来,楚国总算是没有大翻覆,落得个战战兢兢风平浪静,国力也稍稍殷实振作起来。

楚国君臣又活泛了。北上的议论也渐渐从无到有地多了起来。朝议最风行的说法是,白起恶死了,范雎退隐了,秦昭王老死了,天使秦国衰落也!当此之时,吕不韦逆天灭周,蒙骜东出掠地,岂非多行不义乎?若是山东合纵重开,楚国再无顾忌,北图大好时机也!

此时,信陵君拜将的消息传来,无异于一石入水涟漪大起。

信陵君何许人也!天下谁个不清楚?信陵君复出为大国上将军,其锋芒所指天下谁个不心知肚明?别说楚国君臣,便是郢都国人,也是奔走相告纷纷揣摩,人人都惶惶然欣欣然说叨不休。春申君府邸门庭若市,大臣们竞相聚来作国策之辩,纷纷要给楚国谋划重振长策。无论对策如何,那一派多年不见的昂昂之情便教人油然而生雄图之心。相互砥砺慷慨愈生,没有人再问究竟如何去做,只一口声呼吁——请命楚王,拥戴春申君北上首倡合纵!

春申君始终没有说话。宾客但来只是听,宾客但走只是送,末了只有一句话:"诸公高论,容老夫思之。"如此旬日,朝议愈加激昂起来,十余位元老重臣索性上书楚王,请行大朝议决。

这日暮色,王命到府,密召春申君立即入宫。

此时的春申君已经今非昔比,是楚国一等一的实权强臣了。在战国四大公子中,春申君在风华之年一直是没有做过秉国丞相的清爵公子,因多年追随屈原而招致一班贵胄声讨,只能做个周旋邦交的角色。其在中原的声望实力,远远不能与信陵君、孟尝君、平原君三公子相比。春申君命运的转折，来自十五年前与秦国的一番艰难周旋。

　　楚顷襄王末年，秦国正当昭王气盛之时。顷襄王基于秦军已夺楚国荆江根基，深恐秦军顺势南下追击，拟派太子芈完到秦国做人质，以与秦立盟结好。春申君与芈完交厚，向顷襄王请命，陪着太子入秦做了人质。数年之后，顷襄王一病不起，飞书秦王请允准太子回楚，却遭秦国断然拒绝。春申君思忖一番来拜见应侯范雎，当头一句："丞相认可楚太子乎？"范雎笑答："是也，何须问也。"春申君精神大振立刻开说："今楚王只怕难以起疾，秦国不如放太子回楚也。太子继位，必感恩而忠心事秦，丞相也是功德无穷也。若不放太子，无非咸阳多一庶民耳。楚国若新立太子继任，则必不事秦，秦国失楚王之和，绝非上策也。请丞相思之。"范雎以为有理，禀报了秦昭王。秦昭王却说："安知楚王非诈病也？可令我使与楚太子傅先回楚国探视，回来后再作计议。"

　　得范雎回复，春申君大是不安。反复思忖，虑及楚王也钟爱自己的敌手阳文君的两个公子，若耽延时日，楚王在病急之时立了新君则一切晚矣。春申君连夜与太子完密谋，将太子完装扮成太子傅的驾车取手，随秦使车马队逃出咸阳回了楚国。春申君自己则留下来称病不出。两日之后，算计太子已经脱险，春申君自己来见秦昭王禀报："楚太子已经离开咸阳回国，黄歇请死。"秦昭王大怒拍案，正要喝令斩首黄歇，应侯范雎上前低声道："春申君以身殉主，王何成其忠义也？许其回楚，必为新王重臣，春申君宁不亲秦乎？"秦昭王恍然大笑，当即下座扶起春申君一番抚慰，随后立即派车马送春申君南下了。

　　回楚三月，顷襄王一命呜呼了。太子芈完即位，这便是考烈王。新王立即下书组朝：春申君为丞相，实封淮北十二

《史记·春申君列传》："楚顷襄王卒，太子完立，是为考烈王。考烈王元年，以黄歇为相，封为春申君，赐淮北地十二县。"黄歇善天下士，后反受其害，李园谋杀之。太史公的批语是"当断不断，必受其乱"。

县之地,以补偿昔年之功。至此,虚封多年的春申君一举成为楚国封地最大的权臣。后来齐楚龃龉,春申君上书楚王说:"淮北之地皆与齐国接壤,不易防守也。老臣请献淮北封地,换封江东一郡交臣治理,以为楚国根基之地。"考烈王慨然批曰:"春申君国之干城也!何言换封?加封江东一郡可也!"

如此一来,春申君便将封地都邑从淮北迁到了吴墟。吴墟者,故吴国都城之废墟也,后世称为姑苏者便是。其地傍震泽(太湖)处水乡,丰腴肥美,渔农工商百业皆旺,实在非同小可。春申君在吴郡大造城邑,广召门客,一时声威大振,活生生半个楚王一般。

势大未必心安。威赫之余,春申君毕竟还是想做一番功业的。仔细揣摩,要在楚国再像屈原那般折腾变法,显然是劳而无功也,只有在军政治民等几个易见成效且无争议的方面做些建树了。此等谋划之下,借着齐国衰微,春申君亲率十万大军举行了声势浩大的"北伐",一举灭了连一万兵力也没有的奄奄一息的鲁国。班师庆贺之日,在国史上大大记载了一笔:"春申君相八年,为楚北伐灭鲁。"有此一举,春申君成为楚国历史上为数极少且楚人最为看重的"灭国功臣"。大功之下,春申君又广召天下名士委任为治民之官。最为著名者,是将声名赫赫的荀子请到楚国,做了兰陵县令。由是春申君政声大作,在中原有了中兴楚国的名望。

此其时也,信陵君复出,春申君怦然心动了。

对一班鼓勇朝臣不置可否,那是因为春申君明白这班朝臣根本不知合纵为何物,以为只要大楚国振臂一呼便是天下响应。楚国已经多年沉睡,楚王心志究竟如何还很难说,而楚王不开口,再声势汹汹也是没用。毕竟,楚国是大族封地分治,地盘最大的还是王族。论目下实力,只要楚王与春申君联手,便有了楚国三分之二的土地人口,兵力粮草便能大体保障。春申君对合纵动心,根本的原因也在这里。虽则如此,在楚国首倡合纵,春申君却不能第一个动议,包括不能在没有国王的非朝议的场合下拍案赞同从而成为大臣拥戴的主倡人,而只能任由大臣们汹汹议论,自己只十分专注地听。之所以如此,在于春申君十分清楚,一旦楚国决定首倡合纵,必是自己出面,而自己若不以"迫不得已,受命为之"的姿态奔波合纵,一旦合纵失败便没有了退路,只有自己承担全部罪责。数十年间几度合纵,六国联军只胜过一次。每次合纵失败,自己的实力都猛跌一回。若非如此,何至于最后竟陪同太子做了人质?这是合纵抗秦的痛苦经历,数十年刻骨铭心,却教春申君如何忘却?当然,合纵也给春申君带来了天下声望,使他拥有了足

以抵得十万精兵的"战国四大公子"名号,在楚国有了屈原之后无人与之匹敌的民心根基。若非如此,又如何能在实力连续顿挫的黯淡岁月中没有被昭、景、屈、项四大族吞没? 一言以蔽之,有心合纵,无心请命。这便是春申君。

"群臣鼓荡,国人纷纷,相君何以筹划?"楚王开门见山。

"邦国大计,老臣唯我王马首是瞻。"春申君分外谦恭。

"若是合纵抗秦,得失如何?"

"论得失,须得先论成败。"

"相君就实说,此次合纵有几成胜算?"

"六成。"

"何以见得?"

"其一,除楚国之外,山东五国均受秦军兵祸,若倡合纵,其心必齐,兵力粮草必丰。其二,信陵君复出为魏国上将军,联军统帅无争议。其三,秦国正在低谷,君暗臣弱而急图功业,东出铺排过大。昔年秦昭王全盛之时,对山东开战尚从来都是一个战场,对其余战国还要不遗余力地离间拆散。如今嬴异人、吕不韦、蒙骜君臣三人秉国堪堪一年,未固根基便大举东出多方树敌,先轻率灭周再连攻四国,犯兵家大忌也。其四,周遗民怨愤甚烈,秦国新建之三川郡尚无扎实根基。东出秦军势大,就近根基却是薄弱。如此者四,合纵可保六成胜算。"春申君说得很是平和,并不见如何慷慨激昂。

"果真如此,楚国何得?"

春申君一阵沉吟方道:"这得看楚国介入力度。"

"相君不妨直言。"

"若以往例被动响应,依约派出三五万人马,败秦之后,至少可保中原各国十年内不再攻楚,至多可在淮北再争得三五城之地。若首倡大义,担纲合纵主力,则至少可得洛阳至函谷关之间的三百里土地,做得好,甚至……"春申君又是一阵沉吟。

"如何?!"

"楚国可一举北上,至少与赵魏共霸中原。"

考烈王牙关紧咬嘴角抽搐,良久无语,突然拍案:"本王不能一鸣惊人乎!"

春申君肃然一躬:"老臣之言一谋耳,我王可广纳他议而后断也。"

"当断则断,何须再议!"考烈王霍然起身一挥手,"左徒书命!"当着春申君的面,楚王的王书由口述、录写、誊抄、刻简、烙印等程式飞快走完,当即颁发到了春申君手里,直是空前绝后的快捷。王书只有短短几句话:"本王决意力行大义首倡合纵,今拜相国春申君黄歇为特使斡旋合纵,得调遣举国兵马粮草,郡县封地凡有抗命者斩!"

事情的进展比预想的还要顺当,春申君自然是"夫复何言"地感喟一阵,开始忙碌筹划起来。合纵路数春申君驾轻就熟。既然是首倡之国,便得先打出合纵的动议书,将首倡旗帜捧在手里。目下赵魏虽有举动,但合纵动议却尚未喊出,其因由必在信陵君对赵国君臣的冷漠尚未融化,信陵君与平原君尚在各自行动。此其时也,楚国出面正好。所以在奉书当晚,春申君先拟好了五封说辞不同的国书,楚王阅后加盖王印,派出快马信使兼程北上,分送中原五国。

楚国爱出头,几次合纵,皆为纵约长。

三日之后,春申君带着一支千人马队匆匆北上。

第一站直奔大梁。魏国虽然无可避免地衰落了,但有信陵君这根擎天大柱,这个曾经领战国风气之先近百年的老牌强国任谁也不敢小觑。更为根本处,信陵君是唯一战胜过秦军的合纵统帅,也是这次合纵无可替代的统帅,只要与他先行沟通,最关键的兵力分派便做到了心中有底,春申君只需奔波聚兵便是。

"春申君,白发老去矣!"郊迎三十里的信陵君大是感慨。

"噢呀,无忌兄倒是壮健如昔了!"

信陵君的大笑中不无忧伤:"老夫十数年沉沦无度,何来个壮健如昔?你老兄弟只哄得我开心,却是无用也。"

"大大有用了!"春申君呵呵笑着,"无君便无合纵,有君自有六国。"

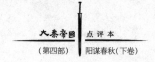

"多年未见,春申君老辣多矣!"信陵君拉着春申君进了郊亭一阵痛饮,突然凑到春申君耳边,"君当立即北上邯郸,稳住平原君……也代我致歉,无忌实在无心计较旧事也。"

"好!议定各国兵力,我便北上了。"

信陵君从腰间皮袋摸出一张折叠的羊皮纸:"此乃兵力谋划,兄可斟酌增减无妨。魏王已阅楚王国书,正待回书响应,你便来也。"

春申君打开羊皮纸飞快看得一遍霍然起身:"既然如此,我兼程北上!"

"你我心领神会,无忌不做俗礼客套也。"

就这样,春申君马队在大梁城外仅仅停留了一个时辰便绝尘北去。次日午后,马队抵达邯郸南门。来迎接的是赵王特使,说平原君巡北边未归,请春申君暂住驿馆等候赵王宣召。春申君颇是疑惑,赵国多年已无北患,兵祸分明在西南秦国,却巡的甚北边?然事已如此,也只有住下等候。谁知一连三日,赵王没有声息,春申君不禁焦灼起来。

"小吏参见平原君!"

春申君正在廊下思忖如何能强见赵王,却听得前院驿丞惶恐声音,心下顿时一亮,正要吩咐书吏去看,便闻腾腾脚步朗朗笑声一头霜雪一领大红斗篷已经火焰般卷到了庭院。

"老哥哥,赵胜请罪来也!"平原君当头一躬。

"噢呀,哪里话来,"春申君一把扶住端详,"平原君,老矣!"

"老哥哥的腰都粗了,谁能不老也!"平原君两只大手一比画间哈哈大笑,春申君不禁也连连点头大笑。在四大公子中,原是春申君生得最是英挺,蜂腰窄肩浓眉大眼,处处透着南国灵秀之气,与北方三公子的粗厚壮健适成鲜明对比。昔年孟尝君曾拍着壮硕鼓荡的肚皮戏谑:"春申君错生男儿身也,只怕我等老去,他那细腰也还盈手可握也!"春申君红着脸连连叫嚷:"噢呀,岂有此理了!南人腰粗得迟而已了,老夫之时,只怕比你还粗得一圈了!"众人一阵大笑,留下了这段趣话。

当晚,平原君邀集赵国重臣在府邸大宴春申君一行,饮酒间只字未提自己行迹。春申君素来机敏无双,见平原君不提,知其中必有不便,自然也绝口不问只是海阔天空。三更宴罢,大臣与门客散去,平原君留春申君于湖畔胡杨林下饮茶,春申君依然是默默啜茶只不作声。

"春申君,好耐性也。"平原君终是笑叹一句开口了。

"秦军攻赵最烈,赵国缄默,夫复何言了?"

"岂有此理！谁人说赵国缄默？信陵君么？"

"不是了！"春申君嚷得一句旋即正色，"信陵君郑重委托老夫：向平原君致歉。一句无心之言，老兄弟至于如此耿耿在怀了？"

"不说他也罢。"平原君沉吟若有所思，"赵国非缄默，唯虑一后患也。"

"噢？匈奴远遁，赵国还有何后患了？"

"燕国。"

"燕国？！"

"正是。"平原君点头意味复杂地一笑，"这燕国素来有一恶习，专一趁赵国吃紧时作背后偷袭。百年以来，燕赵大战小战不计其数，十有八九都是这只老黄雀恶习不改！长平大战后赵国势衰，燕国也在败于齐国后衰颓，原本可以相安。然燕王喜却故伎重演，屡屡密谋攻赵。一战大败，仍不思改弦更张。秦军攻占赵城三十余座而赵国不能全力抵御者，便是燕国同时聚集十余万大军偷觎我背后也。有邻卑劣如此，安得轻言合纵？"

"老夫若说得燕国合纵，赵国又当如何了？"

"燕国但能无事，赵军便是合纵主力！"

"数十年不与燕国交往也，容老夫一试。"春申君实在不敢将话说得太满。

平原君见春申君倏忽松劲，目光一阵闪烁慨然拍案："春申君只管去说，谅无大碍也。这个燕王喜我却知道，服硬不服软。春申君只给他挑明：燕国若要在此刻盘算赵国，我云中郡边军立即痛击燕国！李牧将军没有南下，便是对付燕国的后手！老姬喜若是颠顶不明，教他攻赵，看灭国者究竟何人也！"

"噢呀！原是平原君胸有成算，只借我做个说客而已了！"两人哈哈大笑，直说到五更鸡鸣方才散了。

终有一聚。

歇息得一日,春申君马队继续北上,兼程奔驰两日,第三日清晨看见了苍莽葱郁的燕山群峰与古朴雄峻的蓟城箭楼。谚云:望城三十里。依着邦交风习,使节历来在三十里时开始缓车走马,一则表敬重与国,再则也为免去在车马行人稠密处夺路扰民。春申君老于邦交,正要下令马队稍事歇息而后缓辔入城,依稀却见官道上一队骑士卷着烟尘飞驰而来,商旅车马庶民行人纷纷匆忙躲避。春申君知道绝非常人,立即下令马队转下官道树林以示礼让。正在此时,便听对面马队喊声响亮:"太子丹郊迎特使——"春申君不禁愕然。喊声未落,一少年飞马而来,火红斗篷墨绿玉冠腰悬短剑手执马鞭,一派飒爽英风。

"此儿非凡,活似当年赵括也!"春申君不禁油然赞叹。

"林下可是春申君么?"一声清脆呼叫,红衣少年已经飞身下马大步下道又大步进入树林毫不犹豫地对着春申君一躬,"太子姬丹迎客来迟! 春申君见谅!"

春申君大笑着迎了过来:"噢呀! 英雄果在少年了。"

"姬丹敢请春申君登车,父王已经在郊亭设宴等候。王车!"少年一连串说话发令,快捷得没有春申君对答余地。待春申君登上辚辚驶来的青铜王车,少年太子丹已经跃上了驭手位置,说声君且安坐,王车便哗啷啷飞驰而出,实在是干净利落。

车近十里郊亭,乐声大起排号长吹,一队红蓝衣者从亭廊下踩着红地毡上了官道。当先之人清癯黝黑须发间白,稀疏的胡须挂在尖尖下颌,一顶颇大的天平冠几乎完全遮掩了小小头颅与细细颈项,身后亦步亦趋者却是一位粗肥壮伟的白面将军,倒是相映成趣。春申君目力极好,一眼认定当先老人必是燕王喜无疑,一扶伞盖铜柱从车上站起,遥遥一个

太子丹,悲情人,闻于诸侯,闻于史。

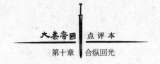

拱手礼,及至王车停稳,春申君已经下车走上了长长的红地毡。

"春申君别来无恙矣!"

"黄歇参见燕王!"

燕王喜虽则从来没有见过春申君,却笑得故交重逢一般亲切,一手拉住春申君一阵热切地端详:"南国多俊杰,诚哉斯言! 相君英风凛然,羡杀姬喜也!"春申君大觉别扭,呵呵笑着岔开了话头:"噢呀! 黄歇寸功未见,却劳太子驱车燕王亲迎,心下有愧了。""相君何来此说。"燕王喜亲昵地拍拍春申君肩膀,"斡旋合纵,大功于天下,任谁不认,老夫认也。来! 亭下痛饮说话。"不由分说拉着春申君进了石亭,对身后的将军大臣一个也没有介绍①。

洗尘酒饮得三爵,燕王喜命亭廊外陪宴大臣的座案移到林下树荫处,亭中唯留那位粗肥白面将军陪饮。春申君明白,这明是关照大臣,实则却是要开说正题了。果然见燕王喜又敬春申君一爵,幽幽一叹:"春申君,本次合纵难矣哉!"

"燕王以为,难在何处?"

"难在赵国。"

"噢呀? 愿闻其详。"

"老夫知赵深也!"燕王喜慨然拍案,"说来话长。西周成王分封之时,我祖召公为天子三公,遥领燕国封地,与周公共主天下大政。其后三百余年,我燕国始终代天子监北方诸侯,其时赵国安在哉! 后来魏赵韩三家在晋国崛起,争相示好燕国,以使燕国不干预晋国内乱。其中赵鞅最工心计,在三家合谋诛灭智氏后,又独灭范氏、中行氏两大部族。其时赵氏兵力不足,秘密借我兵力三万,许诺立国后割让北边五城以报。然则后来如何?"燕王喜愤然拍案,"赵氏立国,非但装聋作哑不割五城,赵仲小子还夺了我代郡西北三百里! 尚大言不惭,说是战国但凭实力,只有蠢猪才割地! 春申君且说,此等龌龊之国,我堂堂七百余年之大燕,该不该复仇也!"

"噢呀……"

虽是古老的往事,却也听得春申君心头怦怦直跳。战国之世,燕赵长期龃龉尽人皆知。天下议论多认定燕国不识时务横挑强邻,鲜有指责赵国者。赵武灵王之后,赵国成

---

① 介绍,先秦古语。语出《礼记·聘义》:"介、绍而传命。"其时礼仪:宾方的随从称为"介",主方的迎宾称为"绍";初相来往或正式礼仪场合,宾方意思由"介"传给"绍",再传于主人;主方意思由"绍"传"介",再传于宾方主人。介、绍相连成词,意谓从中沟通而使双方发生联系。

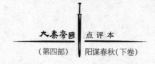

为山东屏障,燕国在山东诸侯中更是不齿了。如春申君一班合纵名士,对燕国历来十分头疼,直是不解燕国君臣何以褊狭激烈如市井痞民,竟能屡败屡战地死死纠缠强大的赵国。今日听燕王喜一番愤愤然说辞,春申君这才恍然大悟——燕之于赵,犹吴越之于楚也！几百年恩怨纠缠,谁打谁都有一番慷慨理由,如何却一个"不识时务"了得？

"只是,秦国已经夺赵三十七城,若不遏制其势头,秦军必以太原为根基北上攻燕。其时燕国奈何了？"春申君还是回避开了那些说不清的旧事,委婉地拒绝了回应燕王,而只说目下急迫之事。他相信,无论燕国君臣对赵国有多么仇恨,总不会坐等亡国。

"燕国本是合纵鼻祖,自然是要合纵抗秦。"燕王倒是没有丝毫犹豫,当即表明了参与合纵却又突然压低了声音,"然则,须得赵国一个承诺！"

"燕王但说了。"

"发兵之前,还我代郡之地,或割五城,了却旧账。"

"噢呀,燕王还记五百年前老账也！"春申君大笑。

"毕竟,秦国还没打燕国。"燕王的微笑很是矜持。

"燕王是说,赵国无此承诺,燕国不与合纵了？"

"春申君说？"

"燕王差矣！"春申君终是无法回避了,决意将话说透了事,"春秋战国五七百年,大小诸侯相互蚕食,谁个没占过别个土地,谁个之土地没有被别个占过？秦国河西被魏国占过五十余年,几曾无休止纠缠着魏国袭扰？未曾变法时,秦孝公为了离间六国瓜分秦国之同盟,还忍痛放了在战场俘获的魏国丞相公叔痤。变法强大后,秦国一举夺回河西！战国铁血大争,何国没有过顿挫屈辱？谁人没遭过负约背盟？计较复仇得分清时机,如此不分时机一味纠缠,只能落得个天怒人怨四面树敌败家亡国！"春申君粗重地喘息着,"黄歇言尽于此,燕王斟酌了。"

"如君所言,秦军攻占山东也无须计较？"燕王揶揄地笑着。

"噢呀！往昔之争,各国实力不相上下而互有争夺。秦军与山东之争,却是存亡之争！燕王若连如此道理也揣摩不透,夫复何言！"春申君显然生气了,起身一拱,"燕楚素来无瓜葛,告辞了。"

"春申君且慢。"燕王喜哈哈大笑,起身一躬,"君之合纵诚意,本王心感也！来,入座再说。"笑呵呵拉住春申君摁进了座案,自己也顺便礼贤下士一般跪坐在了对面,一拱手低声道:"春申君但说,燕军果真南下合纵,赵军会偷袭我背后么?"

"笑谈也! 燕国但入合纵,赵军能偷袭燕国了?"

"只怕未必。赵军廉颇、李牧两部均未南下,派何用场?"

"燕王既得此报,更当明白了。"春申君从容一笑,"赵为四战之地,任何战事都不能出动全部兵力而须留有后备,此乃常理,无足为奇也。然则,燕王所虑亦不无道理。黄歇揣摩:赵国为合纵抗秦主力,两大名将却不参战,实在也是在等待燕国动态。燕若合纵抗秦,燕赵便是同盟,廉颇、李牧可随后南下。燕若不与合纵,则廉颇、李牧便是应对燕军袭赵的最强手! 届时两军必然夹击燕国,燕王奈何?"

"此乃君之揣摩,抑或平原君带话?"

"无可奉告了。"春申君微笑着摇摇头。

一阵默然,燕王突然拍案:"好! 老夫入合纵!"

"派军几何了?"

"五万步骑如何?"

"何人为将了?"

"这位肥子将军。"燕王喜离座起身指着粗白将军,"春申君,这位是栗腹将军,多谋善战,燕国干城也。"春申君正在沉吟,粗肥将军已经扶着座案爬了起来,一拱手赳赳挺胸道:"栗腹胜秦,犹虎驱牛羊! 我王尽可高卧蓟城静候捷报!"声如洪钟顺溜滑口。燕王姬喜哈哈大笑,连连拍打着栗腹的肥肚皮:"汝这肥腹之内,装得雄兵十万么?"粗肥的栗腹似乎已经对这般戏弄习以为常,左掌拍拍肥大的肚皮,突然之间声如黄莺脆鸣:"大腹无雄兵,只有忠于我王的一副肝肠脏物也!"燕王又是开心地大笑:"将军能战而乖巧,真可人也!"粗肥的栗腹又如黄莺脆鸣般流利响亮:"臣子臣

子，为臣者子也，自当取悦我王也！"

春申君一身鸡皮疙瘩，背过身佯做饮茶远眺，腹中直欲作呕。

正在此时，红斗篷的太子丹突然大步进亭昂昂道："启禀父王：儿臣举荐昌国君乐闲为将。栗腹乃草包将军，人人皆知，如何当得秦军虎狼！"

"无理！"姬喜恼怒呵斥，"身为太子，粗言恶语成何体统！"

太子丹满脸通红泪水骤然涌出，扑地拜倒依旧是昂昂声气："此等弄臣庸人败军误国，今日更在合纵特使前出乖弄丑！儿臣身为太子，有何面目立于天地之间！"话未落点陡然纵身拔剑，一道寒光直向那肥大的肚皮刺去。

"太子！"从胡杨林宴席跟来的一个将军猛然扑上抱住了太子丹。

"父王……"太子丹捶胸顿足拜倒大哭。

燕王喜脸色铁青，一时默然无措。太子丹身后的戎装大臣慨然拱手道："太子刚烈忠直，尚在少年便撑持起大半国事，忧国之心上天可鉴！我王幸勿为怪。"

燕王烦躁得厉声嚷嚷："好啊！他忧国你忧国，只本王害国么？"

戎装大臣正色道："恕臣直言：燕国尽有将才，栗腹屡战屡败，我王委实不当任为大将。"

"将才将才！为何都打不过赵国？"燕王喜高声大气比画着分不清是斥责臣子还是诉说自己，"栗腹败给赵国不假，你等谁个又胜了赵国？同败于赵，凭甚说栗腹便是草包？他乐闲爵封昌国君，又是名将乐毅之子，你等都说他能打仗！可上年他为何拒绝带兵攻赵？还不是惧怕赵军！他便不是草包？你将渠也败给过赵军，为何不是草包？啊！说！"

抱着太子丹的大将脸色铁青，一时默然无对。此时，胡杨林设席的大臣们已经闻声出林围在了亭廊下。一个须发灰白的戎装大臣稳步趋前拱手高声道："我王明责老臣。老臣尚有辩言。"

"好！你老乐闲说个大天来也！"燕王兀自怒气冲冲。

乐闲正要说话，却见跪伏在地的太子丹霍然站起道："父王差矣！栗腹之败如何能与乐闲、将渠相比？栗腹败军在无能，三战皆全军覆灭！两老将之败乃保全实力退避三舍，就实而论，未必是败！父王若以此等荒谬之理问罪大将，儿臣甘愿自裁，以谢国人！"腰间短剑锵然出鞘，剑尖倏然对准了腹心。

太子丹虽暴烈，但也不至
于此。

"太子不可！"乐闲大惊，一个大步抱住了太子丹。

大臣们惊愕万分，纷纷拥过来护住了太子，几乎没有人顾及燕王如何。燕王喜又是难堪又是恼怒面色忽青忽白，喘息片刻突然干涩地笑了起来："也好也好，本王让你等一回不妨。"又骤然对乐闲将渠声色俱厉一喝，"乐闲将渠！本王命你两人统兵抗秦，若得再败，定斩不赦！"

大臣们依旧默然，乐闲与将渠也愣怔着浑然不觉。圈中太子丹连忙一拉乐闲低声道："昌国君，国事为重。"乐闲将渠恍然，同时转身作礼："老臣领命！"

"春申君，燕国可是合纵了，啊！"燕王喜仿佛甚事也没有发生过，对独自站在亭廊下的春申君呵呵笑着，"赵军若再算计老夫，栗腹的十万大军可等着打到邯郸去也。"春申君竭力想笑得一笑，却无论如何也挤不出些许笑来，末了淡淡一句："敢问燕王，发兵几何了？"燕王喜不假思索道："八万燕山飞骑。燕国有兵二十三万，那十五万么，是老夫后手。栗腹么，是燕国之廉颇李牧。"春申君不想笑，却又禁不住哈哈大笑："噢呀好！燕国合纵，天下大功了！廉颇李牧，自当留着后手了。"

燕国事定，春申君次日赶赴临淄。太子丹与乐闲、将渠送到十里郊亭。太子丹分明有话，却终是没有开口。春申君本想抚慰几句，实在想不出说辞，只与乐闲说得一些齐国情势，匆匆告辞向东南去了。

燕国同意援魏抗秦。

齐国比较难搞。隔得太
远，总觉得作壁上观即足以自
保。《史记·秦本纪》："魏将
无忌率五国兵击秦，秦却于河
外。"张守节《史记·秦本纪·
正义》："信陵君也。率燕、赵、
韩、楚、魏之兵击秦也。"这一
次的合纵抗秦，实际上齐国没
有参与。小说为免旁枝末节
过多，干脆写成信陵君率六国
攻秦。

这时的齐国，已是几度沧桑面目全非了。

数十年前，燕军灭齐。田单与貂勃分守即墨、莒城，与燕军相持六年而终得战胜复国，拥立齐湣王田地之子田法章即位，是为齐襄王。是时田单拜安平君兼领丞相统摄国政，齐国虽经大战之后百废待兴，却也在艰难之中渐渐振作。其时，秦赵剧烈大战，整个中原都被卷进这场巨大的风暴，几乎没有人想到要衰弱的齐国襄助，实在是齐国恢复元气的大好时机。然则，齐襄王猜忌心太重，听任九位心腹重臣处处掣肘田单，致使齐国在齐襄王在位的十九年间始终未能变法再造，只是国势略有恢复而已。齐襄王死后，太子田建即位最后一代齐王，由于没有谥号，史称齐王建，也就是春申君目下要去拜会的齐王。

这个齐王建，幼时有恋母症，整日与母亲形影不离，聪敏过人，事事却得母亲点头允准而后行。齐王建的母亲，是当年在齐国赫赫有名的太史敫的女儿。此女与扮作工奴逃亡的田法章私订婚姻，礼仪固执的太史敫大感羞愧，从此终生不见这个做了王后的女儿。也正因了如此，此女在齐襄王田法章眼中是大大的功臣，生前赐号"君王后"，意谓与君同等的王后也。君王后自己蔑视礼教，教子却是极严，始终与儿子同居一宫事事教诲。田建做了太子，也没有能够开府独居。岁月浸染，田建十八岁做了齐王，依旧一个总角孩童般跟在君王后身后亦步亦趋，重大国事自然听凭君王后决断。

建即位第六年，秦赵相持上党长平大战。赵国派出紧急特使四面求救，向齐国提出的请求，只是援助二十万斛军粮而无须派兵。建请母亲定夺，君王后一口回绝了，理由只是冷冰冰两句话："秦已知会，亲赵必攻。我宁罪秦而遭战乱乎？"大臣周子慷慨劝谏说："粟谷救赵，我大齐振兴之机遇也。强秦成势，齐楚赵三强犹唇齿相依也，唇亡则齿寒。今日秦灭赵，明日必祸及齐国。救赵，高义也。却秦，显名也。义救亡国，威却秦军，齐国大也。今君王后不务国本而务些许粟谷，未免妇人之算计过也！"君王后恼羞成怒，当即罢黜周子驱逐出齐国。周子对着端坐王座的建连连大呼："齐王救齐！君王后误国！"建却呵呵直笑："此人滑稽也。竟要我

基本上可以这样说，齐国毁于齐王建之手，作壁上观者，终自受其祸。齐王建死状惨，"饿而死"。（《战国策·齐策六》）

与母后作对?"

自此,齐国成了山东六国的另类——秦国不亲,五国不理。齐国却安之若素,锁国自闭只在海滨安享太平,断了与中原交往。有大臣非议,君王后却说:"我有临淄大市,东海仙山,优哉游哉,何染中原战乱也。"

上天乖戾,最需要母亲的建,在即位第十六年时,君王后盛年死了。这年正当秦军灭周,也便是两年之前。君王后一死,已经是三十五岁的建顿时没了主心骨,两年间浑浑噩噩不知伊于胡底,连秦军屯于大野泽预备东进的紧急军报也茫然无对,将焦灼等候君王定夺的大臣将军丢在宫外,只兀自嘟哝不会也不会也果真如此如何是好……

春申君抵达临淄,正是齐国最惶惶不安的时刻。

依照邦交礼仪,马队驻扎城外十里处,春申君只带着几个文吏与十个护卫剑士进了临淄。没有人前来迎接,齐国朝野似乎根本不晓得天下发生了何等事情。直到驿馆门前,才有一个老臣单车赶来,自己介绍是中大夫夷射。不待春申君询问,夷射唤出驿丞,下令给春申君安置最好的庭院。片刻铺排就绪,夷射请春申君觐见齐王。

"大夫之来,齐王之命?"春申君觉得有些蹊跷。

"若无王命,春申君便长住驿馆不求合纵么?"夷射一句反问。

"敢问大夫,齐国目下何人主事?"

"君王后阴魂。"

"噢呀,大夫笑谈了。"

"田单之后,齐国无丞相,只有右师王欢、上大夫田骈奔走政事,也不过传命耳耳,万事皆决于君王后幕帷之中。君且说,何人决事?"

"上将军何人了?"

"田单之后,田姓王族大将悉数不用。君王后说,开战在王,打仗在将,要上将军何用?从此齐国没了上将军。六大将各统兵五万,驻守六塞。君且说,将军决事么?"

"!"春申君愕然,一时竟觉自己孤陋寡闻了。二十年没有与齐国来往,这个昔日大国变得如此荒诞不经,实在是匪夷所思。默然良久,春申君对夷射肃然一躬,"面君之要,尚请足下教我。"

"春申君终是睿智也!"夷射不无得意地慷慨一拱,"君见齐王,无须长篇大论,只说秦军之威,只请一将之兵。要言不烦,合纵或可成也。"

春申君点头称是,当即跟随夷射直奔王城。一班守候在前殿的大臣闻大名赫赫的春申君到来,莫不惊喜非常,纷纷围过来讨教。春申君借势将中原大势说了个概要。大臣们如同听海客奇谈,连连惊呼连连发问。春申君哭笑不得又应接不暇,只好耐心周旋。正在此时,白发御史在殿廊下一声高宣:"楚国特使觐见——"春申君才好容易脱开了大臣们的圈子。

御史领着春申君几经曲折,来到树林间一座似庙似殿的大屋前。在守门内侍示意下,御史领着春申君轻手轻脚走了进去。大厅中烟气缭绕沉沉朦胧,依稀可见一人散发布衣跪在中央一座木雕大像前,口中喃喃不休。

"禀报我王,春申君到。"老御史轻声软语抚慰孩童一般。

布衣散发者梦幻般的声音:"是与孟尝君齐名的春申君么?"

"楚国黄歇,参见齐王。"春申君庄重一躬。

"坐了说话。"布衣散发者转过身来,面白无须,眉目疏朗,咫尺脸膛使人顿生空旷辽远的懵懂之感,飘忽嘶哑的声音如同梦幻,"我母新丧,建服半孝,君且见谅也。"

"齐王大孝,母薨两年犹作新丧,黄歇深为景仰。"

"春申君善解人也。"齐王建欣慰一叹又是幽幽梦幻般,"齐国臣民却不作如此想,竟日嚷嚷惶惶,风习不古,人心不敦也。"

"齐王明察!"春申君唯恐这梦幻之王突然生出意外而中断会晤,先迎合一句又恍然醒悟一般高声道,"噢呀! 黄歇老矣,几忘大事了。老臣来路途经大野泽,见秦军三十万已经屯兵大野泽东岸,距临淄只有三日路程了! 不知可是齐王邀秦王围猎大野泽了?"

"啊! 果有秦军屯驻大野么?"

"连绵军帐黑幡,声势浩大,齐王未得军报?"

"秦军意欲何为?!"建猛然站了起来。

"大军压境,却能何为?"春申君啼笑皆非。

"齐秦素无仇隙,秦军为何攻我?"

"齐王以为,虎狼啖人要说得个理由了?"

"秦若灭齐,会留我田氏宗庙么?"

"断然不会!"春申君骤然明白了建的心思,当下正色道:"秦灭人国,先灭宗庙。当年白起烧我楚国夷陵,芈氏祖先陵寝悉数被毁。此次吕不韦灭周,周室王族全数迁离洛阳,宗庙何在了?秦军入临淄,必毁田氏宗庙,以绝齐人复国之心。其时,君王后陵寝必当先毁,王后惨遭焚尸扬骨亦未可知,齐王将永无祭母之庙堂了。"

建面色惨白惊愕默然,良久,肃然一躬:"请君教我。"

"齐王救国,唯合纵抗秦一道,别无他途了。"

"合纵已成旧事,本王从何着手?"

"齐王毋忧了。"春申君拍案起身,"齐王只派出一将之军、一个特使足矣!一将之军依指定日期开赴联军营地,一个特使随黄歇前往联军总帐协调诸军。如此,战场不在齐国,临淄亦不受兵灾。若非如此,齐国只有坐等秦军毁灭宗庙了。"

"啊——"建恍然长叹一声,"军国大事原来如此简单,一支兵一特使而已哉!好!本王依君所说,只是……这特使谁来做?"

"中大夫夷射可为齐王分忧。"

"好!"建拍案高声,第一次生出了发令的亢奋,"御史书命:晋升夷射为上大夫之职,任本王特使,随同春申君周旋合纵。春申君,本王这王书有错么?"

"齐王天纵英明,齐国可望中兴了!"春申君连忙狠狠褒奖了一句。烟气缭绕的朦胧厅堂顿时响起了从来没有过的大笑声。

春申君在临淄住了三日,襄助齐国君臣理顺了诸般国务路数,譬如调兵程式,譬如特使奉命程式等;还力劝齐王建任命一位王族大臣做了丞相,一位好赖打过几仗的边将做了合纵兵马的将军。齐王建慨然许诺:若败得秦军,这将军凯旋之日便是齐国上将军。如此这般国事在任何一国都是

春申君又说一国。

再简单不过的基本路数,在一潭死水的齐国却已经积成了谁也不知道该谁来管的一团乱麻。国中尽有稷下学宫的田骈等一班名士任官,却是谁也不晓得自己的职司。除了关市税金始终有人打理,其余任何国事都是一事一议临机指派专臣办理,邦国的日常政务早已经滑到了连名义也纠缠不清的地步。春申君也只能将目下最要紧的出兵事宜摆置得顺当,眼看着将军奉了兵符开始调集兵马,这才与夷射离开了临淄奔赴新郑。

韩国已成惊弓之鸟,整个新郑弥漫着无法言说的恐慌。

蒙骜大军越过韩国呼啸东去,攻占赵国三十余城、重夺魏国河内之地,兵锋直指齐国,竟没有理睬韩国。韩国朝野大是惊慌。本来,周室尽灭,整个大洛阳三百余里变成了秦国三川郡,韩国立时如泰山压顶,直觉那黑森森的刀丛剑阵便在眼前。当此之时,秦军一举横扫韩国,山东救援只怕都来不及也。然则秦军没有攻韩,却径直扑向更强的对手,韩国君臣立时觉得脊椎骨发凉。毕竟,韩国君臣再懵懂,也清楚地知道这是秦军没有将韩国放在眼里,或者说,秦军早已经将韩国看成了囊中之物,回师之时顺势拿下罢了。

如此危局,韩国庙堂顿时没了主张。

天下战国,深受秦国之害者莫如三晋,三晋之中莫如韩国。自从秦国崛起东出,近百年来,韩国所有的邦交周旋只有一个轴心——却秦。六国大合纵,三晋小合纵,韩周更小合纵,等等等等,无一不为了消除秦祸。然则无论如何使尽浑身解数,种种移祸之策到头来总是变作搬起石头砸自己脚的滑稽戏,韩国终究摆脱不了这黑森森的弥天阴影。非但不能摆脱,反倒是越陷越深。如今,这黑影眼看便要吞没了整个韩国。韩国庶民想不通,韩国君臣更想不通。曾几何时,韩国也有"劲韩"之号,论变法比秦国还早着一步,论风华智谋之士还胜过秦国,论刚烈悍勇之将士也不输秦国,如何硬是连番丢土丧师,竟至于今日抵不住秦军一员偏将的数万孤师?

没主张便议。韩国君臣历来有共谋共议出奇策之风。

正在此时,人报春申君与齐使夷射入城。韩桓惠王大喜过望,当即亲出王城殷殷将这两位合纵特使迎进了大殿,就着朝臣俱在,便是一番洗尘接风的酒宴。春申君无心虚与盘桓,三爵之后对韩王说起了合纵进展。韩王慨然拍案:"春申君毋得多说,合纵乃韩国存亡大计,何须商榷? 君只明说,韩国需出几多军马?"春申君沉吟笑道:"韩国实力,

黄歇心下无数,韩王自忖几多了?"

"八万精兵全出如何? 尚有十余万步军老少卒,可做军辎。"

"韩王大义,黄歇深为敬佩了!"这句颂词照例是一定要说的。

"春申君谬奖。"韩王难得地笑了,老脸一副凄楚模样,"我今召得一班老臣,原是要计议出个长远之策来。经年惶惶合纵,终非图存大计也。"

"噢呀好!"春申君这次真心敬佩了。他对楚王说叨过多少次,要谋划救国长策,却无一例外地因种种燃眉之急拖得没了踪影。韩国当此危急关头,却能聚议图存大计,无论你对他有几多轻蔑,也得刮目相看了。依着邦交惯例,春申君一拱手道:"合纵已定,黄歇只等明日领军上道。韩王君臣计议长策,黄歇告辞了。"

"春申君见外也!"韩桓惠王油然感慨,"如今六国一体,生死与共,两位虽楚相齐臣,犹是韩相韩臣也。姑且听之,果有长策,六国共行,岂不功效大增?"

"恭敬不如从命!"虽是鞍马劳顿,春申君却实在有些感动。

"夷射领得长策,定奉我齐国共行!"

"好! 诸公边饮边说,畅所欲言也。"

二十余名老臣肃然两列座案,显然都是韩国大族的族长大臣。相比之下,倒是韩桓惠王年轻了些许。虽说国君宣了宗旨,老人们却是目不斜视正襟危坐,一时无人开口。春申君久闻韩国自诩多奇谋之士,夷射更是闭锁多年新出,敬佩之情溢于言表,两人正襟危坐神色肃然。

"诸公思虑多日,无须拘谨也。"韩桓惠王笑着又补了一句。

终于,有个嘶哑的嗓音干咳了一声,前座一位瘦削的老人拱手开口:"老臣以为,欲抗暴秦,唯使疲秦之计矣!"

"何谓疲秦?"韩桓惠王顿时亢奋。

瘦削老人正容答道:"韩国临河,素有治水传统,亦多高明水工也。所谓疲秦,是选派一最精于治水之河渠师赴秦,为秦国谋划一数百里大型河渠,征召全部秦国民力,尽倾于该河渠,使其无兵可征。强秦兵少,自然疲弱无以出山东也。"

韩桓惠王沉吟点头:"不失为一法,可留心人选,容后再议。"

"老臣以为,老司马之策未必妥当。"座中一位肥胖老人气喘吁吁,"河渠之工,误其一时耳,不伤根本也。莫如效法越王勾践,使秦大泄元气为上矣!"

"噢——"韩桓惠王长长一叹，"老司空请道其详。"

老人咳嗽一声分外庄重："当年勾践选派百余名美艳越女入吴，更有西施、郑旦献于吴王，方收吴王荒政之奇效也。我可举一反三：一则，选国中妙龄女郎千余名潜入秦国，与秦国贵胄大臣或其子弟结为夫妇，使其日夜征战床笫而无心战事，秦国朝堂从此无精壮也。二则，可选上佳美女三两名进献秦王，诱其耽于淫乐荒疏国政；若生得一子使秦王立嫡，则后来秦王为我韩人，韩国万世可安也。纵不能立嫡，亦可挑起秦国王子之争，使其内乱频仍无暇东顾，此万世之计也，我王不可不察也。"

举殿肃然无声，老臣们个个庄容深思。韩桓惠王目光连连闪烁，指节击案沉吟道："论说韩女妖媚，床笫功夫似也不差……只是，仓促间哪里却选得数百成千？"

夷射突然"噗"地喷笑，眼角一瞄却见春申君正襟危坐，连忙皱眉低声一呼："我要如厕！"跟着一个小内侍跟跄去了。正在沉吟思索的韩桓惠王立即觉察，高声挥手："太医跟去，看先生可是醉酒？"片刻间小内侍来报："先生又哭又笑涕泪交流，太医正在照拂，想必要吐。"春申君冷冷道："醉酒，任他去了。"韩桓惠王一笑："也好，吐出来好。诸公接着议。"

一老人慨然拱手道："美女之计太不入眼，当使绝粮之计！"

"老司徒快说，倘能绝秦之粮，六国幸甚也。"韩王显然是喜出望外。

做过司徒执掌过土地的老臣语速快捷："当年越王勾践也曾用此法对吴，使吴国大歉三年而不知所以也。我王可集国仓肥大谷粟十万斛，以大铁锅炒熟，而后献于秦国做种子。秦人下种耕耘而无收，岂不绝粮乎？"

"！"倏忽之间老臣们瞪圆了眼珠。

"此计倒是值得斟酌……"韩桓惠王皱着眉头踌躇沉吟。

"老司徒之策太得缓慢，又耗我五谷！"一老臣霍然离座，"焚烧咸阳，夷秦宗庙，逼秦迁都，秦国必衰！此乃效法秦国衰楚之计，春申君幸毋怪之。当年白起攻楚夷陵，毁楚国历代王陵，又占郢都，楚国无奈东迁，从此衰落也。行此策时，再悬重赏买敢死刺客百名，潜入咸阳刺杀秦王，秦国自是一蹶不振！"

"大宾在座，老司寇出言无状矣！春申君见谅。"韩桓惠王一个长躬。

"噢呀！无甚打紧了。"春申君嘴角终是抽搐出一片笑来，"只是黄歇不明老司寇奇计了，韩国连天下形胜上党之地都拱手让给了别家，能有几多大军攻咸阳夷宗庙？果能如此，天下幸甚了。"

韩国君臣大是难堪,一片嘿嘿嘿的尴尬笑声。正在此时,殿外一声少年长吟:"禀报叔王,我有奇计也!"似唱似吟颇是奇特。韩桓惠王对春申君笑道:"此儿乃本王小侄也,自来口吃,说话如唱方得顺当。三年前,我将他送到荀子大师门下修学,想必从兰陵赶回来看望本王也。传命,教韩非进来。"春申君自然立即下台:"好!黄歇当一睹公子风采。"

随着内侍传呼之声,一个红衣少年飘然进殿,散发未冠身形清秀若少女。到得王座之前一躬,春申君却看得分明,这个少年眉宇冷峻肃杀,目光澄澈犀利,全然没有未冠少年该当有的清纯开朗,心下不禁惊讶。韩桓惠王一招手笑道:"非儿过来坐了,也听听老臣谋国,强如你兰陵空修也。"少年昂然高声道:"韩韩韩非前来辞行,不不不不屑与朽木论道也。"脸憋得通红。"小子唐突!"韩王板起了脸,"你之奇计说来听听,果有见识,饶你狂妄一回。"

"叔王,"小韩非肃然吟唱,"古往今来,强国之道无奇术,荒诞之谋不济邦。以诡异荒诞之谋算计他国,而能强盛本邦者,未尝闻也!若要韩强,只在十六字:修明法制、整肃吏治、求士任贤、富民强兵,岂有他哉!若今日韩国:举浮淫蠹虫加于功实之上,用庸才朽木尊于庙堂之列;宽宥腐儒以文乱法,放纵豪侠以武犯禁;宽则宠虚名之人,急则发甲胄之士;不务根本,不图长远,所养非所用,所用非所养,腐朽充斥庙堂,荒诞泛滥国中。如此情势而求奇计,犹缘木而求鱼,刻舟而求剑,南其辕而北其辙,焉得救我韩国也!"铿锵吟说激扬殿堂,老臣们死一般寂然。

"竖子荒诞不经!"韩桓惠王勃然变色,"几多岁齿,学得一番陈词滥调!当年申不害也如此说,还做了丞相变了法!韩国倒是富强了一阵,可后来如何?连战惨败,非但申不害畏罪自裁,连先祖昭侯都战死城头!事功事功,变法变法,事

少年韩非,侃侃而谈?——韩非有口吃,很难侃侃而谈吧。《史记·老子韩非列传》:"非为人口吃,不能道说,而善著书。"

功变法有甚好？老夫只看不中！小子果有奇计便说，若无奇计，休得在此聒噪！"

老臣们长嘘一声顿时活泛。少年韩非却咬着嘴唇愣怔了，突然嘿嘿一笑："叔王若要此等奇计，韩非可献得五七车也。"

"噢？先说几则听来。"

"叔王听了。"小韩非似笑非笑地吟唱起来，"请得巫师，以祭天地，苍龙临空，降秦三丈暴雨，秦人尽为鱼鳖，连根灭秦，大省力气。"

"岂有此理！他国不也带灾？"老司徒厉声插入。

少年韩非哈哈大笑："此雨只落秦国，他国岂能受此恩惠？"

"此儿病入膏肓！老臣请逐其出殿！"老司寇拍案而起。

"沉疴朽木，竟指人病入膏肓，天下荒诞矣！"少年韩非的清亮笑声凄厉得教人心惊，摆着大袖环指殿中又是嬉笑吟唱，"蠹虫蠹虫，皓首穷经，大言不惭，冠带臭虫！"

"来人！"韩桓惠王大喝一声，"将竖子打出殿去！"

"打出殿去！"老臣们跟着一声怒吼。

"韩非去也！"武士作势间红衣少年嘻嘻笑着一溜烟跑了。

……

韩国的图存朝议，终是被这个少年搅闹得灰溜溜散了。

韩国实六神无主。

春申君郁闷非常，回到驿馆在厅中独坐啜茶，思绪纷乱得难以理出个头绪来。少年韩非的一番言辞深深震撼了他——素来孱弱的韩国王族如何出了如此一个天赋英才？这个未冠少年的犀利言辞简直就是长剑当胸直入，教人心下翻江倒海阵痛不已。"强国之道无奇术，荒诞之谋不济邦"，可谓振聋发聩。一篇说辞字字金石掷地有声，岂止指斥韩国，直是痛击山东六国百年痼疾也。如此天纵英才，若在百年前变法大潮之时，实在是堪与商鞅匹敌了，何今日之世，竟落得举朝斥责一片喊打之声？韩国之哀乎？六国之哀乎？平心而论，今日韩非若在郢都,楚国朝堂能接纳此番主张么? 你黄歇能像当年拥戴屈原一般慨然挺身撑持韩非么? 此念一闪,春申君脸红了。说到底,春申君的烦乱正在于此——荒诞情景发生在别国朝堂,自己却惭愧得无地自容。今日韩王一口允准出兵,合纵算是大功告成了,然春申君非但没有丝毫的快意,心头反倒酸涩得直要流泪。

夷射来了,也是只默默啜茶。直到五更鸡鸣,两人一句话也没说。

六 兵家奇谋 大义同心

九月中旬,六国兵马终于聚齐了。

这次合纵不同以往,六国兵马都是隐秘集结。这是信陵君特意给各国申明的要旨:合纵之军务必穿行河谷昼伏夜行,战马衔枚裹蹄,全军轻装禁炊,不求快捷,务求隐秘。这封密书使各国将军大感意外,既往合纵历来都是大张旗鼓出兵,声势唯恐不大,何以这次出兵要做贼一般? 大军行进在本国本土,还要衔枚裹蹄轻装禁炊,这不是作践人么? 如此神秘兮兮地折腾,秦军没有斥候么? 各国将军完全是不约而同地将这封密书当作了耳旁风,纷纷大聚兵马,要做浩浩荡荡的兴兵伐罪之师。

正在此时,信陵君军书又到,除重申前书要旨,更口吻严厉地立约:何国军马不秘密开进,休要出兵,魏赵韩三国抗秦足矣! 这可是战国合纵头一遭——自来合纵都是唯恐哪国不动兵力不足,各国都要兴兵了又说可以不要,咄咄怪事也。这魏无忌究竟要弄甚个玄虚? 疑惑归疑惑,牢骚归牢骚,各国君臣思忖再三,还是严厉下书:务必遵照信陵君将令行事,如期秘密开进。

这便是信陵君魏无忌的威望。战国自有合纵抗秦,此前

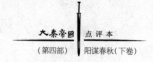
成立过四次六国联军,独有信陵君统率联军的那次,一举大败秦军挽救了赵国挽救了山东。马服君赵奢是山东六国第一个胜秦名将,然其威望与信陵君却不能同日而语。何也?赵奢胜秦乃山地战,双方兵力俱在十万以内,狭路相逢唯浴血拼杀耳,虽则难能可贵,终难成兵法谋略之范例也。合纵救赵之战却是平原野战,双方兵力均在三十万以上,且不说战场调遣远非山地小战可比,单是能将六支战力不一素无统辖临时凑集的散兵拧成一支鼓勇之师,便绝非常人所能做到。信陵君非但是一员战场猛将,更是深通兵法的兵家奇才。此人仿佛天生将兵之命,没有战事论国政,比孟尝君、平原君、春申君三公子也强不到哪里去,甚或不如三公子在庙堂游刃有余;然则若有战事,信陵君在庙堂政事中所有的弱项,都立时变为非凡之处而大放光华。刚严凛然的秉性化作罕见的将帅威权,豪侠尚武的结交化作最能亲和将士的魅力,任贤用能讲求实效的做事方式天然是凝聚大军的将帅德风,广学而知天文地理兵家战阵,异能而通诸般大型攻防兵器,运兵谋划每每出人意料,战场将令每每令人惊叹。临危而亢奋,乱局而从容。如此等等,都使进入莫府的信陵君如鱼得水,调兵遣将如庖丁解牛。更为山东诸将景仰者,在于信陵君临战关头的决战决胜之气。当年五国聚兵救赵,唯缺大将到位。魏王因猜忌之心,硬生生不任信陵君为将。便在五国联军群龙无首眼看救赵就要成为泡影之时,信陵君盗窃兵符,力杀魏王心腹大将,强夺魏军兵权,硬是风风火火赶赴了联军营区,一鼓救赵大败秦军。此等勇略胆魄,非天赋异禀而无可为也。唯其如此,信陵君客居邯郸而有门客三千,以至平原君门客也纷纷来投,一时竟使素来粗莽的赵国成为天下士子会聚的风云之地。信陵君在邯郸写下了一部兵书,也成为孙膑之后最为山东名士推崇的战国兵法。百余年之后的太史公为信陵君作传,末了也是由衷赞叹:"信陵君名冠诸侯,不虚耳!"这是后话。

却说六支兵马分头秘密疾进,九月初终于全部抵达大野泽西北山地。

大野泽山地是信陵君精心选择的战场。战国之世,大野泽又称巨野泽,与逢泽、巨鹿泽共为中原地区的三大湖泊。除巨鹿泽在黄河流域赵国境内,大野、逢泽皆在济水流域。逢泽在魏国境内,大野泽在魏国与齐国边境地带。虽说战国时期的领土城池经常盈缩不定,但魏齐同为大国,相互交战不多,国土大体上还是始终以大野泽为分界的,泽东为齐国,泽西为魏国。后来,大野泽随着济水的干涸消亡而渐渐干涸萎缩,只留下了被后人称为东平湖与梁山泊的狭小水域。后世中国人所熟悉的梁山好汉聚集的水泊,便是大野泽留下的痕迹。战国时期,济水是天下四大名水(河、江、淮、济)之一,水量丰沛,横贯魏齐赵而独立入海,是中原地区当之无愧的母亲河之一。济水洪流沉积扩展的大野泽烟波浩渺汪洋恣肆,方圆几近千里,水道东连泗水,成为吞吐两大河流的巨泽,时称中原三大泽之首。直到唐朝枯涸之时,大野泽尚有南北三百里水面,可想其全盛之势。《书·禹贡》有云:"大野既潴。"《周礼·职方·兖州》云:"其泽薮曰大野。"《左传》哀公十四年(公元前 481 年)记载:"西狩于大野。"如此等等,足见大野泽声名之显赫。

　　大野泽周边无著名高山,丘陵连绵林木茂密,看似平平无奇,实则却是河谷险道纵横交错,寻常人难以窥其奥秘。当年孙膑两胜庞涓的桂陵之战、马陵之战,都是在这片山地打的伏击战。信陵君回到大梁接受上将军印后的第一件事,便是派出精干斥候及与秦国有商事往来的老商,同时在咸阳与秦军营地细致探察,月余之后汇总的情势是:秦军东出攻齐,其路径是从大野泽的东北岸官道越过大野泽,前出于大野泽以东的卢县①山塬驻扎;蒙骜的谋划是:先行攻克齐国济北的二十余城,再南下攻克已经分别被齐国、楚国灭掉的薛国鲁国,一举震慑齐楚两大国;蒙氏本齐人,不愿齐国化为焦土废墟,故而欲先大展军力,而后迫降齐国;故此,蒙骜大军东进,没有像攻掠三晋那般电闪雷鸣地猛烈突袭,而是先向济北从容张兵,目下已经出动一军攻克五城,蒙骜率主力大军陈兵薛郡(故薛国)边境,尚未对薛鲁开战。

　　因地利之便,信陵君率领的魏军最先抵达大野秘密营地。

　　营寨扎定,信陵君立即下令:除修葺军械兵器与接应各路兵马之外,其余将士立即为未到的各国大军开辟营地、准备冷炊。魏军将士大感诧异,历来合纵联军都是各军自理粮草辎重,营地起炊之类的军务更是各军本分,不相互倾轧已经是万幸了,几曾有过先到之军为后者开营备炊之事?诧异归诧异,基于对信陵君的信服,魏军将士还是立即忙碌了起来。

　　信陵君对联军作战有着深深的忧虑。也就是说,此次能否战胜秦军,他是心中无底的。忧不在战,忧在将士之心。大约谁都没有信陵君看得明白,如今山东六国的糜烂衰颓已经是无以复加了,君臣倾轧军政掣肘已成积重难返之恶习,大军虽发,安知没有诸

---

①　卢县,战国齐县,在古济水东岸,大约今山东肥城西北。

般无法预料的后患？纵是各军齐到，有没有决战决胜之心，实在也未可知。反复思忖，信陵君定下了三个基点：一是此战不能持久，久则联军内部必生事端；二是必当有同心死战之志，各军相互自保，必然败军；三是此战必须以奇谋用兵，非奇不足以速决。三点之中，以同心死战最为要紧，无此根基，任你奇谋百出也是付诸东流。

五六日之后，各军先后抵达大野山地。

峡谷密林之中，信陵君在简陋的联军莫府第一次聚将会商军情。

对比军情。

中军司马首先宣读了联军会兵概要：赵国精骑五万步军两万，主帅平原君；楚国步骑十万，主帅春申君；魏国弓弩武卒（步军）六万，铁骑三万，主帅信陵君；韩国步骑八万，主帅老将韩朋；燕国轻骑六万，主帅将渠；齐国步骑六万，主帅陈逯。总计六国兵力四十六万，将军五十三员。

"噢呀，秦军二十六万，我方胜出多了。"春申君长嘘一声。

平原君连连摇头："不好比也，联军哪次不超秦军兵力十几二十万？"

"敢请信陵君先说个打法出来，老夫憋闷。"老将韩朋耐不住了。

"对也！这秘密进军折腾死人，赶紧说如何打法。"齐将陈逯立即呼应。

"春申君、平原君，诸位将军，"信陵君沉稳从容地从那张名为帅案实则只是一张支架着的大木板前站起，"之所以要各军秘密进发，在于联军只有出其不意攻其不备，方能制胜也。数十年前，山东六国气势正盛，各国尽有精锐之师，尚不能合纵胜秦，况今日国力凋敝之时，我方实力大减，秦国方兴未艾，尤需慎之又慎，缜密战事也。就实而论，此战非往昔合纵可比。往昔可一败,可再败,各国根基尚能支撑。今日之战,却大是不同。六国存亡,全在此战! 此战若胜,六国尚有重新崛起之机遇。此战若败,则六国军力崩溃,亡国之期指日可待! 唯其如此,堪称六国背水之战也! 诸位但平心而论,此战若败,何国当得秦军兵锋? 其时便是不谋而合纵,兵力何在? 军辎何在? 结局只能是土崩瓦解天下归秦,岂有他哉?"帐中一时肃然,信陵君粗重地喘息了一声,"无忌先出危言,不在耸人听闻,而在醒动诸位:此战唯做死战图存之心,方能精诚一心缜密谋划战而胜之!"

"死战图存! 精诚一心!"大将们轰然吼了一声。

"噢呀——"春申君长长一声喟叹,"如此景象,老夫恍若梦中了。"

平原君一眶热泪:"同仇敌忾,六国多年不见矣!"

"信陵君已经说得透底,谁若畏敌惜命,当下回去了!"春申君拍案而起,"楚国动议合纵,老夫先发个誓愿:此战不胜,老夫自裁谢国!"

"赵胜亦同!"

"魏无忌亦同!"

当三双大手紧紧叠握三颗白发苍苍的头颅聚在一起时,大将们悚然动容了,不约而同地慷慨高呼:"不胜秦军,自裁谢国!"

"但有此心,我军必胜!"信陵君奋然一呼,转身大步走到帅案前,"开图!"

中军司马拉开案后大幕,一张丈余见方的木板大图"大野山川"豁然显现眼前。信陵君手中长剑指点着地图道:"此战仿效孙膑之桂陵战法,在大野泽西北岸伏击破秦。伏击之要:一在攻敌要害,迫使蒙骜主力回军驰援;二在大军隐蔽巧妙,使敌不能觉察;三在接战之时全力死战,不使秦军轻

唯有此心,才当得秦军兵锋。

易冲破伏击战场！以联军战力，不求全歼秦军，但能杀敌十万以上，则秦军必然退出山东，是为大胜！诸将以为可行否？"

"彩——"

"信陵君尽管发令，诸将军无异议了。"春申君认真点头。

"好！"信陵君剑鞘指向大图，"诸位且看，秦军我军所在恰是大野泽两端。秦军在大野东北，我军在大野西南，遥遥相距四百余里；秦军另有王陵一军攻济北，与我军相距八百余里。我军预谋，是在桂陵东北山地的这片山塬密林伏击秦军。"

燕军大将将渠突然插断道："孙膑设伏老战场，秦军岂能上当？"

"将军差矣！"平原君摇头，"兵不厌诈，二伏必胜。此乃军谚也。以军情论，秦军蔑视六国已久，此次秦军连攻山东未遇抵抗，蔑视六国尤甚。蒙骜仅分兵五万攻济北二十余城，显然将十万济北齐军视若无物。如此秦军，岂能想到联军伏击？纵然想到，也以为不堪一击，反以为是尽灭六国大军的天赐良机。唯其如此，使秦军入伏，不足虑也。"

将军们纷纷点头，认同了平原君说法。

信陵君肃然道："平原君所言，正是秦军弱点所在。唯有此弱，我军可战也。"长剑又指大图，"我军战法是：兵分四路，两次设伏。具体①谋划为：一军飞骑北上，强攻王陵五万铁骑而后南逃，诱使其追击南来；在其南下五百里处之大峡谷，一军以六万步军设伏，包围王陵铁骑，佯作王陵不能突围而我军亦无法歼灭之相持态势，诱使蒙骜主力大军前来救援；我军佯作不支，第一道伏击圈崩溃南逃；秦军必全力追杀，我军主力预在其百里之外设伏，痛击秦军！"

"愿闻将令！"大将们异口同声，显然是信心大增。

"四路大军。"信陵君从帅案拿起了第一支令箭，"第一军为北上飞骑，由赵魏两军八万骑兵组成，攻敌务求猛烈快捷激怒王陵，此军由老夫亲自统领。"放下令箭又取一支，"第二军六万步卒，于秦军南下五百里处峡谷设伏，由春申君统领。"春申君嗨的一声接过令箭。信陵君又拿起第三支令箭，"第三军燕军飞骑六万，专一接应掩护第一道伏击圈佯败后撤之步军，合为一体后赶赴最后战场之外围截杀突围秦军，由将渠统领。"将渠慨然领命。信陵君拿起第四支令箭，"伏击主战场为二十六万步骑，对蒙骜大军合围痛

---

① 具体，古词，语出《孟子·公孙丑上》："子夏、子游、子张皆有圣人之一体，冉牛、闵子、颜渊则具体而微。"原意谓事物各部分全部具备。后世引申为与"抽象"相对的哲学概念。

击,由精于战阵之平原君坐镇统帅!"

平原君却没有接受将令,只目光烁烁地看着信陵君不说话。帐中顿时一片寂然——赵军乃联军主力,平原君若是与信陵君生出龃龉,这合纵抗秦便是岌岌可危。春申君机敏过人,立时呵呵一笑:"噢呀平原君,不堪重负了?"春申君本意原在激将,不想平原君却是喟然一叹:"知我者春申君也!信陵君在此,赵胜实在不堪主战场重任矣!"转身对着信陵君深深一躬,"赵胜知君厚意,先行谢过。北上军最是险难,需主将亲自披坚执锐冲锋陷阵,故君自领也。主战场虽为鏖兵剧战,然主将重在调遣,少有性命之危,故交赵胜也。战阵厮杀,赵胜自认强于信陵君。坐镇调遣,信陵君强于赵胜多也。君之任命,正是互调两人之长,各用两人之短。赵胜若坦然受之,岂非六国罪人乎!"

大将们一时肃然一时难堪。

春申君一时也不知如何说法——两君都是刚烈豪侠之士,平原君方才口吻,显然不无责难信陵君之意,却也没有明白表示自己请命统领第一军;信陵君也是默然不应,若一言劝说不当,此前嫌隙复生,局面便难以收拾了。然则不说更是难堪,非但两君不能化解,连自己这个首倡合纵者都要被将军们疑为没有公道了。思忖之间,春申君断然开口:"噢呀信陵君,黄歇直言,万事以抗秦为大了!"

一言落点,大将们的目光齐刷刷聚到了信陵君帅案。

信陵君走下帅案,对着平原君深深一躬:"平原君深明大义,无忌谨受教也!"转身对着大将们又是一躬,"此事乃无忌弥补私谊之心过甚,以致将令失当,无忌谢罪!"

"无忌兄!赵胜计较过甚,错责人也!"

"赵胜兄!无忌私而忘公,夫复何言!"

两厢对拜四手相握,帐中一声喝彩,春申君老泪纵横了。

生死存亡之际,若还计较个人名利得失,就有负"四大公子"之名了。

七　血战半胜秦　山东得回光

蒙骜有些不高兴了。

兵出山东已经年余，正在这所向披靡之时，吕不韦却派特使送来紧急密书一件主张退兵，理由是大军前出太远，粮草军辎难以连续输送。蒙骜先对此等方式不悦，说是班师，却无君命王书，丞相私修密书便教大军班师，不是给老夫出难题么？往好处说，蒙骜愿意相信这是吕不韦对他的敬重，宁可先行商议，指望他接受班师理由而后自己提出班师，而不贸然以君命形式强使他班师。毕竟，秦王对吕不韦的倚重与信赖朝野皆知。吕不韦若一意孤行，请得秦王一道王书实在不是难事。往不好处说，吕不韦此举似有猜忌之嫌，又似有圆滑之意。猜忌者，怕他蒙骜功业过盛，如同当年之范雎对白起也。圆滑者，逃避朝野责难也，日后若公议将班师指为贻误战机，蒙骜难道能说奉文信侯密令么？然无论如何，此等猜想带来的不悦终是一闪念而已。蒙骜之所以对特使当场申明不赞同班师，更为根本的原因，在于他以为吕不韦所说的理由根本是子虚乌有。

作为大军统帅，蒙骜岂能没有粮草谋划？

秦军此次东出，除了攻韩攻魏依靠新设立的三川郡输送粮草军辎外，攻掠赵国与东出齐国，都是以战养战夺取城池自取军食，何曾向吕不韦嚷嚷过粮草军辎？"千里不运粮"，既是军谚也是商谚，老夫能充耳不闻视而不见么？军前实情分明别样：三晋兵马望风而逃，攻陷城池之后根本无须掠民，仅官仓谷麦财货就足够军食了；出兵年余，辎重营车队向三川郡运回的粮货远远多于运来的粮货，大军所需要输送者，

这"不高兴"，反常。

寡婦清

仅仅是将士特需的秦地酱牛羊肉与修葺甲胄兵器的皮革铁料而已。退一万步说,即或因路途遥远无法输送这些特需物事,秦军也完全能就地解决,只要粮谷充裕,不咥秦人烹制的酱牛羊肉还不照样打仗?决意攻齐之前,蒙骜作了筹划:大军一进入大野泽东岸的齐国边境,立即派出五万铁骑攻济北,立即同时在主力大军营地修筑临时粮仓;待济北十余城官仓的粮草财货全数运到,方是秦军猛烈攻齐之时;攻占临淄之后稍事休整,大军便可直下楚国。

蒙骜很清楚,地域辽阔的楚国是最难击溃的。秦国攻楚的路径历来只有两条:一出武关打山地战,一下江峡打水战。当年武安君白起攻占郢都,是水路下江。从根本上说,这两路都难以给楚国致命一击。原因只有一个,道远路险,主力大军与粮草辎重皆难以最大规模地展开。而从齐国南部边境压向楚国的吴越故地,则形势立变为从背后猛击楚国。楚失江东吴越,淮南淮北之腹地立时袒露在秦军兵锋之下,灭楚便是指日可待。若得对鞭长莫及而最难打的楚国狠狠一击,纵不能一战灭楚,也将使楚国名存实亡。

如此功业,如此情势,任何一个大军统帅都会怦然心动。

蒙骜能轻易班师么?不说是文信侯密书,当真是秦王下书,蒙骜也会以"将在外,君命有所不受"而拒绝——大军正在冲要之地,岂能因不切实情之一书错失战机也。

送走特使,济北王陵急报飞来:已攻陷济北六城,齐国各城守军一战即溃,旬日之内可全部攻陷济北!蒙骜精神大振,立即派辎重大将率领一万铁骑护送庞大的牛车队北上,尽快运回济北各城官仓的粮草财货。次日清晨,辎重军马浩浩荡荡往西北去了。蒙骜立即下令聚将,部署即将到来的攻齐大战。部署完毕,众将散去各自忙碌。蒙骜亲自修书一封,派一处事练达的高爵司马为特使进入临淄,说动齐王建降秦,以保全田氏社稷并使临淄生民免遭涂炭之劫。

如此三五日,蒙骜大军已经准备就绪。济北传来军报:王陵军又攻陷两城,辎重车队已经南下,预计旬日可达。特使也从临淄赶回,带来齐王建的书信答复:齐国可降,然降国事大,容我君臣商议处置善后诸事,请以一月为限,毋得动兵。蒙骜思忖片刻当即回书:半月为限,齐王务必速决!

平原君率八万飞骑趁着夜色兼程北上。

曙色时分,涉过济水接斥候飞报:秦军辎重车队数千辆浩荡南下,正在东方五六十里开外的鲁薛官道。平原君的封地平原城，与济北隔河遥遥相望，桥路若是正常，快马半个时辰即到，故此对济北地理了如指掌，一闻斥候消息便知双方态势。平原君思忖五六万飞骑足当袭击王陵之任，若能同时袭击秦军粮草则更能激怒蒙骜，于是当机立断：分出魏国三万骑兵猛袭秦军车队，自率五万赵军飞骑继续北上袭击王陵。

平原君事先已经探明：蒙骜以乐毅灭齐为前车之鉴，防止齐人从海上转移财货；秦军王陵部攻掠济北的战法是铁骑直插海滨，从北向南逐城猛攻；日前正渡过漯水①，今日正是攻克漯阴城②之时。尤为重要的是，秦军因了要运送粮草财货，济北所有路桥皆完好无损。若无此条，平原君不能越过济水与秦军作战，否则很难向南逃走诱敌。今桥路完好，赵军飞骑径直驰过济水杀向漯阴。

昨日暮色之时，王陵铁骑五万已经抵达漯阴城外十里处扎营。济北攻城以来，已经有六座城池不战而降。漯阴大城，五万百姓八千守军，更有漯水南北最大的官仓，不战入城最佳。故此，王陵陈兵不作夜攻，先派一名司马入城劝降，要看漯阴城动向再作定夺。二更时分，司马携漯阴使节归来。使节唏嘘陈情：漯阴令与守城将军皆愿归降，然因两人家小俱在临淄，请将军务许三日之期，待两大人秘密接出家人而后举城降秦。虑及下齐并非一日之功，王陵思忖一番慷慨答应了；一面飞书禀报蒙骜，一面传下军令大军整休三日。

次日清晨秋阳初升，忽闻滚滚沉雷杀声遍野。王陵素来机警过人，未待斥候军报已经下榻整好甲胄传下将令：全军上马接敌！马队发动之间斥候来报，数万骑兵从南杀来，看旗号气势，是平原君亲自率领的赵国边军。一闻赵国边军与平原君名号，王陵杀心大起，激昂大喝："秦军铁骑复仇扬威之时到了！两翼各万骑包抄，中央三万骑老夫亲率！杀——"一时鼓号齐鸣马蹄如雷，黑色铁骑乌云般压向秋日的旷野。

午后时分，蒙骜正与一班将领会商攻齐部署，王陵军一名司马飞驰来报：平原君率领一支大约五六万的赵军飞骑猛攻王陵军，酣战一个时辰，我军已经杀退赵军，王陵将军正率部追杀南逃赵军。

"赵国边军平原君，空有虚名也。"蒙骜笑了。

---

① 漯（tà）水，古水名，即今山东徒骇河。
② 漯（tà）阴城，古邑名，在今山东滨州以北。

"禀报上将军:敌情未明,王翦以为我军不能追杀赵军!"

"王翦又有主张也。"高爵老将王龁冷冷一笑,"山东六国已成惊弓之鸟,赵胜挣扎耳耳,有甚不明?若是老夫,也要追杀得一个不留,正好报邯郸之仇!"

年轻的王翦红着脸道:"为上将者当以大局为重,望上将军三思。"

蒙骜颇有些沉吟了。这王翦原本是个千夫长,因在这次东进攻赵中大显锋芒,刚刚由千夫长晋升为公大夫爵位,实职是万人之将,也就是仅仅高于千夫长的将军。虽然只是二十岁上下的年轻将军,此人却是冷静多思勇猛坚韧,依稀颇有武安君白起少时之风。他说军情未明,还当真值得斟酌。王龁、王陵、桓龁,乃至蒙骜自己,当年都是在长平大战后因攻赵败师而蒙羞,对赵军,对平原君,确实有着非同寻常的血仇,会否因此而错判情势?

"大野西岸,可曾发现军马?"

"禀报上将军:大野西岸三百里没有军营。"斥候营总领高声回复。

"王翦,你言军情未明却是何指?"

"禀报上将军:王翦只是推测,并无探察凭据。平原君乃资深重臣猛将,赵国栋梁,若无后续接应,当不至于仅率五六万飞骑孤军拼杀。兵不厌诈。若有疑点,便当慎之又慎,不当冒进!"

正在此时,斥候飞骑报来:辎重车队在漯阴之南遭遇三万魏军骑兵截杀,护车万骑正在拼死激战,请求紧急驰援!王龁顿时拍案高声:"敌情明也!魏赵联兵,截我粮草!赵胜老匹夫好盘算!"蒙骜心念电闪,无论军情如何,粮草辎重都不能丢失,当即发下将令:大将嬴豹立即率三万铁骑北上

保住粮草要紧。

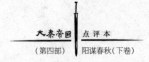
驰援，务使辎重车队安然返回！嬴豹领命出帐。蒙骜又命王陵司马立即回军叮嘱王陵：
追杀赵军适可而止，无论斩首多少，二百里之内必须撤回！

"今夜天亮之前若再无异情，便是魏赵两军截击济北粮草，图谋迫使我军班师。"蒙
骜对大将们昌明了他对情势的大体判断，而后下令，"各军部署不变，继续攻齐军备！一
俟粮草车队归仓囤积，我主力大军与济北王陵军同时进发，两路威慑临淄。不管齐王建
降与不降，务必在十月初拿下临淄！"

"嗨！"大将们轰然应命。

王龁狠狠拍案："可惜也！又教赵胜老匹夫逃了！"

不想五更时分，两道紧急军报接连传来：第一道军报说，王陵铁骑追击赵军于二百
里处中敌埋伏，激战不能突围，敌军亦无力吞掉我军，目下正在胶着僵持！第二道军报
说，嬴豹三万骑昨日北上两个时辰后，正遇辎重车队，一举杀退魏军；护送车队回归路
上，嬴豹将军闻王陵危境，遂分兵万骑交辎重大将护卫车队归营，自率两万铁骑星夜驰
援王陵去了。

蒙骜接报，实在有些哭笑不得。看来这是最终敌情了：信陵君平原君设下计谋，以
同时袭击王陵与辎重车队为饵，诱使王陵入伏，进而诱使秦军主力驰援，图谋伏击大败
秦军。然则这支伏兵连王陵五万铁骑都吞不下，最多也就是十余万步骑埋伏，自然也不
会有大型连发弩机，否则王陵能撑持一夜？如此区区之兵，也竟敢在秦军二十余万主力
大军面前设下圈套强夺粮草辎重，当真好盘算也！骤然之间，蒙骜雄心陡起，老夫将计
就计，率领大军杀入伏击谷地，一举反击全歼魏赵残余军力，教尔从此束手就擒！魏无
忌啊魏无忌，你虽精通兵法，然终是无米之炊，老夫不哼了你岂非暴殄天物也？

聚将鼓在黑沉沉的黎明隆隆擂响，蒙骜断然下令：老将桓龁率八万步军守定大营粮
草，老夫自与老将王龁率领全部主力铁骑十万驰援王陵！一时雷厉风行，不到半个时
辰，十万铁骑已经狂飙般向大野泽西南卷去。

此时的秦军铁骑已经是一人两马，又是不带粮草只带随身三日干肉的轻兵飞骑，兼
程奔驰当真是速度惊人。正午时分，便由大野泽东北飞驰三百余里，进入大野泽西南山
地，大举杀入伏击战场。接战未及半个时辰，伏击山谷被秦军猛力打穿，两岸山林的伏
击敌军乱纷纷蜂拥向南逃窜。秦军追出谷口，只见各色旗帜遍野散乱，只信陵君、平原
君、春申君的旗下人马稍有部伍之形，其余军马落荒奔走狼狈鼠窜。

"禀报上将军:伏击军马有六国旗号!"

其实在斥候飞骑之先,蒙骜已经在山丘看见了春申君的黄色大旗。有春申君旗号,眼前便可能是六国合纵联军。斥候飞报六国旗号皆齐,合纵成军便再无疑虑。明此情势,蒙骜顿时又惊又喜! 惊的是此次东出全然未闻山东六国合纵消息,如何这合纵竟秘密结成了? 喜的是不经意间一举击溃了六国合纵,当真痛快不过也。

"上将军!"一骑飞上山冈,战马嘶溜溜打着圈子。

"王翦! 为何脱队!"

"王龁老将军带大军追杀三公子! 末将阻拦不住,请上将军鸣金收兵!"

"正是大败合纵之时,鸣金做甚,返回杀敌!"

"敌情不明,六国旗帜似有序而逃!"

"老夫有眼!"蒙骜大是恼火,"六国乌合之众,莫非还能二次设伏! 中军司马大旗发令:全军追杀,务擒三个老匹夫!"说罢飞身上马,对三千护卫一挥长剑一声喊杀……正在此时,王翦从马上飞身跃起直扑马前,硬生生凌空扯住了马缰,战马陡然嘶鸣人立,将蒙骜掀翻下马。护卫骑士大惊,哗啦圈马,数十支长剑立即指住了王翦周身。

"上将军! 复仇误国,不能追杀啊!"王翦已经托住了蒙骜,嘶声哭喊着。

"大胆!"蒙骜一脚踢开王翦,"革职羁押,战后论罪!"

军法司马一挥手,四名甲士轰然架开了王翦。王翦兀自挣扎大叫:"上将军! 不能啊! 敌军分明有诈……"眼看马队隆隆下山,王翦一急竟昏死了过去。军务司马立即掐住了王翦人中穴大叫:"王翦醒来! 不领军法便想死么?"

蒙骜催动后军全力掩杀,遥见前方山塬之间"王"字黑旗大展,王龁的前军主力正向信陵君大旗逼近。蒙骜长剑高举左右示意,身边军令号两阵呜呜长吹,后军四万铁骑分作两翼展开,向广阔的山塬包抄过去。杀过一道山梁,眼看便要兜头抄住包括三公子大旗在内的溃败逃军,山梁却突然变为一道高耸的山峰,各色旗帜的敌军竟绕过山峰密林消失得无影无踪。狂飙追杀的秦军马队收刹不住,后军蒙骜眼看着王龁的前军主力迅速地没进了突然出现的神秘大峡谷。

"鸣金!"蒙骜心下一闪举剑大喝,后军堪堪收在了谷口山梁。

前军未曾回身,大峡谷中已经响彻隆隆战鼓与山崩地裂般的杀声。几乎同时,蒙骜又闻身后山塬杀声大起,一片红旗的赵国边军暴风骤雨般卷地杀来,当先一面大旗便是

"平原君赵"。蒙骜没有任何选择，长剑一举一声喊杀，秦军铁骑返身冲下山梁与赵军飞骑厮杀在了一起。两支骑兵都是天下闻名的精锐之师，在起伏无定的山塬间展开生死大搏杀，当真是摄人心魄。蒙骜军三万余骑，平原君也是三万余骑，堪堪伯仲，一时难解难分。然则双方将士战心却是不同。平原君是心无旁骛，赵军是唯专厮杀。蒙骜却是三军统帅时时虑及谷中主力大军，其焦灼之情可想而知。秦军将士也情知身陷危境，恨不能一阵杀光赵军入谷接应王龁。秦军上下人人情急，部伍配合便多有缝隙。烟尘搏杀之中，蒙骜的三千中军护卫马队竟鬼使神差地被平原君马队围进了一片山坳之地，情势万分危急。

正在此时，赵军身后杀声大起，大片秦军铁骑如泰山压顶般从来路山地杀来。漫山遍野的黑色骑士无甲无胄赤膊挥剑开弓劲射，浑然不知生死，冲锋气势俨然狂人死战。当先一将赤膊散发连连砍杀，率一支马队径直向平原君大旗狂吼冲来！

"秦军轻兵！鸣金入谷！"山梁上的平原君一声惊呼，赵军飞骑呼啸而去。

"上将军！末将来也！"

"王翦来得好！"蒙骜一马冲上坳地，"率轻兵守住退路，老夫入谷接应！"

"上将军！"王翦一马横立，"三军统帅当掌控全局！若信得王翦必死之心，请许王翦两万轻兵入谷接应老将军！"

"听你！"蒙骜慨然一句转身大吼，"轻兵两万归王翦统辖！入谷死战！接应主力出谷！老夫死守谷口！"

"轻兵勇士随我入谷！杀——"王翦率领两万轻兵飓风般卷进峡谷。

耳听谷中杀声如雷，蒙骜后悔得心头滴血。若非大本营还有主力步军与辎重大仓，全局确实需要随时调度，他无论如何不会在这里受此生死煎熬，而教年轻的王翦率领轻兵入谷。老王龁是天下闻名的猛将，战场杀红了眼从来不知后退，王翦劝得住他么？若是入夜谷中主力还不能突围，又该当如何？看看将近暮色，一时大为焦灼，素来以稳健缜密著称的蒙骜有些蒙了……

"禀报上将军：五万重甲步军兼程开到！"

"啊？重甲步军！好！"

蒙骜狠狠吼了一声好，转身看着已经翻过山梁沉雷般压来的重甲步军，顿时精神大振，来不及去想步军如何突兀开来，断然下令，"中军司马率铁骑守定谷口！重甲步军弓弩当先，随老夫入谷接应！"中军司马欲待请命，蒙骜不由分说一声大吼，"军令如山！步军列阵！"说罢一把扯下绣金斗篷摘去头盔卸掉铁甲，一身汗津津的衬甲布衣一头雪白散乱的戟张须发，俨然一头雄狮怒吼，"绝地轻兵！死战六国！"

"绝地轻兵！死战六国！"震天动地一声怒吼哗啦啦一阵大响，五万重甲步卒全部卸去衣甲头盔，人人轻装布衣挺矛背弓，直是凛凛煞神！

轻兵者，轻生敢死之兵也。就战法而论，全身无防护，更不携带任何背囊军食之类累赘物事，只带兵器作拼死一战，谓之轻兵。秦军轻兵来自一个古老的传统。秦人立国之前，久处西部游牧部族包围之中，浴血奋战直是家常便饭。每遇绝地险境，必得丢弃辎重举族死战，人皆赤膊散发疯狂拼杀，全无生死之念。久而久之，秦人的赤膊疯战威名大震西部草原，号为"绝杀兵"，戎狄部族闻风丧胆，再不敢对秦人生出赶尽杀绝之心。立国之后，秦国军旅依旧保留了"绝杀兵"这一古老传统。春秋之世，秦国尚远远没有后来的强势大军，绝杀之战多有发生，其疯狂战法屡次震惊天下。中原诸侯便给这种赤膊无甲的绝杀兵起了一个名号——轻兵，其意实际是讥讽秦人轻狂蛮勇不知兵家战阵之礼。譬如兵礼有"不鼓不成列"。秦国轻兵则全然没有金鼓之号，一声喊杀疯狂冲来死战，全无阵法讲究，在中原诸侯眼里自然是轻狂无礼了。《左传·僖公三十三年》记载："秦师轻而无礼，必败。"说的正是这般意思。战国之世秦国崛起，轻兵绝杀战极少有机会出现，事实是越来越少使用了。长平大战时，为坚守壁垒死死卡断赵军退路，白起罕见地使用了轻兵战法，与赵军在石长城壁垒前浴血大战，迫使赵军断了大举突围之念，而只能固守待粮。今日王翦突发骑士轻兵，救蒙骜于绝境，本是齐人的蒙骜才恍然想起了秦军这一古老战法——轻兵之战无须将令，人人以死战为无上荣誉，挽救绝境主力正当其时。

秦军五万轻兵大举杀入大峡谷之时，正当夕阳落下夜色降临。峡谷中夜色沉沉，联军已经是漫山遍野的火把与壁垒篝火。激战半日，联军频频猛攻，眼见秦军尸体堆积如山，却总是无法全歼谷中秦军，更无法俘获一员大将。暮色时分信陵君下令稍事停顿，野炊战饭之后再攻。秦军轻兵入谷时，联军攻杀重开战法突变：军士不再深入谷地搏杀，而只对谷中有光亮处有人马晃动处箭雨猛射。已经改为步军的秦军骑士无法反击，又不能有火光动静，只有蛰伏各种沟坎大石之后，一时寂然无声。

突然之间，沉沉峡谷爆发出震天动地的喊杀声。

没有一支火把，没有丝毫光亮，两岸山坡的密林中突然黑森森挺出一排排两丈多长的粗大长矛，夹杂着猛烈箭雨，向联军的几段主要山腰壁垒无声扑来。一时遍山惨叫，联军山腰大乱阵脚。信陵君厉声大吼："熄灭火把！滚木礌石全数打出！"遍山火把顿时熄灭，隆隆巨石夹着滚木呼啸着砸向山谷。人手一支两丈长矛的秦军轻兵浑然无觉，拨打闪避间绝不停留半步，未被砸倒砸死者依旧黑森森扑向山腰。不到半个时辰，联军有三处山腰壁垒失守。山地之战，步军原是大大优于骑兵。信陵君端详片刻，已经觉察到此等战法战力显然不是被围困的秦军骑兵，只能是秦军的精锐步兵，顿时大觉蹊跷。斥候分明报说秦军步兵留守大野泽东，如何能突然杀出？是蒙骜将计就计么？是秦国增兵而未被我斥候探察么？情急之下，信陵君一时无从判断，思忖联军战力未必抵得秦军此等死战，于是断然下令："步军硬弩断后！各军鸣金出谷！"

联军全部硬弩密集齐射，片刻间退上了两岸山头。秦军轻兵也不再疯狂纠缠追杀，却也没有退回山谷，而是守定联军退去后的山腰壁垒。从山头望去，此时方见山谷中点点火把人马蠕动，秦军显然是在匆忙撤出大峡谷。

"天意也！"信陵君长叹一声，"秦军死战，救其主力也！"

平原君道："经此一战，秦军大损，来日蒙骜必退兵回秦。我军可在要道再次设伏，或以魏赵飞骑绕道截杀，必能全胜！"

"未必也。"面色冷峻的信陵君摇了摇头，"联军参差不齐，优势只在出其不意作突兀伏击。秦军已经有备，必选平川官道退兵。弱军无险可依，设伏无胜算。若是作旷野大战，我军兵力虽多，亦不敌秦军十万之众也。再说，目下之兵已经倾尽六国家底，若再打硬仗，只怕有人便要走了。"

"蒙骜败，解而去。"（《史记·秦本纪》）"公子率五国之兵破秦军于河外，走蒙骜。遂乘胜逐秦军至函谷关，抑秦兵，秦兵不敢出。当是时，公子威振天下，诸侯之客进兵法，公子皆名之，故世俗称魏公子兵法。"（《史记·魏公子列传》）

蒙骜临危不乱。也就是说，此战秦兵败得狼狈，并非小说所写的还保住了主力。

"噢呀！不追杀也罢！秦军终是败了,合纵终是胜了!"春申君笑着一指黑沉沉的大峡谷,"料他老蒙骜回秦也是一死,至少十年,秦国不敢轻易东出了!"

"老夫最后一战,竟不能全胜,痛哉!"平原君狠狠跺脚。

此战虽胜,但不能一劳永逸,三公子内心悲凄。

"是也是也,最后一战,最后一战啊!设使有当年数万魏武卒,何有今日半胜之局矣!"信陵君喃喃叹息终是默然。平原君与春申君也是相对无言。秋风在谷中呼啸,将士欢呼之声在风中飞向无垠的山塬。三位白发苍苍的老将,泪水不约而同地溢满了眼眶。

第十一章　仲父当国

一　亦正亦奇　吕不韦破了秦国百年法统

兵败消息传入咸阳，秦国君臣瞠目结舌了。

此次出兵可谓举国同心。国人昂昂拥戴，将士赳赳请战，庙堂谋划无一人持论相左，见之战场更是所向披靡，山东六国大有土崩瓦解之势，如何能一夜败军？太突兀了，太离奇了，直是不可思议。咸阳老秦人无论如何不肯相信，一口声叫嚷是六国乱秦伎俩。正在病榻的秦王嬴异人更是难以置信，急召文信侯议事的同时，立即派出国尉蒙武星夜赶赴三川郡查实军情火速回报。大臣闻报，纷纷聚到王城大殿，敦请秦王紧急朝会以明视听。秦王嬴异人传下口书："诸臣散去，三日后待军报查实，再行朝会。"大臣们一听秦王也不信军报之说，心下顿时踏实，纷纷议论着散了。

吕不韦奉召匆匆入宫，却是良久默然。嬴异人情急道：

神话被打破。秦兵已经很多年没遭遇过如此惨败了。

信陵君之功。

病榻！不铺垫，不好交代庄襄王之死。

"文信侯也吓蒙了么？说话也！"吕不韦一拱手道："臣反复揣摩，军报既来，八九无虚。此事纷繁芜杂，容臣细致梳理。我王万莫轻躁处置也。"嬴异人大急拍案："朝野议论汹汹，谈甚细致梳理！若是兵败不虚，你我何颜面对国人！"吕不韦正色道："治大国若烹小鲜。唯从容操持，大局可定也。毕竟山东无力攻我，目下秦国并无亡国之危，不需要快刀之法。目下所乱者，朝议民心也，战败之责也，关外善后也。凡此等等牵涉广阔，一事处置不当，便会人心离散伤及国本。唯其如此，宁慢毋快，须反复斟酌而后动也。"一声粗重的喘息，吕不韦突然伏地拜倒，"恕臣直言：目下秦国之危不在政，在王！""秦国之危在王？！"嬴异人大惊离座，一步扶起吕不韦，"文信侯且说，莫非有宫变谋反？！"

"我王差矣！"吕不韦连连摇头，"臣所谓危在王者，我王病体也。秦国三年薨两王。我王即位堪堪两年，储君未立，大局未定，昔年磨难之痼疾却时时发作。我王乃激情任性之人，若不静心养息，但有不测，秦国大险矣！臣遇我王于艰危之时，自认与王肝胆相照，故此直言不讳，望我王再三思之。"

"文信侯……"嬴异人长嘘一声哽咽了，略一思忖转身吩咐，"长史记书：与大军东出相关事体，一应由相国吕不韦统摄裁处。秦王嬴异人二年秋月。"

吕不韦肃然一躬奉命，出了王城马不停蹄赶到司马梗府邸，半个时辰后又赶赴驷车庶长府邸，再一个时辰后赶赴廷尉府，暮色时分又径直奔向纲成君蔡泽府邸。直到三更，吕不韦方才回到丞相府，又紧急召来职掌邦交事务的行人密谈有时。行人走了，吕不韦书房的灯火直亮到东方发白。

蒙骜战败的消息，吕不韦知道得比到达王城的三川郡守的"初报"尚早了半日。月前，吕不韦派出特使给蒙骜密

异人一惊一乍，全无王者之相。但《史记》载其偶尔也大怒，可能真实的异人没小说写得那么没主见。

书动议班师。这特使不是别人，却是西门老总事。吕不韦之意，派出西门老总事便是将此动议作私谊对待，期盼蒙骜能审时度势自请班师完胜而归。西门老总事虽不通军旅，却老于人事沧桑，见蒙骜隐隐不快并当即回绝了班师之议，一句多余话没说，只与已经从军的昔日吕氏商社的工匠们盘桓半日，知趣地告辞离军了。辞行那日，蒙骜不在莫府，老西门不经意地瞄见了那一眼便能认出的吕氏信管竟被随意地丢在帅案上。思忖犹豫一番，老西门最终还是将信管拿走了。次日再到莫府辞行，老西门见蒙骜丝毫没有提及吕不韦书信之意，心知这位上将军不是压根儿没有将主人书信放在心上，便是装作忘记而不屑提及，也终于无愧地带走了信管。由于此前听工匠们说不日将有大战，老西门的回程走得慢了。到得洛阳，老西门索性住了几日，一则看看吕氏封地的民情民治，二则也希图证实一下自己这个局外人对军情的揣测。不想未到旬日，突围逃出峡谷的散兵已流到洛阳，向三川郡守禀报了大军遭受伏击的消息，请求郡守立即设法接应救援。老西门万分惊讶，当即找到这些伤痕累累血染衣甲的散兵询问。散兵中恰好有一个昔日商社的马掌工，一番唏嘘感慨而又不无惊惧地诉说，老西门的脊梁骨飕飕发凉，二话不说飞马回了咸阳。

"此事非同小可！"吕不韦的第一直觉，是不能轻举妄动。

已有私信在先，若再先行挑明蒙骜败军消息，必然要主动提出处置之策。如此一来，虽与法度相合，然在蒙骜一班大将看来，吕不韦便是携先见之明而落井下石，丞相府与上将军府必然生出永远难以弥合的嫌隙。纵是蒙骜被问成死罪，文武两班只怕也要龃龉下去了。将相不和历来是国家大忌，吕不韦岂能因不慎而搅局。就实说，若是没有那封班师

文臣跟武将，想法到底不一样，前者心里是"棋局"，后者更看重荣誉。

私信，吕不韦倒是无所顾忌了，即或公然指斥蒙骜几句，蒙骜也必欣然承受。偏是有此一信，吕不韦便需分外谨慎，不能失却与蒙骜业已生成的交谊。当然，首要之处是自己永远不能说出曾经有过如此一封班师信件，虽然那封书信已经又回到了自己手中；其次便是待王命而后作为，不能抢先揽局在手。

秦王王书一颁，吕不韦立即依着自己谋划好的方略行动。司马梗是老兵家，吕不韦叮嘱其立即着手仔细揣摩这次败战的全部因由，届时之评判务使朝会大臣咸服。驷车庶长嬴贲乃王族老将，在王族在军旅皆有根基。吕不韦请老嬴贲出马立即赶赴蓝田大营部署接应败军事宜，务使六国不敢在蒙骜残军回撤时再生战端。老廷尉铁面执法，吕不韦要他在接到翔实军报后三日之内拟出依法处置之判词，先报丞相府，此前不许公之于朝。纲成君蔡泽民治熟悉又兼善于应变，吕不韦请他星夜兼程赶赴三川郡督导郡守，并拟出蒙骜大军战败后三川郡要不要撤郡的切实方略。而给行人署的命令是：一月之内火速查明六国合纵的经过与一应内情。几处先期急务部署妥当，吕不韦找来了西门老总事，要他尽量翔实地叙说关外月余的全部见闻。待到东方发白，两人都倒卧在书案上大起鼾声。

三日之后，正式军报与查军特使蒙武同时抵达咸阳，败军终于大白。

九月底，败军回归蓝田大营。那日大将还都，三十六辆秦川牛驾拉的木栅刑车沉重缓慢地驶过了渭水长桥。当先刑车是自囚请罪的上将军蒙骜，须发散乱，衣甲皆无，背负粗大的荆条，古铜色的肩背鲜血淋漓，其状惨不忍睹。原本义愤填膺空巷而出只要唾骂败军之将的咸阳国人，忍不住地放声痛哭了……

秋风萧瑟，秦国朝野沉浸在无边的寒凉之中。

十月十三，咸阳大殿紧急朝会，专议战败罪责。蒙骜一班大将自请布衣负荆，悉数于大殿西南角落的一片草席跪坐。举殿大臣面若寒霜一片肃杀。秦王嬴异人进殿时脸色苍白得没有一点血色，刚及王座前便颓然跌倒。内侍连忙来扶，却被嬴异人一把推开。一阵举殿可闻的粗重喘息，嬴异人对着殿下首座的吕不韦艰难地挥了挥手，又颓然跌在坐榻靠枕之上。

"诸位臣工①。"吕不韦从座中起身，"我军不意败于山东，六国弹冠相庆，秦人物议汹

① 臣工，周代称谓而后世沿用，指群臣百官。《诗·周颂·臣工》："嗟嗟臣工。"《毛传》云："工，官也。"

汹。今日破例朝会，旨在厘清真相，明白罪责，妥为处置，以安国人，以定大局。为明事实，上将军蒙骜当先行翔实陈述战事实情。来人，为老将军卸去荆条，并设座席。"

"不须。"蒙骜推开了两名老内侍，依旧负着粗大的荆条霍然起身，"败军负罪，焉敢去荆入席。"趔趄前行几步，站定在两列朝臣座席的中间甬道，向王座昂然一拱手，"罪臣蒙骜，敢请我王许中军司马陈述战事，以明真相。"

嬴异人有气无力道："具体事宜，丞相决断。"

吕不韦当即道："上将军有公允之心，自当许之。"

战国之世，中军司马是统帅莫府总司军令之将官，率领所有司马处置各种军务，几类于后世的参谋长。统帅战法但定，中军司马一则作具体调遣，二则保管并记载统帅发出的所有军令。唯其如此，中军司马是对战场全局最熟悉且握有全部证据的将官。只要处以公心，一个中军司马最能说清战场诸般细节。军旅传统，中军司马几乎总是由既有将军阅历又有文官阅历的文武兼通的"士将"担任。因了此等军职的特异性，许多国君为了有效监控大军，总是尽可能地"举荐"自己的心腹做中军司马。目下蒙骜的中军司马，恰恰是王族嫡系公子嬴桓，血统是秦王嬴异人的侄子、老驷车庶长嬴贲的孙子。

"末将如实禀报。"一个同样背负荆条布衣渗血的年轻人从罪将座席区站起，从大军东出说起，攻韩、攻魏、攻赵、攻齐，一路说到两次陷入埋伏的激战情势，无论是将帅谋划还是兵力调度，都是条分缕析有凭有据。整整说了一个时辰，大殿中都是鸦雀无声。

"容罪臣补充两则。"蒙骜慨然接上，"其一，老夫之罪，尤其过于他人！ 文信侯此前曾有一信与我，言粮道过长师老兵疲，嘱我完胜班师。蒙骜昏聩自负，置文信侯主张于不顾，终于酿成惨败。蒙骜不畏罪责，不想战场自裁以死逃法，恳请国家明正典刑，以戒后来。其二，此战无逃责之将，唯骑将王翦有大功，恳请我王晋其爵位。"

言未落点，突闻罪将席一声高喊："败军无功！ 王翦与诸将同罪！"

"王翦少安毋躁。"吕不韦淡淡一指年轻将军，又环视殿中道："战事已明，余情待后再查。行人署禀报六国合纵实情。"

一个年轻持重的官员从丞相府属官座席区域站起，向王座肃然一拱手道："行人王绾奉命查实：我军东出攻魏之际，六国合纵已秘密开始。"年轻官员不无内疚地叙说了六国合纵的经过与内幕，末了道："既往我军但出，必是邦交先行，着意连横，分化山东。即或六国合纵，其一举一动也在我意料之中。唯独此次邦交迟滞，六国合纵行人署一无所知。究其根源，与其说六国隐秘，毋宁说秦国疏忽。六国积军数十万，我竟全无觉察。自秦崛起东出，此等事未尝闻也！"

大臣们有些惊诧了。如果说此前大臣们只一门心思揣摩着如何处置败军之将，行人的一番陈述与评判却使人蓦然醒悟——战场之外还有庙堂失算。若是事先清楚六国大军集结动向，蒙骜大军岂能只谋划攻齐？然则如此一来，岂不是丞相吕不韦也有罪责了？秦王呢？不是也须得有一番说辞么？如此牵涉，这战败之责如何了结？

正在忐忑疑惑，只听吕不韦又道："敢请老庶长禀报军辎情势。"

"老夫痛心也！"驷车庶长老嬴贲从专设的坐榻上支起身子，一声叹息老泪纵横，"老夫得文信侯之命，赴蓝田大营接应败军回师，并查勘军辎实情。不查不知道，一查吓一跳啊！我军东出年余，从蓝田大营运出的各种军辎与粮草，只是历来等数大军的三成。依照谋划，三川郡原本是东出大军之后援仓储。然则年余之间，运出的粮草辎重也只有两成。其间因由，粮道过长为其一，蒙骜自认可以战养战为其二，诸方掉以轻心谋划失当为其三。其中尤为失当者，三川郡之部署也。既以三川郡为大军后援，不当同时在三川郡铺排沟洫工程。民力尽耗于沟洫，何来运粮之车队人马？究其竟，粮草辎重不足，而致蒙骜先攻济北，先攻济北而致敌军有机可乘。谚云：'战场之败，谋国之失。'诚所谓也！"

大臣们更是惊诧了。言者锋芒所指尽是吕不韦之错失，究竟何意？更令人疑惑者，几个查勘大臣还都是奉吕不韦之命行事，吕不韦能事先不知查勘论断？既然知道，公之于朝堂岂非作茧自缚么？

"大势已明，敢请老国尉评判战事。"吕不韦淡淡一句。

之所以君臣紧张，乃因为秦法严厉，无人情可讲。对战败之师，不得不罚，但罚到什么程度才能既不违秦法又不让将士寒心，这个尺度要好好把握。《商君刑·赏刑》强调壹赏、壹刑、壹教等治术，三者样样重要。其中，"所谓壹刑者，刑无等级，自卿相、将军以至大夫、庶人，有不从王令、犯国禁、乱上制者，罪死不赦。有功于前，有败于后，不为损刑。有善于前，有过于后，不为亏法。忠臣孝子有过，必以其数断。守法守职之吏有不行王法者，罪死不赦，刑及三族。"

"一言难尽也！"白发苍苍的司马梗扶着竹杖站了起来，"战事之前，老夫督导三川郡。战事之间，老夫病返咸阳。战事之后，老夫奉命查核战情。月余之间，老夫查核了所有军令二百四十四道，邀集十二名老司马，于蒙骜莫府之全部山川图十三幅之上作了翔实比照。一言以蔽之，蒙骜战法大体无差，所失者唯在攻齐之后。就战论战，此战四失也。其一，失之敌情不明。近三十万大军陈列，一军前出三百里攻城，而竟不知五百里之内敌军几多，未尝闻也！其二，失之轻敌。六国联军纯以赵国飞骑佯攻王陵济北军、以魏国铁骑佯攻辎重粮草车队，全无步军配置，其诈显而易见，而我军将帅竟皆不见，盲目轻敌之心令人咋舌！其三，失之主帅一意孤行。丞相主张班师之信，老夫今日方闻，未曾落实，姑且不论。骑将王翦曾三次强谏蒙骜，两次说敌情不明，一次指敌军有诈。身为久经战阵之主帅，蒙骜坚执不纳，其自负固执直是不可思议也！其四，失之军法松弛，大将私进。蒙骜派出嬴豹一军驰援辎重车队，原是势在必然。其后之错，便是大将步步私进，终将主力大军拖入敌军伏击山谷。一错在王陵：复仇杀心大起，未奉将令穷追赵军，致使第一次中伏！当此之时，蒙骜亲率主力铁骑十万驰援王陵，原是无可无不可。此断之意，是说若不驰援，王陵未必会全军覆没；而若驰援，则当严明军法严禁冒进，避免二次中伏。以实战论，联军第一次设伏兵力显然不足以战胜我军，僵持竟日，明是二次诱敌。信陵君固然高明！然则若我军令行禁止，冲破一伏接应回王陵之后不再冒进，何有后来大败？再错在王龁：冲破一伏之后，不待将令便率前军主力穷追入谷，以致陷蒙骜于两难境地。凡此四失，皆以战事常理论之，而非以超凡名将求之也！即是说，四失之罪为最低罪责，实是无以开脱。"

"老国尉拆解极是，蒙骜服罪！"

"我等服罪！"大将们一齐向王座拜倒。

"臣等无异议！"举殿大臣异口同声。

吕不韦面如止水道："敢请纲成君陈明关外善后方略。"

"好。老夫说来。"蔡泽从吕不韦下手座霍然站起，公鸭嗓呷呷回荡起来，"老夫于关外踏勘一月，先论目下大势。此战我军虽败，山东六国欣欣然一片，然六国举动，却与既往合纵胜秦后大相径庭。既往胜秦，联军立即直逼函谷关，压迫我军收缩关内，此谓锁秦东出，老掉牙也。此次一战胜我，联军却未乘胜追击，既未追杀我军，更未直逼函谷关，甚或连我新设之三川郡也没去触动。老夫深以为奇，遂多方探察，终究明白：其一，

经我军东出一年之攻掠,六国丢城失地,人口流散,财货粮草大减,折损之惨重实出意料之外也,也便是说,六国目下之军力,已经经不起一战大败;其二,六国朝政腐朽,奸佞多出相互掣肘,已是根深蒂固,此战一胜,六国统军大将无一例外地接到'当即班师,存我实力'之紧急王书,根本不可能合力乘胜追击。有如此情势,老夫谋划的善后方略是:不撤三川郡,固守三川郡,特治三川郡,使洛阳之地真正成为我军关外根基!"

蔡泽一番话可谓将关外大势一举廓清,朝堂顿时为之一振,大田令禁不住高声问了一句:"敢问纲成君,何谓特治三川郡?"

"特治者,充实人口,大开商市,大修沟洫,大兴百工,使三川郡成天下第一富庶之地也。若得如此,秦国南有蜀郡天府、东有三川粮货,何愁一天下也!"

"好!"举殿一声赞叹,大臣们几乎忘记了朝会主旨。

"敢请老廷尉依法拟罪。"吕不韦声音不大,大臣们却顿时一片肃然。

端坐案前的老廷尉嘴角猛然抽搐,一时说不出话来。越是如此朝臣们越是肃静,各色目光烁烁盯住了那张黝黑如铁的枯瘦老脸,殿堂凝滞了。"难矣哉!"良久,老廷尉长嘘一声终于开口,声音干涩得令人不忍卒听,"老夫决刑断狱三十有年,未逢今日弥天大案也!"老人双手抖抖索索捧起案头一卷竹简,一字一顿地念了起来。举朝大臣谁不知晓,这铁面老廷尉能将一部洋洋万言的秦法倒背如流,寻常断刑开口便是文书,今日竟要照卷念诵,可见此刑定是闻所未闻。

"蒙骜军败,秦军战死八万三千四百四十三人,轻伤五万三千一百余人,重伤及残者两万一千八百一十四人;折损粮草十万斛,铁料兵器六万余件;帐篷衣甲尚未计报完毕,大体十三四万件上下,城池得而复失者三十二座,民众流失难以计数。秦法有定:无端战败之罪责,不避功贵,虽功难抵,虽贵不恕。昔年胡伤攻赵大败,宣太后自裁谢国,此其例也。今东出之败是否'无端战败',臣实难断,唯以战败法度决刑如左:

"上将军蒙骜军法粗疏调遣失当,致军大败,当处斩刑。

"前军大将王陵未奉将令追敌中伏,当处斩刑。

"中军主将王龁未奉将令追敌,拖全军中伏,当处斩刑。

"后军大将桓齮未奉将令私发步军,虽救主力终违军法,当处流刑。

"斥候营大将军情探察有误,当处斩刑。

"骑将王翦假借军令私调步军、擅组轻兵,虽救军有功,贬黜卒伍。

"败军不论赏功。死伤将士由丞相府斟酌抚恤。

"另查：庙堂之失，丞相吕不韦总揽失察，当削其侯爵夺其封地；行人署对六国合纵无所觉察，行人当处流刑；若有举发，其余罪责待查……"老廷尉掷下竹简，已经是大汗淋漓喘息不能自已，颓然伏案，再也没有了说话气力。

举殿大臣尽皆愕然！依据前几个查事重臣陈述的种种情势，此战之败显然与往昔败仗不同，且不说种种牵涉甚广之因由，仅以后果论，并未伤及秦国根本，也未丢失秦国最看重的三川郡，如何要人人戴罪尽皆重刑？以战场论，贬黜王翦该当么？以庙堂论，夺吕不韦爵位该当么？如此看去，岂非秦王也要戴罪了？

"决刑失察！国正监抗断！"

"司寇府不服！"

"御史台有参！"

三大臣接连亢声站起，殿中议论之声顿时蜂起。这国正监、司寇府、御史台与廷尉府，是秦国的四大司法官署，各司其职又相互制约，自商鞅变法成制，百余年来一直稳定有效地运转着秦国法制。国正监与御史台原本是军中监察记功之官，商鞅变法时将其职司扩展，变为国家监察官署。《商君书·境内》载："（攻城时分），将军为木台，与国正监、正御史（登台）参望之。其先人者，举为最启；其后入者，举为最殿。"由此可见其原本职能。但为国家官署，这两府职司是监察臣工举发不良，对官员的违法犯罪依法弹劾。也就是说，这两府官员对朝臣违法犯罪有着更为直接具体的掌握，对其处置也有着督察之权。见诸实践，官员处刑常常总是廷尉府会同两府会商而后决。司寇府则是职司捕盗、维护邦国治安之官署，对庶民犯罪的决刑有着很大权力，故此与廷尉府也是互有制约。后来秦成统一帝国，将国正监御史台合并为正式监察官署，

连坐之弊端。

其主管大臣御史大夫为爵同丞相的重臣，这是后话。

如今三府一齐公然异议，朝臣们既感惊诧又觉蹊跷。

正在此时，突闻老内侍惊呼一声："大王！"议论哄嗡之声顿时沉寂。大臣们愕然望去，只见王座中的嬴异人嘴角吐着白沫昏厥了过去，王阶之下近在咫尺的吕不韦已经上台抱住了秦王，太医已经匆忙赶来救治了。片刻之间，秦王被太医内侍们连坐榻抬了下去，殿中一片惶惶然。

"诸位臣工毋忧，我王操劳过度，寝食难安，故此昏厥，谅无大碍也。"吕不韦罕见地笑了笑，从容转向正题，"今日朝会，各方情势已明，唯余廷尉决刑有争。此事牵涉既广，纠葛又多，不妨待我王健旺时再作会商，诸位以为如何？"

"丞相极是！"举殿异口同声。

"一班戴罪将军如何处置？"老廷尉突然抬起头来。

大臣们恍然醒悟，将军们尚是布衣负荆鲜血淋漓，正式下狱抑或临时羁押都实在难以决断，连国正监、御史台都颇费踌躇，一时无人说话，都看着吕不韦如何决断。吕不韦肃然正色道："既未问刑，便非罪人。敢请国正监、御史台两府为大将去刑，并送各人回其府邸养息。我王若得问罪，吕不韦一人当之，与诸位臣工及两府无关。"

大臣们一时愕然！在法度严明的秦国，戴罪之身虽未经决刑，也是罪犯无疑，关押牢狱那是一定的。大臣们所不能决断者是如何关押，是送往五六十里外的云阳国狱正式下牢，还是临时关押咸阳听候决刑？谁也没有想到，也不敢想到不会想到要放二十多位将军回家。吕不韦虽是丞相文信侯，受命统摄裁处战败之责，毕竟与法度传统背离太大，谁个敢轻易赞同？然若反对，经今日朝会，谁不觉得大将们实在是浴血死战劫后余生？人人服罪慨然赴死，丞相既有此令又明示一人担责，人皆有恻隐之心，何忍心夺情悖理也。

昏得正是时候。

前功不能抵后罪。秦法需要微调。

默默地，老廷尉点着竹杖先径自走了，大臣们也各自散了。国正监与正御史两人相互一点头，向殿口甲士一挥手，大步到殿角冷清寂然的将军草席区去了……

初冬的白日很短，晚膳时天色已黑定了。

嬴异人只喝下了一鼎炖羊汤，寻常喜好的拆骨肉一口也没咥便离开了食案，走得几步微微发得些热汗，自觉舒畅了许多。午后在殿堂昏厥，虽说是有意为之，却也实在是体力不支心烦意乱念头一闪说倒便倒不意竟弄假成真。醒来卧榻自思，嬴异人当真是有些恐慌了。时当三十余岁之盛年，果真要不行了么？当年在赵国做人质时何等艰涩清苦都挺过来了，何一做秦王竟每况愈下？嬴异人记得很清楚，长平大战之前，赵国要秦军退出上党，被秦昭王断然拒绝；赵国便对他这个人质作限粮折磨，一日只能一餐，一餐只有一盆半生不熟的绿森森藿菜；他整日饥肠辘辘枯瘦如柴，看见绿菜绿草便要反胃吐酸。饶是如此，他也没有病倒。结识吕不韦后日月一变，他立即硬朗起来，每日精神抖擞地斡旋于邯郸官场士林，还要与新婚的赵姬酣畅淋漓地卧榻折腾，直是生龙活虎。便是万般惊惧地逃赵回秦，立为太子的最初几年，他也丝毫未觉乏力，赵姬没有接回来时，依然时不时与姜妃侍女解饥消渴。然自父王骤逝，他即位秦王，便日复一日地弱不禁风了。正在丰腴之年风韵万千的赵姬夜夜侍榻殷殷期盼，他情急如火热汗淋漓，可那物事却生生不举。赵姬脸上带笑抚慰，眼中的哀怨却使他无地自容……唯一使他欣慰者，国事蒸蒸日上也。吕不韦做丞相总政后展现出惊人的治国才能，秦国吏治整肃法令修明大局稳定，十数年蛰伏的秦国战车重新隆隆压向东方，年余之间灭周设立三川郡，又夺三晋三十余城；照此情势再有五七年，灭六国而一天下是完全可能的。若得如此，嬴异人纵是长卧病榻生趣全无，此生功业尚可对人道也……偏在他多愁常生感慨之际，陡然大军东败消息传来，他当时便是眼前一黑颓然倒了。看着一片浴血负荆的大将，嬴异人心惊肉跳。杀了他们无异于自毁长城，不杀他们无异于自坏法度，两难也。法令是秦国根本，大军将士是国家干城，两难也。吕不韦本有斡旋之能，可连他自己也被朝议卷入了错失罪责的追究之中，若是再主张宽政，便是违法为自己在内的罪臣开脱，却教他如何说话？吕不韦不能说话，秦国岂不大乱了？如此一路想来，在老廷尉宣读决刑书后秦王须得例行定夺之际，他昏厥了……

"苍苍上天，秦国何罪至此也！"廊下枯立的嬴异人一声长叹。

"禀报我王：文信侯求见。"

"快请！"

吕不韦脚步匆匆，脸上却是一团春风全然没有忧急之色，来到廊下一躬："王体恢复，臣心安矣！"嬴异人惊讶道："我心如焚，文信侯倒是无事人一般！"吕不韦悠然一笑："举国阴霾，臣做一丝光亮可也。""文信侯用心良苦。"嬴异人轻轻一叹低声道，"日间之事莫当真。走，进书房说话。"

两人书房坐定。侍女煮好茶，掩上门退下了。嬴异人立即移席吕不韦对面，急色低声问："如今乱局如何处置？"吕不韦道："我王且定心神。今日之局难则难矣，并无乱象。难点一解，新局便开。""还不乱么？"嬴异人既疑惑又惊讶，"大将戴罪，举朝有失，朝会惶惶，法司抵牾，我心两难，举朝无挽得狂澜之人，乱得不够么！"吕不韦肃然一拱："臣请挽此狂澜。""我的丞相也，"嬴异人更急，"你已陷罪，被廷尉拟议削爵夺地以抵罪，以罪责之身，理同案乱局，如何服众？""我王有所不知。"吕不韦从容道，"臣陷指责，乃着意为之。""如何如何？着意为之？"嬴异人急得几乎凑到了吕不韦鼻子底下。吕不韦点头道："我王但想，日间朝会时，各方陈情可有虚假？"嬴异人摇摇头："有凭有据，令人信服。"吕不韦道："唯其如此，大势可明。大军在外征战，臣居中枢掌控全局。若臣置身事外，分明是不做事只整人也，朝野何人信得？为政之道，权责一体也。大权亦当大责。唯臣不避罪责，方得举朝同心也。削爵夺地之罚，乃臣拟议，非老廷尉本心也。唯臣领罪，罪当其责，而臣能言也。唯臣能言，何惧狂澜也？我王思之，可是此理？"

"文信侯……"嬴异人哽咽了。

"王心毋忧。一侯一地之失，于臣何足道哉！"

"如此说来，大将斩刑也是你意？"

"刑罚依法，非臣本意。公诸朝堂，臣之意也。"

"其意何在？"

"试探朝议，以定后来。"

"如何评判？"

"人皆恻隐，事有可为。"

"然秦法如山，大父昭王有定法铁石，如何为之？"

"回旋之策不难。难在我王之心。"

"难在我心?!"

"我王若以秦国兴亡大局为重,不拘泥成法,事则有为。我王若以恪守百年法统为重,以为成法不可稍变,虽有良策,亦难为之。此谓难在王心也。"

"文信侯差矣!"嬴异人又着急起来,"秦法之变,当年我在邯郸也有所思,你岂不知?为今之难,不在当不当变,而在变之方略与理由。理由不足,朝野视你我蓄意颠覆国本,却如何变得了也!"

"我王定心,臣岂无策?"吕不韦微微一笑,趋前低声说得一阵。

"哈——"嬴异人不禁笑了,"如此老策,我如何想它不到?"

又说得片刻,心绪松泛的嬴异人有了困顿神色,吕不韦适时告辞了。一出王城,吕不韦轺车直奔纲成君府,片时出来又是驷车庶长府、廷尉府、国正监府、御史府。直到曙光染红了咸阳城楼,吕不韦才疲惫地爬上了卧榻,日近正午,离榻梳洗匆匆用饭,一盅绿菜羹未曾喝罢,蔡泽的公鸭嗓便在庭院呷呷起来。西门老总事正要阻拦蔡泽,吕不韦已经闻声搁下菜羹进了书房。

"纲成君自觉如何?"吕不韦当头一问。

蔡泽从腰间皮袋拿出一卷竹简摇晃着:"代人捉笔,自觉如何又能如何? 终须你说也。"将竹简往吕不韦手中一塞呷呷笑叫,"酒来! 老夫一夜工夫,不来两爵亏也!"

"何消说得,上酒!"吕不韦一边高声吩咐,一边浏览竹简,片刻啪地一合竹简,"主书立即抄录刻简,一式六卷。"

"六卷? 要流播天下么?"蔡泽不禁大是惊讶。

"纲成君,如何操持你莫问了。来! 陪你一爵。"

吕不韦精神显然见好,陪蔡泽没饮得一爵,却是自己大咥一通,引得蔡泽皱眉苦笑呷呷叫嚷:"命也命也! 你说老夫何事能得个正座? 分明嘉宾主咥,到头来却还是个陪咥,有这世事么?"吕不韦忍俊不禁,噗地喷得一袖饭菜,狼狈之间哈哈大笑:"纲成君乐天知命,大福也! 来! 干此一爵。"蔡泽皱眉苦笑连连摇头:"不干不干,干了又是陪饮。"吕不韦益发乐不可支,大笑着自己干了一爵,起身对主书叮嘱事情去了。蔡泽看得百般感慨,连连举爵大饮。及至吕不韦回身,蔡泽已经伏案醉倒了。

三日之后,丞相府上书郑重送到了长史案头。

看着两名书吏抬进一只铜箱,老长史桓砾不禁大奇,何等上书竟装得一箱之多? 未及发问,丞相府主书拱手禀报:"此箱文书十三卷。丞相上书为正卷。其余十二卷为附件,乃诸大臣查勘陈述之实录、蒙骜等将之陈述实录,已经各位当事大人订正,一体呈上秦王定夺。"老桓砾大惊,秦王已有王书命吕不韦统摄裁处战败罪责,此等上书之法,不是推卸职责胁迫秦王么?吕不韦素来不是畏事之人,这次要退缩么?心下纷乱揣测,脚步匆匆进了秦王书房。嬴异人得报,立即从寝宫赶到书房,看着桓砾打开铜箱泥封相印将竹简一卷卷陈列,只拿起首卷吕不韦上书认真看了起来,片刻合卷断然吩咐道:"老长史,立即按照丞相上书主旨拟就王书,颁发朝野。"

次日清晨,秦王王书下达官署并张贴咸阳四门。随着谒者传车的辚辚车声,随着传命快马的兼程飞驰,秦国朝野立即沸沸扬扬奔走相告。咸阳南门向为吞吐商旅之口,今日更是热闹非凡,商旅皆驻车马,行人云集翘首,都在听高台上的黑衣书吏一遍又一遍地高声念诵秦王王书:

大秦王特书:此次我军兵败山东,朝野皆云匪夷所思。经翔实查勘,朝会公议,此次战败既有战场之误,亦有庙堂之失,诸般纠葛涉及广阔。当此之时,非杀将可以明法,非严刑可以固国。唯庙堂大臣与莫府大将共担过失,使涉事者人人不避战败之责,方得以戒后来而举国同心。此非本王之臆断,有穆公成法在先也。昔年秦军大败于崤函,穆公不杀孟明视、西乞术、白乙丙三将,而与将军大臣共担过失,未毁干城,不坏法度,使孟西白三将骄躁尽去而秦国再胜。唯其如此,本王决效穆公之法,对本次战败处置如左:

丞相吕不韦总领国政运筹有差,削其侯爵并夺封地。

行人王绾未察六国合纵,削职,黜为相府吏。

上将军蒙骜军令有失,削爵三级,罚俸两年。

大将王龁、王陵轻战冒进,削爵三级。

其余将士,依常战论赏罚,死伤者得抚恤,斩首者得赐爵。

大秦王嬴异人二年冬月。此书。

如此王书,国人听得百味俱生,一时惊喜无状,恍然欣然者有之,涕泪唏嘘者有之,惶恐不安者有之,手舞足蹈者有之,纷纷然哄哄然议论成一片。

惊愕者,吕不韦及其属署处罚最重。分明是战场之败,
况且是将在外君命有所不受,领政丞相纵然涉及军事,如何
能干预得了上将军决断之权,何至于削侯夺地? 行人是丞相
府属员,没有探察六国合纵,自是没有奉邦交之命,何至于由
官贬吏?

此举,既不违秦法,又安
抚了士气。吕不韦虽有损失,
但大得人心。

唏嘘者,对将士以常战论功过也。秦法有定:败战不论
功,死伤唯得三年抚恤。凡为秦人,十室九有兵。任何一次
大战实际上都是举国涉及,一战败军,烈士不得名号,斩首不
得爵位,伤残仅得些许抚恤而不能如常战之后永享战士荣
耀,谁家不是叹息悲伤? 虽说历经百年,也渐渐解得法令一
力激励战胜的本意,然戚戚然之心却总是长时期地无法平
息。秦人之所以对战败大将愤恨不能自已,根本处在于:一
将失误便意味着断送了全部将士的应得功业,立功也是白
立! 在耕战为本的秦国,谁人能对亲人的浴血牺牲淡泊处
之? 谁人不求败军之将以死补偿万千白白战死者? 此战乃
是长平大战后的最大败仗,消息一出,举国忧愤无可名状,异
口同声地指斥蒙骜败军该杀,原是此等忧愤之心。秦国君臣
历来不敢轻赦败将罪责,根本因由也在这里。然今日王书一
出,竟可"常战论功过",老秦人心下顿时一片热乎泪眼蒙
眬,更有战死者家人大放悲声,哭一阵笑一阵不知所以。慰
藉之心但生,对败军之将的苛责自然也就淡了,没有人再公
然指斥蒙骜一班大将,更没有人愤愤然喊杀了。

恍然欣然者,穆公之法仿效绝妙也! 在老秦人心目中,
穆公是圣人一般的君主。即或当年雄心勃勃的秦孝公,在求
贤令中申明的宏图也是:"复穆公之故地,修穆公之政令。"
漫漫百年,能与商君秦法在老秦人心目中抗衡者,还只有秦
穆公这个圣君。若非抬出秦穆公不杀孟西白三将故事,秦国
朝野之心还当真难以化解。能抬出穆公而一河水开,这个新

秦王当真了得!

诸般议论如潺潺流水般在官署王城流淌开来,森森僵局自然而然地破了。

蒙骜一班大将羞愧万分,赦罪当日聚议联署上书秦王:自请一律贬为老卒效命疆场,再为吕不韦鸣冤,吁请恢复其文信侯爵位封地。书简未成,吕不韦赶到了上将军府邸。蒙骜与将军们一齐拜倒,热泪纵横却无一人说话。

"老将军如此,折杀我也!"吕不韦连忙扶起蒙骜,语态脸色少见的忧急,"闻得诸位将军拟议上书,可是实情?"

"文信侯遭此非罪,老夫等不说话,天良何在也!"

"文信侯太冤!我等不服!"大将们异口同声。

"上将军,诸位将军,"吕不韦深深一躬,直起身肃然道,"自请加罪而为人陈情,吕不韦先行谢过。然国家法度在,秦王书何能朝令夕改?更为根本者,诸位不察大局就事论事,实乃帮倒忙也!目下秦国大局何在?在重整精锐大军。月前我军新败大将待刑时,军心民心,举朝君臣,尽皆惶惶不安。为甚来?是秦人经不起一败么?不是!是朝野上下都看明白了一个大局:一班老将之后,我军良将无继!果真以成法问诸位大将死罪,万千大军交于何人?秦王书虽违法统,朝野却是赞许欣慰,是秦人不拥戴法制了么?不是!是人人都看到了我军青黄不接之危局!何谓旁观者清当局者迷?这便是!吕不韦愿担罪责,既非与上将军私谊笃厚,亦非仁政恻隐之心,唯秦国大局所需也。诸位老将军但想:自武安君白起之后,我军超拔新锐将领有得几个?莫府升帐,满目白头,四顾之下,一无后继。当此之时,秦王甘冒天下之大不韪,效穆公成例保全诸位老将军,难道是秦军缺乏几个老卒么?"吕不韦粗重地喘息着长叹一声,"天意也!原本想在战胜班师之后对上将军提及此事,不意一战而败,竟在此

武将恩仇分明。蒙骜自此视吕不韦为兄弟。算起来,这笔账还是吕不韦赚了。于秦国言,这个处理不重不轻,不至于君臣离心,又激发了将士复仇之心,何乐而不为?

等时刻令诸位难堪,不亦悲乎……"

庭院中一片寂然,老将们羞愧低头,蒙骜满脸涨红。良久,蒙骜凝重地长长一躬:"丞相金石之言,蒙骜敬服也!"

"我等谨受教!"老将们异口同声。

吕不韦肃然对拜一躬,直起腰身慨然笑道:"扫兴已罢,当为诸位老将军压惊一饮也。来人,抬进秦王赐酒!"随着话音,立即有一队内侍抬着秦凤酒逶迤进院,一字摆开竟有二十六桶之多。蒙骜与将军们同声一谢,吕不韦对蒙骜拱手笑道:"老哥哥,兄弟也要叨扰几爵了!""老兄弟……"蒙骜心头大热,回头一挥手高声吩咐,"当院设酒! 一醉方休!"

"一醉方休!"萎靡日久的老将军们陡然振作了。

草席木案,肥羊锅盔,较酒论战,万般感慨,劫后余生一场酒,大将们直喝得天翻地覆。哄哄嚷嚷之中,吕不韦与蒙骜大汗淋漓衣冠尽去,却始终凑在一起比画着议论着。蒙骜说,他想在三年之内将秦军大本营从秦国腹地东移关外,建立三川郡洛阳大本营,使秦国本土结结实实跨出函谷关。吕不韦说,若得如此,须先除去一个随时可能成为致命对手的劲敌。蒙骜双眼突然冒火,是他! 老夫偏要留着他战场复仇! 吕不韦狡黠地一笑,凑在蒙骜汗津津的耳边嘀咕得一阵又是神秘一笑:老哥哥以为如何? 蒙骜大皱眉头,此等伎俩老掉牙,有人信么? 吕不韦哈哈大笑,秦国没人信,未必山东六国没人信也。

及至夜阑酒散,一个秘密的谋划已经酿成了。

二 卑劣老伎在腐朽国度生出了惊人成效

大雪纷飞,特使王绾的车队辚辚出了咸阳。

王绾,后为秦国丞相。其人其事不详。

一路东来,王绾心绪总是不能安宁。如此老谋在魏国行得通么?使命若是失败,自己永远只能做个书吏事小,毁了丞相声望岂非永生负罪?看官留意,这个王绾便是这次被革职为吏的丞相府行人,敦厚端方而又不失聪敏灵动。三年前吕不韦初署丞相府,简拔王绾于一班书吏之中,做了职掌邦交事务的行人。战国邦交为要职,各国皆为丞相亲领,行人只是开府丞相处置邦交大计的事务专署而已。虽则如此,行人也是丞相府属署中最显赫的官员之一了。对于一个年轻的书吏而言,不啻由士兵而将军一般的超拔。王绾记得清楚,吕不韦在整肃相府吏治时说:"政事如人,唯生生不息而能步步趋前也。丞相开府,为国政枢要,下联百官上达王城,梳理朝野总摄万机,最要紧者便在实效。今相府官吏不可谓不能,然老暮过甚理事缓滞,可当谋划,而不当任事也。本丞相简拔后生裁汰老弱,唯以国事为本。超拔任事者毋以升迁为喜,虚位谋划者毋以去职为悲,如此人人同心,秦国有望也!"王绾敬佩吕不韦,也敏锐看出了吕不韦在这次处置战败事端中的艰难,慨然自请解职,成为丞相府唯一陪吕不韦受到处置的官员,虽则革职,却受到了丞相府所有官员大吏的敬重。吕不韦也全然没有将他做革职官员对待,依然命他在行人署"以吏身暂署事务"。这次出使山东周旋大梁,也破例地派给了他。

所谓破例,在于王绾职任邦交,却从来没有出使过山东六国。依照传统,官员首次出使只能做副使。首使而正,独当一面,在秦国邦交中还从来不曾有过。唯其如此,王绾不能不又一次敬佩吕不韦的用人胆识,也不能不心绪忐忑。

也是王绾的使命实在奇特——谣言离间,陷信陵君于死地。

据实而论,离间计实在是老掉牙的伎俩,纵能坦然行之

秦国自蒙骜战败后,即视信陵君为心腹大患。

于敌国,可成效如何便难说了。远古之世,蓄意制造谣言而中伤对手,历来都是失败者无可奈何的发泄,对手无一例外地嗤之以鼻,从来都没有真正击倒过谁。当年殷商旧族与周人叛逆对周公大肆流言中伤,不是连周成王那样的少年天子也没有相信么? 然自春秋之世天地翻覆,士人崛起智计大开,这谣言攻敌竟莫名其妙地渐渐成了正宗计谋,被堂而皇之地写进兵法,谓之离间计、反间计! 虽则如此,春秋之世三百余年,真正使用离间计反间计而收成效者,却是寥寥无几,名君名臣名将中此伎俩者几乎一个也没有。

战国之世,流言离间的卑劣伎俩却轰然发作屡见奇效。

用间。

第一个落马者是名将吴起,一生三中谣言而终致惨死。先背"杀妻背鲁"之流言逃鲁入魏;再中魏国长公主"恶女"离间计,拒绝迎娶少公主而被魏武侯猜忌,不得不离魏入楚;最后中楚国反变法贵族的"谋反"流言,为示忠心而离开大军孤身回郢都,终被旧贵族在楚王灵位前乱箭射死。

第二个落马者是名将廉颇。此公比吴起更甚,一生四中流言恶计,终致客死异国。第一次是长平大战,秦国贬低老廉颇的流言击中赵国君臣,廉颇被罢黜抗秦统帅之职而愤然隐居。第二次,赵国大败后六年廉颇被迟迟起用,刚打了一场胜仗便被一班将军流言恶攻。老将军这次怒火中烧,愤然起兵猛攻接替他兵权的乐乘。虽然乐乘逃走了,廉颇却也不得不逃亡魏国。第三次,廉颇客居魏国,又被"其心必异"之流言中伤,不为魏国所用。第四次,赵王因屡次败于秦国,又想起用廉颇,不意却被仇人收买的使者郭开造了一通离奇谣言,说老将军"一饭三遗矢(屎)",哄得赵王居然信了。于是一世名将终于逃隐楚国愤懑而死。

第三个落马者是变法诗人屈原。此公忠正激烈热血报

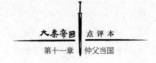

国,却在张仪的离间流言面前碰得头破血流。后来张仪淡出了,旧贵族的流言却始终紧紧纠缠着屈原,以致昏聩的楚怀王总对这个最大的忠臣投以最怀疑的目光,临死也没有相信这个后来跟着他死去的千古人物。

第四个落马者是名将乐毅。此公两中流言,第一次侥幸躲过,第二次终于落马。从此隐居赵国,终身不复为将。这两次流言都是老对手田单、鲁仲连的离间计。第一次流言离间,说乐毅野心勃勃要做齐王,其时恰逢燕昭王在位,非但没有罢黜乐毅,反倒杀了那个被齐国收买的造谣者。第二次是新王即位,田单故伎重施,而且依旧散布流言说乐毅还是要做齐王。这个新燕王不可思议地相信了,乐毅被罢黜了,燕军也立即一败涂地了。

第五个落马者是孟尝君田文。此公赫赫豪侠却一生不幸,自封君领国终生被流言恶计纠缠,多次罢相复相,危机时便逃回封地薛邑拥兵自守。最后还是在齐滑王、齐襄王两代被流言困扰而不得其用,终是郁闷而死。

第六个是后来成为秦国应侯的范雎。此公才智非凡,以使节随员之身出使齐国,在无能的使节须贾被田单冷淡时,挺身而出力陈大义,维护了魏国尊严促成了魏齐结盟。田单器重人才,劝范雎留齐任事,范雎婉言谢绝。如此一件大功,却被须贾以“齐吏私云”编造流言,生生说范雎“私相通敌”。魏国丞相立即相信,当众对范雎极尽侮辱拷打,“尸体”几乎要被喂狗。若非事有巧合死里逃生改名换姓到了秦国,范雎准定当即死于流言恶计且永远地不为人知。

还有几个赫赫人物虽也是终生受流言恶计纠缠,倒而起起而倒,战战兢兢如履薄冰再不敢放开手脚做事。一个是纵横家武安君苏秦,一个是楚国春申君黄歇,一个是赵国平原君赵胜,一个是兴齐名将安平君田单。其后还有名将李牧与诸位看官马上就要见到的魏国信陵君。说也是奇,凡此种种奇迹,竟然尽出于山东六国。而六国之使节、商旅、斥候从来都是不惜工本地在秦国制造流言,却从来都是泥牛入海,秦国竟从来没有因流言错处过一个大臣将军。自商鞅变法之后百余年,以“人言”之法说秦王者只有一次,这便是几乎被谣言杀死的范雎见秦昭王。范雎的说辞是,人皆知秦国有太后、穰侯,而不知有秦王也。后来,秦昭王虽与范雎结君臣之盟铲除了太后穰侯两大政敌,然究其实,根本之点在于秦昭王原本便要夺权归王,无论范雎如何说辞,秦昭王都会跨出这一步。一方借“人言”激发秦王早日夺权,一方要倚重范雎之才整肃秦政,实在算不得离间计之功效。因了秦国不为流言左右，于是山东六国有了公议，说"秦人蛮蠢，不解人言"。千古之下，令人啼笑皆非。

明乎此，吕不韦坚执一试，图谋用这卑劣的老伎俩除却一个劲敌。

身为如此特使，王绾的难处是不知如何造谣。临行请教，吕不韦哈哈大笑："你个王绾也！只管拣最老的谣言去说，要你创新么？只有一样，必须说得像，说得煞有介事。"王绾做事认真，恍然大悟之余，对战国以来的离间流言作了一番梳理揣摩，最终选定了两宗最常见的流言利器：

其一，"诸侯只知有某，不知有王"。此流言暗寓：某人功业声望远远超王，有可能取王而代之。此等流言的厉害处在于，一言将某人的功劳变为威胁，可使国君立起狐疑之心，纵不收当时之效，亦准定埋下内讧种子。功业赫赫的田单，便是中此一击而萎靡不振。

其二，"闻某称王，特来贺之"。此计之操作方式为：先无中生有，以"闻"（听说）法造出一个某某要称王的消息；其后，隐秘赴某府祝贺其称王；再其后，无论某人如何否认，只找要紧人物四下秘密询问某人称王日期，并叮嘱被询问者万勿外泄。此乃杀伤最强之行动流言，且做得越是隐秘，流言传得越快。名重天下的乐毅，硬是倒在了"贺王"流言之上。只要耐心贺去，被贺者一次不倒，二次必倒。

揣摩一定，王绾好奇心大起，决意要品尝一番这从未经历过的新鲜使命。

窝冬之期，大梁呈现出多年未见的消闲风华。

六国胜秦，老魏国是主力，信陵君是统帅，魏人大觉扬眉吐气。官市民市都破了"冬市逢十开"的成例，冬日天天大市。大梁人原本殷实风华，今冬遇此喜庆更是心劲十足，眼

此计只有一法可解，就是君臣无疑，若再将计就计，必反败为胜。整部《大秦帝国》，似只有秦孝公与商鞅之间，可无间无疑。乐毅等人中招，无一不是因为王生疑。

信陵君败于功高盖主。《史记·魏公子列传》载，信陵君率五国军队大败蒙骜后，"秦王患之，乃行金万斤于魏，求晋鄙客，令毁公子于魏王曰：'公子亡在外十年矣，今为魏将，诸侯将皆属，诸侯徒闻魏公子，不闻魏王。公子亦欲因此时定南面而王，诸侯畏公子之威，方欲共立之。'"魏王最怕的不是亡国，怕的是有人取而代之，流言虽不高明，但刺痛魏王要害。《东周列国志》的说法是秦王先行修好之计，第一百零二回"华阴道信陵败蒙骜，胡卢河庞煖斩剧辛"称蔡泽献一计，"诸国所以'合纵'者，徒以公子无忌之故。今王遣一使修好于魏，且请无忌至秦面会，俟其入关，即执而杀之，永绝后患，岂不美哉？"秦王依其计，欲引信陵君入秦，信陵君不至，使朱亥入秦，秦王欲留之，朱不从，"乃以头触屋柱，柱折而头不破，于是以手自探其喉，绝咽而死。真义士哉！"秦王于是暗令人日夜毁信陵君于魏王前。

看年节在即,天天上市转悠,买不买物事倒在其次,希图的是三五成群海阔天空地交换传闻议论奇异。如此一来,大市日日人山人海,联袂成幕挥汗成雨,直与当年最繁华的临淄大市媲美。国府官署也破例,往年窝冬是三日一视事,今年改成了五日一视事。官吏们欣欣然之余,日每抖擞精神进出酒肆绿楼,或聚酒痛饮或博戏设赌或听歌赏舞醉拥佳人;一番风流之后纷纷聚到两家最大的酒肆,或名士论战或对弈品茶或引见拜会;然无论如何,最终都是兴致勃勃地议论朝局褒贬人物,欣欣然悻悻然直到刁斗打得五更,方才踏雪而归酣睡直过卓午;一顿不厌精细的美餐老酒之后,又车马辚辚踏雪而出了。

风花雪月之时,大梁口舌流淌出一个惊人消息:信陵君要称王了!

薛公皱着雪白的双眉叙说了这则神秘传闻,信陵君哈哈大笑:"秦使何其蠢也! 如此荒诞不经,谁却信他!"薛公却连连摇头:"信陵君莫得掉以轻心,久毁成真,流言杀人者不知几多也。朝局清明固然无事,然目下之魏国,公子以为清明么?"信陵君默然良久,拨着燎炉木炭火喟然一叹:"然则奈何哉! 魏无忌能去大喊一声不称王么?"

"君若犹疑,大祸至矣!"毛公一顿竹杖霍然站起。

"卑劣离间,此等雕虫老伎,魏王断不会相信。"

"信陵君差矣!"毛公急迫嚷嚷,"老夫旧话重提,为今之计唯六字:清君侧,真称王! 非如此魏国无救,君亦无救! 君固不念己身,岂能不念魏国!"

薛公冷冷补上:"非毛公言过其实,老魏国大厦将倾也。"

信陵君连连摇头:"无忌耿耿忠心可昭日月,魏王岂能无察?"

"恕老夫直言。"薛公正色道,"君子之心,不能度小人之

真假莫辨。

腹也。日前老夫已从王城内侍口得知：秦使王绾面见魏王请求结盟，魏王笑问其故。王绾回道：'秦国所畏者，信陵君也。公子亡在外十年，天下惜之。一朝为将大败秦军，六国军马皆听其号令，诸侯唯知有信陵君而不知有魏王也。秦国安能不惧？'魏王听罢，良久无言，其后也未召君入宫商谈对秦邦交。信陵君但说，魏王信得你么？"

"卑劣之尤！"信陵君愤然拍案，"知某不知某，何其可笑也！当年齐国佞臣以此中伤田单，平庸的齐襄王半信半疑，被貂勃严词批驳后便不再相信。你说，魏王连齐襄王也不如么？"

"君非差矣，大谬也！"毛公点着竹杖冷冷道，"流言离间之际，当思破间救国之法为上。君怨离间者何益？寄望于他人知我何益？王果知君，岂有君十年亡外也！"

"毕竟魏王已经与我和解，无忌岂能负君？"

"信陵君也！"毛公直是哭笑不得，"身为国家重臣，耿耿忠心远非唯一。事之根本，是君王是否相信你之忠心。君王狐疑，纵有忠心于国何益！于事何益！于人何益！自命忠心谋国，却一任君王被奸佞包围而误国亡国，耿耿忠心能值几钱！"

薛公肃然接道："信陵君目下军权尚在，若不称王，老夫出一最下之策：发军除却一班佞臣，派遣公忠能事之干员入王城各署，以确保时时有人在君王之前陈明君之忠正，君自领政强国可也。非如此不能救魏，亦无以立身也！若以腐儒之学操国家权柄，因自身忠正而不铲除奸佞，最终必被奸佞流言吞没，其时悔之晚矣！"

毛公苦笑道："若得如此，老夫也不劝君称王了。"

"二公苦心先行谢过。"信陵君拱手一礼，"然兹事体大，容我进宫与魏王晤面一次，再行决断如何？"

毛公突然大笑一阵："老夫有眼无珠也！原以为信陵君

愚忠，无法。

乃救国救民之大才,谁料只是一个将兵之才耳! 君好自为之,老夫告辞也!"笃笃点着竹杖拉起薛公长笑去了。

信陵君愕然不知所以,思忖良久,终于登上轺车进宫了。信陵君想不到的是,魏王冒雪迎出,殷殷执手百般询问,关切之情溢于言表。书房品茶,魏王坦然将秦国使节的诸般言语和盘托给了信陵君,还请信陵君权衡决断对秦邦交。信陵君心中大石顿时落地,回府之后立即派出门客去寻访毛公薛公。三日后门客回报说,两公已经离开了大梁,不知到何处游历去了。信陵君心下颇觉不安,却也很快忘记了此事,毕竟,处置好秦国邦交是目下当务之急。

便在信陵君要会见秦使时,王绾请与信陵君密谈和约。有鉴于这是战国邦交常例,信陵君依例在书房密室与王绾会商。谁知说得一个时辰,王绾却尽是称颂信陵君功业盖世或绕着不相干的话题絮叨,和约条款只字未提。信陵君明知其意却不阻拦,只冷笑以对,寻思老夫偏要你秦国看看魏国君臣如何破你离间计。

这番密谈之后,多有神秘人物争相邀王绾酒肆聚饮,海阔天空话题百出,唯独不涉秦魏和约。王绾更是只顾痛饮,醺醺之际辄凑近身边人物低声神秘地问得一句:"公子称王,君何贺之?"及至听者惊愕不已反问穷追,王绾狠狠打自己一个耳光,从此只饮酒不说话。一次,王绾终于酪酊大醉,博戏连输三局,赌金三千悉数堆在了一个"老吏"案前。王绾叫嚷再来。老吏笑云:"无金不赌。然大梁有赌言风习,公若说得一个老朽从未听闻之消息,三千金悉数归公,当可再来博戏也!"满面通红的王绾哈哈大笑:"本使为秦王密使也! 足下知道么?"老吏摇头笑云:"是使皆密,谁人不知? 算不得。"王绾愤愤然拍案大嚷:"本使之密你知道? 说出来也!"老吏笑云:"公醉也,不说也罢。""醉? 谁醉? 没醉!"王绾连连拍案大嚷,又一把拉过老吏将热烘烘喷着酒气的嘴巴压上了老吏耳根,"公子要自立为王,请秦国为援,秦王要十五城为谢,公子只割十城。本使是来交涉此事! 你却知道? 知道么? 说!"老吏哈哈大笑,连说不知不知,老朽服输,再来博戏便是。神态竟是听风过耳,只管连连赌去。王绾着意再输,却鬼使神差总是赢,三千金硬是堆在了自己面前,引得王绾只是叹气。

说也说了,做也做了,王绾心中却实在没底。

神秘人物传来消息,说魏王已经将王绾说辞悉数托给了信陵君,君臣亲密无间地聚谈了一个多时辰。王绾蓦然想起信陵君密谈只听不说的冷笑,分明便是将计就计要看秦国出丑。如此情势，留在大梁岂非等着落入圈套为秦国丢丑？思忖之下，王绾派员兼程回咸阳呈报：周旋无望，请准离魏返秦。旬日之后，吕不韦亲笔书简到来，简单得只有两行字："汝能安居大梁而魏王不杀，足见功效。一任周旋，少安毋躁，来春归秦可也。"显然，丞相是详细向信使询问了他在大梁的诸般细节，评判是"足见功效"，并对他的躁动不悦，要他沉住心气等到来春。上命如此，王绾又能如何？只有在酒肆府邸间继续周旋，时不时将老话问问将老秘密吐吐，在场的显耀官吏们无论是第几次听说，都立刻一副莫测高深的模样，你看我我看你相互一笑，也立刻不再搭理王绾而争相慷慨激昂地争论起如何抗秦强魏的话题。王绾顿时郁闷不堪，深感被人戏弄，几乎每次都是怏怏而去，决意只挺到开春之后，届时不管丞相允准与否，他都要离开这莫测高深的鬼地方。

冬雪茫茫，王绾忽然觉得自己滑稽至极。

自嘲的王绾无论如何也想不到，年节将尽河冰未开之际，大梁坊间酒肆的口舌长河突然流淌出一则惊人传闻：公子将被免将！听着官吏士子们淡淡地笑谈相传，王绾既惊讶又疑惑，几乎无从评判了。惊讶者，若是真事，干城将毁，魏人竟能如此麻木！疑惑者，若是虚假，如何高官显贵市井无赖都是言之凿凿？

未过旬日，终于水落石出——魏王下书：信陵君年老多病，太子魏增代掌上将军印，虎符收归王室。王绾得闻，惊愕得无以复加，竟不敢走出驿馆，生怕魏人迁怒于他将他活活当街撕扯。不想正在惊惧之时，却有一班大吏来邀他聚饮。车行街市，无一人指点王绾的黑色秦车。席间痛饮，一班大吏争相表明是自己最先预言了魏国隐患，而今验证了恰恰如此。众人议论相和，窃窃之情尽去，公然弹冠相庆，纷纷祝贺

"秦数使反间，伪贺公子得立为魏王未也。魏王日闻其毁，不能不信，后果使人代公子将。公子自知再以毁废，乃谢病不朝，与宾客为长夜饮，饮醇酒，多近妇女。日夜为乐饮者四岁，竟病酒而卒。其岁，魏安釐王亦薨。"（《史记·魏公子列传》）哀莫大于心死，信陵君实死于"心死"，惜哉！另据《东周列国志》载，"魏信陵君伤于酒色，得疾而亡。冯驩哭泣过哀亦死，宾客自到从死者百余人，足见信陵君之能得士矣"。扼腕一叹！

"弹冠相庆"，用词不当。

公子生也命厚竟得颐养天年,纷纷喟叹魏国躲得一劫终是天命攸归也。

王绾直觉面对一群怪物,酒席未完惶惶告辞了。刚刚回到驿馆,快马信使送来吕不韦密信:国有要事,立即返秦!王绾如逢大赦,立即吩咐连夜整顿车马,又留下一名书吏代向魏王书信辞行,次日天色未明,冒着料峭寒风出了大梁西门。

大梁西达函谷关的官道名为河外大道,堪称当时天下最为闻名的交通轴心。所谓河外大道,是十丈宽的车马大道沿着大河南岸横贯东西千余里,主干道直抵大梁,分道则东至临淄、北至邯郸、西南分别伸入新郑洛阳。大道两边树木葱茏,十里一亭,旅人歇息酬答极是方便。冬日之时树木萧疏,大河南岸的茫茫芦苇簇拥大道,隔着道边林木恍如帘外长廊,实在蔚为冬日旅途之奇观。

王绾心中有事,任是景观也熟视无睹,只是催着车马粼粼赶路。将过韩国岔道之时,突有一支马队从车队之后飞插前来,为首骑士对轺车上的王绾低喝一声:"有人追杀!使节快走!我等断后!"言未落点,已见道林外茫茫苇草边飞骑纵横刀剑挥舞分明便要上道。王绾不及多想,方喊得一声急车,驭手已经将驷马青铜车哗啷啷飞了出去。那支十骑马队飞也似卡住了上道岔口,身后便有了喊杀声。不消半个时辰,王绾车马已经进了洛阳地面,也就是秦国三川郡边界。王绾正在思忖要否进入洛阳,一队黑衣铁骑风驰电掣般从洛阳道飞来,遥遥一声高喊:"使节尽管回秦!善后有我!"王绾见是秦军接应,心下顿时轻松,扬手一谢粼粼西去了。

然这个追杀谜团,王绾一直未能解开。

若干年后,王绾做了秦国丞相,灭魏之后进入大梁视察民治,留心访得信陵君旧日门客,方知当日情形:直到魏王王书到府,信陵君尚蒙在鼓里。良久愣怔,信陵君哈哈嘎嘎狂

死到临头,尚不知醒悟。确实是怪物、蠹货。

笑不止,手舞足蹈陀螺疯转,终是昏厥了过去,旬日后方才醒转。其时,信陵君门客们义愤不能自已,立即追杀王缩,要给信陵君洗冤,不想却遭秦国黑冰台密骑截杀,终究未能成功。此后门客渐渐散去,信陵君闭门不出,将写就的兵法一片一片地拆开烧了,终日拥着酒桶与几个侍女昏天黑地,没过四年便脱力死了。魏王如释重负,下书厚葬信陵君。大梁倾城出动,送葬人众绵延数十里哭声震天动地……

三　再破成例　吕不韦周旋立储

春气方显,秦王嬴异人突然病倒了。

吕不韦匆匆赶赴王城寝宫,正遇太医令与两位老太医在外厅低声会商。见吕不韦到来,太医令过来惶惶一躬低声道:"秦王此病少见,诸般症状杂乱,脉象飘忽无定,老朽不敢轻易下药。"吕不韦当即道:"先扶住元气,其余再一一调理。"说罢进了寝室。

寝室中四只木炭火满当当的大燎炉烘烘围着卧榻,两扇大开的窗户却又呼呼灌着冷风,榻前帐帏半掩,嬴异人坐拥着厚厚的丝绵大被,身边却站着两名侍女不断挥扇,景象实在怪异。吕不韦走近榻前一看,嬴异人面色如火额头渗汗,浑身瑟瑟发抖,双眼忽开忽合闪烁不定,心下不禁猛然一沉,肃然一躬低声道:"我王此刻清醒否?"

病因含糊处理。

嬴异人喘息如同风箱:"文信侯,我,尚能撑持……"

"臣求得一名东海神医,欲为王做救急之术可否?"

"救命,莫问……"

吕不韦疾步走出寝室,片刻带进一个被长大皮裘包得严严实实的人来。此人进室摘去皮裘,却是一个面如古铜清奇古远的白发老人。老人稍作打量,吩咐关闭门窗,撤去燎炉,女子尽皆退下。嬴异人正要阻止,却莫名其妙地颓然靠在大枕上蒙眬了过去。老人从腰间一只精致的皮囊中倒出一颗暗红色药丸用开水化入盏中,上前轻轻一拍嬴异人脸颊,嬴异人嘴微微张开。老人悬肘提起药盏,红亮的一丝细线分毫不差地注下。片刻药线断去,老人在榻前丈余处肃然站定,躬腰,蹲身,出掌,几类武士马步一般。骤然之间,老人两掌推动,须发戟张,形如古松虬枝。眼见一团淡淡白气笼罩了整个王榻,榻中便有了轻微鼾声,白气越来越浓,榻中鼾声也越来越响。大约顿饭辰光,老人收身对吕不韦道:"王者在天。老夫之方大约管得月余,此后必有发作,每次可服此丹药一颗,三丹而终。"吕不韦惊讶道:"既是施救之药,大师何不多留得几颗? 太医治本也从容一些。""丹不过三。"老人淡淡一拱手,"余皆无可奉告,老夫告辞。"转身拿过长大皮裘,一裹头身又包得严严实实去了。

吕不韦轻步走到外厅,吩咐一个机警侍女守在寝室门口,但有动静立来禀报。安顿妥当,吕不韦在寝宫外的柳林转悠起来。春寒料峭时节,树皆枯枝虬张,林外宫室池水斑斑可见。吕不韦凝望着林外大池边一片高高耸立的青灰色的秦式小屋顶,不禁有些茫然。秦王沉疴若此,王后王子为何不来守榻? 她母子回到秦国迟钝了? 秦王眼看是病入膏肓,要紧急安顿的事太多太多了,既要快捷还不能着了"后事"痕迹,如此便须缜密谋划,不能乱了方寸。这方士方术虽非医家正道,却能救急延命,秦法为何一定要禁止方士? 能不能改改这条法令? 吕不韦木然地穿行在枯柳之间,一时思绪纷至沓来,不知不觉来到了林外大池边。

"禀报丞相,王已醒转。"

吕不韦蓦然一振,随着侍女大步匆匆回到寝宫。嬴异人已经披着一领轻软皮裘坐在案前悠然啜茶,迎面招手笑道:"文信侯这厢坐了。"及至吕不韦坐到身边,嬴异人惊叹笑道:"这东海神医当真神也! 一觉醒来,甚事没了。"吕不韦低声道:"君上不知,此乃方士也。方才情势紧急,臣未敢禀明。""怪道也!"嬴异人恍然一笑,"不管甚人,治病便是医。我看此禁可开。"吕不韦笑着一点头,从随身皮囊中拿出一个小陶瓶,将方才老人的话说了一遍,末了思忖问道:"发病皆无定,此药交王后,抑或交侍榻内侍?""王后忙也。"嬴异人叹息一声,"药交内侍算了,他们总在身边,缓急有应。"吕不韦一点头,招手唤过榻边老内侍仔细叮嘱了一番,转身一拱手道:"臣有要事,请王定夺。"

"要事? 文信侯但说。"嬴异人显然有些惊讶。

"年来上病多发，臣反复思虑，王当早立储君。"

"你是说册立太子？"嬴异人沉吟片刻缓缓道，"文信侯所言，我亦曾想过。然我仅嫡庶两子，只十一二岁。长子生于赵，次子又是半胡。再说，我即位堪堪两年……原本思忖本王正在盛年，或许还能有得几个子女，其时择贤立储水到渠成。今日局面立储，实在是诸多不便。"

嬴异人的踌躇，在于秦国两个传统。其一，王子加冠得立储君。其二，秦王即位三年得立储君。前者防备在位国君疼爱小儿而立未经历练的童稚少年做储君，后者则防备权臣外戚向国君施压，逼迫国君仓促立储。以前者论，秦人二十一岁加冠，而两个王子年岁尚在少年，嬴异人自己也才三十余岁正当盛年，此时立少子为储，便要大费周折。以后者论，嬴异人父亲孝文王即位一年便薨，自己即位刚刚两年又恰逢大败于山东，此时立储朝野便多有疑虑：一则疑秦王两代孱弱短寿其后难料，二则疑秦王受王后吕不韦联手胁迫。诸般想法嬴异人不便明说，于是不得利落。

"我王差矣！"吕不韦已经将这位秦王心思揣摩透彻，当即颜色肃然，"储君乃国家根本，早立迟立皆须以时势论定，拘泥成例何能救急安国？先祖孝公不拘成例，立八岁之子为太子，因由便在当年秦国时势：邦国危难，国君时有不测之险也。秦武王亦不拘成例，临终专书十五岁幼弟嬴稷继任，亦是时也势也不得不为也。至于赵胡之念，王更谬其千里也。顿挫之时王不拒赵女为妻，称王之后却顾忌王子生于赵国，此谓疑人无行也。王归咸阳后，与宫妃胡女生得次子，也是堂堂王族骨血，何忌之有也？当年惠文王之长子荡为太子，太子母乃戎狄佳人举国皆知，何碍武王为大秦争雄天下？秦之宏图，一天下也。王若心存此等畛域之分，实是有愧先王社稷矣！更为根本者，今日我王虽在盛年，然少时多受坎坷，

名字可考的，一为赵政，二为公子成蟜。嫡庶二字，要选择，也不难。赵政究竟是不是异人之子，众说不一。坊间更愿意相信《史记·吕不韦列传》的说法，"吕不韦取邯郸诸姬绝好善舞者与居，知有身。子楚从不韦饮，见而说之，因起为寿，请之。吕不韦怒，念业已破家为子楚，欲以钓奇，乃遂献其姬。姬自匿有身，至大期时，生子政。子楚遂立姬为夫人。"按此说，秦王政当是吕不韦之子。《东周列国志》依司马迁之说，写异人看中了赵姬，"其夜，不韦向赵姬言曰：'秦王孙十分爱你，求你为妻，你意若何？'赵姬曰：'妾既以身事君，且有娠矣，奈何弃之，使事他姓乎？'不韦密告曰：'汝随我终身，不过一贾人妇耳。王孙将来有秦王之分，汝得其宠，必为王后，天幸腹中生男，即为太子，我与你便是秦王之父母，富贵俱无穷矣，汝可念夫妇之情，曲从吾计，不可泄漏。'赵姬曰：'君之所谋者大，妾敢不奉命！但夫妻恩爱，何忍割绝？'言讫泪下。不韦抚之曰：'汝若不忘此情，异日得了秦家天下，仍为夫妇，永不相离，岂不美哉？'"此后，异人如愿以偿，二人"如鱼似水"，一月有余，赵姬告之怀胎，"异人不知来历，只道自己下种，愈加欢喜"，此子出生时有异相，异人很欢喜（第九十九回"武安君含冤死杜邮，吕不韦巧计归异人"）。如果说赵姬怀胎十二月而生，赵政就不可能是吕不韦之子。司马迁春秋笔法致千古疑案。《大秦帝国》有意略去不谈。坊间爱传说，史家多认为不足信。

痼疾无定发作,若不及早绸缪,臣恐措手不及也!"素来辞色温和的吕不韦今日句句扎实针针见血。嬴异人一时不适,良久默然。

"我是说朝野顾忌之情,丞相却全做我心了。"嬴异人勉力笑了笑。

"吕不韦急切之心,我王见谅。"

"丞相无错,实在是我心有游思也。"

"唯王明心,臣自有妥善操持之法。"

思忖片刻,嬴异人慨然拍案:"天意如此,立!否则无颜面见先祖也!"

王绾方进丞相府,见吏员们匆匆进出政事堂与各署之间。依王绾经验,除非战事与特急朝会,丞相府不会如此忙碌,拉住一个熟悉吏员一问,方知在启耕大典时将册立太子,丞相府正在筹划诸般事宜。王绾听得半信半疑,顾不得多问便来丞相书房复命。

"腐朽深植朝野,六国安得长久也!"听罢王绾禀报,吕不韦一声叹息。

"丞相急召,王绾请奉差遣。"

"非为事急,只你做得妥当也。"吕不韦似乎心有所虑,斟酌着字句对王绾说起了事由,末了微微一笑,"此事甚难,无官无爵只做事。你若不便,老夫另行物色人选可也。"

"王绾既是首选,自当不负差遣。"

"好!"吕不韦欣然拍案,"子有大局器量,此事便能做得好。若非如此,老夫还当真不甘急召你回来。子当好自为之,凡事权衡大局而后行也。"

王绾肃然一躬告辞去了,回到行人署一番交接,离开了丞相府。

吕不韦派给王绾的差使是:吏身入王城,做王子舍人;旬日之内明白回报,这个王子政能否经得起王室少学之考校①?也就是说,王绾目下最急迫的事,是要摸清王子政的少学深浅,以助吕不韦决断考校方略。所谓少学,也称幼学,总之是孩童时期的根基之学。王室少学由太子傅府执掌,专一延请若干饱学之士教习所有王子王孙,大体是三个等次:五至十岁一等,十至十三岁一等,十四至十六岁一等。十六岁之后至二十一岁加冠之前,不再属于少学。吕不韦给王绾明白交底:这个王子政随王后回秦没有几年,回秦后王子政也没有入太子傅府的少学馆,而是自行修习,其少学根基不甚清楚。

---

① 考校(jiào),即考试。校,通"较"。

据王绾所知：王子政是秦王嫡长子，王后赵姬所生。秦王还有一个庶出子叫作成蛟，是一个胡女所生，比王子政只小得三两岁。无论依照祖制还是依照秦法，秦国立储都要将遴选对象扩展到两代嫡系近支王族之内的所有同代王子公子。也就是说，立储人选非但包括王子政与成蛟，与王子政同辈的所有王族嫡系男子，都有资格参加立储之争。在秦国，这叫择贤立储，嫡庶不避。除非秦王急难的非常之期可以专书传位，譬如秦武王嬴荡举鼎暴死洛阳，专书指定幼弟嬴稷继任，寻常立储必当依法考校择贤而立。目下秦王在位，又无战事急难，自当依法立储。然如何考校，却是例无定制。领政操持的大臣每次都要大动心思，方能衡平各方。王绾揣摩吕不韦之意，是要一力扶助王子政立为太子，然又不想有违法度，想先行清楚王子政少学根底而后确定一种较为稳妥的考校方式。

若非如此，急召他一个大吏回来做个舍人，便有些滑稽了。

舍人者，文职侍从也，非官非吏亦官亦吏，国君大臣王子王孙，但凡贵胄皆可设之。所谓非官非吏亦官亦吏，是说舍人虽无正式官爵，却看你跟的是谁做得如何。若是权臣舍人又得宠信，自然是比寻常官员还要有实权了。虽则如此，舍人毕竟不是仕途正道，真正名士寻常都是不屑为之。因了如此，才有吕不韦对王绾的特意征询与特异叮嘱。

王绾原本秦人士子，走的是秦士务实之路，少学颇有优声，入咸阳为吏。战国士风：少学一成便周游天下，而后再留学魏国大梁的官学或齐国临淄的稷下学宫，先获名士声誉再入仕途；一策动君王，为上上之选；退而求其次，则至少是一步为卿臣高官。名士而曾为吏者也有，然大多在未获名士声誉之前，譬如商鞅，譬如范雎。秦国变法之后东学西渐，法家墨家儒家道家农家兵家纷纷入秦，秦国也有了士人学风。然橘生淮北则为枳，秦学收秦人子弟，不可避免地形成了秦士独有之风。其与六国不同者，是不务高远，不求一举步入庙堂，而是有学即为吏，由吏而建功立业晋升爵位。在耕战为本的秦国，此乃现实与可能使然也。在法度森严功过分明吏治整肃的国度，只要你有才敬事，但有功劳，几乎没有被埋没者。国风如此，身为布衣之族的士者，自然不会去贪大求远，毋宁先扎实地一步解决生计之道而再求功业上进。

依照吕不韦叮嘱的方法，王绾先去见了王后，呈上了吕不韦书简。王后似乎淡淡笑了笑："也有他上心时日？好，他信得过你，便是你了。"说罢有一张羊皮纸飞到王绾面前，"这是王子修学所在，不难找。"如此这般没有任何繁杂叮嘱琐碎礼仪，甚至连一句对儿子的介绍也没有,王绾便成了王后认可的王子舍人。

一马出了咸阳南门,过了渭桥。王绾顺着渭水南岸的东西大道西去不到两三里,拐进一条西南方向的山道,再过一片还未发出新芽的萧疏柳林,遥遥山顶果然有一座庄园。王绾飞马上山,到得山头眼界顿时豁然开阔。来路望时,这片山地绵延相连,深入山谷登上山头,却见庄园所在竟是一座孤峰之巅,与左右两山遥遥成三足鼎立,两道峡谷中小河明净草木葱茏,实在是想不到的好去处。王绾正在悠悠然四面观望,突闻峡谷中骏马嘶鸣杀声隐隐,注目看去不禁大是惊讶——

西面峡谷的草地上,一匹白色骏马正在纵横飞驰,依稀可见马上骑士身着短衣窄袖的红色胡服,长发散乱飞舞,手持长剑高声喊杀。骏马驰山涉河飞掠草地皆是轻松自如,即或与秦军铁骑相比,此等骑术也毫不逊色。然从身形与嗓音判断,骑士却似乎是一位少年。心念及此,王绾心头蓦然一闪,立即飞马下了山坡。正在此时,雄骏白马突然在一道山梁前长嘶一声人立而起,红衣骑士从马上摔出跌落草地,瞬间滑出丈余之远。

"少公子!"一声清亮稚嫩的惊呼,一个红衣小童飞跑马前。

"没事。"红衣骑士摇摇手想站起来,却又跌倒在草地上。

王绾正在此时赶到,飞身下马疾步近前一看,少年骑士脸上蹭满草色,双腿划破鲜血渗出,脸上却兀自笑着。王绾正要说话,红衣小童抱着少年骑士的伤腿呜呜哭了。少年骑士大是不耐,一把推开小童厉声申斥:"战阵之上皮肉之伤算甚!哭哭哭!再哭回赵国去!"红衣小童哭声立止抹着眼泪抽泣:"毕竟,不是战阵么。"

"心有战阵!便是战阵!"少年骑士怒喝了一声。

王绾一拱手笑道:"这位公子勇气可嘉!然有伤还是及时医治者好。在下正好有红伤药,可先行清理包扎,而后再延医疗伤。"

"战课未完,疗得甚伤?"少年骑士冷冷一笑,突然右手拄地奋然站起,瘸得几步捡起长剑走近战马。红衣小童连忙扑过去要扶,却被少年生气地推开。红衣小童急咻咻躬身趴在马前:"少公子,踩着我上马!"少年眉头猛然一耸厉声道:"秦法无隶身!知道么?起开!"红衣小童哭喊道:"法是法,伤是伤,公子从权!"少年怒声道:"法便是法,岂能从权!"说罢拉起小童甩到一边,大喝一声跃上马背,骏马流星飞出,喊杀声又遥遥传来。

王绾正在暗自心惊,见白马飞驰回程,恰恰又在那道山梁前一声长嘶前蹄直撑后蹄飞起,少年骑士纸鹞般从马上飞出,重重摔在草地上,长剑也脱手飞出颤巍巍插在三四

丈外的草地上。王绾与惊叫的小童疾步冲到近前，只见少年
右腿血流如注，身下的草地已经渗出一片血红。少年骑士脸
色铁青牙关紧咬，双手狠力握着伤口只不吱声。红衣小童吓
得张口结舌只啊啊乱叫，一句囫囵话也说不出。王绾不由分
说蹲身下去，拿出皮囊中伤药陶瓶，扒开少年双手，将药面撒
了上去，再用腰间汗巾松紧适度地裹好，最后用小童忙不迭
递过来的一条丝带绑定，这才松了一口气。片刻血止，少年
惊讶地"噫"了一声："不疼了也！"神情分明是从来没有用过
药治过伤。

"谢过先生。"少年拱手一笑分外灿烂。

"公子破例，原是该谢公子。"王绾不无诙谐地笑了。

"先生可人也。我叫赵政，敢问先生高名上姓。"

"在下王绾，前来就职。"王绾正色拱手作礼。

"就职？我处有职可就？"

"舍人之职，该当有的。"

"呵，"少年恍然一笑，"给我派来个督学。先生愿做舍人？"

"为何不愿？"王绾又诙谐地笑了。

"难为先生也！"少年慨然一叹，"恕赵政直言，我修学无
师，无须督导。过几日我去说，先生还是原路回去，谋个正经
功业为是。"语气神色比加冠成人还来得练达。

"公子差矣！"王绾暗暗惊讶的同时也认真了三分，"但
为国事，无分巨细。公子或将参与太子遴选，岂能无谋划料
理？在下并无督导之能，唯尽襄助之力而已。"

"先不说。咥饭要紧。回庄。"少年一挥手，推开紧跑过
来的小童咬着牙关站了起来，"不骑马了，走回去。"说罢平
稳缓慢地迈开了步子，虽然额头大汗淋漓，脚下却一步没停。
这面山坡虽算不得陡峭，却也是山石凹凸草木交错时有沟
坎，对常人固然无碍，对一个伤者却是大大艰难。王绾眼看

借王绾之言，道赵政之性
格。

小童不敢上前,想了想从一株老树上折下一支无皮枯木再用短剑三五下削去枝权,大步追上去笑道:"河西义仆,可助公子。"少年目光一闪:"先生河西人氏?"王绾笑道:"在下少学在河西。公子去过河西?"少年摇摇头接过木杖道:"我只知道,河西猎户将杆棒呼做义仆。好名号。"拄地一走,脚步顿时利落了许多。一路上山,小童牵马跟随,王绾只在少年身后三五尺处跟随。少年不求助,王绾也不主动抢前搭手。如此一路虽有沟坎艰难,却也终于在半个时辰左右上到了山顶。

庄园围墙很高很坚固,显然新砌不久,山石条间的泥缝还清晰可见。一座石门几乎是镶嵌在石墙之中,若非稍许突出的门顶短檐,几乎看不出这里便是庄门。小童飞跑上前砰砰打门。门内有女子应答之声,石门隆隆拉开,一个衣衫整洁的中年女子打量着受伤少年,目光显然惊讶异常,脸上却微微带笑道:"公子有客,快请进来。"只站在门厅一边,丝毫没有搀扶少年之意。

"先生请。"少年谦和一笑,分明将王绾敬为嘉宾而非舍人,与山下的任性强横判若两人。王绾不禁大感惊讶,彼此身份已明,如此礼敬岂非还是拒我不纳?然又不好门前与伤者反复客套,拱手一声谢过先进了庄院。少年又对女子吩咐一声:"今日带酒,我为先生接风。"扶着木杖大步进了石门。

庄院内一目了然:三排大砖房北东西围成马蹄形,东北两房相接处有一道石门,例当通向跨院;庭院青砖铺地,中央除了孤立一尊教人不明所以的青铜古鼎,其余没有任何器物摆设,干净整洁得纤尘不染。王绾打量得一眼,被少年又请进了北面正房。厅堂并不宽敞,粗编草席铺地,本色木案两张,四面墙壁一无悬挂装饰,质朴得完全可以称之为简陋。两人刚刚入座,小童抱来了一只大陶壶两只大陶碗,放好陶碗,大陶壶倾倒,红亮的汁液顷刻注满。小童笑道:"只有凉茶,先生见谅。"少年淡淡道:"山茶梗煮的,消暑解渴只是稍苦,不知先生能否受用?"王绾笑道:"此乃赵国骑士茶,在下最是喜好,上路总带一大壶。"少年顿时笑了:"喜好甚投,那便干了。"举碗与王绾一照,汩汩痛饮,片刻连饮三大碗方才住了,接着吩咐酒饭上来。

中年女子带着小童捧来两大盘,摆上案却是一菜一饭:菜是萝卜炖羊肉,饭是焦黄的硬面大锅盔。虽只两样,量却是极大,径尺大陶盆羊骨萝卜堆尖,大木盘一摞锅盔足有六七张。少年看看王绾,王绾诙谐笑道:"足食为本,公子有骑士饭量,在下却是甘拜下风。"少年慨然拍案:"不足食岂能足神!然今日先生来,却要先酒!"小童立即捧来一只大盘,盘中三只大陶碗,分别给少年一碗王绾两碗。少年举碗道:"来,为先生接风。干!"两碗一碰如饮茶般汩汩下肚,脸色立时绯红,"我不善酒,先生尽管放量痛饮,百年老凤酒有好几桶。"王绾笑道:"在下也是食过于酒,至多如此两碗。"少年道:"正好。开咥!"说罢一双长筷入盆插起羊肉呼噜大咥。王绾方得半饱之际,少年已经盆盘皆空,兀自气定神闲地看着王绾。王绾虽吃相全无猛咥海吞,终还是只消受得盆盘一半,便丢下了筷子。

"公子食如雷霆,虽骑士不能及也!"王绾由衷赞叹一句。

"日后先生另案,我急食过甚,引人饭噎。"

"不然不然。"王绾连连摇手,"与公子同席,虽厌食者胃口大开。在下寻常只咥得一张锅盔,今日竟得三张,生平第一快事也!"

少年大笑:"急食还有此等用处,我心尚安也。"笑得一阵,少年蓦然正色,"先生到来,未及介绍。我这庄院连我三人,令狐大姑是宫派女官,不要不行;小童赵高,是赵国时的童仆,你呼他小高子便成。"说罢向小童一招手,"小高子,饭后带先生到前后院转悠一番,任先生选个所在住下。先生若是耐得,晚来赐教。"连串说完,也不待王绾回答,挂着义仆笃笃走了,快捷干练竟如专精事务之良吏。

"先生请。"小童殷殷过来一拱手。

"小兄弟,几岁了?"王绾行走间与小童攀谈起来。

"八岁。先生官身,可不敢叫我小兄弟。"

"我也公子侍从,原本兄弟也。"

"可不原本。你是官吏,我是……公子法度森严哩。"

王绾见小赵高神色有异目光闪烁,心念一闪转了话题:"你说公子法度森严,甚法度? 国法? 还是私下规矩?"

把赵政与赵高写成竹马之交,情节需要,实际上并不可能。赵高,一说为阉人,"世世卑贱"。另一说则称赵高之为宦人,此宦,并非阉人之意。

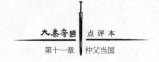

"都有。都严。"

"公子最烦甚等事体?"

"最烦人照拂。老骂我跑得太勤,一只小狗!"

"呵呵,公子最喜好的事体?"

"读书骑射。整日只这两件事!噢,睡觉不算。"

"公子没有老师么?"

"没。外公教识字,公子四岁便识得五七百字,从此自读自修。"

"噢?那你也识得许多字了?"

"小高子不行。只识得百字不到。"

"公子教你学字么?"

"公子骂我笨,要令狐大姑教我。"

"太子傅府可有先生来给公子讲书?"

"有过三回,都教公子问得张口结舌。后来,再没人来了。"

"小兄弟读书么?"

"没人教读不懂。公子只教我背诵秦法,说先不犯法才能做事立身。"

边说边走边看,王绾终于在东跨院选择了一间大砖房。这东跨院其实就是一大片石条墙圈起来的草地,足足有三五十亩大,南北两边各有一排六开间房屋。王绾选的是北边最东头一间空屋,其余各间或多或少都摆满了兵器架,尽管机灵可人的小赵高说都可以腾出来住人,王绾还是选了一间现成空屋。小赵高说,这座庄院原本是一家山农的林屋,公子回秦后不想住在王城里,整日出得咸阳南门进山跑马骑射,后来自己与山农成交,用二十金买下了这片空庄;再后来公子好容易请准父母搬了出来,才有了王后派来的令狐大姑与三个可人的小侍女,偏公子只留下令狐大姑,其余都支了回去;这里原本没有石墙,去岁秋季秦王与王后来了一回,硬是给庄园修了一圈石墙,否则便要公子搬回王城,没奈何公子才不吱声了。

"哪,王城没给山下驻兵?"

"不知道。当真有,可了不得,公子准定发怒。"

一番转悠之后收拾住屋,妥当之后便是晚汤。老秦人将晚饭叫作晚汤,本意大约是白日吃干晚来节俭喝稀。小赵高送饭时说,庄院晚汤从来是分食,给公子送进书房,他

与令狐大姑自便，大姑说先生比照公子，他便送来了。王绾笑说午间哐得太扎实，晚汤
用不了这多，不若同汤便了。小赵高却摇摇头，说他从来不晚食。王绾问为甚，小赵高
却岔开了话题，说若是先生汤后要去公子书房，他去拿风灯，跑开了。片刻风灯来到，王
绾将一小碗藿菜羹也堪堪喝罢，跟着小赵高来到正院。

"公子书房如何不在东厢？"王绾颇是不解。依着寻常规矩，主人书房纵然不在北面
正房，亦当在东面向阳一厢，如何赵政的书房竟在承受西晒之西厢？而从东厢灯火动静
看，那里分明是厨屋与两仆居所。

"公子非得如此，说厨下劳累早起晚睡，正当消受朝阳之光。他五更晨练天亮跑马，
人又不在书房，要阳光做甚？令狐大姑拗不过公子，只好如此了。"

"公子倒是体恤之心也。"

"那是！公子敬贤爱下，令狐大姑说的。"

"呵呵，那还为难国府老师？"

"嘘！"小赵高开心而神秘地一笑，"遇得无能自负者，公子厉害哩！"说话到西厢门
前，轻手轻脚上前轻轻叩门。

"在下王绾，请见公子。"王绾肃然一躬。

"高子，领先生进来，南间。"屋内一声清亮的回答。

西厢是六开间青砖大房。王绾一打量便知是一明两暗三分格局：南间是真正书房，
中厅会客，北间起居。思忖间上得四级宽大石阶推开厚重木门，迎面三步处一道完全遮
挡门外视线的红木大屏，大屏两端与两扇内开大门形成了几容一人通过的两个道口。
绕过南边道口，借着风灯光亮，王绾顿时惊讶不已——中间三面墙完全挤满了高大的木
架，一卷卷竹简码得整齐有序，满当当无一格虚空，中间一张书案，案后一方白玉镌刻着
一个斗大的黑字：灋！王绾正在愣怔，少年已经走出了南间："呵，先生看书也，这间是法
令典籍。来，顺便到北间。"小赵高已经轻灵地先到点起了四盏铜人灯，北间顿时一片大
亮，也是满当当书架竹简，中间书案与厚厚的地毡上还摊着十几卷展开的竹简，直是无
处不书。

"这是诸子间，只可惜还没有收齐荀子近作。"

王绾更是惊讶："荀子乃当世之新学，公子也留神此公？"

"荀子法儒兼备，文理清新奇崛，真大家也！"

"公子在南间起居了？"

"走，去南间。"少年笑了。

走进南间，王绾良久默然。这里是"国是"两个大字。少年说，这里的所有书卷都是从王城典籍库借来的国府文告与大臣上书之副本，每三月一借一还，今日他正在读国府的赦将王书。"此书高明！借穆公之例赦败军之将，避成法，安国家，从权机变虽千古堪称典范也。"少年拿起案上摊开的竹简笑着评点。

"公子如此雄心，在下景仰之至！"

"笑谈笑谈，"少年大笑，"消磨时光也算得雄心？先生趣话也。"

"如此消磨时光，也是亘古奇观。"

"先生也！"少年慨然一叹皱眉摇头，"你说我是否甚病？一日歇息得两个时辰便够，再要卧榻便是辗转反侧，左右起来做事才有精神。偏又无甚事可做，只有骑射读书，只这两件事我下得功夫，还不觉累人。也只在这两件事，我用了王子身份。否则，哪里去搜齐天下典籍？哪里去搜齐天下兵刃？你说，这是病么？"

"病非病，只怕上天也不甚明白。"王绾不无诙谐。

"偏先生多趣话。"少年一笑拿过一卷，"来，请先生断断此书。"

把赢政描写成神童、奇才。虽性格暴烈，但也并非不学无术。

这一夜，评书断句，海阔天空，两人直在书房说到五更鸡鸣。料峭春风掠过山谷，少年赵政送走王绾独自晨练去了。王绾感奋不能自已，漫步山冈遥望咸阳灯火，无法平息翻翻滚滚的思绪。

旬日之后，吕不韦接到王绾书简："公子才略可经任何考校，丞相放手毋忧矣！"王绾做事扎实秉性厚重且不失棱角，素来不轻易臧否人物，吕不韦没有不相信的道理。然兹事体大，王绾断语如此之高，吕不韦也不能没有疑惑。毕竟，这位王子自己只见过三五次，迎接王后归秦时王子还是个总角小儿，后来又都是恰恰在东偏殿不期遇到，话都没说得几句，实在是不甚了了。思忖一番，吕不韦立即以行人署旧事未了名义，派一书吏将王绾紧急召回，密谈一个时辰，吕不韦方才定下了方略。

第一步，吕不韦先要清楚地知道各方势力对立储的实在想法。

所谓各方势力，是能左右立储的关联权臣。尽管秦国法度清明，此等势力的作用远非山东六国那般可以使天地翻覆，然则要将事情做得顺当，还是须得顾及的。这是吕不韦一以贯之的行事方式。大局论之，秦王一方，朝臣一方，后宫一方，外戚一方，王族宗亲一方。具体论之，秦王一方只有两子，秦王无断然属意之选，可做居中公允之力而不计；后宫一方两王子之母皆无根基，王后赵姬母子入秦未带任何赵国亲族，胡妃原本低爵胡女更无胡人亲族在秦，纵然有心也是无力，也可不计；外戚一方历来是与参选立储诸王子关联的母系势力，两嫡子没有外戚势力，其余王子的外戚势力便只有芈氏一支了。这芈氏一族，乃当年宣太后嫁于秦惠王时"陪嫁"入秦的楚国远支王族。历秦昭王一世五十余年，经宣太后与穰侯魏冄着意经营，芈氏与嬴氏王族相互通婚者不知几多，芈氏遂成秦国最大的外戚势力。目下可参选立储的诸王子中，至少有五六个是芈氏外甥外孙。芈氏虽在低谷之时，然毕竟还有华阳太后这个秦王正母在，若再与参选王子本族联手，势力不可小视。

但最要紧的，还是朝臣与王族宗亲两方。

说朝臣，还是一虚一实两方。虚者纲成君蔡泽，实者上

吕不韦还是不放心。

若立嫡长子，按道理是没多大异议的。

将军蒙骜。蔡泽虽无实职，然从秦昭王晚年开始一直操持国事大典，从安国君嬴柱立嫡开始，举凡国葬、新王即位、启耕大典、王子加冠等等无一不是蔡泽主持。此公学问渊博心思聪睿，一班阴阳家星相家占卜家堪舆家无不服膺，便是朝野公议，蔡泽说法也有极大影响力。此公若心下有事，突然搬出意料不到的稀奇古怪的祖制成法，顿时便是尴尬。蒙骜是军旅轴心，遇事无甚长篇大论，只结结实实一个说法便是举足轻重。自处置战败难题后，吕不韦与蒙骜已经是私谊笃厚。然此公耿直倔强，遇事从来不论私情，私交笃厚充其量也只是不遮不掩兜底说，想要他揣摩上意权衡左右而断事，准定要翻车。思忖一番，吕不韦还是先登蔡泽之门。两人直说了一个通宵，次日午后同车联袂来拜访蒙骜。

"自囚方了，有春风嘉客，老夫何幸也！"

蔡泽呷呷大笑："老将军存心教人脸红也，你自囚，老夫该受剐！"

"笑谈笑谈。"蒙骜虚手一引，"两位请。"

"一冬蜗居自省，老哥哥律己之楷模也！"吕不韦由衷赞叹。

"闲话一句，说它做甚。"蒙骜连连摆手，将两人礼让进正厅落座，吩咐使女煮上好齐茶，这才入座笑道："老夫不日将赴洛阳，着手筹划三川郡大本营，原本正要到丞相与纲成君府辞行。今日两公联袂而来，老夫一总别过。若有叮嘱事体，也一并说了。"

蔡泽接道："河冰未开，老将军未免性急些了。"

"老夫走函谷关陆路，不走渭水道，不打紧也。"

吕不韦笑道："不是说好启耕大典后你我同去么？"

"你是日理万机，只怕到时由不得你也！"蒙骜喟然一叹，"秦王身体不超其父，朝局国事多赖丞相也。还是老夫先行趟路踏勘，届时等你来定夺便是。"

说话间使女上茶，啜得半盏滚烫的酽茶，吕不韦沉吟道："老将军能否迟得半月一月？"蒙骜目光一闪道："若有大事，丞相尽管说。若无大事，迟他甚来？"吕不韦熟知蒙骜秉性，将秦王病状与立储一应事体说了一遍，末了道："此事秦王已经决断，着不韦与上将军、纲成君酌商会办。纲成君老于立嫡立储诸般事务，今日我等三人先来个大概会商如何？"

"你只说，议规矩议人？"蒙骜爽快至极。

蔡泽揶揄道："规矩只怕老将军掰扯不清，还是议人实在些个。"

“想甚说甚，老哥哥自便。”吕不韦笑着点头。

“老夫以为，秦国立储该当也！”蒙骜慨然拍案，“虽说秦王即位只有两年，两子也在冲幼，与成法略有不合。然秦王痼疾时发，举朝皆知，国人亦有所闻，立储获举国赞同不难。至于王子论才，老夫对此次可参选之庶出公子不甚了了。”蒙骜虽有些沉吟，但还是叩着书案清晰地说了下去，“若论秦王两子，老夫以为次子成蛟可立。成蛟少年聪颖，读书习武都颇见根基，秉性也端方无邪。更有一处，据太医所言，成蛟无暗疾，体魄亦算强健，立储可保秦君不再有频繁更迭之虞矣！”

“老将军对二王子如此熟悉？”

“不瞒纲成君，成蛟曾几次前来要老夫指点兵法，而已。”

“那可是王子师也，而已个甚？”蔡泽呷呷笑得不亦乐乎。

蒙骜笑骂道：“越老越没正形！老夫说得不对么？”

“还得说另一王子如何不当立，否则如何论对错？”

蒙骜正色道：“长子政有两失：其一，生于赵国长于赵国，赵女为其生身，与赵人有先天之亲兼后天之恩。此子回秦，仍自称赵政而不自复嬴姓，足见亲赵之心。其二，据老夫所闻，此子秉性多有乖戾，任性强横恣意妄为：不就太子傅官学，戏弄太子傅府教习先生，私带仆从侍女野居河谷，有伤不治有病不医……凡此等等，皆非常人之行，更非少年之行也。”蒙骜叹息一声，“两公莫要忘记，当年之齐湣王田地少年怪诞，终使齐国一朝几亡。秦武王嬴荡也是怪诞乖戾，以致后患连绵……人为君王，还是常性者佳也。”

借蒙骜之口，道出秦王政刚愎自用之性格。

蔡泽不禁惊讶：“老将军对大王子也如此清楚？”

蒙骜淡淡一笑：“成蛟无心言之，老夫无意听之，而已。”

"传闻之事尚待查证,姑且不论。"蔡泽诙谐笑脸上的两只圆滚滚环眼大大瞪着,"其母赵女,其子必有赵心。这血统之论老得掉渣,战国之世谁个垂青? 不想老将军却拾人余唾言之凿凿,不亦怪哉!"嚷得几句蔡泽又是微微一笑,"老将军当知,秦自孝公以来,五王皆非上将军所言之纯净血统也。孝公生母为燕女,惠王生母为齐女,武王生母为戎女,昭王生母为楚女,孝文王生母为魏女,当今君上生母为夏女,嫡母华阳太后又为楚女。以上将军血统之论,秦国君王个个异心了。实则论之,一个皆无。这血统论何能自圆其说也?"

"……"蒙骜一时语塞,恼怒地盯着蔡泽。

"再说我等,谁个老秦人了?"蔡泽揶揄地笑了,"丞相卫人,上将军齐人,蔡泽燕人。往前说,商君卫人,张仪魏人,范睢魏人,宣太后、魏冄楚人,甘茂楚人。也就是说,百余年来,在秦国总领国政者尽皆外邦之人。谁有异心了? 你老将军还是我蔡泽?"

"纲成君,得理不让人也。"吕不韦淡淡一笑。

蒙骜原本也只是厌烦蔡泽咄咄逼人,见吕不韦已经说了蔡泽不是,心气平息,释然一笑道:"纲成君所言倒是实情实理。此条原本老夫心事,不足道也。平心而论,老夫所在意者,储君之才德秉性也。慎之慎之。"

"老哥哥以为,辨才辨德,何法最佳?"

"这却是纲成君所长,老夫退避三舍。"

蔡泽大笑一躬:"多蒙老将军褒奖,方才得罪也。"

蒙骜努力学着蔡泽语势斥责:"国是论争,此说大谬也!"

三人大笑一阵,吕不韦思忖道:"老哥哥所言极是,辨才辨德事关立储根本。储君才德不孚众望,我等便是失察之罪。唯其如此,本次立储遴选,才德尽皆考校。我与纲成君议过：才分文武，文考由纲成君操持，武考请老哥哥操持；德行之辨尚无良策，容我思谋再定。老哥哥以为如何？"

"持平之论。"蒙骜欣然拍案，"三考之下，是谁是谁。"

议定大略，吕不韦大体有了底气，留下蔡泽与蒙骜仔细计议文武考校事宜，自己辚辚去了驷车庶长府。老嬴贲虽则年迈半瘫，历来敬事，听吕不韦仔细说明来由，立即吩咐掌事书吏搬出嫡系王族册籍。当场查对抄录，除却十岁以下男幼童、所有同辈女子、未出麻疹者、伤残者、与业经太医确诊的先天暗疾者外，能够确定参与遴选储君者只有十三个王孙公子：十至十五岁七人，十五至二十岁三人；另有三人分别是二十三岁、二十五岁、三十岁，且皆在军中为将，只因与王子同辈例当参选，老嬴贲许诺立即召回。

"老庶长可有属意王子？"吕不韦终有此问。

"整日王子王孙乱纷纷，老眼花也。"老嬴贲笑叹一句，"只要这些碎崽子不犯事，老夫足矣！是贤是愚，管不得许多了。丞相谋事缜密又有知人之明，你说谁行？"实在的信任又加着三分的试探，战场伤残而居"闲职"的老嬴贲精明之至。

"吕不韦操持此事，只能秉公考辨，不敢先入为主。"

"好！丞相此心公也。若有搅闹，老夫竹杖打他！"

"谢过老庶长。"

回到丞相府，吕不韦立即将带回来的王子卷册交给了掌事主书，吩咐立即誊抄刻简呈报秦王，并同时派出精干吏员探察诸王子学业才德，务必于旬日之内清楚每个人实情。三更上榻，五更离榻梳洗，天方大亮，吕不韦又驱车去了王城太后宫。

"哟！毋晓得大丞相来也。"华阳太后百味俱在地笑着。

"见过太后。"吕不韦肃然一躬，"老臣多有粗疏，太后见谅。"

"老话过矣，不说也罢。毋晓得今日何事了？"

吕不韦一脸忧色道:"太后也知,秦王年来痼疾多发,预为国谋,欲立储君。秦王本当亲自前来拜见太后禀明,奈何病体不支,差老臣前来拜谒。参选王子皆太后甥孙,尚请太后多加指点。"

"子楚倒是送过个信来,我算是大体晓得了。"华阳太后原非争强好胜之女,自与嬴异人生母夏太后闹过一番龃龉,只恐嬴异人做了秦王忘恩负义借故报复,后来见嬴异人非但没有丝毫报复,反倒多有照拂使她安享尊荣,对夏太后的那番心气也渐渐淡了。毕竟,夏太后是生子为王,又受大半生磨难,临老做个太后也是天理该当。嬴异人虽然来得少,每遇大事却都通个声气,也没将芈氏老外戚做了罪人看,阳泉君还保留了爵位封号,纵是亲子又能如何? 如此想去,华阳太后也淡然如常,秦王有事问她,她便依着自己想法说事,倒是没有虚套。

"这些孙辈王子年岁都小。几个大的,又都早早入了军旅,只怕参与考校也是力不从心了。晓得无?"华阳太后幽幽一叹,"要我说,只一句话:你等操持者将心摆平,给王孙们一个公道。子楚卧榻多病,你这丞相便是栋梁。晓得无?"

"太后激励,老臣铭记不忘。"

"晓得了? 人都说吕不韦能人能事,今回看你了。"

"不韦若有不当,敢请太后教诲。"

"哟! 不敢当。只要你还记得我这冷宫,算你会做人了。"

"太后毋忧。"吕不韦心念一闪终于将华阳太后最想听的话说了出来,"纵是秦王不测,老臣也保得新王不负太后。"

"晓得了!"华阳太后顿时一脸灿烂,"你只放心放手立储,谁个没规矩,我老太后第一个骂他! 晓得无?"

"谢过太后。"吕不韦心中长长地松了一口气。

太后不反对,蒙骜赞成选校,此事再无异议。

四　两番大考校　少年王子名动朝野

启耕大典之后，遴选储君的诸般事体终于筹备妥当。

四月初三，诸王子大考校正式开始。考者，查核之法也。《书·舜典》云："三载考绩，三考黜陟幽明。"校者，比较核实也。《礼记·学记》云："比年入学，中年考校。"就实而论，两者都是古老而有效的考核人才方法。前者起源于查核官吏政绩，后者起源于查核学子修习。延至春秋战国，考校之意大为扩展。但说考，大体都指官吏学子之查核。但说校，大体都指武士之查核。考校相连，大体便是文事武事一齐查核。立储而考核王子，原本不多见。夏商周三代以来，长子继承制已成宗法传统，本无立储考子之说。只有最清明的君王在没有嫡子而必须在庶子甚或旁支中遴选继任人时，才偶有查核之法。战国之世，无能君主直接导致亡国，立储考核王子才时有所见。秦国虽有查核立贤之法度，然如今次这般公然对王子文事武事一齐考核，非但朝臣齐聚以证，且特许有爵国人观看，实在是亘古未闻。

消息一出，咸阳老秦人无不惊讶，一时争先恐后到咸阳令官署登录姓名爵位领取通行官帖，筹备年节社火一般热闹。四月初三这日清晨，有爵国人络绎不绝地进了咸阳王城正殿外的车马广场，层层叠叠安坐在早已经搭好的圆木看台上，连同六国使节与尚商坊的富商大贾，满当当几近万人。这些老秦人虽有耕战爵位，然真正进过王城的却也实在没有几个，今日逢此祖辈难遇的良机，一边满怀新奇地打量议论王城气象，一边盯着正殿前一片黑压压座席纷纷揣测考校之法，人人亢奋不已。倏忽日上城角，大钟轰鸣一声，全场顿时沉寂下来。

当是文武皆考。

都爱看热闹。

"卯时已到！纲成君职司文考，伊始——"

随着司礼大臣的宣呼，蔡泽昂昂然走到殿前第三级台阶的特设大案前站定，从案头拿起一支熠熠生光的金令箭高声道："本君奉王书主考诸王子文事，此前业经初考，已入军旅之三王子因少年无学而弃考。今日参与大考者，十位王子也。大考之法：文事三考，答问史官实录，考绩朝野可证。三问不过，即行裁汰，不得进入武校。诸王子入场——"

十个少年王子应声入场，走到殿前阶下十张大案之前肃然站定，无分长幼尽皆一式衣冠：头顶三寸少冠①，身着黑丝斗篷，腰间牛皮鞶带悬一支青铜短剑。个个英挺健壮，当即引来老秦人一片由衷的赞叹。

"诸王子入座。"蔡泽的呷呷亮嗓回荡在王城广场，"第一考，应答者自报名讳，应答不出者书吏录名。诸位王子可否明白？"

"明白！"王子们整齐一声。

"第一问，老题：秦国郡县几何？有地几何？人口几多？"

哄嗡一声，全场议论如风过林海。人们不约而同地惊讶，此等问题也算学问？然一思忖，对于即将成为国君的王子又岂能不是学问？左右说不清，还是先看王子们如何应对，全场哄嗡片刻复归平静，万千眼睛都盯向了十位王子——王子们却显然是一片迷惘，你看我我看你，期期艾艾无人开口。

多为陪考。

"算甚学问？大父立嫡便问过！"一个王子红脸高声异议。

"对！老问不算！"

---

① 少冠，贵胄少年加冠之前所戴的低冠，加冠后之冠依据本人爵位官职之高低而定冠之高低。

"该考学馆所教之学！"王子们纷纷附和。

"嘿嘿！"蔡泽微微冷笑，"诸位王子说得不错。此一老题，乃当年孝文王为太子时选立嫡子而首次提出，至今已经十余年。老夫记得却清：当时昭襄王得闻诸公子竟不知邦国实情，大为惊诧。特命太子傅府编修邦国概要，以为王子少学。十年已过，老题重出，诸王子却说没学过，此何人之责乎！"

节外生枝，殿前大臣与全场有爵秦人无不大感意外。果如蔡泽所言，秦昭王已经将邦国情势定为王子少学而王子们依旧懵懂如故，这太子傅府说得过去么？正在众人疑惑之际，一个白发苍苍的老臣从蔡泽身后的大臣座席区站起，愤然高声道："纲成君之意，要追究老夫玩忽职守么？"

"秦王口书——"司礼大臣突然在殿阶高处一声宣呼，"今日大考王子，余事另论。诸王子唯问是答，不得对考题辩驳。大考续进——"

"老臣奉命！"蔡泽与太子傅向殿口肃然作礼。

"我等奉命！"王子们齐声领命。

蔡泽回身就案："上述一问，可是无人答得？"

"我知道有内史郡……"

"我知道有河西六百里，秦川八百里，土地总数么……"

两人吭哧之后，大多王子们都红着脸不吱声了。此时一个英俊少年突然挺身站起一拱手道："成蛟答得人口土地，只是郡县记得不全。"

蔡泽拍案："若无人全答，王子成蛟可作答。"

"赵政全答。"西首一个王子挺身站起，见蔡泽一点头，从容高声道，"秦国有郡一十五，有县三百一十三；秦国目下有地五个方千里，华夏山川四有其一；秦国目下人口一千六百四十万余，成军人口一百六十余万。"

"知道十五郡名么？"蔡泽呷呷笑着加了一问。

"十五郡为：内史郡、北地郡、上郡、九原郡、陇西郡、三川郡、河内郡、河东郡、太原郡、上党郡、商於郡、蜀郡、巴郡、南郡、东郡。三百一十三县为……"

"且慢！"蔡泽惊讶拍案，"王子能记得三百余县？"

"大体无差。"

"好！你只需答得全内史郡所有县名，此题便过！"

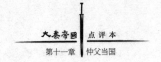

"内史郡二十六县,从西数起:上邽、汧县、陈仓、雍县、郿县、虢县、鄘县、漆县、美阳、鄤县、好畤、云阳、杜县、高陵、频阳、芷阳、栎阳、骊邑、蓝田、郑县、平舒、下邽、夏阳、丹阳、桃林、函谷。二十六县完。"

"彩——"六国使节商旅一声喝彩。

老秦人们惊喜交加纷纷议论赞叹,连忙相互打问这王子如何叫作赵政等,不亦乐乎。蔡泽巡视着惊愕的王子们笑问:"可有能复述一遍者?"见王子们纷纷低头,肃然点头拍案,"第一考,王子赵政名列前茅!"

"好!"老秦人们终于吼了一声。

"第二考:秦国军功爵几多级?昭王以来秦军打过多少胜仗?"

王子们眉头大皱,低头纷纷抓耳挠腮。

"我知道!上将军、将军、千夫长!"终于一个王子昂昂作答。

"不然!还有百夫长、什长、伍长!"

话音落点,全场不禁哄然大笑。笑声方落,少年王子成蛟稳稳站起高声答道:"秦国军功爵二十级,从低到高分别是:公士、造士、簪袅、不更、大夫、官大夫、公大夫、公乘、五大夫、左庶长、右庶长、左更、中更、右更、少上造、大良造、驷车庶长、大庶长、关内侯、彻侯。昭王以来,秦国大战胜十六场、小战胜二十九场!"

"好!"全场老秦人都有军功爵,不禁一声吼。

"胜不忘败。五大败战最该说!"王子赵政霍然站起,"胜仗可忘,败仗不可忘也。唯不忘败,方可不败。昭王以来,秦军首败于攻赵阏於之战,再败于王龁攻赵之战,三败于郑安平驰援之战,四败于王陵邯郸之战,五败于本次河外之战。五战之失,皆在大战胜后轻躁急进。五败铭刻在心,秦军战无不胜!"

全场愕然寂然。此子虽在少年,见识却是当真惊人。胜不忘败原本便是明君圣王也很少做到,更别说一言以蔽之将五败根本归结为大胜后轻躁冒进,此等见识出自一个弱冠少年之口,任你名士大臣百业国人谁能不大为惊愕?更为根本者,经少年王子一说,举场臣民顿时恍然——秦国五败还当真都是大胜之后轻躁冒进,若是不骄不躁持重而战,何至于六国苦苦纠缠?当真应了一句老话,不说不知道,一说吓一跳!

"秦王口命——"正在举场惴惴之时,司礼大臣宣呼又起,"王子政此说不在大考之界,容当后议。大考继续——"

"老臣奉命！"蔡泽向殿口一拱手转身道，"赵政之说，不置可否。第三考：秦为法制之国，秦法大律几何？法条几多？"

"知道！男子年二十一岁而冠！"一个十岁公子昂昂童声。

"我也知道，弃灰于市者刑！"

"知道！有律（旅）一重（众），有徒（土）一刑（成）！"

"错也！夏少康土地人口，不是秦律！"另个公子认真纠正。

满场哄然一阵大笑，老秦人都是万般感慨地纷纷摇头。

成蛟霍然站起："秦法二十三大律，法条两千六百八十三。"

"知道二十三大律名目么？"蔡泽呷呷一问。

"成蛟尚未涉猎。"

"王子政可知？"蔡泽径直点了低头不语的赵政名字。

"知道。"赵政似乎没了原先的亢奋，掰着手指淡淡道："秦法二十三大律为：军功律、农耕律、市易律、百工律、游士律、料民律、保甲连坐律、刑罚律、厩苑律、金布律、仓律、税律、徭役律、置吏除吏律、内史律、司空律、传邮律、传食律、度量衡器律、公车律、戍边律、王族律、杂律，共计为二十三大律。"如数家珍一般。

详可参见《睡虎地秦墓竹简》。

"王子可曾听说过《法经》？"蔡泽饶有兴致地追问一句。

赵政似乎突然又生出亢奋，高声回答："李悝《法经》，赵政只读过三遍，以为过于粗简。以法治国，非《商君书》莫属。"

"王子读过《商君书》？"蔡泽惊诧的声音呷呷发颤。

"赵政不才，自认对《商君书》可倒背如流。"

"此子狂悖也！"背后座席的一位老臣厉声一喝，辞色愤

然,"《商君书》泱泱十余万言,辞意简约古奥,虽名士尚需揣摩,少学何能倒背如流?大言欺世,足见浅薄!"

"嘿嘿!"蔡泽连声冷笑,"老夫司考,太子傅少安毋躁。足下未闻未见者,未必世间便无也。"转身呷呷一笑,"王子政,老夫倒想听你背得一遍,奈何时光无多。今日老夫随意点篇,你只背得头几句,便证你所言非虚如何?"

"纲成君但点便是。"

"好!《农战第三》。"

少年赵政昂昂背诵:"凡人主所以劝民者,官爵也。国之所以兴者,农战也。今民求官爵皆不以农战,而以巧言虚道,此谓佻民。佻民者,其国必无力。无力者,其国必削……"

"停!《赏刑第十七》。"

"圣人之为国也,一赏,一刑,一教。一赏则兵无敌。一刑则政令行。一教则下听上。夫明赏不费,明刑不戮,明教不变,而民知于民务,国无异俗。明赏之犹,至于无赏也!明刑之犹,至于无刑也!明教之犹,至于无教也……"

"停!"蔡泽拍案狡黠地一笑,"你言能倒背如流,老夫便换个法式:王子可在《商君书》中选出十句精言,足以概观商君法治之要。嘿嘿,能么?"

少年赵政丝毫不见惊慌,一拱手从容道:"政读《商君书》,原是自行挑选揣摩,纲成君之考实非难题。十句精髓如下:国之所以治者三,一曰法,二曰信,三曰权。"

"一句!"场外老秦人不约而同地低声一呼。

"法无贵贱,刑无等级。"

"两句!"

"自卿相将军以至大夫庶人,犯国法者罪死不赦。"

"三句!"

"法已定矣,不以善言害法,故法立而不革。"

举场肃然无声,人们惊讶得屏住了气息忘记了数数,只听那略显童稚的响亮声音回荡在整个王城广场:"明王任法去私,而国无隙蠹矣!杀人不为暴,赏民不为仁者,国法明也。刑生力,力生强,强生威,威生德,德生于刑,故能述仁义于天下。以刑去刑,刑去事成。凡战胜之法,必本于政胜。凡将立国,制度不可不察也,治法不可不慎也,国务不

可不谨也,事本不可不专也。圣人治国,不法古,不修今,因世而为之治,度俗而为之法……"

"万岁——王子政——"全场老秦人沸腾了起来。

蔡泽矜持地挥手作势压平了声浪,回身向大臣座席一拱手道:"老夫已经考完,诸位若无异议,老夫这便公布考绩。"

"且慢!"太子傅亢声站起,"《商君书》乃国家重典,孤本藏存,本府王子学馆尚无抄本。王子政生于赵国居于赵国,何以得见? 若是以讹传讹,岂非流毒天下! 事关国家法度,王子政须得明白回答!"

蔡泽冷冷道:"此与本考无涉,答不答只在王子,无甚须得之说。"

少年赵政却一拱手道:"敢问太子傅,我背《商君书》可曾有差?"

"老夫如何晓得?!"

"敢问太子傅,昭王时曾给各王子颁发一部《商君书》抄本,可有此事?"

"老夫问你! 不是你问老夫!"

蔡泽呷呷笑道:"此事有无,请老长史作证。"

老桓砾站起高声道:"昭王四十四年,王孙异人将为质于赵。昭王下书:秦国王子王孙无分在国在外,务须携带《商君书》日每修习,不忘国本。始有此举也。"

少年高声接道:"赵政之《商君书》拜母所赐,母得于父王离赵时托付代藏。敢问太子傅,此番来路可算正道? 可合法度?"

老太子傅面红耳赤,却对着蔡泽恼羞成怒道:"此子年方幼齿侃侃论道,诡异至极! 非是妖祟即是方术,断不能定考!"

强词夺理。

"老大人当真滑稽也!"蔡泽呷呷大笑,"战国以来,少年英才不知几多。鲁仲连十一岁有千里驹大名。上将军嫡孙蒙恬与王子政同年，已是文武兼通才艺两绝。甘茂嫡孙甘罗，今年方才五岁，已能过目成诵，咸阳皆知也！一个王子政背得《商君书》，却有何大惊小怪？天下之才，未必尽出一门。老大人，悲乎哉！"话音落点，全场不禁哄然大笑……

一场文考宣告了结：赵政、成蛟、公子腾三人进入武校；其余王子皆行退出遴选，于太子傅府善加少学。随着正午开市，文考散场，咸阳坊间当即流传开了王子赵政的神异故事：过目成诵对答如流直如神童一般！见识更是一鸣惊人举朝莫对，太子傅张口结舌，主考纲成君百般诘难而不倒，连秦王都说容当后议，不亦神哉！只是王子自报名讳曰赵政，坊间传闻却是老大不悦，纷纷说王子若是再叫赵政，国人便上万民书请逐这个自认赵人的王子政，纵是神童也不稀罕。

文考散去，吕不韦拉过蔡泽蒙骜一番商议，三人立即匆匆进了王城。暮色降临时，秦王特急王书到了太庙令府："王子政归秦数年，未入太庙行认祖归宗大礼。着太庙令即行筹划，两日内行此大礼，使王子政复归王族嬴姓。"与此同时，又一道王书颁行朝野并张挂咸阳四门："秦王允准上将军蒙骜之请：立储校武延迟三日，于四月初八日在咸阳校军场举行武考。国人无分有爵无爵，尽可往观。特书以告。"

四月初五日，王城北松林的太庙一派肃穆。秦王嬴异人亲自主持了王子政的认祖归宗礼，向列祖列宗翔实禀报了王子政出生邯郸的经过，亲手将有随同王后的老内侍老侍女押名见证的生辰刻简嵌入王子政辈分的铜格之中。王子政衣冠整齐，对列祖列宗焚香九拜。老驷车庶长嬴贲郑重唱名，史官当场登录，"嬴政"这个名字便被纳入了秦国史册。

次日，驷车庶长府文告颁行各官署，并张挂咸阳四门。文告曰："王子政归秦，适逢两王国丧交替倥偬，认祖归宗与

赵政完胜。

认祖归宗，名正言顺。

正名大礼延宕至今，以至王子政以'赵政'之名居国数年，驷
车庶长府之过也！今承王命，已于四月初五日为王子政于太
庙行正名大礼，自此认祖归宗，复其'嬴政'之名。特告之朝
野。驷车庶长嬴贲。"

　　文告一出，咸阳国人欣欣然奔走相告——王子政老秦人
也！没错！一时人人弹冠家家庆贺，无不对天祷告这个神异
王子早日成为王储。四月初八日那天，咸阳国人空巷而出拥
向校军场，要争相一睹神异王子的风采。

　　就实而论，咸阳校军场很少用于校军。战国之世大战多
发，各大战国的大军一般都屯驻在要塞或真正可以展开野战
训练的大本营，而极少如后世朝代那般专门的拱卫京师。譬
如秦国大军屯驻地除了蓝田大营，便是函谷关、九原郡、离石
要塞三处重地；赵国大军则是武安大营与云中、阴山、雁门关
等要塞。纵是咸阳守军，也是驻扎在北阪与章台两地，不奉
兵符是从来不会进入咸阳城的。如此一来，咸阳校军场除了
王城守军的礼仪性操演，实际上多用于诸多庆典聚会，一如
大年社火、将士出征与班师犒赏、每年授民耕战爵位等等大
典，都在这校军场举行。真正的校武，倒还真没有过几次。
在咸阳国人的记忆中，当年司马错攻灭巴蜀班师后便在校军
场举行大典，那个王子嬴荡在这里第一次展示神力震惊天
下，似乎是唯一的一次。倏忽六十余年，今次校武又是王子
嬴政，校军场之会岂非天意也！

　　各方就绪，红日堪堪东升。

　　武考不若文考，秦国君臣悉数公然露面。北面高台正中
央是庄襄王王座，王座下一字排开三张长案，中间丞相吕不
韦，右侧上将军蒙骜，左侧纲成君蔡泽；平台两侧大红毡上，
文武大臣以文左武右之式坐成两个纵长方形；中间一片十丈
见方的空场摆着两张书案，右角是手握大笔的史官，左角是

驷车庶长老嬴贲。显然,文考之后朝野情势为之一变,秦人
对立储的关注之情大为高涨,此前对秦王多病的隐忧也随
之淡化。秦国君臣为之一振,索性全数出动,欲借立储之机
以扭转战败后的沉闷之气。

司礼大臣宣读王书任命主考之后,校武在一阵隆隆鼓
声中宣告开始。

须发雪白一领绣金黑丝斗篷的主考官上将军蒙骜霍然
站起,大步走到前出三丈的中央司令台,捧起一口铜锈斑驳
的青铜剑肃然高声道:"蒙骜受命穆公剑,职司武考,任何一
方不遵号令或滋事干扰,立斩不赦!"武校不若文考,历来法
度森严,然却也从来没有请出过只有大军征伐才斟酌赐予
大将的穆公剑。国人未免一阵哄嗡议论,顿时觉得这场校武
定是非同寻常,纷纷揣摩间听蒙骜又道:"校武两考:一为涉
兵见识,二为武技体魄。应考三公子入场——"

六面战鼓隆隆响起,三骑从南面入口飞驰进场。到得司
令台前骤然勒马,三匹骏马嘶鸣咆哮间一齐人立而起,满场
人众一声喝彩。三公子利落下马大步走到蒙骜案前作礼报
名,蒙骜一指右手三张长案,三公子各自赳赳到案前肃然伫
立。

蒙骜苍老的声音回荡起来:"虑及公子正在少学,涉兵
见识由老夫军务小司马执考,可相互应对以明涉猎,亦可相
互辩驳以明见识;三问错其二,一考告罢;应对辩驳若多,老
夫令行禁止! 三公子明白否?"

"明白!"

"好! 第一场公子腾——"

"嬴腾在!"排在第一案的年轻公子赳赳三步,恰恰站在
了草席中间的白圈中。他是三公子中唯一年及加冠且已经
从军者,一身甲胄一领斗篷分外的英武干练,这掐尺等寸的

三步到圈,立即便知绝非庸常士卒。几乎与此同时,蒙骜大案后走出一人,身着司马软甲,头盔上却垂下一方厚厚黑布遮住了面容,站到大案前便有一个清亮而不失铿锵的声音在场中响起:"本司马奉命执考,公子腾应对。"

"嗨!"

"第一问,三代以来,传世兵书几何?"

"五部:《太公兵法》、《孙子兵法》、《吴子兵法》、《孙膑兵法》、《司马法》①!"

"第二问,成而毁之者,兵书几何?"

"……"公子腾愣怔片刻愤愤道:"既已毁之,人何知之? 无对!"

"两公子可有对?"蒙面者的清亮声音似乎有些笑意。

"成蛟有对:范蠡兵书成而毁,赵武灵王兵书成而毁,信陵君兵书成而毁。"

"可见有对。"清亮声音悠然道,"第三问,当年戎狄攻占镐京,晋齐鲁皆五千乘之大诸侯,周平王何以舍近求远,千里迢迢深入陇西,搬我秦族东来与戎狄大战?"

"……"公子腾又是愣怔愤愤然,"陈年老账,与兵事何干? 无对!"

清亮声音似乎微微冷笑:"与将士也许无干,与君王却是有关也。"肃立台后的蒙骜沉着脸淡淡一挥手:"公子腾考罢,退场。"有备而来的公子腾大觉窝火,对着蒙骜便嚷:"校武不校武! 只这般三言两语聒噪算甚? 校武! 武场见分晓!"蒙骜冷冷一笑:"公子少安毋躁。选储君并非选锐士,知道么? 退场!"公子腾看看蒙骜案上那口铜锈斑驳的穆公剑,嗨的一声脚步腾腾地砸出了场外。

"公子成蛟应对。"

"成蛟在!"

"第一问:自有华夏,最早大战为何战?"

"成蛟有对:炎黄二帝阪泉大战。其时黄帝族人势长大河之南,炎帝族人势长大江之北,两大势力碰撞于河内阪泉之地,因而大战。黄帝胜而炎帝败,华夏大地始得联盟为一。"

"第二问:春秋四百年,何战最大?"

---

① 《司马法》,即《司马穰苴兵法》。司马穰苴,春秋时齐国大夫,田氏,名穰苴,官司马,深通兵法。战国时齐威王命人整理古司马兵法,将其兵法附在里面,称为《司马穰苴兵法》。

"成蛟有对:春秋车战,晋楚城濮之战最大。时为周襄王二十年,晋文公五年,楚成王四十年。其时楚为霸主,出动兵车万乘有余,联兵陈蔡曹卫四国。晋国出兵车六千余乘,联兵秦宋滕三国。楚军大败,晋国称霸天下。此战之特异,在于首开车战以弱胜强之先河!"

"第三问:乐毅灭齐,挟万钧之力而六年不下即墨,因由何在?"

"成蛟有对:六年不下即墨,乃乐毅义兵也,非战力不逮也。若乐毅不遭罢黜,田单必降无疑!奈何阴差阳错而使竖子成名,义兵之悲也!"

"敢问公子,何谓义兵?天下曾有兵而义者乎?"

"圣王之兵,载道载义。宣而战,战而阵,不掳掠,不杀降,是为义兵。春秋义兵,宋襄公可当。战国义兵,唯乐毅攻齐大军可当!"

"敢问公子,乐毅攻齐,可曾宣而后战?"

"……不曾。"

"可曾战而列阵?"

"不曾。"

"乐毅大军掠齐财货六万余车天下皆知,可算不掳掠?"

"……"

"进入临淄前,乐毅两战败齐大军四十万。二十万战俘全数押回燕国做苦役刑徒,路途饥寒死得大半,其余未过三年,悉数冻馁死于辽东,可与杀降有异?"

"虽如此,终非杀降……"成蛟低声嘟哝着。

"纵然如此,可算义兵?"

"……"成蛟终于满面涨红不说话了。

在这最后一问之时,校军场万千人众静得幽幽峡谷一般。老秦人已经知道了这位公子是生于秦长于秦的正宗王子,心里原比对那个虽然已经复归嬴姓毕竟曾自称赵姓的王子政亲近了几分,对成蛟前面两答更是十分赞许一片喊好,然及至成蛟最后一答开始,满场老秦人却是鸦雀无声脸色铁青了。若依得此等义兵之说,秦国大军岂非强盗么?武安君白起岂非不义之屠夫么?依此蔓延,奖励耕战,斩首晋爵等等秦法,还有个甚意思来?远处不说,战国两百年秦人变法强国之前,秦国财富被山东掳掠了多少?秦人降卒被六国活活杀了多少?老秦人谁家无兵,是人皆知秦人宁可死战而不降,与其说是悍勇，毋宁说是被山东六国杀降杀怕了。杀便杀，老秦人只怨自己也不说甚，可只许你杀我不许我杀你是个甚理？一个义兵便搪塞了？鸟！万千百年谁个有义兵了？周武王灭商杀得血流成河，还将殷商朝歌烧了个叮当光，义兵何在？当年秦国穷弱，六国抢占了秦国整个河西将大军压到了骊山，将关中抢掠一空，其时义兵何在？要在天下立足，不图强国血战，却去念叨歆慕甚个义兵，直娘贼出息也！

"秦人只知有战，知道甚个义兵啊！"一个老人高喊了一声。

"只知有战！不知义兵！"全场震天动地一片吼声。

北面高台上一阵骚动，片刻间蔡泽站起高声喊道："秦王口命：考校之论不涉国事，未尽处容当后议，国人少安毋躁，考校续进！"

"老臣奉命！"蒙骜慨然一躬转身一挥手，"成蛟退场，待后校武。"

蒙面司马高声接道："王子嬴政应对。"

"嬴政在。"一直伫立不动的戎装王子跨前三步，从容到了中间圈内。

"第一问：战国以来，何战败于不当败，胜于不当胜？"

此问奇诡！清亮声音一落，满场人众惊愕议论，如此问一个少年王子，这个司马也忒是狠了一些。便是北面的君臣座区也是一片寂然，相互顾盼间直是摇头。

"问得好！"少年王子嬴政却是由衷赞叹一拱手高声答道，"嬴政有对：长平大战后，秦国大将王龁、王陵相继率军二十万猛攻邯郸欲灭赵国，遭六国联军夹击，败于不当败；其时信陵君窃符救赵，联兵六国大胜秦军，胜于不当胜！"

大争之世，只讲胜败血战，自命义兵，唯有等死。

问答皆好。

"敢问其故?"清亮声音紧追一句。

"长平大战后秦国耗损甚大,实不具备一举灭赵之实力。既已自上党班师,不当复攻赵国。先祖昭王不听武安君白起之断而执意起兵,连遭两败。此败非秦军战力不敌也,而在庙算之失也,故云败于不当败。信陵君以一己威望奇诡之谋,强夺兵权力挽狂澜,胜秦军于措手不及。此战之胜,既非六国政明民聚,亦非联军战力强大,实为奇谋以救衰朽,终不过使山东六国苟延残喘也!故云不当胜而胜。"

"好——"秦人大是兴奋,全场一声齐吼。待场中声浪平息,蒙面司马狠狠咳嗽一声道:"第二问:春秋之世,一公惯行蠢猪战法。所谓蠢猪,大要如何?"此问实在离奇,话音落点全场哄然一阵笑声便迅即平息,都全神贯注要听王子如何回答。

"有得此问,足见司马见识过人也!"少年嬴政罕见地笑了笑,竟对这位蒙面考官赞赏了一句,"司马所指,当是宋襄公无疑。此公伪仁假义欺世盗名,其'三不'战法令人捧腹,确如蠢猪一般。堪称三不经典者,宋齐泓水之战也。"

"何谓三不?"

"三不者:敌军无备不战,敌军半渡不战,阵势未列不战也。"

全场哄然大笑,连北面高台上的大臣们也是一片笑声。秦人尚武之风极盛,是人都能对打仗唠叨一番,然春秋隔世,朝野之间倒也实在很少有人知道这个宋襄公的如此三不战法,一听之下笑不可遏。"天爷爷!老夫一辈子打仗,只听过攻其不备,谁听过敌无备不战?""呀呀呀!宋襄公倒是猪得可人!咋不遇到我这群冷娃也!"一时嚷嚷不休,满场哄笑不绝于耳。蒙骜身旁的中军司马连摆令旗,场中才渐渐平息下来。

"第三问:当今六国之将,何人堪称秦军日后劲敌?"

"赵国李牧!"少年嬴政断然回答。

"李牧一战胜匈奴,却从未入中原战场,以他为秦军劲敌有何凭据?"

少年嬴政看一眼北面高台的君臣座席,显然有意提高了声调:"边将李牧,乃当今赵军最具后劲之年轻名将。嬴政少随外祖游历云中,曾入李牧军中盘桓旬日。与天下名将相比,此人勇略不输赵奢,谋略过于乐毅,沉雄堪比田单。尤为可贵者,李牧善于战法创新从不拘泥陈规陋习,胜不骄败不馁善待将士,大有武安君白起之风。秦军若不认真研习李牧战法,再败秦军者必李牧也!"

"谋略过于乐毅?公子不觉有失偏颇?"蒙面司马显然很惊讶。

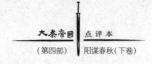
少年嬴政郑重摇头："乐毅一生一战,犹虎头而蛇尾,李牧过之多也!"

嬴政做足功课。

全场惊讶不已,俄而议论哄嗡之声大起,一班大将更是轻蔑地大笑。蒙骜大皱眉头,然虑及主考之身执掌进程,猛然一劈令旗高声道："一己之论容当后议! 公子退场,准备武校——"话音落点,全场兴奋点立即转移,一声喊好便三五成群聚相猜度今日结局。六国大商使节的座席区更见热闹,纷纷掷下大宗赌金——校武局成蛟胜出!

好赌之风,无孔不入。

大约顿饭辰光,校武各方事宜部署妥当。蒙骜一挥令旗宣示宗旨："强兵能战者,非赵括之流徒然纸上谈兵也! 秦以锐士立国,尚耕战,轻孱弱,虽王族皆然。今日校武为武考根本,校武不过者,前考不足论也……"正在此时,蔡泽晃着鸭步匆匆前来在蒙骜耳边一阵低语。蒙骜脸色不悦却也点了点头,继续高声宣示,"武校之本,一在知兵,二在能战! 考校武技,明心志强孱弱! 为保考校公允,本主考派一秦军及冠士卒出阵以为标杆,去其远者为败。考校两阵,一阵骑射,一阵搏击!"

"彩——"武风弥漫的老秦人真正狂热了。

"第一阵骑射考校,各方入场!"中军司马令旗挥动鼓声大起,便见两骑士身背长弓从南面入口处飞马而入,白马骑士为王子嬴政,红马骑士为王子成蛟。老秦人一看便知,嬴政白马乃阴山良驹,成蛟红马是东胡骏马,各有所长不分伯仲。两骑方在司令台前勒定,一骑黑马倏然飞到,马上骑士长弓箭壶全黑甲胄黑布蒙面,只有两只眼睛熠熠生光,身材虽不高大,剽悍沉稳之势却全然不似蒙骜方才所说的"及冠士卒"气象。场中不禁一阵哄嗡,觉得今日煞是怪异,两个考师竟都是蒙面出场,神秘兮兮不知有何蹊跷?

"外场开启——骑士上线——"

号令一起,黑红白三骑走马来到一道白灰线前一字排开。校军场南边的高大木栅隆隆拉开,马前宽阔的黄土大道遥遥直通外场。所谓外场,是马道出校军场之后的一片百余亩大的圈墙草地。骑士须得在这片草地跑得三大圈射出十箭而后入场,全程十里,中靶多且第一个回程校军场者为胜。

"起!"令旗呼啸劈下,战鼓隆隆大作,三骑风驰电掣般飞了出去。

骏马展蹄,呼啸呐喊如雷鸣般骤然响起。校军场之内三骑骏马几乎是并驾齐驱,飞出外场,遥遥可见黑色闪电已经领先两马之遥,其后一团火焰飞动,最后才是一片白云。黑骑领先并不为怪,要紧的是王子成蛟的东胡飞骑。此马身材高大雄骏鬃毛长可及腰,大跑之时鬃毛飘飘如同天马御风,雄武之美当真举世无双。"纸上谈兵!王子政毕竟不行也!""胡马飞龙!成蛟得胜!"场中人海叹息加着惊诧嚷嚷成了一片。声浪沸腾之际,红马成蛟率先开弓,一连三箭射出,人海又是一阵呐喊呼啸。

"红骑成蛟,三箭三中!"遥遥呼喊从外场迭次传入校军场。

"黑骑少卒,三箭三中!"

"快看!白马上前了!"场中一片惊呼。

人众屏息注目,便见身材并不显如何高大雄骏的阴山白马骤然如飓风般掠过红马,其灵动神速直如草原飞骑,蛰伏马背的少年骑手突然拈弓开箭连连疾射。场中一班以目力骄人而此刻自愿做"斥候"者当即大叫起来:"至少五箭四中!绝非三箭两中!"

"白骑嬴政,五箭五中——"外场司马正式报靶声随风传来。

"哗——"犹如疾风掠过林海,整个校军场都骚动了起来。马上疾射能连发五箭已经非常惊人了,能五发而五中虽匈奴骑射也是极为罕见,这王子嬴政神也!

"黑骑四箭三中!"

"红骑三箭两中!"

声浪复起之时,人海"斥候"们突然一片惊呼——外场情势突然生变,白马长嘶一声飞跃一道土梁时人立而起,少年骑士树叶般飞出了马背飘落在草地——全场顿时屏息寂然。在场中人海与王台君臣不及反应之间,那片树叶竟然又神奇地飘回了马背,白马又飞掠草地追了上去。远远地,人们都看见红黑两骑已经射完箭靶折向回程,而那片白云却还在第三圈飘悠。终于,白马骑士挺起了身子,搭起了弓箭……

"黑骑三箭两中!"

"红骑四箭三中!"

"白骑,五箭两中——"

随着外场司马悠长的报靶声,白马又飓风般逼近了回程的黑红两骑。恰在进入校军场马道的刹那之间,阴山白马一片柔云般从黑红两骑中间飞插上来,堪堪又是三马并驾齐驱,全场声浪又一次震天动地般激荡起来。及至三马在司令台前勒定骑士下马,人海却骤然沉寂了——王子嬴政一身甲胄遍染鲜血,连背后长弓也是血迹斑斑,脸上却是灿烂地笑着。

"王子政能否撑持?"蒙骜耸动着白眉走了过来。

"战场流血,原是寻常!"王子政的声音有些暗哑。

"中途惊马,差得三箭,是否输得不服?"

"此马尚未驯好,骑士之责,嬴政认输!"

"尚未驯好你敢用做考校坐骑?"蒙骜大是惊讶。

少年嬴政笑了:"不打紧,它只是怕过大坎。"

"王子胆略尚可也。"蒙骜第一次些许有了赞许口吻,当即对台上君臣座席高声报了骑射之考的定论:王子成蛟十箭八中,王子政十箭七中,士卒考手十箭八中,成蛟胜出! 转身吩咐各方准备搏击考校。大约小半个时辰,中军司马报说各方就绪,蒙骜高声宣布了搏击考校之法:仍由原先及冠士卒与两王子作剑术搏击,每场三合;两王子不作剑术较量,只以对考师战况论高下。宣布完毕三人进场,俱是秦军短甲装束,只是及冠士卒依旧黑布蒙面,平添了几分神秘。

第一场,成蛟对蒙面考师。此卒身材并不高大却是异常厚实,右手一口阔身青铜短剑,左手一张牛皮盾牌,十足的秦军步卒气象。成蛟却是一口形制特异的精铁剑,长约两尺有余,青光凛然闪烁。战国之所谓精铁者,钢也。其时铸铁成钢之工艺尚没有青铜工艺纯熟,钢铁兵器之打造质量也不稳定,上好的精铁剑要铸得两尺以上不是不能做到,而是不能

嬴政淡定。

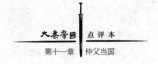

如青铜兵器那般大量制造。唯其如此,秦军之大路兵器依然是青铜制作,真正的精铁长剑只是大将与贵胄武士们才能拥有的。这便是成蛟精铁剑的特异处。当然,成蛟的盾牌也是上佳品相,光盾面那一圈闪闪发光的铜钉便比蒙面卒的盾牌钉稠密了许多,一看便是王室尚坊精工制作。如此两人一进场,四周人海一阵纷纷喟叹。

"公子请。"士卒剑盾铿锵交合,行了一个军中校武礼。

"战无常礼。"成蛟微微冷笑,蹲身一冲身形似一步又似两步地飘然滑到了蒙面卒身前三尺处,左手棕红色盾牌当先一出,精铁青光倏然到了蒙面卒胸前。蒙面卒早已扎好马步,长剑刺来之时并未出剑截击,左手那面已经变得黝黑光亮的皮盾迎住长剑一带一抹,长剑刃口恰恰卡在了稀疏的盾牌铜钉之间,只听铿啷一声长响,蒙面卒黝黑皮盾后甩的同时,成蛟也随着盾牌带抹长剑的弧形力道猛然前冲,一个踉跄几乎跌倒。恰在此时,蒙面卒大盾一回,几乎跌倒的成蛟又骤然钉在了原地,借势稳住了身形。蒙面卒说声方才不算公子再来。成蛟不禁恼羞成怒,大吼一声抢步直刺。蒙面卒不躲不闪,短剑出手猛击盾牌,黝黑盾牌忽地一声直撞长剑。成蛟直觉长剑如刺岩石,虎口一震长剑几乎脱手飞出,便在此时,那面黝黑的皮盾连绵推进直撞胸前,嘭的一声,成蛟撒开两手结结实实跌了出去……如此威猛干净的步战,引得万千国人的喝彩声浪几乎淹没校军场。成蛟还要爬起来再战,却被蒙骜沉着脸喝住,转身又对蒙面卒吩咐,说说他败在何处?教他知道甚叫步战。

"先说兵器。"浑厚声音从蒙面头盔下响起,"公子长剑虽然锋锐,却是太轻。市井侠士用之尚可,万马军中纠缠厮杀,着着都是死力气,如此轻剑根本经不起大力一击。还有这华贵盾牌,铜钉铆得密密麻麻,一看便是公子自己主张。实战盾牌铜钉稀疏,且露出盾面半寸许,用处便在锁卡敌方剑器矛戈。铜钉稠密固能使敌方兵器滑开,然更使自己无法着力。我这军盾可一击带你长剑,你却不能,缺失大半在这中看不中用的盾牌。"

"战法之失何在?"成蛟一跃而起拱手请教。

"公子所学搏击,显是游侠剑士所教,多轻灵利落却少了根基功夫。战场拼杀务在沉雄。譬如一个盾牌马步蹲下,若经不起三四支长矛刀剑的同时猛击,算不得一个秦军锐士。毕竟,战场之上,一对一的较量只是最轻松的活计。"

"成蛟谨受教。"少年王子深深一躬,显然是服膺了。

"王子有此番气度,也不枉输得一场也。"蒙骜罕见地笑了笑。

中军司马走来一阵耳语，蒙骜思忖片刻点头。中军司马举起了手中令旗："王子政轻伤无碍，搏击第二场开始——"

隆隆鼓声又起，少年嬴政大步走到中间圈中站定，右短剑左皮盾与秦军步卒一般无二，甲胄上下血迹斑斑，却是精神抖擞毫无委顿之象。再看入场蒙面卒，一口短剑在手依旧战礼一拱："公子请。"少年嬴政冷冷道："足下兵器不全，不足成战。"蒙面卒道："公子负伤出战，我少得一盾方见公平。"嬴政摇头道："校武公平假公平，战场公平真公平。足下无盾，嬴政不战。"蒙面卒慨然一拱："公子所言合乎实战，小卒深以为是！"转身到场边执定黝黑皮盾再到中央，一招手扎好了马步。

"杀！"少年嬴政大喝一声短剑直进猛砍。

蒙面卒只将黝黑皮盾一挺，短剑结结实实砍在皮盾之上。只听嘭的一声大响，蒙面卒岿然不动，少年嬴政却钉在了原地无法连番再击。原来，久经战阵的秦军老皮盾都是皮质蓬松，每日风吹雨打矛戈交击，三层牛皮几乎膨胀得两寸多厚，短剑猛击如砍进树干一般被猛然夹住，未经战场者不明就里一时发蒙，才有这短暂僵持。在这瞬息之间，少年嬴政一步退后右手趁力一带，短剑脱开皮盾夹裹的同时人已凌空跃起，盾牌左砸短剑右刺猛攻当头。蒙面卒皮盾上扬短剑斜出，盾击盾，剑迎剑，嘭锵两声大响，少年嬴政重重跌翻。

在全场雷动喝彩之际，少年嬴政大吼一声掠地而来，短剑横砍盾牌翻滚直攻下路！蒙面卒大出意料，原地一个纵跃短剑拦下的同时，双脚也被滚地而来的盾牌砸中，未及跃开踉跄倒地……

"停！"蒙骜怒声大喝，"校武有回合，不许偷袭！"

"上将军请勿责难公子。"蒙面卒挂剑站起肃然一躬，"公子虽失校武节制，实战却是猛士上乘战法。公子既视校武为实战，不许我以其伤让其兵，便当以实战较量待之。战场搏杀，秦军锐士轻兵哪个不是带伤死战？此合小卒输得心服！"

"敢问足下，"少年嬴政一拱手，"盾夹剑时为何不反击？"

"实不相瞒，"蒙面卒也是一拱手，"盾迎短剑，是试公子力量。我见公子并非神力，又想试公子应变之能。寻常新手，盾但夹剑便不知所以。公子能于瞬息之间趁力脱剑再行猛攻，实非我所料。"

"那是说，你若当即出盾反击，我则没有当头攻杀之机？"

"正是。"

"既然如此,嬴政输得心服!"

"敢请指教。"

"我原以为足下迟钝不识战机,既是有意考量,自然服膺!"

蒙骜哈哈大笑:"迟钝不识战机? 你以为他是蠢猪宋襄公么?"说罢大手一挥,"还有一合如何比? 公子自己说!"

"角牴如何?"

"小卒奉陪!"

蒙骜点头,中军司马一声宣示,场中山呼海啸般欢呼呐喊起来。

角牴者,后世之摔跤也,相扑也。战国之世,角牴是各国民间最为风行的搏击游戏,称谓说法也各自不同。山东六国的雅言叫作"角抵",庶民百姓却呼为"胡跤",说的是此等搏击术原是匈奴胡人传入。秦国也有文野两种叫法,雅言叫作"角牴",其音其意与六国雅言"角抵"相同,语意本源却是不一。山东之"抵",取人徒手相搏之象。秦语之"牴",却取兕牛①以角牴触之象。《淮南子·说山》云:"熊黑之动以攫搏,兕牛之动以牴触。"一字之差,见其本源语意。秦国山野庶民却直呼为"撂跤"或"绊跤",取其手脚并用看谁能将谁撂倒绊倒之象。西汉转而称为"角抵戏",大约自此成为可以进入宫廷的观赏游戏。后世宋元时称之为"相扑"或"争跤"。秦灭之后,嬴氏后裔辗转逃之东瀛,角牴得以"相扑"之名风行日本流传至今,成为中国古老角牴术的活化石。此乃后话。

赵秦两国胡风最重,两个大国中都有许多戎狄匈奴部族化入,徒手搏击的角牴之风更是浓烈,老少男女耕夫走卒尽皆以之为强身之法。生于赵国其母又是赵女的王子嬴政,既要与蒙面卒比试角牴,在赵必是胡跤高手无疑。秦军将士中更是盛行角牴撂跤,这蒙面卒也未必不是一流斗士。若是兵器较量,许多人还需得内行解说才能清楚。这角牴撂跤却有一样好处:热闹好看,谁撂倒谁谁绊倒谁谁压住谁不得动弹,一目了然虽三岁小儿也看得明白。正因了如此,万千人众比看骑射兵器大是亢奋。

"角牴开始! 三合两胜!"中军司马令旗劈下鼓声大作。

少年嬴政与蒙面卒已经尽去甲胄,人各光膀子赤脚,唯腰间一根鞶带勒住一条宽大短的本色布裤进入场中相对伫立。鼓声一起,两人扑成了一团。一个翻滚起来,蒙面卒

---

① 兕(sì)牛,古代犀牛一类的兽名。

箍住了少年嬴政后腰，只要发力，一举摔倒少年无疑。便在此时，只见少年身形似侧似滑，两手后抓对方衣领，蹲身拱腰一步前跨，猛然发力大喝一声，蒙面卒一只口袋般被重重摔到身前。

"摔倒！王子政万岁——"全场声浪铺天盖地。

"再来！"蒙面卒一声大吼，间不容发地一个翻滚两手抱住少年嬴政两腿猛然一带，嬴政仰面跌翻在地。蒙面卒随身扑上，两手死死压住对手两只胳膊，少年嬴政三次滚身无法脱开。

"摔倒压住！考卒万岁——"

中军司马一声呼喝，两人重新站起。少年嬴政俨然一个老练的胡人跤手，踮着步子向蒙面卒逼近。在嬴政一扑之时，蒙面卒两手闪电般一翻扣住了对手两只手腕猛力侧向一带，少年嬴政前仆一步身形未稳之时，蒙面卒一个随身滑步搂定少年后腰，接连大吼发力，少年嬴政被结结实实摔到地上，一口鲜血喷出身前，黄土染成鲜红！

"啊——"全场一声惊呼齐刷刷站起。

蒙骜始料不及，一时愕然不知所措。在中军司马带着太医飞步赶到时，少年嬴政却已经翻身跃起，衣袖拭着鲜血，非但毫无惧色，反倒步态稳健目光凌厉地踮着步子又逼近了蒙面卒。刚刚站起的蒙面卒立即扎好架势肃然相对，竟是如临大敌一般。已经大步过来的蒙骜横在中间一声断喝："校武停止！王子政退场疗伤！"少年嬴政一时愣怔，终是悻悻站定，对着蒙面卒一个长躬，甩开围过来的两个太医赳赳去了，全无丝毫伤痛模样。

"王子政万岁——"万千人众的呐喊骤然淹没了校武场。

这次比试，不在输赢。嬴政约十二三岁，要与成年的蒙面卒肉搏，如果真打赢了，还不可信，倒不如写他虽败犹荣。

一番诸般善后忙碌,校武场终于在午后散了。

随着淙淙人流弥散聚合,王子嬴政的神奇故事风传市井山野官署宫廷,也随着六国使节商旅的车马传遍了山东六国。无论人们如何多方褒贬挑剔,却都要在议论评点之后结结实实撂下一句话:"无论如何,王子有本事是真!"战国大争之世,人们最看重的是实扎扎的才能本领,其时口碑最丰者是"能臣"二字,而不是后世的"忠臣"二字。凡是那些愚忠愚孝复古守旧的迂腐学问迂腐做派,其时一概被天下潮流嗤之以鼻。如孔子孟子与一班门徒者,满腹学问而被列国弃如敝屣不用,庶民百姓更是敬而远之不待见,非孔孟无学也,实孔孟学问远世而无实在本事也。当其时,一个十二岁的少年王子能被天下人说一句有本事,可谓亘古未有之最高口碑了。

各种消息议论汇聚咸阳王城,秦国君臣振奋感慨之余不无疑虑。在议决册立太子的朝会上,太史令太庙令两位老臣先后说话,提出了一个已经被所有议论重复过的担心:王子嬴政的秉性不无偏颇,见之少年可谓刚烈,若到成年加冠之后,只怕……两位老臣对"只怕"之后的推测踟蹰吞吐再三,终是没有出口。秦王嬴异人大皱眉头,大臣们也是纷纷窃窃。

"老臣有说!"纲成君蔡泽的公鸭嗓呷呷荡了起来,"两位老大人以及议论疑虑者,无非有二:其一,王子政言行做派与其年龄大不相称,主见笃定甚于成人,学识武功多有新奇;其二,较武场有好勇斗狠之象,拼命战法活似秦军轻兵。所谓只怕,说到底,是怕王子政成为殷纣王一般有才有能的昏君暴君。老夫代言,可算公允?"

"然也然也,我心可诛!"两颗白头连点额头汗水都渗了出来。

杀伐气太重,恐对江山社稷及天下苍生不利。

"纲成君，莫得老是替人说话。"老廷尉冷冷插得一句。

"老夫自然有主张！"蔡泽一拍案索性从座案前站起，"人非圣贤，孰能无过？诸位但想，一个年仅十二岁的少子，寓处富贵而不甘堕落，奋发自励刻苦打磨，已然人中英杰也！若无此等方刚血性，只怕湮没者不知几多？如此少年纵是稍失偏颇，亦是在所难免。然王子政最为可贵者，在于有主见，有学识，虽刚不邪，刚正兼具。太史令执掌史笔，青史之上，几曾有过如此以正道为立身之本的少年王子？譬如殷纣有才无学，言伪而辩，行僻而坚，虽少有搏击之勇，然更有渔色淫乐之行！而王子嬴政者，所学所言所为，无不堂堂正正，不近酒色，不恋奢华，只一心关注学问国事。此等王子，虽有缺失，亦必成大器！若善加教诲诱导，粗粝偏颇打磨圆润，未必不能超迈昭襄王而成秦国大业也！"

"纲成君大是！"蒙骜慨然拍案，"丞相吕不韦柔韧宽厚，学问心胸皆大，最善化人。老臣建言：若能使丞相兼领太子傅，将王子政交其教诲，必能成得大器也！"

"臣等赞同！"举殿大臣异口同声。

"好……"王座上一声好字未了，秦王嬴异人颓然栽倒案前。左右太医一齐过来扶住，连忙拿出吕不韦曾经交给的丹药施救。举殿大臣一时默然，见吕不韦挥了挥手，便心事重重地散去了。

五月大忙之后，秦国在咸阳太庙举行了册立太子大典，王子嬴政被立为太子。秦王同时颁发特书：罢黜教习拘泥的太子傅，改由丞相吕不韦兼领太子傅。旬日之内秦王王书抵达各郡县，朝野老秦人终于长长地松了一口气。

尘埃落定。

五　庄襄王临终盟约　破法度两权当国

秋高气爽的八月，咸阳王城一片阴沉窒息。

方士的丹药越来越没有了效力，卧榻之上的秦王嬴异
人肝火大作，喘咻咻拒服任何药石，只叫嚷着看上天要将他
如何。吕不韦闻讯连夜入宫劝慰，偏偏都逢嬴异人神志昏昏
无视无听。吕不韦大急，严令太医令务必使秦王醒转几日，
否则罪无可赦！见素来一团春风的吕不韦如此严厉，太医令
大是惶恐，当即召来最有资望的几名老医反复参酌，开出了
一个强本固元的大方，每剂药量足足两斤有余。药方呈报丞
相府，吕不韦细细看罢喟然一叹："病入膏肓者虽扁鹊难医，
固本培元终是无错，只看天意也！"太医馆立即将药配齐交
各方会同验过，连夜送入王城寝宫。太医令亲自监督着药工
将一剂重药煎好，内侍老总管唤来最利落的一个有爵侍女
服侍奄奄卧榻的秦王用药。这个中年侍女果真干练，偎身扶
住昏昏秦王靠上山枕，左手揽住秦王肩头，右手轻轻拍开了
秦王毫无血色的嘴唇，圆润小嘴从药工捧着的大药碗中吸
得一口，轻柔地吮上秦王嘴唇注将进去，片刻之间一大碗温
热的汤药喂完，点滴未洒。白头太医令直是目瞪口呆。

大约一个更次，昏昏酣睡的嬴异人大喊一声热死人也倏
然醒转，一身大汗淋漓似沐浴方出一般。守候外间的太医令
惊喜过望，一面吩咐侍女立即预备汤食，一面派人飞报丞相
府。及至吕不韦匆匆赶来，嬴异人已经用过了一盅麋鹿汤，换
了干爽被褥重新安睡了。喂药侍女说，秦王临睡时吩咐了一
句，请丞相明日午后进宫。吕不韦思忖一番，到外间吩咐太医
令指派几名老太医轮流上心守候，心事重重地去了。

虽动机不纯，但吕不韦对
秦国倒是一条心。

　　秋雨蒙蒙，辎车辚辚，吕不韦思绪纷乱得如坠迷雾一般。

　　领政三年，几经顿挫，吕不韦对秦国可谓感慨万端。当初邯郸巧遇人质公子嬴异人时，吕不韦并无经邦济世大志向，实在是老辣的商人目光使他决意在这个落魄公子身上豪赌了一次。其时所求者无非光大门庭，使吕氏家族从小国商人变为钟鸣鼎食的大国贵胄，如此而已。然一旦搅入局中全力周旋，历经十年艰辛险难而拜相封侯，吕不韦的心志渐渐发生了自己不曾意料到的变化。光大门庭之心渐渐淡了，经邦济世之心却渐渐浓了，偶尔想起当初的光大门庭之求只有淡淡一笑了。功业之心的根基，一是吕不韦对秦国政事国情弊端的深切洞察，二是吕不韦内心深处日益酝酿成熟的纠弊方略。若没有这两点，吕不韦自然也就满足于封侯拜相的威赫荣耀了。至于国事，依照法度便是，自己完全可以不用操劳过甚。在事事皆有法式的秦国，做一循例丞相是太容易了。至少嬴异人一世不会罢黜他，纵是嬴异人早逝少年新君即位，自己凭着三朝元老的资望，至少也还能做得十年丞相。一生做得十三年大国丞相，已经是大富大贵之巅峰极致了，夫复何求？果能如此想头，吕不韦也不是吕不韦了。吕不韦的迷茫在于：嬴异人若果真早逝，自己治秦方略的实施将大为艰难，如果自己的独特方略不能实施，而只做个依法处置事务的老吏，实在是味同嚼蜡，何如重回商旅再振雄风？至少，风险丛生的商旅之道使人生机勃勃，强如板着老吏面孔终老咸阳。

　　王子嬴政的炫目登临，加深了吕不韦的忧虑迷茫。

　　秦国为政之难，是不能触法。无论事大事小，只要有人提及法势之外的处置，立即有颠覆秦法之嫌，朝野侧目而视，直将你看作孔孟复辟之徒。百余年来，秦法以其凝聚朝野的强大功效，已经成为秦人顶礼膜拜的祖宗成法，历经秦昭王铁石勒誓，秦法更成为不可侵犯的圣典。吕不韦几次改变成法而从权处置重大国事，虽则每次都是艰难周折，然终是成功且未被秦国朝野指为坏法复辟，实在是秦国之奇迹。正是这种被视为奇迹的结局，既加深了吕不韦的忧虑，也增强了吕不韦的自信。忧虑加深者，秦国朝野求变创新之潮流已见淡薄，固守成法之定势已经大行其道，若需改变，难之难矣！自信增强者，几次特例破法实实在在证实，诸多朝臣国人并非发自内心地死板护法，变之适当化之得法，纠正秦法弊端不是没有可能的。然王子嬴政在考校中大获朝野赞许的言论见识，却使吕不韦敏锐捕捉到了一个消息：王子政少学以《商君书》为圣典，视秦法为万世铁则，更兼其秉性刚烈大非寻常少年，完全可能成为纠正秦法弊端之未来阻力。

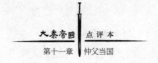

果真如此，吕不韦的为政功业便是大见渺茫了。然则，吕不韦并没有将少年嬴政看死，一个十二三岁的少年，正是好见逆反之时，见识偏执未必不能校正，若化之得法，也许正是推行掺以吕不韦方略的新秦法的得力君王。然则，如何才能化解这个自己甚为生疏的少年太子？自己心下无谱。秦王嬴异人安置后事时能给自己多大权力？心下也无谱。虽说嬴异人对自己信任有加，然怪疾折磨之下难保心性失常，假若生出万一，又当如何……

淅沥秋雨打着池中残荷，萧疏秋风摇着檐下铁马。吕不韦一夜不能成眠，晨曦之际蒙眬入梦，却又莫名其妙地蓦然自醒。寝室中悄无声息，只有一个熟悉的侧影镶嵌在虚掩的门缝中，心头一闪，吕不韦霍然起身离榻。

"还未过卯时，大人再睡无妨。"莫胡轻柔地飘了进来。

"凉浴强如迷榻。"吕不韦嘟哝一句，径自裹着大袍进了里间的沐浴室。莫胡连忙说去预备热水，却被关在了门外。两桶冰凉刺骨的清水当头浇下，浑身一片赤红的吕不韦顿时觉得神清气爽，裹着一件长大的丝绵袍出来，早膳已经在案头摆置妥当了。

"大人，"莫胡跪坐案前边盛滚烫的牛髓汤边低声道，"西门老总事要我代为禀报：他近来似觉腿脚不便，几剂药不见好转，请允准他老去归乡。"

"何时说的？"吕不韦放下了伸出的象牙箸。

"已经三日，一直不得见大人回府。"

吕不韦起身便走。莫胡情知拦挡不住，连忙拿起一把油布伞追了上去，张开伞也不说话，只默默跟着吕不韦到了西跨院。潇潇雨幕中，西门老总事的小庭院分外冷清。当莫胡抢先推开虚掩的正房大门时，一股病人特有的气息夹杂着淡淡的草药味儿弥漫出来，走过正厅进入东开间寝室，幽暗的屋中垂着一顶布帐，幽静得没有一丝声息。

"西门老爹！"吕不韦一步冲前掀开布帐，只见西门老总事似睡非睡地仰卧在大被中，双眼似睁非睁气息若有若无，素来神采矍铄的古铜色脸膛骤然变得苍白瘦削沟壑纵横，俨然弥留之际。吕不韦心中大恸，扑上去抱住老人语不成声："老爹……吕不韦来迟也！"西门老总事艰难地睁开了眼睛，嘴角抽搐出一丝微笑："东主，是老朽不教他们报你……"吕不韦只一点头，二话不说两手一抄连带大被抱起西门老总事便走。慌得莫胡连忙抢前张伞，雨水搅着泪水在脸上横流，却紧紧咬着牙关生怕一出声便要大哭。

匆匆到得正院第三进，吕不韦径直进了自家起居庭院的南房。将西门老总事在榻上安置妥当，吕不韦吩咐莫胡去请夫人。片刻间陈渲匆匆进来，吕不韦喘息一声道："太医我已经吩咐去请了。自今日起，西门老爹住在我这南房治病，不好不许搬出。夫人亲自照料。"陈渲一边点头一边过来探视，一见西门老爹奄奄一息情状不禁哽咽拭泪："老爹前几日还好好与我说话来，如何便……"吕不韦不禁一声长叹："老爹生性刚强，是我疏忽也！"

说话间太医已经到了。一番诊脉，太医说是操劳过度气血虚亏老疾并发，只要歇息静养百日可能康复。吕不韦这才放心下来，坐在一旁默默看着陈渲与莫胡将汤药煎好，良久无言。及至陈渲将一盅药亲自给西门老总事喂下，老人沉沉睡去，吕不韦才起身对莫胡吩咐道："留心查勘一番旧时老人，谁在秦国有事未了，立即报我。"陈渲听得一怔："你？这是何意？"莫胡心下蓦然闪现出当年离开邯郸时吕不韦清理仆役执事们余事的情形，不禁惊讶得脱口而出："大人！要离开秦国么？"吕不韦却一句话也没说就走了，只留下陈渲莫胡良久愣怔。

午后时分，吕不韦在绵绵秋雨中进了王城。

过了王城宫殿官署区，是秦王寝宫。这里被称为内苑，朝臣们也叫作内城。依照法度，内苑的正式居住者只有秦王与王后，大臣非奉特召不得入内。内苑在前宫殿区与嫔妃侍女后宫区的中间地带，虽然不大，却是整个王城的灵魂所在。之所以为灵魂者，在于国君除了大型朝会以及在东偏殿举行小型会商或郑重其事地会见大臣，大多时光实际上都在内苑书房处置政务。君王晚年或患病之期，更是长住内苑深居简出，这里便显出了几分神秘。自秦昭王晚年起，接连两代多病国君，这内苑更显枢要了。

已经早早在内苑城门口迎候的老内侍，将吕不韦领进了一座树木森森的独立庭院，而不是昨日那座很熟悉的秦王寝室。王城多秘密，自古皆然。吕不韦也不多问，只跟着老内侍进了林木掩映的一座大屋。进得门厅，一股干爽的热烘烘气息扑来，在阴冷的秋雨时节很是舒适。连入三进方入寝室，各个角落都是红彤彤的大燎炉，吕不韦脸上顿时渗出了一层细汗。

嬴异人脸上有了些许血色，靠着山枕拥着大被埋在宽大的坐榻上闭目养神。听见脚步声，嬴异人倏然睁开眼睛："文信侯坐了。上茶。"

"臣参见我王。"吕不韦深深一躬，这才在坐榻对面案前入座。

"老霖雨烦人，外边冷么？"嬴异人淡淡问了一句闲话。

"季秋之月，寒气总至，水杀浸盛，天数使然也。"

侍女轻盈地捧来茶盅，又轻盈地去了。嬴异人默默地看着啜茶的吕不韦，吕不韦也默默地啜着滚烫的酽茶，室中一时寂然。良久，嬴异人轻轻叹息了一声："文信侯，异人将去也！"吕不韦心下一惊脸上却是微微一笑："我王笑谈。太医大方已见神效，我王康复无忧矣。"嬴异人摇摇头："文信侯通晓医道，何须虚言慰我？我身我命，莫如我知，不怨天，不尤人。"

"我王……"一声哽咽，吕不韦的茶盅当啷掉在了座案上。

"文信侯静心片刻再说。"嬴异人淡淡一笑，看着侍女收拾好吕不韦座案又斟了新茶飘然离去，又是淡淡漠漠一笑，"太医大方我连服三剂，为的便是今日你我一晤。文信侯笃厚信义天下皆知，今日之谈，你我肝胆比照，同则同之，异则异之，不得虚与周旋，文信侯以为如何？"

"吕不韦生平无虚，我王尽知……"

"先生请起！"嬴异人连忙推开大被跳下坐榻扶住了大拜在地的吕不韦，又推开吕不韦要扶他上榻的双手，索性裹着大被坐在了吕不韦对面幽幽一叹，"得遇先生，异人生平之大幸也。先生之才过于白圭，更是秦国大幸也。嬴异人才德皆平，唯知人尚可，与先父孝文王差强相若。一言以蔽之：先生开异人新生，异人予先生新途，两不相负，纵不如俞伯牙钟子期知音千古，也算得天下一奇也。"

"我王一言，吕不韦此生足矣！"

"然则，异人还有一事烦难先生。"

"我王但说，吕不韦死不旋踵！"

"既得先生一诺，拜托也！"嬴异人扑拜在地，骤然泣不成声。

"我王折杀臣也……"吕不韦连忙膝行过案，不由分说抱起嬴异人放上了坐榻又用大被裹好，退后一步深深一躬，"王若再下坐榻，臣无地自容。"

君臣无间。

嬴异人粗重地喘息了几声一挥手："好！先生但坐，我便说。"待吕不韦坐定，嬴异人斟酌字句缓缓道："我将去也，太子年少，托国先生以度艰危，以存嬴氏社稷。秦国虽有王族强将，朝中亦不乏栋梁权臣，然如先生之善处枢要周旋协调总揽全局者，却无第二人也。更有甚者，先生两度稳定新丧朝局，又与本王、王后、太子渊源深远，与各方重臣皆如笃厚至交，在朝在野资望深重，无人能出其右。此所以托先生也。"

"我王毋言……臣虽万死，不负秦国！"

"先生，且听我说。"嬴异人喘息着摇摇手，"拜托之要，一在太子，二在王后。太子生于赵，长于赵，九岁归秦，我为其父亦知之甚少。此子才识俱佳，唯秉性刚烈，易入乖戾之途，若不经反复打磨而亲政过早，大局难以收拾。此子亲政之前，先生务须着意使其多方锤炼，而后方可担纲也。"

"臣铭刻于心……"

"至于王后。"嬴异人突然意味深长地笑了笑，"原本便是先生心上女子，掠人之美，异人之心，长怀歉疚也。"

"我王此言，大是不妥……"吕不韦急得满脸涨红。

"先生莫急，先祖宣太后能对外邦使节谈笑卧榻之密，我等如何不能了却心结？"嬴异人坦然拍着榻栏喟然一叹，"不瞒先生，王后赵姬与我卧榻欢娱至甚，生死不能舍者，赵姬也。然则……王后欲情过甚，异人实有难言处……我思之再三，决意以王后与先生同权摄政当国。一则效法祖制，使王

一说庄襄王纵欲而死，未知真假。

有托孤之意。

族不致疑虑先生独权；二则使先生与王后可名正言顺相处，与国事有益，更于教诲太子有益。异人苦心，先生当知也。”

"……"吕不韦愕然不知所对，惶恐得一个长躬伏地不起。

"先生！"嬴异人又跳下坐榻扶起了吕不韦，"方才所言，乃你我最后盟约，须得先生明白一诺。否则，嬴异人死不瞑目也！"

蓦然之间，吕不韦失声痛哭："王言如斯，臣心何堪也！"

"人之将死，言唯我心……"嬴异人也不禁唏嘘拭泪。

"王为国家，夫复何言！"

"先生应我了？"

吕不韦大袖拭着泪水认真点了点头。嬴异人不禁拍案长笑："秦有先生，真乃天意也！"一言方罢，颓然倒伏案头。吕不韦大惊，正欲抱起嬴异人上榻，守候在外间的太医内侍已经闻声赶来。一阵针灸推拿，嬴异人气息渐见匀称然却没有醒转，只气若游丝地冬眠一般。太医令一把脉象，将吕不韦拉到一边低声说得几句，吕不韦匆匆去了。

出得内苑，暮色如夜大雨滂沱，声声炸雷掺夹着雪亮狰狞的闪电，整个大咸阳都湮没进了无边无际的雨幕。正在此时，老长史桓砾疾步匆匆迎面赶来，顾不得当头大雨电闪雷鸣，拉住吕不韦嘶声喊得一句："特急密报：晋阳将反！快同见君上！"吕不韦略一思忖断然高声道："君上昏迷！急报交我处置！你守候君上莫得离开！"老桓砾面色倏地苍白，颤索索打开怀中木匣拿出一个铜管塞给吕不韦，消失到廊外雨幕中去了。吕不韦立即吩咐驭手独自驱车回府转告主书：全体吏员夜间当值，不许一人离开丞相府，说罢向王城将军讨得一匹骏马，翻身一跃冲进了茫茫雨雾。

片刻之间，吕不韦飞马到了上将军府，匆匆说得几句，蒙骜立即下令中军司马去请蔡泽。待蔡泽从雨幕中喘咻咻湿淋淋冲来，三人聚在最机密的军令堂会商了大半个时辰。大约二更时分，蒙骜的马队出了府邸直飞蓝田大营，蔡泽车马辚辚赶往咸阳令官署，吕不韦一马回了丞相府。

却说蔡泽抵达咸阳令官署，立即下令当值吏员飞马请来内史郡郡守与咸阳令、咸阳将军三人。此三人乃同爵大员，其执掌皆是秦国腹地最要害所在——内史郡管辖整个关中本土，咸阳令管辖都城咸阳之民治政令，咸阳将军部属五万精锐步骑专司大咸阳城防。每临危机，这三处都是最要紧所在。此三职之中，咸阳将军归属上将军管辖，内史郡郡守与咸阳令隶属丞相府管辖，蔡泽原本均无权过问。然今日却是不同，蔡泽持有丞相吕不韦授权书令与上将军令箭，又是比目下丞相与上将军爵位还高的国家一等重臣，召见两署主官自然不生政令抵触。三人到来，蔡泽沉着脸极其简约地说了朝局大势：秦王病危，有逆臣欲反，三署皆归老夫节制！说罢一番部署：咸阳城立即实行战时管制，所有城门早开暮关，取缔夜间开城与城内夜市；内史郡立即晓谕各县：着意盘查奸细，但有北方秦人流民逃入一律妥为安置；咸阳将军将五万步骑全数集中驻扎渭水以南山谷，随时听候调遣。一番部署，三人分头忙碌去了，蔡泽又匆匆赶到了丞相府邸。

丞相府一片紧张忙碌。大雨之中，各个官署都是灯光大亮吏员匆匆进出。蔡泽做过几年丞相，一听吏员答问便知丞相府正在紧急汇集晋阳一路的各种情势，方进得书房，吕不韦当头便是一躬。蔡泽连忙扶住道："晋阳反国，理当同心，丞相何须如此？"吕不韦肃然道："纲成君明白大局，今日秦国危难不在晋阳，在王城之内也！不韦欲请纲成君坐镇丞相府总署各方急务，得使我全力周旋王城，以防不测。"

"当然！"蔡泽慨然拍案，"君王弥留，自古大权交接之时，丞相自当守候寝宫！放心但去，老夫打点丞相府，也过过把总瘾也！"

"三日之内，纲成君须臾不能离开丞相府。"

"当然！老夫瘾头正大，只怕你赶也不走！"

"谢过纲成君，我去了。"

四更时分，吕不韦冒着百年不遇的深秋暴雨又进了王城内苑。

嬴异人已经是时昏时醒的最后时刻。太子嬴政与王后赵姬已经被召来守候在榻边，母子两人都是面色苍白失神。几年来吕不韦第一次看见赵姬，一瞥之下，见她裹着蒙骜败于信陵君之后，"五月丙午，庄襄王卒，子政立，是为秦始皇帝。"（《史记·秦本纪》）关于秦庄襄王之死，《东周列国志》将其演义为吕不韦谋杀，第一百零二回"华阴道信陵败蒙骜，胡卢河庞煖斩剧辛"有这样的描述，"再说秦庄襄王在位三年，得疾，丞相吕不韦入问疾，因使内侍以缄书密致王后，追述往日之誓，后旧情未断，遂召不韦与之私通，不韦以医药进王，王病一月而薨。不韦扶太子政即位，此时年仅一十三岁，尊庄襄后为太后，封其母弟成蟜（峤）为长安君。国事皆决于不韦，比于太公，号为尚父，不韦父死，四方诸侯宾客吊者如市，车马填塞道路，视秦王之丧愈加众盛，正是：'权倾中外，威振诸侯'"。毒杀一说，不太可靠，毕竟吕不韦与异人更亲近，异人感其恩，待其不薄，若享国之日长久，吕不韦的好处不会少。所以，从常识看，吕不韦毒杀庄襄王的可能性不大。《东周列国志》的道德意识很强，写赵姬与吕不韦，完全是"奸夫淫妇"的思维。

一领雪白的貂裘依然在瑟瑟发抖，心下突然一阵酸热。吕不韦大步走过去深深一躬："王后太子毋忧，秦王秦国终有天命。"低头啜泣的赵姬只轻轻点头。少年嬴政却是肃然一躬："邦国艰危之时，嬴政拜托丞相。"吕不韦心头一颤，连忙扶住少年嬴政。正在此时，嬴异人一声惊叫倏地坐起，却又颓然倒下口中兀自连喊丞相……

"启禀我王：臣吕不韦在此。"

"丞相，凶梦！有谋反，杀……"

"我王毋忧。"吕不韦从容拱手，"晋阳嬴奚起兵作乱，臣已与上将军、纲成君谋定对策，上将军已经连夜轻兵北上，河西十万大军足定晋阳！"

"啊，终是此人也。先父看得没错，没错！"嬴异人粗重地喘息一阵，双目骤然光亮，一伸手将少年嬴政拉了过来，"政呵，自今日始，文信侯是儿之仲父，生当以父事之。过去拜见仲父……"

少年嬴政大步趋前向吕不韦扑地拜倒："仲父在上，受儿臣嬴政一拜。"

"太子请起，老臣何敢当此大礼也！"吕不韦惶恐地扶起了少年嬴政，待要回拜，却被少年嬴政架住了双臂低声一句："国事奉命，仲父辞让你我两难。"吕不韦喟然一叹只得作罢。

"王后，政儿，文信侯……"嬴异人将三人的手拉到了一起轻轻地拍着，一汪泪水溢满了眼眶，不胜唏嘘地喘息着，"三人同心，好自为之也……异人走了，走了……"颓然垂头，没了声息。

赵姬与少年嬴政同时一声哭喊，待要扑将过去……吕不韦猛然伸手将两人拉住低声一喝："王薨有法！莫得乱了方寸！"说罢向身后一招手，老太医令带着两名老太医疾步

趋榻。老内侍已经将秦王嬴异人扶正长卧。三老太医轮流诊脉，各自向书案前的太史令低声说了同一句话："王薨无归。"老太史令郑重书录，肃然起身高声一宣："秦王归天矣！不亦悲乎！"寝宫中所有人等，这才随着王后吕不韦三人一齐拜倒榻前大放悲声。

"宣王遗书——"老长史桓砾突然郑重宣呼一声。

吕不韦很清楚，此时所有自己未曾预闻的事项都是秦王临终安置好的，程式礼仪未曾推出自己，只有听命。王后赵姬与太子嬴政似乎也事先不知遗书之事，一时惶惶不知所措，见吕不韦眼神示意，这才安静下来。

桓砾苍老战栗的声音在哗哗雨声中如一线飘摇——

　　秦王嬴异人特命：本王自知不久，本王书做遗命公示大臣，新王亲政之前不得违背：本王身后，吕不韦复文信侯爵，实封洛阳百里之地，领开府丞相总摄国政；太子嬴政即位，加冠之前不得亲政，当以仲父礼待文信侯，听其教诲，着意锤炼；王后赵姬可预闻国事，得与文信侯商酌大计。政事实施悉听文信侯决断。秦王嬴异人三年秋月立。

风雨声大作，一应臣子都惊愕愣怔着似乎不晓得王书完了没有。只有小赵高轻轻扯了扯少年嬴政的衣襟。少年嬴政突然叩地高声道："儿臣嬴政恭奉遗命！"王后赵姬这才醒悟过来，转头看了身后吕不韦一眼，也是伏地一叩："赵姬奉命。"吕不韦见老桓砾向他连连晃动竹简，心知再无未知程式，伏地一个大拜："臣吕不韦奉命。"

"此命之后，王后与文信侯决事。"老桓砾高声补得一句。寝宫大臣们肃然拱手整齐一句："臣等奉王后文信侯号令！"虽依照法度将王后排位在先，眼睛却都看着吕不韦。吕不韦本欲立即部署诸多急务，然心念一闪却对着赵姬肃然一躬："吕不韦悉听王后裁决。"正在忧戚拭泪的赵姬大觉突兀，满面涨红道："我？裁决？有甚可裁决？"少年嬴政一步过来正色一躬道："非常之期，仲父无须顾忌虚礼。父王遗命虽有太后并权预闻国事一说，终究只是监国之意，实际政事还得仲父铺排处置。仲父毋得疑行也！""太子明鉴！"大臣们立即异口同声地呼应一句，无疑是认同吕不韦的。赵姬长嘘一声红着脸道："政儿说得有理，你却何须作难我来？"

"事已至此，老臣奉命！"吕不韦慨然一句，转身向厅中人等一拱手高声道，"秦王

新丧,目下急务有四:其一,国丧铺排;其二,新王即位大典;其三,平定晋阳之乱;其四,安定朝野人心。目下上将军已经北上全力平乱,其余事体作如下分派:其一,国丧事宜由阳泉君会同太史令太庙令主事,若有疑难,先禀明太后定夺;其二,新君即位大典由驷车庶长会同长史桓砾主事;其三,国丧期间,国尉蒙武统摄秦川防务;其四,国丧期间,纲成君蔡泽暂署丞相府事务,重在政令畅通安定朝野;其五,新君即位之前,本丞相移署王城东偏殿外书房,总署各方事务。以上如无不妥,各署立即以法度行事。"

"赳赳老秦,共赴国难!"大臣们齐呼一声,领命如同大军莫府。这便是秦国传统,非常之期,人人戮力同心,政令如同军令,文臣如同武将,共赴国难,此所谓也。

冰冷狂暴的秋雨依旧在继续,大臣们的车马井然有序地流出了寝宫流出了王城,消失在白茫茫雾蒙蒙的咸阳街市去了。

六　开元异数　吕不韦疏导倍显艰难

公元前247年的冬天,一场骇人的大雪冻结了秦国。

虽说国丧与新君即位两件大事都赶在大雪之前完结了,除了蒙骜一班大将尚在晋阳善后,大局可谓初定。然则,此时秦国朝野却更显不安。深秋暴雨接着初冬暴雪,任你如何拆解都不是好兆头。老秦人素来只奉法令不信传言,但不可能不敬畏神秘莫测的上天。天有如此异数,老秦人自然要惴惴不安地揣测议论了。依照寻常庶民也大体晓得一二的阴阳占候之说,秦庄襄王盛年猝死已经应了寒秋雷暴之兆,应了便是破了,本当无须在心。一场一夜塞门的暴雪纵然怪异骇人,也无非是预兆新君即位步履维艰而已,在危局频发的战国之世,此等坎坷预兆实在不值得惴惴于心。真正令老秦人不安者,在于那场昼夜雷电暴雨之后旬日不散的一场弥天大雾。依据阴阳家的占候说:天地霾,君臣乖;凡大雾四合,昼昏不见人,积日不散者,政邪国破强横灭门之兆也。新君少年即位,其强悍秉性与卓绝见识却大非少年所当有,如此一个新秦王,完全可能与吕不韦这等宽严有度的摄政大臣格格不入。果真君臣乖而政风邪,秦国岂非要大乱了?秦政乱而六国复仇,老秦人岂非家家都是灭门之祸?如此想去,人人生发,各种揣测议论便在窝冬燎炉旁汇聚流淌，随着商旅行人弥漫了城池山野，一时竟成"国疑"之势。

短短五年，秦国连丧三君，很难叫人不疑。

这是君主制特有的重大政治危机之一——主少国疑。

一个时代有一个时代的权力法则。不同的权力法则，导致了不同的权力现象。君主制下，有两种权力现象所导致的政治危机最为严重：其一是强君暮政，其二是主少国疑。自古以来，几乎所有的权力突变都发生在这两种危机时期。强君暮政之危，因暮年强君行踪神秘而导致阴谋风行，最易使奸邪丛生竖宦当道，终致身后乱政国力大衰。中国五千年历史的所有强势君主，无一例外地都曾经面临暮政危局，暮年清醒而能有效防止身后乱政者鲜有其人。仅以春秋战国论，赫赫霸主齐桓公姜小白，战国雄主赵武灵王、齐威王、燕昭王、秦昭王，都曾经在暮政之期导致重大危机。其中，唯有秦昭王在六十岁之后虽不乏神秘然终不失清醒，在外有六国反攻内有权力纷争的情势下保持了秦国的强势地位与平稳交接，诚属难能可贵也。主少国疑却是另一种危机——主少必弱，最易强臣崛起而生出逼宫之乱。自古大奸巨恶，十有八九都滋生于少主之期。自夏商周三代伊始以至春秋战国乃至其后两千余年，主少国疑之危远多于强君暮政之危。原因只有一个，强君雄主毕竟是凤毛麟角不世出，而少主即位却是频频可见且无法避免。西周初年周成王少年即位而举国流言四起，终于酿成了祸及天下的内外勾连大叛乱，是"主少国疑"危局的最早典型。正是这种反复发作的政治痼疾，沉淀成了一则令人心惊肉跳的危局箴言："主少必有强臣出，国疑则有乱象生。"

残酷的历史结论是：强君暮政导致的危局是震荡性的，主少国疑导致的危局则是颠覆性的。就实而论，后者为害之烈远远大于前者。

如今恰是少主临朝而强臣在国,老秦人如何不惴惴惶惶?

这一切吕不韦都很清楚,清楚弥漫朝野的流言,也清楚该如何应对。

国丧完毕,新君即位大典的前三日,吕不韦搬出了王城东偏殿的外书房,回署丞相府总理政务。老长史桓砾与中车府令一齐反对,也没能挡住吕不韦搬出。吕不韦只有一句话:"万事宜常态,非常之法不能久也。"明智勤谨的老桓砾已经做了近三十年的长史,执掌国君书房事务已伴过了三代秦王,对君臣衡平之微妙处自然入木三分,见吕不韦执意要去,叹息一声也不再反对了。及至案头收拾就绪交接完毕,老桓砾却坚持将吕不韦殷殷送到了车马场。吕不韦将要登车之时,老桓砾终是低声问了一句:"在下已见老疾,欲辞官隐去,文信侯以为可否?"吕不韦顿时愣怔,思忖片刻反问道:"新君即位而长史辞官,大人以为妥否?"老桓砾忧戚一叹:"老朽居中枢已久,非常态矣!"吕不韦不禁一笑随即正色道:"大人既问,恕我直言:主少国疑之时,枢要大臣宜静不宜动。只要秦王不以我等为不堪,大人当常态居官,无思异动也。"老桓砾连忙惶恐一礼:"老朽与文信侯如何比肩? 文信侯言重也。""老哥哥差矣!"吕不韦慨然一拍车轼,"同朝事国,纵事权各异,何碍勠力同心? 数年之后秦王有成,换代之时我与老哥哥一同辞官如何?""文信侯!"老桓砾一声哽咽,大袖遮面匆匆去了。

三日之后,咸阳宫正殿举行了隆重的新君即位大典。

少年太子嬴政即位称王,成为自秦孝公之后的第六代第七任秦王。

大典上正式宣示了秦庄襄王的遗书,恢复了吕不韦的文信侯爵位。赵姬第一次走进王宫正殿,接受了太后尊号,也接受了举朝大臣的三拜贺礼。太庙告祖之后,秦王嬴政郑重地拜见了太后,拜见了仲父,登上王座后的即位明誓词简

羽翼未丰,先夹着尾巴做人。此后数年,朝政皆决于吕不韦,太后都插不上嘴。

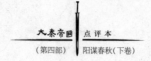
约而实在："嬴政少年即位,心志才识多有缺失,当遵父王遗书惕厉锤炼。本王加冠亲政之前,一应国事由太后、仲父商酌处置,各署大臣无得请命本王。"大礼完毕之后,老桓砾高声宣读了太后文信侯并署的第一道摄政书："新王方立,国事但以秦法常制。丧喜同期,举朝臣工俱安其位,各勤政事,怠政者依法论罪。上将军蒙骜平定晋阳有功,爵加两级晋升大庶长,其余将士战功依法度行赏晋爵。"

大典散去,朝臣们大感意外,如一脚踩空闪得心下没了着落一般。

无论是孝文王即位还是庄襄王即位,主持大局的吕不韦都曾经推出了颇新鲜实在的几着新政,虽有争论,然总是令国人耳目一新。唯其如此,诸多朝臣料定:这次新君开元吕不韦全权摄政必要大动干戈,全力推行其宽富新政,再度破除秦国成法。基于此等判断,诸多大臣各怀心思做好了不同准备。廷尉、御史、司寇、国正监等一班涉法大臣的预备应对,是一定要阻止文信侯再度修法,若遭文信侯拒绝,不惜贬黜下狱也要动议大朝议决。驷车庶长等一班执掌王族事务的王族大臣,则最怕吕不韦借开元之机清算因嬴奚晋阳叛乱而生出的王族纠葛,但有不慎后患无穷,主张将查处参与谋反事先放放再说,若吕不韦执意不从,也只有破脸以护国了。大田令、太仓令、邦司空、关市令等一班经济大臣,最怕的是吕不韦在新政开元之时大减赋税大免徭役;今年多灾,虽说减税减役也有安定民心之功效,然则主少国疑之时最易招致强敌来攻,其时官仓无粮府库无钱却是奈何? 武臣将军们虽大多还在晋阳平乱,但蒙骜也有一封紧急密书送到了国尉蒙武之手,只叮嘱一事:"文信侯若行新政,务劝其暂勿减赋,若执意不从,我当亲回力谏也。"凡此等等都有一个共同理由:主少国疑朝野惶惶,国事以无为备乱为上。然则谁也没有想到,新君即位大典却一无出新举措,一道摄政书宣读完毕,朝臣们还没回过神来便散朝了。

"走眼也!"

"平平无为也!"

"伸缩自如,难得也!"

朝臣们流出殿堂流进车马场,纵然听得近旁有人兀自长嘘喟叹也绝不凑上去议论,谁也不看谁,匆匆走到自家车前匆匆登车而去了。毕竟秦国法度森严,大臣们此刻都蓦然明白过来:当此非常之时,各司其职为第一要务。文信侯新政无为所求者何来? 还不是安定朝野但求大局稳定。摄政书那句"俱安其位,各勤政事,怠政者依法论罪"说的甚？还不是怕大臣们惶惶疏政！既有此说,可知文信侯对大局已是洞若观火,全然不是我等预料。自家做好自家事为上,还叨叨个甚来？

一连旬日,吕不韦在所有报来的官文上都只批下三句话:"有法依法。无法依例。无例者主官先出裁度。"秦法原本周延,山东六国谓之"凡事皆有法式"。无法可依之事寥寥无几,再加一条"无法依例",几乎便囊括了所有国事。真正无法无例可循者,百宗不得其一。便是如此罕见事端,吕不韦也要主管官署的大臣首先拿出自己的办法,到了他这里也就是会商拍案而已。如此一来,吕不韦大见超脱,每日在书房坐得两个时辰批阅完了所有官文,剩余时光在园囿中踏雪漫游,不裹皮裘不着皮靴,只一领本色丝绵大袍一双三层布靴,满脸被风雪打得绯红也兀自不停脚步。

终于,这场一夜塞门的骇人暴雪纷纷扬扬收刹了。红日初出,彤云渐散,澄澈的碧空下终于现出了几被活埋的大咸阳。老秦人活泛了过来,不用官府督导争相出户铲雪清道。不消三日,三尺大雪全部变为巍巍雪人伫立在所有大街两边的沟渠旁,一条条通往城外渭水的暗渠昼夜淙淙地消解着这些庞然大物,也带走了老秦人惴惴惶惶的郁闷烦躁。官市民市开张了,百工作坊生火了,国人上街了,农夫进城了,一切又都复归了平静。

清道之日,吕不韦的辎车辚辚进了王城,径直停在了东偏殿外。进得殿中,空荡荡冷清清不见一人,大厅通往书房的门户也紧紧关闭着。吕不韦正在四下打量欲唤得一个内侍来问,却见老桓砾佝偻着腰身从西偏殿摇了过来,踽踽老态给空旷的王宫平添了一抹凄楚。

"老长史,秦王何在?"吕不韦匆匆下阶扶住了老人。

"一言难尽也!"老桓砾摇头一声叹息,"大典次日,秦王便搬出了王宫。坚执前去护送的老中车回来说,秦王搬到了章台近旁的一座别苑,实际上住在距别苑一里处他的一座小庄园里。老中车说,那是秦王还没做太子时自己购置的农户庄园。老朽大不放心,次日赶去晋见,欲请秦王回王城,不想……"老人却摇摇头打住了。

"老长史便说无妨,不违法度。"

"惭愧惭愧,桓砾老糊涂也!"老人似乎这才醒悟过来,又是一阵长吁短叹,"秦王说,我居王城,臣工日过殿堂,见与不见皆难,徒乱仲父决政也;我出王城,一合父王遗书着意锤炼,二使仲父领政无得滋扰,一举两得如何不妥?"

"如此，你等王室政务官吏做何处置？"

"说得是也！"老桓砾点头摇头地叹息着，"秦王说，长史吏员、中车府内侍皆归太后仲父代为节制，我有一个王绾足矣！"

"一个没留？"

"一个没留。"

"身边内侍？"

"只有一个童仆赵高。"

"军兵车驾？"

"都住在章台别苑。"

吕不韦思忖片刻断然道："老长史立即着人整饬东偏殿，书房务使既往一般。我这便去章台请王。"

"文信侯，难矣哉！"

吕不韦再不多说，跳上殿前一辆王室中车府的双马轺车辚辚飞出了王城，过得渭桥直向东南。东去官道上的积雪早已经清得干净，在茫茫雪原中抽出了沉沉一线，虽说车马寥落毕竟时有可见。下得官道一拐上通往章台的支道，情形大为不同。这里属于王室园囿，初夏之前照例封苑，路径当值内侍一律回守章台宫，无人除雪亦无人沿途接应查勘。虽经月余风吹日蚀，干雪冰凌还是严严实实掩盖着路面，冷风裹着干硬的雪粒如影随形般撕扯纠缠着车马。对于只有一顶伞盖的轺车来说，这种风搅冰凌天算是最大"路难"了。驭手抖擞精神高喊了一声："大人扶稳伞柱！"正要上道，吕不韦却突然一跺脚沉声喊停。

"大人正当改日再去。"驭手恍然勒马。

"谁要改日？"吕不韦跳下轺车挥手下令，"卸车换马！"

"在下御车术尚可，大人登车便是。"

吕不韦揶揄地笑了："也只在王城尚可尚可也，干雪冰凌道乃行车大忌，不知道么？"

"大人……"中车府的驭手一时满脸涨红。

"不打紧。卸车换马来得及。"

驭手倒是当真利落，片刻之间卸下两马整好鞍辔，又在车旁道口画了一个硕大的箭头，飞身上马要头前踩道。吕不韦却摇手制止道："你没走过冰凌道，跟在后面。"驭手大是惶恐:"这如何使得! 冰凌道何难?"吕不韦也不说话,轻轻一提马缰,走马上了露出枯干茅草的道边塄坎,却不走看似平坦如镜的大道中间。驭手随后跟着也不敢多问,一路小心翼翼,二十余里路走马一个多时辰才看到了章台别苑。下路时吕不韦笑道:"记住了:雪后冰凌道,只看草出雪,莫看土过冰。"驭手原本是王室中车府的一流能者,平日驾一辆轻便轺车在东偏殿外当值,专一预备秦王急务。今日被文信侯一路憋屈,驭手虽唯唯点头心下却是老大疑惑。眼见堪堪下路,驭手似无意般一提马缰,踩上了一块冰雪之上的路面。不料马蹄一沾路面倏地滑出,马身重重跌倒,驭手猝不及防竟被压在马身之下。

"蠢也!"吕不韦又气又笑心下又急,一马飞向别苑,吩咐鹿寨营门的守卫军士出来救助驭手,自己直奔大帐。

总领国君车驾护卫的公车司马①惶惶来见,诉说秦王行止不依法度吏员无所适从,屯在这旷野园囿形同废弃物事。吕不韦也不多说,只吩咐立即整顿车驾仪仗去行宫迎接秦王。公车司马大为困惑,却不敢多问。毕竟,章台是个伸缩太大的所在,说小是章台宫,说大是咸阳渭水东南方圆百余里的王室园囿,这片山水中究竟有几多行宫,公车司马自己也未必清楚。一番紧急收拾,车驾仪仗并护卫军兵隆隆开出章台别苑向西而来。走得大约一个时辰,已经从咸阳东南到了正南,进了三面山头对峙的一片谷地。吕不韦方才下令车驾军兵短营歇马,公车司马带六名卫士随他上山。

时已冬日斜阳,山坡积雪虽化去许多,依旧是深可及膝。好在有一行极清晰扎实的脚印直达山顶,吕不韦一行免去了脚下探察之苦。小半个时辰到得山头,却见草木枯竭白雪皑皑,小小山头一览无余:百余步之外一道石墙圈着一座庄院,石门关闭,炊烟袅袅,实在是再寻常不过的农家庭院。吕不韦倒是听王绾说起过这座庄园,当时只想定然是秦王为王子另建了一座山居,再简朴也当与自己当年的那座城南私庄不相上下。今日身临其境,吕不韦直面粗粝简陋的庭院不禁大为感奋,一个少年能以如此所在锤炼自己,纵为秦王亦不舍弃,不亦难哉!

"这? 行宫?"公车司马满脸疑云地嗫嚅着。

"诸位切记:自今日始,此山叫作鸿台!"吕不韦神色肃然地挥手吩咐,"卫士守护鸿

---

① 公车司马,秦国王城警卫军之副将(正职为卫尉),兼领王城城门守护。

台之外，公车司马报号请见秦王。”

“嗨！”公车司马一声领命，当即对着石门高声报号，“文信侯开府丞相吕不韦领公车司马等，晋见秦王——”回声未落，石门已经哐当拉开，一个黑衣人抢步出门一拜："舍人王绾拜见文信侯。”话音未落，院内一阵急促脚步，一个身着黑色绣金斗篷的散发少年已经冲到了面前深深一躬："果是仲父来也，政失远迎！”吕不韦连忙扶了少年，正欲回拜却被少年嬴政一把扶住，"仲父若要大礼，我便要乱了方寸。走，请仲父进庄说话。”说罢搀扶着吕不韦进了石门庭院。

毕竟是少年心性，嬴政兴致勃勃地亲自领着吕不韦前后看遍了庄园。看看天色已经暮黑，王绾领着赵高与令狐大姑已经在北房正厅摆好了小宴。嬴政吩咐道："庄内只仲父与我说话。公车司马等一班来人在庄外扎营军炊便了，那几坛老凤酒都给他们搬去。”也是吕不韦有心要看看这少年秦王如何处置这般不期而遇的事务，一直只是听只是看却不说话，如今见这少年嬴政从容有致，心下舒坦了许多。及至两人对案相坐饮得一爵，嬴政放下酒爵道："我不善饮，只此一爵，仲父自便。”吕不韦喟然一叹："老臣昔年尚可，如今也是不胜酒力，三五爵而已矣！”嬴政一拱手道："仲父今日前来必是有事，但请明示。”

“我王可知，秦自孝公之后，几次少主即位？”

“两次。当年昭襄王十五岁即位，今日政十三岁即位。”

“两次少主即位，大势可有不同？”

“大同小异。”

“我王自思：同为少主，王与昭襄王孰难？”

嬴政目光骤然一闪坦然答道："昭襄王难，难多矣！”

“何以见得？”

“其时，老祖宣太后与四贵当政四十二年，而昭襄王终能挺得，故难。”

“昭襄王不亲政而挺得四十二年虚王，个中因由何在？”

嬴政无言以对，片刻愣怔，伏地一叩："愿闻仲父教诲。”

吕不韦轻轻叩着木案："昭襄王挺经只在八个字：不离中枢，事事与闻。”见少年秦王凝神沉思，吕不韦从容接道，"寻常少主，但不亲政便信马由缰而去，或声色犬马日见堕落，或自甘事外远离中枢。无论何途，总归是一个心思：相信摄政之母后权臣届时必能还政于己也。殊不知,公器最吞私情。纵为父子母子,主动揖让公器者,万里无一也。纵是明慧英断如宣太后者,摄政至昭襄王五十七岁而不归其政,其情理何堪?若是寻常君王,谁个挺得四十二年?只怕二十四年便会呜呼哀哉!然恰恰是昭襄王少年便有过人处,不颓唐,不回避,不轻忽秦王名分,虽不亲政却守定王城中枢;但凡国事,只要太后权臣与之会商,便坦陈主见;但凡入宫朝臣或外邦使节,只要撞到面前,秦王便参与会议申明己见,决不作壁上观;一应国家大典礼仪,凡当以秦王名分主持者,决不假手他人……凡此等等,宣太后与四贵权臣也终是无法置昭襄王于全然不顾,终渐渐有了'王与闻而不决',又渐渐有了'王与闻而共决'。若非如此,昭襄王何能在亲政之后立即凝聚全力对赵大战,且始终掌控大局也。"吕不韦的喟叹夹着粗重的喘息,"王少年明事,此中关节,尽可自思也。"

良久默然,少年嬴政肃然起身离座对着吕不韦大拜在地:"仲父教诲,政终生铭刻在心!"一叩起身,向外招手高声下令,"王绾关闭此庄,今夜便回咸阳王城!"

"我王明断……"

"文信侯!"快步进来的王绾一声惊呼,抵住了瑟瑟发抖摇摇欲倒的吕不韦,"秦王,文信侯大受风寒一身火烫!"

嬴政抢步过来,一把扯下自己斗篷包住了吕不韦身体,回身又是一声高叫:"小高子!快拿貂皮大裘来!"反手接过皮裘再将吕不韦一身大包,双手抱起边走边厉声下令,"车驾起行!燎炉搬上王车!令狐大姑小高子上车护持仲父!王绾善后!"一溜清亮急促的话音随着山风回荡间,嬴政已经抱着吕不韦大步流星地出了庄园。

庄外公车司马已经闻声下令。三声短号急促响起,山下训练有素但却极少施展的王室禁军顿时大显实力——百余名精壮甲士硬是抬着一辆王车冲上山来，待嬴政将吕不韦抱上王车安置妥当，又平稳如风地抬下了山去。嬴政厉声喝退了所有要他登车上马的内侍护卫，只跟车疾走，护持着王车寸步不离。

干冷的冬夜，这支仪仗整齐的王室车马风风火火出了山谷，过了渭水，进了咸阳，大约四更时分终于进了王城。守候日夜的老长史桓砾实在料不到这个桀骜不驯的少年秦王果然归来，不禁连呼天意，下令王城起灯！及至见到王车上抬下人事不省的吕不韦，老长史禁不住地老泪纵横了。此刻王城灯火齐明，所有当值臣工都聚来东偏殿外，既为秦王还位庆幸又为文信侯病情忧戚，一时感慨唏嘘，守在殿廊久久不散。

三日之后，吕不韦寒热减退精神见好，坚执搬回了府邸。大臣吏员们闻风纷纷前来探视，吕不韦抱病周旋半日大觉困顿，辞谢一班朝臣回到寝室昏昏睡去了。一觉醒来，已是夜半更深。吕不韦自觉清醒，见夫人陈渲与莫胡双双守在榻旁，坐起吃了些许汤羹，问起了府中近日事务。

"夫君既问，莫胡说了无妨。"陈渲淡淡一笑。

"是。"莫胡答应一声，转身从里间密室搬来一只铜匣打开，"大人进王城那日晚上，一个自称巴蜀盐商的老者送来此匣，说是代主家送信于大人，请大人务必留心。我问他要否大人回音，他说大人看后自会处置，便去了。"说着掀开三五层蜀锦，将出一支几乎与手掌同宽的竹简。

"绿背独简？"眼角一瞄，吕不韦有些惊讶。这是一种寻常人极少使用的独简，宽及三寸，背面是竹板葱绿本色，正面却是黄白老色字迹清晰。灯下端详，简上刻着三行已经失传的古籀文，仔细辨认却是："伯嬴心异，已结其势，蒙面两翼，正搜骐骥，君欲固本，吾可助力，思之思之。"最后空白处，依旧烙着那个纹线荡漾的"清"字。

吕不韦也忧仕途前景。

"这支独简总透着些许诡异。"陈渲小声嘟哝了一句。

"夜已三更,容我好睡一觉。"吕不韦疲惫地淡淡一笑。

次日清晨,吕不韦辒车直奔国尉官署。正在忙碌晋阳粮草的蒙武很是惊讶,亲自将吕不韦迎接到正厅。屏退了左右吏员,蒙武肃然一躬:"文信侯必有急务,敢请示下。"吕不韦淡淡一笑道:"急也不急,不急也急。想见贵公子一面,派他个差事也。"蒙武释然笑道:"文信侯笑谈了,黄口小儿做得甚事?""可是未必。"吕不韦啜着茶摇摇头,"秦王已回王城书房修习。老夫欲请蒙恬、甘罗两公子做秦王伴读,相互砥砺,亦无枯燥。否则,秦王再思山谷独居,老夫要抓瞎也。"

"文信侯思虑缜密,在下敬服!"蒙武慨然点头,半欣然半牢骚道,"只是这小子素来黏缠大父,与我这父亲倒是隔涩。上年这小子去了逢泽,说是要寻访大父战败秘密。在下原本不赞同,可家父却偏偏一力纵容赞赏,有甚法也。至今堪堪一年,给我连个竹片子也没有。只给家父军前带去一句话,也只是'我甚好'三个字。文信侯且说,小子成何体统也!"

"小公子如何?"

"不敢不敢!蒙毅只八岁,如何进得王城?"

"蒙恬何时可归?"

"咳!在下实难有个子丑寅卯。"

"天意也!"吕不韦叹息一声,起身径自走了。

天才非一日长成,嬴政尚年少,需要磨炼。侍读者,新一代风云人物。所谓"一朝天子一朝臣",蒙恬、蒙毅、甘罗,皆日后秦之重臣。小说把这几人写成竹马之交,后续的故事就相对紧凑。

第十二章　三辕各辙

一　少壮奇才　不意遇合

少年蒙恬第一次知道了鞍马劳顿的滋味。

涉过一道大水爬上一道山梁，蓦然看见山顶耸立的兰陵界碑时，蒙恬高兴得大叫一声瘫在了山坡上。他知道，身后大水叫作沂水，眼前青山叫作苍山，那座梦中学馆便隐藏在这片淡黄青绿的峰峦之中。虽是一身精湿又饥又渴，但想到不日便能见到追慕已久的大师，见到孜孜寻访的奇士，蒙恬高兴得不能自已，跳起来将内外衣裳一齐脱下一边笑嘻嘻嚷着惭愧惭愧，一边一件件拧干搭上半人高的草丛，又从马背取下皮褡拿出一件不曾沾水的麻布宽袍裹住了自己，大带腰间一扎，兴致勃勃地在山坡采起了兰草。

兰陵者，兰草之山也。这兰陵非但是楚国名县，更是天下名县。兰陵之名两出：一则兰草，一则美酒。若论本原，兰草之名远远早于大于兰陵酒。兰草，花淡黄而叶淡绿，清香幽幽沁人心脾，亦草亦花亦药亦用，可人之心，足人之需，庙堂风尘无不视为心爱之物。楚人尤爱兰草，佩戴兰草饰物盛于中原佩玉。屈原《离骚》云："纫秋兰以为佩。"说的正是此等风习。兰草惠及天下，还有另一大用途，这便是兰膏之妙。兰膏是兰草炼成的油脂,用来燃灯,既可生香又可驱虫;女子和油泽发,既可使秀发润泽如云,又终日香如花蕊。《离骚·招魂》云:"兰膏明烛,华容备些。"兰草由此另得一名曰泽兰,此之谓也。

蒙恬少学渊博多才多艺,最好山水风物之美。此刻见苍山兰草在夕阳下绿葱葱黄幽幽随着山峦河谷伸展得无边无际,蒙恬的疲惫饥渴早已抛到了九霄云外。采得几大把兰草,编织成一顶绿黄花冠,又编成一幅长可及膝的兰佩,头上顶起花冠,脖颈挂起兰佩,在山坡上手之舞之足之蹈之跳着叫着疯跑起来。

"大意无所拂悟,辞言无所击摩,然后极骋智辩焉……"

蓦然之间,一阵悠长清亮的吟唱随风隐隐飘来,虽不甚辨得辞意,铿锵顿挫之韵律却分明甚是古奥。蒙恬惊喜眺望,遥见山下一辆牛拉轺车向着山口而去,伞盖在长风草浪间忽隐忽现,黄牛漫走,车铃叮当,那清越吟唱飘荡在淡淡幽香的无边兰草中。蒙恬顿时童心大起,迎着山口遥遥招手大喊:"前辈高人! 好个悠闲自在——"

牛车依然丁零哐当地散漫走着,清越的吟唱依然弥漫飘荡着。

蒙恬一口气冲到了车前:"在下敢问前辈,苍山可有一座学馆?"

大黄牛哞的一声悠然止步,车盖下一人倏忽坐起——散发布衣瘦骨棱棱,年轻明亮的眼睛深邃得有些茫然——恍然醒悟间一句吟唱:"与我说话者,足下也?"蒙恬一拱手道:"前辈吟诵得痴迷,在下正是求教前辈。""前辈? 不,不,不敢当。"布衣瘦子猛然面红过耳口吃起来,下车一拱手又吟唱一句,"足下何事,但说无妨。"蒙恬恍然醒悟一拱手道:"兄台语迟,方才失敬处敢请见谅。"布衣瘦子这才认真地上下打量了一眼面前少年,冷冷一笑揶揄道:"少年雅士,兰草

放养蒙恬,让其游学于"江湖"。

商家,要找兰陵县令么?"蒙恬不禁笑道:"这位大哥却是有趣,我已问过,这苍山可有一座学馆?"

"学馆不管兰草买卖。"

蒙恬笑得一片烂漫:"这位兄台! 非得派我做个商人?"

"商人入山皆是这般做派,一身香草。"布衣瘦子面色冰冷。

"恨商及草,兄台原是方正过甚了。"

"相形不如论心,论心不如择术……"

"形相虽善而心术恶,无害为小人也。"

"你,你读过这《非相》篇?"冰冷的布衣瘦子惊讶了。

蒙恬顽皮地一笑:"《荀子》传扬天下,我背不得几句么?"

"不中!《非相》篇乃大师新作,几时传扬天下了?"

"不中?"蒙恬学得一句恍然拍掌,"对也,你是韩非大哥!"

"足下何人? 我并不识得。"布衣瘦子依旧冷冰冰一句。

"大哥识得鲁仲连否?"

"只说你是谁。"

"在下鲁天,齐国鲁人,游学求师。"

"原来如此,方才得罪也。"冰冷的韩非有了一丝笑容。

"如此,在下不是商人了?"

"小兄弟可人。"韩非淡淡一笑,"要入苍山学馆?"

"正是!"

蒙恬与韩非子初相见。

"此嘉宾也。"韩非大步走到牛车旁,拔下车中伞盖转身插到草地上,"苍山法度,凡遇求学士子,即时倾盖洗尘。这是大师车盖,我与小兄弟先饮三碗。"说罢又从牛车拿下一只胀鼓鼓的皮囊与两只嵌在车厢的木碗。蒙恬高兴得跳脚拍掌笑道:"兰陵美酒大妙! 我有干肉! 大哥坐了,我来!"

飞跑马前拿来一只皮袋摸出两方荷叶包裹的酱干牛肉,飞步搬来一片石板摆在车前,荷叶铺开皮囊斟酒,干净利落得全然不用韩非动手一切就绪。

"知子之来之,琼浆以报之!"

"既见君子,德音不忘!"

依着古风,两人吟诗唱和一句,大碗一碰汩汩饮下。蒙恬面色绯红提起皮囊再次斟酒,双手捧起大碗又慨然念诗一句:"虽有兄弟,不如友生。"韩非举碗却是一句深重的叹息:"每有良朋,况也咏叹!"再碰一饮,蒙恬笑道:"韩非大哥何有良朋之叹?""时势感喟也!"韩非慨然一叹,"方今实力大争之世,朋也友也盟也约也,皆如兰草,空自弥香也。"蒙恬笑道:"兰草用途多多,绝非空自弥香,韩非大哥言重了。""人无切肤,不足道矣!"韩非骤然一脸肃杀,"鲁国若是亡在今日,小兄弟可有兰草之心哉!"蒙恬心思灵动,连忙笑着岔开话题道:"苍山学馆有稷下外馆之称,兄弟歆慕久矣! 只不知大师收取门生法度如何?"

"去则自知。"韩非霍然起身冷冰冰一拱手,"我去兰陵拉酒,不能奉陪。小兄弟越过前方山头,便见苍山学馆。"说罢拔起车盖插上牛车,咣当丁零地径自去了。

"怪人也。"蒙恬嘟哝一句,良久回不过神来。

漫山兰草,漫天霞光,幽幽谷风,一片清凉。蒙恬亢奋的心绪被韩非的突兀发作搅得很有些沮丧。鲁仲连已经对他叙说了荀子大师的种种情形,当然也不会遗漏大师的两名高足韩非与李斯。蒙恬当时便有了主意:说动韩非李斯入秦,方算不虚此行。然今日初见韩非,还未说得几句便是这般难堪,此人实在难与也。如此看去,荀子门下必多狂狷奇崛之士,要寻觅几个正才还当真可能不是一件容易事体。离开咸阳堪堪一年,莫非果真要空手归去了? 鲁仲连说,自稷下学宫大树衰微,天下名士落叶飘零,盛机过矣! 虽则如此,可蒙恬总是忘不了王翦那句话,鼓荡之世自有风云雄杰,大才不在寻访,在遇合也。

还得说大父那奇特的考校方式成就了他们。

那日,大父找他来一番叮嘱,教他做个蒙面不露相的少年司马与王子嬴政较量兵书学问。蒙恬大觉新鲜有趣,欣欣然上阵做了"少司马"考官。不料一番较量下来,蒙恬却对那个少年王子大是赞赏,立时觉得秦国就该此等王子做储君。大父一班老臣苛刻挑剔,未免太过颟顸了。及至看完王子与蒙面卒的搏击较量,蒙恬对王子油然生出了钦佩之心。考校之后咸阳多有流言，连大父都说这个嬴政未必是储君最佳人选。蒙恬突兀生出一个念头：结识这个王子，说动他一起游历天下做风尘隐士。奇思一出，蒙恬终日揣摩如何能探听得这个不居王城的王子行踪。他不想通过大父或任何官署探得王子居所，而只想自己摸索得来悄然找去与王子神不知鬼不觉离开咸阳，那才叫神来之笔，何其快哉！不想一连旬日却是一无所获，蒙恬有些悒悒然了。正在此时，一个内侍小童在后园的胡杨林下撞上了他，塞给他一方物事笑嘻嘻跑了。蒙恬打开那张折叠得方正的羊皮纸，几道山水旁边一行小字："蒙面亦知音，承蒙不弃，敢请一晤。接书次日按图索骥可也。"

次日清晨，蒙恬荡着一只小舟在渭水南岸的芦苇湾中见到了王子嬴政。两人一见如故，在飘荡的小舟上饮着老秦酒咥着酱肉干锅盔，直说到夕阳枕山还是意犹未尽。蒙恬说了他听到的种种传闻，末了慨然道："政兄撂开！不必纠缠这太子之位，你我结伴同游天下，做个俞伯牙钟子期高山流水，岂不妙哉！"嬴政拍着船帮笑骂一句："太子个鸟！我是想做事。兄弟只说，大事若是可为，你果真愿意做高山流水？"蒙恬道："所谓做事，无非功业一途。秦国将相多有，少得你我两人么？"嬴政目光炯炯道："兄弟所言，原是将流言看得重了。若是储君可为，兄弟又当如何？"蒙恬拍掌笑道："政兄果真做得储君，自然是大事可为，不做高山流水也罢！"嬴政肃然道："好！回庄说话，晚来还有一人。""是那个蒙面卒么？"蒙恬突然脱口而出。"兄弟神异也！"嬴政哈哈大笑，与蒙恬两桨同出，片刻到了岸边。

月上南山，一精干舍人领着一个英挺人物来了。舍人是王绾，英挺人物果然是那个蒙面卒。不等王绾介绍，蒙恬跳了起来："我知道！这位大哥是王翦，秦军后起之秀！"嬴政

明君求贤，臣子死心塌地，这是前几部的写作模式。到了秦并天下的前夕，兄弟情深，共成伟业，成为故事的主要写作思路。嬴政与蒙恬，十分投契。

王翦，秦始皇时期最重要的武将，始皇以其为师，为秦破三晋及荆楚，立下汗马功劳。《史记·白起王翦列传》："王翦者，频阳东乡人也。少而好兵，事秦始皇。"太史公认为王翦不如白起。

王绾一齐大笑，敦厚的王翦倒是局促得无所适从了。谁料三碗酒一过，海阔天空之际顿见这位年轻将军的英雄本色，话语简约，句句切中要害，大非寻常赳赳武士可比。同是评判大势，熟知权臣纠葛的蒙恬实在是心中无底。王翦却是沉稳异常："朝野流言虽多，然终抵不得真才二字。大势所趋，秦国储君非王子莫属也。"蒙恬见王翦说得笃定，笑问一句："王子果为储君，当如何作为？"王翦一字一顿道："但为储君，讷言敏行，勤学多思，以不变应万变。"

"若继大位又当如何？"蒙恬又紧追一句。

王翦依旧沉稳道："大位在时势。时不同，势不同，方略不同。"

"三年内即位如何？"

"主少国疑，唯结权臣以度艰危。"

"十年之后即位如何？"

"遥遥之期，非此时所能谋也。"

蒙恬记得很清楚，凝神倾听的王子嬴政起身离座对着王翦拜倒："将军乃我师也，嬴政谨受教。"慌得王翦连忙拜倒相扶："在下只年长几岁，多了一份常人之心，何敢当王子如此大礼。"嬴政又肃然扶住了王翦道："将军雄正就实，不务虚妄，嬴政自当以师礼事之，将军何愧之有哉！"蒙恬过来扶住两人胳膊道："王翦大哥先莫推辞，只说说目下我等该做何事？若是对了我也拜师！"嬴政不禁点头笑了："好！将军便说，再收一个学生也。"

以王翦为师。

"岂敢岂敢！"王翦一做俗礼便老成敦厚如农夫，一说正事便犀利稳健如名士，直是两人倏忽变换。顽皮的蒙恬直揉着眼睛一惊一乍："咄，名士又变村夫！莫变莫变，眼花甚也！"举座哈哈大笑，王翦一时窘得涨红了脸膛，仰头大饮了一碗老秦酒，这才思忖道："要说目下，倒是真有一事当做。"

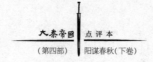

"何事?"嬴政蒙恬异口同声。

"搜求王佐之才!"王翦慨然拍案,"大事须得远图。以秦国朝野之势,王子成为储君只在迟早之间。秦王破例考校少年王子以为太子人选,此间定有若干变数。变数之一,是王子或可不期立储,甚或可不期即位……"举座骤然屏住了气息,王翦粗重地喘息了一声,"不期之期一朝来临,王佐之才便成急务也。"

"方才不是说唯结权臣以度艰危么?"蒙恬噗地笑了。

"艰危之后又当如何?"王翦没有丝毫笑意。

"蒙恬心服,只要赖师账也。"嬴政淡淡一笑倏忽正色,"将军之言深合我心。我不居王城,原本想的只是结交由人也。若非考校之事来得突兀,我原本是要游历天下三年的……只是天下茫茫,大才却到何处寻访?"

"王子但有此心可也!"王翦慨然拍案,"鼓荡之世自有风云雄杰,大才不在寻访,在遇合也。但有求才之心,终有不期遇合。"

"说得好!"蒙恬拍掌笑叫一声又倏地压低了声音,"此事唯我做得。王子离不开咸阳。王翦大哥离不开军营。只我优哉无事。可是? 我去找大名鼎鼎纵横天下之士,此人与各大学派均有关联,定然能为寻求大才指点路径。如何?"

嬴政思忖片刻恍然道:"大名鼎鼎纵横天下? 鲁仲连!"

"然也!"

"你如何识得鲁仲连?"王翦惊讶了。

"天机不可预泄也。"蒙恬不无得意地笑了。

……

就这样,蒙恬在去岁立冬时分上路了。众所周知的理由是,齐人清明节气比秦国早,蒙恬代齐氏回归故土祭祖要在先年冬天出发。就实说,蒙恬在来春清明时节也确实在齐国祭拜了祖先坟茔,只是祭祖之后悄然去了东海之滨。在故越国的一群小岛中,蒙恬终于找到了隐居多年的鲁仲连。蒙恬拿出了一支三寸宽的独简。鲁仲连端详一番哈哈大笑:"天意也! 二十年前一诺竟应在了今日! 小子好气运,老夫认了!"蒙恬记得清楚,当鲁仲连领着他登上岛中孤峰时,山顶女子的歌声美得使他陶醉了:"齐子归来兮,报我以琼瑶。渔猎耕稼兮,雨打蓬茅。天下乐土兮,唯我孤岛。"那白发苍苍的鲁仲连对着大海长吼一声快乐得高唱起来:"山高水遥,我心陶陶。家国何在,天外孤岛——"随着歌声，草木婆娑的山道上隐约现出一个布衣长发纤细窈窕红润丰满的女子，背上一只小竹篓，手中一柄小弯锄，时而挖得几株草药丢到背篓之中，质朴得毫无雕饰，美得却如天上佳人。那时，少年蒙恬第一次在女子面前怦然心动了……

小岛山根处是鲁仲连与小越女的家。一排茅草木屋，一片圆木围起来的庭院。院中一只正在打造的独木舟，还有大片正在编织的渔网。庭院当中是一个永远都在冒烟随时都可点燃的大大的火坑，坑中高高支着一个烧烤的吊架，浑然远古部族的渔猎营地。在那座渔猎小院里，碧蓝的夜空挂着澄澈的月亮，鲁仲连燃起了篝火，吊起了硕大的陶罐，打开了一只半人高的陶瓮。小越女从吊架上取下陶罐，用一只长把木勺从罐中盛出小鱼笑吟吟盛进了蒙恬面前的陶盆："晓得无？小海鱼用山菜山鸡一炖，再配岛山草药，清香开胃滋养元神祛湿降燥，小兄弟放开吃了。"亲切慈和得娘亲一般，蒙恬的心又一次簌簌战栗了。

那个夜晚，小蒙恬第一次体味了飘飘然的醉意，陪着鲁仲连一碗又一碗地干，心下舒展得要飞起来一般。少年的心感动不已，说了要拜鲁仲连为师修习纵横术隐居海岛。鲁仲连哈哈大笑说："小子醉也！纵横隐居，一矛一盾，小子矛乎盾乎？"蒙恬赳赳高声："先矛后盾，譬如老师！"小越女不禁大是赞叹："小兄弟聪慧过人，真当今千里驹也！"鲁仲连哈哈大笑眼眶溢满了泪水："老骥又见千里驹，老夫何幸哉！只可惜，老夫不能使千里驹驰骋天下也！"蒙恬赳赳相问。鲁仲连一阵感喟，说的一句话至今还震撼着蒙恬。鲁仲连说，而今天下时势不同，一强独大而六国沉沦，此时习纵横家之术犹刻舟求剑也。

"前辈之见，而今当习何学？"

"唯荀子之学，堪当今日天下也。"

"人言荀子步儒家后尘，前辈何有此论？"

"笑谈笑谈！"鲁仲连连连摇着白头，"老夫一生笑傲天下，未曾服膺一人，只这老荀子，老夫今日却要说得一句：当其学生，老夫犹不够格也！"

在海岛盘桓的日子里，鲁仲连每每说起荀子便是不胜感慨："老夫当年在稷下学宫识得荀子，五十年未断交谊矣！若非老夫逃避诸侯，只怕也与老荀子凑到苍山去也。"蒙恬问荀子治学之风，鲁仲连只沉吟着说得几句："荀子学究天人，贯通古今，有儒家之学问，有法家之锐气，有墨家之爱心，有道家之超越；然又非难诸子，卓然自成一家，堪称当今天下学派之巅峰也！"蒙恬却总是有些不以为然："荀子学问果如先生所言，如何屈做

一个小小县令?"鲁仲连良久默然,末了一声叹息:"造物之
奥秘,生人之艰辛,非你我所能穷尽也。古往今来,治学巨子
皆难见容于仕途。孔子颠沛流离,孟子漂泊终生,老子西出
流沙,庄子隐迹山野。他们都曾做官,老子做过周室史官,孔
子做过鲁国司寇,孟子做过稷下客卿,庄子做过漆园小吏。
无论大小,皆一个'辞'字了结。此中因由,堪称一篇人生大
文章也。至于荀子,为何要做一个小小县令,老夫岂能说得
清楚?"

一个月后,蒙恬依依不舍地离开了那座海岛,离开了那
对永远教人铭刻在心的天生佳偶,离开了那几乎要将他征服
融化的梦幻生涯,跋山涉水地寻觅到了楚国兰陵。

蒙恬得高人指点,早闻
道,早开窍。

二　苍山大师与谜一般的二十一事

山坡草地上,七八个少年若即若离地簇拥着一个布衣老
人漫步。老人侃侃而论,少年们时不时高声发问,老人悠然
止步从容解说,如此反复,逍遥漫游般飘到了一片谷地。

清晨灿烂的阳光下,谷中兰草弥漫出淡淡的幽香。谷地
山根处一座山洞一片茅屋,竹篱竹坊圈起了一片大庭院,院
中一排排石案草席错落有致又干净整洁,炊烟袅袅书声琅
琅,一片生气勃勃的山中胜境。进得庭院,布衣老人吩咐道:
"你等将《不苟》篇诵得熟了,明日与师兄们一起辨析。"少年
们整齐应答一声是,布衣老人悠悠然向山洞去了。

"老师!"庭院外的山道上一声高喊,"春申君书简!"随
着喊声,一个长发黄衫的年轻人飞马进了大庭院翻身下马,
将一只皮袋双手捧给了布衣老人。老人打开皮袋取出了一
卷竹简展开,看得片刻笑道:"李斯呵,公孙龙子要来论战,你

以为如何应对?"

"既来论战,自是求之不得!"黄衫年轻人很是亢奋。

"你可知公孙龙子何许人也?"

"名家第一辩士,我门最大公敌。"

"过也。"老人淡淡一笑,"午后聚学,老夫说说公孙龙子。"

"嗨!"李斯欣然应命,"午后韩非正可回来,酒亦齐了。"

"还有,鲁仲连飞鸽传书,说举荐一人来山,近日留意也。"

"弟子遵命!"李斯一拱手匆匆去了。

布衣老人从容进了山洞。一段曲折幽暗眼前便豁然大亮,早晨的阳光从幽深的天井洒将下来,洞中与洞外一般的明亮干燥。天井右侧一个天然石洞,洞口一方几与人高的圆石上刻着三个硕大的红字——积微坊。老人进了积微坊,在石壁下的一排排木架上浏览起来,抽出一卷竹简凝神翻阅,不禁呵呵笑了。

布衣老人是荀子,目下战国最后一位卓然成家的大师。

荀子是战国诸子中最为特立独行的大家之一,其论战之锋锐,其学派之显赫,其行踪之淡隐,无不令天下惊叹。战国之世名动天下而节操淡泊者,唯墨子堪与荀子相提并论。当然,如果仅仅是神秘与淡泊,老子庄子等更在其上。此间关节在于,老子庄子所执无为出世之学曲高和寡,远离天下潮流,行踪唯关一己之私而已,本无所谓神秘淡泊。荀子与墨子却都是天下显学而疏离仕途,不回避论敌,不逢迎官府,一干大国徒然歆慕而无以为其所用,天下学派攻讦有加而无以失其峥嵘。两厢比较,荀子被天下关注还略胜一筹。盖墨子学派虽则独树一帜,在战国之世却是走偏,终非主流思潮,其拒绝仕途乃学派本旨使然,无论如何神龙见首不见尾,

习文练武,得有学林领袖人物引导,荀子当之无愧。据《史记·孟子荀卿列传》,"荀卿,赵人。年五十始来游学于齐",三为齐稷下学宫的祭酒,后齐人在齐王面前说荀子的坏话,荀子就离开齐来到楚国,"而春申君以为兰陵令。春申君死而荀卿废,因家兰陵。李斯尝为弟子,已而相秦。荀卿嫉浊世之政,亡国乱君相属,不遂大道而营于巫祝,信机祥,鄙儒小拘,如庄周等又猾稽乱俗,于是推儒、墨、道德之行事兴坏,序列著数万言而卒。因葬兰陵。"

天下皆以为理所当然。荀子则不然，学居主流引导思潮，入世而出世，出世而入世，与孔子孟子之孜孜求官俨然两途，故令天下人惊叹也。

论处世，荀子是一道悠悠自在的山溪。

论治学，荀子是一团熊熊不熄的火焰。

极端相合，水火交融，注定了荀子生命的奇幻乐章。

少年荀况走出赵国故土的时候，恰是赵武灵王鼓荡天下风雷的强赵之期。秉承了赵人的豪侠血性，在赵国已经少年成名的荀况，背着一只青布包袱与一只盛满马奶酒的皮囊来到了临淄的稷下学宫。这座学宫名士云集，没有人正眼看他这个从遥远的北方来的布衣少年。学宫为少士们确定师门时，没有一个成名大师点他入门，也没有一个锦绣少士邀他同门修学。荀况看到的是轻蔑的眼神，听到的是窃窃嘲笑："嘻嘻，赵国只有草原蛮子，毋晓得修个甚学也！"木讷老成的少年被激怒了，当场赳赳高声宣布："荀况不入一门，只以学宫为师，以百家之学而成我学！"学宫令驺衍大为惊奇，当即对这个赵国少士开了先例：许其自由出入各门学馆听学，任馆不得阻拦。于是，少年荀况成了稷下学宫唯一一个没有名门老师的自由少士，愿意到哪个学馆便到哪个学馆，除了不能得学宫诸子的私下亲授，官课倒是鼓荡饱满。依照学宫法度，此等少士视同游士求学，三年后若不能在学宫少士论战中连胜三场，便要离开学宫，且日后不得冒学宫弟子之名。

三年后，天赋惊人的荀况在学宫少士论战中旬日不败。其渊博的学问，犀利的辩才，使昔日嘲笑他的锦绣少士们一一溃败，无人能与荀况辩驳得片刻辰光。由是，年轻的荀况一战成名。诸子大师纷纷点其作特拔弟子，争执到学宫令面前，驺衍要荀况自己说话。年轻的荀况依然是昂昂一句："荀况无门，学宫是我师也！"

"狂傲之尤，荀况也！"

"木秀于林，堆出于岸，此子难料也！"

成名诸子们大为扫兴，对荀况的议论评点日益地微妙起来。荀况初为人敌，很不喜欢这等使人无可辩驳的"人言"流风，一气离开稷下学宫到列国游历去了。二十余年游历，荀子寻访了所有不在稷下学宫的名士大家，坦诚磋商争鸣论战相互打磨，不期然沧桑变幻，竟成就了一代蜚声天下的大家。

这时，齐襄王闻荀子大名，派特使邀荀子重入稷下学宫做学宫祭酒。已经盛年之期的荀子一番思忖,终于没有推辞,生平第一次做了学官。齐国君臣没有料到的是,荀子做了相当于上大夫的学宫祭酒,却全然没有做官的模样,依然是醉心治学孜孜论战,丝毫不将为齐国网罗士林人心的大事放在心上,惹得许多大师都不愿再来齐国了。

这便是荀子,一生都没有停止过论战治学之风,不屈不挠,不断创新,遂开天下新学,鼓荡大潮浩浩前行,独领战国后期风骚。

大略数来,荀子的学问大战有过四次:

第一战,在稷下学宫与孟子高徒"人性善说"作空前论战,独创"人性恶说"。后来,荀子将论战辩驳写成了《性恶》篇,一举奠定了法家人性说之根基。也就是说,只有在荀子之后,法家学说才有了真正的人性论基础。此说之要害在于:法律立足于"人性恶"而产生,遏制人性之恶乃是法制正义之所在!两千余年后,西方法学以现代哲学的方式论证法律产生的正义性的时候,同样以人性恶为法治之起源基础。可见,荀子学说是整个人类法学的人性论基础。这是后话了。

第二次大战,是讨伐天下言行不一的伪善名士。其时也,诸子为左右治国学说之趋势,纷纷对法家学说做出了各种各样的诠释,大多不顾自己的根基学问而对法家恣意曲解。荀子愤然作《非十二子》篇,开篇慷慨宣战:"于今之世,饰邪说文奸言以枭乱天下,谲诡委琐,使天下浑然不知是非治乱之所存者有人矣!"其下汪洋恣肆,逐一批驳了天下十二名家的六种治国邪说:环渊、魏牟被荀子指斥为"纵情性,安恣睢,禽兽行,不足以合文通治"!陈仲、史鰌被荀子指斥为"苟以分异人为高(只求与别人不同而自命清高),不足以合大众明大分……足以欺惑愚众!"墨子、宋

荀子三为祭酒。

钘被荀子驳斥为"不知一天下、建国家之权称（法度），曾不足以容辨异、悬君臣（不允许有任何待遇差别及君臣等级）。然其持之有故言之成理，足以欺惑愚众！"慎到、田骈被荀子驳斥为"尚法而无法，听于上，从于俗，终日言成文典……倜然无所归宿（疏阔不切实际），不可以经国定分！"惠施、邓析被荀子指斥为"好治怪说，玩奇辞，甚察而不惠，辩而无用，多事而寡功，不可以为治纲纪！"子思（孔子的孙子）、孟子被荀子驳斥为"法先王而不知其统，犹然而材剧志大，闻见杂博……幽隐而无说（神秘而不知所云），闭约而无解（晦涩而不能理解），……子思唱之，孟轲和之，世俗之沟犹瞀儒，嚾嚾然不知其所非也，遂受而传之，以为仲尼、子游为兹厚于后世，是则子思、孟轲之罪也！"荀子将上述十二家逐一批驳，其立足点是指斥这些名家大师的言行与其倡导的学说相背离——自己尚且言行不一，何以使天下人信服也！用后人的话说，荀子所斥责者正是名士们的人格分裂。

"天下诸子善为人敌者，莫如荀子也！"

"一口骂尽天下者，其心必诛！"

稷下学宫议论蜂起，纷纷以指斥荀子为能事。议论风靡之时，齐国君臣也对荀子冷眼相待了。齐襄王说荀子如张仪，利口无敌而有失刻薄。此说传开，齐人诟病荀子便成了朝野风尚，全然忘记了当初对荀子的斐然赞誉。当年荀子重回稷下，齐国人以荀子锋芒为稷下学宫的荣耀，齐人有颂歌云："谈天衍，雕龙奭，炙毂过髡。"说的是荀子论战的赫赫功绩。"谈天衍"，指的是赫赫阴阳家驺衍，其人开口便是天事，故有"谈天衍"之号；"雕龙奭"，指的是另一个阴阳家驺奭，此人将阴阳学派的"五德终始说"阐发得淋漓尽致，文章雕饰得如古奥龙文，故得"雕龙奭"名号。如此两个专好神秘之学的大师，被荀子在几次大论战中批驳得张口结舌。后来，又有杂家辩士淳于髡挑战荀子，又被驳得体无完肤。齐人嘲笑淳于髡的才学是"炙毂之油"（涂车轴的膏油），遇见荀子这把烈火便被烤干了（炙毂）。"炙毂过髡"便是"过髡如炙毂"也。唯其有此盛名，才有了荀子三为稷下学宫祭酒。然则，今日却因向十二子开战而被齐人诟病，荀子万般感慨，愤然辞去稷下学宫祭酒之职，从此开始了漫长的漂泊。

漂泊归漂泊，艰辛岁月却丝毫没有钝化荀子的治学锋芒。

这次，荀子沉下心来着意清算了最善口舌官司的儒家，直接对老仲尼宣战了。这便通过写论战，介绍荀子的部分思想。

是荀子的第三次大论战，堪称正本清源之战。

荀子治学，素来不拘一门博采众长，或论战或著文素来旁征博引，从来不因人废言。对儒家大师孔子的言论，荀子更是引述多多，甚或不乏在诸多场合将孔子与上古圣贤并列。而对于自己一力推崇的法家，荀子也是如实批驳其短处，从来不无端维护。有了这两个由头，一班反对儒家也反对荀子的论敌，硬生生将荀子说成了儒家。久而久之众口铄金，连明知荀子新法家精要的一班法家名士，都将荀子说成了"亦儒亦法"。便是赞同荀子学说的诸多士子，也将荀子看作"师儒崇法"。总而言之，自成一家的荀子硬生生被说成了师承孔子的儒家，不是法家，更不是新法家。若仅仅是师源偏见，荀子倒不会去认真计较。偏偏是此等说法每每扭曲荀子学说的本意，气息奄奄的儒家士子们更是将荀子抬出来做挡箭牌，动辄便说荀子"师法仲尼，隆仁政，实乃我儒家后学之大师也"！

荀子平心静气地抛出了《儒效》篇，犹如庖丁解牛，对儒家做出了冷静而细致的独特清算，又恰如其分地将自己与儒家的最大区别勾勒出来。《儒效》篇将儒家之士分为俗儒、雅儒、大儒三种：俗儒者，"逢衣浅带（穿着宽袍束着阔带），蟹埋其冠（戴着蟹壳般中间高两边低的高冠），略法先王而足乱世（粗浅地嚷嚷些法先王的老说辞以乱人心），术谬学杂，不知法后王而一制度也"！雅儒者，"隆礼仪而杀诗书，……明不能济法教之所不及、闻见之所未至，则知不能类也。内不自诬，外不自欺，尊贤畏法而不怠傲"。大儒者，"法先王，统礼仪，一制度，……以古持今，……苟仁义之类也，虽在鸟兽之中若白别黑"！三种儒家之士，俗儒装腔作势，徒然乱世害人；雅儒学问不足以弥补法教，实际不过一群老实人而已；大儒，也就是儒家的大师级人物，其为政学说则完全是"法先王"老一套,混在鸟兽之中也是黑白可辨。与大儒之"法先王"相比,荀子一再重申了自己的为政主张——"法后王,一制度,不二后王! 百家之说,不及后王,则不听也!"这是荀子以最简洁的方式向天下昌明:儒家法先王(效法古制),自己法后王(效法当世变法潮流),荀况与孔子孟子之儒家迥然有别也!

从此之后,荀子成了天下士林的孤家寡人。

后来,荀子从赵国漂泊到秦国,又从秦国漂泊到楚国,最后终于在兰陵扎下了根基。那是在秦赵长平大战之后,信陵君客居邯郸,与平原君共邀荀子留邯郸创建学宫。荀子对六国士风已经深为失望,一再地婉言推却了。信陵君一生多受猜忌诋毁,对荀子心境深有体察,非但不再相劝,反倒设身处地为荀子计,将荀子郑重举荐给了春申君。依着信陵君说法,楚国广袤,有隐人纳士之风,春申君风雅敬贤不强人意,实在是荀子这般大师的晚境育人之地。荀子饱经沧桑,信陵君所言深合心意,当即南下了。

权倾朝野的春申君亲自郊迎荀子进入郢都。洗尘接风之后啜茶叙谈,春申君问荀子心志在官在学? 荀子悠然笑道:"晚学育人,唯求一方山水做得学馆,终老可也。"春申君颇感意外,思忖片刻笑道:"噢呀,我已向楚王举荐先生为上卿,这却如何是好了?"荀子慨然笑道:"天下可为上卿者多矣,可为老夫者毕竟一人耳! 君自斟酌是也。"春申君哈哈大笑:"噢呀是了! 楚国已经有三个上卿,各拿虚名禄米了,原本也想教先生挂个上卿,好在郢都安居了。"笑得一阵,春申君思忖道:"今闻先生之言,庙堂官府却是龌龊所在。不说了,黄歇只给先生一个好去处便是。"

三日后,春申君陪着荀子到了自己的北楚封地兰陵,在县城先会了县令,又辚辚到了苍山。转悠一日,荀子对清幽

荀子各方不讨好。"鄙儒小拘",又觉庄子"猾稽乱俗"。特立独行,得罪天下各派士子。

美丽的苍山欣然赞叹不已。春申君欣然大笑："噢呀！先生喜欢苍山，苍山便是先生学馆了！"转身对随来县令吩咐，"自今日始，先生是兰陵县令，你为县丞了。"荀子连忙辞谢，说若做县令只有离开楚国。春申君诙谐笑道："噢呀先生，这官府龌龊处，上天也是无奈了。先生不兼个职事，沟坎多得你不胜其烦，想治学也难。先生只虚领县令便是，一应事务尽有县丞，决不扰先生学馆了。"

于是，荀子破天荒地做了兰陵县令。

春申君给县丞明确了法度：兰陵县务必在半年之内建成苍山学馆，其后兰陵赋税一半归苍山学馆；荀子禄米从国府支出，不占拨付学馆之赋税。荀子感喟有加，也不再与春申君推辞，实实在在地住了下来，开起了苍山学馆。令荀子想不到的是，学馆在建时便有少士学子纷纷来投，开馆之日竟有了二百余名学子前来就学。荀子情知这是几位战国大公子在助力，便给春申君信陵君平原君分别致函，坦诚剖明心志："荀况晚境治学，志在得英才而育之，非徒取势也。仲尼弟子三千，受业身通者仅七十七人，足以载道者三两人耳！为今之世学风已开，官学之外诸子私学多有，开启蒙昧之学大有所在也。老夫所求，采撷精华矣！谚云：'求以其道则无不得，为以其时则无不成。'育人非养士，养士益多益善，育人则精益求精。唯流水自然之势，荀况所愿也。"从此，汹汹求学之势方渐渐收敛。荀子又将已经入馆的二百余名少士一一作了考辨，大多举荐给了楚国官学，只在苍山学馆留下了三十余人。光阴荏苒，倏忽十年，苍山学馆名闻天下，被天下士子们誉为"苍山若稷下，非精英不得入也"！

本欲专心育才的荀子，却又不得已大战了一次。

这最后一次大论战的敌手，便是要来苍山挑战的名家大师公孙龙子。

巧写荀子晚年。荀子为兰陵县令，想必作为不大，春申君一死，荀子即被废。小说借这兰陵令，写荀子由仕途转师途，著书立说以终其晚年，门下弟子如韩非、李斯，皆是左右秦国大局的重要人物。

午后，韩非回到了学馆。

李斯、陈嚣高声呼唤弟子们在林下石案前聚学大讲。弟子们一听老师要大讲分外兴奋，聚在林下纷纷相互询问大讲题目。李斯正要说话，却被站在身边的韩非拽了一下衣襟。李斯回头，韩非向竹篱外一指："远客来也。"李斯顺势看去，一个红衣少年正牵着马从山道走来。李斯略一思忖，吩咐陈嚣去请老师，自己迎出了小城楼般的竹坊。

"在下鲁天，见过大师兄。"红衣少年当头一躬。

"你识得我？"李斯不禁惊讶了。

"荀门李、陈、韩，求学士子谁个不晓得？"

"足下可是从故鲁国来？"

"在下从秦国来。"

"噢？ 秦人求学，未尝闻也！"

"在下从秦国来，定是秦人么？"

"呵，自然未必了。"李斯淡淡一笑一拱手，"敢请足下先到办事房歇息用膳，夫子大讲后再行初考了。"

"初考？ 新规矩么？"红衣少年似乎有些惊讶。

李斯点点头："夫子近年新法：凡少士入苍山学馆，必得受少学弟子先行考问，以免蒙学未启根基未立。足下可于歇息时先自预备一番。初考一过，在下便分派足下起居所在。"

"多谢大师兄关照。"

"无妨。回头还得相烦足下说说秦国了。这边请。"李斯领着红衣少年进了竹坊又进了庭院一间茅屋，片刻间便匆匆出来了。

两名少年弟子抬来了一张与人等高的本色大板在中间大案前立好，陈嚣已扶着荀子出了山洞。午后艳阳当头，庭院林下却是山风习习凉爽宜人。各在错落山坡的石案前席地而坐的弟子们见老师到了，一齐拱手高声齐诵一句："治学修身，磨砺相长！"荀子从容走到恰在半坡的中间大案前，坐到一张大草席上淡淡一笑："今日临机大讲，所为只有一事：名家辩士公孙龙子，要来苍山学馆论战。为师老矣！ 若得你等后学与公孙龙论战而胜，老夫不胜欣慰也。为此，你等须先得明了名家之来龙去脉与所治之学，亦当熟悉老夫当年与名家三子之论战情形。故此，今日大讲之题是：名实之辩与二十一事。"荀子缓缓巡视了一遍林下弟子，轻轻叩着大石案，"谁先来说说，何谓二十一事？"话音落点，弟子们的目光齐刷刷聚在了荀子左右的三位大师兄身上。

"弟子惭愧！"李斯对着荀子深深一躬，"名家之学，弟子素来不以为然，心存轻慢，二十一事大约只记得一半……"

"弟子也只记得一半。"陈嚣也是满脸涨红。

"学宜广博也！"荀子轻轻叹息了一声，"积土成山，风雨兴焉。积水成渊，蛟龙生焉。不积小流，无以成江海。老夫所做《劝学》篇，你等日每诵之，见诸己身便熟视无睹，此修学之大忌也，戒之戒之！"

弟子们满场肃然，人人有羞愧之色。此时，韩非一拱手吟唱道："老师明察，弟子以为名家陷于琐细诡辩，关注此等学问，无异于自入歧途也。两师兄原是浏览过名家之学，只记忆有差，不足为过也。"

"韩非学兄差矣！"一黄衫少年弟子赳赳站起高声道，"知之为知之，不知为不知，此求学之道也！名家纵失之荒谬，亦是天下一大家。不知不战，无以开正道之学，何言不足为过也！"

甘罗也在场。

"甘罗此说却是在理。"荀子淡淡一笑，"韩非素来博闻强记，是当真不知二十一事，还是轻蔑名家不屑重申？"

"老师明察！"韩非慨然一拱，"弟子对名家二十一事尚算熟悉，这便给诸位学弟解说一遍。"见荀子点头，韩非起身走到大板前拿起案上一方白土，在大板上写一条唱说一条，虽来得缓慢，却也将二十一事说了个通透。

原来，这"二十一事"是名家四位大师惠施、宋钘、尹文、公孙龙子先后提出的二十一个论战命题，件件与常识背道而驰，教人匪夷所思。出世伊始，二十一事遭到了法儒墨道

四大显学的轻蔑嘲讽，任名家之士孜孜寻衅，四家大师却几乎是无一例外地不屑与之论战。然则，无论显学大家们如何蔑视，名家"二十一事"却以新颖奇特乃至为常人喜闻乐道的方式，在天下士林与庶民国人中蓬蓬勃勃地成了势头。但凡坊间酒肆聚会，游学士子们会不期然选择一个命题，相互驳论以为乐事。市井国人之能者，也会在亲朋遇合之时津津乐道地辩驳卵究竟有没有毛，鸡究竟是两脚还是三脚，不管结论如何，人们都会快乐得捧腹大笑。如此奇特功效，任何一家显学都望尘莫及。由是日久，无论显学名家们如何斥责名家惑乱人心，终究都无法对名家的二十一事置若罔闻了。

于是，相继有了墨子庄子一班大师对名家的种种驳斥。

战国诸大家之中，以庄子对名家最有兴趣，在《天下篇》中破例记载了名家的"二十一事"并作了评判。有人说，庄子与名家大师惠施是论学之友，很熟悉惠施，也很赞赏惠施的学问，故而关注名家。也有人说，庄子淡泊宽容，对天下学问皆无敌意，是故与名家能和而不同。然则无论如何，庄子终归不赞同惠施的学说。用庄子的话说便是："惠施多方（广博），其书五车，其道舛驳，其言也不中！"

列位看官留意，庄子这个"不中"，便是留传至今的中原方言。中者，好也，正确也。不中者，不好也，不正确也。可见，"中"还是"不中"是战国中原文明的通用官话。后世沧桑演进，竟至成为方言，诚憾事矣。在记录"二十一事"之后，庄子又批驳了追随名家的辩者们："辩者之徒，饰人之心，易人之意，能胜人之口，不能服人之心，辩者之囿也！"但庄子也实事求是地承认："（二十一事）天下之辩者相与乐之！"

真正直捣名家学说之根基者，还只有荀子。

看官留意，名家"二十一事"在战国后期已经引起诸子百家之广泛注意。其后两千余年，"二十一事"始终被历代学者以各种各样的方式做着各种各样的拆解，孜孜以求，奇说百出，以至成为中国学说史的一道奇特的思辨风景。然岁月蹉跎文献湮没，传之今世，二十一事已成扑朔迷离的古奥猜想，许多命题已经成为无解之谜，依然被当代各色学者们以各种观念揣摩着研究着。应当说，作为先秦非主流的名家，其思辨之精妙，实在是人类思想史的奇葩。这是后话了。

这名动天下的"二十一事"是：

其一，卵有毛。卵者，蛋也。蛋无毛人人皆知，名家偏说蛋有毛，其推理是：蛋能孵化出有毛之物，故而蛋有毛。

其二，**鸡三足**。鸡有两脚人人皆知，名家却偏说鸡有三只脚。公孙龙子在其《通变论》中说的理由是："鸡足（名称）一，数（鸡）足二，二而一故三。"

其三，**郢有天下**。郢者，楚国都城也。郢，分明只是天下的一小部分。名家却偏说郢包含了天下，其理由是：郢为"小一"，天下为"大一"，"小一"虽是"大一"之一部，其实却包含了整个"一"之要素，故云郢有天下。两千余年之后，胡适先生解此命题道："郢虽小，天下虽大，比起那无穷无尽的空间来，两者都无甚分别，故可说'郢有天下'。"

其四，**犬可以为羊**。犬就是犬，羊就是羊，这在常人眼里是无须辩说的事实。可名家偏说犬也可以是羊，羊也可以是犬。《尹文子》对此种说法的理由是：物事的名称由人而定，与实际物事并非浑然一体；郑国人将未曾雕琢的玉叫"璞"，周人却将没有风干的老鼠肉叫作"璞"，换言之，玉石也可以为老鼠肉。

其五，**马有卵**。马为胎生，禽为卵生，马根本不可能产蛋。可名家却偏偏说马能生蛋。惠施的理由是："万物毕同"（万物本质是同一的），胎生之马与卵生之禽都是（动）物，马完全可以有蛋，或者可以蛋生。两千余年后的胡适先生解此命题说："马虽不是'卵生'，却未必不曾经过'卵生'的一种阶级（段?）。"倒是颇见谐趣也。

其六，**丁子有尾**。丁子者，楚国人对虾蟆（青蛙）之称谓也。人人皆知青蛙没有尾巴，可名家偏偏说青蛙有尾巴。其理由是：青蛙幼体（蝌蚪）有尾，可见其原本有尾，故云丁子有尾也。

其七，**火不热**。火可烧手，虽三岁小儿知之也。可名家偏偏说火不热，其理由是：火为名，热为实，"火"不是热；若"火"是热，人说"火"字便会烧坏嘴巴；说"火"而不烧嘴巴，可见火不热也。

其八，**山出口**。山者，沟壑峁峰之象也。寻常人所谓"山口"，说的是进出山峦的通道。可名家偏说，此等"山口"出于人口，并非真正山口；故此，"山口"非山口，山口当是山之出口，譬如火喷（火山）之口、水喷（山泉）之口、声应（回声）之口，皆谓"山出口"也。

其九，**轮不碾地**。常人皆知，车行于地，车轮非但会碾在地上，而且会留下深深的辙印。可名家偏偏说，车行于地，轮子并不碾在地上。其理由是：轮为全物，所碾部分乃轮之些许一点也；地为全物，被碾者乃些许一点也；碾地之轮非"轮"，被碾之地非"地"，故此轮不碾地也。

其十，**目不见**。眼睛能看见物事（盲人除外），这是谁也不会怀疑的事实。可名家偏偏却说眼睛看不见东西,岂非咄咄怪事。公孙龙子的理由是:暗夜之中,人目不见物;神眠之时,人目亦不见物(熟视无睹),可见目之不能见物也;目以火(光线)见物,故目不见,火(光线)见物也;目以神(注意力)见物,故目不见,神(注意力)见也。

十一,指不至,至不绝。常人看来,只要用手指触摸某件物事,也就知道了这件物事的情形,这便是寻常士子学人们所谓的"视而可识,察而见意"。也就是说,常人总以为只要看见了(视)接触了(察)物事,自然便知道了这件物事的形状体貌(外观)与其属性(意),从而能够对物事命名。可名家偏偏说,常人这种认知事物的方法是错误的,人即使接触了某件物事,也不能完全知道这件物事(指不至);即使为某件物事定下了名称,也不能完全知道这件物事的全部(至不绝)。名家在这里说的"至",不是"到达",而是"穷尽"之意。用白话说,"指不至,至不绝"便是,接触了事物不能穷尽事物,命名了事物同样也不能穷尽事物。这是"二十一事"中最具思辨性的命题之一,名家大师公孙龙子甚至特意作了一篇《指物论》来阐发他的见解。

十二,龟长于蛇。蛇比龟长,成体尤其如此,这是人人皆知的常识。可名家偏说龟比蛇长,不能不令人愕然。其理由是:龟有大小,蛇有长短,大龟可以长过短蛇,故云龟长于蛇也。名家大师惠施从此出发,生发出一大篇常人难以窥其堂奥的辨物之论:"至大无外,谓之大一。至小无内,谓之小一。无厚,不可积也,其大千里。天与地卑,山与渊平。日方中方睨,物方生方死。大同而与小同异,此谓小同异;万物毕同毕异,此谓大同异。南方无穷而有穷。连环可解也。泛爱万物,天地一体也。"

十三,矩不方,规不可以为圆。矩者,曲尺也。规者,圆规也。常人皆知,曲尺是专门用来画方的,圆规是专门用来画圆的。连荀子在《赋》篇中也说:"圆者中规,方者中矩。"可见方圆规矩非但是常人常识,也是学家之论。可名家偏偏说:曲尺不能画方,圆规不能画圆。名家的说理是:"方"与"圆"都是人定的名称,既是名称,便有共同标尺(大同);而规、矩所画之圆之方,事实上却是千差万别(大异);是故,矩所画之方非"方",规所画之圆非"圆";所以说,矩不能画方("方"),规不能画圆("圆")。

十四,凿不围枘。凿者,卯眼(榫眼)也。枘者,榫头也。榫头打入,榫眼自然包围了榫头,这是谁都懂得的事理。可名家偏偏说,榫眼包不住榫头。名家的理由是:榫头入榫眼,无论多么严实,都是有缝隙的;否则,榫眼何以常要楔子;是故,凿不围枘也。

十五,飞鸟之影未尝动也。鸟在天上飞,鸟儿的影子也在动,这是三岁小儿都知道的常识。可名家偏说,飞鸟的影子是不动的。公孙龙子的说法是:"有影不移,说在改为。"意思是说:鸟影不动。飞鸟与影子总是在某一点上,新鸟影不断生成,旧鸟影不断消失,此谓影动(改为)之错觉也。

十六,镞矢之疾,而有不行不止之时。射出的箭头在疾飞,这是谁都看得见的,常人没有人会说箭头不动。可名家却说,疾飞的箭头既不动(不行)也不停(不止)。令人惊叹的是,名家此说与稍早的古希腊学者芝诺在遥远的爱琴海提出的"飞矢不动"说几乎如出一辙。芝诺的理由是:一支射出的箭在飞,在一定时间内经过许多点,每一瞬间都停留在某一点上;许多静止的点集合起来,仍然是静止的,所以说飞箭是不动的。而中国名家的说理是:疾飞之箭,每一瞬间既在某点又不在某点;在某点便是"不行",不在某点便是"不止",故云飞矢不行不止。与芝诺说理相比,既在又不在(不行不止),显然比纯粹"不动"说深邃了许多。

十七,狗非犬。常人观之,狗就是犬,犬就是狗,一物二名而已。可名家却说,狗不是犬!周典籍《尔雅·释畜》云:"犬未成豪曰狗。"也就是说,犬没有长大(豪)时叫作狗。公孙龙子由此说理:二名必有二物,狗即"狗",犬即"犬";狗不是犬,犬亦不是狗;非大小之别也,物事之别也。

十八,黄马骊牛三。骊牛者,纯黑色牛也。在常人看来,一匹黄马与一头黑牛,显然是两物。名家却说,一匹黄马与一头黑牛是三件物事。公孙龙子的理由是:黄马一,黑牛一,"黄马黑牛"名称一,故谓之黄马黑牛三。这与"鸡三足"乃同一论战命题。

十九,白狗黑。白狗是白狗,黑狗是黑狗,这是常人绝不会弄错的事。可名家偏与常识唱对台,说白狗可以是黑狗。理由便是:狗身有白曰白狗,狗身有黑曰黑狗;今白毛狗生黑眼睛,同为狗身之物,故白狗也是黑狗。墨子当年为了批驳此论而先解此论,在《小取》篇推论解说:马之目眇(瞎),谓之马眇(瞎马);马之目大,而不谓之马大。牛之毛黄,谓之牛黄;牛之毛众,而不谓之牛众。据此推论:狗目瞎可叫作瞎狗,狗目黑自然可以叫作黑狗也。

二十,孤驹未尝有母。无母之儿为孤儿,无母之驹为孤驹。然无论孤儿孤驹,都是曾经有过母亲的,这是常人毫不怀疑的事实。但名家却说,孤驹从来(未尝)没有过母亲。理由便是:"孤驹",物名也,母死谓"孤驹",母未死不谓"孤驹";但为"孤驹",一开始便没有母亲;故云,孤驹从来没有母亲。

　　二十一，一尺之椎，日取其半，万世不竭。一根木杖用刀拦腰砍断，每日从中一半一半砍去，砍不了几日砍无可砍，木杖自然也就不存在了，这是常人都知道的事理。名家却说，即或一尺长的木杖，每日取一半，万世也分割不尽。理由便是：物无穷尽（物不尽），一尺之椎本身有尽，然不断分割（取），便成无尽也。

此"二十一事"，皆取自《庄子·天下篇》。这大段的文字，说明性太强，与"小说"的气质不符。

　　到了战国中后期，公孙龙子成为名家最有名的大师。这公孙龙子非但对"二十一事"大有增补，更独创了"离坚白"（石头的"坚"与"白"是可以分离的）、"白马非马"等论战题目。因了"二十一事"已为天下熟知，所以公孙龙子后期的这两个命题没有列入"二十一事"之中。虽然如此，却也同样是名家的重要命题。

　　公孙龙子率一班追随者游历天下处处求战，日渐大成势头。许多名士即或不赞同名家之说，却也公然钦佩公孙龙子学问。这年来到邯郸，平原君邀得信陵君与几个名士与公孙龙子席间论战，恰恰有当世两个最负盛名的显学大家——荀子与孔子第六代孙孔穿。孔穿自恃大儒，不屑与公孙龙子辩驳那些鸡零狗碎偏离大道的杂说，只淡淡笑道："白马非马，异说也。公孙子若弃此说，孔穿便拜足下为师耳。"

　　"足下大谬也！"公孙龙子昂昂然道，"吾之成名，唯因白马非马之辩也！果真弃之，何以教人，何以为足下之师？"

　　"岂有此理！"孔穿顿时涨红了脸。

　　"无理者，足下也！"公孙龙子笑道，"足下欲拜人为师，无非因才学不如人也。今足下要我弃立身之说，犹先教诲于我而后再求教于我，岂非无理也？再说，白马非马之说，当年孔子也曾用之，足下何以羞于受教耳？"

　　"子大谬也！先祖几曾有过此等邪说？"

"足下学未到家也!"公孙龙子颇有戏谑,"当年,楚王射猎而丢失弓箭,左右急忙寻找。楚王曰'楚人丢之,楚人得之,何须寻找?'孔子闻得此事评点曰,'楚王道未至也!人丢弓,人得弓。何须定说'楚人'? 由此看去,孔子视'楚人'与'人'为二,'楚人'非'人'也! 足下若赞同孔子楚人非人之说,却又指斥白马非马,岂非矛盾之谬乎!"

"诡辩邪说!"孔穿愤愤然一句噎得没了话说。

"公孙子又来惑人矣!"一生论战的荀子终于没能忍得住,掷下大爵与公孙龙子论辩起来,从白马非马说开去,到离坚白又到二十一事,两人直从正午论战到风灯高挑,终是未见分晓。平原君信陵君大为振奋,次日在胡杨林下搭起了高台,三千门客与游学邯郸的名士将胡杨林挤得满当当人山人海。公孙龙子支撑三日,最后终于长笑一躬:"在下今日拜服,心中终归不服也! 但有十年,再见分晓。"

荀子乃赵国大家,平原君倍感荣耀,将书吏录写的论战辩辞广为散发,自然也给了荀子长长一卷。此后荀子到了兰陵,将论战辞作了一番修订,定名为《正名》。这《正名》篇备细记载了荀子对名家的全面批驳,使公孙龙子"今日拜服"的要害却在其中的根基之论,大要有三:

其一,正名正实。也就是先对"名""实"做出明确界定。荀子说:"名固无宜(物事的名称本无所谓好不好),约之以命(众人相约以命名)。约定俗成谓之宜,易于约则谓之不宜。名无固实(什么名称指向什么物事,并非一开始就固定的),约之以命实(众人相约用这个名称命名这个物事),约定俗成谓之实名(众人都承认了,这个实物的名称也就确立了)。"荀子此论一出,"名""实"便有了确定的界限。

其二,名、实之关联变化。名家辩题之出,大多在名实之间的关联变化上做文章。所以荀子特意申明:"名有固善(名称要起得很好),径意而不拂(平直易晓而不使人误解),谓之善名。物有同状而异所者(物事有形状相同而实质不同者),有异状而同所者(有形状不同而实质相同者),可别也。状同而异所,虽可合,谓之二实。状变而实无别而为异者,谓之化,有化而无别,谓之一实。此事之所以稽实定数也(稽查物事的实质来确定名称的多寡),此,制名之枢要也。后王之成名,不可不察也。"这里,对名实之变作了根基上的说明,实际上驳倒了名家的混淆名实之论。譬如名家"二十一事"之"狗非犬",便是拿大狗小狗名称不同做文章。可荀子指出,形状变而"实"没有区别,只是相异,这便是化(变化),有变化而无区别,是二名"一实"!也就是说,大狗小狗形状各异,其"实"相同，所以是一种物事而两种名称罢了。

其三，揭示名家辩术要害所在。荀子罗列了名家所有命题的三种辩术，叫作"三惑"（三种蛊惑之法）：其一，用名以乱名，如狗非犬、白马非马等辩题；其二，用实以乱名，如山出口、山与渊平等辩题；其三，用名以乱实，如黄马骊牛三等辩题。如此一来，名家之"术"了无神秘，诡辩之法也易为人识破了。

《正名》篇最后告诫天下士子说："无稽之言，不见之行，不闻之谋，君子慎之！"也就是说，对那些徒以言辞辩术标新立异惊人耳目的言行，一定要慎重辨别。显然，这是对名家的警告，也是对天下学子的提醒。

反驳诡辩术。

……

韩非唱说一罢，少学子弟们大感新奇，满场一片笑声不亦乐乎。黄衫甘罗先笑叫起来："这若算学问，我明日也出得三五十个了！""我一个，树不结果！""我一个，田不长苗！""我也一个，男非男，女非女，狂且有三！"哄然一声，全场大笑起来。

"静——"李斯长喝一声深深一躬，"请老师大讲。"

"汝等辄怀轻慢之心，终非治学之道矣！"荀子肃然正色道，"名家虽非大道，辩驳之术却是天下独步，否则无以成势也。论题易出，论理难成。公孙龙子若来，汝等谁能将其二十一事驳倒得三五件？谁能将其立论一举驳倒？若无此才，便当备学备论，而非轻慢妄议，徒然笑其荒诞而终归败学也！"

全场鸦雀无声。突然一个红衣少年从后场站起拱手高声道："弟子以为，战胜公孙龙子并非难事！"

"你是何人？妄言学事！"黄衫甘罗厉声喝问一句。

"在下鲁天，方才进山。"

荀子悠然一笑："鲁天呵，你可是鲁仲连举荐之人？"

"正是！弟子未曾拜师而言事，老师见谅。"

"学馆非官府，何谅之有呵？"荀子慈和地招手笑道，"你且近前。方才昂昂其说，战胜公孙龙子并非难事。你且说说，战胜之道何在？"

"老师容禀，"红衣少年从容作礼侃侃道，"弟子有幸拜读老师大作《正名》篇，以为老师已经从根基驳倒名家。只需将《正名》篇发于弟子们研习揣摩，不用老师亲论，人各一题，韩非兄统而论之，战胜公孙龙子便非难事！"

"呵呵，倒是排兵布阵一般也。"荀子显然对这个曾经读过自己旧作的少年颇有好感，思忖间继续一问，几乎便是寻常考察少学弟子的口吻了，"说说，《正名》篇如何从根基上驳倒了名家？"

"弟子以为有三！"少年成竹在胸一般，"其一，老师理清了名家诸论之要害，犹如先行击破名家中军大阵！名家二十一事，几乎件件混淆名实之分。老师从正名论实入手，一举廓清名实同异，纲举目张，二十一事件件立见纰漏也。其二，老师对物名成因立论得当，使混淆名实之巧辩成子矛攻子盾。其三，老师对名家混淆名实之巧术破解得当，归纳以'三惑'辩术：以名乱名、以实乱名、以名乱实，并一言以蔽之，'凡邪说辟言，无不类于三惑者矣'！使人立见天下辩者之浅智诈人。此犹两翼包抄，敌之主力不能逃脱也！"

荀子哈哈大笑："后生诚可畏也！连老夫也得排兵布阵么？"

李斯一拱手道："老师，鲁天所言，弟子以为可行。"

"弟子赞同！"韩非陈嚣也立即跟上。

"我等请战！"黄衫少年甘罗昂昂然道，"老师但发《正名》篇，我等少学弟子人各一题，与名家轮番论战，定教公孙龙子领略荀学正道！"一言落点，少年弟子们一片呼应，大庭

要扬名于天下、闻名于史籍，收徒弟是关键。孔子、苏格拉底，真乃先知也！

院中嚷嚷得一团火热。

"后学气盛，老夫欣慰也！"荀子嘉许地向少学弟子们招了招手，转身却看着李斯沉吟道，"只是仓促之间，何来恁多竹简刻书？"

李斯慨然道："此等琐务老师无须上心，弟子办妥便是。"

"好。"荀子笑了，"备学备论你来操持，韩非甘罗襄助，如何呵？"

"弟子遵命！"

荀子起身离座向红衣少年一点头，说声你随我来，悠悠然向山洞去了。红衣少年笑着对李斯韩非一拱手，也匆匆跟去了。进得山洞又进了积微坊，红衣少年打量着洞中满当当的书架书卷，不禁惊讶咋舌又顽皮地对着老人背影偷偷一笑。荀子走到大石案前在大草席上坐定，突然一问："蒙恬，你到苍山意欲何为？"红衣少年顿时愣怔，涨红着脸吭哧道："老师，你却如何、如何知道我是蒙恬？"荀子淡淡道："语涉兵道，齐语杂秦音，若非将门之后，咸阳三少才嬴、蒙、甘之一，却是何人？"红衣少年目光闪烁道："老师，这、这是揣测，算不得凭据。"荀子悠然一笑："老夫当年入秦，《正名》篇全文只被应侯范雎索得一卷。应侯征询老夫：将军蒙骜与他交谊笃厚，其子蒙武好学，《正名》篇全文抄本能否馈赠蒙氏一卷？老夫念及将门求学，破例答应了。三惑之说，唯留秦本有之。小子诵得《正名》，记得三惑，不是蒙氏之后么？"

"老师明察！蒙恬隐名，愿受惩罚。"

"小子快意人也！你只说，果是要在苍山求学么？"

"老师……"蒙恬憋得一脸通红，却说不出话来。

"蒙恬呵，老夫明白说话。"荀子轻轻叩着石案，"你若果真求学，必有大成，老夫自当悉心育之也。然则，老夫虽居山野，却也略知天下风云。甘氏归秦，将甘茂之孙甘罗送来苍山修学。由是，老夫知方今秦国正在低谷艰危之时，蒙氏已是秦之望族国之栋梁。当此之时，你能置身事外而做莘莘学子乎？便是当真求学，又何须不远千里苦寻鲁仲连举荐？再者，你天赋过人，又喜好兵事，亦终非治学之人也。凡此等等，你岂能当真为求学而离国有年蹉跎在外也？"

"老师！"蒙恬扑地大拜，"蒙恬浅陋无知，老师教我！"

荀子扶起了泣不成声的少年。蒙恬拭去泪水，从头至尾将十多年来秦国的变故备细叙说了一遍，末了坦然道："少公子与王翦及弟子三人遇合，只想为秦国求才，以备文

信侯之后将相可倚。只因歆慕老师与鲁仲连大名，我便借祭
祖之名离国，实则只想借游学之机寻觅人才，并无他图。若
扰乱学馆，蒙恬自当即刻离去。"

"小子差矣！"荀子喟然一叹却又一笑，"以小子眼光，苍
山可有人才？"

"有！李斯、韩非、甘罗！"

"陈嚣算不得一个？"

"恕弟子唐突……陈嚣似更宜治学。"

"不错，小子尚算识人也。"

"老师是说，三人可以入秦？"蒙恬大是惊喜。

"小子好算计也！"荀子朗朗笑了，"人各有志，虽师不能
相强。老夫只知你来意便了，至于各人何去何从，非关老夫
事也。"

"弟子明白。谢过老师！"蒙恬又大拜在地重重叩了一
头。

考一考蒙恬的悟性。

蒙恬狂傲之心稍稍收敛，
少年轻狂，但不可厌。

三 初行出山礼 老荀子慷慨一歌

立秋时节，公孙龙子带着十三名高足由春申君陪同来了
苍山。荀子以蒙恬之法对之，只与春申君悠悠然坐在山坡兰
草中，听老而弥辣的公孙龙子与苍山弟子们轮番大战。也是
三日三夜，公孙龙子终归还是"今日拜服"了。此番论战，李斯
韩非陈嚣甘罗鲁天大显才学，被春申君呼为"苍山五才"，各赐
每人精工编织的兰草冠佩一套，学馆少学弟子们每人赐酒一
斗；馈赠公孙龙子青铜轺车一辆、郢金两百、兰陵酒三车、弟子
每人一顶兰草冠。由是满山欢呼，两门弟子各各盘桓论学，荀
子与公孙龙子慨然叙旧，苍山学馆整整热闹了半个月。

几笔带过，输赢早定。

倏忽大半年，鲁天已经成了颇得学子们喜欢的小师弟。

三位秉性大不相同的大弟子，都与鲁天甚为相得。总领学馆事务的大弟子李斯，觉得这个小师弟学问颇丰又精干利落勤快异常，但有空闲便来帮他打理琐碎事务，从来没有出过一件差错。韩非乃韩国贵胄公子，锋棱闪闪又傲骨铮铮，更兼语迟，寻常独来独往，很少与学子们亲密过从，与李斯恰成鲜明对照，在少年弟子们中得了"热李冷韩"之名。如此一个人难相与的韩非，却偏偏与这个新入馆的小师弟说得相投，动辄从少学弟子群中拉走鲁天去僻静处论辩驳难，一说一两个时辰。小甘罗愤愤不平，时常嚷嚷："韩非学兄忒也偏执！只与鲁天论学，我等如此不肖么？"韩非闻之冷冷一笑悠然吟唱："鲁天见识寻常，博闻强记多才多艺，却在我之上也。如此活典，交谊有益也。"陈嚣是敦厚实诚之人，觉得小师弟鲁天虽然年少，却是信言信行毫无浮华之气，说起典籍学问也没有韩非那般无端傲气；时常借机相与，或上山采撷兰草药材，或在李斯处讨得个出外差事，总要请准这个小师弟做帮手，一路娓娓论学不亦乐乎。一班少学弟子们也觉得鲁天才学出众，人却比小甘罗谦和了许多；谁有难处但找鲁天，这个新师弟都会热忱相帮绝无任何推诿之辞；时日一久，也纷纷将鲁天视为可交之士。少学领班小甘罗很是不悦，每每寻衅鲁天缝隙琐事打嘴仗，鲁天却都是呵呵笑得一阵回避开去，任甘罗红着脸絮叨只一句话不说，甘罗嘟哝得一阵没了脾气，便也喜笑颜开了。

各人性格不一。

冬日来临，苍山学馆静谧了许多。

荀子办学育人，很是讲究方法，宽严有度，松紧得宜，与战国诸子大不相同。自孔子开私学，春秋以至战国，诸子私学已蔚然成风。同为私学，诸子育人之法风格迥异。四大显学之中，儒家墨家最为严格，教学各有定制，弟子各有等差，弟子修学的若干年得追随老师行迹，群居群行而少有自由。道家最为松散，弟子既少，教习更无定制。法家则大多依托官学，除天下最大的官学稷下学宫聚集了慎到等几名法家大师外，其余法家名士大多身在官府；如此一来，法家弟子便多为官府吏员，一则实际磨炼政务，一则在政事之外由老师插空教导点拨，说不得甚学制。其余如兵家、名家、农家、阴阳家等，则完全是弟子追随老师行踪，由老师酌情私相授受，说不得育人有成法。

唯有荀子学馆，学制法度皆独创一格，为战国之世罕见。

荀子教学有三法：一曰逍遥解惑，二曰单课叙谈，三曰聚学大讲。逍遥解惑者，专对学有困惑而羞于启齿的敦厚弟子。荀子常常不经意地点得几人，于风和日丽之时漫步兰草弥香的山野，边走边说；弟子们全然没了拘谨，问题纷纷出口，灵光也多有闪现，诸多疑难在逍遥漫步之中倏然化解。单课叙谈者，专对个别天赋非凡学有所成的精英弟子，如目下之李斯韩非陈嚣甘罗，都常常被荀子唤进积微书堂单独叙谈。此等叙谈荀子不作长篇大论，而是听弟子阐发学理，听弟子诉说修身感悟，要紧处点拨得几句，末了再评点一番，指出日后修为方向，精英弟子们每每茅塞顿开。聚学大讲，则是集全部弟子阐明最重要最基础的论题。聚学大讲是教学之纲，大讲一次便是开题一次。此后少则一月多则三月，弟子们便围绕此题究诘论战以求生发。

三法之外，荀子尚有与其余诸子最特异处，便是激励弟子创新超越老师。弟子若能不拘泥老师所讲，不拘泥当世成说，而有独立创见，荀子便大加褒奖。荀子曾作《劝学》篇，开首便将超越老师、磨砺学问立为学子当有之标尺："学不可以已（学习不能停止）。青，取之于蓝而青于蓝；冰，水为之而寒于水……故木受绳则直，金就砺则利，君子博学而日

参省乎己,则知明而行无过矣!"后来,李斯韩非等皆出荀子之门,而其学问却皆于荀子大有创新,根基正是荀子育人之法得宜也。

对弟子管制,荀子也是宽严有度松紧得宜。

苍山学馆没有专门处置学务的执事,一应弟子的起居事务均由"能事弟子"管理。是否能事,两步决疑:先由荀子举荐,再由弟子公推。六年前,荀子一眼选定了干练的李斯。经弟子们公推确认,李斯统管了学馆事务,被弟子们称为"兼领执事"。后来,荀子见李斯确实有实务才能,便将与兰陵县官府打交道的事务也一并交给了李斯。多年下来,盈则百人缩则数十人的苍山学馆井井有条,连时不时来盘桓几日的春申君都噢呀连声地赞叹不已。

苍山学馆的冬日景况,是荀子育人的诸多特异之一。

每临立冬,苍山学馆便进入了半休学状态。一则,冬日不开大讲。风雪天学子们都在四人一房的茅屋里围着燎炉,或读书论学或海阔天空,苍山静谧了许多。二则,荀子特许家中有事的弟子冬天回家省事。每年立冬时节,都有许多弟子离馆出山,开春时节再像候鸟般飞回。三则,冬日留山的学子们有诸多自便:可自由起居,可自由习武,可在兰陵县境之内自行游历,只要三日归山便是。有了诸般自便,许多弟子不愿轻易回家省事,非万不得已,总是留山享受快乐的冬天。

立冬三日恰逢大雪,小师弟鲁天笑呵呵钻进了绳砺舍。

绳砺舍是李斯与韩非的茅屋。在苍山学馆,少学弟子四人一居,已经加冠的成人弟子与大弟子则是两人一居。各屋弟子磋商定名,都给自己的茅屋取了名号。李斯与韩非居,韩非不屑琢磨此等琐事,任由李斯取了"绳砺"二字。鲁天掀开草帘推开木门时,见只有韩非一个人坐在木榻上背门沉

荀子还是很重视"学"。《荀子》开篇"劝学",《论语》开篇"学而",荀子还是无法完全摆脱儒家的基因——对儒家有所突破,也有所传承。

赵姬

思,吐着舌头顽皮地笑了笑,将怀中一只大陶罐小心翼翼地放在了燎炉边,又从皮袋中拿出两只荷叶包打开,再轻手轻脚到墙角木架上取来三只陶碗摆好,径自坐在燎炉边拨火加炭,悠然自得如主人一般。

"我若为君,李斯兄便是丞相也。"韩非的说唱不无揶揄。

"只怕你为不得君也。"李斯一步跨进门来,一边拍打着身上积雪一边脱下破旧的丝绵长袍小心翼翼挂好,一边对鲁天笑了笑,"酒肉齐备,小鲁兄贺冬么?"

"呵,鲁天?"榻上韩非转身一步下来,随手丢开窝成一团的雪白皮裘,饶有兴致地凑到了燎炉边,"小子偷偷摸进,为何只做个闷坝?"

"韩非大哥思谋深远,酒徒不敢打扰。"鲁天呵呵笑着。

"深你个头!今日偏要饮酒!"韩非见了鲁天便高兴。

"两位大哥且看!"鲁天轻轻叩着精致的泥封陶罐,"前日我到兰陵,特意沽得这罐三十年老酒、十斤酱山猪肉。今日首雪,正好贺冬如何?"

"好!"韩非笑了,"钱从韩账出,今冬外钱都算我。"

"韩兄未免做大了。"李斯淡淡一笑,"去岁立夏,新郑只给你送来一千老韩钱与二十韩金。你每去兰陵便买几百支竹简,还要饮酒,动辄花得几百钱。目下韩账只余得三百余钱,只怕连这一罐老酒尚不够付也。"

"你你你何不早说……"韩非满脸涨红连唱着说也忘了。

"韩非大哥莫急。"鲁天粲然一笑,"李斯大哥好心也,说得早了,你岂不气恼?今日凑着话说了,无非给大哥提个醒,有甚上心?外钱多少左右不关修学,韩账没钱,等便是了,韩国王室还能不管你不成?"

原来,荀子学馆得春申君襄助,但以才学取人,不收弟子学钱,连孔夫子那五条干肉之类的投师礼也不收。弟子一旦入馆,衣食费用由兰陵县拨来的赋税支出,虽不丰裕,却也堪堪养得学业。李斯掌管学务后别出心裁,请准荀子,教弟子们在各种课余与休学时日轮番进山采撷兰草,运到兰陵卖给兰膏作坊,所积之钱用来添补学子衣食。如此一来,苍山学馆的学子们也算得衣食无忧,一班清贫庶民之家的有才少年方得安心就学。然学子家境不一,衣食所好自是不同,清贫子弟安居乐道的日子,贵胄子弟便有诸多的额外需求。荀子胸襟广阔,主张修身在己,不若墨家对弟子一律以苦修苦行求之,允许富贵弟子在学馆共有衣食之外花销"外钱"。所谓外钱,是富贵人家给弟子送来的私钱。

为防不肖者偷盗等诸般尴尬事,荀子责令李斯妥善管制"外钱"。李斯大有法度:"外钱"属弟子私钱,然得交由学馆统一设石柜保管;人各一账,任由本人在修学期间额外支出。韩非乃韩国王族子弟,外钱自是多多,今日听李斯一说大出意料,如何不觉得尴尬? 若非鲁天一番笑脸说辞,两人眼见难堪。

解释经济来源。

"也是,我只提醒韩非兄而已,岂有他哉?"李斯先笑了。

"国不国也!"韩非跺脚一叹,显然已经不是对李斯了。

鲁天连忙斟好老酒各捧给两位学兄一碗,相邀贺冬一饮。李斯原是圆通练达,韩非也终不失贵胄气度,一碗饮下哈哈大笑,方才不快烟消云散了。

"两位学兄取'绳砺舍'却是何意?"鲁天紧找话题。

"李斯兄取的,自己说。"韩非永远是不屑论及琐细的。

李斯笑道:"绳者,法度准绳也。砺者,磨刀石也。"

"兄弟明白。"鲁天连连点头,"老师《劝学》宗旨也。"

"小鲁兄,"这是李斯在论战公孙龙子后对鲁天的奇特称谓,既不乏敬重又颇为亲昵,正是李斯练达处。此刻李斯拨着燎炉红红的木炭,沉吟间突然一问:"我入山六年有余,终究要离山自立,你说该去何处?"

"大哥吓我。"鲁天咋舌一笑,"韩非大哥该先说。"

李斯淡淡一笑:"我与非兄同室六年,岂能无说?"

"然也!"韩非锋棱闪闪气咻咻道,"李斯兄领政大才,当入弱小之国,振弱图强,方成功业。譬如商君当年入秦是也。唯其如此,我几说李斯兄入韩,与我联手振兴韩国。可李斯兄偏说韩国无救,中原无救,岂有此理也!"

李斯连连摆手:"后生可畏,还是听小鲁兄说法了。"

"中原无救?"鲁天略一沉吟恍然拍掌,"对了,甘罗说他要回秦国! 李斯兄去秦国如何? 左右中原各国你看不入眼

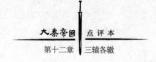

也。"

"倒也未必。"李斯摇摇头,"楚国早要我做郡守了。"

韩非冷笑:"郡守之志,何足与语。"撂下大碗上榻去了。

"锦衣玉食者,不知柴米也。"李斯拨着木炭笑叹一句。

"两位大哥都对。"鲁天呵呵一笑,"这是绳砺舍。韩非大哥激励李斯大哥壮心,没错!李斯大哥不图虚妄而求实务本,更没错!要我说,李斯大哥还有一条路,赵国。今日天下,唯赵国可抗衡秦国。老师是赵人,又与平原君交厚,不妨请得老师举荐书简一封,投奔赵国做一番大功业。"

"至少当如此也!"韩非又猛然下榻凑到了燎炉旁。

"刻舟求剑耳。"李斯摇头轻蔑地一笑。

"那便齐国。齐王建正在求贤。"

"胶柱鼓瑟耳。"

"燕国?"

"南辕北辙耳。"

"魏国?"

"歧路亡羊耳。"

"那,只有楚国了?"鲁天忽然小心翼翼。

"卬明月而太息兮,何所忧之多方!"李斯慨然吟诵了一句。

"大事多犹疑,斯兄痼疾也!"韩非皱着眉头冷冷一笑,"旷世之志不较细务,千里之行不计坎坷。若你这般,既忧不得大位无以伸展,又忧空得清要生计无以坚实。此亦忧,彼亦忧,终无一国可就也。但为大丈夫,歆慕一国便当慷慨前往,不计坎坷不畏险难,虽九死而无悔,可成大事也!譬如商君,譬如范雎,两人入秦为相,皆经万般坎坷。似你这般,哼哼,不中!"韩非原本棱角分明的瘦削脸膛更见冷峻,举碗大饮一口戛然而止。

"韩非大哥言重了……"鲁天连忙笑着圆场。

"无所谓也。"李斯一摆手笑道,"我与非兄相互挞伐,何止一日一事?犹疑固然不好,然轻率决事,又何尝不是多败也。"李斯喟然一叹,径自大饮了一碗兰陵老酒,补丁衣袖拭着嘴角酒汁大是感慨,"斯少时尝为乡吏,见官仓之鼠居大屋之下,安安然消受囤中

积粟，悠悠然无人犬袭扰之忧也。而茅厕之鼠，既食劣污琐
碎，更有人犬不时袭扰，动辄惶惶逃窜，更有几多莫名猝死。
同为鼠之生计，其境遇天壤之别矣！所以者何？在所自处不
同也。那时李斯便想，人之境遇譬如鼠矣，在所自处
耳……"李斯似乎有了些许酒意，眼中闪烁着晶晶泪光，"譬
如非兄，生为王子，钟鸣鼎食，进可为君王权贵，退可为治学
大家，自然是视万物如同草芥，遇事昂昂然立见决断，至于成
败得失，则可全然不计也。然若李斯者，生于庶民，长于清
贫，既负举家生计之忧，亦负族人光大门庭之望，更图自家功
业之成，进则步履维艰，退则一蹶不振，纵有壮心雄才，何能
不反复计较三思而后行也！"

"李斯大哥……"鲁天不禁哽咽了。

"无稽之谈也，唏嘘者何来？"韩非冷冰冰一句，见鲁天
直愣愣看着自己，不禁愤愤然敲打着陶碗骂了一句："鸟！
王族子弟才不中！生不为布衣之士，韩非恨矣哉！布衣之士
何等洒脱？可择强国，可择明主，合则留，不合则去，功业成
于己身，大名归于一人，回旋之地海阔天空，勒石之时青史留
名，何乐而不为也！王族子弟如何？世家恩怨纠葛，宫廷盘
根错节，择国不能就，择主不能臣，有才无可伸展，有策无可
实施；眼见国家沉沦而徒作壁上观，唯守王子桂冠空耗一生，
尸位素餐，形影相吊，此等孤愤，人何以堪?!"

"韩非大哥……"鲁天又是一声哽咽。

小小茅屋寂然了。时已暮色，燎炉明亮的木炭火映照得
三人唏嘘一片，良久无言。终是李斯年长豁达，将三只陶碗
斟满兰陵酒释然笑道："人生各难也！原是我错了话题，引得
非兄不快。来，人各一碗，干罢撂过一边！"矜持孤傲的韩非
素来不吐心曲，今日破天荒一番感喟唏嘘，虽满脸涨红，心下
却轻松了许多，抹抹眼角也举起了大陶碗："今日之言，韩非

解得斯兄也。来,干!"鲁天连忙举碗赞叹:"两位大哥同窗修学,也是旷世遇合。干!两位大哥殊途同归,尽展壮心!"三碗嘭然相撞,一阵大笑随着飞扬的雪花弥漫了苍山。

整整一个冬天,鲁天都住在绳砺舍。三人白日进山漫游,夜里围炉畅谈。及至冬去春来,漫山兰草又一次绿莹莹黄灿灿蓬勃发开,一个始料未及的谋划也酝酿成型了。三月开春,省事弟子们络绎不绝地回到了苍山。李斯将一应学务打点得顺畅,走进了荀子的积微坊。

"李斯呵,有事说了。"

"老师,学务就绪,弟子想辞学自立。"

"可是西行?"荀子悠然笑了。

"正是。弟子想去秦国。"

"为何选中秦国?"荀子并无意外,却又依旧一问。

李斯略一思忖从容拱手道:"老师曾云,得时无怠。方今天下,正在归一大潮酝酿之时,亦正是布衣之士驰骋才略、游说雄主之机。李斯得蒙老师教诲成才,若不能适时而出,即如禽鹿视肉而不猎,人徒能行而不出户也。斯本布衣,若久处困苦之地,徒然非议时势而无为,非士子之志也。唯其如此,弟子决意西行入秦,以图伸展。"

"大势评判,尚是贴切,老夫无可说也!"荀子喟然一叹转而笑道:"李斯呵,子非蓬间雀,此老夫甚感欣慰处耳。行期但定,老夫亲为你饯行。"

"老师……学务之事,我交陈嚣如何?"

"学馆事务已有成法,交谁执掌你自斟酌可也。"

"还有,鲁天想见老师,托弟子代请。"

荀子笑道:"小子忒多周章,教他来。"

李斯答应一声匆匆去了。片刻之间,鲁天捧着一只青布包袱进了积微坊,对着荀子当头拜倒在地:"弟子蒙恬,拜见

老师。""起来起来。"荀子从石案后站起来笑了，"蒙恬呵，你不是老夫学生，无须执弟子礼也，日后只与老夫做忘年交便是了。""不！"蒙恬一头重重叩在地上，"弟子虽就学日浅，然一日为师，终身为师也，弟子不敢僭越。""小子偏多周章也。"荀子呵呵笑道，"好！老夫随你，要做弟子便弟子，左右也是个英才。""嗨！"蒙恬高兴地爬起来捧起包袱，"我奉老师两样物事。"

"蒙恬，不知苍山学馆法度么？"

"老师，此物非礼物，文具而已。"

"老夫不乏文具。"

"此文具乃弟子自创，老师用来定然顺手。"蒙恬说着打开包袱现出两只小小木匣，及至将木匣摆在荀子面前石案上打开，老荀子双目顿时大亮——一方打磨极为精致的温润石砚，一支从未见过的长管毛笔！荀子一生文案劳作，自然一眼看出两物不同寻常，打量间评点道："这方石砚乃楚国歙玉砚，名贵则名贵，却无甚新奇。只这支大笔却是世所未见，不知是何高明工匠所造？"

蒙恬颇是顽皮地一笑："老师先试写几字，看是否顺手？"

荀子也大觉好奇，从木匣拿起了长管毛笔仔细打量。看官留意，战国之前古人书写工具甚是不一，布衣士子有木笔、竹笔、石笔，甚或以白土为笔，贵胄王室有铜笔、翎笔、刀笔（不经书写而直接在竹简刻字）、毛笔，等等。也就是说，战国之前的毛笔只是书写工具之一，而且是贵胄名士才能使用的。其时所谓毛笔，是在一支竹管或木管的末端外围扎束一层狼毫，狼毫中空而末梢聚合，蘸墨写字，速度虽未必比其余笔快，却有三个显著好处：一是可在较长时间内反复使用，二是写字轻松，三是字迹圆润美观；同时也有一个缺陷：毛束中空，容易漏墨，常有墨渍玷污竹简、木板或羊皮纸，需要写字者分外小心。尽管如此，因了三个好处，毛笔还是渐渐在战国之世多了起来，然其形制却始终是管外缚毛，所以也始终没有成为人人乐于使用的文具。

荀子手中这支毛笔却是奇特：一丛细亮的雪白毛支可可卡在末端竹管之中，毛无中空，却是结结实实一丛，手指触去，毛尖竟有柔韧弹性。显然，这一丛白毛比管外缚毛的那种毛笔用毛多了几倍。

"丛毛如此厚实，吸墨何其多也！"

"吸墨多，写字多，终归节俭。"蒙恬立即接得一句。

"好,试试手。"荀子拿过一大张甚为珍贵的羊皮纸铺开。蒙恬便将新笔浸泡在清水盂中,并在新砚中开始磨墨。待墨堪堪成汁,蒙恬从清水中拿出毛笔轻轻甩干,双手捧给了荀子。荀子接笔入砚,砚中墨汁倏忽消失大半,大笔也立见膨胀起来,不禁一声惊叹:"毛笔乎! 墨龙乎!"蒙恬乐得大笑:"老师但写,方见墨龙之威也!"荀子提笔,竟觉大笔沉甸甸下坠,不禁手指一紧腕力一聚,一股心力奋然生出,饱蘸浓墨的大笔在羊皮纸上重重落下,大力挥画,片刻间三行大字巍巍然如重峦叠嶂耸立——天行有常,不为尧存,不为桀亡!

相传蒙恬造笔。

"万岁! 老师写得秦篆也!"蒙恬顿时欢呼雀跃。

荀子淡淡笑道:"秦篆笔画多,看你这墨龙写得几个字,叫甚?"说罢将已经瘦瘪但依旧整顺有形的毛笔凑到了眼前大是感慨,"此物神异也! 不漏墨,力道实,粗细浓淡由人,还可蓄墨续写,当真天工造物! 何方神工所制? 老夫当亲自面谢。"

"老师,"蒙恬顿时红了脸,"这是弟子做的。"

"你? 你能工事?"荀子惊讶得老眼都直了。

"老师明察。"蒙恬拱手道,"弟子尝好器物,曾将秦筝由九弦增至十二弦,音色颇见丰雅沉雄。弟子离开鲁仲连前辈,北上来寻兰陵,路经故吴越国之震泽①西南山地,猎羊野炊;见此地野山羊腋下之毛柔韧劲直,忽发奇想,采得许多羊毫细细挑选,又削得青竹几支,做成了一大一小两管毛笔。大管呈给老师,小管想呈给大父,免他责骂我逃外不归。"

"天意也! 新笔出,文明兴,蒙恬大功也!"

"弟子不敢当此褒奖。"

---

① 震泽,即后世太湖,水面大于后世许多。此处所说山地,即后世濒临太湖的浙北山地,大体当是湖州(隋始置州)地区。蒙恬于湖州制笔之传说,至今依然在湖州流传。蒙氏祖籍齐人,蒙恬下吴越在两个时期最有可能:一是少年游历,一是率大军灭齐之后顺势南下安定吴越之地。

"老夫何奖？青史自有蒙恬笔也！"

"老师不做俗礼拒收，便是蒙恬之福。"

"小子偏会说话。"荀子哈哈大笑，"你鼓捣得老夫两大弟子，老夫便收了这支蒙恬墨龙笔！哎，此物可曾得名？"

"弟子之意，欲以'荀墨管'三字命名。"

"小子差矣！老夫何能掠名？"荀子悬提着大笔显然是爱不释手，"历来器物，多以工师之名而名。蒙恬所制，曰'蒙氏大管'如何？"

"弟子不敢当。"蒙恬红着脸道，"毛笔乃先世成物，弟子虽有改制，毕竟依然毛笔。譬如弟子改制秦筝，秦筝依然为秦筝一般。"

"明乎其心，远乎其志，蒙恬必有大成也！"

写蒙恬多才多艺。

春分这日，苍山学馆破例举行了出山礼。

四人要"大出于天下"。

春秋战国私学大兴。与官学不同者，私学大师为学育人多在山海清幽处，譬如计然家、墨家、道家、兵家、名家、农家、医家、阴阳家等等不可胜数。故学子结业入世，多称之为"出山"。出山礼者，学子结业辞学之礼仪也。后世私学气候大衰，且多依附官学而靠近都会，"出山"一说遂成了隐士入仕的代名词，而不再是天下学子的通礼，这是后话。

晨曦初现，荀子出了积微坊，一领干净整洁的本色麻布大袍，一顶六寸竹皮冠，一双厚实轻软的青布靴，灰白的须发在风中飘洒。方出山洞，早已经在洞口甬道列队的弟子们一声齐呼："恭迎老师——"荀子淡淡一笑："何人司礼呵？"为首青年趋前一步拱手高声道："禀报我师：弟子陈嚣司礼，出山四弟子已在祭台前守仪。"说罢转身一摆手，弟子们两边簇拥着荀子出了学馆庭院。

翠绿淡黄的兰草山坡上，已经有了一座石条搭建的丈余

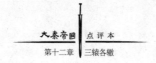

高台,台下香案的祭品却不是猪头羊头,而是一陶罐亮晶晶的兰膏。李斯韩非与相陪的甘罗蒙恬四人正肃然跪在台下草席上静默守候。听得身后一声高呼:"我师与在山弟子到——"四人一齐起身转身深深一躬:"出山弟子恭迎我师!"荀子依然是淡淡一笑,对前后弟子们招招手道:"礼者,心也。你等且莫如孔门弟子,拘谨礼仪过甚而失心境也。"弟子们高兴地喊了一声万岁。陈嚣过来在荀子耳边低语两句,见荀子点头,一声宣呼:"出山弟子告天——李斯——"

李斯肃然举步,那件洗得发白的麻布长袍随风卷起,露出了贴身衣裤的层层补丁与脚下簇新的草鞋。上得祭台,李斯拈香对天深深三拜,插好香柱对天拱手高声道:"昊天在上:上蔡李斯今日出山,决明心正志,弘扬大道,张我师门之学。若有欺心私行,背我师门修身之教,愿受上天惩罚!"

"李斯万岁——"弟子们一片欢呼。

韩非举步上台,几个少年弟子便窃窃嬉笑。原来韩非素来不修边幅,一领名贵的锦绣长袍揉得皱巴巴堪堪吊在小腿当间,一双皮靴脏污得全然没了光泽,头顶虽是一顶四寸玉冠,长发却散乱得似乎根本没有束发玉簪,埋汰之象恰与李斯成黑白对照。也是荀子育人不究细行,若是孔子门下,此等行迹是断然不能与礼的。饶是如此,韩非浑然无觉,瘦骨棱棱的身躯摇上高台,拜罢愤激悲声:"皇皇上天,危乎高哉! 汝行既常,何致天下文野乖张? 汝心既明,何陷韩非于败亡之邦? 嗟乎韩非,才不得伸,志不得酬,蹉跎日月,空有孤愤哉! 今韩非出山,上天果有烛照,当许韩非立锥之地伸展我学,若天有幽微,人无遇合,韩非愿为天囚,死亦无憾也!"悲怆吟唱在习习谷风中回荡,弟子们欢呼无由了。

陈嚣惶惶然不知所措,不禁向李斯一瞥。李斯坦然道:"礼有序,事有法,不以一己为变。"

陈嚣顿时醒悟,再看老师也是平淡如常,立即又是一声唱呼:"弟子告天毕。我师出山赠言——"

在这片刻之间,蒙恬与甘罗已经将韩非扶下了祭台。因蒙恬不是常学正名弟子,甘罗则是少学离馆日后还可能再续学业,两人皆算不得正式出山,是以不做告天。韩非虽一时悲从中来不能自已,然毕竟旷达之士,下台便对荀子一躬道:"弟子浅陋,责天悲己,愧对我师……"荀子豁达地挥手笑道:"天亦常物,责之何妨?己心有苦,悲之何妨?"弟子们一片笑声，韩非也红着脸呵呵笑了。

　弟子们在祭台下的草地上围着荀子坐成了一圈。老师对出山弟子做临别告诫，是传统风习，也是出山礼中最要紧的一环。春秋以来，每每有大师对弟子的临别告诫便是立身箴言，甚或成为谶语。所以非但出山弟子极为看重，在馆弟子也是人人上心。弟子们都知道，老师非但学问渊深，且通晓阴阳相法，虽写了《非相》篇专门批驳相人之术，然识人料人却是每每有惊人之语。今日两位大弟子出山，也是苍山学馆第一次行出山礼，老师必有非常告诫，更是不敢轻慢疏忽。

　李斯肃然起身一躬："弟子出山，请我师金石针砭。"

　荀子缓缓道："李斯呵，老夫送你十六字，但能持之，必达久远也。十六字云：恃公任职，恃节谋事，心达则成，志滑则败。"

　"敢请老师拆解一二。"

　荀子既淡漠又凝重："子乃政才，然关节不在持学持政。为政生涯，才具一半，人事一半。明乎此，大道可成矣。"

　"我师教诲，李斯铭刻在心！"

　韩非起身一躬："弟子出山，敢请我师箴言药石。"

　"子乃性情中人也！"荀子轻轻一叹，"但能常心待事，衡平持论，为政为学，皆可大成矣。"见韩非还是愣怔怔看着自己，荀子思忖间又补一句："屈原者，子之鉴戒也。"

　"谢过我师。"韩非欲言又止，终是没有开口。

　陈嚣小心翼翼地走了过来："老师，两师兄该上路了。"

　"好！"荀子站起一挥手，"老夫与你等一起出山。"

　弟子们一声欢呼，簇拥着老师，簇拥着李斯韩非，在花草烂漫的山道上逍遥而下。到得山口，望着山下一线官道，几乎所有人都同时止住了脚步望着额头已经是涔涔细汗的老师。荀子不禁笑道："出山终需一别，老夫歌得一曲，为你等

仪式很重要。

师傅预言，十六字定终身。

其志不小，但情商不够用。

四人壮行如何?"李斯韩非两人尚在愣怔,从来没有听过老师歌声的少年弟子们已经万岁声大起了。执事的陈嚣却颇是尴尬地笑道:"可惜也! 没有抬老师古琴来。""我有陶埙!"蒙恬从皮袋摸出一只黝黑的物事举着高声笑道:"老师,是否楚风格调?"荀子慨然一笑:"好! 楚风招魂曲。"

蒙恬又大显身手。

蒙恬答应一声,双手捧定陶埙一沉心气,深远高亢而又略显凄楚的埙音在山风中鸣咽飘荡起来。楚歌自成一格,与中原歌咏大是不同。首先,楚歌词句长短自由,韵脚亦可有可无,不若中原大多四字一歌,韵脚也大体整齐;其次,楚歌旋律起伏回旋极大,不若中原吟唱调式相对平直。由孔子删定的《诗经》所收歌辞三百余首,文华诸侯各有一章,连孔子不甚喜欢的秦国都有《秦风》一章,却唯独没有收入楚风之歌。屈原死后,《离骚》流播中原,楚歌的独特风韵终于渐渐为中原人所熟悉。荀子学无轩轾心无畛域,一篇《乐论》,开首便道:"乐者,乐也,人情之所必不免也。"将音乐首先当作快乐,当作人情之所必须,实在是战国大家的独特之论。对自由洒脱的楚歌,荀子喜爱有加,向弟子们讲述天下歌乐,尝慨然拍案:"雅、颂之声虽齐,终不如楚歌之本色也!"

随着悠长鸣咽的埙音,一声苍迈的咏叹骤然回荡山谷——

> 河有中流兮天有砥柱!
> 我有英才兮堪居四方!
> 天行有常兮,不为尧存,不为桀亡
> 地载有方兮,不为冬雪,不为秋霜
> 列星随旋兮,日月递炤

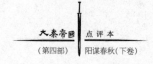

四时代谢兮,大化阴阳

人道修远兮,唯圣贤不求知天

天不为人之恶寒兮

地不为人之辽远

君子之道以常兮,望时而待,孰制天命而用之!

呜呼——

我才远行兮,天地何殇

吾心悠悠兮,念之久常

苍沙激越的歌声在山峦回荡,弟子们连欢呼都忘记了。但为战国士子,谁都知道楚风招魂曲的凄厉悲切,今日荀子唱来,却是情境大异,使人平添一股烈烈感奋之情怀,弟子们一时肃然默然。及至荀子转过身来,李斯深深一躬:"我师赐歌,辞意深远,鼓荡人心,李斯谨受教。"

韩非也是一躬:"老师发乎《天论》,出乎《离骚》,过屈原之《天问》多矣!弟子当铭刻在心:制天命而用之。"

荀子慨然一笑:"韩非呵,子能以老夫之歌与《天问》相比,颇近大道也。屈子者,烈烈有识之士也。然士子尽如屈子者,天下亦难为矣!"

"弟子谨受教。"李斯韩非甘罗蒙恬四人同声一拱。

"日当正午,离学弟子出山——"

随着陈嚣的宣呼声,少学弟子们齐喊一声师兄出山喽,挽手成圈,踏歌起舞,唱的是依荀子《劝学》篇编的一支歌儿:"青成蓝兮蓝谢青,冰寒水兮水为冰。积跬步兮成千里,十载学兮做砺绳。出山行兮路修远,学之大兮终得成。"

歌声漫漫,兰草青青。李斯韩非四人终是依依不舍地去了。峰头的荀子如一尊雕像般临风伫立默默远望,眼见四人身影渐渐出了山口,渐渐变成了绿色山峦中的悠悠黑点,渐渐消失在通向北方的官道。

四　吕不韦终于立定了长远方略

蒙恬游学期间，经吕不韦新政，秦国有恢复元气之象。

蒙恬惊讶地发现，渭水南岸变得热闹了许多。

咸阳建成百余年，一直背依北阪横亘在渭水北岸的巨大河湾里，都会的风华繁盛也全部集中在渭水北岸。南岸平川多有山塬，水流皆从南山奔出进入渭水，道短流急，农耕艰难，由来是未曾开垦的荒莽之地。当年迁都咸阳，秦人聚居渭水北岸，孝公商鞅将几乎无可耕之田的渭水南岸划做了秦国公室的园囿。禁耕禁工百余年，渭水南岸林木成海禽兽出没，无边苍莽直接巍巍南山，化成了一片天下难得的陆海。除了一条通往蓝田大营的备用车道，一座南山北麓的章台，这里几乎没有任何官署建筑。然造物神奇，在这茫茫陆海的北部，也就是与咸阳遥遥相对的渭水南岸，有一条叫作灞水的河流从莽莽南山入渭，两岸生得大片大片柳林，苍茫摇曳覆盖百余里，但逢春日，柳絮飘飘如飞雪漫天，北岸咸阳遥遥望去竟是茫茫如烟，蔚为奇观。在这灞渭交汇柳絮如烟的地带，不知何年何月积起了一片方圆数十里的清澈大湖，周边花草葱茏林木茂盛，兰草茂盛幽香弥漫，秦人呼为兰池。

一池如镜，两水如带，柳絮如烟，松柏成海，背依南山，遥望北阪，渭水南岸风物天成，于是也渐渐成了国人游春踏青的胜境。然因是王室苑囿，农工百业却始终不能涉足这片天成人育的荒莽之地。尚商坊的六国商旅无不歆慕兰池灞柳，纷纷上书王室，请准在此开设百工作坊与商铺酒肆。蔡泽为相时，也曾经提出"渭南开禁，兴建沟洫，拓展农田，以为山东移民垦荒之地"的方略。然其时正逢秦昭王晚年守成以对六国，诸事不愿大兴，山东商旅的上书与蔡泽的拓展方略都做了泥牛入海。蒙恬离开咸阳时，渭水南岸还是清幽荒莽如故，目下却大是不同了。

兰池与渭水之间的柳林地带，工匠纷纭人声鼎沸，两座大石赫然矗立，东石大刻"文信学宫"，西石大刻"文信贤苑"。显然，都是以吕不韦封号命名。两片工地之间，一道石条大桥直通北岸咸阳，与西面的渭水老白桥遥遥并立，成为滔滔渭水的两道卧波长虹。咸阳南门原只有两座城门：正对白桥的是正阳门，南向与南山主峰遥遥相对，故为南正门；西侧两里一道侧门，因直通西去故都雍城的石港码头，故曰雍阳门。如今却又在南正门以东新开了一道城门，叫作栎阳门。栎阳门正接新桥，东侧又新建了一座石港码头。蒙恬揣摩，必是在码头登船可东下故都栎阳，所以才叫了栎阳门，与西侧门之名实正相呼应。文信学宫与天下贤苑之南的兰池岸边，也有了几家已经开张的商铺酒肆，更有许多正在修建的喧闹工地，车队人流纷纭交错，一片繁忙热闹。

"怪也哉！吕不韦要在秦国兴办私学么？"

念头一闪，蒙恬无心回家了，略一思忖打马直奔了南岸山塬的那座隐秘庄院。可进山一看，面目已然大非原来，一条丈余宽的黄土碎石大道直通山头，山下一座石刻赫然是"鸿台"两个大字。犹豫片刻，蒙恬终究还是登上了坡顶。山头庄院倒是无甚变化，只是庄院外新起了一座颇有格局讲究的小庭院，时有内侍侍女进出。蒙恬说找王绾，便有一个中年侍女出来，打量得一眼问他是否蒙恬公子。蒙恬点点头，中年侍女将他领进了庭院正厅，问也不问便吩咐小侍女上大罐凉茶与酱肉锅盔。风尘仆仆的蒙恬正在饥渴之际，二话不说痛饮大咥。堪堪咥罢，王绾匆匆赶来，带着蒙恬下山，登上一辆垂帘辒车，辚辚进了咸阳王城。

"果真是你！"嬴政惊喜地拉住了蒙恬，"黑了瘦了！"

吕不韦葫芦里卖的是什么药，需要费思量。

先见竹马之交。

"蒙恬参见秦王。"

"嘎!"嬴政不屑地抬住了蒙恬两只胳膊,"嬴政还是嬴政。走,这里有密室。"回头又吩咐,"王绾,你在书房守着。只要不是仲父,便说我去太后处了。"说罢拉着蒙恬推开了东偏殿深处厚重的木门。

一边啜茶一边急切说话,两人都是如饥似渴地倾听着对方的倏忽沧桑,直到赵高轻手轻脚进来点亮了铜灯,才不约而同地叫出一声:"呀!黑了!"喝下赵高捧来的两盆羊骨汤,两人又是精神大作。嬴政思绪奋然道:"只要李斯入咸阳,便是秦国人才!至于那个韩非,日后再行设法。哎,你说,这李斯会直奔王城见我么?"蒙恬思忖道:"以目下情势,李斯极可能投奔文信侯门下。试玉尚需七日,我以为这是好事。""大是也!"嬴政慨然接道,"再说,我这秦王距亲政之期尚远,既不能任事考功,又不能护其风险,搁在身边也是徒然。"蒙恬道:"我也如是想,所以始终没有显露真身,也没有陪李斯入函谷关。"嬴政笑道:"然绝不能教'鲁天'从此消遁形迹,要联住李斯。一旦时机在即,便要能召得此人。"蒙恬道:"没错!我已经说了大父在咸阳有商铺,我会时不时来咸阳游学,来了便去找他聚酒。""好!"嬴政拍案道,"只要有人,万事可成!你也眼见,文信侯的新政方略已初见成效。我无实事,只每日在东偏殿守株待兔,遇得国事听一听,说不说无所谓也。当此之时,我只一个心思:熟悉国政,把定可用之才。"蒙恬恍然道:"哎,王翦大哥不在咸阳了么?""天意也!"嬴政一叹道,"上将军大军攻韩,老将军王龁脱力死了。王翦被晋升为前军副将,正在中原鏖兵,我也近一年没见将军了。"蒙恬大皱眉头:"我这老大父越老越急兵,零打碎敲没个尽头。照我看,中原有洛阳郡为根基便好生经营,一朝富强秋风扫落叶。整日打小仗,老糊涂也!"嬴政释然笑了:

叙旧为了荐贤。

"打便打,有甚法？文信侯一力支撑,将相同心,大约也不会再有小战大败。此等小战要止,除非天灾。人,目下不能止也。"蒙恬目光骤然一闪:"是否有人想拓展洛阳封地？"嬴政肃然摇头:"蒙恬切记:不能非议文信侯。我不能,你也不能,谁都不能。"蒙恬立即恍然拱手:"嗨！蒙恬明白。"

正在此时,赵高匆匆进来对嬴政低声几句。嬴政欷然笑道:"王绾有话:文信侯在正厅等我。小高子,从密道送公子出王城。"站起身匆匆去了。

羽翼未丰,在权臣面前必须夹着尾巴做人。

吕不韦空前地忙碌了起来。

自从山居劝回少年秦王,吕不韦心头始终沉甸甸不能释怀。少年秦王显然不是随遇而安的庸才,而是极有主见极有天赋的少年英杰。借着太子傅与仲父之身,吕不韦几乎是每三五日必与秦王晤面一次,说完国事也必然要说到修学。半年下来,见事深彻的吕不韦有了一个鲜明印象:少年嬴政唯法家至上,对其余诸子百家都是不屑一顾。尽管嬴政从来没有激烈地非议过任何一家学说,也没有醉心地推崇颂扬过法家,但吕不韦依然可以从一个少年难以掩饰的对前者的漫不经心与对后者的了如指掌中敏锐觉察到了其中要害。若是嬴政鲜明激烈地推崇法家,反倒是好事了。一则,推崇法家原本便是秦国正道。二则,坚持秦法也是历代秦王的为政准则。对于吕不韦,既可直言相向地指出法家治国之缺失,亦可用新政事实来证实:修补这些缺失是国人所期许的。然而,嬴政却分明不是如此。这个少年秦王显然在压抑自己对法家的激情,显然有意对"仲父教诲"不作任何辩驳地只管聆听。这是嬴政的秉性么？面对既行秦法又改秦法的吕不韦新政,凡事都有主见的少年嬴政却从来不置可否。这便是吕不韦的心病。吕不韦曾经推测,嬴政内心可能以为:吕不韦不断推出的新政不是法家正道,自己若公然推崇法家,则与目下秦国新政相背,所以要匿形匿心,不能与吕不韦有任何歧见。吕不韦记得清楚,第一次想到这里,自己几乎是吓了一跳。果真如此,其心难测也！吕不韦曾有意无意地对太后赵姬说起此事,赵姬亲昵笑道:"小子自幼强横,外公教他读书,总是折辩不断。但做甚事,不管我如何说法,小子都要闷头想一阵子。他也有一样好处,有错便认,从不缠夹。你是仲父也,他一个毛孩子明得甚治国大道?"那以后,吕不韦又秘密召来王绾备细询问嬴政诸般行止秉性,终于认定这只是少年才子的偏执通病而已,只要诱导得法,必能改弦更张而成泱泱器局。

此等心事,只与纲成君蔡泽有得一说。

一个细雨霏霏的黄昏,吕不韦的青铜轺车进了蔡泽府邸。

在秦国,蒙骜、吕不韦、蔡泽都是当世入秦的外邦人,老秦人谓之"外臣"。三人之中,唯蒙骜是孩提时随家族入秦,然毕竟不是生在秦国,算不得名副其实的秦人,故在"外臣"眼里依然是同样的伴当。目下,三人又恰恰是秦国三个职爵最高的权臣,一相一将一上卿,几乎是秦国的全部实权事权。若再将太后赵姬这个赵国女子与有着一半赵国血统的秦王嬴政算在内,秦国庙堂几乎便是外邦天下了。当今之世,也只有秦国有这种罕见的外臣聚权之象。诚然,战国时代各国任用外邦名士为权臣者,可谓举不胜举。然则都有一个共同处:一代名君所为,名君之后终是断断续续,最后必然是越屡弱越猜忌外邦名士。秦国大大不同,自从秦孝公任用商鞅变法开始,百余年来历经六代七君,始终是外臣当国,英才荟萃,从无间断。大体说来,秦国的外臣有五种人:一是名士而成权相者,如商鞅、张仪、甘茂、范雎、魏冄、蔡泽、吕不韦以及后来的李斯;二是基于纵横需要而入秦任相的外邦大臣,如

吕不韦虽全心全意辅佐秦王,但二人不能推心置腹。无论是聪明还是蠢钝,君主面对权臣,总是有所顾忌,不可能做到君臣无间。权臣不懂分寸,必招杀身之祸。

曾经短暂做过秦国丞相的孟尝君等；三是移民入秦而成大将者，如司马错、蒙骜与军中的胡族将领；四是被永不过时的求贤令吸引入秦，而成为郡守县令与各官署大臣者；五是嫁给秦君而成气候的外邦公主，以及随公主入秦而立功封爵的外邦贵胄，如宣太后以及华阳君、阳泉君等。如此连绵不断的外臣气候，山东六国可谓望尘莫及也。就实而论，一个久居西部边陲数百年的半农半牧部族，一旦崛起，竟有如此襟怀气魄，不能不说是天下异数。令吕不韦深为感慨的是，秦国朝野从来没有觉得有甚反常，更没有无端地戒惧猜忌。虽说老秦人有时也因不满某事某人而对外臣骂骂咧咧一阵，然终究从未酿成过疑外风潮。这便是秦国，一个令天下俊杰才子无法割舍的施展抱负之地。

"四海胸襟，秦人王天下小矣！"英雄感喟者不知几多。

唯有此等气候，吕不韦与蔡泽、蒙骜以及所有"外臣"之间的相互来往，从来没有忌讳。外臣聚相谋国，从来都是坦坦荡荡。百余年来，除了范雎举荐的郑安平战场降赵，不计其数的外臣尽皆耿耿襟怀忠心事秦，从来没有过"二心"之人，更没有过背叛秦国的事件发生。

然今日吕不韦拜会蔡泽，却恰恰因为蔡泽是外臣，是燕国人。两人对秦法缺失早有同感，说起话来便少了许多顾忌。然则，这一话题若与老秦人说起，是官是民都要黑着脸先打量你一番，接着会是无休止地争辩。即或与蒙骜论及，这位虽非老秦人的上将军却几乎与老秦人一般模样：只说甚事如何办尚可，若要总体涉及"秦法缺失"以及如何修补引导，定会沉下脸断然阻止。能论长远之道者，唯蔡泽也。此君历经坎坷，早已没有了争取重新为相的勃勃雄心，决意忠实辅佐吕不韦推行新政也成了人人皆知的事实。有此两者，吕不韦至少可以放开说话。

"果然文信侯也。"蔡泽摇着大芭蕉扇笑着迎了出来。

蔡泽遇事基本上不出头，这才是老狐狸。

"纲成君有备而待?"吕不韦也笑了。

进得正厅,蔡泽当头一句:"此其时也! 更待何时?"

吕不韦悠然一笑:"此时何时,尚请纲成君教我。"

蔡泽呷呷大笑:"天知地知也! 左右你不来老夫便去。"

一夕畅谈,淅沥雨声滤出了蔡泽的十六字方略——大兴文华,广召贤良,修书立说,化秦戾气。末了蔡泽呷呷笑道:"此策也,可做不可说,文信侯当知其妙。"吕不韦摇头一叹:"纲成君方略无差,归宿却是偏颇矣!"蔡泽大笑:"何时修得如此计较,方略无差而归宿竟能偏颇? 老夫未尝闻也!"吕不韦正色道:"君所谓化秦戾气者,六国偏见也。不韦多行新政,所图谋者,唯补秦法之缺失也,唯壮秦法之根基也,焉得有他哉?"蔡泽不禁呷呷长笑:"好说好说! 戾气也好,缺失也罢,只要做去,左右一事也。"吕不韦淡淡一笑摇摇头,也没有再争辩下去。

一番筹划,吕不韦开始了有条不紊的铺展。

蔡泽的方略被吕不韦简化为两件实事:一是兴建学宫,二是兴建门客院。两件事都以私学之法兴办。也就是说,无论是学宫还是门客院,都是吕不韦私举,与国府无关。之所以如此做法,吕不韦是反复权衡而后拍案的。

要得明白吕不韦的良苦用心,得先说说战国文明大势。

战国之世,秦国虽不断强大势压天下,然就文明风华而言,无论是根基还是形式,尚远远不如山东六国。这既是天下公认的事实,也是秦人认可的事实。其所以如此,并非秦国没有财力人力大兴文华,而是基于商鞅法治的根基理念:国无异俗,民务厚重,耕战为本,心无旁骛。基于如此理念,商鞅的治国方略非常明确:一赏,一刑,一教;一赏使兵无敌,一刑使法令行,一教使下听上。其中涉及文明风华的"一教",商鞅归纳为:"务之所向(教化的努力方向),存战而已

《吕氏春秋》未出,吕不韦还有大动作。

再论战国气象。如此繁复,大异于一般小说笔法。

矣（只能是强化人民战心）！"从而达到"富贵之门出于战
（富贵门庭只能通过战功获得），精壮者务于战（精壮男子
只求上战场），老弱者务于守（老弱者只求守御家园），死
者不悔（战死不后悔），生者务劝（生还者激励国人求战），
合棺而后止（直到躺进棺材为止）！民闻战而相贺，起居饮
食歌谣者，无非战也！"为达到如此贯彻举国上下的求战风
习，对一切涉及文华风尚而有可能涣散战心的士人，诸如
"博闻、辩慧、信廉、礼乐、修行、群党、任誉（以出力保护他
人为誉的任侠）、清浊"之士，秦法皆作了严厉限制："不可
以富贵（不能获富贵地位），不可以评判（不能评论国事），
不可独立私议以陈其上（不能私下议论，也不能将私议结
论呈报官府）！"①

如此法度之下，一切文华之举都被视为浮华惑民，自然
要严厉禁止。孝公商君之后百余年，山东士人虽不断流入秦
国，山东商旅更是大举入秦，然秦国都有法度限制：士子入秦
只能以官府吏员为正途，不能兴办私学培育言论；商旅入秦，
只能在专为外商兴建的咸阳尚商坊经营，不能进入老秦人的
国人区，更不能与老秦人混居。也就是说，商鞅法治非但禁
止老秦本土的一切风华之举，而且也着意防范六国浮华风习
对秦人的浸淫。唯其如此，直到秦昭王之世，秦国已经拓展
为五个方千里的大国，然诸般文明风华依然颇见萧疏，天下
文明盛事一件也没有在秦国发生。

相反，山东六国却是文明大兴风华昌盛，一片蓬勃生机。

首先是国人言论自由。其时之山东六国，诽谤之风大
开，议政蔚为时尚。诽谤者，议论是非指责过失也。从远处

法家讲忠媚——以死献媚，哪有"言论自由"。

---

① 见《商君书·刑约第十六》，为文意通晓，据高亨先生校注作了个别梳理。

说，尧舜为部落邦国首领之时，华夏各部族便有"谤木"与"谏鼓"制度。谤木者，凡是道口皆立高大木牌，供路人或写或画，对国事作诸般抨击建言。谏鼓者，殿堂官府门口皆立大鼓，举凡官员国人有话要对天子官员说，便可击鼓求见，天子官员闻鼓得出，不得拒绝。这便是"路有诽谤木，朝有敢谏鼓"的古老传统。夏商周三代，此等传统虽日渐式微，但仍保留着浓厚的遗风，除了奴隶阶层，国人言论从来没有受到过大的禁锢。春秋战国之世，奴隶随着变法潮流而解放，士人随着变法潮流而兴起，民智渐开，国人言论之风再度大起。于是乎礼崩乐坏瓦釜雷鸣天下汹汹，中原大国的庶民议政之风成为左右各国政局的强大势力，遂有"防民之口，甚于防川"的庙堂训诫。此等世情直接催生了士人阶层的论战风尚，民众心声通过士人阶层的过滤与再度创造，逐渐演变为各种各样的治国主张、治学之道、治事之学，此所谓诸子百家也。于是乎天下言论更见深彻，诽谤论战蔚然成风，其势之盛一时成空前绝后之奇观！

其次是私学大兴。诸子百家出，议政议国立学立言，皇皇大著汹汹言论不绝于世，淙淙聚成了汪洋恣肆的华夏文明，纷纷造就了光芒璀璨的一天群星。治学但成一说，士则自成一家。其时除法儒墨道四大显学之外，兵家、名家、易家、阴阳家、计然家、农家、医家、水家、方术家、堪舆家、营国家（建城术）、工家、乐家等等等等数不胜数。举凡立言成家者，皆有门生追随。师生自谋生计周游天下，弘扬自家学说，流播天下学问，为民生奔走呼号，为邦国针砭时弊，为自家寻觅出路，移风易俗大开民智，责己责人多方救世，堪称华夏文明史上最灿烂的一页！

三是大规模官学横空出世。战国之世，七大战国皆有官学。秦国官学之规模，自然远远不若山东六国。而山东六国

六国虽输了天下，却赢得学林及思想史的口碑。

之官学，则以会聚天下名士的齐国稷下学宫为代表。自齐威王后期兴办稷下学宫，至齐湣王学宫衰落，历经威王、宣王、湣王、襄王四代近百年，稷下学宫始终是天下学问之驱动中心，是无可替代的文明渊薮。其间根本，是齐国始终没有将稷下学宫作为官吏来源，而是真正地养士兴学培植士风，大兴论辩学风，使学宫士子在衣食无忧的闲适之中相互砥砺，积细流以成河海，由是成就了后世所有王朝无法企及的文明奇迹！

四是文华名臣大兴养士之风，生成中国历史上独有的"门客"高峰。门客者，私门之士也。春秋之世，士人始成，都是从天下各阶层游离过滤出来的能才精英，尤以平民士人为主流，此所谓布衣之士也。布衣之士多出寒门，以其才能寻觅出路，难免鱼龙混杂甚或多有各国逃犯与鸡鸣狗盗之徒，其第一要务自然是生计衣食。于是，投靠豪门或求伸展或避追捕，便成了布衣之士的重要出路之一。而贵胄权臣为培植私家势力，也很是需要此等身有能才而又忠实效命于私门的士人。于是，以召贤为名的养士之风不期然兴起，门客现象随即风靡天下，在战国之世达成高峰。除了秦国权臣，山东六国的权臣贵胄几乎是人人皆有门客。多少权贵门客盈缩，多少门客朝夕成名，此间故事实在不胜计数也。而门客数以千计者，当数战国四大公子——信陵君魏无忌、孟尝君田文、平原君赵胜、春申君黄歇。此四人先后在本国成为一时权臣，又同时襄助苏秦发动第一次合纵抗秦，之后更成为合纵主导人物，名满天下权倾一国，所养门客缩则三两千，盈则五七千，几成一旅之众，私家势力之盛令人咋舌！

有此四端，山东之朝野风习自然大异于秦国。

其时，山东风习之最鲜明处是商风浓郁崇尚风华，而秦国民风却是重农重战简约质木。诸多为当时名士所指责的

四大公子善养士，秦王不敢轻易欺凌。吕不韦自觉不如四大公子，所以，兴养士之风，养食客三千。

糜烂世风,都源于山东六国弥漫朝野深植国人的商业营生。从根源上说,自春秋商旅大起,历经四百余年,中原各国的商人商业之盛已成空前高峰。各大都邑商市繁盛,官市民市皆成气候。临淄之齐市、大梁之魏市领风气之先,交易之盛几无任何禁忌。陈城之楚市、新郑之韩市、邯郸之赵市、蓟城之燕市,虽先后曾有盈缩,然也不乏风华繁盛之风。若再加上曾经闪烁流风的宋市、卫市、鲁市、吴市、越市、草原胡市等,说商风弥漫天下亦不为过。是时也,人无论穷富,官无论大小,尽皆千方百计涉足商道以富家。所谓"天下熙熙,皆为利来;天下攘攘,皆为利往"①,诚如是也。历史地说,战国商风之盛,其后两千余年直到中国进入近代之前,始终无法望其项背。

此等浓烈商风之下,珠宝、娱乐、博彩、赛马、倡优、珍奇器物、珍禽异兽、奴隶交易、贵胄酒店诸般奢靡行业大起,风华衣食崇尚器物积为风习,高台广池豪阔营造流行官场,侈靡之风弥漫朝野,一时大开亘古之先河。其间根本处,在于寻常庶民大肆卷入商道,居住在都邑城堡的"国人"尤其孜孜于商事,不惜出奇致富。《史记·货殖列传》非但历数了春秋战国的赫赫大商,且罗列了寻常庶民以商致富的"奇胜"之道:"夫纤啬筋力,治生之正道也。而富者必用奇胜。"所谓奇胜之法,是富人不屑为之的卑贱商路。《货殖列传》列举了当时专执贱业而致富的"奇胜"之业之人:掘墓本奸事,田叔借以起家;博戏为恶业,桓发操其致富;串街叫卖(行贾)乃贱行,雍乐成却做到了富饶之家;贩卖脂膏是屈辱营生,雍伯却累积了千金;卖浆为小业,张氏却富至千万;替人磨刀(洒削)本是薄技,郅氏却至鼎食之家;马医药方浅陋,寻常医家不屑为之,张里却大富起来……末了司马迁感慨万端:"由是观之,富无经业,则货无常主,能者辐辏,不肖者瓦解。千金之家比一都之君,巨万者乃与王同乐,岂所谓'素封'者邪! 非也?"也就是说,致富无恒常之业,财货无恒常之主,能者聚集财富,平庸者崩溃产业;千金之家的富贵堪比都邑高官,万金之主的享乐可比诸侯国王,简直就是没有正式封号(素封)的王者贵胄! 难道不是么?

人皆求商,邦国风习自然无敦厚可言。

后世史书对各地风俗虽都有详略不同之记载,然对战国风习的分国概括描述,仍当以《史记》与《汉书》最为贴近翔实。诸位看官且来看看前述文献对各国民风民俗的描述:

纵横家苏秦描述齐国云:"临淄甚富而实,其民无不吹竽、鼓瑟、弹琴、击筑、斗鸡、走狗、

---

① 见《史记·货殖列传》。

六博、蹴鞠者。临淄之途，车毂击，人肩摩，连衽成帷，举袂成幕，挥汗成雨；家殷人足，志高气扬！"①《史记·货殖列传》的描述则是："齐带山海，膏壤千里，人民多文采……其俗宽缓阔达，而足智好议论，地重难动摇。怯于众斗，勇于持刺，故多劫人（强盗）者，大国之风也。其中具（聚）五民。"《汉书·地理志》则描述云："其俗弥侈，织作冰纨绮绣纯丽之物，号为冠带衣履天下。"

楚国风俗之描述云："通鱼盐之货，其民多贾。""其俗剽轻，易发怒，地薄，寡于积聚（很少有人积累财货）。""南楚好辞，巧说少信……与江南大同俗……"②

赵国风俗之描述云："地薄人众……丈夫相聚游戏，悲歌慷慨……多美物，为倡优。女子则鼓鸣瑟，砥屣，游媚贵富，入后宫，遍诸侯。"代地人民，"矜懻忮（强直刚愎），好气，任侠为奸，不事农商"③。邯郸："土广俗杂，大率精急，高气势，轻为奸。"④

燕国风习之描述云：地广民稀，其俗愚悍少虑，轻薄无威，亦有所长，敢于急人；宾客相过，以妇带宿，嫁娶之夕，男女无别，反以为荣。

韩国风习之描述云：其俗夸奢，尚气力，好商贾渔猎，好争讼分异……俗杂好事，业多贾，任侠。

魏国风习之描述云：有盐铁之饶，民喜为商贾，不好仕宦……俗刚强，多豪桀侵夺，薄恩礼，好生分（父母在而昆弟不同财产）。当时有名士吴札赞颂魏风曰："美哉沨沨乎！"沨沨者，华贵中庸貌也。可见魏国文明之盛。

洛阳周人之风习描述云：周人之失，巧伪取利，贵才贱义，高富下贫，喜为商贾，不好仕宦……东贾齐、鲁，南贾梁、楚。

秦国风俗之描述则云：其民好稼穑，殖五谷，地重，重为邪（不敢为奸邪）……民务本业，修习战备，高上气力，以才力为官，名将多出焉！民俗质木，不耻寇盗……汉兴，立都长安，五方杂处，风俗不纯，易为盗贼，常为天下剧。嫁娶尤崇侈靡，送死过度。显然，战国秦风与后世秦风是有很大差异的。⑤

① 见《史记·苏秦列传》。
② 见《史记·货殖列传》。
③ 见《史记·货殖列传》。
④ 见《汉书·地理志》。
⑤ 以上内容散见于《史记·货殖列传》和《汉书·地理志》。作者有删节。

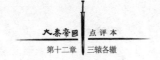

上文多出于对《史记·货殖列传》等的翻译演绎。

如此活生生风俗画,赫然可见天下民风之一斑。

谚云:"政久成俗。"民风酿政道,政道生民风,自古皆然。秦国民风以商鞅变法为分水岭而为之大变,此乃政道生民风之典型也。山东民风之所以截然不同,直接缘由亦在政道。这个政道,便是源远流长的崇商之道。秦国重农而山东崇商,植业根基之不同,终致民风大相径庭。就实而论,非秦人天生恶商,亦非六国之民天生崇商。其所以有如此差别,根本原因在两种治国之道的激励督导不同,更深远处则在两种治国理念之差别。

商鞅治国理念已经说过,再来看看山东治国理念。

仅说商风最浓的齐国。春秋之世,齐立国的第一任国君姜尚,便开了与周道不同的治国之道:"太公望封于营丘,地潟卤,人民寡。于是太公劝其女功,极技巧,通鱼盐……"因其俗,简其礼,通商工之业,便鱼盐之利,而人民多归齐。"①《汉书》则云:"初太公(姜尚)治齐,修道术、尊贤智、赏有功,故至今其士多好经术、矜功名(不出来做实事);其失(缺点是)夸奢朋党,言与行谬,虚诈不情,急之则离散(遇到急难便四散),缓之则放纵(寻常时日则放纵享受)。"两则记载,前者说齐国开首便以激励(劝)通商、简化礼制吸引人民,后者说齐国开首便放纵士风。两者相互浸润,国风始得放纵。

后来,管仲开新政变革之先河,对民众经商之风更有明确立论,其云:"饮食者也,侈乐者也,民之所愿也。""美垄墓(兴建豪华的田宅坟墓),所以文明也;巨棺椁,所以起木工也;多衣衾,所以起女工也。犹不尽,故有次浮也……作此相食,然后民相利……"②

---

① 见《史记·货殖列传》《史记·齐太公世家》。
② 见《管子·侈靡》。

姜尚之道,管子之论,实际上一直是山东六国的立民之
道与治国理念。战国之世,依然被奉为圭臬。有此理念,商
风大起民风奢华,遂成传统衍生的必然。到了战国之世,纵
然是震撼最大的魏国李悝变法,也依然将壮大商旅利用商道
作为基本国策。李悝保障不伤农事的法令不是限制商人,而
是以商市手段调节谷价。稍后的魏国丞相白圭,更是以天下
大商之身入仕,动辄以经商之道论述治国,以治国之道论述
经商,直将商道政道融为一体。与商鞅以重农而保障激励农
战的秦法相比,这显然是另一种更具深远意义的治国理念。
假如六国能法商并重,对变法能如崇商那般持之以恒,历史
也许会是另一番面目。

尽管六国民风多受指责,然却依然是文明风华之渊薮。

吕不韦要做的,是在秦国大开文明之风,使秦国文明与
山东六国比肩而立,也使自己心中的化秦方略得以成就。而
这第一步之力所能及者,便是兴办私学、广召门客,依靠大量
进入自己门下的治学士人酿成文明大势,进而著书立说,渐
渐诱导朝野之风。吕不韦很清楚,在秦国要使官府做此事,
必然难免一场庙堂论争,操持不好会引起举国震荡。目下唯
一的可行之策,是借自己权倾朝野的势力,以私家之道行事,
纵有朝野非议,最多也是私下指责自己歆慕虚名而已,决然
不会使国人生乱。只要秦国不乱,自己便可从容行事。

奢侈之风,并非十恶不
赦。"尽管六国民风多受指
责,然却依然是文明风华之渊
薮",此论非常有见识。

五 巴蜀寡妇清 咸阳怀清台

吕不韦方略一定,先愁了高年白发的西门老总事。

要造两座大馆所,财货金钱自然是第一急务,再加上数
千士人门客,花销之巨大可想而知。此时,吕不韦的封地是

洛阳百里十万户,在秦国历史上可谓空前。然则秦法有定:封地赋税归于封主者不得超过一半,其余仍归国家府库。加之吕不韦昔年囤积早已告尽,入秦后也从不敛财,对封地赋税事从不过问,只吩咐西门老总事相机斟酌而已。就财力而言,今日吕府与昔年的吕氏商社已经不可同日而语,如何担得如此巨大财力? 再说,即便是十万户赋税全部归己,大约也只建得一座学宫而已,后续大事又当如何? 思虑几日,沉疴在身的老人步履蹒跚地走进了大书房。

"两座馆所,大体要得多少金?"吕不韦没有客套。

"百万金上下。"默然良久,老人终于开口了。

"开馆之后,年金几多?"

"以三千门客计,每人每年均平三十金,总计年人头金九万;再加学事、车辆、衣食、马匹、杂役等诸般开支,年总额当在百万金上下。若能国府建馆,我府养士,尚可勉力承担。依天下成例,门客院可由国府建造,日后不做我府私产罢了。"

"秦国首开私学,国府不担一钱。"

"……"

"西门老爹,洛阳十万户封地,年赋几多?"

"十万金上下……文信侯欲加赋税?"

"我行新政,宁自毁哉!"吕不韦粗重地叹息了一声,"周人新归,洛阳庶民正是秦军根基,若竭泽而渔,吕不韦何颜面对天下?"

吕不韦食洛阳十万户,应该不差钱。

"老朽两谋,文信侯斟酌。"西门老总事喘息得风囊一般,"一则,收门客入门金。孔老夫子为私学鼻祖,每人半年尚须交五条干肉……文信侯若能收得投奔者些许丝绸珠宝金钱,或令门客衣食自理,或可……"

"老爹笑谈也!"吕不韦不禁大笑,"若得身有珠宝衣食

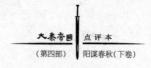

自理,谁却来做门客?"笑得一阵又慨然一叹,"老爹毋忧也!此事容我设法,若无转机,便是天意了。吕不韦当就此止步,再不侈谈新政也!"

"文信侯,老朽原是两谋。"

"噢——"吕不韦恍然,"老爹快说另一策。"

"文信侯可愿求助于人?"

"老爹,本是求无可求,何来愿不愿也。"

老西门狡黠一笑,压低了声音:"尚商坊。宽简清。"

默然良久,吕不韦终是没有说话,直至西门老总事出了书房,兀自痴痴思忖。念及当年商战义举,吕不韦相信尚商坊的六国商旅不会不给他如此一个显赫回报。然则果真如此,风声便会流播天下,口碑定然是"吕不韦得六国之力招揽门客"。山东六国固欣欣然不已,可秦国朝野接受么?且不说依照秦法有里通外国之嫌,纵是庙堂无人追究罪责,你吕不韦在老秦人中的声誉也必是一落千丈。如此南辕北辙,岂不荒谬至极?

那个宽简清倒是秦商,从当年对尚商坊商战时一举援助六十万金的大手笔说,此人财力可谓丰厚不可测。然则,这个总在宽简上烙一个古籀文"清"字的人物,从来都是神龙见首不见尾,在邯郸长青楼未曾谋面,只闻其声,未见其人;在后来仅有的一次谋面中甚至连面纱也没有撩起,更没有留下任何可供联络的居所与方式,甚至交接金钱都是在约定之地一次完毕,神秘之风较任侠之士犹有过之,仓促间却到何处去找?然则无论如何,吕不韦毕竟清楚了此人根基,目下之难只在如何能见到此人,否则想开价也是枉然。

说起来,自从当年在邯郸绿楼第一次见到那方宽简,第一次破解了那个"清"字烙印,毛公也说了是寡妇清。可吕不韦心下无底,便开始有意无意地秘密打探此人根底。当

作者爱"无私"之吕不韦,吕不韦实"无私"乎? 可疑。

然,那时是为了准备送给嬴异人为妾的陈渲日后不受牵累。后来诸事牵绊,终是不曾打探清楚。初相那年,莫胡辞府出行,去山东六国寻觅当年突兀丢失的小荆轲,两年后才回到了咸阳。虽然没有找到儿子,莫胡却给吕不韦带来了一个令人惊讶的消息——她去了邯郸卓氏庄园,卓原老人问起吕不韦情境,听到宽简蒙面客襄助商战一节,卓原老人哈哈大笑说:"巴蜀大商寡妇清,瞄上吕不韦也!"

"噫——果然她也!"吕不韦恍然大悟了。

还在年轻的吕不韦雄心勃勃地奔走商事之时,便知道了天下五大巨商——楚国猗顿氏、魏国白氏、赵国郭氏与卓氏、齐国田氏;因郭氏卓氏同属赵商,于是也有四大巨商之说。然在五大四大之外,商旅之中还流传着另一种说法:巴蜀有大商方氏,财货金钱无可訾量,真正的天下第一大商。尽管商贾们说起巴蜀方氏都是啧啧然神秘态,但却没有一个人说得清来龙去脉,甚或很少有人能明白说出方氏操持的行业。这便是方氏之奇特处——人人知其名而人人不知其详。后来,商旅之中又纷纷扬扬传出一种说法:巴蜀之地女丈夫出,人呼寡妇清,其财货金钱更不可量,犹超方氏!吕不韦闻之哈哈大笑:"我操盐铁兵器之业,尚不得跻身巨商。巴蜀穷山恶水,操何营生竟能连出两巨商?人言荒谬如此,何信之有也。"正是因了心下认为寡妇清根本就是子虚乌有,后来在邯郸得见宽简"清"字,吕不韦才压根儿没有将那个"清"字与商旅传言中的寡妇清联系起来,对毛公推断也是听风过耳。后来,这个心头谜团也就渐渐淡了。

于是,对这个巴蜀方氏,对这个寡妇清,洞悉天下商旅根底的吕不韦始终是云山雾罩,说不得三言两语。若是仍在经商,吕不韦也许就永远地云山雾罩下去了,左右自家事要紧,谁却孜孜不倦地打探别家私密做甚?然则,自莫胡带来卓原

隐形超级富豪!前文作者铺设了许多,到这里,谜底差不多呼之欲出了。

老人的说法，吕不韦便不能继续迷糊下去了。寡妇清确有其人，意味着秦国的巴蜀之地藏匿着富可敌国的巨商大贾。身为秦国秉政丞相，对国中如此两个巨商大贾一无所知，岂非滑天下之大稽？更要紧者，这个寡妇清似乎总是在暗中时时关注着自己的行止起落，其意究竟何在，吕不韦能永远地云山雾罩么？

那年开春，吕不韦派出了几个仍然在府的当年商社的老执事秘密进入巴蜀。一年之后，几个老执事先后归来，终于揭开了巴蜀方氏与巴蜀寡妇清的云雾面纱。老执事们多方印证至为翔实的商族奇幻故事，令吕不韦感慨不已。然更令吕不韦惊讶的是，方氏与寡妇清原本一事，寡妇清便是方氏商族的第九代女掌族。

"天下之大，无奇不有，信哉斯言！"

方氏者，方士也。春秋之世，齐国朝野奢靡为天下之最，君臣豪士富贵之家尽求长生不老，方士遂乘时大兴。其时，方氏一族居东海之滨，以渔猎为生，尚无姓氏，因常采得山海珍奇卖给云游方士炼制丹药，人皆呼为海药氏。一年，秋潮大涨，一白发老方士孤舟触礁，被困之罘岛半月不能出。其时，海药氏族人恰遇一云游方士重金求购巨海龟蛋，然怒潮连天，无人敢驾舟出海。族长情急，召族人紧急计议，约定：但能取得海龟蛋者，生为族长，死为族神。族中一水性极好的少年亢声起身："鸟！不要族长族神，只要族人衣食！俺出海！"举族殷殷相送，少年轻舟破浪出海，瞬息间湮没在了滔天白浪之中。三日之后少年归来，非但采到了一枚罕见的海龟蛋，还带回了那个气息奄奄的老方士。旬日之后老方士康复，祭拜海神生恩之时却突兀指定少年大呼："子乃海神水童也！堕居尘俗，不畏举族饲海乎！"族人大惊，拜求脱难之

始皇帝统治时期，方士曾颇受重视。小说让这方士登场，实铺排已久。方士一般自认在养生、医道方面有神乎其神的本领，世人容易相信长生不老的神话，始皇帝亦不例外。"自齐威、宣之时，驺子之徒论著终始五德之运，及秦帝而齐人奏之，故始皇采用之。而宋毋忌、正伯侨、充尚、羡门高最后皆燕人，为方仙道，形解销化，依于鬼神之事。驺衍以阴阳主运显于诸侯，而燕齐海上之方士传其术不能通，然则怪迂阿谀苟合之徒自此兴，不可胜数也。"（《史记·封禅书》）

法。老方士只一句话："此子但随老夫侍奉海神，汝族可得后荫也！"

五十年后，被齐景公奉为国师的大方士来之罘岛出海求仙。海药族应征，举族为驾舟水手。出得之罘岛，白发苍苍的大方士召海药族水手于船头祭海。屏开少年童仆，大方士对着族人当头一个深躬："我乃当年出海子也！我族幸甚！"族人欢呼之余，欣然接受了大方士对族运的神谕：少年尽为方士，余皆为方士执业，则方氏大兴矣！

从此，海药氏成了方士世家与丹药业族。其时习俗以业为姓，于是齐国有了方氏。方氏代有赫赫神通之方士，又有包揽丹药材料之大商。及至进入战国，方氏方士已经流布天下，成为各国宫廷的神秘座上宾。田氏代齐时，方氏的第十代方士已经稳稳地成了齐国方士的神盟天主。所谓天主，是齐人尊奉的第一神灵，中原各国皆无。其时天下三个海滨大国——齐、吴、越，祭祀尊神巫术之风都很是浓烈，其独特习俗亦与中原大有不同。时人云："（齐）明国异政，家殊俗，齐独行，不及天下。"①也就是说，齐国的政道风俗特立独行，不通行天下。譬如节令，中原二十四节气，齐国却是三十节气。譬如祭神，中原只祭拜天地，齐国却祭拜八神——天主（天）、地主（地）、兵主（蚩尤）、阴主（三山）、阳主（之罘山）、月主（蓬莱）、日主（成山）、时主（琅邪）。方氏方士能为天主，可见其神位之尊崇异常。

然在此时，方氏俗族却突然在齐国消失了。

十余年后，巴国的崇山峻岭中驶出了一艘艘大船，满载丹砂从江水东下入云梦泽，再从海路北上之罘，船头大旗赫然飘扬着方氏族徽———只巨大的变形海龟。

这些人总是神秘的，不神秘也要假装神秘。

———

① 见《管子·幼官》集注。

　　原来，已经成为"天主"的第四代方氏方士周游天下，踏勘出一个巨大的秘密——巴山蜀水间有天成丹砂，若得垄断之利，非但富甲天下，更是称雄神业。此业既大，自然非方氏莫属。然要已经在齐国欣欣向荣渐成望族的方氏千里跋涉举族迁徙，则风险更大。毕竟，海族有冒险漂泊之天性。经过半年多的议论筹措，没有方士之身的方氏俗族竟断然举族南下了。为了尽快踏勘出丹穴，方族在云梦泽西尽头弃船登陆，沿着夷陵北岸的山地跋涉直上。半年之中死伤族人三百余，终于在江水北岸的山地①找到了丹穴，由是开始了掘丹之业。

　　丹者，辰砂也，俗称朱砂，为方士炼制丹药之不可或缺的材料。而所谓丹穴，便是朱砂矿井。方氏既知方士之需，又明天下丹药需求之势，操起这寻常商人匪夷所思的行业正是得心应手。踏勘出丹穴之后，方氏举族定居巴山，一面量力掘丹，一面全力造舟。掘出之丹装舟东下，进入齐国，则由方氏方士请准国君或贵胄以重金买下，而后再将所得之金三分：一份留中原营造商社根基并供本族方士之需，一份供族人生计，一份雇佣各色山民水手扩大采掘并建造大船。如此两代人光景，方氏已经是富甲巴蜀了。及至秦惠文王时司马错进军巴蜀、秦昭王时李冰入蜀治水，方氏已经在巴东山地经营了六代一百余年。

　　如此实力大商，天下却是一片朦胧。也是方氏素有隐秘行事的族风，非万不得已绝不轻泄执业秘密。被方氏雇佣的山民与水手，只被告知采掘之物是中原建造宫殿用的红石，其余严禁打问。所有的丹砂交易，都是方氏商社的嫡系子弟亲自经办，从不假手他人。更有一奇，方氏从来不在秦国经商，而只在山东六国与胡地奔走。如此一来，秦国朝野极少有人知晓藏匿在巴山蜀水间的这个巨富大族。而中原商旅所知者，也只有方氏在山东列国所开的寻常商社。唯其如此，方氏之富对天下商旅始终是个影影绰绰的谜，博闻多见如吕不韦者，也只是徒闻其名不知其实。

　　后来，神秘勃起的方氏家族发生了一次突然变故。

　　秦昭王二十八年，也就是公元前279年，白起大军进入已经是秦国巴郡的江水上游，全力打造战船筹措水军，准备东下大举攻楚。其时，巴蜀两郡精壮水手几乎悉数被秦国水军征发。方氏船队在巴郡声威赫赫，六百多名年金过百的水手更是人人精悍，自然在

---

① 《史记·货殖列传》集解云："涪陵出丹。"涪陵，即今日重庆市之涪陵地带。

相当于得罪地头蛇。

水军征发之列。然则,方氏族人虽久居巴郡,却从来没有将自己做秦国庶民看待,而始终认定方氏部族只是齐人在秦做客商,与秦国并无瓜葛;官署赋税,方氏也以商铺不在本地为名,只缴纳些许地盘金而已;至于关税,则由于其时无力在荒僻大江设防查商,而只能在陆路设关,只走险峻水路的方氏更是无须缴纳。也就是说,方氏入秦百余年,赋税实际上都缴给了齐国与中原设店之国,对丹穴根基之地的秦国,恰恰是无甚粘连的两张皮。加之方氏一族醉心掘丹神业,与外界极少往来,对天下大势之变化也是不甚了了。有此诸般原因,方氏老族长在丹穴城堡接到秦国水军的征召令时,竟操着齐语傲慢地笑了:"俺非秦人,凭何征召? 秦国打仗得靠山东商贾么? 不去。"

水军司马急报统帅白起。冷峻的白起大感意外,秦人闻战则喜,精壮争相入军,百工踊跃应征,素常只为裁汰犯难,几曾有过拒绝征发之事? 询问了方氏大致情景,白起亲自到了郡守官署,冷冰冰话语掷地有声:"秦无法外之民。方氏居秦百年,采我丹砂,用我民力,多逃赋税,实为不法奸商。郡守宁无视乎?"

居秦地不纳秦税,没有道理。

其时,巴蜀两郡皆由蜀侯嬴煇统领,巴郡郡守正是嬴煇亲信。嬴煇本是秦昭王的第三个王子,因与安国君嬴柱争太子失利而被派任蜀侯;心下耿耿,遂有心接纳巴蜀强豪富商以图将来自立。巴郡郡守奉命行事,对方氏一族只是笼络,从未有过依法勒商之举。然今日白起震怒,巴郡郡守大起恐慌,连夜秘密飞报了蜀侯嬴煇。嬴煇深知白起刚严善战,且得宣太后、穰侯与秦昭王之鼎力支持,自己虽是侯爵王子,然若以轻法之行抗拒,按照秦法不用上报咸阳,白起以上将军之权力便可将他拘押问罪。权衡之下,嬴煇对巴郡郡守只有一句回话:"但以国法行事,毋再报我。"

　　三日之后，方氏老族长被依法处斩。郡守明谕方氏：
"在巴水手一律入军，在外水手月内召回入军；罚金十万，抵
历年逃税之数；逾期不行，举族没为刑徒！"

　　遭此大变，方氏举族震惊，一时大乱。

　　其时老族长的公子正在中原奔走经营，身在丹穴城堡的
其余庶出公子又皆少不更事，唯有一个少妇算得正宗嫡系人
物。此人正是公子正妻、年仅二十岁的玉天清。方氏有族
规：巴蜀女可妾不可妻，嫡子正妻必娶之罘海女。这玉天清
正是齐国之罘岛区的渔家女子，族操海业，以"海"为姓，人
呼海清女。海清女貌美聪慧，有胆有识，少女时便被海滨渔
猎族呼为海神女。一年，方氏之天主方士突发神谕：方氏第
九代嫡子当以海神女为妻，此子之气已现之罘，稍纵即逝，着
速成婚以镇方氏之厄！方氏老族长立即惶惶奔赴之罘海滨，
终于寻觅得十七岁的海清女，为被自己定为身后掌事人的次
子完婚。

　　方氏为方士世家，成婚之法大是特异：凡天意镇厄之女，
须在婚礼之后处子三年，始得合卺。有此族法，十七岁的海
清女虽已结发开脸，却依旧是亭亭玉立的少妇处子。夫君天
下奔走，海清女独守清幽山水，给自己取了个名号，叫作玉天
清。渔女多奔放，玉天清却是沉静异常，每日只在族长书房
襄助处置商事，终日无一言，理事却从无差错。老族长尝对
执事们感喟言之："此女若为男子，俺方氏必当称雄天下
也！"

　　变起突兀，族人执事们惶惶聚来，一口声要玉天清决断
是逃是留。玉天清几乎没有丝毫犹豫，当即做出了五则决
断：其一，在巴水手每人奉送百金，立即入军，战后再回商社；
在外水手月内无法归来，立即派一得力执事出江入楚，重金
招募等量水手充作方氏水手入军。其二，罚金多纳十万，二

法不容情。

十万金立即缴纳官署。其三,接连放出三只信鹞,急请公子回巴理事。其四,老族长就地简葬,不得依旧例运回齐国大肆铺排。其五,举族如常守业,凡有脱逃者立即沉江处死。末了,玉天清一字一顿道:"秦国正在如日中天,逃匿天边也是灭族之祸。方氏疏秦,绝非长策,若不改弦易辙,我族无立足之地!"

寥寥数语,精于商道的方氏族人无不悚然警悟,异口同声拥戴玉天清主事。一番有条不紊的铺排,方氏一族终于没有作鸟兽散。便在此时,却传来了一个惊人消息:匆忙返程的长公子在云梦泽突遇巨浪吞舟,公子与十六名卫士随从无一生还。

玉天清没有一声哭泣,一身素服召集族人,似淡漠似肃穆竟隐隐然有天主方士之象,淡淡缓缓道:"方氏俗族有今日,天意也。族人若信得海清女可镇厄兴族,便留下与我共守祖业。否则,分了财货库金各自谋生。海清女与族人均等分财,决不以嫡系多占一钱。"

此言一出,族人感喟唏嘘,一时默然无对。十几位族老一番计议,公推一资望最深的族老当场征询族人意向。片时之后,族老慨然陈辞:"聚族事大,无镇厄族长,我族纵聚族守业,也是灾祸连绵。海神女若做我族长,我族便聚!海神女若只权宜掌事,我族便散!"族人们也是纷纷嚷嚷,要海清女做族长主事,否则便作鸟兽散。玉天清默然良久,起身对族人肃然一躬:"兹事体大,容我明日作答。"径自去了。

玉天清之难,却有一番分说。方氏一族自操持神业,日渐成为商旅望族,几代下来生成了一套严苛的族规,尤其对族长的交接有明确法度:非常之期,嫡长子正妻可为掌事族长;但为族长,终身不得再嫁。海清女虽已嫁与方氏,然终未合卺,尚是处子之身;临危主事,原也只是出于急难之心,打

人算不如天算。

算只要族人不散，安定之后另举族长主事；不意族人竟以她为镇厄之神女，举族执意拥戴，便给海清女大大出了一个难题：不做族长，方氏立散，百余年丹砂巨商就此化为云烟；若做族长，则要终身守寡，满腹情愫将成一世磨难……那一夜，明月高悬，城堡深处的竹楼上，处子少妇玉天清一直痴痴伫立到东方发白。

清晨卯时，族老执事们纷纷聚来决事厅。玉天清只对着族老们淡然一笑，对着族长座案肃然一躬，便走上了已经被历代族长踩出深深脚窝的六级石板台阶。商社总事与执事们请示日后对秦国应对之策，玉天清道："入秦籍，守祖业，散财货，固根基，秘密拓展中原商事。此为我族日后方略。"族老执事们大是惊愕，不约而同地愤然嚷嚷，万事好说，唯独不能入秦籍。玉天清冷冷道："方氏久事神业，闭目塞听已有八代，族人业已不知天下大势为何物也。方氏若得远图，便依我方略，否则，巴山丹穴便是举族葬身之地。尔等好自为之。"说罢起身便走。族老执事们慌忙一齐拜倒，请议一日而后决断。

秘密计议中，玉天清申明了族老执事们根本没有想到的一点：秦国越来越强，六国越来越弱，借此关节成为秦人正当其时；唯其成为秦人，方氏才能借强国之力席卷山东商社；若不为秦人，则只能以丹穴为业，富则富矣，王天下之商却是春秋大梦也。族老执事们顿时恍然，大是感奋，同声拥戴玉天清方略。暮色时分，诸般铺排已经筹划妥当，执事们立即开始忙碌。

巴郡郡守向白起与蜀侯禀报了方氏情形，白起念及方氏水手全数入军又甘愿倍出罚金，非但不再追究，且请准咸阳赐方氏新族长初爵两级。赐爵王书到达之日，玉天清率族中族老执事大礼迎出，接书后郑重地向特使申明：方氏居秦数世，实是老秦之民，自今愿弃客商之身，入秦籍，为秦人，诸般

力挽狂澜，众人不得不服。

赋役与国人同等。特使回报咸阳,宣太后破例下书:"方氏为秦人,秦始有大商矣!免方氏徭役,赐爵两级以示褒奖。"于是,方氏化入秦国,成了有第四级不更爵的秦商。

方氏变身大获成功,玉天清从此走上漫长的商旅生涯……

豁达的吕不韦第一次不能成眠了。

如此一个寡妇清,此刻在中原还是在巴蜀?她是否还在暗中关注着秦国朝局,关注着吕不韦?虽入秦籍,寡妇清终是齐人,她有事秦之心么?诸般心思纷至沓来,吕不韦终夜辗转反侧,清晨刚刚蒙眬睡去,却闻外厅急匆匆脚步轻悄悄话语纷杂交织,霍然离榻坐起:"莫胡,有事么?"莫胡轻盈飘进寝室低声说了一句,吕不韦立即下榻出了寝室,大步匆匆来到了书房。

一支熟悉的宽简工稳地插在案头笔架的中央!

几乎没有丝毫犹豫,吕不韦决意会见这个神秘人物。按照宽简上刻画的路径图,吕不韦的垂帘辎车于暮色降临时终于来到了咸阳西南的沣京谷。这片山水并不陌生,当年华月夫人的历历往事还时常依稀浮现在吕不韦心头。到得那座巨石码头,吕不韦吩咐驭手与两名随行剑士留在岸边,自己只带着扮作童仆的莫胡上了山道。在一片松林入口处,两名黑衣人正在等候,验看了宽简,领着吕不韦进了林木荒莽的沣京废墟。

明亮的灯光闪烁在一片茅屋庭院。吕不韦记得,那正是华月夫人曾经的快乐居所。进得庭院,两名黑衣人在茅屋门外站定,廊下灯影里一名少女恭谨地将吕不韦引进了茅屋。吕不韦当年曾经是营造密室的高手,一进门便看出这茅屋绝非其质朴外观那般简单——宽阔敞亮,重帘叠帐,显然是

入深极大，一直通到了背后的山崖山洞亦未可知；脚地铺着厚厚的彩织地毡，任你身如山岳也没有丝毫声息。吕不韦依着少女手势，从容在东首案前落座，莫胡站在了身后。另有一少女捧来煮好的鲜茶。吕不韦方啜得两口，却闻身后莫胡猛然一声喘息，蓦然抬头，心下猛然一跳！紫红的大屏后悠然转出一道黑柱——身着一领黑袍，面垂一方黑纱，正一动不动地伫立在对面座案前。

"文信侯老矣！"略显苍老的女声喟然一叹。

"清夫人别来无恙？"吕不韦不期然漾出了当年的满面春风。

"今日不速之请，得文信侯拨冗赴约，玉天清先行谢过。"黑衣人微微一礼坐回到了对面案前，"文信侯治秦有方，老身时常感喟于心，惜乎无由得诉也。今日之约，略表寸心而已。老身一生无空言，亦望文信侯坦诚相向，毋得虚与周旋。"

"不韦谨受教。"吕不韦慨然拱手，"清夫人商道沧桑五十余年，亦曾救国于急难之时，不韦素来敬佩，却无由酬谢，心下惭愧久矣！"

"区区之举，文信侯幸勿上心。"

"私恩身报，国恩功报。受恩无报，此不韦之不安也。"

"文信侯心有疑团，但说便是，无须以愧疚表疑。"

吕不韦原本欲引得神秘的寡妇清自己说出关注他的动因，不意这个老夫人竟是洞若观火，要他明白说话，思忖遮掩不得，一拱手坦然道："不韦心下不明者唯有一事：夫人何以时时关注不韦行止，总在急难关节处现身襄助，纵无所图，亦有因由，盼夫人明告。"

"也好，老身说。"玉天清悠然一笑，"文信侯为商之时亦曾称雄天下，当知商旅所盼者，官府重商之法度也。邦国重商，则商贾兴。邦国贱商，则商贾亡。秦国固强，然法度贱商却是天下之最。文信侯秉政，渐开宽政之风，渐行农商并重之道，诚天下大幸也。老身既为秦商，不该助一臂之力么？"

默然良久，吕不韦慨然一句："夫人远见，过我所望也。"

"且慢。"玉天清轻轻叩案，"老身也有一己之求。"

"夫人但说。"

"我有一族侄，欲入仕途，欲托你门下。"

"国家求才，此事何难。"

"好。日后但有持'清'字简投你者，便是我侄。"

吕不韦点点头，略一思忖道："夫人，不韦也有一请。"

"两座馆所，百万金，无须你请。"

吕不韦摇摇头："不韦此请不成，宁不受援。"

玉天清显然一怔："文信侯……可是要老身示以真容？"

"不情之请，夫人见谅。"

"天意也！"玉天清粗重地叹息了一声，"你担国政，不受疑人之援，却也该当。"说罢一挥手，两名侍女退到了大屏之后。吕不韦回头一瞄，莫胡也轻步出门守候去了。玉天清一抖黑丝大袖，一双纤细丰满白如凝脂般的手搭上了发冠，随着一头乌云般黑发散下，垂面黑锦倏忽落地，一张带着血红伤疤的丑陋面孔在灯下煞是狰狞可怖！

"夫人能否见告……"吕不韦声音有些颤抖。

那双绝美的手又缓缓抬起，不知如何在头上一绕，黑冠黑丝依然故我，似乎一切都没有发生过。"你想知道，我也无须相瞒。"玉天清轻轻叹息了一声，"要救我族，海清女便要永生做贞女，做寡妇清。留得处子面容，人我皆多不便……"平静淡漠的话语中渗着一丝细微的沙沙声，依稀秋夜苍凉的细雨。

又是默然良久，吕不韦起身深深一躬，一句话没说出门去了。到得庭院门口，一个黑衣中年女子从灯影里走了出来道："文信侯，夫人在咸阳灞上有金库一座。这是路径图。这是入库宽简。"吕不韦接过两样物事道："若有要事，如何得见夫人？"中年女子沉吟片刻道："夫人素来不喜人约，然从来不误大事，文信侯毋忧也。"吕不韦说声知道了，一拱手去了。

回到咸阳，吕不韦夜不能寐，在池边林下转悠到月上中天才回到书房，铺开一张羊皮纸认真地写了起来——

自毁其容，明哲保身。

请立怀清台书

臣吕不韦奏：老臣尝闻：石可破也，不可夺坚；丹可磨也，不可夺赤。今查：巴蜀大商玉天清者，少时入嫁方氏，尚未合卺而夫溺水，又卒遇翁公服罪，族业分崩在即；玉天清临难救族，以处子之身继族长之位，使方氏得入秦籍，巴蜀赋税与日俱增；疏财好义，多筑路桥，常济急难，山民拥戴其业而不见侵犯，巴山之奉公守法遂成风习；其后，又襄助六十万金助我商战，去岁大饥，大舟助粮百万斛，诚有功于国也！尤令人感喟者，其女五十年守贞未曾改嫁，时已耳顺之年，犹处子之身矣！此等心志节操，理当为朝野万民感念也。凡为天下，治国家，必务本而后末也。所谓本者，务其人也。务人者，贵在彰其节操，若孝行，若守贞，皆当彰荣于国，使民效之也。故此，老臣请立台祠，以表玉天清之操行，以彰我王大治之道也！此万事之纪也，我王当行之。 秦王五年夏。

次日清晨，吕不韦上书依照惯例当即送往王城长史署。当值左长史王绾依照仲父秉政法度，当即将吕不韦上书改写为秦王王书，并紧急呈太后宫阅过用印，回来后再加盖秦王铜印，而后立即作为秦王王书颁发丞相府施行；而吕不韦的上书与王书底样，则与当日公文一起呈送秦王嬴政做熟悉国事之读。

午后时分吕不韦接到王书，立即在空白处批下："着官市署会同司空府筹划实施，建成之日，择吉大表。"官市署是丞相府属官，统管举国商事。司空府则独立成府，执掌举国工程。两府奉命，次日在渭水之南的灞水柳林中勘定了一座小山，开始了筑台工程。消息传开，关中秦人纷纷打问寡妇

寡妇清可能是秦国/秦朝最神秘的女富人。《史记·货殖列传》载，"而巴（蜀）寡妇清，其先得丹穴，而擅其利数世，家亦不訾。清，寡妇也，能守其业，用财自卫，不见侵犯。秦皇帝以为贞妇而客之，为筑女怀清台"。小说也十分看重寡妇清，为写这一人物，作者堪称是"千里伏线"，虽看不见，但从未间断。"用财自卫，不见侵犯"，据此，寡妇清可能有私人武装，财力不可估量。这个人的故事，十分有趣。

清其人其事。这位巴蜀女商人的神秘故事，便在朝野迅速流传开来。之后，遂有了一首巷间传唱的童谣："乌氏倮，寡妇清，封君筑台，礼抗千乘。牧长穷山，唯商显荣，嗟我耕战，萤萤其功。"

童谣传开，蔡泽匆匆来到丞相府，力劝吕不韦立即停止建造怀清台。吕不韦思忖片刻沉着脸问："纲成君以为，重商必妨农战么？"蔡泽红着脸道："文信侯事中迷也！不是老夫以为如何，而是秦人如何想头！尊商重商，与秦国情不合，当审慎为是逐步化之。操之过急，祸在你我也！"吕不韦正色道："化秦如同变法，当效商君之坚直方有功效。我政不伤民，何惧庶民一时之怨？商贾与民有功，何惜国家之显名？遇议则改，持之不恒，为政为法之大忌也。君可反我，切勿以保身之道劝我。"蔡泽一时大急，呵呵嚷道："你十万户侯尚且不惧，我五千户封君怕个鸟！老夫偏跟你撑着，秦人终不成生咥了两副老骨头！""好！你我双车共进退。"吕不韦笑叹一句又突然低声，"以君之才，没有歌谣么？"蔡泽恍然点头，呵呵大笑着去了。

三日之后，又有童谣流传坊区："耕者功，战者功，商者独萤萤。有国法，有王命，解我年馑者何无功？"此歌在秦中一时传开，原先的嗟叹童谣渐渐没了声息，老秦人却争先传诵起两年大饥时的商贾之恩。

原来，自嬴政即位的第三年起，自来风调雨顺的关中连续两年大旱。滔滔渭水几乎干了河道，蝗虫大起，遮天蔽日，夏秋颗粒无收。大半年之后，庶民囤粮十室九空，朝野顿时惶惶。秦法不赈灾，吕不韦的丞相府只有依靠暗中抛出库金压低商市谷价来救一时之急，然若没有大宗粮米进入关中，再撑得半年势必会有民众大量逃亡。吕不韦紧急召见尚商坊的山东商贾，一则激励一则请求，期盼六国商旅设法解秦

天有异象，常被人视为灾祸。"（秦始皇）三年，……岁大饥。四年，……十月庚寅，蝗虫从东方来，蔽天。"（《史记·秦始皇本纪》）

国燃眉之急。然六国商贾已各接本国密令，不许向秦国运粮。咸阳之六国商贾所能做者，也就是平价甚或低价卖完现有存粮而已，显然无法从根本上缓解饥荒。正在吕不韦决意冒险开启关中两座谷仓之时，潼关渡口传来急报：一支无名船队满载稻谷停泊于河口，因渭水枯涸无法进入航道，请派牛车五千辆运载入秦。吕不韦大喜过望，亲自带着一班吏员兼程东来，到达渡口之时，船队主人却已不在，水手班头只有一句话："我家主人卖粮于秦，三年后收金便是。"递上一支宽简，便没了言语。吕不韦感慨万端，情知寻觅无着，只有连夜卸船运粮，立即向各郡县分发。

秋冬稍安，开春之后却是旱象依然，眼看夏种无着，秦国朝野又蒙上了一层厚厚的乌云。便在此时，北地郡又来急报：一支连绵马队南下，乌氏大商倮运粮救秦。吕不韦长呼一声天意也，又立即亲自北上了。未到北地，吕不韦便清楚了乌氏倮的情形。

乌氏者，秦国北地郡之县名也。倮者，人名也。乌氏倮，便是乌氏的商人倮，人呼乌氏①倮者是也。倮族世居北地，代代以畜牧为业。商鞅变法之后，整个河西高原被秦国收回，牧区再也没有了民众最怕的拉锯战，畜牧蓬蓬勃勃生发起来。及至倮做了族长，倮族之畜牧业已经伸展到了阴山以北，与胡族常相交易了。倮豪侠仗义，善于周旋，与匈奴各部单于交好非常，便在畜牧之外做起了马商：将中原谷物盐铁卖于匈奴，再将换来的草原良马南下卖于中原各国。数十年下来，乌氏倮财货剧涨，声名遍及草原胡族。这年闻故国大旱饥荒，乌氏倮深感秦国之威秦人之身给自己的胡商生意带来的巨大好处，遂慨然买得大批燕赵粮谷并草原数万头肉牛

《史记·货殖列传》将乌氏倮与寡妇清相提并论："乌氏倮畜牧，及众，斥卖，求奇缯物，间献遗戎王。戎王什倍其偿，与之畜，畜至用谷量马牛。秦始皇帝令倮比封君，以时与列臣朝请。……夫倮鄙人牧长，清穷乡寡妇，礼抗万乘，名显天下，岂非以富邪？"

---

① 乌氏，亦作乌枝，战国秦惠王置县，大体在今宁夏固原之东南地带。

南下救秦。吕不韦接得浩荡马牛与数十万斛燕麦稻黍,力邀乌氏倮南下咸阳盘桓。乌氏倮入咸阳三日,"秦王"下书封乌氏倮领上卿尊荣,爵位与封君相同,号为乌氏君。也就是说,乌氏倮虽非在朝官员,却可以名正言顺地享受如同纲成君蔡泽一般的仪仗、府邸、衣冠、车马等等诸般尊荣。在"尊荣必出于农战"的秦国,商贾纵然有得金山,也不能建造具有贵胄格局的府邸,庭院再大房屋再多,门前也不能有石坊石刻,门额也不能有府邸标记;衣食住行可富不可贵,譬如商贾不得乘坐带有伞盖的辎车,只因为伞盖高低是爵位高低之标识。

如此法度之下,乌氏倮爵比封君,可谓石破天惊!

然则,其时毕竟饥荒大作人心惶惶,谁也顾不得去计较这些名位虚事,一时风平浪静。事过境迁,转过年来风雨如常饥荒渐去,老秦人眼见怀清台开工,油然想起此事,不禁有了满腹牢骚。及至念功童谣出,秦人一番咀嚼品味,感念之下自觉愧疚,也不再计较商贾获显荣的事了。

八月秋风起,怀清台告成。秦王嬴政驾临灞上拜祭开台,吕不韦亲自宣读了表彰王书。关中老秦人非但没有非议之辞,且纷纷赶来拜祭。吕不韦大为感喟,对身旁蔡泽一叹:"民心为天也! 天许我化秦,我何惧之有矣!"嬴政见吕不韦慨然动容,遂过来关切道:"敢问仲父,乌氏倮尚有封君之荣,玉天清何故只彰名不封爵?"吕不韦素来不以仲父轻慢君臣之礼,一拱手道:"回复君上:玉天清高年淡泊,曾言欲贵后人,有族侄可入仕途;容臣考校后论,若有才具,自当封其爵位。"嬴政笑着点头:"果真此人有才,封他个等同侯爵!"君臣三人一阵大笑。

来年开春,学宫与贤苑两座馆所大体完工,吕不韦颁发手书广召门客。入夏时节,便有山东士子纷纷来投。吕不韦大为振奋,立即与蔡泽开始筹划编撰治国典籍事宜。正在此时,太后宫却传来密书,要吕不韦兼程赶赴梁山宫共商国是。吕不韦捧着密书愣怔半日,蔡泽却撇着嘴呷呷一笑:"梁山之夏,快活于咸阳多矣,公何迟疑哉!"说罢摇着鸭步径自去了。望着蔡泽已显苍老的背影,吕不韦不禁沉重地叹息了一声。

六　幽幽梁山　乃见狂且

空守西畤，太后赵姬实在是急不可待了。

咸阳西北百余里，有新老两处宫室，古堡西畤与梁山夏宫。西畤，是秦人立国的第一座都邑，实则是在山地河谷里用大石原木搭建的一座简易城堡而已。五百年前，周平王封秦人为东周开国诸侯，地盘是周人的老根——关中之地。封国时周平王说得明白："戎狄夺我故土，毁我沣镐两京。秦能驱逐戎狄，即有其国也。"也就是说，地盘虽好，却不现成，要秦人从戎狄手中一寸寸去夺。其时秦人草草建城的全部用途只有一个，做与戎狄连年激战的大本营。悠悠五百余年过去，距离谷口大道十里之遥的西畤都邑已经被岁月侵蚀成了山谷中一座人迹罕至的小小石头城，若非是秦人第一都邑而有官府时不时修葺维护一番，只怕早是废墟了。过了西畤十多里，是秦昭王时建造的夏宫古邑。

夏宫所在的这片山地叫作梁山①，是咸阳西北方向的第一道山地。后世《陕西通志·山川》云："梁山高三百七十四丈，周九里，广二里。正南两峰相对，直北一峰最高。东与九嵕（山）比峻，西与五峰相映，南与太白终南遥拱，为一方大观。"梁山两峰正在一片高地之上，几道河谷草木葱茏溪流多出，有草有水可进可退，堪称占尽兵家攻守之地利。久在陇西山地血战求存的老秦人，当年将这里作为攻占关中的大本营，实在是独具慧眼。及至关中成为秦国腹地，梁山便成

终归要写赵姬淫乱之事。前写卓昭，后写隐去卓昭之名的赵姬，先扬后抑。赵姬性情大变，情理其实不通，但"赵姬"似乎是个难搞之人，司马迁写赵姬时也是前言不搭后语，诸多矛盾。

---

①　梁山，秦国宫室所在地，在今陕西乾县，亦是唐高宗与武则天之陵墓。

了最靠近咸阳的最佳消夏之地。较之于伟丈夫一般的巍巍南山，梁山是柔美的处子——山不峻绝，道不险阻，水不湍急，林不荒莽，习习谷风摇曳山野草木，直如佳丽之喁喁低语。因了如此，晚年的秦昭王才在梁山河谷建造了一片庭院，名为夏宫，每年酷暑总要在这里住上一两个月，风高水急林荒道狭的南山章台倒是很少去了。当然，最要紧的还是梁山近便，飞骑轺车片时可达咸阳，夤夜有事可说走便走，误不了任何军国急务。也正是因了这种便利，数十年后成为始皇帝的嬴政大肆扩建了梁山夏宫，梁山宫始成赫赫之名，这是后话。

赵姬最喜欢的，是梁山的秀美娴静。

只有在梁山，赵姬才能依稀找见少女时熟悉的庄园日月。邯郸山川是粗粝的奔放的热烈的，那漫山遍野的胡杨林永远是燕赵山川的旗帜。无论是一片金红，无论是一片粗绿，甚或是一片枯红的沙沙落叶，都弥漫着一种干爽一种凛冽一种令人心志焕发的天地生气。来到秦国关中，她最感不适处是夏日的湿热。第一年入夏，嬴异人特意陪她去了章台，可她却在那里似病非病地卧榻了整整三个月。嬴异人大为不解。她说，章台山阴太重，冰凉到心，打不起精神。于是，第二年夏日来到了梁山，她竟一直住到了第二年入夏，若不是嬴异人病势沉重，她还是不想回咸阳。异人诧异。她说，梁山疏朗，西畤古远，人心舒坦。自此年年来梁山，除了年节、启耕、祭天、大朝等需要王后出面的大典，她几乎钉在了梁山。后来，赵姬专谕王室工室丞，在西畤古堡旁的树林中另建了一座庭院，取名西苑，与梁山夏宫轮换来住。夏夜谷风习习星河如洗，独立楼头百无聊赖，她便前半夜在夏宫，后半夜到西苑，奔波得不亦乐乎。

说来自己也不明白，赵姬实在不喜欢咸阳这座皇皇大都，既厌烦永远都在耳边喁喁唧唧的市声，也厌烦周边永远都流淌不完议论不休的种种消息，更厌烦议国议政时大殿一片黑压压的冠带衣履与一个个锐声刺耳的激烈论争。几次梦魇，这座皇皇大都化成了汪洋大海，鼓着巨浪将她如沙石树叶般吞没！一身冷汗醒来，她竟不知自己身在何处。嬴异人死后，她几次想离开咸阳重回赵国，去寻觅少女时的自由岁月。然每当她要脱口而出时，每每都被身边侍女的一声太后惊得一个冷战。是啊，她是秦国太后，而且是秉政太后，除非暴死，她能走得脱么？整日抑郁恍惚，她不知不觉地常常在王城梦游了。一夜，小内侍赵高在王城唯一一片胡杨林中看见了只一方蝉翼白纱一头散乱长发的她，吓得顿时瘫在了林边。次日，已经是秦王的儿子嬴政带着太医令前来觐见，诊脉后的太医令背着她对儿子低声说了片刻,寻常声称自己离不开母后教诲的儿子,才终于将她专程送到了梁山。

咸阳宫的那片胡杨林,恰恰是吕不韦在王城的理政署。

重到梁山的第三日,吕不韦来了。虽然带来了一大堆急待处置的国事,吕不韦却一件也没有说,只是陪她默默地对坐着。赵姬也是一句话不说,只低着头时不时一声断肠般的叹息。从正午坐到暮色降临,两人谁也没有动得一动,谁也没有说得只言片语。掌灯之时,赵姬不经意瞄了吕不韦一眼,心头不禁猛然一抖。豆大的泪珠正从那张熟悉而陌生的苍老面容上滚落,吕不韦紧紧咬着牙关,两腮抽搐得中风一般……脸色苍白的赵姬轻声屏退了侍女,走到了吕不韦身边,轻柔地搂住了那颗鬓发斑白的头,雪白的汗巾蒙住了那张泪水纵横的脸。猛然,吕不韦抱住了她瑟瑟抖动的身躯,那股力道几乎要使她窒息过去……

干柴烈火,无须多言。

只是在那一夜之后,她才明白了自己真正的渴求。

自此,吕不韦每月必来。后来,便有了一道秦王王书:每月月末三日,为太后丞相会政之期,举凡本月国事,务必在月末三日前理清待决。赵姬笑吕不韦画蛇添足。吕不韦却说:"政有政道,毕竟需得有个说法。"赵姬却说:"你爱蛇足便蛇足,左右不许丢开我。"说罢便抱住吕不韦忙碌起来。虽然吕不韦体魄壮硕,却总是莫名其妙地时不时萎缩不举。无论赵姬如何殷切勤奋热汗淋漓,吕不韦只木然望着帐顶浑然无觉,那初始曾经的雄风也总是渺渺无期。在两人兴味索然地疲惫睡去之时,吕不韦却往往在更深酣睡之中突然挺进,她那灰色的梦顿时一片火海一片汪洋。清晨游山,赵姬红着脸嘲笑那物事患的是五更疯。吕不韦总是皱着眉头一声粗重的叹息:"你太后也,我丞相也,秦王日长,如此终非常法也。"赵姬咯咯笑了:"太后丞相不是人么?当年宣太后私通朝臣几多,谁说甚来着。秦王再大又如何?我正寻思,待他亲政,我便再嫁给你这丞相。"那一刻,吕不韦脸都白了,愣怔间勉力对她笑了笑,昭妹莫任性,此事还是容我三思,总得有个妥善出路才是。赵姬却是耸眉立目,妥善个甚?索性你我辞国,做范蠡西施泛舟湖海,强如教这沉沉冠带活活绞死!吕不韦默然无语,直到离开都没有再说一句话。

那次以后,吕不韦已经大半年没有再来了。

每次派亲信回咸阳敦促,吕不韦都有千百个实在不能前来的理由。赵姬一次又一次地体谅了吕不韦,一次又一次地告诫自己且莫任性,当设身处地为他着想,要吕不韦既全力辅佐自己的儿子,又悉心做自己的夫君,毕竟难为他了。然则,无论赵姬如何在心中为吕不韦开脱,已经重新燃烧的肉体却由不得自己。夜来辗转反侧吞声饮泣,白日茶饭不思恍惚如梦。为了不使自己再度陷入梦游,她每日夜半骑马,从夏宫飞驰西苑,又从西苑飞回夏宫,直至折腾得自己疲惫地倒下。几个月过去,一日不意揽镜,她竟被镜中的自己吓得尖叫起来——两鬓丝丝银发,一脸密密褶皱,苍白的瘦脸直如老妪!她哭了,整整哭了一日一夜,为了上天对她的折磨,为了命运对自己的欺骗。她分明是生就的娇媚女儿身,上天却教她每每久旷。当年因了吕不韦的冷漠,她嫁给了火焰般燃烧的秦国公子嬴异人。可这丛火焰却只燃烧了短短半年,便倏忽飘逝了。多年之后,当她带着儿子嬴政被隆重接回秦国时,昔日的火焰莫名其妙地熄灭了。当年公子做了秦王,却没有了她日夜梦想的凛凛英风,她期盼他对她能如当年那般任意肆虐。可一切都是梦幻,嬴异人竟不可思议地变成了一个卧榻病夫,只能时不时抚摩着她焦渴的肉体,挤出一丝难堪的笑来。吕不韦的不期到来,非但圆了她少女初情的梦,更点燃了她奄奄一息的欲念。终于,她绽开了丰盈

吕不韦害怕祸及于己。

《史记·吕不韦列传》:"始皇帝益壮,太后淫不止。"

旺盛的生命之花，倏忽变成了一个艳丽的绝代美夫人。侍女歆慕，朝臣惊叹，她更是快乐得几乎要醉了……然而曾几何时，这一切竟眼看着又将成为一场梦幻。在她疯狂地用药杵砸着铜镜的时候，她突然明白了，她一生的命运磨难都是因吕不韦而起。吕不韦逼她嫁给了嬴异人，第一次抛弃了她！吕不韦唤醒了她的垂死灵魂却又置之不理，第二次抛弃了她！梦而又梦，碎而再碎，不是吕不韦却是何人？那一刻，她横下了心，要召吕不韦来说个明白：或她再嫁吕不韦，或两人辞国隐居，否则她便与吕不韦同死同葬！

做好了一切准备，也派出了亲信信使，吕不韦依然没来。

气狠之下，她第一次动用太后大印，下书吕不韦前来议政。

下书三日，吕不韦派书吏送来一信，说正在为她物色一宗可心大礼，不日即到，要她平心静气等得几日。书吏还带来了吕不韦亲自为她配制的一箱安神清心草药，备细写了煎服之法，其情殷殷，跃然纸上。赵姬又一次心软了，凄然叹息一声，满腹怨恨又化作了刻骨铭心的念想。

这次吕不韦倒是没有泥牛入海。一月之后，吕府的女掌事莫胡到了夏宫，给赵姬带来了三车茶酒衣食与各种器玩，也带来了吕不韦的关切之心。赵姬虽是太后，一应物事可说应有尽有，然则在精于器物的昔日大商吕不韦送来的这些绝世佳品面前，也是啧啧称奇爱不释手。莫胡是个极其可人的女子，虽然已经年逾三十，却有着少女难以比拟的风韵，更兼聪慧过人见闻多广，一日间便与赵姬处得姊妹一般。赵姬原本无视法度厌恶威严，得遇如此可心女子，又是吕不韦身边之人，亲昵之心油然而生，夜来拉着莫胡同榻并枕抱在一起说话，说得最多的自然是吕不韦。越说越入港，赵姬揪着莫胡耳朵悄悄笑问："小妹可是他的人了？"莫胡红着脸将头埋在赵姬胸前咯咯笑道："小妹原是他买的女奴，能不是他的人

莫胡真是个"万金油"，哪儿缺少哪儿顶上。莫胡既是吕不韦之人，那荆云又算什么？作者应该交代几句。

么?"赵姬又问:"目下他还要你么?"莫胡羞涩道:"夫人月红时有过两次,只搂住我睡,做不得事。"赵姬问:"是病么?"莫胡连连摇摇头:"我敢问么? 我只悄悄说给了夫人。夫人笑说,不行近半年了,才晓得,预备着与老姐姐守活寡便是了。我问何不找太医诊治,夫人说药都服了几个月,甚动静没有,连清晨尿勃也没有了,只怕是真不行了。姐姐你说,为甚恁般厉害一宗物事,说不行便不行了?"赵姬听得心头怦怦直跳,心下直悔错怪了吕不韦,莫不是自己太疯,他能好端端塌架了?

盘桓几日,夜夜亲昵,赵姬与莫胡几乎是无话不可说了。这夜说得热闹,赵姬问莫胡经过几个男人? 莫胡说两个,"姐姐几个?"赵姬说也是两个,说罢一声叹息:"你说,男人物事莫非都是这般不经折腾?"莫胡咯咯直笑,"不晓得不晓得。"笑得一阵恍然欲言,却又笑得趴在了赵姬大腿根儿。赵姬大奇,拧住莫胡嫩白的脸蛋儿要她说话。莫胡一边讨饶一边咔咔笑道:"姐姐可知,男人物事能有几多大几多硬么?"赵姬噗地一笑,向莫胡的脸打了一掌道:"明知故问! 说,你见过多大多硬物事?"莫胡咔咔笑着讲述了一则奇闻——

那日,莫胡去渭南贤苑送药,吕不韦不在书房,等候之时她起了睡意。正在蒙眬之际,一阵喧哗笑语加着连声惊叹突然从庭院林下暴起。莫胡睁开眼睛走到窗下望去,顿时心下突突乱跳! 一个生着连鬓大胡须的壮伟后生赤裸裸挺立在人圈中间,一个车轮正在围着他飞转,那车轴孔中的物事竟是一根巨大的紫黑色的阳具! 莫胡眼力极好,眼看那支阳具青筋暴涨勃勃耸动,便知绝非虚假障眼的方士法术。待车轮静止,那支硬得不可思议的阳具还将轴孔嘭嘭敲打了几下,才听得一个带着胡腔的粗厚声音大笑了一阵:"如何? 这是在下绝技,谁个敢来一试?"正在此时,众人哄笑着纷纷散

《史记·吕不韦列传》:"吕不韦恐觉祸及己,乃私求大阴人嫪毐以为舍人,时纵倡乐,使毐以其阴关桐轮而行,令太后闻之,以啗太后。太后闻,果欲私得之。"司马迁也有八卦的时候,此事真假,实难以考查。

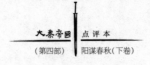

去。莫胡一看，原来是吕不韦匆匆来了，连忙便倒在书案上睡了过去。

赵姬苍白的脸红得晚霞一般喃喃自语："那厮胡人？有名字么？"莫胡咯咯直笑："此等奇人伟丈夫，我也上心哩，悄悄一打问，一个新来门客，名字忒怪，叫作？对！叫嫪毐！"赵姬笑着在莫胡的雪白丰臀上连打几掌："偏你有眼福！还能记住如此一个怪名字！哪两字？写来！"莫胡笑叫着连呼遵命，在赵姬的肚皮上写画起来："姐姐，记住名字管甚用？一饱眼福才叫奇观。"赵姬幽幽一叹："我不若小妹，只这梁山便是我终生牢狱也。"莫胡却爬上来搂住赵姬在耳边唏唏笑着说了一番，末了笑问一句："姐姐，我这谋划如何？"赵姬不禁面红过耳，亲昵地将莫胡揽在了怀中笑道："若有如此一个玩物，小妹也来消受一番。"莫胡连忙笑叫着爬开："不敢不敢，莫胡见了那物事发晕，小命要紧也。"赵姬一把扯住莫胡长发骑到了莫胡那滑腻丰腴的背上，一边捶打一边笑叱："教你个死妮子小命要紧！偏姐姐命贱么？"莫胡笑得上气不接下气："姐姐池深，命大。小妹太浅，只怕那物事溺得一泡，也要淹死人哩！"赵姬不禁咯咯长笑，一时心旌摇动身子大热，骤然一股热流喷出软滑在了莫胡背上……

盘桓了旬日，莫胡还是回了咸阳，赵姬又开始了彷徨焦虑。

又是月余，时当春尾夏头，正是梁山不冷不热最为舒适的阳春之季。这日午后，一支马队牛车轰隆咣当地到了夏宫。赵姬正在山坡跑马，遥见车队马队，以为必是莫胡到了，连忙一马飞回，在庄园南门恰恰截住了前来车马。迎头参拜者却是已经白发苍苍的给事中。赵姬顿时兴味索然，转身径自回了寝室。随即庄园内外进出脚步匆匆，赵姬情知又是王

此名后来成为淫荡之代名词。

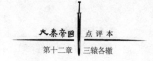

城依例送来了过夏物事,也懒得理会,进浴房冲凉去了。换好干爽衣衫出来,赵姬郁闷未曾稍减,正要吩咐掌事侍女备车去西苑,给事中苍老的声音却传了进来:"老臣请见太后。"

虽则心下厌烦,赵姬却也明白这是法度,她不在那方羊皮纸上用印,臣工无法回王城复命,冷冷一声答应,老给事中脚步轻悄地到了厅中。赵姬漫不经心地一指书案道:"印在玉匣,自己用。"老给事中恭谨地盖好了太后大印,却只向羊皮纸上哈着气不走。赵姬皱起眉头:"路上去呵,我要去西苑了。"老给事中连忙躬身低声道:"老朽受吕府女掌事之托,给太后带来了一宗物事尚未交接。"赵姬淡淡道:"她倒托大,自己为何不来?"老给事中连忙道:"太后明察:渭南两院门客大满,终日论战。女掌事说,文信侯教她去襄助料理,入夏有了头绪方得分身。"赵姬一笑:"也罢。甚个物事?"给事中道:"一辆辎车,一个内侍。"赵姬不禁又气又笑:"乖张也!梁山内侍二十余,要那物事何用? 还不如送一只狗来。"给事中连忙摇头:"不不不,太后容老朽禀明:这个内侍,本是文信侯女掌事亲为遴选,言其多才多艺,使人不亦乐乎。为太后颐养天年,女掌事特意知会老朽,依王城法度行净身之术,而后进献太后为乐。"赵姬没好气道:"也罢也罢,左右一只活物,来便来也。"说罢回转身唤进守在门廊下的中年侍女吩咐,"你且去随给事中将车接了,随我辎车赶往西苑,看这活物能给我甚个乐子?"

待给事中的车马离去,赵姬自己驾了辎车快马上道。但住梁山,她素来都是自己驾车自己骑马,从来不要驭手驾车。也只是在车马飞掠山林之时,她才依稀有得些许少女时的奔放情境,心绪也才略微有些轻松。自与莫胡盘桓旬日,她的心又被一个荒诞的梦燃烧起来,焦渴地期盼着可人的莫胡能给她一个真正的闻所未闻的奇观,左右也不枉了这天生的女人之身。不想这个莫胡如此扫兴,竟给她送来了一个净身内侍,虚应故事还说能使人不亦乐乎,当真岂有此理! 看来还得召吕不韦来梁山,要再不来,她便亲回咸阳与儿子嬴政理论,逼也要逼得他赞同她嫁给吕不韦;吕不韦若是推辞拒绝,她便亲登丞相府,大张旗鼓地与陈渲住在一起,看你个吕不韦如何处置? 心之将死,身败名裂又怕甚来……

"太后勒马! 西苑到了。"

若非身后飞骑侍女锐声一呼,赵姬的青铜辎车便要冲进荒莽的山林了。待车马徐徐勒定,赵姬马鞭一指:"上山!"飞车冲上了西苑旁绿草如茵的山坡,赵姬下车揩拭着额头细汗吩咐道："摆我赵酒，都来痛饮一回。"侍女掌事过来悄声问："那个活物在车中直喊饥渴，如何处置？"赵姬冷冷道："狗！将他下来，丢他一根骨头一盆水了事。"

待一方大毡在草地铺开酒肉摆置整齐，两个小侍女偎着赵姬品啜凛冽的赵酒时，侍女掌事带过来了一个黝黑伟岸的汉子，一身内侍黑衣，三寸布冠软塌塌趴在一头散发之上，脸膛光溜溜红赤赤犹如刚被滚水烫过的新猪一般怪诞。赵姬不禁看得噗地一笑："一副好身板，只可惜没了那般物事也。"两个小侍女偎着赵姬笑做一团。突然，一个小侍女惊讶叫道："哟！太后快看，生拔胡须也！莫怪脸红得鲜猪一般！"另个小侍女红着脸咯咯笑了起来："莫如也生拔了头发，活脱脱一头黑猪也！"

"猪便猪！老爹要酒肉！"壮汉猛然一声大喝。

哄的一声，赵姬与几个侍女笑成了一片。侍女掌事笑得弯了腰："哟！猪火气蛮大也！先下得那排满肉大骨头，喝得那盆清水再说酒肉了。"壮汉嘟哝一句，只要有得咥，一排骨头算个鸟！说罢两腿大叉开小山一般坐在两只大陶盆前，捞起大排骨狼吞虎咽。赵姬们一爵酒还没啜完，壮汉手中的大排骨已荡然无存。赵姬们一时屏息，只见壮汉又将盛满清水的大陶盆高高举起，一注急流朝着那张大嘴灌了下去，也不见壮汉吞咽，急流却忽忽入腹，片刻间大陶盆清水一滴不出了。

侍女们惊愕地笑叫起来："呀！海龟饮川也！"

赵姬也笑了："小子倒是本色，叫甚名字？"

"俺叫嫪毐！说了也白说！"

"为甚来？"

"女人都是笨猪，记不得俺这带毛女人半毒猪！"

哗啦一声，侍女们又是喷声大笑，分明是酣畅极了。这个被人骂做猪狗或骂别人做猪狗皆不在乎的壮汉，却竟能将自己的名字拆解为"带毛女人半毒猪"，至少不是一个真正的笨汉，明而粗，惠而猛，当真妙不可言也。心念及此，赵姬咯咯笑骂道："你这黑猪，忽而秦声，忽而齐语，猪头猪脑却分明一个胡奴，小子究竟何国人氏？"壮汉昂昂道："俺嫪毐，生在阴山，长在大罘，老根却在秦国！你老姐姐说，俺嫪毐是何国人氏！"说罢又不胜沮丧地兀自嘟哝一句，"说也没用，女人都是笨猪。"侍女们又是一阵乐不可支的大笑，谁也没觉得这是对太后的冒犯。侍女掌事一巴掌打落壮汉头上软塌塌的布冠笑问："你个笨猪，可知道送你到此为了甚来？"壮汉依然一副昂昂然神情："知道！那个女掌事说

了，给一个贵夫人做榻奴，陪她甚来？对！不亦乐乎！"一个小侍女气咻咻道："呸呸呸！榻奴要你么？黑猪模样！"壮汉却高声大嚷起来："休说黑猪，给你做榻奴俺嫪毐还不愿意，脆得豆芽菜一般，经得折腾揉搓么！给你个小母狗说，俺有大本钱！有绝技！只这位老姐姐一盆好菜，配我侍奉！你等几个，哼哼，配不上！"

哄哈一声，侍女们又笑又骂又羞又恼，却对这种闻所未闻的惊人的粗俗无可奈何，除了一口声骂猪骂狗，一句解气的话也说不出来。只赵姬笑悠悠打量着这个黝黑粗俗半脏半净半清半浊似愚似智的后生，心头竟甜丝丝的。虽然那几句赤裸裸的奉承是脏污的狎邪的纯然肉欲的，却也是结结实实的，从来没有从一个男人口里听到过的，她本能地相信，这也是真实的。不是么？作为一个真实的肉体的女人，那几个嫩豆芽般的小侍女能比她更值得男人享受么？这头黑猪倒也精明，真是个折腾女人的高手也未可知。只可惜他被阉割了，没了那物事充其量也只是个逗乐的活宝而已，莫胡啊莫胡，你倒下得手也。

"你等先回西苑，我听这黑小子乐乐。"

侍女们嘻嘻哈哈地跑开了。女掌事临走递过来一根马鞭笑道："这头猪皮粗肉厚，打他几鞭定然解气。"赵姬接过马鞭笑了："黑小子，敢教我打么？""敢！"嫪毐一把扯开内侍黑丝袍，赫然露出结实黝黑的上身，两步爬到了赵姬面前，"老姐姐打我是疼我！"赵姬笑吟吟用鞭杆敲敲那黝黑的脊梁，嘭嘭之声一方石板也似，不禁咯咯直笑："小子石头一般，打不动也。哎，你小子方才说甚？大本钱，绝技，都是甚来？""老姐姐想看么？"嫪毐嘿嘿一笑，猛然翻身直跪在赵姬面前，一扯腰间大带，一支巨大的物事直扑赵姬眼前！啊哟一声尖叫，赵姬软在了嫪毐脚边。

"还有绝技，老姐姐！"

"走……"赵姬面红耳赤地闭着双眼，两手软软地推着。

"走个甚来？俺侍奉老姐姐绝技！"嫪毐兀自嘟哝着，粗大的臂膊不由分说揽起了赵姬软成烂泥的身躯，撕扯开华贵的锦绣，一挺身猛然长驱直入。赵姬痛楚地大叫一声便昏昏然不知所以了……不知过了多长时间，赵姬睁开了眼睛，直觉自己浑身酥软得面团一般，眩晕得飘悠在云中一般，噫！灯也亮了？啊！身子下湿乎乎是血还是……猛然，一阵粗重的鼾声在榻边响起，啊！这头黑猪！赵姬要霍然起身扑过去咬断这头黑猪的喉咙，却变成了软绵绵滚在一座黑山之上，脸颊紧紧贴住了那粗壮的脖颈，口水随着粗重的喘息淹没了毛乎乎的胸膛。"老姐姐醒了，来劲也！"黝黑的一双臂膊猛然托起白光光的肉体猛然摁了下去,赵姬一声微弱的呻吟,又被汹涌无边的潮水淹没了……

夏天还没有来临,苍白憔悴的赵姬变成了一个红润娇艳的美妇人,两鬓的白发竟神奇地消失了。终日胡天胡地,赵姬没有了哪怕片刻的独处,任何事都无暇去想也来不及想。那嫪毐随时随地都可能不可思议地将她尽情蹂躏一通,片刻离身,她立即呼呼大睡,往往还在沉沉之中,又被折腾醒来。赵姬第一次尝到了连做梦也没有了空闲的疲惫舒畅与忙碌,心下几乎成了一片空白,只终日摇曳着那宗令她沉迷的物事。立秋那日,侍女掌事禀报说丞相府送来待决公文十多卷,其中六宗要太后用印。她愣怔良久才恍恍惚惚笑了:"噢噢噢,丞相府呀,用便用了。"女掌事问要否给文信侯带信?她又是一阵愣怔恍惚:"文信侯?噢噢噢,不看我忙么,聒噪!"女掌事再没有说话便走了。

一冬窝罢,夏宫太医照例给太后作开春调理,一诊脉却惊得半日不敢说话。在赵姬慵懒的嘲笑中,太医才战战兢兢地说,太后有了身孕。旁边女掌事顿时吓得没了颜色。赵姬却咯咯笑道:"女人没身孕还是女人么?本后有身孕,又不是你等有身孕,我都不怕,你等怕甚来?"

立春时节,赵姬第一次用太后印知会秦王并丞相府:内侍嫪毐,忠勤任事,擢升给事中,等同庶长爵,留掌太后宫事务。三日之后,丞相府发来官印上书,说秉承太后书令,已经将内侍嫪毐之官爵列入俸金,太后毋念为是。然则,王城的秦王儿子却始终没有回书。从摄政法度说,封官赐爵之事,不亲政的秦王是无话可说的,也就是没有任何干预的权力。然则,从礼仪人伦说,作为亲生儿子的秦王,对母后对身边宠臣的封赐表以认同却实在是该当的;不作任何表示,未免太过尴尬了。

吕不韦设计让太后知道嫪毐这一奇物后,太后果然欢喜。于是吕不韦诈称嫪毐有罪,并以"腐罪"(即宫刑)处之,"太后乃阴厚赐主腐者吏,诈论之,拔其须眉为宦者,遂得侍太后。太后私与通,绝爱之。有身,太后恐人知之,诈卜当避时,徙宫居雍。嫪毐常从,赏赐甚厚,事皆决于嫪毐。嫪毐家僮数千人,诸客求宦为嫪毐舍人千余人。"(《史记·吕不韦列传》)吕不韦与嫪毐两大权臣,自此势如水火。《战国策·魏策四》载,秦攻魏急,有人对魏王说,"秦自四境之内,执法以下至于长挽者,故毕曰:'与嫪氏乎?与吕氏乎?'虽至于门闾之下,廊庙之上,欲之如是也。今王割地以赂秦,以为嫪毐功;卑体以尊秦,以因嫪毐。王以国赞嫪毐,以嫪毐胜矣。王以国赞嫪氏,太后之德王也,深于骨髓,王之交最为天下上矣。秦、魏百相交也,百相欺也。今由嫪氏善秦而交为天下上,天下孰不弃吕氏而从嫪氏?天下必合吕氏而从嫪氏,则王之怨报矣"。

　　赵姬蓦然想起,儿子已经有大半年没有来梁山夏宫做孝行探视了。知道儿子秉性,赵姬心下不禁有了些许忐忑与歉疚。然则一夜之后,盛年怒放的艳丽美妇人又将一切的一切都抛到了九霄云外,连必须有秉政太后参与的春耕大朝会都忘记得干干净净了。

第十三章　雍城之乱

一　冠剑将及兮　风雨如磐

　　嬴政很是烦恼，直觉此等一个秦王实在是旷世窝囊。

　　自母后长住梁山，倏忽三年过去，他已经二十岁，做秦王已经七年了。三年之中，国事尚算平稳。对外，蒙骜王陵一班老将连续出战山东侵削三晋，小胜连连，先后夺得三十余城，新设了东郡；其间，赵魏韩楚拉着卫国做成了一次五国联兵攻秦的小合纵，攻下了秦国从赵国夺取的寿陵①，蒙骜亲率秦军大举反击，未曾接战五国联军便自行退兵了。内政，文信侯当国，虽有两次大旱饥馑，终是无关大局，诸事皆有条不紊。渐渐长大的嬴政虽不亲政，对用人、决策、实施等诸般实务也是概不过问，然却时时关注着秦国大势，身处局外而

嬴政之难，不下于秦昭王。宣太后对秦昭王施政有大的帮助，赵姬似乎常常添乱，让嬴政蒙羞。

该亲政了。

---

① 寿陵，亦做寿灵，原赵国常山郡城池，今石家庄市西北地带。

日日勤奋披阅公文典籍,留心踏勘朝局变化,反倒对国事有了一种超然的清醒的评判。近三年以来,嬴政越来越清楚地觉察到,繁盛稳定之后,一种巨大的危机正在逼近秦国,逼近自己,而他却无能为力!

最感束手无策者,是对自己的母亲。

三年以来,摄政的太后母亲发生了太多太多的事情,每一件都教嬴政愤愤然脸红,却又无可奈何。最初,精灵般的小赵高悄悄打探得一个消息:送入梁山的嫪毐没有被阉割,是个假内侍!嬴政黑着脸问赵高如何知道,赵高说,秦王派他去梁山给太后送秋仪时,他见到了嫪毐,一看便知是个假货。回咸阳后,他私下找一起从赵国来的一个净身坊内侍打问,那人说,根本没给此等一个人净过身。嬴政听得吞了苍蝇般作呕,然夜来一番回味,终是体谅了母亲。战国之世风习奔放,赵秦两国更是多有胡风,王后在国君死后改嫁或是与大臣交好,原也是寻常之事。母后正在盛年,没有与秦国的大臣将军私相交好,那一定是顾及他这个秦王儿子的尊严。如今有得如此一个"内侍"侍奉,实在也算不得甚,何须锱铢较之?次日,嬴政立即对赵高一番叮嘱,嫪毐之事休对任何人提起,只做他是真内侍。赵高频频点头,连说知道知道。

想不到的是,半年之后,母亲下了一道摄政太后书,竟将嫪毐擢升为王城内侍的最高官爵——给事中!原先的老给事中贬黜为郎官,却又"领王城事务总管"。令书一下,整个王城内侍侍女无不惊愕。这给事中向有两大职权:一则执掌王城内所有非国政事务,二则总管内侍。此等令书实际上是教嫪毐只做官只管人,而不做事。嬴政深感突兀,更觉母后不晓事理法度。身为一国太后,毕竟不是桑麻女子,有一个侍奉卧榻的"内侍"便也罢了,何苦如此张扬?若是嫪毐的"内侍"真相传扬开来,岂不引天下大大耻笑?再说,纵是实

头都是大的。

在要封赏这个匹夫,也当依照法度,人、事两权归一,原先的老给事中也好另行安置;如此嫪毐掌权管人,老给事中成了小郎官,却要分派内侍们做事,每个内侍侍女及一应后宫女官之功过赏罚岂不生乱? 当真大谬也! 负气之下,嬴政始终不理睬这道令书,例行的孝道探视也一应取消。嬴政是想教母亲明白:如此作为大大不妥,该当收敛才是。

谁知,荒谬的事情只是刚刚开始。在嫪毐成为给事中半年之后,小赵高又悄悄说给他一个更为惊人的消息——太后与嫪毐生下了一个儿子,已经秘密移居雍城旧宫,着意回避咸阳耳目。

"果真?"嬴政的脸唰地变得苍白了。

"小高子死得百次,也不敢虚言!"

那一夜,嬴政独驾辎车飞出了咸阳,回到了久违的已经被叫作鸿台的山间庄园,打马在河谷奔驰了整整一夜。回到咸阳王城,嬴政对已经是十五岁少年的赵高一番秘密叮嘱,小赵高便向已经遭贬的王城老给事中讨了个差事,到雍城宫做杂役内侍去了。未及一月,小赵高传回密信:太后又有了身孕! 嬴政气得心头滴血,却思谋不出如何应对这等难堪的事件。有几次,他都想找仲父吕不韦商议,可每次一闪念都本能地觉得不妥,如何不妥,自己却又说不清楚。彷徨之下,又想找来蒙恬商议,又觉太过唐突难以启齿,终究还是气狠狠搁在了心头。若是仅仅如此,也许过得一阵嬴政也就自行开脱了。生两个儿子又能如何? 终不成母后教这两个孽子来做秦王? 再说母后独居又心有顾忌,召高明太医配制流药毕竟不便,她又能如何消解得此等难堪? 纵是密召武士暗中杀了这个狂且之徒,母亲要再找别个男子,徒叹奈何也。

然则,事情却远远没有仅仅如此。今年开春,小赵高从雍城秘密赶回咸阳,带来的消息更是嬴政无论如何也无法预

挑战嬴政底线。

料的——太后与嫪毐私约:秦王死,立嫪毐之子为君。

"今古奇观也!"嬴政反倒拍案笑了。

小赵高却是直白:"信与不信,我王自断。小高子却要禀明事体原委:我通得太后一个侍榻小侍女,许她日后一个可心前程,或以自由身出宫嫁人,或做秦王女官。小侍女对嫪毐得宠原本大有醋意,答应替我留心那个浑毛猪。这次密谋,是太后当着小侍女面与嫪毐说的。那个浑毛猪高兴得又跳脚又拍掌,还当着小侍女的面将太后……"小赵高骤然打住,吓得直抹额头汗珠。

"小高子,"嬴政却浑然无觉地淡淡道,"日后做事可许人金钱,不可许人官爵。这是大秦国法,不可越矩,记住了么?"

"小高子记住了!"

"好。今夜无论谁来,只说我方歇息。呵,除了仲父。"

"嗨!"小赵高军士般答应一声赳赳去了。

一夜未眠,嬴政终于绝望了。这个太后还是自己的母亲么? 这个母亲还是秦国的太后么? 与一个"内侍"私生两子,藏匿雍城旧都深宫,非但丝毫不以为羞耻,反倒要取代嬴政做秦王,当真滑天下之大稽也。一个身为太后的女子,盛年之期如此迷醉于淫乐,显然已经远远超越了礼仪风习所能认可的人之常情。以秦赵风习说,寡居私通可也,私通生子可也。然则,这个母亲太后竟要以私通之子,在法度森严的秦国承继非嫡系王子不能染指的秦王大位,如此无视人伦之大防,岂非狂乱痴迷? 嬴政反复揣摩,太后之所以如此荒诞不经,无非有两种可能:不是欲望过度而患了失心淫疯症,便是实实在在地臣服在嫪毐那个浑毛猪的胯下了。无论哪种可能,对秦国,对自己,都将是无法洗雪的耻辱。而若是后一种可能,即太后母亲清醒地有意地为她自己与这个狂

为君之道。

且浑毛猪的将来构筑永久的巢穴，则危机更为深重，局面将更难以收拾。然则，究竟太后母亲之荒诞行径是病情所致还是欲心所致，嬴政却是一时难以评判……思虑一夜，嬴政决意再忍耐得一阵，待真正清楚局势要害时再谋如何应对，目下唯需上心者，是绝不能再接近母后，以防她等有杀心……心念方生，"秦王死"三字竟如轰雷击顶般陡然闪现在心田，心下顿时雪亮——是也，嬴政不死，孽子何以为秦王？嬴政尚未亲政而言其死，能是如何谋划？！

嬴政突兀一个激灵，不由自主地软在了池畔。直到小赵高来将他扶进了王城寝宫，嬴政依旧是大汗淋漓面色苍白。小赵高连忙要去召太医，嬴政却摇摇手低声道："不要太医，去寻蒙恬，快！"

嬴政别无选择，必须以暴制暴，蒙恬与其交好，有私谊，信得过。

正午，王城官吏进出最稀疏的时分。小赵高驾着秦王辎车辚辚入宫，在大树浓阴的东偏殿外一掠而过消失了。扮作内侍模样的蒙恬脚步匆匆地进了殿廊，廊下一个老内侍立即将他领进了秦王书房后的密室。直到入夜，蒙恬才又钻进辎车辚辚去了。

在嬴政开始谋划自保的时刻，五月大忙来临了。在重农尚战的秦国，五月是雷打不动的督农之季，非但郡县官吏全部出动到村社激励督导排解急难，便是国府相关官署的吏员也飞马各郡县督察农时，若有郡县不能解决的急务便飞报国府定夺。咸阳的丞相府则是昼夜当值，时刻通联各官署，全力调遣各种力量确保夏收夏种。这是秦国的久远传统，虽为大国，亦丝毫无变。文信侯吕不韦非但下令丞相府吏员依法度当值，而且下令门客院休学一月，全部三千门客皆下关中村社督农视农。嬴政自然也遵从惯例，知会仲父后带着王绾、赵高与几个武士到关中视察农事去了。

旬日之间，嬴政一行方到骊山，接到丞相府特使急报：太

后有特急令书,命秦王还都与文信侯一同奉书。思忖片刻,嬴政对特使笑道:"目下举国农忙,有事仲父知会我便了,何须还都也。"特使还要说话,嬴政一摆手道:"我这秦王尚未亲政,素来不接令书,只事后披阅。此乃法度,特使回去复命便是。"于是,特使只有快快去了。

不想次日午后,吕不韦亲自飞车到了骊山。嬴政与随从们正在帮农夫们装车运麦,见官道车骑烟尘是文信侯旗号,不禁大感意外。及至擦拭着汗水匆匆来到道边林下,吕不韦车骑堪堪飞到。嬴政正要行礼,吕不韦却一步下车扶住了他:"秦王已经长成,无须再行这少年之礼了。"说罢拉住嬴政到了树下,将身后书吏手中的铜匣捧了过来,"太后两道特急令书,老臣呈王披阅。"嬴政默默打开铜匣,展开了第一道令书:给事中嫪毒忠勤王事,封长信侯,秦王得称假父,封地山阳①城连带周边六万户! 第二道令书是:自且月②起,长信侯以假父之尊代太后秉政,与文信侯吕不韦同理国事!

"秦王以为如何?"吕不韦淡淡问了一句。

"仲父以为如何?"嬴政也淡淡问了一句。

"秦王有所不知也!"吕不韦慨然叹息了一声,"以大臣摄政成例,爵高者为首为主。大臣如此,更何况太后摄政也。太后昔年不问国政,老臣尚可勉力周旋。太后但要摄政,老臣也是无可奈何矣! 今日之势,太后分明是要将自己的摄政权力交于嫪毒了。此等变局,老臣始料未及也。如之奈何?"

良久默然,嬴政突兀道:"仲父当初何不与母后成婚?"

"岂有此理!"吕不韦面红过耳低声呵斥了一句。仓促之间,吕不韦一时不清楚嬴政说的这个"当初"究竟是说邯郸之时还是梁山之时,而无论如何,嬴政有得此说,至少是知道了当年的他与赵姬的情愫渊源。而能告诉嬴政的,不是嬴异人便是赵姬。喘息片刻,吕不韦缓缓道:"当年之事,不敢相瞒。邯郸遇先王之时,老臣与时当少姑的太后确有婚约。先王得识太后,矢志求之,老臣自当成全。岂有他哉。"

"仲父,我说的并非邯郸之时。"

"……"骤然之间,吕不韦面色铁青。

---

① 山阳,原为战国魏城,此时归秦国河内郡,今河南省焦作市以东地带。
② 且月,农历六月,《尔雅·释天》:"六月为且。"

　　嬴政却将手中令书愤然摔在尘土之中："名节之重，宁过邦国存亡哉！"霍然起身径自一步一步地淹没到金黄的麦田中去了。

　　刹那之间，吕不韦分明看见了嬴政眼眶中的泪水。眼见那年轻伟岸的身躯沉重地在麦田中踉跄奔走，吕不韦不禁粗重地叹息一声，油然生出一种愧疚之心——吕不韦啊吕不韦，你当真是以功业为重么？果然功业至上，何不能如商鞅一般不计名节而宁愿以死护持大局？"名节之重，宁过邦国存亡哉！"年轻秦王说得何等好也！然这般器局你吕不韦有么？既顾名节，何与太后私通？既要功业，何不索性与太后成婚，只要秦国稳定，纵死又有何妨？千不该万不该，不该顾忌名节而生移祸之计，密进嫪毐身奉太后，到头来弄巧成拙，非但失了摄政乱了国家，且完全可能引火烧身！嫪毐气象，决然不能善终。嫪毐真相，终会水落石出。到得那时，你吕不韦名节何在？大义何存？功业善终之梦想又在哪里？赵姬啊赵姬，人固有情欲，然吕不韦何能想到你淫荡若此！原本是投你所好，谁知你竟在欲火中大失品位，变成了一个纵情纵欲还将庙堂公器当作玩物一般取悦那只猪狗狂且！更有甚者，还教那猪狗狂且与吕不韦等同，吕不韦文信侯，他做长信侯！吕不韦称仲父，他称假父！吕不韦丞相摄政，他代太后摄政！赵姬啊赵姬，你是报复吕不韦么？如此恶毒报复，何如杀了我也！上天啊上天，吕不韦一生不善此道，唯此一次，便要身败名裂么？

　　火一般的暮色中，吕不韦第一次老泪纵横了。

　　入夜，嬴政一行被蒙恬隐秘地接进了蓝田大营。
　　连年征战，上将军蒙骜终于一病不起。几年前，威猛素著的老将王龁已经死了。桓齮、王陵、麃公、嬴豹等也都已年迈

　　吕不韦自己种下的恶果，原本想废掉太后，谁知惹上更大的麻烦。吕不韦食客三千、童仆万人，嫪毐食客千人、童仆千人，两相对比，嫪毐比吕不韦嚣张多了，吕不韦毕竟对秦国不存反心，后来饮鸩自杀，更说明吕不韦无反心。

　　家有一老，如有一宝。蒙骜虽老病，但余威犹存，说话有影响力。

苍苍。蒙骜一觉察到自己病势不妙，立即在吓退五国小合纵后班师直回关中蓝田大营，只在洛阳留下了五万精锐铁骑策应函谷关外防务。进入蓝田，三名奉命赶来的老太医日夜守在幕府开始了细致诊治，三个月过去，病情非但不见丝毫好转，反倒日见沉重。情急之下，蒙骜断然拒绝了终日服药，在病榻开始了对诸般军务的善后部署。开春之后，蒙骜稍见轻缓却又立即加重，卧榻之后就再也坐不起来了。已经是国尉的儿子蒙武闻讯星夜赶来，要接父亲回咸阳医治。倔强的老蒙骜摇摇手："一动不如一静。离开军营，老夫死得更快。"无奈之下，蒙武立即派出快马信使，接来了母亲与妻子及族中要人，除了老母亲，其余人等皆住蓝田塬下以备不测。偏偏地，两个嫡孙竟没能来侍榻。蒙武大为气恼，在幕府外高声喝令家老立即将两个逆子捆来！老蒙骜听得真切，将蒙武唤进来正色道："马革裹尸，将军之幸也！子惶惶不可终日，将一班家小族人悉数哄来军营，不觉坏我蒙氏忠勤族风么？立即教族人家小全数回去。身为将军，你这般累赘，烈士之风安在哉！"一番呵斥，蒙武只得勉强应命，将家小族人又送回了咸阳。夜来侍榻，老蒙骜拍了拍蒙武的手背，喟然长叹了一声："吾儿谨记：我孙蒙恬，才具之士也！来日建大功业者，必为此子也！汝多平庸，毋得动辄以父命强其所难。便是幼孙蒙毅，只教蒙恬去带，汝只做甩手父亲便了。记住，庸人多事常自乱，没个好也。"蒙武诺诺听命，一时泪水流了出来。

三更之际，遥闻幕府外军道马蹄如雨。蒙武疾步出帐去看，不想竟是长子蒙恬带着只有十岁的弟弟蒙毅来了。蒙武本想呵斥几句，想起父亲方才叮嘱，终于没有说话，只黑着脸将两个儿子领到了父亲榻前。

"大父……"蒙恬蒙毅一齐在榻前拜倒。

"孙儿来了，老夫足矣！起来起来，哭甚来？"

"大父！"蒙恬起身拭着泪水急迫道，"我有急难求助！"

老蒙骜目光一闪对蒙武示意："你去守住幕府入口，任何人不许在天亮前进入。"转过头慈和地一笑，"又有甚招数糊弄大父了？说。"

"大父患病，可假寐歇息，只听我说。"蒙恬上前将大父靠枕放低又将丝绵大被拉到大父胸前，看着大父微微奋下了一双雪白的长眉，这才低声说了起来。渐渐地，老蒙骜的脸色越来越冷峻，越来越肃杀。蒙恬整整说得小半个时辰方罢，老蒙骜竟始终没吐一个字。蒙恬愣怔得片刻欲待再问，却听大父已经鼾声大作了。

"大父耍赖！"小蒙毅猛然跳了起来。

　　蒙恬摇摇手轻声呵斥:"事关重大,少安毋躁。"

　　"你小子说,"蒙骜猛然睁开了一双老眼,"秦王尚未亲政,最终能否亲政,目下亦未可知。你,决意与他相始终了?"

　　"正是。"蒙恬认真地点头。

　　老蒙骜喟然一叹:"天意也! 夫复何言?"

　　"不是我一个,还有王翦将军!"

　　"呵呵,一色少壮,倒有先祖孝公之风也。"

　　"大父,秦王危难,万请援手!"

　　老蒙骜淡淡一笑:"仲父摄权,秦王何舍近而求远也?"

　　"大父……"蒙恬满面涨红,却生生憋住没有说话。

　　默然良久,老蒙骜轻轻点头:"老夫先见见他,再说。"　　　老少交接。

　　次日清晨,少年蒙毅一骑快马出得蓝田大营,飞驰骊山前来知会嬴政一行。午后时分,恰在骊山脚下的田野中看见了王绾与赵高,三人秘密商定了进入蓝田大营的接应之法,蒙毅又上马飞驰去了。暮色降临之时,嬴政马队飞驰向南,不消片时越过灞水上了蓝田塬,直向那片汪洋恣肆的灯海奔去。如约到得营区东门之外,蒙恬正在营门外林下等候。嬴政吩咐一班内侍武士在林中扎营歇息,自己只带着一身甲胄的王绾赵高随蒙恬入营。蒙恬手持令箭,高呼一声函谷关军使接到,领着三人飞骑进了鹿寨,从营中军道直飞幕府。

　　老蒙骜依然靠卧在特制的长大军榻之上,见嬴政进来,正要勉力起身见礼,却被抢步过来的嬴政牢牢扶住。嬴政深深一躬道:"上将军戎马数十年未曾歇息,竟一病若此。嬴政探望来迟,深有愧疚!"蒙骜淡淡笑道:"秦军将士人皆如此,老臣尚能全尸而去,足矣!"说话间中军司马已经将凉茶布好,请秦王入座说话。嬴政却摇摇手制止了,只肃然站在蒙骜榻前,汪着莹莹泪光默然无语。蒙武见状,带着蒙毅将王绾赵高请到了隔间的司马室饮茶,幕府寝室只留下了嬴政、蒙恬与中军司马三人。

"倏忽八年,恍若隔世矣!"打量着英挺伟岸的年轻秦王,蒙骜不禁感慨中来。

嬴政突然拜倒:"秦国将乱,敢请上将军力挽狂澜!"

"秦王折杀老臣也。快快请起!"老蒙骜挣扎着只要下榻,蒙恬连忙扶起了嬴政又摁回了大父。喘息片刻,蒙骜疲惫地笑了,"秦王即将加冠亲政,何乱之有?"

"嬴政直感自身难保,也许不及亲政,已身首异处。"

"秦王信得老臣,老臣自当明告。"蒙骜的一双老眼闪烁着热切的光芒,"秦王能洞察细微,绸缪于未雨之时,老臣深感欣慰,纵乱何惧之!"喘息片刻长长一叹,"然则事有法度,乱既未生,任谁无处着力也。臣若盛年,自当不负我王厚望。惜乎老臣来日无多,只怕等不到乱生之时了,唯一能为者,是使蒙氏之后与王共艰危也。愿我王好自为之。"

"不!上将军能助嬴政,且未必有违法度。"

"噢?我王明示。"

"但能有两千锐士听命于嬴政,大事可安。"

老蒙骜思忖片刻缓缓道:"秦国军法严明,若非战事,百人之调奉将令,千人之调合兵符。秦国兵符分作三等:征战大军奉黑鹰符,关塞之兵奉虎符,皆归秦王一人掌管;另有一等豹符,亦称小虎符,做护卫王城并捕盗之用,秦王可临机授予特使大臣,也可在将薨之时授予当授之人,以解急难。"喘息一阵又道,"先王将薨之时,已经将兵符执掌事明书文信侯、老臣及军中大将:秦王亲政之前,不得启用黑鹰符与虎符;但凡征战与关隘调遣,以太后、文信侯与老臣三人商定为断,开启兵符亦当三人同时,并得史官到场实录。至于小虎符,老臣不知先王薨时授予何人?不知我王……"

調動這些兵力,不易為人察覺。這些兵士又死忠。秘密行事,清除嫪毐還是有希望。

"我无此等兵符。"嬴政立即明朗回了一句。

老蒙骜目光一闪，一双雪白长眉不断地耸动着："既然如此，朝局盘根错节也。须知，秦国征战大军之外，尚有三种兵力：其一是王城侍卫军，其二是内侍武士旅，其三是专一对外之黑冰台；此外还有一等散兵，是直属各官署的护卫武士，执法官署的捕盗武士，云阳国狱与几座大郡监狱的守军。所有这几等兵力，算起来大体当有五六万之众。更有一处，这几等兵力恰恰都云集于咸阳四周，若有乱象，防不胜防也！"

"大父真是！"蒙恬又气又笑，"絮叨半日，终无一举！"

"不。"嬴政摇摇头，"上将军已经给了我一条路。"

老蒙骜长嘘一声，勉力一笑："秦王如此悟性，秦国大幸也。"又耸着白眉一瞥，蒙恬立即附耳在大父枕边。蒙骜一阵低声喘息念叨，蒙恬频频点头。老蒙骜疲惫地一笑，颓然靠在了枕上，一双雪白的长眉眯缝在了一起……

"大父——"已经悄悄进来守在榻边的蒙毅瞬间愣怔，一声痛彻心扉的哭喊扑在了军榻上。蒙恬猛然哽咽一声却立即回头低声道："君上快走！我自会寻机来会！"此时，蒙武王绾三人已经闻声进来。蒙恬对着父亲蒙武连连摇手。蒙武生生憋住了哭声，软瘫在了父亲榻前。嬴政脸色铁青，对着老蒙骜军榻深深三躬，不胜依依地拍了拍蒙恬肩膀，对王绾赵高一挥手，大步匆匆地出了幕府。

出得大营，正是三更，夜空如洗，河汉璀璨。嬴政站在蓝田塬头仰天呼啸一声，不禁泪如泉涌。正在此时，幽蓝深邃的夜空一阵白光弥天而过，隐隐金石之声中，一颗巨大的彗星拖着长可径天的雪亮光芒，闪电般掠过西方天宇，长大的扫帚尾巴弥久不散。

"上天——秦何罪于你，彗星一年三出也！"

"君上毋忧。"王绾过来扶住了踉跄呼喊的嬴政。小赵高又拿过皮囊，教嬴政喝下了几口凉茶。嬴政这才颓然坐在刚刚收割完小麦的麦茬田埂上，望着天边残留的白光粗重地喘息着。

王绾站在旁边温婉笑道："君上，绾略知天文。今岁彗星三出，先在东方，次在北方，今又在西方，兆皆事之灾异也，非国之大乱也。星相家云，'彗出北斗，兵大起。彗在三台，臣害君。彗在太微，君害臣。彗在天狱，诸侯作乱。彗在日旁，子欲杀父。所指，其处大恶也。'依我测之，彗出北方斗柄，主秦军攻赵；彗出西方，应在秦国大将陨

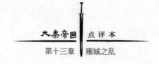

落;唯有彗出东方三台,扑朔迷离,绾不能测。我王当慎之又慎也。"

"王绾,你不敢说罢了,是么?"见王绾默然,嬴政气咻咻霍然起身,"走! 回咸阳!"说罢大步走到田边一跃上马,飞下了蓝田塬头。

三日之后,秦王嬴政与太后、长信侯、文信侯四印共署的文告紧急颁行朝野,为上将军蒙骜隆重发丧。因了酷暑难当,吕不韦亲赴上将军府主持丧事,与蒙武蒙恬一番商议,决定在入殓旬日之后即行葬礼。嬴政则打破向不公然参与朝臣礼仪周旋的成例,亲自出马从王城冰窖督运大冰砖为蒙骜棺椁镇暑。葬礼之日,吕不韦与秦王嬴政亲自为灵车执绋,秦军三十六员大将与五千精锐铁骑尽皆麻衣相随护陵,直将蒙骜稳妥地送到了秦昭王陵园旁的墓地。秦人感念蒙骜之忠勤刚直,咸阳国人空巷而出护送灵枢,正在农忙的关中百姓也络绎不绝地拥在道边相送。将到墓地之时,恰当大雨滂沱,官员百姓在雨中尽皆大放悲声,渭水南岸哭声震天。第一次,老秦人有了一种前所未有的不安——如此重大的勋臣葬礼,从始到终没有摄政太后与那个新贵长信侯的影子,岂能是吉兆?

葬礼之后,一首童谣在咸阳迅速传开:"三辕四辙,猴尾夹龟,春土一冠,老屋鹰飞。"小赵高神秘兮兮地将童谣念给了嬴政,说他请老长史桓砾拆解这支童谣,老长史思谋半日只说好好好,他却想不明白,要秦王多多上心才是。嬴政顿时沉下了脸:"邦国治乱,当为则为,当不为则不为。揣摩流言,计较吉凶,公器之道何在!"小赵高吓得连声喏喏,再也不敢在这个年轻秦王面前作多余叨咕了。

旬日之后,嬴政借着督农夏种,来到了少时庄园。

入夜之后,蒙恬扮作一个侍卫武士飞马赶来。蒙恬说给了嬴政三件事:第一件,大父临终前叮嘱他的是两千精锐骑士。至于骑士如何接手等等细务,大父教蒙恬莫要说给秦王;但出任何差错,都与秦王无干。三日之后,蒙恬便要去做这件事,至迟明春赶回,将骑士驻扎在靠近秦王的隐秘地带。第二件,大父临终之前,已经将王翦晋升为前军主将,其部属五千铁骑常驻咸阳北阪,若有小虎符便可奉调,秦王须当在意。第三件,葬礼之后他教蒙毅密邀李斯晤面一次,李斯已经做了文信侯的门客舍人,正在襄助蔡泽总理门客们编纂一部大书;李斯说,从咸阳童谣看,天下有识之士已经开始关注秦国朝局了,其所编童谣之意虽不甚清楚,但绝非空穴来风,秦王一定要谨慎把持;蒙恬问李斯可有良策,李斯沉吟良久才说,远观秦国朝局,唯文信侯可撑持大局,秦王不宜疏远;蒙

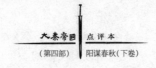
恬再问，李斯不说话了。

　　围绕三事，两人彻夜密谈，直到五更鸡鸣蒙恬才飞马下山。清晨时分，嬴政也下山回到咸阳王城，一口气披阅完所有不用批示的公文，草草用了中饭，带着王绾登上青铜轺车向丞相府辚辚而来。

李斯，大才，可惜晚年站错了队，祸及三族。

二　功业不容苟且　谋国何计物议

　　吕不韦搬进了渭南的文信学宫。

　　每日清晨，丞相府的谒者传车①满载一车文书，驶进学宫池边的文信侯庭院，午后再来将吕不韦批示过的文书运回丞相府，再由丞相府领书依据批示分发各官署施行；晚间收回所有文书，再一并送王城供秦王披阅。周而复始，吕不韦虽则不在丞相府坐镇，一应公事却井井有条地运转着。然则，国府各官署与关中郡县不见了经常巡视政务的丞相，却是纷纷惊诧议论，偏远郡县便派出吏员来咸阳探听究竟。及至明白真相，上下官署这才渐渐地习以为常。毕竟，秦国政令畅通，谁能非得要丞相隔三岔五地巡视？然无论如何，上下官员们还是弥漫开了一种隐隐不安：勤政谋国的文信侯忽然如此大甩手地处置国务，预兆究竟何在？几个月过去，朝野议论渐渐生发，国事却依然转动在车轮之间。吕不韦还是埋首学宫，开府理政的丞相府渐渐地门可罗雀了。

吕不韦还是知进退。

　　嬴政兀自忙碌，浑然不知朝局有此一变，到得车马场方觉不对，教王绾进府一问方知原委，轺车立即转向直出栎阳

──────────

　　①　谒者，秦国专司官署文书传送的官员，其文书车辆有专门旗号徽记，故名谒者传车。

门奔兰池而来。进得学宫，只见各色士子手捧卷宗匆匆来往于一座座庭院之间，偌大学宫显然弥漫着一种肃穆的气息，没有一个人注意到这辆显赫的王车。王绾打量一阵低声道："君上，是否由我先通禀文信侯一声？""不用。"嬴政笑着下车，"小高子，车停在池畔等候，不用跟来。"转身大袖一甩，"走，找文信侯书房，也顺便看看这学宫。"

沿着兰池畔的柳林一路走来，嬴政不禁油然生出了敬意。

摇曳的柳林，碧蓝的湖水，将这座绕着兰池的学宫分成了五个区间，沿路过去依次是：明法馆、六论馆、八览馆、十二季馆、天斟堂。每个区间都是一大片庭院，碧池依着小山柳林回旋其中，赏心悦目中处处清幽，比咸阳王城还要令人惬意。"好去处也！"嬴政边走边赞叹，"招贤治学正得如此，文信侯不愧大手笔也！只如此命名，倒是闻所未闻。"王绾笑道："看这名目，前四馆大约是文信侯所编大书之类别，天斟堂大约是最终审定处了。"

一路行来，各馆庭院一片幽静，与前院的人来人往两重天地。嬴政颇觉奇怪。王绾道："据我所知，文信学宫每旬一聚论，今日巧遇亦未可知。"嬴政一听顿时来了兴致："当真巧遇最好，正欲一睹文信侯门客风采也！"说话间来到兰池最南岸的一片庭院，三丈石坊前迎面一座白玉大碑，中央镶嵌着三个斗大的铜字——天斟堂。

进得石坊，遥闻喧哗之声从柳林深处的庭院传来，两人加快脚步寻声找来，果然在一座木楼前的天然谷地中看见了五色斑斓的人群。嬴政一拉王绾，两人走到了边缘山坡的一片柳林下。王绾遥指谷地笑道："两百余人，各馆名士都到了。"嬴政望去，但见林下士子们人各一方草席，中央的吕不韦与蔡泽面前也只有两张石案而已，不禁点头赞叹："学

嬴政要亲政，得先稳住吕不韦。说句公道话，秦王政虽暴烈，但对吕不韦算是仁至义尽，只是让其一迁再迁，并未拿他性命。比之秦昭王，秦王政对功臣算仁慈了——秦昭王杀白起，可是眼睛都不眨一下的。若说吕不韦有过，有两大过：一为功高震主，二为扰乱后宫引狼入室。吕不韦虽有大略，但不拘小节。所谓"细节决定成败"，吕不韦讲究《吕氏春秋》的细节，为政谋道却失小节，终酿大祸，自食其果也。

宫宏大而行止简朴，仲父理财有道也！"王绾立即接道："这宏大学宫也是寡妇清助金，否则文信侯如何造得？"嬴政目光一闪，遥指谷地道："看，纲成君说话了。"

远远看去，蔡泽手中摇着一卷竹简，特有的呷呷公鸭嗓随风传来："诸位，业经修正①的秦法已发各馆议论多日，为使未来之秦法臻于完美，在座学子可各抒己见，无得顾忌。若有见解被采纳为法令者，文信侯如约重赏也！"

林下一人高声道："我有一言：修正之秦法虽增补了赈灾、兴文、重商、孝义诸节，并将所有刑罚一律宽缓三分，使商君开创的秦法呈宏大完美之势。然则，商君之秦法已行百年有余，秦人似未觉不便，朝野亦无修法之呼声。我之所虑者，唯恐文信侯新法无推行之根基也，望文信侯三思而行。"

"畏首畏尾，成何大事也！"草地前排站起一位黑衣竹冠士子高声道，"在下曾在廷尉府做执法郎，深知秦法之弊端。昔年秦法之威，正在应时顺势而生。百年以来，天下大势与庶民生计皆已大变，秦法若不及时修正，势必成秦国继续强盛之桎梏。文信侯修正秦法，正为秦国统一天下预做铺垫，并未改变既往国策，何惧之有也！"

"我有一问！"一人霍然起身高声道，"春秋战国以来，但凡变法先得明其宗旨。譬如商君变法，宗旨富国强兵。今日修正秦法，开首却并未阐明宗旨，而只是做律条之增补。敢问文信侯：修法宗旨究竟何在？为何不能公之于秦法篇首？"

场中一时默然。蔡泽巡视一周，见无人说话，一挥手中卷宗呷呷道："修正秦法之宗旨，便是摒弃对内之严刑峻法，对外之锐士暴兵，使秦国以宽刑明法立天下，以富国义兵雄

李斯对秦始皇的胃口。

---

① 修正，古词，至迟出于汉时。《汉书·贾山传》："求修正之士使直谏。"

天下！此间分野,是霸道与王道之别,是商君法与文信侯法之区别。其所以不在篇首彰明,是不欲朝野徒然议论纷争。如此而已,岂有他哉！"

"纲成君差矣！"林下一士子激昂开口,"在下乃申不害传人,敢问纲成君:秦乃法家圣土,摒弃王道仁义、推行耕战国策、以实力雄视天下,其来有自也。文信侯修法之宗旨,若果然是回复王道仁义之老路,缄口不言岂非欲盖弥彰? 与其如此,何如公然昌明,如商君一般强力变法！"

林下又是一阵沉默。忽然一人站起,向吕不韦蔡泽一拱手,又向林下士子们环礼一周,厚重的音色随风回荡起来:"在下李斯,以为诸公所论皆未切中要害也。据实而论,秦法当有所变。然则,昌明宗旨,强力变法,天下时势不容也。孝公商君之时,列强并立,相互制约,妥善斡旋便能争得变法时日,即或对内使用强力,亦可避得他国干预。今日时势大非当时,秦国一强独大,森森然已成众矢之的。强力变法一旦生乱,苟延残喘之六国必得全力扑来,其时秦国百年富强便将毁于一旦也！唯其如此,只有迂回渐变,从律条增补与修正入手,做长远变法之图谋。此等务实之艰难,非徒然高论所能解也。唯体察时势,方见文信侯之苦心。虽则如此,据今日秦国之势,李斯敢请延缓修法之举,文信侯三思也。"

蔡泽愤然拍案:"李斯！修法乃第一等大事,何由延缓！"

"纲成君息怒。"石案前吕不韦站了起来,平稳亲切的声音在风中摇曳,"今日之论,诸位为我谋,亦为国谋,老夫受益匪浅,深感欣慰矣！就事理而言,诸位皆天下名士,尚见仁见智,况乎天下? 况乎秦国朝野? 显然,修正秦法,先得一场学理论争。否则,不足以顺乎人心也。然春秋战国以来,举凡变法之争、为政之争、治国之争,往往皆陷于实用功利之论

依《吕氏春秋》,吕不韦实为"杂家"。他的许多主张,确实与秦法精神有违。吕不韦失宠,怕也与此有关。

战,一不深究法令国策之大道根基,二不洞察千秋万代之长远利害,遂使法令流于刑治,功利囿于眼前。而要在秦国再度变法,便得先从学理入手,深究历代治国之道,以千秋史家之目光权衡法令得失。此等见识若能风行朝野,再度变法有望矣! 唯其如此,目下学宫事务可做倒置:先修书,后修法,书为法之绸缪也。诸位以为如何?"

"立法先立学,文信侯英明!"

"吕子万岁!"

"稷下之风行天下!"

在林下一片喧嚷之中,王绾领着嬴政匆匆绕过柳林,从后门进了木楼。王绾周密,先请嬴政自进书房内间等候,自己却站在了门厅下等候。吕不韦远远看见王绾立在门厅,对身边蔡泽与李斯等一班门客名士吩咐了几句,待蔡泽等走向相邻庭院,吕不韦才匆匆走来低声问:"秦王来了?"王绾也低声一句:"在内书房。"吕不韦笑道:"你也进去,门厅有人。"待王绾入内,吕不韦唤过一老仆吩咐几句,这才随后进了木楼。

"见过仲父。"嬴政见吕不韦进来,迎面肃然一躬。

"老臣参见秦王。"吕不韦也是大礼一躬,直起腰身一叹,"我王业已成人矣! 自今日始,老臣请免仲父称谓,乞王允准,以使老臣心安也。"

"仲父何出此言?"嬴政又是深深一躬,"仲父为顾命大臣,受先王遗命,坦荡摄政,公心督课,何得于心不安? 若是嬴政荒疏不肖,愿受仲父责罚。"

"敢请君上入座,用茶。"吕不韦虚手一扶嬴政,坐在了对面书案前喟然一叹,"君上蒙羞,老臣愧对先王也!"重重鱼尾纹中一双老眼顷刻溢满了泪水。

"仲父……嬴政少不更事,骊山之言多有唐突……"

"不。"吕不韦摇摇手,"君上一言,真金石也! 那日之后思忖往事,老臣始得明白:世间人事错综纠缠,但凡大局事体,终非一人可左右也。譬如目下,老夫所能为者,唯修书修渠两事耳。朝局成今日之势,不怪老臣,却怪何人哉!"

嬴政目光骤然一闪:"敢问仲父,莫非又有新变?"

"昨日新令,君上且看。"吕不韦掀开案头铜匣,拿出一卷递了过去。嬴政展开竹简,赫然盖着太后大印的令书上几行大字:"摄政太后令:长信侯嫪毐忠勤国事,增太原郡十三万户为其封地。另查,文信侯吕不韦荒疏国政,着长信侯嫪毐以假父之身接掌国事,丞相府一应公事,皆报长信侯裁处。秦王八年春。"

"几支竹片而已,老秦人听他了?"嬴政轻蔑地笑了。

"秦人亦是人,君上莫轻忽也。"

吕不韦正色一句,说起了嬴政所不清楚的内外变化。自嫪毐陡然蹿起,便有一班得其厚赏的吏员内侍大肆奔走,打着太后旗号为嫪毐笼络势力。嫪毐在封地山阳起了一座占地千亩的"名士院",大言宣称:"今日为我门客,他日为秦公卿!"咸阳官署多有吏员去职投奔,虽说并无要员显臣,然执掌各署实权的大吏却是不少,若连同山东六国投靠的士子一起算,嫪毐门客已经两千余人了。不可思议的是,太后还下了一道特令:凡秦国宫室、苑囿、府库,长信侯得任意享用并可任凭调拨财货!借此恩宠,今岁嫪毐又在太原郡起了一座"武贤馆",大肆收纳胡人武士与中原游侠,目下已有三千余人,终日狩猎习战汹汹扰民,动辄对太原郡征发车马劳役,滋扰甚多。秉性耿直的太原郡守忍无可忍,已经三次上书吕不韦请求去职太原了。

嫪毐有千人马队专司护卫,奔走于封地与太后寝宫之间,频频以"摄政太后书"与"长信侯令"对丞相府之外的各官署发号施令。嫪毐揽政,从来不来咸阳理事,只在各处游乐狩猎的"行宫"任意批示公文发布书令。嫪毐的书令几乎全部集中于两事:一则擢升亲信,二则压迫六国向自己献金。除此之外,举凡涉及正经国事的批令皆与吕不韦拗力:丞相府要修茸关隘,"太后书"便下令停止征发民力;丞相府要清查府库,"太后书"便封存府库;丞相府要整肃吏治,"太后书"便停止官吏升迁贬黜……如此等等,吕不韦的政令没有一件可以遵照实施了。此等乱局之下,咸阳各官署的吏员们无所适从,便有歌谣云:

飞来文,不可奉。

与嫪氏乎?与吕氏乎?

不知所终!

目下,仅在丞相府十三属署,已积压了百余件号令全然相左而无法实施的国事公文。更有甚者,山东六国已经觉察到了秦国乱局,图谋扶嫪毐而倒吕不韦了。斥候已经探得明白,魏国有谋士已经对魏景湣王划策:割地三百里以资嫪毐,长其实力,以使秦国罢黜或诛杀吕不韦!吕不韦本欲借此对魏国大举进军,虑及若是"太后书"又来制止,反倒是弄巧成拙,也只好隐忍了……

“如此乱局，仲父忍作壁上观？”

“有心无力，徒叹奈何也！”

良久默然，嬴政突兀道：“急难无虚言。嬴政冒昧揣测：以仲父之能，绝非无可着力。仲父束手，投鼠忌器也！仲父与先父与太后渊源深远，既顾忌伤及太后，亦顾忌先王蒙羞，更顾忌嬴政来日翻云覆雨，于是，仲父只能静观待变。可是？”

“……”面对嬴政的直白凌厉，吕不韦默然了。

嬴政扑地拜倒：“今日一求，乞仲父允准！”

吕不韦连忙趋前扶住：“老臣但听王命。”

嬴政起身，又是肃然一躬：“只求仲父扶持我冠剑亲政，而后纵有千难万险，嬴政一无所惧！”吕不韦释然一笑：“此事本老臣职责所在，君上何言相求？秦王若不亲政，吕不韦这仲父之名岂非滑稽也！”嬴政不禁大为振奋，切齿拍案道：“但得仲父同心，何惧嫪毐那猪狗物事！”吕不韦淡淡笑道：“君上少安毋躁，只牢记八字：晦光匿形，欲擒故纵。”嬴政目光骤然一闪：“仲父是说，助长嫪毐野心？”吕不韦慨然道：“势盈则心野。以老臣阅历，此等不知天高地厚者，必急不可待也。后发制之，不留后患。先发制之，无以除根。君上但如常处之，无虑老臣也！”嬴政长嘘一声：“仲父之言，使茅塞顿开。嬴政告辞。”起身一躬，与王绾去了。

> 嬴政虽暴烈，但极为聪明。得到老臣子的支持，凡事皆能事半功倍。

暮色时分，吕不韦来到了门客苑深处的一座小庭院。

李斯惊讶地看着独自前来的文信侯，连忙从书案前起身行礼，又连忙捧来陶壶煮茶。吕不韦坐到书案前一边打量案头小山一般的卷宗，一边摇摇手笑道：“李斯呵，任事不用，只坐下说话了。”李斯机敏，二话不说搁下陶壶恭敬地坐到了屋中仅有的那张书案对面。吕不韦慈和地笑着：“李斯呵，做老夫门客舍人，自觉如何？”李斯略一思忖道：“尚可。”简单两字,不说话了。"言不违心,磊落名士也!"吕不韦点头赞许了一句笑道,"以老夫之见,李斯之才,理事长于治学,足下以为如何?"李斯坦然道:"文信侯所言极是。埋首书案,斯之短也。然则,编修此等广涉杂学之书,李斯尚能胜任。"吕不韦喟然一叹:"强使大才埋书案,惜哉惜哉!"李斯不禁目光一闪:"斯与诸客多有相左,文信侯欲教我去么?"吕不韦悠然一笑:"子何其敏思过甚也! 老夫之意,欲使才当其实,别无他意。"李斯慨然拱手:"文信侯但有差遣,义不容辞!"吕不韦摇头道:"非差遣也,实相询也。老夫欲使你做一功业实务。然则,此事既得苦做,一时又无功利,只不知你意下如何?"李斯断然道:"士子建功,凡事皆得苦做。士子立身,不求一时功利。""好!"吕不韦一拍书案,"秦国将开天下最大之河渠,足下可知?"李斯惊讶地摇摇头:"天下最大河渠? 未尝闻也!"吕不韦朗朗一笑:"原是上天助秦,老夫何尝想到有此等好事送上门也!"

笑得一阵,吕不韦说起了筹划这个河渠工程的因由。

去岁立秋时节,丞相府来了一个奇人求见吕不韦。其时正当万里晴空,其人却头戴斗笠身披蓑衣,足下一双草鞋,手中一支铁杖,面色黝黑风尘仆仆,俨然苦行之士。吕不韦不禁揶揄笑道:"足下未雨绸缪,真远见也。"其人冷冰冰道:"此乃我门行止法度,无关晴雨,文信侯错笑也。"吕不韦连忙从座中起身一拱:"足下墨家乎? 农家乎?"其人只冷冷两个字:"水工。"吕不韦当即请这个不苟言笑的水工入座,吩咐童仆即上凉茶为嘉宾消暑。上茶之间,水工说了几句话,结实干净得没有一字多余:"我名郑国,韩国水工。山东无国治水,故来秦国。"说罢头也不抬地连续痛饮,直至一大陶壶凉茶饮尽,始终也没看吕不韦一眼。吕不韦借此思忖得一阵,淡淡一笑道:"足下治水之才,较李冰如何?"郑国也只硬

郑国做间谍都做得这么高傲!

邦邦八字两句："李冰尚可,余不足论。"吕不韦惊讶失笑："足下轻忽李冰,蔑视天下,莫非曾随大禹治河?"郑国冷冷道："若生其时,治河未必大禹。"吕不韦不禁哈哈大笑："足下傲视古今,老夫倒是生平未见也! 你且先说,可曾有治水之绩?"郑国点着铁杖道："引漳灌邺十二渠,吾成后六渠。鸿沟过大梁。汉水过郢通云梦。此后六国无心无力,非郑国不治水也。"

吕不韦不禁惊愕了。

引漳灌邺,乃魏文侯时的邺城令西门豹开始的庞大治水工程,一直到魏襄王之世的邺城令史公方才完成,历时四代百余年,先后修成大渠十二条,魏国河内由此大富。鸿沟则是魏国开凿的一条人工河流,引大河从大梁外南下直入颍水,全长三百余里,历魏惠王、魏襄王两代近百年修成,南魏北楚不知得利几多。汉水过郢入云梦,则是战国中期楚国的最大治水工程。白起夺取楚国老郢都之后,楚国都城迁往云梦泽东北岸建立仍然叫作郢都的新都城,引汉水过郢而入云梦泽,使郢都水路畅通。如此三大治水工程尽皆惊世沟洫,任能领得一项都是不易,郑国能领得三项,如何竟不闻此人之名?

"水工无虚言。"郑国显然洞悉了吕不韦心思,笃笃点着铁杖,"我为水工,素不治役,唯踏勘沟洫水路、攻克施工难题,故工程之名皆无郑国名号。公不知我,原不足怪。以一己之知断事,事必败也。"说完这几句最长的话,站起来便走。

"先生且慢。"吕不韦连忙拦住郑国,当头肃然一躬,"不韦不通水事,尚请见谅。先生既有志治水,秦国必有伸展之地。先生可先行住定,容我选得一班吏员襄助先生,先行踏勘秦国水情如何?"

"不必踏勘。秦国水情,郑国了然于胸。"

"如此敢问先生:治秦之水,以何当先?"

"解秦川拥水之旱、良田荒芜为先。"

"如何解得?"

"引泾入渭,长渠横贯东西,水旱可解,盐碱可消。"

"渠长几何?"

"东西四百余里。"

"需民力几多? 何年可成?"

"十万,数十万,百余万。数十年,十数年,五七年。"

高人总是有点脾气的。郑国之事，颇有传奇色彩。韩人郑国入秦，游说修渠，原打算耗秦国国力，然后可自保其身，谁知反利秦国，韩国得不偿失。《史记·河渠书》载，"而韩闻秦之好兴事，欲罢之，毋令东伐，乃使水工郑国间说秦，令凿泾水自中山西邸瓠口为渠，并北山东注洛三百余里，欲以溉田。中作而觉，秦欲杀郑国。郑国曰：'始臣为间，然渠成亦秦之利也。'秦以为然，卒使就渠。渠就，用注填阏之水，溉泽卤之地四万余顷，收皆亩一钟。于是关中为沃野，无凶年。秦以富强，卒并诸侯，因命曰郑国渠"。郑国来得正是时候，秦政三年、四年，旱灾、蝗灾等灾异连连，郑国来治水，说不定可以缓解这些异象。虽史载不详细，但仅凭太史公这数语可知，郑国才智勇非同一般。

吕不韦沉吟片刻道："先生稍待月余，容我筹划决断。"

"月余？"郑国嘴角抽出了一丝冷笑，"半年之内，我在泾水瓠口。半年无断，再莫找我。告辞。"铁杖一点，大步利落地出了厅堂。

当晚，吕不韦造访了昔年耿耿图谋于秦川治水的蔡泽。这位计然派传人感慨万端："天意也！秦川治水自商君动议，百余年来历经七王八相，连同老夫，皆未成事矣！今日重提秦川治水，恰当时势遇合，文信侯为相何幸也！"吕不韦笑道："纲成君所谓时势遇合，却是何意？"蔡泽侃侃道："秦川百年治水不成，因由在三：其一，战事多发，民力不容聚集；其二，府库不丰，财货不容两分；其三，水工奇缺，一个李冰不容兼顾。老夫为相之时，诸事具备，唯缺上乘水工，以至计然派富国之术终无伸展也。今日之秦国无战无乱，财货丰盈，民力可聚，更有天下名水工送上门来，岂非时势遇合哉！"默然良久，吕不韦断然拍案："秦川不治水，秦国无以富，纵是有战有乱，吕不韦也当全力为之。"蔡泽连连喊好，末了昂昂道："你这学宫另选能才，老夫去做河渠令！"吕不韦连忙笑吟吟抚慰道："纲成君学问渊深，见识卓著，兴文明大业正当其任也！河渠事务劳碌不堪，让给后生辈了。"蔡泽老眼瞪得一阵，说声也是，方才悻悻然不争执了。

……

"文信侯，李斯愿领河渠事务！"

"此事非同小可也。"吕不韦觉李斯见事极快，也立即说到了事务，"河渠虽未上马，先期筹划是根基。郑国不善周旋，而勘定河渠又必须与各色官署交涉，全赖你也。而河渠一旦铺开，民力十万数十万甚或百余万，更涉及郡县征发、河渠派工、衣食住行、功过督察、官署斡旋等诸般实务，可谓头绪繁多。郑国不善辖制调遣，然既是治水工程，却得领爵为

首,以示水工威权。管辖事务者虽只是襄助副职,却得全面总揽,铺排调遣……李斯呵,理事为人之副,你可受得?"

"纵为卒伍,亦当建功,何况副职事权也!"

"好!"吕不韦赞许拍案,"子有此志,无可限量也!"

次日,李斯交了学宫的案头诸事,到丞相府属署办理任事公文。及至走出丞相府,李斯不禁对吕不韦大为感佩。原来,丞相府已经事先奉摄政仲父书令,将李斯任做了河渠丞,俸金等同郡守,一年千六百石谷麦。丞者,佐官(副职)之通称也。战国通例:官署之"丞",是总揽官署事务而对主官负责之佐官;任事之"丞",是对该事项主官负责之佐官。官尾吏头,是为大吏。秦国之不同在于:以才具初任官吏一律无爵,得建功之后依据功业定爵;任事无功便得降职或罢黜,建功得爵始为正式入官,即所谓官身;无爵之官吏实为试用,故其俸金只是"等同某某"。李斯对秦国法度了如指掌,清楚地知道,秦国新吏之俸金最高也只是"等同县令"。使他等同郡守俸金,实在是大破成例。楚国平民出身的李斯也曾做过小小乡吏,对生计艰难之况味刻骨铭心,今日一朝任事便是赫赫郡守俸金,如何不感慨中来?

然则,毕竟李斯见事透彻,深知激赏必有重任,这郡守俸金的大吏绝非轻松职事。回到门客苑,李斯立即打点好自己的青布包袱,给文信侯留下一书,搬到新吏驿馆去住了。旬日之后,李斯将吕不韦特命拨付的十三名小吏遴选整齐,带着一班人马兼程去了泾水瓠口。

吕不韦安置好河渠启动事务,立即来了另一件大事。

暮色时分得莫胡急报:寡妇清已经回到沣京谷,路途寒热大发病势沉重。吕不韦立即连夜向沣京谷赶来。原来,莫胡已经奉命在沣京谷守候了三个月,才等到了寡妇清从巴郡

把嫪毐跟寡妇清扯上关系,小说改编颇为大胆离奇。

北来。吕不韦之所以急于见到寡妇清,是要清楚一个秘密:那个捧着"清"字宽简前来投奔吕不韦门下的嫪毐,究竟是何根底? 及至下船登山,已经是初更了。山口武仆拦住吕不韦,说主人不在山中。吕不韦从腰间大带皮盒中拿出一方黑玉鹰牌冷冷道:"此乃秦王至令,大将尚得奉书,况乎秦国商旅?"武仆见来人气势肃杀,二话不说便去通禀。片刻之后,方氏家老亲自来迎,将吕不韦主仆接进了山顶庄园。

偌大正厅空无一人,隐隐弥漫出一股草药气息。吕不韦尚未入座,大屏后一阵细微响动,两名侍女推着一张帐幔低垂的卧榻从厚厚的地毡上走了出来,恰在大屏前的台阶上稳稳停住。卧榻中传来苍老的喘息与熟悉的声音:"文信侯,别来无恙乎?"吕不韦肃然拱手道:"不知清夫人染病,多有叨扰也。"卧榻中一声好说,两名侍女已经将帐幔挂起在两侧榻柱,一身黑衣仰面而卧显露着半边丑陋面容的寡妇清赫然在目。

"夫人……"

寡妇清双眼望着屋顶粗重地一声喘息:"诸般情形,我已尽知。今日之言,我心对天。文信侯既拥生杀予夺之权,玉天清愿受任何处罚。"

"清夫人,事已至此,纵然杀你,于事何益也!"吕不韦不无痛心地一拱手,"昔年,不韦念你一生孤愤而立身端正,与国多有义举,与民广行善事,是以陈明秦王,筑怀清台以表夫人名节。夫人提及族侄欲入仕途,不韦亦一力襄助。不想持'清'字宽简来投我者,竟是如此一个人物! 敢请夫人据实相告:嫪毐究竟何人? 夫人族侄乎? 亲信冒名乎? 其秉性恶行渊源何在?"

"上茶。"寡妇清吩咐一声,微微一喘道,"玉天清时日无多,无须隐瞒。文信侯但请入座,容我清清神说来。"说罢轻轻一拍榻栏,一名侍女捧来了一只铜盘,盘中一盏一碗。另一名侍女从玉盏中夹起一粒红色丹丸放入主人口中,又用细柄长勺从玉碗中舀得两勺清水徐徐灌入主人口中。寡妇清喉头一动吞了下去,闭目喘息片刻,口齿神气振作了许多,长叹一声说起了一个曲折离奇的故事——

在方氏一族中,玉天清夫家是嫡系正脉。玉天清尚未合卺的夫君有兄弟两人,长子乃正妻所生,夫君却是后来的一个少妾所生,年岁相差甚大。夫君在云梦泽覆舟暴亡时只有二十六岁,兄长却已经年逾四十了。当年,方氏族业两地兴旺,翁公颇通商道的正妻大多时光留在临淄接应丹砂督察商社。长子一出生,翁公与正妻商定:母子一起留在齐国,一则照料商社,一则督导儿子尽早修习商道,以利将来总掌方氏。翁公自己则带着几个老执事，专一经营巴郡丹穴。几年之后，临淄商社的亲信执事密报：长公子荒学过甚，主母无力督课，请主公速回临淄定策。翁公风火兼程地赶回临淄，方知儿子生出了一个怪癖：酷好方士诸般密术，举凡采药炼丹、运气治人、通神祈雨、强身长生、童阴童阳、画符驱邪、出海求仙等等等等，无一不孜孜追随，极少进得书房，更不踏入商社一步。多方查询打探，谁也不清楚是何缘由。翁公一番揣摩，认定是族中方士熏染所致，便将儿子带到了巴郡丹穴，自己亲自督导。谁知一入巴郡，这个小公子上吐下泻病得奄奄黄瘦。翁公认定是水土不服，自己开得几剂药教儿子服用。不料几个月过去，儿子却依然如故，根本没有力气离榻。一个老医家说，这是心气病，久则夭亡。翁公无奈，只得又将儿子送回了临淄。从此，临淄不断传来正妻书简，说儿子改流归正，日每读书习商大有长进。翁公欣然，于是又埋首商事周旋去了。谁料过了几年，临淄的亲信执事又来密报：公子已成冥顽之徒，终日沉迷于方士一群，但说商道与学问便瑟瑟颤抖不止；再不设法，此子毁矣！翁公大为惊诧，眼见儿子将到加冠之年，如此下去如何了得？当即星夜赶回临淄，一问之下，老妻从来没有写过如此这般的书简，所发六书均是告急，巴郡却从来没有收到。翁公大觉蹊跷，却顾不得细细斟酌，先怒气冲冲在大方士处揪回了儿子，并当即重金延请了一位刚严名士督导儿子。

谁也想不到，老师到馆的当夜，这位公子失踪了。

翁公大散钱财百般寻觅，却终无踪迹。气恨之下，翁公抛下正妻独回巴郡，两年后与一位可人的少妾生下了第二个儿子，也就是玉天清后来的夫君。夫君加冠之年，兄长依然是杳无音信。翁公终于绝望，决然将少子立嫡了。直到翁公遭刑杀，夫君遭覆舟，玉天清鼓勇掌事，方氏的嫡长公子依然泥牛入海。

岁月倏忽，在玉天清已经步入盛年的时候，齐国的天主大方士不期然到了巴郡。历来齐国方士多出方氏一族，大方士入巴自然要会方氏族人并祭拜族庙，方氏族人自然也需大礼铺排以示族望。旬日之间，诸般礼仪完毕，大方士郑重宣示了一则惊人的预言：百年之内，方氏将有大劫难！族人惊恐，同声吁请禳灾。大方士一番沉吟，终究是允诺了。依照大方士备细开具的禳灾法度，玉天清当斋戒三日，禳日独卧家庙密室，聆听上天之意。那一日，玉天清从夜半子时进入了家庙密室，静待清晨禳灾。谁知在四更时分，玉天清却不由自主地蒙眬了过去。半睡半醒似梦似幻之中，玉天清见密室石墙神奇地转开了一道大门，一身法衣的白发大方士仿佛从云端悠然飘了进来。

“玉天清，可知老夫何人么？”

“不知道……”

“五十年前，方氏长子失踪，你当知晓。”

“知晓……”

“老夫便是方氏长子。你乃老夫弟妻也。”

“呵……”

“方氏劫难，应在阴人当族。念你终生处子，独身撑持方氏，老夫代天恕你。然则，你需做好一事。否则，此灾不可禳也。”

“呵……”

“有一后生，但使其入秦封侯拜相，百事皆无。”

“何人……”

“老夫亲子，十六年前与胡女所生也。”

“噫……”

“莫惊诧也。老夫终究肉身，未能免俗。老夫之途，未必人人可走。此子虽平庸愚鲁，然有大贵命相。老夫欲借你力，了却这宗尘世心愿，亦终为方氏荣耀也。”

“啊……”

清晨醒来，禳灾已经完毕，神圣的大方士也已经云彩般飘走了。两年之后，一个黝黑粗莽的汉子到了巴郡丹穴，浓烈的腥膻混杂着草臭马粪味儿扑鼻而来，分明显示着自己的路数。玉天清掩着鼻息皱着眉头，接过了汉子捧过来的一只陶瓶。陶瓶中几粒丹药一方寸竹，竹片上八个殷红的小字——嫪毐我子，当有侯爵。玉天清一声叹息，将这个腥膻粗蠢得牧马胡人一般的汉子留下了。从此，玉天清开始了一步步的谋划：一边请一精明执事教习嫪毐些许粗浅的读书识字功夫，打磨那厮教人无法容忍的粗鄙举止；一边开始了探听秦国朝局，并踏勘接近秦国大臣路径的细致铺垫。邯郸得遇吕不韦进入绿楼重金搜买歌伎，玉天清开始关注吕不韦了。及至秘密探清吕不韦与嬴异人非同寻常的结盟，玉天清开始不着痕迹地下功夫了。吕不韦入秦后几次关节时刻，玉天清都毫不犹豫地重金襄助，为的是有一日了却这则实非其心却又不得不为的孽愿……

“然则，文信侯请秦王筑怀清台，老身始料未及也。”寡妇清幽幽叹息了一声，“我以邪道谋秦，秦却以正道待我，玉天清虽悔无及矣！”

一路听来，吕不韦牙关咬得几乎出血。一个商旅部族，竟能为如此荒诞的一个理由大抛举族积财耗时二十年去达成一个令人齿冷的目标，结局却又是如此背离初衷，令所有参与其中者尽皆蒙羞而追悔莫及，当真匪夷所思也！一时之间吕不韦啼笑皆非，一句话也说不出来，默然良久，方冷冷问得一句："嫪毐那厮，可有邪术？"

"天意也！"寡妇清一拍榻栏，说起了后来的故事。

自嫪毐与太后的丑行秘密传开，寡妇清大为震惊，念及秦国厚待，更是愧疚于心。三年前，寡妇清将方氏族业悉数安置就绪，亲自带着一支包罗各色人才的商旅马队北上胡地，决意查清嫪毐其人。三年中，寡妇清与斥候执事们遍访草原匈奴与诸胡部族，终于清楚了嫪毐底细。原来，当年的大方士带着三十六名少年弟子，应匈奴老单于之约北上炼丹护生，并为老单于祈祷长生。老单于派了八个壮美的少女奴隶，专一侍奉大方士饮食起居。大方士与八个女奴同居一帐，夜夜以令女奴惊叹呻吟的神术做阴阳采补，一年后，齐刷刷生下了十三个肥重均在十斤之上的儿子。老单于哈哈大笑，直赞叹大方士一头好公猪，竟能使八头母猪同日生崽，此等公猪术定要传给老夫！大方士尽知胡人习俗，非但毫无难堪，竟然立即开始住进老单于大帐，召来老单于二十余名妻妾，日夜传授采补神术。谁料半年之后，大方士的十三个儿子竟如生时一般，一日之内又齐刷刷地夭亡了。面对老单于与牧民们的冲冲怒火，大方士无地自容，在月黑风高的夜晚丢下一具狼吞的假尸，也丢下了三十六名弟子，孤身逃离了匈奴草原。

逃至阴山南麓，大方士又在一个林胡部族住了下来，图谋招收弟子以重返中原。其时恰逢林胡头领患了不举之症，大方士人到病除，老头领重振雄风，慷慨地赏赐给了大方士十名少年胡女。大方士这次却坚执不受,只讨了一名老头领最不待见的妻子。此女年近三十,丰满壮硕,被老头领掳掠入帐时已经是另一部族头领的已婚女奴了。大方士这次小心从事,只在最不得已时通神采补一番。想不到的是,一年后,这个头领妻子还是生下了一个肥壮的儿子。大方士不意得此一子,视为天意,钟爱有加。然要操持方士神业,尤其要做天主大方士,有得一个儿子终是为业规所不容。思忖一番,大方士给这个儿子取了一个怪异的名字——嫪毐,叮嘱其生母着意抚养,届时他会前来照应。

十年之后,大方士秘密回到阴山,给嫪毐母子带来了足以成为牧主的一车财货。出于自幼癖好,大方士检视了儿子全身,终是喟然一叹:“此子无恙,唯阳卑微也!大丈夫横行天下,无伟岸物事,何得其乐哉!”于是,大方士施展了自己独有的壮阳缩阴密术。一年之间,少年嫪毐拥有了一宗罕见的伟岸物事。后来,这大方士每年必到阴山一次,只着意秘密传授嫪毐的强身采补之法。有得此等邪父,嫪毐自十五岁开始,成了草原少女避之唯恐不及的阴山大虫……

“狗彘不食!”吕不韦不禁狠狠骂了一句。

“我已练得百名死士。不杀此獠,我心难甘!”

“夫人大错也!”吕不韦断然一摆手,“今日之嫪毐,非昔日之嫪毐也。既成国事,自当以国法处置。此子虽根基不正,然若不作乱祸国,取悦于太后未尝不可也。若其作乱发难,邦国自有法度。私刑侠杀,纵合道义,却违法度。更有甚者,此等私刑只能帮得倒忙,一旦不能得手,反使嫪毐一党愈发猖狂为害,实则乱上添乱,夫人万莫轻举也。”

“然则物议汹汹,文信侯执法,得无投鼠忌器之顾忌乎?”

“夫人差矣!”吕不韦慨然拍案,“功业不容苟且,谋国何

神乎其神,按妖怪模式打造嫪毐。

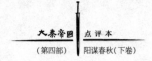
计物议！吕不韦已然一错，何能再错？"吕不韦粗重地喘息一声，又低声道："夫人当知，吕不韦与太后有昔年情愫。然国法在前，岂能顾得许多？更兼今日一谈，方知此獠本真邪恶。吕不韦纵以义道为本，亦当有依法惩恶护国涉险之志也！"

"文信侯，老身拭目以待了。"

"夫人但挺得病体过去，自有水落石出。告辞。"

回到文信学宫，吕不韦径直到了蔡泽庭院，将与寡妇清会晤的经过备细说了一遍，蔡泽听得感慨不已。末了，吕不韦对蔡泽说出了一个一路思忖的决断：挺身而出，力促秦王加冠亲政！蔡泽大是惊讶，思忖一番忧心忡忡提醒道："秦王奉法过甚，主见过人。我等大兴文华化秦，最要紧者是化秦王于同道。如今，秦王是否与文信侯同心同道，尚不分明。若得一朝亲政，又来另路，岂非后患？"吕不韦慨然道："政道者，以时论事也，权衡利害也。嫪毐如此邪恶根基，分明我等死敌。此獠目下已经成势，若不夺其权力，我等必为其所杀矣！身死国乱，毕生心血毁于此等邪物之手，卑污至极，宁如自裁！而制约嫪毐，唯扶持秦王可也！至于日后秦王如何，纲成君，只能另当别论了。"

眼见吕不韦泪光莹然，蔡泽默然良久，终是一声叹息。

一番计议，两人将学宫诸事安置妥当，已经是天色大亮了。匆匆用了早膳，吕不韦驱车回了丞相府。各署闲散当值的吏员们深为惊讶，纷纷聚来领书署探听意向。吕不韦闻声出来站上台阶，一拱手慨然道："诸位，老夫年来荒疏政务，深为惭愧也！自今日起，老夫坐守丞相府，与诸位一起当值，能做得一件事便做得一件事，决不苟且！"吏员们一阵惊愕，相互打量着议论纷纷。

"各署照旧运转。"吕不韦正色下令，"凡经老夫批示之公文，各署照令实施。但有梗阻，皆依秦法办理。纠缠不下者，禀报国正监与廷尉府共同裁决。老夫倒要看看，何人敢在秦国违法乱政也！"

"文信侯万岁！"自感窝囊日久的吏员们一片欢呼，顿时精神大振，甚话不说疾步匆匆散开回了各自官署。半日之间，在外消遣的吏员们也纷纷闻讯赶回，丞相府又恢复了往昔的紧张忙碌。

吕不韦回到久违的政务书房，一时感慨良多无法入案，便到后进寝室沐浴了一番。及至换得一身干爽袍服出来，吕不韦自觉精神振作了许多，坐进书案，铺开一张羊皮纸

又提起大笔,开始将早已在心头蹦蹿的话语一字一字地钉了上去:

吁请秦王加冠亲政书

臣吕不韦顿首:谚云,治国者举纲。国之纲者何?君也。昔年先王将薨,依秦国法度考校遴选,方立子政为秦王,约定加冠之年得亲政。而今八年,秦王二十一岁矣!太后与老臣受先王遗命秉政,亦倏忽老去,以致政务多有荒疏错乱也。秦王自即位以来,观政勤奋有加,习法深有所得,体魄强健,心志亦成也。秦法有定:王年二十二岁加冠带剑。是以,先祖惠王、昭襄王皆二十二岁行冠礼也。唯其如此,老臣吁请:当在明年春时为秦王行加冠大礼。太后将老,老臣更近暮年,若能在恍惚之期还政于秦王,则于国于民大幸也! 秦王八年九月己酉。

吕不韦牵头,加冠一事,最后水到渠成。

一时得罢,吕不韦长嘘一声搁笔起身,唤进了领书吩咐道:"此上书,除依式呈送雍城太后宫外,抄刻送全部国府大臣与王族老臣,当即办理。"领书领命,将案头墨迹未干的羊皮纸放入铜盘捧起,匆匆到书简坊去了。三日之后,吕不韦上书在咸阳所有官署与大臣府邸传开,情势立即有了微妙的变化。大臣们始而惊愕,继而纷纷然议论。

"是也!秦王业已二十一岁,该行加冠礼了!"

"三辕各辙,政出多门,不乱才怪也!"

"秦王亲政,一国事,万事整顺!"

"文信侯乃摄政仲父,有这等吁请,大节操也!"

"吕不韦不揽权,有公心,大义也!"

"说归说,此事做来却难!"

"是也！此信彼信，仲父假父，奈何？"

"鸟！那厮能与文信侯比了？"

"不然也！那厮不行，可那厮物事行也！"

"物事再行又能如何，靠那物事成事么？可笑也！"

……

嚷嚷之际，大臣们都掂出了吕不韦这卷上书非同寻常的分量。且不说吕不韦三安交接危局已经载入史册的特有功绩，也不说秉承先王遗命以仲父之命摄政当国这份几乎与国君等同的权位，仅是这卷上书便使人陡然一震！细心的大臣们都注意到，寻常论事很少抬出秦法的吕不韦，这卷上书却是处处说法咄咄逼人，实在是温和理政的吕不韦一个罕见的例外。上书开首申明君为国纲，其意何在？接着申明嬴政是先王依法所立，所指又何在？再申明国政多有荒疏错乱，所指何在？又申明"王年二十二岁加冠带剑"之秦法，并着意列出秦惠王、秦昭王二十二岁加冠亲政的成例，其意何在？上书言事，特加"吁请"二字，其意其指又何在？最后一句，将还政于秦王看作"于国于民之大幸也"，其寓意为何？

如此等等反复揣摩聚议，王族大臣们先忍不住了。被嫪毐骂为"老不死"的驷车庶长老嬴贲愤而出面奔走，联结王族大臣具名上书，历数历代秦王加冠成例，坚请次年为秦王行加冠大礼。接着是纲成君蔡泽联结国正监、老廷尉等一班执法大臣具名上书，请以法度检视目下国事，为秦王加冠，以一国政。

偏在此时，一桩亘古未闻的奇事生出，秦国朝野顿时哗然！

正在大涨秋水之时，鱼群竟从大河中溯流而上，黑压压涌入秦川渭水河道，从桃林高地的河口直抵栎阳咸阳连绵不断。河鱼大上的消息顷刻传遍秦中，老秦人人人称奇不已，不及思索纷纷骑马赶车到渭水两岸，一边在河边支锅起炊大咥，一边用牛车装鱼运回连吃带卖不亦乐乎。一时各色帐篷连绵撑起，大小锅灶炊烟连绵，渭水两岸三四百里蔚为奇观。

在秦人不亦乐乎之时，游学秦国的阴阳家们发出了一片惊呼之声："呜呼！豕虫之孽，秦为大害也！"一时传开，秦人心惊肉跳，渭水两岸的连绵帐篷炊烟哄然散得一干二净。接着更有森森然预言传开：鱼者，阴类也，臣民之象也；秦以水德，鱼上平地，水类失序，秦将有大灾异也！一时言之凿凿，秦国朝野骚动不宁，纷纷将预兆归结为国政紊乱，

渐渐弥漫出一片昂昂呼声：秦王亲政，国归其所！

嬴政亲政，众望所归，势
在必行。

三 雍也不雍 胡慉莫惩

嬴政即位第八年，赴雍。
"己酉，王冠，带剑。"（《史记
·秦始皇本纪》）

九年开春，秦王嬴政的车驾终于向雍城进发了。

上年冬月①之时，嬴政接到了太后与假父长信侯同署的
特书："吾子政当于开春时赴雍，居蕲年宫，择吉冠礼。"虑及
亲到丞相府诸多不便，嬴政当即命王绾秘密请来吕不韦商
议。吕不韦看了令书不禁笑道："嫪毐难矣哉！不得不为
也，心有不甘也！"笑罢却又皱起了眉头，指点着寥寥两行大
字一阵沉吟，"此令……悉数事宜一无明示，唯居地明定蕲
年宫……王行冠礼，国之大典也。依照法度，先得太史、太
庙、太祝三司会商，于太庙卜定月日时，同时拟订全部礼仪程
式并一应文告；秦王行止日期、随行大臣、仪仗护卫等诸般事
宜亦当明确无误。然则，此令一事不涉，实在不明所以，老臣
以为当三思而后定。"

"政之所见，倒是不然。"嬴政似觉生硬，说罢歉然一笑。

吕不韦坦然道："大关节处正要主见，我王但说。"

嬴政思忖道："仲父以常人之能看嫪毐，将嫪毐看得高
了。嬴政所知，此人虽则狡黠，本色却是粗蠢愚顽。仲父方
才所言之法度，嫪毐原本丝毫无知。其人所思是：我教你来
加冠，说一声你来便是。其余根本想不到，也不想。是以此
令非思虑不周之破绽，而是嫪毐以为事情该当如此。"

"既然如此，何以想得到蕲年宫？"

"嫪毐要在蕲年宫杀我。"

---

① 冬月，秦人称十一月为冬月。至今，关中方言仍将农历十一月叫作冬月。

"啊！王、王何有此断?"吕不韦惊得破天荒地口吃了。

"一接得此令,蕲年宫三字便钉上了我心!"

吕不韦良久默然。嬴政对嫪毐的论断使他深为惊讶。蓦然之间,他从这个年轻秦王身上看到了一种锋锐无匹的洞察力,虽然时有臆断之嫌,但那发乎常人之不能见的独特判断总是使人心头为之一震! 在久经沧海的吕不韦眼里,嫪毐生乱是必然的,一旦真正得势便要除掉自己也是必然的;但说嫪毐要杀秦王,他却实在没有想到,也从来没有想过;自古大奸为恶,真正弑君称王者毕竟少之又少,至少战国两百余年没有一例成功,绝大部分都是剪除权臣对手夺得摄政权而已;嫪毐粗鄙,朝野皆知,杀了吕不韦这般对手能一人摄政掌国,可杀了秦王他能如何? 自己做秦王么? 岂非滑天下之大稽也! 唯其无利有害,说嫪毐目下要撇开吕不韦直接对秦王下手,谁却能想到? 谁又能相信? 然则,嬴政却有了这个骇人的直觉! 你能说,这个年轻秦王所认定的危局断然没有可能么? 毕竟,嫪毐之邪恶不能以常人度量也。

"除非嫪毐有子!"吕不韦突兀一句。

"国耻也!"嬴政的呲喘教人心颤。

"啪"的一声,吕不韦拍案而起,面色涨红地急速转了两圈,勉力压下了骤然涌起的厌恶作呕之感,站定在硕大的书案前:"事已至此,老臣划策:大张冠礼,密为绸缪,后发除恶,一举定国!"

"绸缪之要在兵,余皆好说。"

"一切皆在老臣之身! 王但如期赴雍。"

此后月余,吕不韦将一应冠礼事务大肆铺开。先以秉政仲父名义颁发书令通告朝野:明春行王冠大礼。接着派定曾领三王葬礼与两王即位大典事务的纲成君蔡泽为总揽冠礼大臣,聚"三太"会事,冠礼大臣拟定行止程式,朝会商定随行大臣,司空府会同王室尚坊修葺蕲年宫,大田令征发民力疏浚渭水航道,沿途各县平整官道,雍城令受命搭建祭坛,等等,等等。事事皆发国书通告朝野,程式就大不就小,一个冬天将秦王加冠大礼铺排得蜚声朝野妇孺皆知,老秦人无不弹冠相庆。然则,细心者却留意到了:如此王冠大礼,秦国四十万大军却无一旅调遣,悉数随行大臣竟没有一个大将,整个秦军似乎被遗忘了一般。蔡泽对吕不韦这个显然的漏洞大是疑惑,吕不韦颇为诡秘地一笑:"粗对粗,此天机也!"嬴政却是心领神会不置一词,始终听凭吕不韦大肆铺排。

依照预先宣示朝野的行止，二月初二这日，王驾离开咸阳西来。

秦人谚云："二月二，龙抬头。"说的是这二月初二多逢惊蛰节令，春雷响动苍龙布雨，万物复苏，是为春运之首也。吕不韦与蔡泽反复密商，着意将秦王起行定在了这"龙抬头"之日。其时，龙虽然还只是"四灵"（龟、龙、麟、凤）之一，尚未如后世那般成为天子神圣的专有征兆，然则，龙毕竟是《易经》论定而为天下公认的正阳神物，腾飞九天振云兴雨叱咤雷电，正是所有振兴关节最为看重的征兆，寓意至为明显。老秦人一闻秦王二月二出行，自然是一口声喝彩。

起行这日风和日丽，正是初春难得的阳升气象。咸阳国人空巷而出，聚集在西门外官道两边争睹秦王风采。吕不韦亲自率领留守都城的所有大臣吏员三百余人，在郊亭为嬴政举行了隆重的贺冠饯行礼。正在嬴政饮下吕不韦捧上的一爵百年秦酒时，万里晴空一阵隆隆沉雷滚过，陡然在咸阳上空当头炸响！

"晴空霹雳！龙飞九天——"蔡泽呷呷一声狂呼。

"龙飞九天！秦王万岁！"

原本愣怔不知所以的官员庶民恍然解兆，顿时爆发出一阵弥漫原野的山呼海啸。嬴政当即对天拜倒高诵："上天佑秦！我大秦臣民万幸也！"大臣吏员们齐刷刷跟着拜倒，万千庶民也跟着黑压压拜倒，上天佑秦的声浪潮水般掠过了渭水两岸。正当午时，冠礼大臣蔡泽一声宣呼："王驾起行！"大片旌旗车马便在原野上辚辚启动了。散发无冠的嬴政着一领绣金黑丝斗篷，站在粲然金光的青铜轺车的九尺伞盖下，随着秦王万岁的滚滚声浪在人海中缓缓西去，端庄威严得天神一般。

气势先声夺人。

雍城，是秦国旧都，也是历代储君加冠的神圣之地。

尚在华夏远古时期，雍便有了赫赫大名。大禹治水成功后建国立邦，将天下划分为九州，雍便是九州之一。其时，九州地域皆宽泛框架，所谓"河之西为雍"的雍州，实际便是整个华夏西部，包括了后世中国的陕西、甘肃、巴蜀与青海一部分。古雍州的治所，便是这雍城。究其实，古雍城只是一座镇守西中国的要塞城堡。这雍州，是更为遥远的西北戎狄部族汹汹进入古中国的最主要通道，甚或是唯一通道。战事多发，兵灾频仍，偏偏却叫了一个祥和的名字——雍。雍者，谐和也。雍城者，谐和之城也。揣摩其意，大约也是古人祈求和平岁月的一番苦心也。历经夏商周三代两千余年，雍州之地始终是抵御游牧部族入侵华夏腹地的西陲屏障。

上天刻意，长期在雍州抵御戎狄者，恰恰是秦部族。

尧舜之时，秦人先祖乃是华夏腹地声望卓著的大部族，其首领便是与大禹同担治水重任的伯益。由于治水大功，舜帝赐伯益一族黑色大旗（皂游），并赐以"嬴"为姓，慨然预言曰："而后嗣将大出！"也就是说，日后嬴族必然繁衍茂盛，大出天下！因了如此，大禹临死之时"以天下授益"，实际便是举荐益做继任天子。然则，谁也说不清究竟发生了何等事件，最终是禹的长子启继承了王位，伯益竟不知所终了。从此，嬴部族与夏王族有了很深的恩怨，却又无法了结，便从华夏腹地迁徙到了雍州，做了抵御戎狄的军旅部族。但是，嬴部族终究没有忘记这深藏心底的仇恨。夏末之时，嬴族毅然追随商汤反叛夏桀，举族鼓勇，助商一举大败夏军于鸣条之战，灭夏而成商。自此，嬴部族正式成为世代防守西部的主力大军，虽非商代诸侯，却也是镇守一方的军旅望族。其时，周人正在嬴部族的镇守之地日渐崛起。嬴部族忠于商王，况且还有两个被后世称作助纣为虐的嬴族大将——蜚蠊、恶来做纣王近臣，自然便与图谋推翻商王的周人不睦。后来，周人灭商，杀了恶来。嬴族又与周人有了恩怨，举族迁徙到周王朝鞭长莫及的偏远的陇西山地。直到西周中期的周穆王时，嬴族方才渐渐臣服周室，做了专为王师放牧战马的臣民。再后来，周孝王给了嬴族一个比诸侯小得许多的封号，叫作"附庸"，以秦水数十里河谷为嬴族封地。再后来，周宣王封嬴族首领秦仲做了大夫，秦部族便在封地修建了一

座名为秦亭①的小城堡作为治所。这是秦人第一座以"秦"命名的城堡。

立国东来之后,秦部族忙于从戎狄手中夺取关中之地,先后匆匆修建了四座小城堡:第一座是梁山的西畤,第二座是汧水渭水交会处的西垂宫,第三座是稍东的鄜畤,第四座是岐山北麓的平阳。四座城堡实际上都是战事大本营,尚远远不够一个大诸侯国的都城规格。直到第六代君主秦德公即位,关中已定,方才备细堪舆占卜,选择了在古雍城②遗址所在地修建都城,仍然以"雍"为名。谁知这位三十三岁即位的德公,在位两年便薨了。其时刚刚建成了一座公室住所——大郑宫,作为都城的雍城才刚刚开始修建。后来历经宣公、成公两代十六年,直到秦穆公即位,雍城方才大体竣工。从此,雍城作为秦国都城确立下来,直到战国初期,整整历时十七代君主二百五十三年。

雍城依山傍水,正在肥沃而又显要的河谷地带。山者,雍山也。水者,雍水也。雍水发源于雍山,中段又有一条叫作中牢水的河流融入,东南流百余里入得渭水。雍城便建在雍水、中牢水与渭水的三水交汇地带,北靠雍山岐山,南临渭水,东西挽雍水中牢水,除了不甚广阔难以伸展,可谓得天独厚也。作为公室国府,雍城有秦德公修建的大郑宫、秦惠公修建的蕲年宫。秦国强大后,又相继在雍城周围建起了几座宫室,供国君回故都祭祀时居住,然论其地位,仍当以大郑宫、蕲年宫为正宗。

进入战国之世,秦献公即位,为了抵御已经占领整个河西高原与关中东部的魏国的蚕食,决然将都城东迁三百余里,在关中中部靠近骊山的栎水北岸修建了一座要塞式都城,命名为栎阳。数十年后秦孝公即位,重用商鞅变法,秦国强大,方才在渭水北岸大规模修建了一座新都城——咸阳。

在秦国的都城历史上,雍城与咸阳是两座最重要的真正意义上的都城。与咸阳相比,雍城虽然古老狭小,然却有着咸阳所不能替代的神圣地位。一则,雍城郊野埋葬着秦昭王之前秦国所有二十七代君主。二则,雍城有着嬴族祭祀了数百年的古老宗庙与社稷。三则,雍城处处都是秦人祖先的遗迹。正是因了此等缘由,秦国都城东迁后依然以雍为根基之地,只要不是大战不能脱身,重大的祭祀与君王加冠典礼都无可争议地在

---

① 秦亭,早秦城堡,亦称秦城,今甘肃省天水市张家川以东。西晋始以天水为秦州,后世遂将秦州做秦人根基之地看待。

② 雍城,春秋时秦都,大体在今陕西凤翔西南地带,有秦公大墓遗址。

这里举行。这也是嫪毐提出在雍城加冠而嬴政吕不韦无以　　　交代雍与咸阳的关系。
质疑之所在。

　　却说嬴政车驾徐徐西来,行到郿县依预定行止扎营歇
息。

　　行营扎在郿县城外,嬴政接受完郿县官吏与孟西白三大
族族长的拜王礼仪,随行内侍总管便下了熄灯禁客秦王歇息
的号令。嬴政进得后帐,立即换上了一身轻软柔韧的精工软
甲,摘下了那口少时在赵国打造的轻锐弯刀,默默地伫立在
幽暗的帐口等候。二更刁斗打响,正是月黑风高之时,一个
瘦小的黑影过来将嬴政一扯,两人匆匆出了只供秦王一人出
入的后帐辕门,直向行营背后的一个山包去了。

　　"参见秦王!"山坡萧疏林木中闪出了一个黑影。

　　"蒙恬!"嬴政低呼一声,两双年轻的大手紧紧握在了一
起。

　　"禀报君上:事已办妥,两千骑士便在雍山!"

　　"王翦将军如何?"

　　"事有蹊跷!"蒙恬急促道,"王翦大哥正欲借整修器械
之机,率自己的一千中军铁骑进入岐山呼应。不想却有一道
秘密兵符到达蓝田大营,特使指定王翦前军之五千轻兵随时
待命,违令者立杀不赦! 连暂代上将军的桓齮也不知兵符来
路,王翦大哥不能脱身了。"

　　"不管兵符来路如何,只要王翦领兵便好。"

　　"对! 王翦大哥也是这般说法!"

　　"蒙恬,小高子探事机灵,教他跟着你了。"

　　"不! 赵高对君上用处更大,跟我至多一个斥候而已。"

　　"也好,不争了。"嬴政两只大手重重地拍在了蒙恬双
肩,"你我若得再见,便是天意! 若得不见,你到兰陵投奔荀

子,嬴政来生找你!"

"君上……"蒙恬骤然哽咽了。

嬴政一挥手,大步下了山坡。瘦小的黑影飞一般赶了上来低声道:"君上,教小高子说,蒙恬没事,王翦也没事,那个大物事更没事,操甚心来?"嬴政不禁噗地笑了:"鸟话!王翦蒙恬大物事纠缠到一起说,还都没事!"赵高只呵呵笑着:"只要君上高兴,没事没事,都没事!"嬴政一声喘息,陡然靠住了一株黝黑的枯树兀自喃喃:"不明兵符若是太后所出,蒙恬那两千散骑抵得住么? 上天也……"

"君上,蒙恬人马不是散骑!"

"噢? 不是散骑是甚?"

"锐士! 重甲锐士! 还有二三十铁鹰剑士!"

"信口开河!"

"小高子还没顾上禀报,说完君上再骂不迟。"

原来,蒙恬离开咸阳后便没有了消息。接嫪毐"令书"后嬴政顿时着急,立即派出赵高星夜秘密北上寻觅。前日,突然接到蒙恬秘密传书,说他与赵高已经南下,尽知咸阳情势,约定在郿县会面。嬴政原先料定蒙恬北上必是筹划兵事,然蒙恬毕竟是受蒙骜临终密嘱所为,蒙骜未对嬴政说,蒙恬也未说,嬴政自然也不便多问。对于一个没有权力的国王而言,嬴政深切明白,一切都是微妙而可变的,所谓君择臣臣亦择君也,如蒙恬这般同心同道者更不能有丝毫勉强。是以直至方才会面,嬴政也没有问起来龙去脉。而其中情形缘由,已经是十八岁的赵高在草原却已经"探察"得一清二楚。

蒙骜临终之际对长孙蒙恬说的是:"嫪毐粗鄙蠢物也! 何须大军应之? 大父交你两千牧马骑士,既不违法度,又缓急得济。至于调度是否得宜,便看你小子与秦王的才具了。"而后叮嘱的是,"奉我信物,阴山草原,找秦军马营。毋告秦王,小子当独担其责也。"蒙恬体察大父苦心:万一事有败绩,不要牵涉秦王。故此,蒙恬没有对秦王细说。及至到了阴山,找到秦军牧马营地,蒙恬这才明白了大父要给他牧马骑士的原委。

自赵国大败匈奴占领云中郡东部,秦军的战马来源减少了许多。当年的武安君白起为了保障秦军战马源源不断,派出了九原郡五千骑兵长驻阴山草原,一则营造自己的牧马营地,二则与匈奴部族做良马交易。这五千骑士不在军制,然一应后勤粮饷衣甲辎重仍然由秦军供应,实际上是秦军的一支军商马队。由于通商,更由于时常与突然出现的匈奴飞骑较量，这座营地非但财货殷实，且兵强马壮能分能合，战力甚至在秦军主力铁骑之上。

蒙恬一出大父的一只剑形玉佩，已经须发灰白的牧马将军便哈哈大笑："老夫孟广，上将军老部属，识得这玉剑佩也！久闻公子大名，有事但说！"蒙恬知是郿县孟西白三族老人，心下顿时踏实，然却也不敢贸然行事，只连日与孟广及几位千夫长盘桓痛饮，一件件朝野大事娓娓道来，听得久处偏远的孟广与千夫长们时而感慨时而唏嘘。说到粗鄙嫪毐以巨阳入宫一节，孟广当下拍案大笑："呀！无奇不有也！不是大车轴那小子是谁？嫪毐个鸟！问问这几位老兄弟，林胡族谁不知道这只恶物！"蒙恬大奇，不禁问起了缘由。

原来，当年阴山草原的林胡部族有个方士留下的儿子，人人戏呼其小方士。少年时，小方士那物事骤然神奇地变得粗大坚硬，终日顶得翻毛羊皮裤一个鼓鼓大包。一班顽劣少年欺侮戏弄小方士，专一找他摔跤，小方士输了便要拿出物事教大家看稀奇。谁知这小方士毫不以为羞，非但赳赳拿出物事任少年们观瞻把玩，且教人找来一只废弃车轮，以物事做车轴呼呼转动车轮兜圈子。奇闻传开，小方士得了个名号——大车轴，成了阴山草原人人皆知的怪物。后来，这小方士经常在夜里摸进牧民帐篷恶奸女人，竟是无分老幼。牧民们大为愤怒，一口声要赶杀这个邪恶少年。正在此时，少年却神秘地永远地从草原上失踪了。

写妖怪的手法。

"公子说，不是他却是何人！"孟广笑得不亦乐乎。

"错不了！是大车轴！"千夫长们异口同声。

"天作孽！辱我秦人也！"蒙恬一声叹息，将嫪毐入宫后的种种恶行说了一遍。孟广将士们听得怒火中烧，嗷嗷叫着要赶到秦川割了这小子两只头。蒙恬见已经无须再磨工夫，便径直说了来意。牧马将军孟广与五个千夫长人人争先要随蒙恬南下。好容易一番劝说,这才商定了办法:全营地较武,遴选最精锐的两千骑士,人各两马,带足干肉马奶子兼程南下。诸般事体妥当,已经是过年了。正在此时,赵高风风火火寻来了……

"君上,没事吧。"赵高顽皮地笑了。

"小子干得好!没事。走。"

两人匆匆回到行营后帐,已经是四更时分了。嬴政摸黑卧榻,心下起伏难平。蒙恬这边是没事了,可王翦那边还远不能说没事。能在此时直接向蓝田大营勘合兵符者,会是何人?嫪毒后封之侯,虽掌国事,可决然不会有只有父王才能亲授的兵符。文信侯如何?倒是有可能得父王亲授兵符。然则秦国法度有定,即或摄政权臣,也不能执掌兵符呵。再说,父王临终几次交代也从未提及如此。文信侯更是从来没有说过,实际看,文信侯也没有手握秘密兵符的迹象。如此说来,只有太后这个实则已经不是母亲的母亲了?否则还能有谁?果然如此,王翦能违抗兵符调遣么?不能!无论有多少种理由,都不能!那么,王翦能做甚举动呢?唯一能做者,只有……只有……

"君上,五更已过,该梳洗了。"

"梳洗梳洗!洗得光堂顶个鸟用!"嬴政烦躁地爬起来扒拉开低声呼叫的赵高,拉起袍服往身上乱裹。"不行不行!"赵高笑叫着夺下嬴政手中袍服,"不梳洗也来得。君上只坐好,我来。"一边轻摁嬴政坐定,一边利落地梳发束发上衣安履,片刻间一切就绪,"君上,外帐案头早膳备齐。"嬴政再不说话,大步来到外帐埋头咥了起来。

卯时一到,大号悠扬而起,秦王车驾又辚辚西行了。

准备妥当,直奔雍城。

雍城大郑宫一片喧嚣,全然不同于往日的嬉闹。

嫪毐最是亢奋，马不停蹄地东奔西走吆喝分派，虽气喘吁吁额头冒汗，显然却是乐此不疲。一年多来，嫪毐在太原封地、山阳封地、雍城、梁山四处走马灯般交叉来回，但做得一事便来给赵姬高声大气地嚷嚷一遍。自从与嫪毐生下了两个儿子，赵姬一门心思只在两个新儿子的秘密抚养上，醉心地沉溺在庭院卧榻间恍如平民般的小女人日子里，日每亲自督察一班侍女乳娘，一应外事不闻不问，对嫪毐经常离开自己也不太在意了。然则只要嫪毐回到雍城，便必得日夜大肆折腾。每每在赵姬软瘫得烂泥一般时，嫪毐这才兴致勃勃地嚷嚷诉说他的赫赫劳绩。听着听着，已经渐渐变得粗俗的赵姬忍不住狠狠点戳着嫪毐额头骂将起来："生猪也！除了整治女人还能做甚！有那般做事么？呼啦啦鸡飞狗跳，闹哄哄满城风雨！老娘没吃过猪肉见过猪哼哼，哪个图大事者如你这般生憨？还教儿子做秦王，做你个鸟！"偏这嫪毐一挨骂更是舒坦，拍打着赵姬也是一番回骂："母狗！贱货！知道个甚？老子做事，胡刀猛砍，凭得个劲头，恁多花花肠子顶个鸟用！"说罢揪住赵姬的一头长发，又拧住那雪白笔挺的鼻头，一番呱呱笑叫："母狗听着！老子只要有权有钱，自有能人替老子做事！秦王算个鸟！老子儿子不做秦王，做天子！做三皇五帝！"气得赵姬想对骂又没了气力，只好淌着泪水一声叹息，无可奈何了。

粗鄙归粗鄙，对人对事，嫪毐有一套自己的办法。对赵姬，嫪毐是心无旁骛，只死死守定这一个盛年美人儿尽兴折腾，从不吃得碗里瞅得锅里去鼓捣那些日夜随侍个个娇艳的侍女。即或赵姬月事期间实在不堪支应，嫪毐宁可睡在赵姬榻下鼾声如雷，也决不独宿猎艳。常常是赵姬夜半醒来骂一声："生憨！"心下便是良久感慨——此子虽粗虽俗，然对我专一若此，天下何有第二也！赵姬年已半老，能得消受如此青壮奇男子，夫复何求矣！年余之后，嫪毐月月如此死守，赵姬横下心打破了月红禁忌，任嫪毐随时胡天胡地了。

对于政事，嫪毐也有自己的独特法程。用门客们的话说只是八个字：重金结人，挥权成事。先说结人。无论内侍侍女，还是官署吏员，只要投奔嫪毐门下，俸金立比国府猛涨十倍，尚不计随时可能乘兴掷来的种种赏赐；山东士子投奔，则一律比吕不韦门客高三倍年金，且人各一座庭院一辆辎车一名童仆，若有稍微像样的名士，更以郡守礼遇待之。长信侯门客仆从衣食之丰礼遇之隆，非但使秦人惊讶，纵是对官场奢靡司空见惯的山东士子们也为之咋舌。

如此铺排招揽，也确实引来不少秦国官吏或明或暗地投奔到嫪毐门下，或成嫪毐侯府属吏,或暗中为嫪毒效力。其中也颇有二十余名实权人物,最显赫者是几个文武大员:首位是内史嬴肆。这内史非同小可。战国时秦国关中腹地不设郡,内史是统辖咸阳与整个秦川的民治大臣,历来是非王族不任。这个嬴肆素以王族枢要大臣自居,不满吕不韦倚重驷车庶长嬴贲,在嫪毒亲信门客游说许以未来丞相之下,便投奔了嫪毒。其次是卫尉林胡竭、左弋东胡竭。这两人都是胡族将领,卫尉执掌王城护卫军,左弋是王城护卫军中的弓弩营将官。还有一个是执掌议论的中大夫冷齐。此人极善钻营,嫪毒封侯称假父,立即主动来投,以清议无事为由,留在了嫪毒门客院做了谋士头领。

说到办事,门客吏员们倍感自在。嫪毒粗通书文,于法度礼仪生疏如同路人,见公文令书更是不胜其烦。嫪毒自有奇特办法——设立"三坊",办理一应公事。第一坊叫作文事坊,第二坊叫作武事坊,第三坊叫作谋事坊。文事坊以门客舍人魏统为坊令,处置全部公文,除了以太后、长信侯名义颁发的令书、国书要嫪毒口授外,对所有官署公文的批示一律由门客吏员"揣摩酌定"。武事坊以东胡竭为坊将军,专司招揽教习各色武士。武士分为三营:胡人武士之弯刀营,中原武士之矛戈营,宫人武士之短兵营。前两营不消说得,只这宫人营天下罕见也。不管是咸阳带来的,还是雍城原有的,凡不是侍奉赵姬与嫪毒的内侍侍女,都得修习刀剑,被门客呼为"宫闱之内,甲胄三千"!谋事坊以冷齐为坊令,专事探察朝局、出谋划策、代为运筹。嫪毒但皱眉头,冷齐的谋事坊便得立刻有谋略奉上,否则便得当众挨一顿粗无可粗的痛骂。而只要即时拿出方略,不管有用无用,嫪毒便会当即掷出谋士们喜出望外的豪阔之赏。如此一来,谋事坊的士子们只要思谋得三两个应对方略搁在心头,日子便是无比地舒心惬意,锦衣玉食跑马游猎聚酒博彩野合佳丽,俨然一群王孙公子。久而久之,非但将雍城、太原、山阳三城搅得鸡犬不宁,便是留守咸阳长信侯府邸的仆从门客,也是鲜衣怒马豪阔招摇,引得老秦人人人侧目。

挥金挥权皆如土,嫪毒成势便也不是匪夷所思了。

那年赵姬生得第一新子,重九斤五两,嫪毒大喜若狂。谋事坊立即呈上了一个惊人论断——九五者,天子之数也,此子当为秦王!嫪毒一阵呼喝,立即赏赐了整个谋事坊人各一名十三岁少女。也便在嫪毒手舞足蹈地将此预兆嚷嚷给赵姬时,才有了两人以私生儿取代嬴政的那番密谋。从此,嫪毒才真正地大权在握,也才真正地为"大业"忙碌起来。及至吕不韦上书请秦王加冠亲政,接着又是河鱼大上朝野沸沸扬扬。嫪毒第一次有了一丝心虚，立即下令谋事坊："立拿办法！"冷齐们立呈一策：将计就计，借行冠礼攻杀秦王，扶"九五公子"即行称王。嫪毐咬牙切齿地操着混杂口音拍案大嚷："鸟！中！杀秦王！俺老子儿子做秦王！下步咋整？再拿办法！"谋事坊一夜熬灯，冷齐呈上了一套连环之法——雍城行冠礼，蕲年宫做预谋，六万精兵攻杀嬴政，"九五公子"雍州称王，再一鼓作气进咸阳，长信侯与太后行成婚大典，晋爵太上万世侯！

嫪毐心花怒放，连呼天神爷不止，又嚷嚷下令："谋事坊总筹决断，文武坊一力做事！大功成就，龟孙子人人封侯！"大郑宫一时鼎沸，连呼长信侯万岁，立即铺排开了种种头绪。此时，嫪毐却断然下令："任谁不得将大计说给太后！否则老子生煮了他！"冷齐谋士们大为疑惑，说诸多关节必须太后出面，否则引咸阳生疑。嫪毐毛乎乎大手一挥："疑教他疑！老子怕甚！太后要给我养儿子！出甚面？谷米也不出！任事都是老子！太后只管给老子生大崽！"冷齐们皱着眉头不敢再说话了。于是，立即发出了嫪毐口授冷齐润饰的那卷两行令书，也开始了隐秘的兵马集结。

冷齐们谋划的六万精兵有五种来路：其一为县卒，也就是各县守护县城的步卒营。其二为卫卒，也就是卫尉部属的王城护卫军。其三是官骑，也就是国府各官署的护卫骑士。其四是西北戎翟①部族的轻骑飞兵。其五是嫪毐的武事坊三营。调兵之法也是四途：其一，以秦王印与太后印合发急书，由内史嬴肆暗中协助，调集关中各县卒与各官署之官骑；其二，以太后之小兵符，密调卫尉的王城护卫军；其三，飞骑特使星夜奔赴陇西，召戎翟飞骑一月入关中；其四，武事坊三营立即从太原郡赶赴雍城。

开春时节，消息说各路兵马陆续上路。冷齐的谋事坊拟定了起事方略与兵力部署：武事坊三营驻扎岐山三道溪谷，届时攻蕲年宫擒杀嬴政；卫卒、县卒、官骑统由林胡竭率领，驻扎渭水官道，截杀秦王护军与咸阳有可能派出的援军；戎翟飞骑驻扎陈仓要塞，防备嬴政突围，逃往老秦部族的根基之地秦城；咸阳长信侯府邸的卫卒与门客同时举兵，攻占丞相府擒杀吕不韦；山阳、太原的两处封地家兵同时攻占山阳城与太原城。

"哈哈！四面开花，老瓮捉鳖！"

粗疏的嫪毐这次却一口叫白了冷齐的部署，原因只在嫪毐多有奔波，对秦川西部地形了如指掌。雍城两山三水，大郑宫所在的雍城背靠雍山，后建的蕲年宫却在雍城外东

---

① 戎翟(dí)，即戎狄。翟，通"狄"。

北二十余里处,背靠岐山面对雍城,中间恰有雍水、中牢水南流入渭。武事坊三营事先秘密驻扎进岐山三道溪谷,便是在东西两侧与背后三面包围了蕲年宫,唯独留下了南面的雍水;纵是嬴政逃出蕲年宫过得雍水,又恰恰遇卫尉兵马堵在官道截杀。如此部署,也难怪嫪毐一眼看作瓮中捉鳖了。

方得筹划妥当,咸阳丞相府派员传来国书,向太后长信侯禀报了秦王冠礼的行止日期及相关事宜。冷齐见没有提到秦王护卫军兵,心下顿时生疑。嫪毐呱呱大笑:"疑个鸟!吕不韦一个商驴!知道个鸟!觉俺是盘好菜,盼着嬴政早死,与俺争天下!商驴之谋,以为老子不知道,哼哼!"冷齐们也不清楚是嫪毐将商旅念作商驴,还是嫪毐心下以为商旅真是商驴,左右被嫪毐一顿粗口逗得捧腹大笑,一点疑云也就随风飘散了。

"事无小大皆决于嫪。"嫪毐张狂至此,真是不知道"死"字是怎么写的。

四　一柱粗大的狼烟从蕲年宫端直升起

将近午时,秦王车驾到了雍城东门外的十里郊亭。

依照礼仪法度,已经先在雍城的长信侯嫪毐,须得亲率所有官吏出城迎接王驾。若在春秋时期,自然是迎出越远越显尊王。战国之世,此等礼仪大大简化,然基本环节的最低礼仪还是明有法度的。遇到如秦王加冠这般大典,司礼大臣还要拟定诸多寻常忽略而此时却必须遵行的特殊礼仪,以示肃穆庄严。此次秦王西来,预先知会各方的礼仪中便有入雍三礼:长信侯得率官吏出雍,迎王于一舍之亭;行郊宴,王赐酒;长信侯为王驾车,入雍。也就是说,嫪毐得在雍城外三十里处专候王驾,完成隆重的入雍仪式。

然则,三十里驿亭没有迎候臣民,二十里长亭也没有迎候臣民。目下十里郊亭遥遥在望，依然是大风飞扬官道寂寥，茫茫旷野的这片皇皇车马如漂荡的孤舟，既倍显萧疏，又颇见滑稽。随行大臣吏员内侍侍女连同各色仪仗队伍整整一千六百余人，连一声咳嗽也没有，旅人最是醉心的沓沓马蹄猎猎旌旗辚辚车声，此刻却是从未有过的令人难堪。

"止道——"面色铁青的蔡泽长喝一声。

车马收住。蔡泽走马来到王车前愤然高声道："老臣敢请就地扎营！我王歇息。老臣入雍，敦请长信侯郊亭如仪！"

"纲成君莫动肝火。"嬴政扶着伞盖淡淡一笑，"雍城乃我大秦宗庙之地，我回我家，何在乎有迎无迎？"说罢一挥手，"一切如常，走。"

正在此时，一小队人马迎面飞驰而来，堪堪在仪仗马队丈许处骤然勒马，烟尘直扑王车。一个黑肥老吏刚刚悠然下马，蔡泽迎面呷呷大喝："王前不得飞马！给我拿下！"仪仗骑士轰然一声正要下马拿人，轺车上的嬴政却一摆手道："信使飞骑，情有可原。退下。"转身看着黑肥老吏，"长信侯有何事体，但说。"黑肥老吏一拱手又立即捧出一卷竹简展开，挺胸凸肚尖声念诵道："吾儿政知道：假父已将蕲年宫收拾妥当，吾儿可即行前往歇息。三日之后，假父国事有暇，来与吾儿饮酒叙谈。冠礼在即，假父万忙，吾儿不得任性。长信侯书罢——"

"岂有此理！"蔡泽怒声呷呷，"冠礼有定：秦王入雍，得拜谒太后！先入蕲年宫，无视礼法！嫪毒无知！坏我法度，该当何罪！"

"你老儿何人呵？"黑肥老吏冷冷一笑，"秦王尚听假父，你老儿倒是直呼假父名讳，还公然指斥假父，该当何罪！"

"竖子大胆！"蔡泽顿时怒不可遏，长剑出鞘直顶老吏当胸，"老夫纲成君蔡泽！先王特命带剑封君！说！君大侯大?！"

无人可以质疑这个理由。嬴政聪明。

"君君君、君大……"黑肥老吏顿时没了气焰。

嬴政向蔡泽一拱手道:"纲成君,看在假父面上,饶他一次了。"待蔡泽悻悻然收剑,嬴政对黑肥老吏淡淡一笑,"告知假父:嬴政遵命前往蕲年宫;不劳假父奔波,三日之后,嬴政自当前往大郑宫拜谒假父母后。"也不等老吏答话转身一挥手,"起驾,蕲年宫。"车马仪仗隆隆下了雍城官道向东北去了。

午后时分,秦王嬴政进入了古老的蕲年宫。

突然没有了预定的诸多盛大礼仪,蕲年宫显得空落落的。依照约定,蕲年宫的内侍侍女与仆役皆由咸阳王城事先派来,不劳动雍城人力。如此宫中便没有了大郑宫的人,里外虽然清幽,嬴政却踏实了许多。借着蔡泽与内侍总管分派人马食宿,嬴政带着赵高将蕲年宫里外巡视了一遍。

蕲年宫是一座城堡式宫殿,形制厚重与章台相近,却比章台房屋多了许多。章台因避暑而建,可谓季节性行宫。而蕲年宫却是因战事而建,一旦有战,或国君或储君,总有一班能继续立国存祀的君臣人马进驻蕲年宫,既与雍城遥相策应,又能独立行动。由于与都城近在咫尺,又是冬暖夏凉清幽舒适,寻常无战,当年的秦国国君多居蕲年宫处置国务。蕲年宫占地近千亩,庭院二十余座,房屋楼阁石亭高台六百余间,暗渠引入雍水而成大池,蜿蜒丘陵庭院之间,林木葱茏花草茂盛,比章台的森森松林显然多了几分和谐气息。与宫内景观不同,蕲年宫的城墙城门与所有通道,全然以战事规制建造。城墙高三丈六尺,外层全部用长六尺宽三尺高一尺的大石条垒砌,里层夯土墙两丈六尺宽,城内一面再用大砖砌起;城墙只开东西南三座城门,每门只一个城洞;城门箭楼全部石砌,看来灰蒙蒙无甚气势,却经得起任何重量的石碾弩箭的猛攻,坚固如要塞一般。若遇激战,宫内可驻扎数

嫪毐反于蕲年宫。

万人马，只要粮草不断，要攻破这座宫城大约比登天还难。

"小高子，请纲成君到书房议事。"

看得一遍，嬴政心头已经亮堂，匆匆回到了那座历代国君专用的大庭院。片刻间蔡泽来到，先禀报了人马安置情形：所有仪仗骑士全部驻扎宫外，所有随行大臣分住秦王周围三座庭院，内侍侍女仆役原居所不动。嬴政问蔡泽对蕲年宫是否熟悉？蔡泽说第一次来雍，还未及走得一趟。嬴政拉过一张羊皮纸边画边说，将蕲年宫内外情形说了一遍，末了叩着书案道："蕲年宫有得文章做，纲成君以为如何？"蔡泽笑道："君上有主意便说，左右得防着那……老杀才！"蔡泽的"老鸟"两字已冲到嘴边硬生生打住，结巴得狠狠咳嗽了两声才换个正骂。嬴政却是一笑："该骂甚骂甚。各人是各人。"蔡泽不禁呷呷大笑："我王明鉴也！各人是各人，说得好，大义在前！"嬴政叩着书案道："我意，要连夜做三件事：一则，仪仗骑士全部驻扎宫内，与精壮内侍混编成三队，各守一门；二则，清查宫内府库与城墙箭楼，看有得几多存留兵器，可用者一律搬到该当位置；三则，北面城墙外山头，当有一支秘密斥候驻扎，随时监视几道山谷情势，并约定紧急报警之法。目下，我只想到这三件事，纲成君以为可否？"

"噫！老臣倒是未曾想到也！"蔡泽毫不掩饰地惊讶赞叹，"老臣原本谋划，这蕲年宫至多住得三五日，便要入雍预备冠礼。今日一见那只老鸟如此做大，直觉冠礼要徜徉时日，只想如何据理斡旋，全然没想到万一……"蔡泽不禁倒吸了一口凉气，"我王明断！老臣即刻部署，也学学将军运筹！"说罢霍然起身摇着鸭步趔趔去了。嬴政思忖片刻，又唤来赵高一阵低声叮嘱，赵高连连点头匆匆去了。

次日清晨，蔡泽揉着疲惫发红的老眼来了，未及说话就软倒在地毡上大起鼾声。嬴政立即抱起蔡泽放到了书房里间自己的卧榻上，教一名小侍女专一守候在侧，出来对同来的王绾、仪仗将军及内侍总管道："纲成君年事已高，日后此等实务由王绾总领，你两人襄助。"三人领命，当即禀报了夜来清查府库结果：蕲年宫库藏兵器三万余件，大都是旧时铜剑且多有锈蚀；弓箭只有膂力弓，没有机发弩弓，箭镞不少，箭杆却大都霉烂；大型防守器械只有三辆塞门刀车，急切间很难修复；粮草库存倒是不少，目下千余人马可支撑得两个月左右。嬴政听罢道："塞门刀车不去管它了。最要紧是弓箭。若能赶制得几万支箭杆再装上箭镞，便可应急。"内侍总管道："从咸阳王城运得几十车来，只说是冠礼赏赐用物。"嬴政揶揄道："能从咸阳运送，何有今日？目下之要，是不着痕迹不动声色，一切都在蕲年宫内完事。"王绾思忖道："蕲年宫库藏尚有不少原木，以起炊烧柴之名拉出锯开，内侍仆役人人动手削制，大约也赶得一两万支箭出来。"嬴政赞许点头："好！只要不出大动静。一切外事有我与纲成君周旋，你等只紧办此事。"

一番商议，王绾三人立即分头忙碌去了。嬴政却教书吏从典籍房找来蕲年宫形制图，埋头揣摩起来。暮色降临之时，蔡泽醒来。两人一起用了晚汤，嬴政坚执将蔡泽送回了大臣庭院，叮嘱内侍不许蔡泽夜来理事，这才又回到书房翻起了书吏送来的蕲年宫旧典。四更之时赵高匆匆回来，禀报说已经探察清楚，大郑宫没有给蕲年宫安置人手，大郑宫的内侍侍女大都不在宫内，说是随嫪毐狩猎去了。嬴政觉得稍许宽慰，这才进了寝室。

三日过去，嫪毐未来蕲年宫，却派黑肥老吏送来一书，说祭祀之物尚未备好，祭天台尚未竣工，冠礼还需稍待时日，吾儿在蕲年宫歇息等候便是。嬴政笑问："假父说来饮酒，何日得行呵？"黑肥老吏气昂昂道："假父日理万机，该来自会来也！"嬴政依旧笑着："假父既忙国事，嬴政理当前往拜谒抚慰。"黑肥老吏连连挥手摇头："不不不，假父长信侯说了，万事齐备，自会来蕲年宫见王！""啊——好也！"嬴政长长打了个哈欠，抹着鼻涕慵懒地笑着，"咸阳忒闷，我正要出来逍遥一番也。给假父说，莫劳神费力，慢来，左右只是个加冠，飞不了，急甚来？"黑肥老吏嘿嘿直笑："是是是也，急甚来？左右不是杀人，怕甚来？"一边笑一边摇着肥大的身躯径自去了。

"一班杀才！"嬴政狠狠骂了一句。

倏忽到了三月初，冠礼大典泥牛入海。

嫪毐对蕲年宫置之不理，咸阳群臣也没有动静，一个月前的声势如同荒诞的梦幻。唯一教嬴政沉得住气的是，留守咸阳的吕不韦每日派来一飞骑特使向嬴政禀报政事处置并带来重要公文。每次禀报完毕，特使总有一句话："文信侯有言：咸阳如常，王但专行冠礼是也。"却从不提及冠礼延迟及相关事宜。嬴政明白，这是仲父在告诉他：咸阳无后患，他只需全力应对嫪毐。嬴政也想得清楚：冠礼大典是朝臣公请而太后假父特书的大事，嫪毐不可能不了了之；目下出现如此为法度所不容的"臣慢君"僵局，意味着嫪毐已经不怕与他这个秦王翻脸对峙，最大的可能是嫪毐的图谋还没有就绪，有意冷落他，公然贬损他这个秦王的尊严；以寻常目光看去，谋划未就便公然做此僵局，显然愚蠢至极，无异于公然向朝野昭示野心；然则，对嫪毐不可以以常理忖度，别人不敢为他偏敢

为——老子便是这般！秦国能如何？秦王又能如何？嬴政
自然明白，只要耗到时候，嫪毐终究是要露出真面目的，与其
僵持时日给嫪毐以时日从容谋划，何如打破僵局教他手忙脚
乱？可是，如何打破这个僵局呢？蔡泽只天天大骂老鸟，分
明是无可奈何。王绾日夜督察秘密制箭，显然顾不得静心思
虑。嬴政独自思谋，一时竟无妥善之法。

眨眼间清明已过，遍地新绿。这日吕不韦飞骑特使又
到，带来的是一个出人意料的消息：吕不韦领在都大臣上书
太后，力请太后敦促长信侯在四月行秦王加冠大礼；若诸物
筹划艰难，丞相府当即征发并派员襄助。

"仲父此举，正当其时也！"嬴政捧着上书副本长嘘一
声，再看一遍，蓦然发现大臣具名中多了一个很生疏的封君，
不禁惊讶问，"昌文君却是何人？"特使回道："昌文君是驷车
庶长嬴贲。""老庶长几时封君了？"嬴政更是惊讶。

特使感喟一叹，对年轻的秦王说起了老庶长封君之事。

原来，庄襄王弥留之时对吕不韦留下了一道密书，叮嘱：
"我子政少年即位，及加冠亲政尚远。冠礼之年若有艰难，
当开此书。"二月中旬，吕不韦得知嫪毐延误冠礼，更接秦川
十余名县令密报，说太后密书调县卒赴雍，无由拒绝。吕不
韦顿觉此事大为棘手，蓦然想起这道遗命，当即开启庄襄王
遗书，只有一句话："拜驷车庶长贲为君爵，起王族密兵可
也。"吕不韦不禁惊喜感叹："先王之明也！天意使然也！"立
即会同老长史桓砾赶赴老庶长府邸宣示了王书。老桓砾征
询老庶长爵号，老庶长呵呵笑道："老夫老行伍，只做事，给
个甚号算甚号！"老桓砾诡秘一笑道："目下需示形于外，便
定'昌文'如何？"老庶长哈哈大笑："随文信侯一个'文'字，
好！文信长信，只不随那个臭'信'字便结！"吕不韦与老桓
砾一阵大笑，当日将昌文君一应印信、随吏定好，敦促老庶长

来得正是时候。亲政一
事，没有理由再拖而不决。嬴
政亲政，一说为二十一岁，一
说为二十二岁。

立马拿出应对之策。老庶长思忖道:"一月之内,老夫密调五千轻兵入关中。三千归老夫,届时剿那假阉货咸阳、太原、山阳三处老巢!两千给文信侯,解雍城之危!如何?"老桓砾大是疑惑:"嫪毐可调数万人马,你五千轻兵有恁大威力?"吕不韦也是大有忧色。老庶长不禁大笑:"两位放心也!王族密兵何物?轻兵也!轻兵何物?嬴族敢死之士也!莫说数万乌合之众,便是十数万精兵在前,老夫五千轻兵也当所向披靡!"一声喘息,突然伤感一叹,"天意也!当初孝公变法,留在陇西的嬴族全数迁入关中,只留下了几千人驻守老秦城根基。当年约定:非王室急难,最后一支陇西嬴族不得离开秦城。百余年来,这支老嬴族已经是三万余人了。这是秦国王族留在陇西的家底,百余年未尝一动,今日却要老夫动用家底密兵,嬴秦之羞也!"老桓砾恍然感喟,却又疑惑道:"没有秦王兵符,你这封君调得动么?"老庶长释然笑道:"你只揣摩'王室急难'这四个字,便当知道王族密兵之调动与常法大异。否则,庄襄王何必遗书封老夫一个君爵也。"见涉及王族秘事,吕不韦与桓砾不再多问,只叮嘱老庶长几句便告辞了。

"如此说来,昌文君事雍城尚不知晓?"

"禀报君上,此乃文信侯着意谋划。"特使指点着上书,"封君不告雍城,上书却有具名。文信侯是想教嫪毐明白,朝局并非他与太后所能完全掌控。嫪毐若生戒惧之心,乱象或可不生。此乃文信侯遏制之法,王当体察。"

"遏制?为何要遏制!"嬴政连连拍案,"心腹之患,宁不早除?文信侯此时上书敦促冠礼,能使此獠手忙脚乱匆忙举动,原本正当其时,何须多此蛇足,以昌文君之名使其顾忌也。目下不是要遏制,恰是要引蛇出洞一鼓灭之!"目光一闪急问,"上书送走否?"

"臣正要入雍呈送。"

"好!刮了昌文君名号,换一人上去!"

"君上……文信侯……"

嬴政目光凌厉一闪,冷冷道:"此乃方略之事,不涉根本。"说着一把揪下自己胸前玉佩轻轻拍到特使面前,"秦王至令:刮。仲父面前有本王说话。"面对年轻秦王无可抗拒的目光与最高王命,特使略一犹疑,终是吩咐廊下随员捧来铜匣取出上书正本,拿起书案刻刀刮了起来。

特使一走,嬴政立即召来蔡泽王绾计议。嬴政将情形说了一遍。王绾大是赞同。蔡泽却以为文信侯之法还是稳妥,若激发嫪毐早日生乱,只怕各方调遣未必得当,若不

能一鼓灭之，后患无穷。嬴政却沉着脸道："此獠得有今日，宁非人谋之失也！疥癣之疾而成肘腋之患，肘腋之患终致心腹大患。秦无法度乎？秦无勇士乎？宁教此獠祸国乱宫也！"见这个年轻的秦王一副孤绝肃杀气象，蔡泽心头猛然一颤，一时默然。

"君上之意，如何应对？"王绾适时一问。

"此獠必大发蠢举，日夜收拾防卫，预备血战！"

"王之举动，实铤而走险也！"蔡泽终于忍不住呷呷大嚷，"蕲年宫只有千余人，可支一时，当不得嫪毐上万人马半日攻杀！老臣之见，秦王当回驾咸阳，冠礼之日再来雍城。否则老臣请回咸阳，与文信侯共商调兵之法，至少得三万精锐护卫蕲年宫，剿除雍城乱兵！王纵轻生，何当轻国也！"

默然片刻，嬴政勉力笑了笑，又正色道："纲成君，平乱当有法度。今嫪毐将乱而未乱，又假公器之名。若举大军剿其于未乱之时，省力固省力，然何以对朝野？何以对国法？嬴政既为秦王，当为朝野臣民垂范，依法平乱，平乱依法！何谓依法平乱？乱行违法，决当平之，不容商议！何谓平乱依法？乱行不作，国法不举；乱行既作，国法必治！行法之道，贵在后发制人，此谓依法也。今乱迹虽现，然终未举事。当此之时，嬴政若回咸阳，嫪毐必匿其形迹而另行图谋，了却祸乱便是遥遥无期。唯其如此，嬴政宁孤绝涉险，以等候冠礼之名守候蕲年宫，引此獠举事。届时各方发兵剿乱，自是名正言顺，乱象宁不定乎！"

"老臣是说，国失秦王，秦将更乱！孰轻孰重？"

"纲成君差矣！"嬴政罕见地第一次直面驳斥高位大臣，"百年以来，秦国公器如此龌龊生乱，未尝闻也！只要平得此乱，嬴政虽死何憾？果然嬴政死于龌龊之乱，便意味着秦国法度脆弱之至，不堪一击也。若秦人不灭，便当重谋立国之道！有此等醒世之功，嬴政怕死何来？"末了淡淡地笑了。

"……"蔡泽愕然。

王绾不禁热泪盈眶："君上，蕲年宫将士与王同在！"

"两位放心也！"嬴政霍然起身，"嫪毐若是成事之人，何待今日？既到今日，得遇嬴政，又何能成事？纲成君，你与文信侯一般，都是高看此獠，多有犹疑以致屡屡失机。谓予不信，拭目以待也！"说罢一阵声振屋宇的哈哈大笑。

蔡泽终究默然，不是无可措辞，而是被这个年轻的秦王深深震撼了。一个从未处置过邦国大政且年仅二十二岁的后生,在如此乱象丛生的艰险关头如此志不可夺,宁舍身醒世而不苟且偷生,使任何全身再谋的劝谏都显得猥琐苍白,夫复何言矣!然更令人惊诧者,是这个年轻秦王竟能在这般头等大事上如此透彻地把握法治精要,如此透彻地洞察乱局,如此果断清晰地纠正吕不韦与蔡泽这班能事权臣,直是旷世未闻也!蔡泽生在宫廷祸乱最为频仍的燕国,深知平息此等乱局,最需要的便是敢于而且能够力挽狂澜的柱石人物。当年燕国的子之摄政,逼得三代燕王束手无策,以至于不得不将燕王之位禅让给子之;其时,燕国三王但有一君如目下之嬴政,焉得有燕国的三世之乱?赫赫大名的燕昭王其时虽是太子,却深得燕国臣民拥戴,比目下嬴政的处境要好得多,却也是处处避着子之锋芒,处处采取先求保全再图谋国的方略,后来才以大肆割地换来齐军平乱。依着人世法则,便是纵论千古之史家,便是大义当先之豪侠,任谁也不能指责燕昭王这般存身谋国之道。然则,与嬴政这般宁可舍身也要护法醒世的秦王相比,蔡泽无法置评了。谚云:蝼蚁尚且贪生,况人乎!嬴政只有二十二岁,尚未加冠亲政,真正秦王的显赫威权未曾一日得享。当此之时,嬴政退让以求再谋,何错之有?老臣以此道劝谏,何错之有?然则,今日一切都变了。一切常人眼中的大道在嬴政这里似乎都变得幽暗,一切常人眼中的求生方略在嬴政这里似乎都变成了雕虫小技。一时之间,狂傲一生的蔡泽莫名其妙地觉出一种小来,蓦然一个念头闪过:吕不韦大书苦心,化得这个嬴政么……

"老臣力竭矣!王好自为之。"蔡泽一躬,疲惫地去了。

当夜,蕲年宫悄无声息地忙碌了起来。王绾虽非军旅之士,调遣事务却很是利落,与仪仗将军前后奔波,倒也井然有序。仪仗骑士全部改为步卒,轮流登城防守并将搬运到三座箭楼的滚木礌石火油火箭等一应归置到位,以免初次接战的内侍们到时忙中出错。内侍侍女们则将这段时日削制的箭杆赶装箭镞,再装入一只只箭壶送上箭楼。仆役们则全力赶制军食,因了不能炊烟大起,只有用无烟木炭在冬日取暖的燎炉上烤饼烤肉,再大量和面揉制面团,届时以备急炊。嬴政身着一身牛皮软甲前后巡视,特意叮嘱一班小内侍将几日搜寻来的狼粪搬上了蕲年宫土山最高的一座孤峰,连夜修筑了一座小小烽火台。

三日之后,泥牛入海的雍城又来了黑肥老吏,给嬴政气昂昂宣读了一卷令书:假父长信侯决意于四月初三日为嬴政吾儿大行冠礼,自谷雨之日起,子政得在蕲年宫太庙沐

浴斋戒旬日，以迎冠礼。读完令书，黑肥老吏矜持地笑了："假父长信侯有言，沐浴斋戒之日，蕲年宫得日夜大开宫门，以示诚对天地。王可明白否？"嬴政捧着令书木然地摇了摇头："我无兵卒，大开宫门，教狼虫虎豹入来么？"黑肥老吏一挥手："斋戒之日，自有兵马护卫蕲年宫，王只清心沐浴斋戒便是！"嬴政憨呵呵笑道："好也好也，我只清心沐浴斋戒便是，甚难事？记住了也。"黑肥老吏不屑地笑了笑大摇大摆去了。

"今年谷雨，三月二十。"旁边王绾提醒一句。

"还有六日！"嬴政突然将令书狠狠摔向厅中铜鼎，竹简顿时哗啦四飞，转身铁青着脸低声吩咐，"毋再忙碌，兵器军食照三日预备即可。自今日起，除斥候之外，一律足食足睡，养精蓄锐！"王绾嗨的一声，大步出厅去了。

这夜三更，夜猫子一般的赵高又悄无声息地回到了蕲年宫，给嬴政轻声说了两个字："妥了！"嬴政目光从书案移开，面色十分的难看："小高子，事发在即，你只一件事：设法找到蒙恬，讨三五百骑士，奇袭雍城，斩草除根。"赵高机警地眨着大大的蔚蓝色的胡眼低声道："无须恁多骑士，蒙恬打仗要紧，一个百人队足够。"嬴政细长的秦眼凌厉一闪："无论如何，不许失手！"赵高肃然一躬："根基大事，小高子明白！"

谷雨这日，上天恰应了时令之名。

细雨霏霏，杨柳低垂，雍城笼罩在无边的蒙蒙烟雨之中，整日矗在老秦人眼前的白首南山也被混沌的秦川湮没了。正午时分，蕲年宫箭楼传来一声苍老的宣呼："秦王沐浴斋戒——三门大开——"随着长长的呼声，三队步卒三支马队分别进入了东西南门外的官道，隆隆在三门洞外分列两侧。部伍已定，南门外一千夫长对箭楼一拱手高声道："禀报纲成君：末将奉卫尉之命，城外护宫！"箭楼上传来了蔡泽苍老的声音："秦王口书：赐护军王酒三车，以解将士风寒——"话音落点，一队内侍拥着三辆牛车咣啷咯吱地出了城门。千夫长打量着牛车上排列整齐的铜箍红木酒桶，不禁哈哈大笑："好！果然正宗王酒！"转身高声下令："每门一车，人各两碗，不得多饮！"一名军吏嗨的一声领命，指派士兵领着两辆牛车向东西两门去了。

片时之间，士卒们一堆堆散开在了遮风挡雨的大树下，纷纷举碗呼喝起来。未几，士卒们人人红了脸，纷纷解开甲胄摘下头盔："王酒好劲道！好暖和！""甚个暖和？里外发烧！""烧得好舒坦！忽悠驾云一般！"正在此时，千夫长甩着额头汗水红着脸高声道：

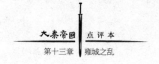

"老夫王城当值十多年,跟卫尉饮王酒多了!给你等说,这还不是百年王酒,要是那百年王酒,嘿嘿,一碗醉三日!"遥遥向几棵大树下一挥手,"左右白日无事,弟兄们眯瞪一觉了!"大树下一阵欢呼,随即纷纷靠在了树干窝在了道边呼噜鼾声一片。

倏忽暮色,蕲年宫静穆如常。

春雨依然淅淅沥沥地下着,一切都是君王斋戒当有的肃然气象。除了最北边的斋戒太庙亮着灯光与游走更夫的摇曳风灯,整个宫中灯火俱熄,弥漫着斋戒时日特有的祭祀气息。三座城墙箭楼上各有一张摆着牺牲的祭天长案,大鼎香火在细密的雨雾中时明时灭地闪烁着。除了城外此起彼伏的连绵鼾声,蕲年宫静谧得教人心颤。

中央庭院的书房廊下,一身甲胄手持长剑的嬴政已经在这里默默伫立了整整两个时辰。刁斗打响三更,王绾匆匆走来低声道:"君上,太医说药力只耐得四更。"嬴政一点头低声道:"下令箭楼,随时留心关城!"王绾回身一挥手,一个精壮内侍疾步匆匆去了。王绾转身道:"宫外也就一个千人队,君上无须担心,歇息一时了。"嬴政摇头道:"这个千人队可是卫尉的王城护卫军,不是等闲乌合之众,至少要顶到天亮。"王绾慨然道:"我守门洞,仪仗将军守城头,君上居宫策应,如此部署撑得一两日当有胜算!"正在说话之间,突然庭院绿树红光闪烁,随即宫门外城门隆隆杀声大起。王绾拔脚便走。嬴政飞步出了庭院向太庙方向奔来。

原来,为嫪毐总揽各方的谋事坊从各方消息判定:嬴政全然没有戒备之心,宫中更是懒散非常。然为妥当,还是作了周密部署:先下特令嬴政旬日斋戒,趁斋戒之期突袭蕲年宫;斋戒之日,以卫尉所部的一个王城护军千人队驻扎宫门外"守护"蕲年宫;斋戒第三日夜半,卫卒千人队与岐山河谷之伏兵同时发动,突袭蕲年宫。及至黑肥老吏回报说嬴政赞同了"大开三门以对天地",嫪毐呱呱大笑:"说我生憨,这个狗崽才当真生憨!天意!老子亲儿子做秦王!"当即下令:其余军马开往咸阳助战,蕲年宫擒拿嬴政由老夫率千人队亲自动手。冷齐的谋事坊无可奈何,只好赞颂一通长信侯圣明罢了。

嫪毐折腾完赵姬再吃饱喝足,正是二更方过。此时云收雨住,天露出了汪汪蓝色片片白云。嫪毐连呼上天有眼,兴冲冲亲率一支三百人马队与冷齐等一班谋士门客风风火火赶到了蕲年宫。及至到得宫前大道,遥见南门洞开,卫卒步骑倒卧在道边树下鼾声大作。冷齐大为恼怒,过去揪住卫卒千夫长大骂起来:"甚精锐王师,一群烂鸟!坏长信侯大事,该当何罪!"嫪毐马鞭指点着呱呱大笑:"这群生猪!尽管睡!成了大事不要抢功！"说罢马鞭一指大吼下令，"马队进宫！随老夫擒杀嬴政！"马队骑士一声呐喊冲向了城门。

恰在此时，一阵沉雷般响动，蕲年宫厚重巨大的石门轰隆隆关闭。箭楼骤然一片火把，仪仗将军举剑高呼："贼子作乱！杀——"滚木礌石夹着箭雨在一片喊杀声中当头砸下，城下顿时人仰马翻一片混乱。嫪毐被嘶鸣蹄跳的战马掀翻在地，一身泥水爬起来又惊又怒，马鞭指着城头连连大吼："杀这狗崽烂鸟！一个不留！拿住嬴政封万户！都给老子上！"转身又马鞭点着冷齐吼叫，"军马都给老子拿来！不去咸阳，先杀嬴政！快！"冷齐从未经过战阵历练，陡见面前血肉横飞，原本已经抖瑟瑟乱了方寸，又被疯狂的嫪毐一通大吼，话都说不浑全，只连声应着爬上马背一阵风去了。嫪毐气急，提着马鞭对着将醒未醒的卫卒们挨个猛抽："猪！猪！猪！都给老子爬起来！再睡，老子开了你这猪膛！"卫卒千夫长连忙掏出牛角短号一阵猛吹。王城卫卒原本秦军精锐，一闻凄厉战号立即翻身跃起，步卒唰唰列成百人方队呼啸着杀向城门，骑士百人队立即以弓弩箭雨掩护，气势战力显然比乱纷纷的嫪毐马队大了许多。

"猛火油——"城头仪仗将军一见卫卒猛攻，突然一声大吼。几乎是应声而发，城头立即现出一大排陶瓮铁桶木桶，随着咕咚咚哗哗哗大响，气味浓烈的黑色汁液立即从城墙流淌下来弥漫在嫪毐马队与卫卒脚下。便在此时，城头火箭连发直射黑色汁液，城墙城下轰然一片火海，马队步卒无不惊慌逃窜。嫪毐大骇，在门客护卫下逃到宫前大道的尽头兀自喘息得说不出话来。此时，一个谋事坊门客上来划策："看来嬴政有备，长信侯此时不宜强攻。待天亮之后，赴咸阳军马调回，再与岐山河谷伏兵一起杀出，三面猛攻，必杀嬴政无疑。"嫪毐气狠狠点头："传令下去，嬴政狗崽多活半日！老子多歇半日！

嫪毐起事，实为害怕被诛。小说强化了嫪毐的狂妄。

你几个催发兵马，老子候在这里，等着给嬴政狗崽开膛！”门客谋士们情知不能再说，上马分头部署去了。嫪毐一阵呱呱大笑：“酒肉摆开！都来！咥饱喝足！杀进蕲年宫，每人三个小侍女！啊！”骑士门客一片欢呼大笑，蕲年宫外便是胡天胡地了。

倏忽天亮，雨后初晴的清晨分外清新。天蓝得辽远澄澈，地绿得汪汪欲滴，一轮红日枕在岐山峰头，古老雍州的山水城池沉醉得毫无声息。正在日上竿头的时分，蕲年宫外又喧闹起来。冷齐与几路谋士分头来报：赴咸阳兵马已经在郿县追回，岐山河谷的伏兵也已经就绪；辰时，咸阳、太原、山阳、雍城四路一起举兵。打盹儿醒来的嫪毐顿时来了神气，马鞭敲打着冷齐带来的几架云梯，又对着沉寂的宫门吼叫起来：“拿两千兵马！老子偏要从这正门摆进去，在蕲年宫太庙掏出嬴政心肝下酒……”

“长信侯！快看！”一个谋士锐声打断了嫪毐。

门客骑士们全都惊愕得没了声气——辽远澄澈的蓝天之下，一柱粗大的狼烟端直从蕲年宫孤峰升起，烟柱根部腾跃的火苗清晰得如在眼前！

“烂鸟！”嫪毐呱呱大笑，“要烧蕲年宫，想得美！”

“长信侯有所不知也。”面色苍白的冷齐喘息指点着，“此乃狼烟，自古以来便是兵事警讯，但有军兵驻扎处，见狼烟便须驰援。今狼烟起于蕲年宫，分明是嬴政召兵勤王……”

“邪乎！”嫪毐眉头拧成了一团，分明对这柱粗大的狼烟极有兴致，不待冷齐说完，自顾大呼小叫起来，“这蕲年宫哪来的狼粪？阴山草原狼多得邪乎，岐山也有狼？你等不知道，这狼烟是狼粪烧的，狼粪是狼屙的！狼粪晒干，再收成一堆焐着柴火烧才能出烟！老子狼粪都烧不好，嬴政竟能烧狼粪？邪乎邪乎！没看出小子有这号本事。娘个鸟，这蕲年宫要烧了，老子母狗岂不少了个安乐窝……”

“长信侯！”冷齐终于忍不住吼了一声。

“喊甚喊甚？知道！”嫪毐似乎回过了神来，“老子杀过狼，还怕它狼烟？”转身抄过卫士手中一口胡刀挥舞着大吼，“给老子起号！明兵暗兵一起上！嬴政要烧蕲年宫，叫戎翟老儿也一起杀过来！”

一时号角大起，遥闻四方山谷喊杀声此起彼伏，分明是渭水岸边与岐山河谷的兵马已经发动。嫪毐大喜，一声喝令，卫卒与新来步卒展开云梯冲向城门，蕲年宫顿时一片震天动地的杀声。堪堪将近正午，蕲年宫南门岿然不动。背后的岐山河谷分明阵阵杀声，却硬是不见猛攻蕲年宫的迹象。嫪毐急得不知大骂了多少次烂鸟狗崽，却依旧只能在南门外原地打圈子。正在不知所以之时，几个浑身血迹的门客带着几群同样浑身血迹的乱兵内侍侍女不知从哪里拥来，乱纷纷一阵诉说：号角起时，岐山河谷的内侍军已经悄悄爬上蕲年宫背后的山头，不料从密林中突然杀出无数的翻毛胡刀匈奴兵，砍瓜切菜般一阵大杀，三千多内侍军十有六七都折了；渭水北岸的三万多卫卒县卒官骑，一闻号角在卫尉嬴竭率领下向蕲年宫杀来，不料刚刚冲出两三箭之地，两侧山谷便有秦军精锐铁骑漫山遍野杀出，不到一个时辰死伤无算，卫尉被俘，全军四散逃亡……

"烂鸟！"嫪毐暴跳如雷，一个大耳光将冷齐掴倒，"烂鸟烂鸟！老子大事都叫你这般烂鸟毁了！还谋事坊，谋你娘个鸟！"举起胡刀要砍了冷齐……

突然之间，四野呼啸喊杀声大起，秦军的黑色马队潮水般从南边包抄过来，当先将旗大书一个斗大的"王"字，一望而知必是铁骑精锐无疑。与此同时，几支怪异的飞骑又潮水般从蕲年宫背后的三面河谷追逐着嫪毐的内侍残军杀出，一色的翻毛胡袄，一色的胡骑弯刀，粗野的嘶吼伴着闪电般的劈杀，直与匈奴飞骑一般无二。嫪毐开初以为是戎翟军杀到，正要跳脚呼喝发令，却被亲信护卫们连拉带扯拥上马背落荒而去，尚未冲出两三里之地，又被遍野展开的秦军铁骑兜头截杀。亲信门客护卫千余骑拥着嫪毐死命冲突，暮色降临时终于冲出岐山，直向北方山野去了。渐渐地，秦军铁骑四面聚拢，一队队泥水血迹的俘虏被悉数押到蕲年宫外的林荫大道。当"王"字大旗飞到时，蕲年宫南门大开，一身甲胄满面烟尘的嬴政带着蔡泽王绾大步迎了出来。

"末将王翦，参见秦王！"

"将军来得好！嫪毐如何？"嬴政当头急促一问。

《史记·秦始皇本纪》："长信侯毐作乱而觉，矫王御玺及太后玺以发县卒及卫卒、官骑、戎翟君公、舍人，将欲攻蕲年宫为乱。王知之，令相国昌平君、昌文君发卒攻毐。战咸阳，斩首数百，皆拜爵，及宦者皆在战中，亦拜爵一级。毐等败走。"昌平君、昌文君之名似已不可考，迁就小说故事，作者让王翦等立功。

王翦一拱手道:"禀报秦王:嫪毐数百骑向北山逃去,预料欲经北地郡到太原,再逃向阴山。蒙恬昨夜与末将约定,岐山之北归王族轻兵堵截,是故末将未曾追击。"

"那便先说此事。"嬴政目光一闪,几乎是立即有了决断,"蒙恬要分兵雍城,可能不及堵截。王绾,立即以王印颁行平乱急书于北地、太原、九原、云中四郡:全力堵截要道,搜剿嫪毐!生得嫪毐者赐钱百万,擒杀者赐钱五十万!敦请文信侯立即下令关中各县,截杀嫪毐余党,斩首一级赐钱一万!疏漏之县,国法问罪!"语速快捷利落,毫无吭哧斟酌。嬴政边说,旁边王绾已经用一支木炭在随身携带的竹板上连作记号,待嬴政说完,王绾嗨的一声转身疾步去了宫内。

"我王明断。末将疏忽。"王翦显然颇有愧色。

"如此乱局,谁能一步收拾得了?"嬴政倒是笑了。

王翦又一拱手正色道:"末将奉文信侯命:乱局但平,即请王入雍城,等候文信侯率朝臣到来,如期行冠礼大典!"嬴政爽朗地笑了:"好好好!明日入雍。走,进宫说话。待蒙恬完事,晚来我等痛饮一场!"

五 血火冠剑日 乱局竟未息

清除嫪毐的势力。连坐吕不韦不远矣。

秦王九年四月己酉日,雍城举行了盛大的加冠亲政大典。

一切都是异乎寻常的快捷:嫪毐与一班亲信们尚未逃出北地便被全部活擒,关中西部中部十三县民众擒杀嫪毐余党两万余,乱军无一能逃至骊山以东;咸阳城内的乱军两万余人,被昌文君的两千王族轻兵一鼓击溃,全部擒杀;太原郡、山阳城的乱兵方出城邑,被太原郡守与山阳县令的捕盗卒伍及自发拥来的老秦人堵住混战,斩首万余,活擒三千余,也是无一漏网。截至冠礼之日堪堪半月,嫪毐及其残存余党数千人全部被押送到云阳国狱重枷关押。只有一个太后赵姬,无人敢于定夺。于是嬴政亲自下令:"太后移居萯阳宫①,依法待决。"这萯阳宫乃是关中最狭小的行宫,国君很少亲临,实际已经是多年的冷宫。此令一下,朝野一阵哗然。然则,毕竟是大乱新平,毕竟是太后有过,朝野之心关注的终究还是秦王冠礼,一时倒也无甚汹汹议论。

加冠大礼是井然有序的。吕不韦率咸阳全体朝臣如约赶到。嬴政在雍城太庙沐浴斋戒三日,而后祭天祭祖。四月十二日这天正午,冠礼在雍城大郑宫正殿隆重举行。纲成君蔡泽司礼。文信侯吕不韦为秦王加冠。昌文君嬴贲代先祖赐秦王穆公剑。冠剑之礼成,太史令当殿清点了秦王印玺与各方呈出的兵符,一一登录国史。此后吕不韦当殿宣示:自请去"仲父"名号,还政秦王。

秦王嬴政颁布了第一道亲政王书:文信侯吕不韦加封地百里,仍领开府丞相总摄国政;其余封君、大臣、将军,凡平定嫪毐叛乱有功者,皆着文信侯酌情加地晋爵;所有参战内侍,皆晋军功爵一级;王绾晋长史,职掌王城事务;蒙恬晋咸阳令兼领咸阳将军,职掌国都军政;王翦晋前将军,副桓齕总署蓝田大营军务;内侍赵高进少府,职掌王室府库。

"秦王明察!"

王书宣示完毕,大臣们立即异口同声拥戴,终于松了一口气。多年来,秦国政出多头传闻纷纷,朝野对这个新秦王也是越来越扑朔迷离,在咸阳的大臣们更是如此。当年立太

秦王下令追杀,"有生得毒,赐钱百万;杀之,五十万。尽得毒等。卫尉竭、内史肆、佐弋竭、中大夫令齐等二十人皆枭首。车裂以徇,灭其宗。"(《史记·秦始皇本纪》)连坐者甚众。

先打入冷宫,后听茅焦言,复迎太后回咸阳。裴骃《史记·秦始皇本纪·集解》引《说苑》语,"秦始皇太后不谨,幸郎嫪毐,始皇取毐四支车裂之,取两弟扑杀之,取太后迁之咸阳宫。下令曰:'以太后事谏者,戮而杀之,蒺藜其脊。'谏而死者二十七人。茅焦乃上说曰:'齐客茅焦,愿以太后事谏。'皇帝曰:'走告若,不见阙下积死人耶?'使者问焦。焦曰:'陛下车裂假父,有嫉妒之心;囊扑两弟,有不慈之名;迁母咸阳,有不孝之行;蒺藜谏士,有桀纣之治。天下闻之,尽瓦解,无向秦者。'王乃自迎太后归咸阳,立茅焦为傅,又爵之上卿。"《说苑》之迁太后于咸阳,应为"雍"之误。

---

① 萯阳宫,秦惠文王建造的行宫,大体当在今陕西户县境内。《三辅黄图》云:"萯阳宫,秦文王所起,今在户县西南二十三里。"

子时都说这个嬴政才具如何如何了得,然即位九年,也未见得有甚惊人见识出来,人们便有些不知所以了。然则无论一个人如何令人难以揣摩,只要他做了国王而且亲政,终究要显出真山真水。这亲政第一关便是摆布朝局,一道王书立见政风。若依着朝野风传的嬴政秉性,秦王大封追随他平息嫪毐之乱的一班后生也未可知。果真如此,朝臣们也无话可说。毕竟,除去嫪毐这个令人腻歪的龌龊之物,也亏了年轻的秦王与几个年轻的辅佐者。然则果真大封,譬如封君或拜将相,朝臣们还是不以为然的。毕竟,邦国之大爵大位非一功之得也。如今这亲政第一道王书一发,大臣们心下一声叫好——封赏工稳,合乎法度!这般看去,惩治叛乱人犯必也是循吕不韦宽刑安国一路,对太后事更不消说得了,果真如此,秦国安矣!

嬴政胜得漂亮。

皇皇冠礼一毕,嬴政连夜回了咸阳,大臣们莫名惊诧了。

进咸阳王城的次日,嬴政立即进入国事,派长史王绾请来文信侯吕不韦,又召来廷尉、司寇、宪盗、御史、国狱长、国正监等一班行法大臣,在东偏殿举行了小朝会,专一计议对嫪毐乱党的定罪处罚。依照百余年传统,秦国法度严明,任何罪行历来都是依法定罪,从来没有过朝会商议某案的先例。然自吕不韦摄政,首开朝会议决蒙骜兵败事后,似乎又有了一种虽未成法但却已经为朝臣默认的章法:大刑可朝会,朝会可宽刑。因了人怀此念,一班行法大臣都看着吕不韦不说话,显然是想先听听吕不韦如何说法。吕不韦心头却是雪亮,只泰然安坐一口一口啜茶,根本没有开口之象。嬴政也不失措,犀利的目光只反复巡睃着一个个正襟危坐的大臣,分明在耐心地等待着第一个开口者。

"既是涉法朝会,老臣等无以回避。"终于,黝黑枯瘦满头霜雪的铁面老廷尉开口了,"老臣等所以默然以待,实则

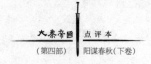

欲等秦王与相国定得此案准则：依法问罪乎？法外宽刑乎？若是依法问罪，事体简单明了：臣等依法合署勘审，依法议定刑罚而后报王定夺。勘审之先，似无须朝会计议也。今行朝会，老臣等揣度便是要法外宽刑。果真如此，秦王、相国得先行定得分寸。否则，老臣等无以置喙也。"

"臣等正是此意。"几位大臣异口同声。

"文信侯以为如何？"嬴政淡淡问了一句。

"国有法度，自当依法。"吕不韦正色叩着座案，"然则，法无万千之细。若确有特异人事，亦当就事就实妥善处置。当年蒙骜宽刑，便是量事量情而宽，设若不宽，秦军大将几无存焉！诸位既为邦国大臣，当处处为邦国长远计，当严则严，当宽则宽。若事事要王先定分寸，我等臣工职司何在？"

"文信侯差矣！"铁面老廷尉依旧是永远平板的黑脸，"当宽则宽，当严则严。王道人治之论也，非法治之论也。但有律法在前，宽严尺度便在律法，何罪何刑可谓人所共知。执法所能斟酌者，刑罚种类也，刑差等级也，流刑之远近，苦役之长短也。何来律法已定，而由人宽严之说？由人宽严者，三皇五帝也，三代之王也，非秦国百余年法统也。秦法虽严，王亦有个例特赦之权，若确欲宽刑，自当王先授意，而臣等斟酌如何实施，何错之有也？"一番话扯出了法治人治之争，殿中一时默然。

"廷尉之说，一家之言也，姑且不论。"吕不韦淡淡地笑了笑。第一次遭遇正面驳斥，吕不韦心下实在不快，然深知这老廷尉是个铁面法痴，决然不会在任何他所认定的法理上低头，也不会顾忌被他驳斥者是谁，纠缠人治法治实则自讨无趣，一句话岔开，又喟然一叹，"老臣所虑者，唯太后一人也！今太后涉案，若不法外议处，王室颜面何存？此事理也，非法理也，我等何能不三思而后行？"

案中最重大最忌讳的议题被吕不韦突兀托出于朝堂，几位大臣顿时肃然，目光一齐聚向年轻的秦王。嬴政一脸冷漠，"啪"地一叩王案道："诸位皆行法大臣，既有疑虑之心，本王便立定准则：自今而后，无论案事大小，无论事涉何人，一律由行法台署先行依法定罪，而后报本王定夺，无须朝会议决。"大臣们一片惊愕。吕不韦淡然漠然。嬴政却是谁也不看，"今日朝会，原非议法议刑，实为议事。所谓议事者，是本王预闻诸位：嫪毐谋逆作乱，乃秦国法治之耻！但能事事依法，此獠何能以宦者之身入得宫闱？唯其如此，本王决断：六臣合署，以廷尉府领事勘审此案，除本王专使督察，其余任何官署不得

干预;两月之内,嫪毐及全部余党得勘审完毕,不得延误。"

"太后……"国正监小心翼翼问了一句。

嬴政突然恼怒,一拍案霍然起身:"便是本王涉案,照当议处!"一甩大袖径自去了。殿中一阵默然,六位大臣看看略显难堪的吕不韦不知所以,各自向一直在殿角书录的年轻长史一拱手纷纷出殿去了。

"文信侯……"王绾走过来似乎想抚慰木然枯坐的吕不韦。

"天意也!"吕不韦粗重地叹息了一声,对王绾摆摆手,扶案起身径自去了。看着已显老态的吕不韦的踽踽背影,王绾眼眶不禁湿润了。

七月流火,关中燠热得人人挥汗如雨。

秦王嬴政破例没有到任何行宫避暑,依然守在咸阳王城,守在那座林荫深处的王书房忙碌着,夜晚灯光常常亮到四更。王城各官署又恢复了昼夜当值车马如流,王城冰窖也第一次出现了并非夏葬而仅是消暑引起的冰荒。久违了此番气象的老内侍老侍女们大为感慨,逢人一声感喟:"大秦有幸,又见昭襄王之世矣!"在这炎热忙碌的酷暑时节,行法六署报来了嫪毐案的定罪决刑书——

> 平乱俘获嫪毐及其余党六千三百四十七人,依法据事定罪处刑如左:嫪毐乱宫谋逆罪,车裂处死,灭其宗;卫尉竭、内史肆、佐弋竭、中大夫冷齐等二十七人附逆作乱,枭首①处死;内侍、侍女两千三百三十三人,从逆作乱罪,斩首处死;门客、舍人两千六百四十六人,从逆未战,罚为鬼薪②;有爵者从逆四千一百六十三人,本人另刑外,其家夺爵,流房陵;太后涉案,削俸两千石,迁都外冷宫,绝闻政事。

嬴政没有任何犹豫,提起蒙恬为他特制的一支粗硬大笔点着朱砂,在长长一卷竹简的题头空白处批下了一行大字:"可也。秋刑决之!"批过的决刑书下发廷尉府,行法六

---

① 枭首,斩首后悬头颅于高杆示众。
② 鬼薪,苦役之一,给王室宗庙或贵胄祠堂打柴供薪。

署立即忙碌起来,仅仅是甄别登录流徙房陵的四千余家人口,便用了整整一个月。进入九月霜降时节的决刑期,渭水草滩大刑场人山人海,嫪毐被五头斑斓水牛狂野地车开肢体时,整个刑场都欢呼起来,秦法万岁与秦王万岁的声浪久久没有平息。老秦人都说,这是秦惠王大杀复辟旧世族之后的最大刑场了,秦国要有新气象了! 也有人说,乱国害民自该杀,可也有不该杀的人被杀了,造孽!

大刑之日,秦王的《告朝野臣民书》赫然张挂咸阳四门:

> 秦王书曰:自先祖孝公变法以降,狂且之徒以阉宦之身入宫闱,以至封侯摄政盗假父名号乱国害民,未尝闻也! 此嫪毐之乱,所以为秦国法耻也! 谚云:法不行则盗生。嫪毐之乱,足证秦法之松懈矣! 孝文庄襄,政行恀愡,缓法宽刑,以致吏治涣散流弊多生:政出多门,臣工无所适从,官署无从尽职,此嫪毐乱党所以生也! 若听任法度流散,吏治不肃,国何以国,政何以政,秦何以立足天下! 今本王亲政,明告朝野:举凡国政,有法者依法,无法者依例,无法无例者听上裁夺。国府郡县,臣工吏员,但擅自枉法宽严者,决依法论罪,勿谓言之不预也!

此书一宣,老秦人顿时大快。秦王英明也,该整治这班官吏了! 分明一个大屌怪物,能做个拔了胡须的阉宦送进宫去,还将太后弄得生了两个私王子,害得老秦人说起都脸红,没有枉法者才怪! 再说这秦国本来好好的,甚事都有人管,多整顺! 忽然五七年乱糟糟一团,甚事也没人管了,连堂堂文信侯丞相府都成了摆设,前年关中大水硬是饿死百姓无人问津,这还是秦国么? 这能说是嫪毐那个大屌杀才一个人的罪过么? 鬼才信! 这新秦王厉害,杀伐决断处处都在命穴上! 你便看,明是秦孝公一般非议大父与父王,实则是回避公然指斥文信侯,却又将事体掰扯得一清二楚;说是《告朝野臣民书》,却一个字不责及百姓,只斥责那些坏法坏事官吏,这分明是说秦国庶民都是好百姓,都是这班狗官坏事! 啧啧啧,便是这两下子,胜过乃祖乃父多也! 往前走没错,秦国又要威风了!

大刑这日夜里,铁面老廷尉与国正监两人秘密求见秦王。

嬴政正在书房翻阅近二十年卷宗文书,听得赵高禀报,当即到廊下迎进了两位老

臣。老廷尉历来不善寒暄，入座便是正事口吻："老臣黧夜请见，为禀报涉案密情而来，一虚一实两事。虚者国正监禀报。实者老臣禀报。"

嬴政不禁笑道："涉案还有虚事，奇也！先说虚了。"

国正监稍事沉吟肃然道："臣等业已查实，嫪毐与太后两私子已在乱军中被杀。然山东六国传闻纷纷：一说秦王派私兵趁乱杀死两子，一说秦王自入雍城于大郑宫密室摔死两子。臣等追查传闻根源，起于嫪毐乱党中几个老内侍。两子已了，本事谓之虚。然唯一牵涉在于：能否对几个未参战而起流言的内侍，以流言攻讦王室问罪？如此而已。"

"可恶！"嬴政面色铁青连连拍案，"此等罪孽之子若是活着，本王也会亲自杀他！流言攻我，何所惧也！再说，依国法，两子也是赐死。便是嬴政所为，何错之有！"

"那，几个内侍……"

良久默然，嬴政长嘘一声："既非乱军，放过也罢。"

"如此老臣禀报实事。"铁面老廷尉依然平板的瘦脸猛然抽搐了一下，"经备细勘审一应在押乱党，王城密宫坊两内侍分头供认：当年嫪毐去势之日，乃文信侯府女掌事，其名莫胡者，持文信侯手令入宫，令密宫坊总管亲自操持去势，一操术内侍辅助；该操术内侍供认，只对嫪毐拔须洗面，遂交女掌事莫胡密车带走。此一也。其二，太后侍榻两侍女供认：此前这女掌事莫胡也是奉文信侯命入梁山夏宫，将嫪毐巨阳之戏似乎有意透露给太后；此后数月，即有嫪毐入梁山。其三，嫪毐族侄供认：嫪毐乃寡妇清族侄，当年文信侯曾受寡妇清之托，允诺助其族侄入仕；后来，嫪毐持寡妇清烙印宽简投奔文信侯，成为文信侯门客舍人。此三事尽有人证物证，足证嫪毐之发端皆由文信侯而起。兹事体大，老臣不敢不报。"

"……"听着听着，嬴政素来凌厉的目光变得一片茫然，良久愣怔不知所以。及至缓过神来，才见座中已经没有了两位老臣，只有赵高小心翼翼地站在灯影里。

"小高子，你说，世间，还有可信之人么……"嬴政的声音飘忽得如同梦幻呓语，眼眶兀自流淌着泪水浑然不觉。

精明机警的赵高第一次看见被他视作神圣一般的秦王如此痛楚如此可怜，一时慌得无所措手足，只匍匐在嬴政面前叩头咚咚，"君上，你索性打小高子一顿了……你你你，君上不能啊……"

突然之间，嬴政一阵嘶声大笑："上天也上天，何如此戏弄我也！"森森大笑中爬起身来摇摇晃晃去了。赵高忙不迭跟出，秦王梦游般进了那片胡杨林，悄无声息地晃悠着晃悠着。眼看霜雾渐浓寒凉袭人，赵高拿着皮裘却不敢上前。渐渐地雄鸡鸣了刁斗停了天色矇眬亮了，依旧踽踽独行的嬴政却颓然倒了。赵高一个箭步上前，二话不说背起秦王飞回了寝宫。

吕不韦又住进了文信学宫。

漫游在兰池林下，一种无法言说的思绪淤塞心头，已经年逾花甲的吕不韦第一次迷茫错乱了。不是国事无着，不是权力萎缩，而是心底第一次没有了那种坦荡坚实，没有了那种凛凛大义，没有了那种敢于面对一切流言而只为自己景仰的大道奋然作为的勇气。他实在不明白，久经沧桑后的自己如何竟能心血来潮，以那般愚蠢那般荒诞的方式来了却那种渊源深远的情事？自少时进入商道，吕不韦做任何事情都是谋定而后动的，二十余年商旅运筹没有失算过，二十年为政生涯也没有失算过，如何偏偏失算于此等阴沟琐事？当年，他的谋划是：将嫪毐秘密送入赵姬宫闱，既可解赵姬少妇寡居之寂寞，亦可全寡妇清之托付，同时也解脱了自己不善此道的难堪，可谓一举三得也。按说，秦国太后王后寡居后的种种情事历来多发，既没有一件成为朝野丑闻，更没有一件发作为朝局乱象，找一个男子为太后之身的赵姬聊解饥渴，实在想不出有甚险象。

然则，当年刚刚将嫪毐送进梁山夏宫不到半年，他便陡然有了一种不祥的预感！因由只有一个，嫪毐竟闪电般做了给事中，而那是他为嫪毐所谋算的最高官爵，只能发生在十年二十年之后。从此，突兀封赏接踵而至，非但这个嫪毐的

吕不韦有扶先王之功，嬴政不忍杀之。

权力疯魔般膨胀,且连素来不问政事的赵姬也疯魔般做起了摄政太后,结局竟是自己这个最要紧的顾命摄政大臣被束之高阁。事情一步步邪乎,他的心头也一日日淤塞,以至沉甸甸淤积压得他越来越喘不过气来。每每夜半梦魇,无不是嫪毐赵姬在张牙舞爪,一身冷汗霍然坐起,连声兀自嘟哝匪夷所思也。然则不管多少次地觉得匪夷所思,吕不韦还是无数次地清醒地重新盘算了这件事的每一个细节,最终恍然理出了头绪。说到底,他事先没有谋算到这件事的三处纰漏:其一,赵姬对他的昔年情愫可谓深厚,一旦被他以"替身"方式冷落甚或拒绝,赵姬会生出何等异乎寻常之心?其二,嫪毐原本狂且之徒,对一个盛年寡居女子具有何等征服力,他根本没有想过,便是想了也想不到。其三,嫪毐原本假阉割,也许迟早会露出真相,可他根本没有谋算到嫪毐的巨阳真相竟会在短短一年中朝野皆知……及至想得清楚,大错已经铸成了。然最令吕不韦痛心的还是,他无法以最妥善的方式了结这种最难堪的局面。他请出过最高明的剑士暗杀嫪毐,然却都让这个粗蛮的禽兽侥幸逃脱了。他派莫胡三次秘密进入梁山夏宫与雍城,力劝赵姬丢弃这个粗蛮禽兽,至少"罢黜"了这个沐猴而冠的异类,可红润丰满的赵姬都只是咯咯长笑:"甚叫不亦乐乎,文信侯知道么?赵姬今日才活得明白:他有他的功业,我有我的功业!一个侯有甚了得,他是侯,我教他也是侯,到头来不都一般么?"吕不韦终于明白,这个女子的思谋对他永远都是个谜。若非如此这般种种图谋失效,他也不会公然支持秦王亲政,更不会暗助秦王剿灭嫪毐累及赵姬。

然则,他却没有丝毫轻松,淤塞之感反是甚而又甚了。

秦王将嫪毐之乱看作国耻法耻,锋芒隐隐直指他的为政方略。《告朝野臣民书》更是直然指斥"缓法宽刑"为乱国之源,要整肃吏治,要廓清朝局,其意至为明显。若仅仅是这般政事,吕不韦全然可坦然对之,能化则化,不能化则争,功业之道,吕不韦从来不会苟且于任何人。初入秦国尚且如此,况乎今日?吕不韦深为难堪的是,他强烈预感到嫪毐的真相即将大白于天下,宗宗隐秘丑闻都将直接指向自己。嫪毐余党被俘者六千余人,又有铁面廷尉六署彻查,何事不能水落石出?于国法论,进假宦以乱宫闱国政,任谁罪无可赦。于情理论,居仲父而辱及顾命母子,任谁人伦全失。此等事莫说公之于朝野,想起来都令人汗颜不止,其时也,你吕不韦何颜居国……

"文信侯,好消闲也!"

"纲成君?"吕不韦恍然,"来,亭下坐了。"

踏着萧萧黄叶进入池畔石亭，蔡泽呷呷笑了："上酒上酒！老赵酒，老夫今日一醉方休！"吕不韦淡淡一笑，也不问缘由便向亭外少仆招招手。少仆转身便去，片刻间推来一两轮酒食车，在大石案摆就酒菜便来斟酒。蔡泽却挥手笑道："你只去也，老夫自来。"吕不韦一个眼神，少仆轻步出亭去了。

"文信侯，今日一别，不知何年见矣！"

"纲成君何意？"吕不韦倏然一惊。

"老夫欲辞官远游，文信侯以为如何？"

"且慢。"吕不韦心头一动，"稍待时日，你我同去。"

"笑谈笑谈！你大事未了，想阵前脱逃么？"

"时也势也！吕不韦也该离开秦国了。"

"大谬也！"蔡泽汩汩痛饮一爵连连拍案，"老夫知你心思，然只告你，错也！大错也！跟随两月，秦王此人老夫看准了：重国重事，不重恩怨，不听流言！你莫看那王书似在指斥你文信侯当政，实则却为你开脱，宁可将过失拽到自己老子身上。至于吏治，委实要得整肃！三五年你不在政，嫪毐将上下官署搅成了一团乱麻，不整却如何了得？当此之时，你走个甚来？不做摄政便失心疯么？当真老昏花也！"也许是再无顾忌，蔡泽的慷慨激昂前所未见。

"既然如此，你却走个甚由头？"

"老夫不然！"蔡泽依旧连连拍案，"居秦无功，高爵无事，味同嚼蜡，不走更待何时？且实言相告：其一，老夫给你的大书找好了总纂替手，不误事！其二，老夫讨了个差事，出使燕国。使命一了，老夫就地交差！呵呵，光堂利落又顺便，何乐而不为也！"

"天意也！"吕不韦喟然一叹。

蔡泽不禁呷呷大笑："心不在焉，文不对题！文信侯老矣！"

"纲成君，"吕不韦不自觉压低了声音，"有流言云秦王扑杀嫪毐两子，你以为此事如何了结？"蔡泽又是呷呷大笑："无稽之谈无稽之谈！老夫与赵高一起进入雍城大郑宫，赵高亲见乱军误杀两子，与秦王何干？若教老夫说，此乃上天眷顾太后也！昌文君那老儿事后告老夫，嬴族有族规：但为王后太后，私情不论，若得私生孽子，母子得同在太庙处死！你且说，两子已死，开脱太后岂不有了名目？若是嬴政所为，岂不也是怜母之心！能如何？还不是不了了之！"吕不韦长嘘一声，思忖间又道："依纲成君之见，嫪毐罪案是否会株连下去积至朝野?""断然不会!"蔡泽没有丝毫犹豫,"秦王乃明法谋略之君,告臣民王书所言之法耻国耻,实为整肃吏治开道,绝非为株连无辜开道! 若是株连,嘿嘿,只怕满朝只剩得半朝也未可知。"

良久默然,吕不韦举起铜爵慨然一叹:"斯人将去,独留我身,上天何忍也! 干!"也不待蔡泽回辞泪汩汩饮干。正在此时,丞相府一书吏匆匆来到,禀报说秦王风寒高烧卧榻不起,几件紧急公文需待时日。吕不韦凝神思忖片刻,说声进宫,拉起蔡泽便走。

两人驱车进了王城,东偏殿果然一片冷清。长史王绾见吕不韦精神见好,心下顿觉宽慰,却也不及多说连忙到寝宫禀报。片刻之后王绾回来,说秦王刚服完汤药,太医还要针灸,不便见臣。然秦王闻两人同来探视,说了一句话:"文信侯但能当国,我病何妨也。"吕不韦心头一热,当即肃然道:"长史转告秦王,国事有丞相府撑持,王但养息康复是也!"出得王城径直回了丞相府处置积压的公文了。

旬日之后,秦王病情仍未减轻,丞相府又忙碌了起来。这日入夜,吕不韦正在书房埋首书案,李斯却风尘仆仆地回来了。李斯说,沟渠路径已经大体勘定,水工郑国正在最后踏勘引泾出山的瓠口;前日接到蔡泽书简,要他回来代为完成学宫大书的善后事宜。吕不韦这才明白,蔡泽所找的替手是李斯,不禁笑道:"也好! 有你善后,老夫无忧也!"当即搁下案头公文,带着李斯去了学宫。

次日,李斯立即开始了辛勤劳作。也是李斯精力过人且极有章法,将一班主撰门客摆布得井然有序:补撰、纠错、总纂、誊抄、刻简五坊环环相接,将蔡泽遗留的一大堆疑难缺漏竟在一个月中全部梳理完毕。进入隆冬,昼夜守在燎炉边的李斯已经最后核定了全部大书文章,并将所有该当吕不韦斟酌的事项一一开列齐备,专程进咸阳请来了吕不韦做最后定夺。

"足下快捷若此,大才也!"吕不韦不禁由衷赞叹。

"文信侯请看,"李斯一边指点着码得整整齐齐的六大案竹简,一边捧起总纲长卷向吕不韦禀报,"此书分为三部二十六卷,分别为:八览第一部,六论第二部,十二纪第三部,共计二十六卷。览部八卷,称八览,其名取天斟万物而圣人览之意,其宗旨在考察天地万物,确立为政之本。论部六卷,称六论,其名取权衡评定而立规之意,其宗旨在确立君臣士子立身持节之准则。纪部十二卷,其名取纲纪四方梳理国务之意,以春生、夏长、秋收、冬藏四季十二个月为十二纪,历数每月当为之政事;其宗旨在于按月划定国事纲目，以明轻重缓急。全部书文史论兼采，以论为纲，以史为鉴，以各国史书与士子见闻作为例证，有理有据，堪称皇皇雄辩。目下书文全部完毕，未定而最需斟酌者，是书名。"

"你说，拟定书名为何？"

"《吕氏春秋》！"

"噢？"吕不韦显然感到意外，"因由何在？"

"此书乃文信侯为治国立道，宗旨与孔子《春秋》同。"

吕不韦接过长卷一阵端详，断然道："也好！既是老夫担纲，便是《吕氏春秋》了！"李斯一拱手道："然则，在下尚有一言。李斯素闻文信侯学问博而杂，编纂此等史论兼采之书正当其长。文信侯若能对书文逐一校订，则此书神韵自生也。"吕不韦不禁喟然一叹："李斯呵，老夫本无学术，不意一缕之思竟化作了如此一部大书，人为乎！天意乎！当年本为化秦之念也，然今日时势，老夫当真不知如何处置它了。"看着吕不韦痛楚的神色，李斯不禁感慨中来："文信侯何难也！李斯一谋，愿公纳之。"

"噢？足下但说！"

"公之于世，任人评说。"李斯蓦然念及吕不韦对自己的倚重赞赏，知遇之心顿起，有些动情了，"我师荀子《解蔽篇》云：宣而成，隐而败。《吕氏春秋》但能公然流传天下，便是为天地立心，为庶民立命，化秦小矣，当化天下！"

"好见识！"久违的爽朗笑声喷涌而生，吕不韦大为振奋，"宣而成，隐而败。老荀子何其明彻也！容老夫思谋妥善之法，教天下人人读得《吕氏春秋》。果然如此，吕不韦虽死何憾矣！"

[第四部终]

吕不韦虽身败而死，但《吕氏春秋》却传之千秋万代。太史公叹曰："不韦及嫪毐贵，封号文信侯。人之告嫪毐，毐闻之。秦王验左右，未发。上之雍郊，毐恐祸起，乃与党谋，矫太后玺发卒以反蕲年宫。发吏攻毐，毐败亡走，追斩之好畤，遂灭其宗。而吕不韦由此绌矣。孔子之所谓'闻'者，其吕子乎？"太史公略有讥讽意。